国家社科基金
GUOJIA SHEKE JIJIN HOUQI ZIZHU XIANGMU
后期资助项目

非裔美国小说艺术研究

Research on the Art of African-American Fiction

庞好农　刘敏杰　著

科学出版社

北　京

内 容 简 介

本书是系统介绍和研究非裔美国小说艺术特色的专著,其学术价值主要体现在对非裔美国小说技法的细致总结和文本阐释体系的宏观建构上。笔者以文本细读为基础,探究了 23 位有代表性的非裔美国作家及其 36 部重要作品的写作风格和叙事策略,把对艺术技巧的研究上升到形式与内容的辩证哲理层面,为非裔美国文学艺术研究提供理论与实证的支持。本书有助于拓宽我国学界对非裔美国小说艺术问题的探究边界,提高读者对世界多元文化和族裔文化的认知能力,对美国其他少数族裔(如印第安裔、拉美裔、亚裔等)文学的研究也具有一定的参考和借鉴价值。

本书可作为相关学者研究非裔美国文学的参考资料或美国文学爱好者的读物,也可作为文学专业本科生或研究生的教材或辅助读物。

图书在版编目(CIP)数据

非裔美国小说艺术研究/庞好农,刘敏杰著. —北京:科学出版社,2022.6
国家社科基金后期资助项目

ISBN 978-7-03-072166-2

Ⅰ. ①非… Ⅱ. ①庞… ②刘… Ⅲ. ①小说研究-美国 Ⅳ. ①I712.074

中国版本图书馆 CIP 数据核字(2022)第 073675 号

责任编辑:杨 英 宋 丽 / 责任校对:贾伟娟
责任印制:徐晓晨 / 封面设计:蓝正设计

科 学 出 版 社 出版
北京东黄城根北街 16 号
邮政编码:100717
http://www.sciencep.com

北京建宏印刷有限公司 印刷
科学出版社发行 各地新华书店经销
*
2022 年 6 月第 一 版 开本:720×1000 1/16
2022 年 6 月第一次印刷 印张:23 1/4
字数:400 000
定价:138.00 元
(如有印装质量问题,我社负责调换)

国家社科基金后期资助项目
出版说明

后期资助项目是国家社科基金设立的一类重要项目，旨在鼓励广大社会科学研究者潜心治学，支持基础研究多出优秀成果。它是经过严格评审，从接近完成的科研成果中遴选立项的。为扩大后期资助项目的影响，更好地推动学术发展，促进成果转化，全国哲学社会科学工作办公室按照"统一设计、统一标识、统一版式、形成系列"的总体要求，组织出版国家社科基金后期资助项目成果。

全国哲学社会科学工作办公室

前　言

　　非裔美国文学是美国文学的重要组成部分，也是文学艺术成就最为瞩目的美国少数族裔文学之一。自 20 世纪 80 年代以来，非裔美国文学成为美国文学研究的一大热点。从 20 世纪 90 年代起，特别是 21 世纪的第二个十年里，越来越多的中国学者着手研究非裔美国文学中的重要作家和作品，取得了丰硕的成果。非裔美国人贝拉克·奥巴马（Barack Obama）于 2009 年 1 月 20 日就任美国第 56 届总统，并于 2013 年 1 月 20 日连任美国第 57 届总统。黑人在美国历史上首次担任总统这一事件不但具有巨大的政治意义，而且对非裔美国文学的研究也产生了重大影响，引起国内外学界对非裔美国文学的重新解读和对黑人问题的重新审视。近年来，国内学界出版了多部研究非裔美国小说的专著，在文学史、作家作品和专题研究方面可谓硕果累累，如《非洲裔美国文学源流》（庞好农，东北师范大学出版社 2012 年版）、《非裔美国文学史（1619—2010）》（庞好农，中央编译出版社 2013 年版）、《逾越：非裔美国文学与文化批评》（李有成，浙江大学出版社 2015 年版）、《美国非裔作家论》（谭慧娟、罗良功，上海外语教育出版社 2016 年版）、《布鲁斯化的伦理书写：理查德·赖特作品研究》（李怡，中国社会科学出版社 2016 年版）、《非裔美国文学中的男性气概研究》（隋红升，浙江大学出版社 2017 年版）、《非裔美国作家自传研究》（焦小婷，科学出版社 2017 年版）、《非裔美国黑人女性文学传统研究》（胡笑瑛，中国社会科学出版社 2017 年版）、《莫里森研究（修订版）》（王玉括，外语教学与研究出版社 2017 年版）、《当代非裔美国作家查尔斯·约翰逊小说研究》（陈后亮，中国社会科学出版社 2018 年版）、《非裔美国文学批评论稿》（王玉括，南京大学出版社 2019 年版）、《非裔美国文学研究》（骆洪，重庆大学出版社 2019 年版）和《"赖特部落"之性恶书写》（庞好农，科学出版社 2020 年版）。然而，国内还没有一部系统介绍和研究非裔美国小说艺术特色的书籍，本书的完成正好弥补了这一缺憾。本书的出版将拓展我国学界对非裔美国文学写作艺术的认识和了解，有助于进一步加强我国外国文学学科的基础建设，推动我国外国文学研究的深入发展，为社会主义物质文明、政治文明、精神文明与和谐社会建设添砖加瓦。

1619 年，第一批非洲人被卖到北美詹姆斯镇，这标志着非裔美国文化史的开始。由于绝大多数黑奴没有读写能力，因此早期奴隶叙事多是由黑奴口述，白人笔录下来的。因此，早期奴隶叙事很难涉及美国奴隶制的实情，多是讲述一些白人文化移入熏陶出所谓"成功奴隶"的故事。从 19 世纪初至美国内战期间，非裔美国人开始了反对奴隶制的斗争，揭露美国南方奴隶制的罪恶和美国北方的种族偏见。非裔美国文学在这一时期获得了一定的发展，非裔美国作家开始注意到奴隶制对非裔美国人的迫害，关注自由非裔美国人的命运，并且渲染宗教意义上的来世观。以乔治·摩西·霍顿（George Moses Horton）、詹姆斯·M. 惠特菲尔德（James M. Whitfield）和弗兰西斯·E. W. 哈珀（Frances E. W. Harper）为代表的非裔美国诗人虽然是奴隶身份，但仍以诗歌的形式表达了对自由的渴望和对生活的热爱。戴维·沃克（David Walker）、弗雷德里克·道格拉斯（Frederick Douglass）、哈丽特·A. 雅各布斯（Harriet A. Jacobs）等非裔美国人撰写散文或自传，以自己的亲身经历控诉美国南方奴隶制的罪恶。19 世纪中期，随着美国南方和北方在种族问题上的分歧激化，一些非裔美国商人出于对种族歧视和种族隔离的义愤和厌恶，开办了为非裔美国人服务的戏院，鼓励美国非裔演员参与演出，为非裔美国剧作家的出现和成长提供了必要的条件。威廉·威尔斯·布朗（William Wells Brown）创作了两个较有影响的剧本，因此被誉为非裔美国戏剧之父。在这个时期，非裔美国小说也得到了长足发展。威廉·威尔斯·布朗、弗兰克·J. 韦伯（Frank J. Webb）、哈丽特·E. 威尔森（Harriet E. Wilson）、马丁·R. 德莱尼（Martin R. Delany）等作家的废奴小说在美国国内首次赢得声誉，在揭露奴隶制导致的暴行和增强非裔美国人的种族自信心等方面发挥了很好的作用。

南北战争后，美国南方开始重建，非裔美国人获得了美国公民地位，但尚未真正享受到与白人平等的人权或公民权；白人种族主义盛行，制度化种族歧视开始形成和发展。为了在困境中生存下来，非裔美国思想家布克·T. 华盛顿（Booker T. Washington）①于 19 世纪末提出了放弃政治斗争，提升工作技能和发展谋生能力的学说。该学说类似于

---

① 布克·T. 华盛顿（1856—1915）是美国政治家、教育家和作家。1895 年，他在著名的亚特兰大演说中提出关于黑人自立自强的观点，受到政界和公众的关注，成为美国黑人的代言人。他和白人合作，帮助筹款创建数百个社区学校和高等教育机构，以提高美国南方黑人的教育水平。此外，华盛顿还大力促进美国各种族之间的交往和交流。他的自传《超越奴役》（Up from Slavery）于 1901 年出版，至今仍然受到美国读者和学界的青睐，但他的不少政治主张也遭到 W. E. B. 杜波依斯等学者的质疑和反对。

中国文化中的韬光养晦之策,具有一定的历史进步意义,但也存在局限性。非裔美国文学在这一时期获得了较大发展,部分非裔美国作家的文学成就开始引起美国文坛的关注。以保罗·劳伦斯·邓巴(Paul Laurence Dunbar)、阿尔伯里·A. 惠特曼(Albery A. Whitman)和詹姆斯·埃德温·坎贝尔(James Edwin Campbell)等为代表的非裔美国诗人首次登上美国文坛,获得全国性声誉;以查尔斯·W. 切斯纳特(Charles W. Chesnutt)和萨藤·E. 格里格斯(Sutton E. Griggs)等为代表的非裔美国小说家开始关注非裔美国人的社会身份问题和种族界限问题。但是,这个时期的非裔美国小说家陷入了文学创作的窘境:作家按照自己感受书写的关于非裔美国人生活现状或歌颂非裔美国人优秀品质的作品,一般都不符合白人至上论的要求,会受到白人的排斥,几乎没有出版的可能;而那些歌颂白人、顺应种族歧视的作品,虽然容易出版,但是又违背了非裔美国作家的良心和道德。少数非裔美国作家在有正义感的白人的帮助下冲破了种族主义的束缚,在一些开明人士创办的出版社发表了表现非裔美国人心声的作品。他们的作品在全国范围内产生了较大影响,使美国社会听到了美国非裔社会的呼声和呐喊。这个时期,非裔美国戏剧的发展也陷入困境:白人社会准予演出的戏剧大多是丑化非裔美国人形象或扭曲非裔美国人人格的剧本,而从正面描写非裔美国人的剧本因被白人视为不真实的剧本而遭禁演,丑化非裔美国人的戏剧成为这一时期非裔美国戏剧的主流。

1903 年,W. E. B. 杜波依斯(W. E. B. Du Bois)发表的《黑人的灵魂》(*The Souls of Black Folk*)揭示了非裔美国人双重意识的窘境,弘扬了非裔美国文化,使非裔美国民众获得了战胜华盛顿消极妥协思想的精神武器。随后,美国发生了一系列重大历史事件:非裔美国人大迁移、第一次世界大战、非裔美国文艺复兴、经济大萧条和第二次世界大战。非裔美国作家经过这些社会巨变和历史事件的洗礼,对美国社会和世界文化有了更深的认知,渐渐进入了文学创作的成熟期。这个时期的非裔美国文学关注三大问题:非裔美国男性的社会角色问题、非裔美国女性的女权问题和美国社会不合理经济和政治制度问题。在非裔美国文艺复兴时期,克劳德·麦凯(Claude McKay)、琼·图默(Jean Toomer)、康蒂·卡伦(Countee Cullen)和兰斯顿·休斯(Langston Hughes)四大作家的出现使非裔美国诗歌和小说的发展进入成熟期。阿莱恩·洛克(Alain Locke)成为非裔美国文艺复兴的精神领袖,极大地推进了非裔美国文化和文学事业的发展。美国小说家佐拉·尼尔·赫斯顿(Zora Neale Hurston)、内勒·拉森(Nella Larsen)和理查德·赖特(Richard Wright)等登上文坛,他们的作品开始走出国门,获得国际声誉。赖特开创了非裔美国抗议文学和城市自然主义文学的写作手法，被誉为现代非裔美国文学之父。玛格丽特·沃克（Margaret Walker）和阿纳·邦当（Arna Bontemps）等诗人重视非裔美国文化的重建，抨击美国种族制度的非理性，颂扬非裔美国人的优秀品质。

第二次世界大战结束后发生的一些重要历史事件对非裔美国文学和文化的发展产生了重大而深远的影响，如东西方国家的冷战、学校种族隔离制度的废除、美国民权运动的兴起、受马尔科姆·艾克斯（Malcom X）影响的黑人运动、黑人权力运动和黑人艺术运动。以拉尔夫·埃里森（Ralph Ellison）和詹姆斯·鲍德温（James Baldwin）等为代表的非裔美国作家极力摆脱抗议文学对其小说创作的束缚，认为非裔美国文学创作应突出文学性，而非政治性。他们的小说创作思路不同于理查德·赖特，但却极大地提高了非裔美国作家的文学艺术水平，为非裔文学在美国国内乃至全世界赢得了良好声誉，奠定了非裔美国文学在美国文坛的重要地位。20世纪六七十年代，以波莱·马歇尔（Paule Marshall）等为代表的非裔美国女性小说家开始挑战非裔男性作家在非裔美国文坛的强势地位，着重探讨移民、女性人格、文化认同、年龄歧视、性骚扰、核扩散等问题，并关注美国本土出生的非裔美国人与在加勒比海地区出生的黑人之间的文化冲突问题。非裔美国戏剧也在这个时期崛起。以洛兰·汉斯贝利（Lorraine Hansberry）、埃德·布林斯（Ed Bullins）、艾德丽安·肯尼迪（Adrienne Kennedy）和恩托扎克·襄格（Ntozake Shange）为代表的剧作家描写了非裔美国中产阶级的生活，其剧本的舞台效果良好，受到非裔美国人和白人观众的喜爱；非裔美国戏剧的兴起给20世纪五六十年代的百老汇戏剧吹来一缕缕新风。此外，小爱迪生·盖尔（Addison Gayle, Jr.）和玛雅·安吉洛（Maya Angelou）等作家撰写的传记推动了非裔美国散文和传记文学的发展。

从20世纪80年代开始，非裔美国人的政治、经济地位大为提高，大约三分之二的非裔美国人进入中产阶级，越来越多的非裔美国人当选为国会议员和政府高官，出现了黑人五星上将、黑人国务卿和黑人总统。以说唱音乐、墙壁涂鸦和街舞为主要特征的嘻哈文化①风靡美国全境，并传播到世界各地。非裔美国文化在文化融合大潮中仍然保持着自己的独特风格，成为美国文化的重要组成部分之一。冷战结束、反恐战争、百万人大游行

---

① 嘻哈（hip-hop）是美国纽约布朗克斯地区的一种民间文化形式，最初是由非裔美国青年在贫民区街头兴起的，继而发展壮大，并风靡全世界。嘻哈文化的主要艺术表达形式包括涂鸦（graffiti）、街舞（street dance）、说唱（rap）和喊麦（MC）等。

和女权主义的第三次浪潮等重大事件极大地改变了这个时期美国的政治、经济和文化特征。非裔美国文学在这个时期获得了很大的发展，涌现出一大批非裔美国作家，许多非裔作家获得了全国性和世界性的文学大奖，特别是1993年托尼·莫里森（Toni Morrison）获得诺贝尔文学奖，极大地提高了非裔美国文学在美国文坛和世界文坛上的地位。这些作家以自己的生活经历为主线，再现过去的岁月，探讨美国社会的历史、政治、性、大众媒介和女权主义等问题，倡导非裔美国人的种族自豪感和种族自尊心。其中，非裔美国女性文学中对文化身份的寻找、定义与建构打破了传统僵化的、白人主导的、父权制文化框定的族群文化身份，形成了集批判种族、阶级与性别歧视于一身的文学特色。在21世纪的第二个十年里，非裔美国作家继续坚持非裔美国文学传统，关注非裔美国社区生活，倡导种族平等和社会正义。

非裔美国文学在小说、诗歌和戏剧方面取得了令人瞩目的成就，成为美国文学不可缺少的组成部分，但黑人作家在小说创作上的艺术特色长期遭到美国主流学界的漠视或否定。因此，本书拟专注于这一问题进行探讨。

本书是一部系统介绍和研究非裔美国小说艺术问题的专著。笔者把非裔美国小说艺术视为一个相对独立的学术领域，阐述小说艺术与作家的联系，以及小说艺术被社会接受的过程，揭示了文学艺术、文化与社会的互动关系；也对非裔美国小说家的创作思想和小说写作技法进行了探索，分析这些作家的创作特点，包括政治观点、艺术造诣、非裔美国文化传统和价值观继承的情况，以及对其他作家的影响；同时也分析非裔美国文学传统在文化移入中形成和发展的过程，揭示其形成与发展的历史轨迹和客观规律。

非裔美国小说艺术的形成和发展过程是非裔美国人向美国白人社会发出呼吁，寻求接纳、认可，以及赢得尊重的不懈努力之旅，研读小说的过程同时也是体验这一独特历史和文化的过程。阅读非裔美国小说有利于增强读者对美国族裔问题的了解，提高其对世界多元文化和族裔文化的认知能力。同时，非裔美国人的文学成就中的文化养分和哲学养分对我国学者从事美国其他少数族裔（如印第安裔、拉美裔、亚裔等）文学的研究也具有一定的参考和借鉴价值。本书有助于促进国内学界对非裔美国小说艺术的重新解读和对黑人文化问题的重新审视，有助于读者更好地认识美国文学和美国文化，从而推动非裔美国小说艺术研究的进一步发展。

目　　录

第一章　伏笔与悬念

　　伏笔是作家在文学作品里对将要发生的事件预先给出暗示的一种文学表现手法。伏笔经常出现在小说或章节的起始部分，帮助读者产生对即将发生的事件的期望。作家设置伏笔的方式多种多样，其中包括人物对话、情节事件和场景变换，甚至一个作品的题目或一个章节的题目都可能成为故事情节发展的某种预兆或提示。小说里的伏笔在故事情节发展中创造悬念的氛围，以此激发读者的阅读兴趣和好奇心，从而增添故事的戏剧性。此外，伏笔能使一些看上去特别或奇怪的事件变得可信。作者有意设置对某些事件的暗示，使读者产生渴望了解下文的心理。[①]伏笔暗示的内容可能是未来事件、人物性格本性和情节转折。其设置目的是营造氛围、表达主题或建构悬念，暗示的事件通常与小说主要人物后来遇到的事情有关。故事情节因某些人物或事件而延迟的情况也可能引发读者产生重大事件将要来临的预感，从而成为未来事件将要发生的伏笔。

　　伏笔作为一种写作手法，除了小说外，还经常用于歌剧、音乐剧、电影、电视剧等领域。在文学作品里，设置为伏笔的可以是事件、对话、行为举止，也可以是各类人物的出场，包括主要人物、次要人物或陌生人。

　　在文学创作中，伏笔不同于"熏鲱"（red herring）手法[②]、倒叙（flashback）或闪前（flash-forward）。首先，"熏鲱"手法指的是在文学创作中作家用于转移读者注意力的东西或话题。"熏鲱"是一种暗示，但这种暗示是用来误导读者或观众的。然而，伏笔仅暗示在某叙事事件里某个有可能出现的后果，有意把读者引导到正确的思维方向。其次，伏笔不同于倒叙：尽管伏笔和倒叙都可以用来增添文学作品的叙事艺术性，但在文学作品中设置伏笔的目的是提示读者即将发生的事件或使读者对小说后续情节的发展产生预感；倒叙的设置目的是直接为读者提供有关故事情节和人物性格发展的

[①] Patrice Pavis, *Dictionary of the Theatre: Terms, Concepts, and Analysis*, Toronto and Buffalo: University of Toronto Press, 1998, p.151.

[②] "熏鲱"手法，也称"红鲱鱼谬误"，即转移话题谬误。采用这个手法的人在一定的语境里通常把一个不相干的话题，按一定技巧穿插进来，从而把对方的注意力和讨论方向转移到另一个论题上，以达到自己不可告人的目的。

说明或背景信息。倒叙打断叙述情节线索陈述一个更早的场景或故事片段，为读者提供澄清某个事件的信息，促进读者对相关事件的了解。伏笔和倒叙一样具有促进读者对文学作品理解的功能，但总的来看，伏笔表现的意思比倒叙更加微妙，并且不带有为读者提供说明或解释的目的。得体的伏笔非但不会中止故事的叙述，反而会艺术性地植入小说的故事发展过程，从而预示后续事件的发生，增添作品的阅读趣味。最后，伏笔不同于"闪前"。"闪前"指的是文学作品、电影、电视和其他媒体作品中的一个场景里的超前叙述，也就是在现在的某个时间点上提前叙述未来事件或穿插未来事件，而伏笔仅是有时通过人物来预示将来。非线性叙事中，不按时间顺序排列出现的场景会引起"闪前"，导致所叙述的人或事与时代不符。

作家在文学创作中采用的伏笔手法主要有以下两种：①直接伏笔。这种伏笔在文学作品里直接向读者暗示或指示某个特殊的事情即将发生。有时候，作家可以通过直接伏笔明确揭示故事里有什么事件即将发生，这有助于读者聚焦于故事叙述中除情节结局之外的方面。②间接伏笔。这种伏笔被作家设置在文学作品里，间接或隐晦地向读者暗示或指示某个特殊的结局即将出现。这种伏笔对读者来讲不太明显，通常在某个结局已经发生或出现的时候，读者才恍然大悟之前某个事件或人物的出现是这个结果的预兆，但在阅读过程中被忽略了，从而引起读者对作品更深入的探究，使读者对作家的巧妙安排拍案称奇。

伏笔事先为即将揭晓的事件提供爱、恨、惧、怒等情感或期待心理。如果伏笔使用得当，读者就能从文学作品中获得更高的阅读快感、更深的艺术感悟和更透彻的主题理解。然而，如果伏笔运用得不好、不恰当或不适宜，会使读者对故事情节的发展产生迷惘或对作家的写作技巧感到失望，也会大大地削弱文学作品的情节建构、人物塑造、主题展现和艺术质量。因此，作家在创作中运用伏笔时必须谨慎，并注意艺术性，才能避免所设置的伏笔被误解，或因太隐晦而不被理解。

在文学创作中，与伏笔密切相关的写作手法是悬念。悬念指的是读者对文学作品中人物命运的走向和未知情节的发展变化等所持有的一种迫切期待但又无从推知的关切和期盼心理。悬念在小说中是激发读者阅读兴奋的因子，时常能引起读者揣摩下文的好奇心。陈果安说："悬念设置是故事讲述最基本的技巧，传统小说正是靠悬念把读者引入故事的迷宫的。悬念基于人的好奇心和事物发展的连续性，当事物发展到某一阶段，人的好奇心总会探究下一步的发展，并对事物的发展有一种审美期待，小说阅读就是在这样一种心理下完成的。"^①的确，悬念既能有效地使读者产生阅读兴趣，又能使他们保持这种兴趣。悬念还是小说情节发展过程中的指路标，能使小说情节紧凑而集中，同时还有助于塑造人物形象和阐述小说主题。^②悬念通常存在于以下几种情形：①作品结局的不确定性。悬念存在于由"谁"（who）、"什么"（what）或"怎样"（how）等特殊疑问词引导的问句里；读者对将要发生什么事情感到非常好奇，但不知道它会怎样发生。②前述事件之结局的不可避免性。悬念存在于由特殊疑问词"什么时候"（when）引导的问句里，读者或观众虽然知道什么事要发生，但不知道将在何时发生。对结局的焦虑性等待使悬念在读者心中生成。^③③文学作品里由"为什么"（why）引导的问题也可能成为小说的悬念。^④读者对事件发生的缘由的迷惘也会形成悬念，激励读者去探究谜底。

在非裔美国小说的创作中，伏笔和悬念都是非裔作家经常采用的重要叙事策略。伏笔是上文中一些看起来无关紧要的描述，却是下文出现的人或事件的预示或暗示，对后续情节的发生和发展起到了铺垫的作用。在叙事策略的设置中，伏笔的主要特点是在情节叙述时对相关人物或事件的交代包括预设和照应两个部分，从而避免了故事叙述的直白性，使小说结构更为严密和紧凑，同时让读者在阅读过程中看到下文时不至于产生突兀或困惑之感。伏笔的照应，也可称为"伏应"，指的是故事情节的前铺与后垫的相互呼应。在非裔美国小说中，黑人作家时常采用伏笔的叙事策略，习惯在上文对下文将要出现的重要事件或社会现象进行呼应、说明或阐释。

有些小说的题目兼具伏笔和悬念的双重功能。莫里森的小说《柏油娃娃》（*Tar Baby*）的题目就是一个伏笔，预示了小说主人公将在人生旅途中遭遇和非洲传说"柏油娃娃"类似的人生经历；该伏笔同时也是一个悬念，引导读者去消解"柏油娃娃"的本意与寓意之内在关联所引起的不确定性。切斯特·海姆斯（Chester Himes）的小说《疯狂的杀戮》（*The Crazy Kill*）的题目预示了这部小说必然与某个血腥的凶杀案件相关，使读者一看到题目就产生了对小说可能发生的事件的朦胧预知。这里的书名成为一个伏笔，但这个伏笔没有指明相关事件的结局，这又形成了使读者迷惘的悬念。沃

---

① 陈果安：《小说创作的艺术与智慧》，长沙：中南大学出版社，2004年版，第268页。

② W. Brewer, "The Nature of Narrative Suspense and the Problem of Rereading," in P. Vorderer, H. J. Wulff & M. Friedrichsen (Eds.), *Suspense: Conceptualizations, Theoretical Analyses, and Empirical Explorations*, Mahwah: Lawrence Erlbaum Associates, 1996, p.35.

③ R. J. Gerrig, "Suspense in the Absence of Uncertainty," in *Journal of Memory and Language* 28.6 (1989), pp. 633-648.

④ Kendall L. Walton, *Mimesis as Make-Believe*, Cambridge: Harvard University Press, 1990, p.25.

尔特·莫斯利（Walter Mosley）的小说《麻烦是我惹的》（*Trouble Is What I Do*，2020）的题目也给读者提供了阅读小说前的预示，使读者在阅读小说前就知道小说主人公可能会遇到一个自找的麻烦，预示了在后面会有更为精彩的描写。这个伏笔同时也是一个悬念，即麻烦是什么呢？这就引起了读者的好奇心和求知欲，激励读者将小说读下去，自己去寻找悬念的谜底。在大多数情况下，非裔美国小说的题目都可以被视为伏笔和悬念的统一体。此外，小说中人称代词的含混性、人物行为的反常规性、话语的模糊性等都可能成为值得关注的伏笔或悬念。

总之，非裔美国作家在小说创作中通常把伏笔和悬念作为小说主题表达的重要载体。本章将主要探析威廉·亚历山大·阿塔威（William Alexander Attaway）、托尼·莫里森、凯莉·雷德（Kiley Reid）、切斯特·海姆斯和科尔森·怀特黑德（Colson Whitehead）五位作家在小说创作中的精妙伏笔或精彩悬念，揭示伏笔和悬念在单独使用和综合运用中的独特艺术魅力。

第一节　阿塔威与《鼾声如雷》的伏笔建构

威廉·亚历山大·阿塔威（1911—1986）是 20 世纪中期著名的非裔美国城市自然主义小说家、剧作家和散文家。他的重要文学成就表现在小说方面，但一生中只出版过两部小说：《鼾声如雷》（*Let Me Breathe Thunder*，1939）和《锻炉上的血》（*Blood on the Forge*，1941）。在其文学生涯中，阿塔威特别关注美国社会的种族问题和生态问题。《鼾声如雷》是阿塔威的第一部小说，描写了美国 20 世纪 30 年代末期白人青年寻求生存机会的漂泊经历和耐人寻味的爱恨情仇。在这部小说里，下层白人生活困苦，工作机会稀少，在经济生活和政治生活中被边缘化和局外化，其生存状况与黑人差不多。[1]因此，阿塔威在描写他们的境遇时能产生极强的心理共鸣。该小说一出版就受到学界的好评，并获得罗森沃德基金[2]的资助，这为其后续的文学创作提供了经济保障。[3]这部小说最大的艺术特色是伏笔。阿塔威在伏笔运用中交代含蓄，使小说的结构严密、紧凑，让读者看到下文时，不

---

① James O. Young, *Black Writers of the Thirties*, Baton Rouge: Louisiana State University Press, 2003, p.23.

② 罗森沃德基金是由美国商业企业家朱利叶斯·罗森沃德（Julius Rosenwald，1862—1932）于 1917 年建立，主要资助黑人发展教育事业和文化事业。

③ 参见 Drake de. Kay, "The Color Line," *New York Times Book Review*, August 24, 1941, pp.18-20.

但不会产生意外或疑惑之感，反而会产生对主题及其寓意的顿悟，感知到预置人物或事件的精妙之处。①具体来讲，《鼾声如雷》从人物伏笔、物件伏笔和动作伏笔等方面展现了伏笔叙事的建构特色和画龙点睛之处。

一、人物伏笔的铺垫性

人物是小说里所描绘的人，也是小说不可缺少的构成要素。从叙事学来看，叙事性文学作品通常以人物的全部活动为中心来反映一定时期和一定地域的社会现实生活状况。典型人物是人物形象中最有审美价值和思想意义的形象。人物在小说中的出场顺序和相关命运皆是作者艺术考量的结晶。小说中有的人物昙花一现，有的人物为后续人物的出现和后续情节的发展铺平了道路，对小说中的冲突和高潮起到预示作用。对后续人物或事件有铺垫作用的人物可以被视为伏笔人物。"在伏笔人物的设置中，'伏'得必须巧妙、隐秘、有创意；看似闲笔，实为作者的妙笔。"②阿塔威在《鼾声如雷》里巧用人物的出场顺序，先出现的人物对后出现的人物的性格和行为起到预示、阐释或说明的作用。

阿塔威在这部小说里首先设置了邂逅人物伏笔。这类伏笔指的是在小说中不期而遇或者偶然相遇的某个人物对小说后续情节的发展具有铺垫和预示的作用。在白人农业季节，工人斯蒂普（Step）、埃德（Ed）和西班牙裔小男孩希·博伊（Hi Boy）三人坐火车从西雅图到堪萨斯的途中，博伊口渴了，斯蒂普带他去车厢的饮水处喝水。他们在车厢的走道上遇到一个戴礼帽的人。斯蒂普对有钱人一向没有好感，于是恶狠狠地瞪了他一眼。埃德在座位上看到这一幕觉得好笑：根本不相识的人，有理由瞪人家一眼吗？晚餐时，餐车服务员到各车厢邀请乘客到餐车用餐。斯蒂普打算带博伊去餐车用餐。埃德知道斯蒂普手里只有几毛钱，怎能去餐车呢？埃德本不想去，但看到斯蒂普执意要去，也就只好跟着去了。他们在餐车点了饭菜和咖啡。当餐车服务员请他们买单时，他们极为尴尬，因为他们身上根本没有足够的钱支付餐费。正当斯蒂普和埃德准备推开服务员，强行跳车逃走时，在另一张桌子上用餐的那个戴礼帽的人主动为他们买了单。这个戴礼帽的乘客原来是亚马克山谷"四里农场"的农场主。他热情邀请他们

① Vincent John Cleary, *The Function of Repetition and Foreshadowing in the Characterization of Aeneas*, Ann Arbor, Mich.: UMI, 2007, p.65.

② Christopher J. Knight, *Hints and Guesses: William Gaddis's Fiction of Longing*, Madison: University of Wisconsin Press, 2007, p.98. 全书中的外文引文，如无特别说明，均为笔者遵照原文进行的自译，余同。

到其农场去喂山羊，月薪 8 美元。后来他们得知，这个戴礼帽的农场主名叫桑普森（Sampson）。他的出现成为斯蒂普等人南下之行的转折点，为他们去"四里农场"打工的情节埋下了伏笔。从小说情节的发展来看，如果桑普森没在火车上出现，那就没有斯蒂普等人在亚马克山谷所经历的各种爱恨情仇。

阿塔威笔下的重逢故人伏笔指的是小说主人公见到故人或老朋友的事件，旧相识的出现为小说某一重大事件的发生做了铺垫，起到预知作用。阿塔威在这部小说里描写了斯蒂普拜访老朋友玛格（Mag）的场景。玛格是亚马克镇上一个开旅店的农场主，现年 53 岁。玛格年轻时从事色情业，把挣到的钱大多用于房地产投资。现在，她在铁路边拥有一大块土地，还在镇上拥有几处房产。玛格对斯蒂普充满感恩之情，她常说："如果不是他，我老玛格今天就不可能坐在这里了。"①原来，多年前，几个歹徒由于争风吃醋，在一家小酒店里谋划刺杀玛格，抢劫她的财物。斯蒂普碰巧偷听到了他们的阴谋，并把此事告诉了玛格；之后他们和警方配合，采用里应外合的方式，把所有罪犯缉拿归案。此后，玛格把斯蒂普视为救命恩人。这个人物是斯蒂普等人到达亚马克山谷后见到的第一个朋友。然而，这个朋友的出现一方面给他们的生活带来了方便和温暖，另一方面又为小说里的强奸案、谋杀案和伤害事件埋下了伏笔。如果没有这个人物，斯蒂普等人是不可能走进这家旅店的，更没有机会认识她的丈夫库珀（Cooper）。如果不认识库珀，也就没有安娜差点被他强奸的事件；如果没有他强奸安娜的事件，也就没有玛格在愤怒中开枪打伤安娜的事件，更没有斯蒂普等人仓皇逃离亚马克镇的事件。故人重逢给斯蒂普等人带来了起初甜蜜、后来苦涩的局面。这样的伏笔设置给小说的情节发展增添了情理之中、意料之外的色彩，使其更加引人入胜。

在这部小说里，阿塔威还描写了斯蒂普的艳遇经历。艳遇一般指的是男性在生活中与某个女性意外相遇，从而产生一定的情感，但这种情感在大多数情况下难以长期延续。斯蒂普和埃德在西雅图的一个酒吧里喝酒。斯蒂普看到一名长相甜美的酒吧女，就主动与她搭讪。当斯蒂普准备离开酒吧时，那名酒吧女打算跟随他离开。就在此时，酒吧的保安予以阻止，对着她大声吼道："以前告诉过你，不准在这里答应客人的应召。"②接着，保安把酒吧女打倒在地。保安的暴行激怒了斯蒂普，身体强壮的斯蒂普路

---

① William Attaway, *Let Me Breathe Thunder*, Chatham: Chatham Bookseller, 1939, p.110.

② William Attaway, *Let Me Breathe Thunder*, Chatham: Chatham Bookseller, 1939, p.11.

见不平，打倒保安，救走了酒吧女。斯蒂普很喜欢她，但他自己仅是一个流浪汉，连个栖身之地都没有，不可能真的带她走。于是，他从兜里掏出为数不多的几张钞票，放在她手里，然后和她告别。这个艳遇从发生到结束不过十几分钟的时间，却具有极强的预示性：斯蒂普的内心世界里没有一个安置"爱"的空间。后来，斯蒂普到"四里农场"打工，和农场主桑普森的独生女安娜不期而遇。在短暂的相互了解、相互熟悉之后，志趣相投的两人很快掉进幻觉编织的情网里。然而，斯蒂普是一个走南闯北的流浪汉式农业季节工人，没有稳定的工作和收入，也没有建立一个稳定家庭的能力和欲望。因此，他无法对自己的性爱行为负责。他在生活中可以勾引一切愿意上钩的女人，他所需要的只是生理发泄，而不是天长地久的爱情。他的口头禅是："所有的女人都是一个样，在本质上都是妓女。"[①]因此，他与酒吧女的艳遇预示了他与安娜的恋爱不可能有一个好结果。

总之，阿塔威在这部小说里以邂逅、重逢和艳遇等场景为伏笔，不仅使故事情节的发展柳暗花明，给人以出乎意料的惊叹，还使行文自然周密，给人以尽在情理中的信服。实际上，这部小说里每一个人物的出现和消失都与伏笔的设置和情节的回应密切相关。阿塔威通过人物把小说情节建构成一个有机的文本叙述空间，增强了不同故事情节的语篇黏合力，使人、事、景三者融为一体，揭露了生存困境中社会伦理的沦丧现象。

二、物件伏笔的隐匿性

文学作品中所提及的物件如果与后续故事情节的发展有着密切关联，我们就可以把这类物件的设置视为物件伏笔。物件伏笔有显与隐之分，即有些物件伏笔比较显露，有些则比较隐蔽，不容易觉察出其隐伏的痕迹。[②]阿塔威在《鼾声如雷》里使用的物件伏笔有伏有应，而且前后照应。他的伏笔往往设置在读者不经意处，看似闲散之笔，但与后文的照应一呼即显力量，给读者以出其不意之感。阿塔威在这部小说里采用的物件伏笔可以分为象征类物件伏笔、迷信类物件伏笔和介质类物件伏笔。

首先，象征类物件伏笔是指作者在故事发展过程中把人物接触过的物件与情节的后续发展关联起来，一些物品象征性地预示了人物后来的行为。阿塔威在这部小说里描写得最好的象征性物件就是枪。在玛格家里，她最为自豪的东西就是新购的一支四管猎枪。一般的猎枪是双管，而这支枪有

① William Attaway, *Let Me Breathe Thunder*, Chatham: Chatham Bookseller, 1939, p.223.

② Mark Leigh Gibbons, *Identity as Literary Device*, Ann Arbor, Mich.: UMI, 2012, p.26.

四个管，更显得威力巨大。枪是力量和权威的象征。玛格把枪拿出来给斯蒂普和埃德看的时候，读者能感受到她在家中的强势地位。玛格是家庭财产的所有者和支配者，手上的枪自然成为维护其财产的工具。当丈夫库珀公然在客厅强奸朋友的女友安娜时，玛格认为库珀的行为触犯了两条禁忌：一是公然挑战她的婚姻权；二是不顾礼义廉耻地伤害朋友之妻。当权威遭到挑战时，她唯一的回应就是用自己手中的武器消灭侵犯者。因此，小说前面猎枪展示的场景为小说末尾部分玛格向库珀开枪的事件埋下了伏笔。此外，阿塔威在这部小说里还描写了玛格把一支步枪送给博伊的场景和斯蒂普教博伊打枪的场景。这支步枪也为博伊射杀群蛇的事件埋下了伏笔。斯蒂普和埃德等人住在桑普森家，发现其家后门廊下面有一窝毒蛇，威胁着桑普森一家的安全。所以，博伊掌握射击技术后做的第一件事不是向天射击，而是向地射击。博伊仅是一名九岁的孩童，怎是一窝毒蛇的对手？但是他借助玛格给他的步枪的威力，把一窝毒蛇全部射杀了。因此，在这部小说里，枪被视为力量的象征：谁拥有枪，谁就拥有权力。

其次，阿塔威在这部小说里还描写了迷信类物件。这类物件指的是小说人物迷信某个物件的吉凶预测能力和未来预告能力。如果这类物件出现在小说里并预示后续情节的发展，就可以将其视为迷信类物件伏笔。阿塔威在这部小说里描写了主人公斯蒂普的一条幸运狗尾巴，他非常迷信这条狗尾巴的预测功能。每当遇到不能决断的难事时，他都会求助于这条狗尾巴。"四里农场"的农场主桑普森邀请他们去打工时，斯蒂普有点犹豫不决。后来，他掏出幸运狗尾巴来占卜，结果狗尾巴指向了亚马克山谷。斯蒂普说："尾巴说就跟着桑普森走吧，老天作证，我们就这样吧。我们到亚马克山谷去。"① 他决定带上埃德和博伊。这条狗尾巴偶然指向的亚马克山谷为他们以后在"四里农场"发生的故事做好了铺垫，埋下了伏笔。之后，博伊在火车上因缺医少药而不幸病死，狗尾巴指向的亚马克山谷并没有给他们带来美好的生活和丰厚的收入。博伊的去世使斯蒂普不再相信狗尾巴的预测功能。于是，他把狗尾巴从衣兜里掏出来，扔在一辆平板货车的油毛毡上。斯蒂普靠迷信类物件来决定人生道路的非理性行为为他后来的生存危机和博伊的离世埋下了伏笔。

最后，阿塔威笔下的介质类物件伏笔是有意把某个物件设置为其他情节或其他人物出现前的铺垫，使相关事件的出现有据可查。"没有它，下一

---

① William Attaway, *Let Me Breathe Thunder*, Chatham: Chatham Bookseller, 1939, p.48.

个人物或事件的出现就会显得突兀，并缺失相应的逻辑性。"①阿塔威在这部小说里设置了两个有代表性的介质类物件伏笔：博伊的十元美钞和桑普森的卡片。博伊是白人流浪汉斯蒂普和埃德在新墨西哥州结识的一个西班牙裔流浪儿。他们三人偷偷爬进火车的货车车厢里，蹭车来到西雅图，生活无着的斯蒂普从博伊的衣兜里找到了一张十元美钞。这张货币成为一个重要的媒介，使他们有钱买到去堪萨斯的火车票，也为他们在火车上与"四里农场"农场主桑普森的邂逅提供了契机。如果没有这十元美钞，斯蒂普三人就没有机会登上开往堪萨斯的火车，也没有机会到"四里农场"打工。因此，十元美钞是斯蒂普三人去亚马克山谷的介质类物件伏笔，起到了"敲门砖"的作用。此外，另一个介质类物件是桑普森的卡片。当桑普森邀请斯蒂普和埃德去其农场打工时，发现他们两人谎话连篇，有可能口头答应去而实际上不去，这样就会使他的雇工计划受挫。于是，和斯蒂普三人分别时，他故意留了一张写有农场地址的卡片。当桑普森离开后，斯蒂普果然对是否去农场打工犹豫不决。可是，斯蒂普拿起桑普森先生留下的卡片一看，上面不仅留有"四里农场"的详细地址，地址下面还有一行小字："我相信，穷的撒谎者不会永远都当穷的工人。"②看到这行字，斯蒂普发现自己的那点小心思早已被桑普森先生猜到。因此，桑普森预先的留言打消了他们的顾虑，激励了他们的勤劳致富之心。这张卡片成为联结斯蒂普三人和桑普森的纽带，使他们做出了到"四里农场"去打工的决定。由此可见，以物件形式出现的介质发挥着桥梁的作用，为后续情节的展开奠定了基础。

　　阿塔威所采用的象征类物件、迷信类物件和介质类物件在小说的情节发展中成为预设的伏笔，起到了联系前后两个事件的作用，强化了故事情节发展的逻辑性。阿塔威的物件伏笔大多是暗伏，伏得隐蔽，不易被读者察觉。通常只有到了"应"的时候，震撼效果才在瞬间中显现，读者也随之恍然大悟，拍案叫绝。

三、动作伏笔的远程预示性

　　小说阅读过程就是读者在脑海里自导自演小说故事情节的过程。小说人物的部分行为动作初次出现时，给读者一种闲笔或孤立描写的感

---

① 庞好农：《伏笔中的悬念与悬念中的伏笔：评莫里森〈柏油娃娃〉》，载《外国语文》2013年第 5 期，第 26 页。

② William Attaway, *Let Me Breathe Thunder*, Chatham: Chatham Chatham Bookseller, 1939, p.47.

觉，但随着读者对故事情节的深入了解，他们会发现人物的某些动作独具含义并且与小说后续情节的发展有着密切的关系。[①]阿塔威在《鼾声如雷》里描写了一些具有伏笔功能的行为动作。因此，本部分拟从三个方面来探究动作伏笔的远程预示性及其深刻内涵：悲剧伏笔、延宕伏笔和求真伏笔。

首先，悲剧伏笔指的是人物在故事情节发展过程中的行为动作对他本人或其他人的悲剧性结局具有铺垫性作用，造成小说人物遭遇灾难、求生无助、生命力渺小以及自我保护能力被毁灭的后果，使具有超常抗争意识和坚毅行动意志者的一切努力都付之东流。阿塔威在小说里设置了两处动作伏笔：叉子事件和手术事件。在叉子事件里，读者发现，博伊虽然只有九岁，但也因生活无着而流浪四方。他发现斯蒂普的性格具有双重性：一方面很喜欢他；另一方面又想把他赶走或遗弃。为了证明自己的男子气概，博伊把餐叉戳进自己的手臂，任由鲜血直流。他戳伤手臂的目的是向斯蒂普证实自己的勇气和无畏，以避免自己被抛弃。博伊的自伤事件成为安娜被强奸事件的伏笔。因为没有博伊的自伤，就没有斯蒂普带博伊去镇上的机会；他们不去镇上，就不会发生库珀强奸安娜的事件。手术事件是该小说的另一个悲剧伏笔。斯蒂普等人把博伊送进医院时，由于博伊伤口感染需要手术，医生说斯蒂普、埃德和安娜三人中只能留下一人在手术室帮忙，其他人可以去街上逛一个小时再回来。斯蒂普主动要求留下照看博伊，也因此目睹了医生给博伊做手术的全过程。斯蒂普观看医生动手术的事件成为之后他给博伊做手术的伏笔。在小说末尾部分，斯蒂普带着博伊搭乘火车逃亡时，博伊的伤口又感染了，高烧不退，而铁路线附近又没有医院。于是，斯蒂普拿出自己的小刀，让埃德按住博伊，仿照医生的样子切开博伊的伤口，挤出里面的脓水。由于斯蒂普的小刀没有消毒，处理伤口时也没有相关药品，因此博伊在手术过程中死去。斯蒂普漠视医疗技术和消毒药品，救人的善意反而导致了杀人的后果。这使手术观摩的过程被演绎成了一个杀人事件的伏笔。

其次，延宕伏笔指的是文学作品中的小说人物利用矛盾诸方的各种条件和因素，有意识地抑制或干扰某种冲突发生的伏笔。这种伏笔通常使场景中的人际关系在表面上暂时缓和，但延后揭穿的真相会加剧人际关系冲突的尖锐性，营造出场景氛围的紧张性，从而为后续恶性事件或悲剧性事

---

① Lynne Rudder Baker, *Naturalism and the First-person Perspective*, New York: Oxford University Press, 2016, p.89.

件的发生做出铺垫。[①]在这部小说里，斯蒂普和埃德已经在"四里农场"打工了三周，就在他们和农场主桑普森结账的那天下午，安娜请埃德带个口信给斯蒂普："告诉他，我今晚在玛格家等他，与他道别。"[②]埃德担心斯蒂普会继续和安娜纠缠不清，这可能给斯蒂普带来灾难，因为桑普森虽然善良，但绝不会允许雇工勾引自己尚未成年的独生女儿。出于对这个事件的担心和焦虑，埃德一次又一次地推迟了告诉斯蒂普关于安娜在玛格家等他的消息。直到晚上，他们带上行李准备离开桑普森的农场时，埃德才把安娜的口信告诉斯蒂普。他们赶到玛格家时，天色已晚，正逢街上到处传闻：安娜被人强奸了，安娜被玛格的枪打伤了，强奸犯库珀却负伤逃走了。这时，埃德心里产生了深深的后悔：如果他（埃德）早一点把安娜的口信告诉斯蒂普，斯蒂普就会早一点赶到玛格家，也许就不会发生库珀强奸安娜的事件了。由此可见，拖延的情节设置成为悲剧发生的伏笔，同时也是悲剧发生的重要原因。

最后，求真伏笔指的是对某个事件的阻止行为成为获得某个真相的伏笔。斯蒂普、埃德和博伊三人穿过铁路边的煤渣堆，爬上一辆开往南方的火车。第二天一早，他们发现车厢黑暗的角落里还躺着一个人，原来是强奸安娜的逃犯库珀。斯蒂普一见到库珀，便怒火心中烧，他把身负重伤的库珀拖到车厢门口，打算把他从高速行驶的火车上扔下去。埃德见状，立即加以劝阻，建议斯蒂普听完库珀的辩解后再做打算。库珀说：他没有真的强奸安娜，他和玛格结婚后关系很好，但是随着岁月的流逝，他的性能力减退，而玛格的性欲仍然旺盛。出于男人的自尊心，库珀不愿把此事告诉玛格。玛格见库珀长时间不和她过夫妻生活，就怀疑库珀在外包养了情人；出于报复和生理的需要，她也开始在外面和其他男人幽会。库珀发现她与其他男人有染时，觉得自己的男性尊严受到侵害，于是毒打了玛格一顿。之后，由于性能力的丧失，库珀想结束与玛格的婚姻，但又不想自己阳痿的事成为人们的笑料。他认为要想不伤自尊地结束这段婚姻关系，自己只有两条路可选：一条是与某个女人私奔，不辞而别；另一条是与其他女人有染，让玛格捉个现行，然后被其赶出家门。库珀选择了后者。当时，安娜在库珀家的客厅等待斯蒂普，从下午一直等到晚上，还是不见斯蒂普到来。库珀见玛格在隔壁房间，于是故意扑向安娜，吓得她大声呼救。玛

① Michel Fabre, *From Harlem to Paris: Black American Writers in France, 1840–1980*, Urbana: University of Illinois Press, 1991, p.57.

② William Attaway, *Let Me Breathe Thunder*, Chatham: Chatham Bookseller, 1939, p.192.

格看到库珀强奸安娜的场景，不禁勃然大怒，可她没有痛骂库珀或把库珀赶出家门，而是迅速取出自己的四管猎枪，对着库珀射击，以报曾遭库珀毒打之仇。埃德劝阻斯蒂普杀人的行为成为获知安娜强奸案真相的伏笔。如果斯蒂普图一时之痛快，真把库珀从火车上扔下去的话，他们就永远也无法知晓这个事件的真相。求真伏笔与事件真相的揭露在小说里有较长的时空距离，形成了独具特色的远程预示。

在阅读《鼾声如雷》时，读者无不为它跌宕多姿的情节和奇峰突起的结尾所倾倒，在时空的远程延宕中得出的真相增加了动作伏笔的叙事魅力。阿塔威设置的悲剧伏笔、延宕伏笔和求真伏笔是其故事情节发展的一支支伏兵，出其不意而又合情合理地把故事情节推向高潮。动作伏笔的巧设使故事情节波澜起伏、引人入胜，这也构成了阿塔威的写作特色之一。

总之，阿塔威在《鼾声如雷》里设置的人物伏笔、物件伏笔和动作伏笔并不是孤立、静态和片面的，而是顺应故事情节的展开，与整个小说主题的发展密切相关。各种伏笔与小说主题的有机结合形成一股强大的文体合力，对小说后续故事情节的展开起到了提示或暗示的铺垫作用。阿塔威的伏笔把"伏得巧妙"视为第一要素。读者初读其文时常常无法轻易觉察，这使得貌似闲笔的伏笔在后文的回应中更显精妙，起到了隐而后发、画龙点睛的独特功效，同时也带给读者丰富的审美体验。

第二节　莫里森的伏笔与悬念：《柏油娃娃》

托尼·莫里森（1931—2019）是美国当代著名作家，从 20 世纪 70 年代初开始从事文学创作。她不但继承和发扬了黑人作家拉尔夫·埃里森和詹姆斯·鲍德温开创的文学传统，而且还模仿和拓展了白人作家威廉·福克纳（William Faulkner）的写作风格，给自己的作品抹上了一层福克纳似的神秘阴暗色彩。她勇于探索和创新，摒弃歧视黑人的措辞，把黑人民间传说、《圣经》故事和西方古典文学的精华糅合在自己的文学作品里，使黑人文学传统和白人文学传统有机地结合起来。与同时代的黑人男性作家不同，莫里森把视线转向黑人社区内部，从黑人的历史文化、风俗习惯和伦理道德等方面讨论黑人文化的价值和黑人自身存在的问题。因其对美国文学发展的重大贡献，她于 1993 年获得诺贝尔文学奖，并被美国学界誉为继福克纳和海明威之后美国当代文学的又一座高峰，至今很难被超越。为了表彰她对美国文化事业的繁荣和发展做出的重大贡献，美国总统贝拉克·奥巴马于 2012 年 5 月 29 日在白宫东厅亲自给莫里森颁发了"总统自由勋章"[①]。迄今为止，莫里森已经创作了 11 部小说[②]，每一部都被美国学界奉为经典之作。《柏油娃娃》（1981）是莫里森撰写的第四部小说，也是她尝试描写现代社会的第一部小说。近年来，我国学界主要从空间叙事、《圣经》原型、叙事策略和文化身份等方面研究该小说并取得了一些成果。但是，几乎没有学者提及该小说中的悬念和伏笔问题。然而，该小说行文曲折，引人入胜，其中的奥妙之一就是层层设置的悬念，使故事情节发展进入"迷雾漫漫，柳暗花明又一村"的艺术境界。这部小说情质双佳，娴熟的文笔足以使人倾倒，但作品里还有一个突出的地方更能体现莫里森谋篇之巧妙，那就是小说中伏笔的运用做到了层层有交代、处处有联系，"瞻前顾后"，缜密周详。

一、设立悬念与诱发联想

悬念是读者对小说中的人物命运、个人遭遇和情节发展所持有的一种关切和期待的心理。它是小说的一种写作技法，也是作者邀请读者参与故事欣赏、激活读者兴趣的重要艺术手段。悬念的基本特征是"先提出问题，引起读者的注意，然后通常在冲突或高潮结束时提供谜底，消解读者的迷惘，使读者产生恍然大悟之感"[③]。从叙事学的基本原理来看，悬念的形成时常与伏笔的设置密切相关。莫里森在《柏油娃娃》里设置了大量悬念，这使该书不但在艺术上扣人心弦，还深化了小说的主题。从悬念在小说中出现的位置来看，莫里森设置的悬念可以分为三类："开篇即悬""文中设悬""篇尾仍悬"。

莫里森在小说的起始部分采用了"开篇即悬"的艺术策略，造成盘马弯弓之势，抓住读者的心不放。她的"开篇即悬"表现在小说封面上的题目和小说序言中的第一个人称代词"他"（He）上。《柏油娃娃》这个题目

[①] "总统自由勋章"（Presidential Medal of Freedom）是由美国总统授予的奖项，以表彰那些为美国的安全或国家利益、世界和平、文化或其他重大公共或私人事业做出特别杰出贡献的人。总统自由勋章是美国最高等级的平民奖项。它由约翰·F. 肯尼迪总统于 1963 年设立，取代了 1945 年哈里·S. 杜鲁门总统为纪念第二次世界大战期间的文职服务而设立的自由勋章。

[②] 莫里森的 11 部小说如下：《最蓝的眼睛》（*The Bluest Eye*，1970）、《秀拉》（*Sula*，1973）、《所罗门之歌》（*Song of Solomon*，1977，获美国图书评论奖）、《柏油娃娃》（*Tar Baby*，1981）、《宠儿》（*Beloved*，1987，获普利策小说奖）、《爵士乐》（*Jazz*，1992）、《天堂》（*Paradise*，1999）、《爱》（*Love*，2003）、《恩惠》（*A Mercy*，2008）、《家》（*Home*，2012）和《上帝帮助孩子了》（*God Help the Child*，2015）。

[③] Wendy Harding & Jacky Martin, *A World of Difference: An Inter-cultural Study of Toni Morrison's Novels*, Westport, Conn.: Greenwood, 1994, p.76.

在读者心目中率先形成悬念，激励读者去分析小说人物，探究谁是小说中的"柏油娃娃"。"柏油娃娃"来源于一个黑人民间传说：有个农夫种的白菜经常被兔子偷吃，因此他就用柏油和松油做了一个人形娃娃，用来诱捕兔子。兔子见到这个柏油娃娃，就和它打招呼，见柏油娃娃不理它，兔子觉得失了面子，就很生气地用后脚猛踢柏油娃娃，结果兔子的脚被粘在柏油娃娃身上。为了脱身，兔子拼命用前爪拍打，结果前爪也被粘在柏油娃娃身上。兔子越想挣脱，就被粘得越紧。后来有只狐狸过来，兔子大声喊叫道："别把我扔在长满刺的树丛里。"狐狸不知是计，带着戏弄之心把兔子从柏油娃娃上取下来，扔到荆棘丛里，兔子天生不怕荆棘，因此一下子得以脱险。熟悉非洲裔美国文学的读者都知晓柏油娃娃的故事。一看到这部小说的题目，读者就会追问：谁是"柏油娃娃"呢？是黑人青年桑（Son），还是黑人女模特贾丹（Jadine）？桑认为自己的生活经历就是这个传说的翻版。"森[桑——作者注]把自己比作兔子，把瓦莱里安看作是白人农夫，指责嘉甸[贾丹——作者注]是白人世界里不会思考的工具。"[①]桑认为贾丹是其生活中的"柏油娃娃"，她用美貌诱惑他，导致他不能自拔；桑越想离开贾丹，就越离不开。然而，贾丹却把桑看作其生活中的"柏油娃娃"，把自己比作兔子。然而，贾丹却是一只能从"柏油娃娃"身上挣脱的兔子，而使贾丹脱离"柏油娃娃"的"狐狸"就是她头脑中积淀极深的白人文化。贾丹虽然出生在黑人家庭，但由于父母早亡，她跟随叔叔一家生活，在白人瓦莱里安（Valerian）家长大；之后，在瓦莱里安的资助下，她到法国读了大学，后从事模特行业。她小时候受过黑人文化的影响，但长大后，经移入白人文化的稀释，黑人文化对她的吸引力就大为降低。[②]实际上，莫里森描写的"柏油娃娃"并不是指具体的某个人，而是指黑人的世界观和价值观。正如杨敏所言，"这个柏油孩子是一个很飘忽的概念，评论界也一直对此有不同的解读。作者通过这个诱惑加抗拒的形象，表达出她对黑人现状及其原因更深入的思考"[③]。读者们的不同解读增大了这个悬念的扑朔迷离感。

　　莫里森在《柏油娃娃》中采用的另一个"开篇即悬"是人称代词"他"

---

① 曾艳钰：《"兔子"回家了？——解读莫里森的〈柏油孩子〉》，载《外国文学》1999 年第 6 期，第 82 页。

② Denise Heinze, *The Dilemma of "Double-Consciousness": Toni Morrison's Novels*, Athens: University of Georgia Press, 1993, p.213.

③ 杨敏：《精心打磨的一块美玉——评托妮·莫里森小说〈柏油孩子〉》，载《齐齐哈尔大学学报》（哲学社会科学版）2008 年第 3 期，第 93 页。

（He）的运用。小说序言最前面的两个句子是："他相信自己是安全的。他站在英国船'斯托尔·科尼格斯加尔腾'号的栏杆边，深深地大呼了一口气，凝视着海港，充满甜蜜的期待，但却又忐忑不安。"①小说正文的第一个单词是"他"。接着，"他"从船上跳进海里，想游上岸，却被海流冲走，在漂流中爬上一艘木船，来到一个小岛。作者没有提及"他"的姓名、个人背景和跳海原因等，开篇就给读者带来了一个悬念。随着小说情节的发展，读者关于这个人物的悬念一点一点地被破解。"他"究竟是谁呢？他先后以"小偷""强奸嫌疑犯""杀人犯""风流公子""贾丹情人""儿子"等身份出现。从指称落实方面来看，直到第四章的第139页，莫里森才用了"桑"（Son）来指称他。桑讲述了自己是如何上岛，如何到厨房偷食物，以及如何上楼窥视贾丹等等。在第四章的第146页，读者通过桑与瓦莱里安的对话才得知，桑的全名是"威廉·格林"（William Green），别名为"桑"。在第160—161页处，"桑"告诉贾丹他是因涉及一桩车祸才出逃的；他不愿坐牢，就逃离了佛罗里达州。在第166页，作者提及他已经逃亡了八年，因为无钱请律师，为了生存下来，他就只好逃跑、躲藏、偷盗和撒谎。直到第176页，"桑"才告诉贾丹，他的罪名是杀死了前妻夏延（Cheyenne）。起因是他撞见前妻与他人通奸，于是一怒之下开车去撞房子，引起火灾，致使前妻被烧死，奸夫被烧伤。因此，随着指称从"他"发展到"威廉·格林"，读者对这个人物的悬念逐渐化解，其人物形象也渐渐清晰。

"文中设悬"是戏剧、小说等叙事类文学中的一种情节设置手段。为了有效吸引观众和读者，作家在故事情节的发展过程中把人物命运的揭晓有意识地悬置或延宕下来，在下文的适宜空间才做出最后的交代，以增添小说阅读的趣味性。"其作用在于引起读者对故事情节和人物命运的走向产生极大的焦虑感和阅读期待，从而增强故事的吸引力，使情节在一张一弛中形成波澜。它具体表现为设疑与释疑。"②这种悬念经常与伏笔重合，其具体特征是在文中引起悬念，然后在下文解释或照应悬念。

莫里森采用的第一个"文中设悬"是桑躲进玛格丽特（Margaret）衣橱里的目的。贾丹的叔叔西德尼（Sydney）和叔母昂戴恩（Ondine）认为他想强奸玛格丽特，但桑坚决否认；玛格丽特固执地认为他想强奸的是她，

---

① Toni Morrison, *Tar Baby*, New York: Alfred A. Knopf, 1994, p.3.
② 熊荣：《悬念与伏笔的妙用——谈〈林教头风雪山神庙〉的情节设置特点》，载《语文建设》2011年第9期，第52页。

但贾丹却认为桑不会对年老的玛格丽特感兴趣。桑究竟想强奸谁的问题就构成一个悬念。原来，桑跳海来到骑士岛后，被瓦莱里安的庄园里漂亮的房屋吸引，之后，又被贾丹的美貌吸引。每天晚上等到夜深人静之时，他就潜入贾丹的房间，在黑暗中欣赏她的美貌。有一次，他刚到楼上，适逢有人来，他只好躲进就近的玛格丽格的房间。这个事件引起的悬念引起多个人的误解。玛格丽特对桑的强奸企图带有某种心理层面上的愉悦感，因为在她看来，如果有人企图强奸她，就说明她的女性魅力尚存，而贾丹对玛格丽特自称被强奸威胁一事非常不满，她觉得自己年轻漂亮、魅力无穷，桑要强奸的对象应该是自己，而不是玛格丽特。

莫里森把瓦莱里安的身世问题设置成另一个"文中设悬"的悬念。瓦莱里安童年时家宅后面有个洗衣房，一名黑人妇女常年在那里以洗衣为生。父亲死的那天，他去看望了那名黑人妇女。得知他父亲的事情后，黑人妇女就让他帮忙洗衣。洗衣虽然很辛苦，但他心里很快乐。之后，那名黑人妇女很快被解雇了。那名黑人妇女与他有什么关系呢？这也构成了一个悬念。几十年过去了，瓦莱里安退休后就来到骑士岛，他在平时居住的温室附近也修建了一个洗衣房，但仅是摆设而已。那个洗衣房成了他寄托哀思的一个象征物。原来，那名黑人妇女是他的亲生母亲，但在种族歧视严重的社会环境里，他们不敢相认。

在《柏油娃娃》中，莫里森设置的第三类悬念是"篇尾仍悬"。她把这种悬念设置在小说的末尾部分，引发读者对小说主人公命运的猜测，具有较大的不确定性。莫里森撰写了两个"篇尾仍悬"的片段。第一个悬念是关于桑的最后去向。吉迪恩（Gideon）觉得桑和贾丹是两条不同道上的人，劝他放弃寻找贾丹，但是桑不愿意。最后，泰蕾兹（Thérèse）主动提出由她驾船送桑去骑士岛。实际上，泰蕾兹是盲人，她主要根据海潮的起伏规律驾船。由于当天雾太大，可见度很低，他们的船最后停靠在骑士岛的另一面，离瓦莱里安的庄园还有很远的路程。登岸时，泰蕾兹在桑身后喊道："你有两个选择，要么加入岛上的荒野盲人骑士部落；要么去瓦莱里安庄园询问贾丹的下落。"泰蕾兹本人是盲人，可能是盲人骑士部落的后裔，她希望桑加入骑士的行列，回归黑人的文化传统。桑跌跌撞撞地上了岸，其视力也开始下降。这时，读者有一个疑问：泰蕾兹的愿望能实现吗？但是，在第九章的末尾部分，桑发现贾丹已经离开宾馆，桌上留着一个装有很多照片的信封。莫里森描写道："他[桑——作者注]凝视了信封一会儿，然后才打开信封看。里面是她[贾丹——作者注]在埃罗的路中间拍摄的照片。还有比尔·泰蕾兹、小比尔·泰蕾兹、'士兵'的妻子、'士兵'的女儿等人的照片……他们都看起来很愚蠢，没有喜气，没有生气，死气沉沉的。"①从桑对这些照片看法的改变来看，桑似乎产生了不找回贾丹誓不罢休的想法。在《柏油娃娃》末尾处，桑的抉择成为一个悬念：桑是会加入盲人骑士的行列，还是会继续寻找贾丹呢？小说在桑做出最后决定之前就戛然而止，引发了读者的发散性思维和多重想象的空间。史敏说："莫里森留给读者一个开放式的结尾。"②这样的结尾就是要让读者在阅读过程中积极思考，寻找自己的结论。莫里森在这部小说里设置的第二个"篇尾仍悬"是贾丹要回巴黎去干什么。在小说的第一章里，贾丹的床上铺了一件用小海狮皮制作的大衣，毛泽光滑，颜色黑亮。她躺在这件大衣上觉得非常舒服。这件大衣是她的前男友吕克（Ryk）送给她的定情礼物。随后，她和黑人青年桑去纽约时，并没有把海狮皮大衣带在身边。后来经过许多冲突后，贾丹与桑分了手，回到了骑士岛，她带上这件海狮皮大衣，与叔母昂戴恩和叔叔西德尼告别，飞回了巴黎。她似乎要重操旧业，继续当模特，并且重续与吕克的爱。但是，她的年龄渐大，还适合做模特吗？吕克被她抛弃后又有新欢了吗？贾丹的前途充满了众多不确定的因素。因此，她回巴黎后的情形究竟会怎样？这就形成了一个悬念。小说在她登上前往巴黎的航班时结束，留下了令读者产生丰富遐想的空间。③正如曾艳钰所言，"莫里森对这种开放式结尾的启用，不仅暗示了寻觅的无止境和文学创作的永无完结性，也强调了小说作为由文字构成的个体，是无法与丰富多变的现实世界相等同的"④。

　　莫里森在这部小说里设置的悬念贴近生活，富有情感元素，大有摄人之魄、揪人心肠之势，给小说增添了回味无穷的解读乐趣。莫里森的悬念来自伏笔，但又超越伏笔，进入了更广阔的阐释空间。她运用伏笔形成悬念，对即将出现的人物或事件预先做出某种提示或暗示，当该人物或事件在下文的一定场合里出现时，就形成了悬念。她还运用伏笔设置悬而未决的问题，也就是用伏笔暗示出某种不同寻常的事件的底细，又不急于披露，使其呈现出悬而未决的状态，在读者脑海里产生更大的悬念效果。因此，其作品虽然不能满足读者的心理期待，却呈现出另一种叙事效果，

① Toni Morrison, *Tar Baby*, New York: Alfred A. Knopf, 1994, pp.272-273.
② 史敏：《永不止步的身份追寻．〈柏油孩子〉的空间叙事解读》，载《译林》2011年第8期，第36页。
③ Marilyn Sanders Mobley, *Folk Roots and Mythic Wings in Sarah Orne Jewett and Toni Morrison*, Baton Rouge: Louisiana State University Press, 1991, p.224.
④ 曾艳钰：《"兔子"回家了？——解读莫里森的〈柏油孩子〉》，载《外国文学》1999年第6期，第79-80页。

使故事情节的发展带有魔幻现实主义的神秘色彩，留给读者无限的反思和遐想空间。

二、悬念迁移

悬念迁移是指读者在阅读和欣赏文学作品的过程中，对作家设置的悬念的一种认知性情感，有正向和负向两个发展方向。一般来讲，悬念迁移的程度和取向取决于作家的表达意向和读者对作品的领悟能力。

悬念的正向迁移是指悬念在故事情节的发展中顺应读者的思路，向着读者期望的方向发展。在《柏油娃娃》中，桑到贾丹的房间实施性骚扰，但贾丹没有做出强烈的反抗，也没有及时向庄园主瓦莱里安告发。这为桑进一步接近贾丹，并最后获得贾丹的爱情埋下了伏笔。[1]读者通过上下文和两个当事人的对话和行为，能够感知到他们的关系会朝着自己期盼的方向发展——成为恋人。在另一点上，贾丹随桑到达其家乡埃罗后，因为当地的习俗不允许未婚同居，她就被安排单独一个人住在男友的姨妈家，这为她不满南方黑人的乡村生活埋下了伏笔。后来，在姨妈家的那间卧室里，贾丹半夜梦到许多过世的和仍活着的女人来骚扰她，使她难以容忍男友家乡的生活氛围。这些不满情绪为他们两人的最后分手埋下了伏笔，使悬念的发展与读者心目中所期盼的结果相吻合，满足了读者的鉴赏预测感。

悬念的负向迁移是指悬念在故事情节的发展中背离了读者的思路，向读者期待的相反方向发展，使读者产生出乎意料的情感，从而深化悬念的艺术魅力。在《柏油娃娃》的第一章里，桑被当作小偷和强奸嫌疑犯抓起来，由管家西德尼押送到庄园主瓦莱里安面前。按常理，庄园主应该立即报警，让警察来把他抓进大牢，但出乎意料的是，瓦莱里安吩咐西德尼把桑安排到客房居住，并且允许他和自己一起吃饭。瓦莱里安的这个决定背离了读者的期盼心理，构成小说悬念的负向迁移。他为什么会对这个小偷这么好呢？这又形成了一个悬念。原来，就在此事发生的前一天晚上，他梦到了自己的儿子迈克尔（Michael）。一见到被当作小偷抓起的桑，瓦莱里安就发现这人的笑容很像梦中的儿子，由此产生了强烈的心理移情。因此，他决定把桑当作儿子的化身来对待，并且紧接着安排仆人吉迪恩和泰蕾兹带桑进城理发和买新衣服。就在此时，读者对这个悬念的谜底才恍然大悟。

---

① Philip Page, *Dangerous Freedom: Fusion and Fragmentation in Toni Morrison's Novels*, Jackson: University Press of Mississippi, 1995, p.68.

悬念的正负迁移表明莫里森在悬念设置上的不确定性。这有助于发展悬念，逐步激起读者的求解心理。①她在伏笔中巧妙运用悬念，让貌似闲散之笔产生了重要的情节建构功能，使小说情节的发展顺畅自然而又浑然天成。这些都显示出莫里森在伏笔和悬念的有机结合中所呈现出的精深构思和独具匠心。不管悬念如何迁移，莫里森的悬念中始终有一条以贾丹和桑的关系发展为代表的主线，虽然这条主线只是隐约可见，但当故事情节展开来的时候，莫里森用悬念中的伏笔预先对读者做出一些暗示，使情节在渐渐隐隐中向前推进。这让读者从表面上看似无任何直接联系的情节中发现各种暗示，从而在面对一些重大情节的发生时不至于感到突兀，能适时明白莫里森的创作意图。

三、伏笔重重与柳暗花明

伏笔有显与隐之分，即有的伏笔比较明显，有的伏笔则比较隐蔽，不轻易让读者看出其痕迹。莫里森在《柏油娃娃》中使用的伏笔有伏有应，伏得巧妙，而且前后照应。她的伏笔往往设置在读者不经意处，信手拈来，看似闲散之笔，但与后文的照应一呼即显力量，给读者以出其不意、柳暗花明之感。莫里森在这部小说中采用的伏笔可以分为命运伏笔、象征性伏笔、性格伏笔和粘连伏笔。

首先，命运伏笔指莫里森在叙述人物命运的过程中，通过对其成长遭遇、个人爱好和价值取向等方面的铺垫性描写，阐释内外部因素对人物命运的形成性影响。在该小说的第一章里，玛格丽特整日精神不振，忧郁满面，时常酗酒。

> 瓦利连[瓦莱里安——作者注]不仅对待黑人冷漠，对于小自己22岁的妻子玛格丽特，也仅仅是贪其美色，同时又嫌弃她低微的出身，与她的关系十分疏远。为了保持其白人雇主身份，瓦利连阻止妻子去厨房和昂丁[昂戴恩——作者注]交往，因为厨房作为下人活动的场所，其空间表征的含义是低贱的，致使玛格丽特性格孤僻，无人交往，精神变态，甚至发展到以虐待自己和瓦利

① Evelyn Jaffe Schreiber, *Race, Trauma, and Home in the Novels of Toni Morrison*, Baton Rouge: Louisiana State University Press, 2010, p.341.

连的儿子来报复瓦利连。她的生活空间和精神空间同样是令人窒息的。^①

　　当故事发展到第六章，我们才得知，玛格丽特的心病源于对无爱婚姻的不满和对自己早年虐待迈克尔的后悔。当年的错误造成他们母子终身难以消除的隔阂。玛格丽特对无爱婚姻的厌恶情结和无奈心理为她用别针刺婴儿迈克尔的屁股和用烟头烫他的行为埋下了伏笔；而迈克尔仇恨父母的心结又为其圣诞节不回家的事件埋下了伏笔。此外，莫里森在小说的第二章里专门介绍了盲人骑士。他们是最早到达该岛的非洲黑奴后代，生活在岛上的森林和沼泽地区，仍然保持着非洲原始文化习俗。吉迪恩说泰蕾兹是盲人骑士部落的一员。小说第二章提到的盲人骑士为小说最后一章里泰蕾兹驾船送桑到骑士岛，并希望他加入盲人骑士部落的情节埋下了伏笔。

　　其次，象征性伏笔是指作者在故事发展过程中把人物经历过的事件与情节的后续发展联系起来，凸显一些物品或地域对人物后来行为的象征性暗示或影响。在小说的第一章，桑第一次上岛遇到的鳄梨树具有极大的象征意义。这棵树上的果子可能有毒，也可能无毒，最后由于饥饿难忍，桑还是吃了树上的鳄梨。这表明了桑的个人性格：在饥饿状态下，无论多么危险的事，他都敢干，这也为他以后爱上贾丹埋下了伏笔。桑见到贾丹后，被她的美貌吸引，女人的美貌所引起的性饥饿导致桑忽略了他们两人在道德伦理、世界观和人生追求等方面的巨大差异，于是不能自拔地爱上了贾丹。在这一章的另一处描写里，贾丹的寝室里放了一本时尚杂志，封面人物就是贾丹，杂志封面肖像是现代社会时髦和前卫的象征。作者在不经意中描写这本杂志的出现，看起来是闲笔，到了下文却使人茅塞顿开。贾丹崇尚出人头地的美国价值观，而她的男朋友桑却对此没有强烈的欲望。这些描写为最后两人关系的破裂埋下了伏笔，贾丹抛弃桑之举也呼应了这个伏笔。总之，作者在第一章不经意之处暗暗埋下的伏笔，与后文的"谜底"遥相呼应，构思精妙至极。象征性伏笔还出现在小说的第五章。在桑和贾丹野餐归来的途中，由于汽车的汽油耗完了，桑只好步行到海边的游艇上去取一瓶汽油。桑离开后，贾丹就下车欣赏路边的风景，她被美景吸引，向路边的树林深处走去，不幸陷入了沼泽。沼泽是荒野和黑人传统文化的象征。最后，她勇敢地从沼泽中拔出身来，除内衣外，外面的衣服都被沼

① 史敏：《永不止步的身份追寻：〈柏油孩子〉的空间叙事解读》，载《译林》2011 年第 8 期，第 32 页。

泽粘去了。这个事件具有象征性，表明贾丹能够通过自己的努力摆脱困境，这也为贾丹最后能摆脱桑的爱恋埋下了伏笔。该小说中最富有象征意味的意象是贾丹在埃罗的一个夜晚梦见一群黑人妇女向她袒露乳房。"这一意象暗示着这些黑人妇女在集体向她展示哺育者的威力，以消除杰丹[贾丹——作者注]身上来自白人文化的负面影响。"①黑人文化对桑的巨大黏合力表明他的人生追求与思维白人化的贾丹格格不入。贾丹臆想中的黑人乳房从另一个方面为他们两人关系的最后破裂埋下了沉重的伏笔。

再次，性格伏笔是指作者通过交谈、评述和旁证等手法介绍人物性格，使人物性格对人们的价值取向和人生发展形成影响。在小说的第九章，桑开车送姨妈罗莎到教堂做礼拜时，贾丹和绰号为"士兵"的朋友待在家里。"士兵"提及了桑的性格特点，他认为桑是一个有独立思想的人，容忍不了被人控制或约束的生活。他还说，桑的前妻也是一个控制欲极强的人，两人本来就不适合结婚。然而，贾丹本人也是一个有极强个性、不愿被人控制的人物。贾丹和桑两人的独立人格为他们的最终分手埋下了性格伏笔。桑和贾丹在世界观、价值观和人生追求方面难以调和：贾丹受过大学教育，喜欢过大城市灯红酒绿的生活，而桑只喜欢南方乡村小镇的宁静；贾丹希望桑去上学，通过读书改变命运，或者做生意，开拓自己的事业，但桑对读书和做生意等都不感兴趣。因此，贾丹认为桑胸无大志，懒惰自满，还停留在奴隶制时代的黑奴意识，没有理想和发财的意识。②桑希望贾丹和他一块回家乡过平淡的生活，而贾丹发现自己难以在南方的社会环境里生存下去。最终，贾丹决定离开桑，回巴黎继续追求自己向往的生活。贾丹返回欧洲的行为与莫里森描写他们两人心态的性格伏笔形成照应。

最后，粘连伏笔是作者为下一个事件或人物的出现而安排某个事件或人物的设置。没有它，下一个人物或事件的出现就会显得突兀，并缺失相应的逻辑性。③在小说的第十章，贾丹在上飞机回巴黎之前，在机场卫生间里碰到了清洁工埃尔玛·埃斯蒂（Elma Estee）。埃尔玛是吉迪恩和泰蕾兹的女儿，曾在瓦莱里安庄园里当过勤杂工，所以认识贾丹。他们的相遇为桑到骑士岛寻找贾丹埋下了伏笔。桑被贾丹抛弃后，从纽约一直追到了法

---

① 都岚岚：《空间策略与文化身份：从后殖民视角解读〈柏油娃娃〉》，载《外国文学研究》2008年第6期，第80页。

② Danielle Taylor-Guthrie, ed., *Conversations with Toni Morrison*, Jackson: University Press of Mississippi, 1994, p.77.

③ Patrick Bryce Bjork, *The Novels of Toni Morrison: The Search for Self and Place Within the Community*, New York: Peter Lang, 1992, p.36.

国女王港，在这个地方碰到了吉迪恩一家。埃尔玛回家后，把见到贾丹飞回巴黎一事告知了桑。桑不知道贾丹在巴黎的具体住址，因此，他决定乘船到骑士岛去找西德尼和昂戴恩询问贾丹在巴黎的详细住址。如果没有埃尔玛与贾丹相遇的伏笔，桑就不会产生去骑士岛的打算。这个伏笔起到了连接前后两个事件的作用，优化了故事情节发展的逻辑性。

伏笔在《柏油娃娃》中藏而微露，似显非显，积而后发，意味深长。这是作者在故事情节的建构方面独具匠心之处，使读者在阅读中领悟到其伏笔叙事的艺术魅力。上述的四类伏笔是小说情节发展中各类冲突形成、发展直至高潮的前提条件和必要铺垫。这些伏笔表现了人物的思想性格，具有穿插性或点缀性的特征，体现出作者巧妙的艺术构思和强大的艺术功力。它们使叙事流畅，顺理成章，产生出奇制胜的艺术效果，起到了画龙点睛的独特功效。

《柏油娃娃》充满了魔幻现实主义的神秘元素。莫里森把悬念和伏笔巧妙地结合起来，将超现实的神秘元素和黑人民间传说融合为一体，使作品波澜起伏，变化多姿，给读者一种难得的艺术享受。莫里森把作品的谋篇布局与故事情节的建构密切地联系起来，形成了前有伏笔、后有照应的叙事结构。该小说中的悬念及伏笔不是孤立存在的，而是相互关联和相辅相成的，共同构成了一个复杂多变、逻辑性强、完整严密的小说叙事脉络。它们各自在自己的结点上起着促进情节发展的重要功能，使作品的内在结构成为一个有机的叙事本体。莫里森独具匠心的悬念和伏笔手法的运用与该小说新颖的立意和深刻的寓意相得益彰，也对 21 世纪美国文学叙事策略的发展有着巨大影响。

第三节　雷德笔下的伏笔与悬念：《如此有趣的年代》

《如此有趣的年代》（*Such a Fun Age*，2019）是美国当代非裔美国青年作家凯莉·雷德（1987—　）的处女作。小说一出版就获得国际学界和读者的青睐，于 2020 年 7 月入选布克文学奖长名单。雷德在这部小说里讲述了现代社会里关于黑人与白人的情爱、雇佣和价值取向等方面的故事。其主要情节发生在 21 世纪，手机、照片墙（Instagram）、推特（Twitter）、短信、博客等现代信息技术与人们的工作和生活交织在一起，由此产生了各种各样的情感纠葛和利益冲突，演绎出关于种族、性别和阶级问题的悲喜剧，生动地展现了当下美国的社会风貌。米歇尔·亨利（Michelle Henry）说："雷德在《如此有趣的年代》里建构了充满艺术魅力的小说情节，从多个层

面探究了种族、阶级和身份问题。"①萨拉·柯林斯（Sara Collins）高度赞
扬这部小说的艺术成就，称其为"艺术鉴赏家之非凡才干的名片"；她认为
该小说把种族主题与友谊、母爱、婚姻、爱情等方面的哲理思考巧妙地结
合起来，展现了令人深思的当今社会之世界观和价值观。②理查德·利娅
（Richard Lea）特别欣赏这部小说的情节建构和人物心理分析，认为该小
说的艺术风格具有鲜明的时代性。③与此同时，国内学界也开始关注这
部小说，相关学术成果尚在形成过程中。该小说在写作风格上独具特色，
在不少方面呈现出美国新一代作家的创作锐气和开拓精神。雷德在《如
此有趣的年代》里采用了独具特色的伏笔和悬念，凸显其写作风格的艺
术魅力。

一、伏笔

雷德在《如此有趣的年代》里使用得最好的写作技法之一就是伏笔。
从叙事学来看，伏笔指的是故事情节中前面出现的人或物对后面即将出现
的事件预先所做的某种警示、暗示或提示。伏笔是作家在写作中谋篇布局
的技巧，使小说情节在发展过程中前后照应，结构严谨。④一般来讲，有伏
笔必有照应；不伏不应是败笔，只伏不应同样也是败笔。好的伏笔要埋伏
得巧妙，切忌刻意、显露；为了不让读者轻易觉察到，伏笔要做到草蛇灰
线，伏脉千里。伏笔要有照应，但前后不宜紧贴。如果伏笔前后贴得过近，
反而会使小说情节的设置显得呆板，使读者觉得枯燥乏味。⑤本部分拟把这
部小说里出现的伏笔分为三类：顶针式伏笔、关联式伏笔和巧合式伏笔。

首先，顶针式伏笔是由三个或三个以上紧密相关的小伏笔组成的大伏
笔，其主要功能是使小说情节的发展层层递进，紧密相连，由此不仅可以
使文本结构严谨，而且还使人物性格在伏笔的设置和回应过程中得以充分
的展示。⑥雷德擅长顶针式伏笔的运用，在《如此有趣的年代》里设置了
一系列小伏笔，环环相扣，丝丝相连，以此来强化小说的大伏笔或总伏

① Michelle Henry, "An Interview with Kiley Reid on Her Debut." *The Times*, January 25, 2020.
② Sara Collins, "*Such a Fun Age* by Kiley Reid: Review on an Essential New Talent." *The Guardian*, January 2, 2020.
③ Richard Lea, "Kiley Reid: Women Issues in *Such a Fun Age*." *The Guardian*, February 18, 2020.
④ Genevieve Liveley, *Narratology*, Oxford: Oxford University Press, 2019, p.154.
⑤ Mieke Bal, *Narratology: Introduction to the Theory of Narrative*, Toronto: University of Toronto Press, 2017, p.87.
⑥ Irene J. F. de. Jong, *Narratology and Classics: A Practical Guide*, Oxford: Oxford University Press, 2014, p.108.

笔——狄博特商场警察扣留黑人女青年埃米拉（Emira）的事件。一个周末的深夜，雇主张伯伦夫人（Mrs. Chamberlain）家的窗户遭到不明身份者的袭击，出于安全考虑，她请保姆埃米拉把大女儿布莱恩（Brian）带到一个专门为白人服务的商场——狄博特商场去玩耍。商场警察发现一个黑人女青年带着一个三岁的白人女孩深夜溜达，怀疑这个黑人女青年"绑架"了白人女孩，于是把她扣留下来询问。因不满警察的无端怀疑，埃米拉与白人警察发生了激烈的争吵。这个事件被白人青年凯利（Kelley）用手机拍下来，构成了一系列事件的伏笔。凯利拍摄这个视频是为了帮助埃米拉维权，但是埃米拉不愿因维权打官司而打乱自己的生活，坚持要求凯利马上删除视频。凯利担心埃米拉后悔，再想打官司时就没有了证据，于是，他就从埃米拉那里索要了电子邮件地址，把视频发给她，紧接着就删除了原始视频。"商场被扣事件"为凯利追求埃米拉埋下了伏笔。之后，他们在地铁和酒吧多次相遇，从陌生人发展成为熟人、朋友和恋人。他们恋爱关系的建立也是一个伏笔，为凯利与其 15 年前的旧情人在 2015 年感恩节的相见提供了契机。原来，埃米拉的雇主张伯伦夫人就是凯利的旧情人。因不满前任与自己保姆的恋爱关系，张伯伦夫人偷偷侵入埃米拉的邮箱，窃取了"超市被扣事件"的视频，并通过推特发送到网上，引起轩然大波。埃米拉怀疑男友凯利没有把原始视频真正删掉，企图把视频发到网上来羞辱她，于是断绝了与凯利的恋人关系。由此可见，埃米拉的"超市被扣事件"成为凯利拍视频事件、凯利与埃米拉恋爱事件、凯利与张伯伦夫人在感恩节重逢事件和张伯伦夫人窃取视频事件的伏笔，为后续事件的发生和发展提供了可能性，把读者引入了复杂而有趣的多维人际关系，从而使读者获得阅读的乐趣。雷德通过悬念的层层设置和悬念消解步骤的层层递进，推动故事情节在紧张、刺激而又妙趣横生的氛围中演绎和发展。

其次，在社会生活中，当事人通过第三方，即朋友或朋友的朋友的介绍而认识了某个以前不认识的人，并与其建立起某种联系。那么，当事人与第三方的关系便成为当事人与第三方所介绍的人建立和发展关系的伏笔，这种伏笔就是关联式伏笔。在这部小说里，张伯伦夫人并不认识 2016年美国民主党总统候选人希拉里·克林顿（Hillary Clinton），但是她的好朋友塔姆拉（Tamra）的一个朋友认识希拉里总统竞选团队的顾问。在这个顾问的安排下，张伯伦夫人得以在纽约等地参加妇女聚会，发表关于女权问题的政治演讲，为希拉里助选。由此可见，张伯伦夫人与塔姆拉的关系成为她进入总统竞选宣传等活动的伏笔。没有她与塔姆拉的关系，就没有张伯伦夫人参与总统助选活动的契机。这个伏笔为小说后续情节的发展搭建了桥梁。雷德在这部小说里还采用另一种关联式伏笔，即由一件事导致另一件事发生的伏笔。彼得·张伯伦（Peter Chanberlain）在费城电视台找到了一份新闻评论员的工作，他的妻子也随之搬迁到费城。张伯伦夫人生下第二个孩子凯瑟琳（Catherine）之后，她从网上获悉了埃米拉的求职信息，于是就雇用她为自己临时照看大女儿布莱恩。之后，她与埃米拉之间发生了许多的恩恩怨怨。从整部小说来看，如果张伯伦一家没来费城，而是在纽约城工作，那么张伯伦夫人与埃米拉就没有认识的可能，也就没有了小说的后续发展。因此，费城电视台雇用彼得这个事件关联了张伯伦夫人雇用埃米拉的事件。由此，前一个事件就成为后一个事件的伏笔，引起后续事件的持续发酵。

最后，巧合式伏笔指的是某个偶然的巧合事件在一定的语境里成为另一个重大事件发生的伏笔。这个伏笔具有相当大的爆发能量，时常会激发起轩然大波。扎拉（Zara）、约瑟法（Josefa）、香妮（Shaunie）和凯利在酒吧为好友埃米拉庆祝 26 岁生日。这也是埃米拉和男友一起过的第一个生日，于是香妮拿出手机为埃米拉和凯利照了一张合影，留下了这个宝贵的瞬间。之后，约瑟法把这张照片发到照片墙，她们的朋友很快就看到了，其中一个朋友打电话来问："她[埃米拉——作者注]是超市视频上那个女孩吗？"①约瑟法大吃一惊："她怎么会知道那个视频呢？"②约瑟法马上通过谷歌查询，找到了那个名叫"黑人女孩在超市"的视频，她顿时发现这个视频被人故意发到了网上。香妮为埃米拉和凯利拍照带有偶然性，约瑟法把照片发到网上也具有巧合性，约瑟法的朋友看到了那个视频并产生联想的事件也具有巧合性。因此，拍照事件是个伏笔，所预示的下一个事件的出现具有相当的巧合性。这个巧合增加了小说情节发展的趣味性，带有命运反讽的意味。

在这部小说里，雷德采用了顶针式伏笔、关联式伏笔和巧合式伏笔，对作品中即将出现的人物或事件，预先做出了必要暗示，生成了前伏后应的小说结构，达到了结构严谨和情节发展引人入胜的艺术效果。她笔下的伏笔不是孤立的个体，而是由一系列后续事件组成的密切相关的有机体，从而多维度促进了小说情节的逻辑化发展和主题的理性展开，在前文中为后文的发展做好铺垫，引导后文沿着这一线索深入发展，形成了独特的文本魅力。

---

① Kiley Reid, *Such a Fun Age*, London: Bloomsbury Publishing, 2020, p.241.
② Kiley Reid, *Such a Fun Age*, London: Bloomsbury Publishing, 2020, p.241.

二、悬念

在《如此有趣的年代》里，雷德创新性地采用了悬念叙事策略，对小说情节做了悬而未决和结局难料的艺术设置，以此激发读者的阅读兴奋因子，产生让读者急迫渴望知晓某事件的效果。她笔下的悬念由"设悬"和"释悬"两个部分组成，形成了前面有"设悬"，后面必有"释悬"的情节建构格局。悬念是"一个关联着创作者与接受者双方的概念，从创作者的角度来说，他必须就故事发展，人物遭际等画下问号，让观众对此牵肠挂肚；而从受众的角度来说，悬念则是一种对情节念念不忘，对人物命运不由自主地严重关切的心理活动"①。雷德在这部小说里主要采用了事件悬念、动机悬念和心结悬念，引导读者认知现代社会人际关系的复杂性和非理性元素。

首先，事件悬念指的是某种事件的发生具有偶然性和突发性，当事人皆不知事件的致因，也不知道该事件的始作俑者，处于迷惘和惶恐之中。②"如果猜到的谜底与小说随后出现的答案一致，读者会产生领悟了故事情节的成就感；如果不吻合，读者会对作者超凡的艺术设置产生钦佩之情，从而激发出更强烈的阅读兴趣和探究欲望。"③雷德在这部小说里描写得最好的事件悬念就是：谁把埃米拉在商场被警察扣留的视频传到了互联网上？在埃米拉的好友们为她庆祝 26 岁生日的欢乐之际，他们获悉那个视频被人上传到网上，但没有留下上传者的信息。这就构成了一系列悬念：这是谁干的？为什么要这么做？是谁从埃米拉那里偷窃了视频？埃米拉第一个怀疑对象是她自己，她认为自己可能没有保存好视频。这个视频是凯利拍摄的，当晚他把视频发到埃米拉的邮箱后就把手机上的记录删除了。之后，这个视频一直保存在她的个人邮箱里。约瑟法认为埃米拉的手机可能遭到了黑客攻击，埃米拉觉得这没有可能，并否认把这个视频发给过其他人，也没有放在云盘存储，更没有放在共享文档里。在排除了对埃米拉的怀疑后，悬念仍然存在，并引发了对凯利的怀疑。扎拉怀疑凯利只是在发件箱里删除了视频，并没有删除源文件，于是她和约瑟法赶到凯利就餐的饭馆，强行拿走他的手机，查看里面是否还保存着那个视频。尽管她们查得很仔

---

① 蒋春丽：《〈特工〉：悬念设置及表达策略》，载《电影文学》2019 年第 2 期，第 107 页。

② Daniel Cordle, *States of Suspense: The Nuclear Age, Postmodernism and United States Fiction and Prose*, Manchester: Manchester University Press, 2008, p.87.

③ 庞好农、刘敏杰：《从〈被掩埋的巨人〉探析石黑一雄笔下的悬念"景观"》，载《外语研究》2018 年第 6 期，第 85 页。

细，但仍然没有找到那个视频文件。视频到底是怎么泄露到网上的呢？埃米拉的好友们又把怀疑的矛头转向张伯伦夫人，展开了仔细的调查。

> 扎拉问埃米拉："你用过张伯伦夫人的笔记本电脑吗？"
> 埃米拉说："三天前曾用她的电脑发过邮件，但不知是否退出了。"[①]

这时，扎拉恍然大悟，找到了视频泄露的源头。在小说的 232 页，作家描写了视频被偷窃的过程。原来，张伯伦夫人在使用笔记本电脑时，发现埃米拉没有退出她的电子邮箱，于是就擅自进入埃米拉的邮箱，并把那个视频转发到自己的邮箱中。之后，她从埃米拉的发件箱里删除了自己的转发记录，并在浏览器上清除了相关的浏览记录。为了离间埃米拉和凯利的关系，张伯伦夫人故意把埃米拉不愿公布的视频上传到网上。至此，读者才获悉了视频被泄露的谜底。这个悬念的消解揭露了张伯伦夫人自私和奸诈的一面，显示了现代罪犯窃取信息的智能化和技术化。

其次，雷德在这部小说里还设置了动机悬念。这个悬念是表现当事人做某事的内在驱动力之不确定性的叙事策略。埃米拉是费城作家张伯伦夫人雇用的小孩临时照看人，属于普通雇佣关系。可是，张伯伦夫人在现实生活中对埃米拉的关心程度超过了普通的雇佣关系。每天，她一听到埃米拉进门的开门声就激动不已；一听到她下班离家的关门声就会产生巨大的失落感。她的行为极为反常，这就形成了一个动机悬念：她这么关切埃米拉的动机是什么呢？埃米拉带张伯伦夫人的大女儿布莱恩出去玩时，时常把自己的手机留在张伯伦夫人家充电。为了窥探埃米拉的隐私，张伯伦夫人趁埃米拉不在家时打开她的手机，查看有哪些人和她联系，她经常收发的短信内容等等。当得知埃米拉有男友时，张伯伦夫人不但想知道其男友的名字、容貌、性格特征，而且还想知道埃米拉是否已经和他做过爱。原来，张伯伦夫人对埃米拉产生了同性恋追求的倾向，把埃米拉的男友视为自己的情敌。因此，她希望通过掌握埃米拉的隐私和男友情况，寻求控制埃米拉的策略。

最后，心结悬念指的是两人不可调和的矛盾和冲突的内在原因，通常会在文学作品里加剧小说人物关系的张力。在这部小说里，阿伦敦城首富之女亚历克丝·墨菲（Alex Murphy，婚后更名为 Alix Chamberlain）爱上

---

① Kiley Reid, *Such a Fun Age*, London: Bloomsbury Publishing, 2020, p.218.

了一位邮局职员的儿子凯利·科普兰（Kelley Copeland）。亚历克丝趁父母周末到外地度假之机，写信给凯利，约他来自己家幽会。她想把初夜献给自己最爱的人，满足自己的心灵呼唤。她家是一个带有游泳池的大庄园，占地面积很大。为了便于凯利找到她的卧室，她还专门画了一张详细的地图。可是，凯利的好朋友罗比（Robbie）拿着那封信问亚历克丝他是否可以到她家玩。这时，亚历克丝觉得羞辱万分，她第一次邀请男性到家幽会的信件落入了他人之手，她认为这封信是凯利交给罗比的，带有恶作剧的意味。当天晚上，罗比带着一帮黑人青少年闯入她家，在游泳池里喧闹地玩耍。仆人征得她的同意后报警，警察当场就逮捕了罗比。罗比私闯民宅的行为涉嫌犯罪，学校取消了资助他上大学的奖学金，最后他只好到一所社区学院读书。凯利认为是亚历克丝的报警毁了好朋友罗比的前途。此后，凯利和亚历克丝断绝了恋爱关系，并由此形成一个难以消解的心结：亚历克丝认为凯利不尊重她的情感和隐私，是一个十足的混蛋；凯利否认收到过亚历克丝所说的信件，认为亚历克丝心胸狭窄，胡乱报警，毁了罗比的前程。他们的心结形成了一个悬念：罗比是怎么得到那封信件的？这个谜一直延续了十五年。直到小说快要结束的时候，雷德才揭示了谜底：在读中学时的一天，亚历克丝作为值日生，负责打扫学校游泳池更衣室的卫生，发现那里有凯利的锁柜，于是就把给他的信件放入锁柜。然而，凯利的锁柜下方就是罗比的锁柜，亚历克丝在慌乱之中，把自己的私密信件放入了罗比的锁柜，这引起了长达十五年的误会和悬念。这个心结悬念表明：阴差阳错的误会在得不到消解的情况下时常会引起人们的相互猜忌、矛盾和冲突，连最亲近的人也难逃被怀疑和误解的命运，从而造成不可弥补的伤害和难以消除的心结。

　　在这部小说里，雷德设置的事件悬念、动机悬念、心结悬念与读者的认知感应形成呼应，使读者在得到部分信息后便会更为迫切地希望得到更多的后续信息，作家由此准确地把握了小说情节发展的叙事节奏，创造出引人入胜的艺术效果。该小说的故事情节跌宕起伏，一波三折，使读者的心随着小说情节的发展而起伏变化。对情节发展的预判和最后结果的反差使读者的阅读好奇心在挫折中产生，并增强了其认知共鸣和心理移情。

　　《如此有趣的年代》的艺术特色主要表现在伏笔和悬念两个方面，展现了雷德叙事作品的构思风格和写作技法，揭示了21世纪美国新一代作家文学创作的艺术魅力。雷德笔下出乎意料的伏笔和扣人心弦的悬念与作家眼界宽广的格局、富有个性的语言有机地结合起来，构成了21世纪美国社会风貌的回转画，给美国文坛带来了一股新风。她的写作风格是美国小说领域值得关注的一种艺术存在，为世界读者认知当代美国青年文学和族裔文学在叙事领域承前启后的发展趋势，开启了一扇有意义的窗户。

第四节　海姆斯的反讽型悬念：《疯狂的杀戮》

切斯特·海姆斯（1909—1984）是 20 世纪四五十年代著名的非裔美国警探小说家，其"哈莱姆系列警探小说"[①]享誉美国文坛。"海姆斯倡导黑人民族主义，在小说中描写了暴力、血腥与色情等方面的话题，揭露美国的种族问题。"[②]他塑造的黑人警探"棺材王"埃德·约翰逊（Coffin Ed Johnson）和"掘墓狂"琼斯（Grave Digger Jones）为探索哈莱姆黑人的种族、阶级和社会状况提供了全新的视角。其系列警探小说绘制出一幅纽约市哈莱姆黑人社区社会治安和政治状况的回转画，描写了民权运动前夜的美国种族形势，揭露了美国社会的种族危机。海姆斯把黑人警探小说视为抨击美国种族问题的工具，期盼通过重塑社会伦理观来消解白人的种族偏见和黑人内化的种族主义思想。海姆斯的小说情节曲折，冲突迭起，变幻莫测，具有令读者爱不释手、一睹为快的艺术魅力。

在"哈莱姆系列警探小说"中，《疯狂的杀戮》（1959）在悬念的建构和反讽的寓意设置方面独具特色，标志着海姆斯的小说艺术进入成熟期。海姆斯设置的悬念使读者在阅读过程中形成对人物命运想知道但又无法推知的期待心理。其笔下的悬念是这部小说情节发展的指路标，使小说描写紧凑而集中，"有助于提出问题与解答问题，从而更好地塑造人物，刻画性格，渲染氛围和阐释主题"[③]。这部小说里的悬念与反讽叙事手法水乳交融，生成了悬疑推理的逻辑性和反逻辑性。因此，本节将从顶针反讽型悬念、命运反讽型悬念与戏剧反讽型悬念等方面来探析海姆斯在《疯狂的杀戮》中采用的反讽型悬念，揭示其警探小说叙事策略的独特魅力。

---

① 海姆斯的"哈莱姆系列警探小说"主要包括《哈莱姆之怒》（*A Rage in Harlem*）、《真酷杀手》（*The Real Cool Killers*）、《疯狂的杀戮》（*The Crazy Kill*）、《枪声四起》（*All Shot Up*）、《大金梦》（*The Big Gold Dream*）、《如火如荼》（*The Heat's On*）、《棉花勇闯哈莱姆》（*Cotton Comes to Harlem*）、《持枪的盲人》（*Blind Man with a Pistol*）和《B 计划》（*Plan B*），该系列的小说都是在 1957 年至 1969 年出版的。

② 庞好农：《伏都教与黑人民族主义：评非洲裔美国侦探小说的内核》，载《福建论坛》（社科教育版）2011 年第 4 期，第 54 页。

③ Raymond Nelson, "Domestic Harlem: The Detective Fiction of Chester Himes," in Charles L. P. Silet (Ed.), *The Critical Response to Chester Himes*, Westport, Conn.: Greenwood, 1999, p.54.

一、顶针反讽型悬念

顶针反讽型悬念是"具有强大魅力的艺术迷宫，不靠误会取巧，不靠诞妄情节，而是借用某种模式，又不落入某种模式，借转折提出的悬念。这种悬念，环环相套，虚虚实实，扑朔迷离，奇峰突转，出人意外，在人意中"①。三个以上紧密相关的悬念才能组成顶针式，这类悬念层层递进，紧密相连，不仅可以使小说结构严谨，而且使人物性格在悬念展开的过程中得以充分的展示。海姆斯是运用顶针反讽型悬念的大师，他在《疯狂的杀戮》里设置了一系列小悬念，环环相扣，*丝丝相连*，以此来强化小说的总悬念——谁是杀害瓦尔（Val）的凶手？同时，小说通过悬念的层层设置和悬念消解步骤的层层递进，推动故事情节在紧张、刺激而又妙趣横生的氛围中演绎和发展。

在海姆斯笔下，悬念不仅用在故事中间，更用在开头。《疯狂的杀戮》一开篇就进入了异常紧张的场面：一个小偷趁人不注意，伸手偷走了路边一辆小车里的钱袋。然而，他刚一得手就被失主发现，遭到警方的追捕。在案发现场附近的一幢楼里，有人站在窗户边，偶然目睹了整个事件，于是大声叫喊，为警察指路："他[小偷——作者注]往那里跑了！"②就在他探出身子时，突然从楼上摔了下来。此时，读者心中形成了一个悬念：他摔死了吗？令人意想不到的是，楼下的一个大面包筐正好接住了他，他居然毫发未损。这时，读者心里又产生了一个疑问：这人是谁呢？在小说的第二节里，摔下楼的人回到三楼，敲门想回屋，自称是索特牧师（Reverend Short）。至此，读者才明白摔下楼的人的身份。海姆斯进一步介绍道：三楼是玛米·普伦（Mamie Pullen）的家，她的丈夫乔·普伦（Joe Pullen）刚去世，正在家里办丧事，聚集了不少亲朋好友，准备为过世的普伦守夜。屋里的人不相信索特牧师从三楼摔下去后还能平安地回来，这形成了小说的又一个悬念。当屋里的人把头伸出窗外查看时，发现楼下真的有一个大面包筐，那上面的确躺着一个人，但那个人的胸口上插着一把尖刀。于是，屋里的人更不相信索特牧师的话了，认为他撒谎的灵感来源于窗外的场景。但是，屋里有人说，根本没有看到索特牧师出过门，他怎么就从门外回来了呢？紧接着读者会发问：面包筐里的死者是谁？凶手是谁？读者心中的悬念和小说人物心中的悬念相互作用，使情节的发展扑朔迷离，讽刺了人

---

① 陈果安：《小说创作的艺术与智慧》，长沙：中南大学出版社，2004 年版，第 268 页。

② Chester Himes, "The Crazy Kill", in his *The Harlem Cycle*. Volume 1, Edinburgh: Payback, 1997, p.334.

际关系中的不信任。

在小说的前三节里，海姆斯设置了一系列悬念：①牧师为什么会摔下楼？牧师声称是钦克（Chink）把他推下去的，但钦克又坚决否认，是牧师在说谎还是钦克在抵赖？②玛米强行把准儿媳达尔茜（Dulcy）拽进浴室，她们在里面谈论了什么？③当牧师回到屋里讲述刚才摔下楼之事时，玛米接到一个匿名电话，被告知她家窗外的地上有个面包筐，里面躺着一个死人。这来电之人是谁呢？这些悬念促使读者迫不及待地读下去，想了解事件的真相。[①]在故事情节的展开过程中，原有的悬念尚未完全消除，海姆斯又设置了一连串新的悬念。在小说中，人们下楼时，看到死者是达尔茜的哥哥瓦尔，百思不得其解。这时，牧师癫狂地嚷道："一个色欲罪孽深重的女人，犯了通奸之罪，从地狱而来，把刀捅进了他［瓦尔—作者注］的心窝。……我给了她忏悔的机会，但她不忏悔。……她不过是妓女，我的主呀！"[②]他指的杀人凶手是一个女人。这女人到底是谁？他没明说。这就形成一个需要读者去探究的悬念。此外，海姆斯让这些悬念形成顶针的连续性。由于钦克和达尔茜是最先到达楼下的人，达尔茜一看到瓦尔身上插着的那把刀就确认钦克是杀人凶手，因为她见过杀死瓦尔的那把刀。作者以全知叙事人的身份介绍道：伯恩斯（Burns）从伦敦回国后，送了两把相同样式的刀给钦克做圣诞礼物；这种刀做工精美，价格不菲；为了讨好达尔茜，钦克将其中的一把刀送给她，做防身之用。钦克在车上送刀给达尔茜的情景被索特牧师碰巧看到过。案发后，索特牧师把这件事情告诉了警方。达尔茜成为这个案件的最大嫌疑犯。达尔茜为什么要杀害瓦尔呢？瓦尔不是她的亲哥哥吗？由此，情节的发展一环扣一环，促使读者不由自主地读下去，以探求悬念的谜底。

海姆斯还擅长用突转来提出悬念，激发读者对未知事件的好奇心和探究的兴趣。《疯狂的杀戮》的第 9 节里，大家都忙着为普伦的棺材下葬，准儿媳达尔茜悲痛欲绝，似乎快要扑进放棺材的坑里。钦克从达尔茜的背后伸手把她抱住，然后把她放在草地上。约翰尼（Johnny）见钦克触碰了自己的未婚妻，顿时勃然大怒，对钦克大打出手。钦克救人的绅士举动为什么在约翰尼眼里就变成了流氓行为呢？在葬礼上发生的肢体冲突事件与葬礼的肃穆氛围格格不入，为什么会出现这样的突转呢？原来，钦克是一个

---

① S. Cragin, "The Crazy Kill and If He Hollers Let Him Go," in Charles L. P. Silet (Ed.), *The Critical Response to Chester Himes*, Westport, Conn.: Greenwood, 1999, p.11.

② Chester Himes, "The Crazy Kill", in his *The Harlem Cycle*. Volume 1, Edinburgh: Payback, 1997, p. 353.

臭名昭著的花花公子。他不顾达尔茜已经有男友的事实，仍然利用一切机会靠近达尔茜，向她示爱。他的举动早已成为约翰尼心中难以容忍的恨。此外，在小说的第18节里，约翰尼突然从芝加哥给玛米打来电话，叫她去他家，给被他关起来的达尔茜送一点食物，吃完饭后仍把她关起来。得知约翰尼去了芝加哥，达尔茜紧张万分。原来，约翰尼是去芝加哥调查达尔茜与瓦尔的关系，并了解到他们不是兄妹，而是夫妻。约翰尼的芝加哥之行成为小说情节发展的一个转折点，形成了一系列顶针性悬念：达尔茜为什么要欺瞒约翰尼？她是否因为贪图约翰尼的财产而杀死丈夫瓦尔？约翰尼的教母玛米事先知道达尔茜与瓦尔的夫妻关系吗？从此，小说进入了悬念释疑的新局面，吸引着读者一步步地读下去，令人欲罢不能。

由此可见，顶针反讽型悬念的顶针性与"修辞"中的"顶针格"相似，即以情节中上一个悬念的末尾作为下一个悬念的开头，并在故事情节的发展过程中，逐步排除各种可能的结局，把故事情节剥茧式地逐层剖开，显露出意料不到但最合理的结局。海姆斯在这部小说里设置的顶针反讽型悬念不但演绎出许多新颖、离奇、曲折和令人迷惘的情节，而且使这些情节的形成和发展合乎逻辑和情理。他还让丰富的想象和严谨的情理有机地结合起来，使所描写的人物与事件具有写实性、戏剧性与动感性，同时也对人际关系的隔阂性和不和谐性予以了辛辣的讽刺。

二、命运反讽型悬念

在文学作品中，命运反讽型悬念指不受读者主观意识的控制，通常发生在其意料之外，故意使读者期望落空的一种写作手法。反讽性主要表现"在悬念设置的意图与情节发展的结果之间出现反差，而且这个反差恰恰是意图的反面"[①]。小说中命运反讽型悬念的巧妙运用不仅会增添小说的艺术魅力，而且还有助于深化小说的主题。[②]海姆斯在《疯狂的杀戮》中根据小说情节发展的需求，设置了三类命运反讽型悬念：误会式悬念、美梦如烟式悬念和事与愿违式悬念。

首先，误会式悬念指的是作者在小说创作中运用误会设置的悬念。这种悬念的特点是：误会制造和解除的过程往往构成了小说情节的主要内容。在《疯狂的杀戮》的第一节里，索特牧师站在三楼的窗户旁，探出身去看

---

① 赵毅衡：《反讽时代：形式论与文化批评》，上海：复旦大学出版社，2011年版，第8页。
② 庞好农：《命运反讽、荒诞梦幻与象征手法——评内洛尔〈布鲁斯特街的女人们〉之艺术特色》，载《烟台大学学报》（哲学社会科学版）2014年第2期，第81页。

警察追小偷的情形，突然身体失去平衡而掉到楼下。事后，他回到楼上，向大家述说了事情的原委："我去卧室呼吸一下新鲜空气，当我站在窗边观看警察追捕小偷时，钦克悄悄溜到我身后，猛地把我推出窗外。"[①]索特牧师的话语引起大家的义愤和警方的重视，但当警察做进一步调查时，索特牧师又改口说，不是钦克推他下去的，而是他自己在精神恍惚中不小心掉下楼的。索特牧师的改口解除了警方对钦克的怀疑，使悬念得以消解。此外，海姆斯描写了达尔茜对钦克的误会。当达尔茜跑下楼时，钦克就已经站在瓦尔的尸体边，其他人还未到达。达尔茜见状惊叫道："你不该杀了他呀！"[②]她把钦克当成了杀害瓦尔的凶手。最后警方证实杀死瓦尔的那把刀不是钦克的，而是达尔茜遗失的那把。达尔茜对钦克的误会性悬念在小说起始部分形成，在小说的结尾部分得以澄清，使读者产生恍然大悟之感。

其次，海姆斯笔下的美梦如烟式悬念是一个情感类悬念。这类悬念指的是一个人的美好愿望突然破灭后形成的悬念。在《疯狂的杀戮》里，赌场老板约翰尼爱上了美丽的达尔茜，两人正打算结婚。然而，达尔茜的哥哥瓦尔突然遇刺身亡，引起约翰尼对这个事件的关注。之后，他专程到芝加哥去调查瓦尔与达尔茜的真实身份，发现他们其实是夫妻关系。这个调查结果对约翰尼来讲无异于晴天霹雳。他与达尔茜结婚的美梦破灭后，他们之间的关系会怎样发展呢？这形成了小说的一个悬念。另外，多尔·贝比（Doll Baby）本指望未婚夫瓦尔从约翰尼那里搞一万美元开一个烟酒商店，解决以后的生计问题。可是，瓦尔的意外死亡使其美梦破灭，从而形成了又一个悬念：多尔还能从约翰尼那里得到一万美元吗？在多尔的未婚妻身份没有得到达尔茜的认可之际，多尔有可能继承瓦尔名下的财产吗？这个悬念显示了意外事件对人生幸福的毁灭性打击，揭示了命运的乖戾和人生的无常。

再次，事与愿违式悬念指的是事态发展脱离了当事人的预设或估计，与期望的结果背道而驰所产生的悬念。在小说的第二节里，玛米为普伦守灵时，突然把准儿媳达尔茜强行拉进浴室，并把浴室门锁上。原来，普伦在去世前曾告诉玛米，达尔茜和其"哥哥"瓦尔其实是夫妻关系，因此恳求玛米采取措施，尽快解除约翰尼和达尔茜的婚姻关系。此后，玛米经常

---

① Chester Himes, "The Crazy Kill", in his *The Harlem Cycle*. Volume 1, Edinburgh: Payback, 1997, p.346.

② Chester Himes, "The Crazy Kill", in his *The Harlem Cycle*. Volume 1, Edinburgh: Payback, 1997, p.354.

劝告达尔茜尽快安排瓦尔离开当地,并提醒她别和花花公子钦克勾勾搭搭。玛米竭尽一切努力,想促成达尔茜与约翰尼的婚姻。可是,约翰尼通过芝加哥之行查清了事情原委:与自己朝夕相处的未婚妻居然是他人之妻。事态发展的结果是两人不可逆转的分开,也使玛米的一切努力都付之东流了。此外,海姆斯还设置了一个事与愿违的悬念。约翰尼和瓦尔乘车来到普伦的灵堂,突然看见一个人从普伦家的窗户上掉了下来。令人惊奇的是,从三楼那么高的地方掉下来,那人居然没有摔死或摔伤。原来,他摔在楼下杂货店的一个面包筐里了。约翰尼和瓦尔都觉得很有趣,于是约翰尼叫瓦尔先去面包筐里躺着,然后打电话给玛米,告知她楼下面包筐里有个死人。约翰尼想借此和玛米开个玩笑,使她缓解一下失去丈夫的痛苦。[①]然而,事态的发展出乎约翰尼的预料,玩笑弄假成真,躺在面包筐里装死的瓦尔真的被人杀死了。这个事与愿违的事件造成的悬念也使约翰尼陷入了深深的危机,他被人怀疑为谋杀瓦尔的凶手。

　　总之,海姆斯在这部小说里采用的命运反讽型悬念起伏有致,尺水兴波,产生了引人入胜的艺术效果。这部小说依据情节发展的本来面貌,突出波澜,曲折生辉;通过出乎意料的转折来设置悬念,最后谜底陡然解疑,悬念涣然冰释,与前面的设悬场景形成强烈的反差。在海姆斯笔下,悬念的内容变化越大,反差越鲜明,则越具迂回之美;悬念的陡转创造了出乎意料的艺术效果。

三、戏剧反讽型悬念

　　戏剧反讽型悬念是由一些人的"知"和另一些人的"不知"所构成的悬念。小说中人物对所处的情境不了解,在毫无戒备之下,更能显现出真实的性格和品行;而读者由于知晓真实情况,对小说人物在无知状态下的真实反应的印象也就格外深刻。戏剧反讽型悬念的主要特点是人物"不知"而读者"知"。"小说人物因为不知,认错了人和物,对情境或语境产生了误解,必然会产生各种矛盾和冲突。"[②]这种叙事策略通常会使读者拥有不为小说人物所知的东西或信息。因此,读者便觉得在某种意义上比小说人物更加高明、更加睿智、更加具有判断力。在喜剧场景中,戏剧反讽型悬念的价值在于能造成意图误解、身份误会或场面混乱的效果;在悲剧场景

---

① Edward Margolies & Michael Fabre, *The Several Lives of Chester Himes*, Jackson: University Press of Mississippi, 1997, p.56.

② 段媛薇:《〈罗密欧与朱丽叶〉中的戏剧反讽》,载《安徽文学》2012 年第 9 期,第 31 页。

中，它可以使在台上演出的不愉快事件更加可怕、更加可怜、更加具有震撼力。本部分拟从三个方面来探析海姆斯在《疯狂的杀戮》里采用的戏剧反讽型悬念：真话变谎言的戏剧反讽型悬念、真相延宕的戏剧反讽型悬念、声东击西的戏剧反讽型悬念。

首先，海姆斯在这部小说里设置了真话变谎言的戏剧反讽型悬念。这类悬念致力于描写小说人物被误解的焦虑，引发读者深入剧情后产生明知真相但又无可奈何的心理移情。海姆斯在小说第二节里描写了这样一个场景：有人敲玛米家的门，自称是索特牧师。玛米家的门一直是关闭的，索特牧师刚才还在屋里布道，人们也没看见他开门出去。因此，屋里的人不愿开门，以为是某人在开玩笑。但是等开门后，人们发现敲门者果真是牧师，觉得很是惊奇。牧师自称被人从三楼窗边推下去了。屋里的人根本不相信。按常理，人从三楼上摔下去，一般都会摔死或摔伤的。人们对牧师话语的真实性的怀疑构成了一个悬念：他真的从三楼上摔下去了吗？读者在小说第一节就已经获悉了牧师掉下楼的信息，但确切的人证却出现在该小说的第 20 节。约翰尼向警方证实道："直到那人从面包筐里爬起来，我才看清他是牧师。这是你看到的最为滑稽的一幕。他站起来，像掉进一堆屎里的猫那样，猛烈地抖动身体。"[1]他的话语使小说中的人物完全消除了牧师是否坠楼的悬念。另外，瓦尔谋杀案闹得满城风雨，警方尚未抓到凶手，索特牧师到处散布谣言说："一个色欲罪孽深重的女人，犯了通奸之罪，从地狱而来，把刀捅进了他［瓦尔——作者注］的心窝。"[2]在教堂为普伦举行葬礼时，索特牧师又歇斯底里地高喊道："谋杀者！……女通奸犯！"[3]牧师口中的女通奸犯影射的不是别人，而是玛米的准儿媳达尔茜。小说中的其他人物不一定知道他指的是谁，但读者早已从小说的前面部分获悉索特牧师所指的对象。然而，达尔茜根本不是杀人凶手。因此，索特牧师信誓旦旦的"真话"最后都变成了谎言。这个悬念的谜底出现在小说的末尾部分，索特牧师向警方坦白了自己的作案事实。该悬念讽刺了栽赃陷害的人性之恶。

其次，真相延宕的戏剧反讽型悬念指的是事件真相的破解由于信息或

---

[1] Chester Himes, "The Crazy Kill", in his *The Hurlem Cycle*. Volume 1, Edinburgh: Payback, 1997, p.480.

[2] Chester Himes, "The Crazy Kill", in his *The Harlem Cycle*. Volume 1, Edinburgh: Payback, 1997, p.353.

[3] Chester Himes, "The Crazy Kill", in his *The Harlem Cycle*. Volume 1, Edinburgh: Payback, 1997, p.396.

证据的不充分而被延后所引发的悬念。此类悬念不为小说中的人物所知晓，但读者已经从之前的情节发展中获悉了事件的真相，读者和小说人物在信息掌握上的不对称地位形成了戏剧反讽。[①]在这部小说里，海姆斯描写了警察在侦破瓦尔谋杀案中遇到的一系列被延宕的悬念：①验尸官说，瓦尔在躺上面包筐之前就已经被杀死，而且没有证人看到他是如何到那里的；②钦克是第一个出现在瓦尔尸体旁边的人，没有人知道他是什么时候离开玛米家的；③达尔茜是第二个到达案发现场的人，但也没有人知道她是何时从玛米家离开的；④索特牧师自称从三楼的窗户摔下来，但没有目击证人，人们不知他是否真的从窗户摔下去过。在案件侦破过程中，警察必须一步一步地消除这些悬念，但读者在全知叙事者的预先告知中，早已知晓了这些悬念的谜底。因此，警察的破案信息与读者信息的不对称构成了这个真相延宕的悬念，成为一个十足的戏剧反讽，讽刺了警察办案效率的低下。

最后，在声东击西的戏剧反讽型悬念中，小说人物做某件事的目的是为做另一件事埋下伏笔，这个伏笔不为书中人物所知，但读者在之前的故事阅读中已经猜到当事人做第一件事是另有所图的。在这部小说里，海姆斯描写了黑人警探"棺材王"埃德和"掘墓狂"琼斯寻找瓦尔谋杀案的现场目击证人的故事。这两位黑人警探从小偷普尔·波艺（Poor Boy）口中得知其绰号为"铁下巴"（Iron Jaw）的同伙可能在案发现场看到了什么。于是，他们赶到"铁下巴"上班的家禽销售商店。一般情况下，小偷害怕自己被卷入，所以不会向警方提供其他案件的证词。因此，埃德和琼斯决定跟踪"铁下巴"。不久，他们发现"铁下巴"常常在下班时把商店的小鸡偷偷藏在身上带回家。于是，这两名警察在其下班途中拦截住了他，查获了他偷小鸡的行为。警察要求他讲述"瓦尔谋杀案"发生时有谁在现场附近出现过。他起初矢口否认，后来琼斯警官对他说："我们可以按偷鸡罪送你到监牢里关三十天，也可以把小鸡仔还给你，放你回家去做炸鸡吃。何去何从，你说了算。"[②]抓他偷鸡的现行不是警察的目的，这就形成了悬念：警察为何要抓他偷鸡？读者从埃德和琼斯的破案风格就知道，抓住"铁下巴"偷鸡是逼迫他说实话的手段。此外，海姆斯描写了一个更为精彩的声东击西类戏剧反讽。在小说第19节和第20节里，达尔茜故意打电话谎称

---

① J.W. Beach, "The Dilemma of the Black Man in a White World", *New York Times Book Review*, December 2, 1945.

② Chester Himes, "The Crazy Kill", in his *The Harlem Cycle*. Volume 1, Edinburgh: Payback, 1997, p.431.

约翰尼不在家，色诱钦克到她家来。钦克来到她家后，她借口同房前要洗澡，趁他不备偷偷溜出家门。过了很长时间，钦克见达尔茜还未从浴室出来，便去浴室找她。就在此时，约翰尼午睡醒来，看见钦克出现在他的房子里，万分愤怒，认为钦克色胆包天，居然跑到他家来偷情。于是，他抽出手枪，把所有的子弹都射向钦克，发泄自己所遭受的奇耻大辱。其实，读者在达尔茜把浴室的水龙头打开，自己却悄悄地溜出家门的那一刻，就预见了钦克的悲惨结局。在这个悬念中，色诱钦克不是达尔茜的目的，让钦克进入圈套，死于约翰尼之手才是其真实目的。声东击西的戏剧反讽型悬念印证了中国的一句俗话——"色字头上一把刀"，揭露了好色和欺瞒的性恶表征。

由此可见，海姆斯在这部小说里把戏剧反讽叙事策略与悬念设置有机地结合起来，创造性地开拓了戏剧反讽型悬念在情节演绎中的运用，使作品的整个叙事过程流畅、自然，使叙事技巧与小说情节完全融合在一起。这类反讽型悬念有助于海姆斯塑造人物形象，刻画人物性格，深化小说主题。

《疯狂的杀戮》能够吸引人、抓住人，靠的是什么呢？靠的是悬念和反讽手法的水乳交融。海姆斯在这部小说里设置的悬念使读者产生了浓厚的阅读兴趣；随着故事情节的发展，读者在悬念的逐渐化解中得到愉悦和享受。同时，小说中人物命运难以预料的各种变化，也紧扣读者的心，让读者产生了震撼、辛酸、苦涩或激扬的情感。悬念与反讽的结合体现了海姆斯小说叙事策略的艺术特色。海姆斯不仅在美学层面上运用反讽类悬念，而且把这种叙事策略提升到了人性认知的哲学层面。海姆斯将大胆、丰富而又合理的艺术想象与紧凑、曲折而又严密的小说情节有机、能动地结合起来。他在小说的写作过程中注重创建悬念设置模式，目的是跳出传统模式，推陈出新。其实，在海姆斯的创作理念中，模式革新只是外在的表现形式，他更看重悬念与反讽交织后所折射出的人性哲理。海姆斯在悬念中注入反讽意识的叙事策略丰富和发展了理查德·赖特开创的非裔美国城市自然主义小说叙事传统，进一步揭示了鲍德温关于"黑人抗议小说缺乏艺术性"之片面论断的非理性和荒谬性[①]，对 21 世纪黑人警探小说的发展具有巨大的影响。

---

① James Baldwin, "History of Nightmare," in Charles L. P. Silet (Ed.), *The Critical Response to Chester Himes*, Westport, Conn.: Greenwood, 1999, p.4.

第五节　怀特黑德与《尼克尔少年》的悬念叙事

　　《尼克尔少年》(The Nickel Boys)是非裔美国作家科尔森·怀特黑德
(1969—)的第七部小说①,于 2019 年 7 月 16 日由美国双日出版社发行。
该小说出版后获得科尔克斯奖(Kirkus Prize),并被《时代》(Time)杂志
评为 2019 年的必读书之一②,同时被《金融时代》(Financial Times)杂志
列为 21 世纪第二个十年的最佳作品之一。③怀特黑德写这部小说的灵感来
源于美国佛罗里达州道泽工读学校(Dozier School)的丑闻。佛罗里达
州政府于 1900 年在马里亚纳市开办了道泽工读学校,后于 2011 年关闭
此校。④闭校后不久,建筑公司在该校园的地产开发中挖掘出 50 具男孩的
尸体,这个消息引起轩然大波。在该校遭受过殴打、强奸和其他折磨的学
生开始站出来,痛斥该校管教人员的冷酷、残忍和各类暴力行为。⑤该校黑
人学生的不幸遭遇激起了怀特黑德的正义感,他在义愤中撰写了以道泽工
读学校的黑人学生的苦难经历为主题的小说——《尼克尔少年》。怀特黑德
在小说里把道泽工读学校的名称和相关人员的姓名做了改变,但故事情节基
本符合历史事实。该小说主要讲述了 20 世纪 60 年代两个黑人少年埃尔伍德
(Elwood)和特纳(Turner)在尼克尔工读学校读书时的不幸遭遇,描写了学
校管教人员的凶残、暴虐、冷酷和贪婪。这部小说是美国文学史上揭露工读
学校黑暗内幕的第一部小说,打开了一扇透视社会边缘角落的窗户。

　　该小说一经发表就引起了美国国内外学界的广泛关注。帕鲁尔·塞加
尔(Parul Sehgal)在《纽约时报》(The New York Times)上撰文写道:"怀
特黑德写过不少关于恐怖和大灾难的小说,但这部小说所触及的话题的严
酷性前所未有。"⑥罗恩·查尔斯(Ron Charles)认为这部小说击碎了大家

---

① 怀特黑德出版的前六部小说是《直觉主义者》(The Intuitionist,1999)、《约翰·亨利的日常
　生活》(John Henry Days,2001)、《顶点隐藏痛苦》(Apex Hides the Hurt,2006)、《萨格
　港》(Sag Harbor,2009)、《一号地带》(Zone One,2011)和《地下铁道》(The Underground
　Railroad,2016)。

② "Colson Whitehead Novel Wins $50,000 Kirkus Prize," US News and World Report, October 24,
　2019.

③ Erica Wagner, "The Nickel Boys by Colson Whitehead—Racism in America," Financial Times, July
　26, 2019.

④ Constance Grady, "Colson Whitehead's Spare, Riveting, Horrifying Nickel Boys," Vox, July 18,
　2019.

⑤ Greg Allen, "Florida's Dozier School for Boys: A True Horror Story," NPR, July 15, 2019.

⑥ Parul Sehgal, "In 'The Nickel Boys,' Colson Whitehead Continues to Make a Classic American Genre
　His Own," The New York Times, July 11, 2019.

对工读学校真善美形象的廉价信心，代之而起的是认清了美国现实中的残酷真相。[①]格雷格·艾伦（Greg Allen）说："这是一部奠基于历史和美国神话的杰作，颠覆了对正义和慈悲的传统定义。"[②]阿米纳塔·福纳（Aminatta Forna）把这部小说视为一部充满了真理的优秀之作，认为"美国种族主义是长期以来以损人利己为特征的恶行"[③]。我国媒体也十分关注这部小说的出版，康慨在《中华读书报》上指出，"《尼克尔少年》延续了怀特黑德对美国少年犯问题的政治关切，揭开了美国青少年劳动教养的黑幕，将矛头指向了伪善而充满隐性暴力的美国工读学校体制"[④]。迄今为止，国内外学界主要从社会学、伦理学、法学等角度探究了这部小说，但研究其叙事策略方面的论文还不多见。然而，这部小说情节曲折，引人入胜，很大程度上是得益于小说作家在悬念叙事建构方面的独具匠心。悬念叙事是小说情节建构的一种表现手法，同时也是诱发读者阅读兴奋因子的重要艺术手段之一。怀特黑德把悬念作为小说情节发展的指路标，其悬念叙事手法既使得读者在阅读过程中产生了好奇心，又使他们在追求谜底的亢奋中津津有味地阅读下去。怀特黑德在《尼克尔少年》里采用的悬念可以分为三类：整体性悬念、连环性悬念和开放性悬念。

一、整体性悬念

整体性悬念，也称总悬念，是作家在小说情节发展前打下的一个总"结"，可以提挈全文，成为笼罩整个作品的疑窦。王庆生说："它往往是小说中主要矛盾、主要事件的表现。整体式的悬念贯穿小说全部情节发展和矛盾冲突的过程之中，对于读者最有吸引力。"[⑤]这种悬念是作者在叙述主要事件、展开主要矛盾、建构主要情节时设置的包含大量未知内容的提示。[⑥]怀特黑德在长篇小说《尼克尔少年》的序言部分里设置了贯穿全文的三个整体性悬念：小说题目、新闻报道和反常行为。

一般来讲，小说题目出现在作品的封面，是读者阅读小说时最先接触

---

① Ron Charles, "In Colson Whitehead's 'The Nickel Boys,' an Idealistic Black Teen Learns a Harsh Reality," *The Washington Post*, August 8, 2019.

② Greg Allen, "Florida's Dozier School for Boys: A True Horror Story," *NPR*, July 15, 2019.

③ Aminatta Forna, *"The Nickel Boys by Colson Whitehead Review — Essential Follow-up to the Underground Railroad." The Guardian*, August 8, 2019.

④ 康慨：《〈尼克尔少年〉揭露佛州恐怖学堂，抨击美国丑恶社会》，载《中华读书报》2019年07月17日04版。

⑤ 王庆生：《文艺创作知识词典》，武汉：长江文艺出版社，1987年版，第150-151页。

⑥ 尹均生：《中国写作学大辞典》（第二卷），北京：中国检察出版社，1998年版，第919页。

到的文字，在文学作品的阅读过程中占有重要地位。《尼克尔少年》这部小说的英文名"The Nickel Boys"出现在该小说封面的正上方，题目虽然醒目、简洁、精炼，但文字的非常规搭配引起了读者的关注和遐想。题目中的单词 Nickel 的原意为"镍"（一种近似银白色、坚硬而有延展性并具有铁磁性的金属元素。它能够高度磨光和抗腐蚀，属于亲铁元素，在地核中含镍最高的物质是天然的镍铁合金）。题目中的另一个重要单词 Boys 指的是哪类男孩呢？镍金属是如何和男孩联系起来的呢？随着小说情节的发展，读者得知 Nickel 其实指的是 Nickel Academy（尼克尔学校）。美国南部的农业资本家特雷弗·尼克尔（Trevor Nickel）打着热衷于违法少年改造工作的旗号，于 20 世纪 40 年代初接管了佛罗里达州工读学校。随后，这所学校就以他的名字命名为 Nickel Academy，学生通常被称为 Nickel Boys（可译为"尼克尔男生"或"尼克尔少年"）。尼克尔不是慈善家，也不是教育家，他为什么要接管这个带有公益性质的学校呢？这所学校具有特殊教育的性质，大多数学生的年龄介于 8—14 岁，曾有不同程度的违法行为。他们因年龄不到 18 岁而不能被关押进监狱，只好被送入该校进行教育改造。该校采用封闭式管理，教管人员如同警察，有用武力阻止学生随意离校的管教权力。学校的全封闭管理为尼克尔把学校办成奴隶工厂提供了契机。州政府为了支持该工读学校的办学工作，把数千英亩[①]土地划给它做农场，并把政府机构文件、发票等各类印刷业务承包给该校。怀特黑德用全知叙述人的口吻说："仅在 1926 年一年里，只印刷业务一项就为该校创收了 25 万美元的利润，学校的制砖机日产达到两万块，是当地重要的建筑材料供货单位。"[②]从事这些生产活动的不是工人，而是不用支付工资的工读学校的学生。然而，学校当局并没有厚待这些学生，而是把他们当成奴隶，连较好的衣食也没有提供给他们。尼克尔工读学校的学生们都知道他们的命不值五分钱的镍币，因此诙谐地自称为"镍币男孩"（Nickel Boys）。因此，该小说的书名具有双重含义："命贱的男孩"和"尼克尔工读学校的学生"。这本小说书名的歧义性成为笼罩全书的总悬念之一，歧义消除之刻也是小说结束之时。

怀特黑德打破传统小说的写作策略，在故事正文前加了一个"前言"作为全书情节发展的引子。在"前言"的第一段，作家设置了一个关于开发商在原尼克尔工读学校校园的基建施工中发掘出尸骨的新闻报道。随后，

---

① 1 英亩≈4046.86 平方米。

② Colson Whitehead, *The Nickel Boys*, New York: Doubleday, 2019, p.76.

南佛罗里达大学考古专业的学生在校园墓地中进行了考古发掘，共挖出了50 具尸体，其中 7 具尸体由于 DNA 配对失败，无法确认身份。随后，学生们在墓地附近的山坡上又挖出了不少尸骨，很明显，这些尸体当初没有被正式安葬，而是被胡乱掩埋的。学生乔迪（Jody）清理了挖掘出来的那些破碎的骨片、有洞的头盖骨和嵌满大号铅弹的肋骨架，感到极为震惊。在这些没有任何标识的埋葬地点所发掘出的大量尸骨是谁的？他们来自何方？经历了什么苦难？这些疑问形成了笼罩这部小说的第二个总悬念。在小说第二章至后记的情节发展过程中，读者发现曾在尼克尔工读学校读过书的学生，如克莱顿（Clayton）、格里夫（Griff）、埃尔伍德等，都是在经历逃亡、违令或反抗后失踪的。不少黑人学生失踪后，他们的家长因为贫穷或者家庭变故等原因，没有人真的来寻找他们的下落，这就使这些学生被校方谋杀的事件被掩盖了半个世纪之久。如果没有学校关闭后的地产开发事件，这些学生的失踪问题将成为永久的悬念。失踪学生之谜就成了一个笼罩全书情节发展的总悬念，探究这个悬念的谜底就成了推进全书阅读的一个重要驱动力。

在"前言"的末尾部分，怀特黑德描写了一个人的反常行为。当尼克尔工读学校的丑闻被媒体曝光的时候，一些爱心人士纷纷表示同情和关心学生们的不幸遭遇。一个名叫约翰·哈迪（John Hardy）的退休地毯商人开办了一个网站，专门刊登关于尼克尔工读学校的各方面最新信息，并募集建立纪念馆的基金。他连续五年举办了尼克尔校友聚会，当年的尼克尔学生都已是六七十岁的老人了。每次聚会后，约翰都在网上发布报道，让没来的人了解动态。在"前言"的倒数第二段，怀特黑德提到了一个名叫埃尔伍德·柯蒂斯（Elwood Curtis）的人。他也曾是尼克尔工读学校的学生，住在纽约城，经营着一家规模不小的公司。他每天上网搜寻尼克尔工读学校的消息，关心各项工作的进展，但他从未亲自参加过任何聚会，也没把自己的名字加入校友录。他为什么对尼克尔工读学校那么感兴趣，但又不去参加聚会呢？他的反常行为就形成了一个悬念，这个悬念是笼罩全书情节发展的第三个总悬念。整部小说都是以埃尔伍德·柯蒂斯与特纳的故事为线索，直到小说的"后记"部分，读者才得知现在生活在纽约的"埃尔伍德"并不是埃尔伍德本人，而是他的好朋友特纳。50 年前，当埃尔伍德和特纳从尼克尔工读学校逃跑出来后，埃尔伍德被学校追捕人员哈珀（Harper）开枪杀害了，特纳未被子弹击中而侥幸逃脱。之后，特纳就冒用了埃尔伍德的名字，其目的是："为他［埃尔伍德——作者注］活下去。"①这时，读者才恍然大悟，知晓了"埃尔伍德"不去参加校友聚会的真实原因。

在《尼克尔少年》里，怀特黑德把小说题目、新闻报道和反常行为三种情况作为整部作品的总悬念，使小说各个阶段情节发展和主题展示都离不开这些总悬念的提挈作用。这些总悬念有助于作家顺理成章地进入对尼克尔工读学校各种往事的追叙，从而描绘出令人震撼的故事情节。怀特黑德在总悬念中无论是采用顺叙还是倒叙，都若明若暗地紧扣美国社会种族问题这个主要矛盾，这足以引起读者对美国黑人青少年在成长过程中所遭遇的种族歧视和种族偏见问题的关注。

二、连环性悬念

在《尼克尔少年》里，怀特黑德利用读者对小说情节发展和人物命运前景的关切和期盼心理，在小说中设置了连环性悬念，旨在引起读者对故事情节错综复杂性的关注，引导读者进入小说语境的解构。从叙事学来看，"连环性悬念指的是小说情节发展过程中多个悬念的相继出现所形成的悬念群。这些悬念群关联小说的某个事件或某些事件，一步一步地促使悬念的解构，在阅读张力的推进中增强小说的情节感染力和吸引力。"②怀特黑德在这部小说里采用的连环性悬念主要包括切入式悬念、分解式悬念和顶针式悬念。

首先，切入式悬念是指"小说作者为避免平铺直叙，在事件叙述、情节展开的过程中，以某个场面、片段、环节切入而设置的悬念"③。这种悬念可以把缜密的行文、张弛的情节和迷惘的语境交织在一起，使结构曲折多姿、情节波澜起伏，以此吸引读者的注意力，加速情节推进的节奏，获得疏密相济、一张一弛的艺术效果。这部小说的第二章讲述了小说主人公埃尔伍德的身世和成长经历。怀特黑德在其成长过程中插入一些妙趣横生的悬念。埃尔伍德在意大利人马可尼（Marconi）开的杂货店里当店员，负责香烟、糖果、报纸杂志等的销售工作。一些黑人小孩经常偷窃店里的货物，埃尔伍德很生气，但店老板马可尼却不生气。这种情形就形成了两个密切相关的切入式悬念：埃尔伍德发现黑人小孩拉里（Larry）和威利（Willie）在店里偷糖果，马上出面制止。按照黑人小孩的逻辑，大家都是

---

① Colson Whitehead, *The Nickel Boys*, New York: Doubleday, 2019, p.202.

② Caroline Levine, *The Serious Pleasures of Suspense: Victorian Realism and Narrative Doubt*, Charlottesville: University of Virginia Press, 2003, p.56.

③ 王庆生：《文艺创作知识词典》，武汉：长江文艺出版社，1987年版，第150页。

黑人，为什么埃尔伍德要维护白人的利益呢？埃尔伍德这么做的原因是他深受黑人领袖马丁·路德·金（Martin Luther King）思想的影响，认为黑人也要有良好的品格和工作责任感，从而形成了以法制和人品为重的是非观和价值观，这就是他与其他黑人小孩的区别性特征之一。但店主马可尼为什么对黑人小孩的偷窃行为不生气呢？原来是因为他有自己的经商逻辑："孩子们曾长时间在这个店里买过不少东西，如果因为他们今天偷了一个糖果而揭露他们的偷窃行为，他们就会被其父母追到街上殴打。大家都是邻居，以后他们的父母也就不好意思再到店里来买东西了。"①他放任黑人小孩的偷窃行为是因为他已把遭受的损失当作一种投资，如果他在乎的话，他的小店就很难开下去了。因此，他不生气的无奈行为非常类似于鲁迅笔下阿Q的精神胜利法。

其次，这部小说采用的另一个连环性悬念是分解式悬念。这种悬念指的是在小说的部分章节或某个具体场面中所设置的一个悬念群，它在情节发展中形成一个或几个环环相扣、层层推进的小"结"。尼克尔工读学校每年一度的学生拳击比赛是小说的一个重要情节。小说主人公在学校仓库的小阁楼上偷听到了训导主任斯宾塞（Spencer）要求黑人学生格里夫在决赛中故意输掉比赛的训诫。这就构成了一个悬念：斯宾塞为什么要安排学生打假拳呢？这个悬念的澄清可以从以下几个小悬念的剖析入手：①斯宾塞做出这样安排的动机是什么？②与格里夫比赛的选手是谁？③出席拳击比赛的有谁？随着小说情节的发展，读者获悉第一个小悬念的谜底是斯宾塞要"常胜将军"格里夫输掉比赛，这样他就可以在拳赛博彩中赢得更多的钱；第二个小悬念的谜底是在决赛中格里夫的对手是白人学生拳王契特（Chet），斯宾塞担心黑人拳击手击败白人选手的结果会有损白人的威风，助长黑人的志气，不利于工读学校以后对黑人学生的规训工作；第三个小悬念的谜底是出席拳击赛的嘉宾有白人校长哈迪和社会各界人士，斯宾塞想呈现一出黑人拳王不堪一击的场面，以满足上级和嘉宾的种族主义自大和自傲心理。从这三个小悬念的破解中，读者可以获悉：斯宾塞强迫格里夫故意输掉比赛的动机构成了这个大悬念，其谜底涉及斯宾塞的个人私利、学校的社会规训和白人的种族偏见等。怀特黑德在这种悬念的使用中注意了每个小悬念与大悬念之间的内在联系，使之符合情节推进的逻辑发展。因此，这种悬念的小悬念在小说情节发展的结构中，既保持了相对的独立性，又促进了大悬念的破解，从而形成了一个有机的悬念群。

---

① Colson Whitehead, *The Nickel Boys*, New York: Doubleday, 2019, p.24.

　　最后，顶针式悬念指的是在小说情节的建构上把上一个悬念的末尾作为下一个悬念的开头，以此循环三次或三次以上，把事件的谜底一步一步地揭开①。怀特黑德在讲述尼克尔工读学校逃亡学生克莱顿·史密斯（Clayton Smith）的故事中设置了一系列顶针式悬念。第一个悬念是：克莱顿为什么要逃跑？克莱顿未经宿管人员的允许，半夜在校园散步，管教人员弗雷迪（Freddie）当即把他抓到教学楼地下室毒打，这次毒打激起了他强烈的反抗意识。他不愿继续忍受工读学校的囚徒生活，于是就趁弗雷迪酗酒时逃离了校园。前一个悬念的结束之处引起了一个新的悬念：他穿着工读学校的校服能在校园外逃亡多久？在小说的第 150 页，作家描述道：克莱顿逃到大路边的一家农舍旁，把晒在院坝里的一件衣服偷了，想换掉自己的工读学校校服。农舍的二楼站着一个老太太，她会报警吗？这又形成了一个悬念。出乎意料的是，那个老太太没有报警。原来那件衣服是老太太的丈夫的，丈夫已去世多年，现在这件衣服是她的孙子在穿。怀特黑德通过描写老太太当时的心态来揭示谜底："她很高兴地看到他［克莱顿——作者注］穿走衣服，因为每当她看到那件衣服穿在虐待动物、对上帝不恭的孙子身上时就觉得一阵恶心。"②这表明克莱顿能穿上普通人的衣服继续逃亡了。可是这个悬念的结束又派生出一个新的悬念：他能成功摆脱工读学校的追捕吗？他在公路上走了很久才遇到一名中年白人开车路过，他请求搭车，中年白人同意了。为了不暴露自己的身份，他在闲聊中编造了自己的假名字、假年龄和假信息，然后在车上打瞌睡。当中年白人司机叫醒他下车时，他才发现自己被送回了尼克尔工读学校。原来，开车的中年白人是尼克尔工读学校的董事，克莱顿的逃亡计划就此落空。这个顶针式悬念层层递进，丝丝入扣，不仅可以使该小说结构更加严谨，而且使人物性格在悬念展开的过程中得以充分的展示。

　　《尼克尔少年》所采用的切入式悬念、分解式悬念和顶针式悬念都是环环相扣的悬念群，其大小悬念的不规则排列和呈现正是该小说情节艺术设置的重要特色。这些连环性悬念从多个角度推进小说情节的发展，加重了读者在阅读过程中的紧张和焦虑情绪，增加了小说本身的悬疑色彩。怀特黑德同时通过迷雾的设置和清除来化解故事的张力，凸显了该小说的艺术创新魅力。

---

① 王庆生：《文艺创作知识词典》，武汉：长江文艺出版社，1987 年版，第 149-150 页。
② Colson Whitehead, *The Nickel Boys*, New York: Doubleday, 2019, p.150.

三、开放性悬念

开放性悬念是悬念的一种特殊形式。一般的悬念通常会在小说的某个位置给出相应的谜底，读者在期盼谜底揭开的过程中获得阅读兴奋感。然而，开放性悬念在小说创作过程中设置疑惑，直至小说结束也没有给出解除疑惑的线索，形成了悬而未决的情节或事件结局。[①]这种开放性悬念，会使读者产生一定的阅读期盼遗憾，但同时也可能激发读者的开放性思维，从而获得亲自寻找答案的无限乐趣。怀特黑德在《尼克尔少年》里设置的一些悬念具有开放性，对深化小说主题具有积极的促进作用。本部分拟把这些开放性悬念分为三类：倒装式悬念、映衬式悬念和迷惘式悬念。

首先，倒装式悬念是作家在小说创作中采用倒装的方式来安排小说情节发展的材料，激发读者的阅读期盼感，促使读者生成以消解疑惑为阅读驱动力的一种悬念。在小说的第二章里，全知叙述人讲述了埃尔伍德的远大抱负。埃尔伍德想通过勤奋学习、努力工作和诚实做人，成为顶天立地的黑人男子汉。可是，就在埃尔伍德从收音机上听到娱乐城即将开放的广告，正憧憬找机会去游玩一下的时候，警察逮捕了他。警察为什么要逮捕他呢？读者一头雾水，这形成了一个悬念。在小说的第三章里，怀特黑德回溯到埃尔伍德被捕前的生活。埃尔伍德由于学业成绩优异，被历史老师希尔（Hill）推荐去梅尔文·格里戈斯技术学院读书。在去上大学的第一天，外婆哈丽特（Harriet）与他依依不舍地告别。由于当地没有城际公交车，于是埃尔伍德打算在路边等便车。一个名叫罗德尼（Rodney）的黑人驾驶一辆普利茅斯牌小车路过，他同意了埃尔伍德的搭车请求。不久，他们的车被一辆警车拦截下来。埃尔伍德看见白人警察拿着手枪冲了过来，罗德尼对埃尔伍德说："他们正在查找一辆'普利茅斯'牌汽车，就是我这黑鬼偷的。"[②]在小说的第三章第一段里，法官把埃尔伍德判决为偷车案的同案犯。由于他的年龄只有 15 岁，不到服刑年龄，于是法院就送他去尼克尔工读学校改造。通过全知叙述人对往事的回顾，读者得知埃尔伍德是被警察误判为偷车犯同伙才被捕的，但是叙述人并没有告诉读者法官是怎么把一个搭车人判定为偷车贼的，这就形成了一个悬念。整部小说中都没有提供消解这个悬念的情节，导致了这个悬念悬而未决，引发了读者对这个问题的多维思考：是罗德尼把埃尔伍德诬陷为自己的同伙的吗？是法官出

---

① Peter Vorderer, ed., *Suspense: Conceptualizations, Theoretical Analyses, and Empirical Explorations*, Mahwah, N.J.: L. Erlbaum Associates, 1996, p.124.

② Colson Whitehead, *The Nickel Boys*, New York: Doubleday, 2019, p.42.

于种族主义的傲慢，不去追究缘由，把搭乘者埃尔伍德简单地判决为同案犯了吗？还是埃尔伍德因为之前参加过民权运动的游行示威活动而被白人当局趁机予以打击报复呢？由此可见，这个倒装式悬念突破了时间先后和因果联系的正常顺序，将埃尔伍德被捕的情节描写提前，然后再写他被捕的原因、过程和结果，使悬而未决的情境产生了独特的开放性效果。

其次，映衬式悬念是指作者"在小说创作中把氛围渲染、场景描绘、意境创造同悬念式的情节结合起来，或将悬念融合在氛围、场景、意境的描绘之中，以取得映衬并强化悬念的艺术效果"①。尼克尔工读学校的学生德斯蒙德（Desmond）在校园的旧马厩里劳动时拾到一个绿色的盒子，里面装有一粒药片。他把药盒带回了克利夫兰学生宿舍，学生们猜测这可能是一粒给马治病的泻药。由于工读学校管教人员时常虐待学生，所以学生们都想把这粒药作为报复的工具：德斯蒙德说这药应该给帕特里克（Patrick）吃，他因尿床一事曾遭帕特里克殴打过；埃尔伍德说这药应该给白人教管人员达金（Duggin）吃，他曾因与白人学生寒暄了几句话就被达金猛击腹部，肚子疼了好几天；特纳说这药应该给厄尔（Earl）吃，他因抽烟曾被厄尔猛揍过；杰米（Jaimie）也认为这药应该给厄尔吃，但他不愿说出原因，后来读者发现他曾被厄尔猥亵过。学生们的不同意见产生了报复白人管教人员的强烈氛围，但这个药究竟给哪个白人吃呢？学生们没有形成一个统一的意见。全校教职工在圣诞节那天如期举行了节日聚餐，白人管教人员享用各种美味佳肴，黑人学生则在旁边为他们端菜倒酒。几分钟后，厄尔突然呕吐不止，被救护车送往医院抢救。学生们回到宿舍后谈论这件事时，德斯蒙德发现那个药盒不见了。这就构成了两个相关的悬念：是谁偷走了药呢？又是谁把药放入了厄尔的食物中？埃尔伍德和特纳到校外出差去了，没在现场；德斯蒙德和杰米参与了聚餐的服务工作，但都坚决否认是自己所为。到底是谁呢？这个悬念直到小说结束也没有出现解密的话语。因此，这个悬念谜底的多种可能性构成了悬念的开放性：给白人管教人员下毒是所有学生的心愿，每个学生都有下毒的可能，而每个学生都可能没有下毒的机会，这就形成了一个难解之谜。因此，映衬式悬念的特点是偏重从描写技巧去表现悬念，对人物心理的刻画、对情节发展的推进、对环境氛围的烘托，均有较大的作用。怀特黑德在映衬式悬念的设置过程中注意了映衬场景设计的合理性、自然性和妥帖性，使读者感到真实可信，从而取得这种悬念应有的艺术效果。

---

① 王庆生：《文艺创作知识词典》，武汉：长江文艺出版社，1987年版，第149页。

最后，怀特黑德在这部小说里还采用了迷惘式悬念。这种悬念是由于作家在小说的情节发展中故意没有交代清楚一些重要事件的结局所形成的迷局，使读者处于困惑不解的状态。怀特黑德在这部小说里设置的主要迷惘式悬念如下：从校园中失踪的学生到哪里去了？开办了近百年的尼克尔工读学校为什么在 2011 年关闭了？涉嫌虐待和杀害学生的教管人员是否受到了法律的严惩？尼克尔工读学校停办后，开发商的施工人员和南佛罗里达大学的学生从学校墓地里发掘出来的尸骨有 50 具之多，之后在墓地附近又发掘出数具尸骨。在整部小说里，作家提及的失踪学生中有名有姓的只有克莱顿、埃尔伍德和格里夫三人，无名无姓的学生则无法统计。由于学校缺乏有关学生入校和离校的数据统计，再加上 DNA 验证的局限性，尼克尔工读学校到底有多少学生是非正常死亡的，就成了一个永久的谜。此外，小说对尼克尔工读学校为什么关闭，也没有给出一个理由。这是否由校方无法承受外界质疑所产生的恐惧所致，读者不得而知。参与迫害埃尔伍德等学生的学校领导和教管人员，有的（如斯宾塞）前几年已经死了，有的（如厄尔）已经步入 95 岁高龄，有的不知踪迹。当尼克尔工读学校的丑闻被公布之后，佛罗里达州政府和联邦政府追究相关人员的法律责任了吗？小说里没有具体的交代，这也形成了一个谜。小说没有给读者提供所有悬念的具体答案，但这反而激发了读者对这些悬念谜底的探索热情，读者的质疑有助于深化小说的反种族主义主题。读者对这些失踪学生命运的关注因迷惘式悬念的开放性而得到强化。

《尼克尔少年》在小说情节发展中没有给读者提供谜底的悬念具有开放性的艺术特征，读者可以从相关事件结局的不确定性中寻找自己的思维结果，从而使读者对小说反种族主义主题的理解具有更个性化的认知。开放性悬念使得小说情节的发展跌宕起伏、错落有致，不仅激起了读者的阅读兴奋因子，而且还激活了读者的开放性思维力。文字阅读上的局限性为读者思维的无限性提供了契机，也就为读者认知小说主题开辟了新路径。

总而言之，怀特黑德在《尼克尔少年》里秉持悬疑风格，建构了整体性悬念、连环性悬念和开放性悬念，展现了具有个人特色的悬念叙事策略。他的整体性悬念贯穿全书，统领全局；连环性悬念与某一个小说事件密切关联，层层递进；开放性悬念冲破传统悬念叙事的限制，独具匠心。这些悬念共同组成了引起读者好奇心和阅读情趣的悬念群，呈现出悬念叙事策略逻辑合理、幽默风趣、柳暗花明的艺术魅力。他的悬念叙事策略赋予小说的严肃话题以风趣、悬疑和神秘的色彩，具有多元性、多维性和多解性的特征，使读者在轻松有趣的阅读中认知到了美国种族主义者犯下的反人类罪行，生动地表达了作品的反种族主义主题，彰显了人性向善的正能量。

小　结

　　本章主要探究了五位作家及其作品的伏笔和悬念叙事手法，展现了他们使人耳目一新的艺术风格。阿塔威的伏笔在小说中隐而后发、画龙点睛，给读者丰富的审美体验。莫里森和雷德将伏笔和悬念密切关联，使其相辅相成，构成了一个引人入胜的叙事网络。海姆斯把反讽与悬念融为一体，使悬念呈现出讽刺和幽默的艺术特色，折射出小说主题中蕴含的人生哲理。怀特黑德在文学创作中秉持悬疑风格，其悬念叙事策略赋予小说的严肃话题以风趣和神秘的色彩，生动地表达了作品的反种族主义主题。这五位作家把伏笔和悬念与小说主题有机地结合起来，让小说主题随着伏笔的呼应和悬念谜底的层层揭开而更加具有哲理，使读者在小说的赏析过程中获得美的艺术熏陶。

第二章 反讽叙事

"反讽"一词来源于希腊戏剧人物艾龙(Eiron)。亚里士多德提到的"伊罗尼亚"(Eironeia)并非我们现在所理解的"反讽"之意,而是类似于反叙法或曲言法,即用否定对立的词语表示肯定的一种修辞格。16世纪,这个词进入英语词汇,语意近似于法语的 ironie(反讽),并且成为一种修辞手法。在现代文学创作中,反讽的广泛使用使其渐渐从一种修辞手法发展成为一种重要的叙事策略,可以助力小说主题的表达,增添文学作品的趣味性和艺术性。

反讽叙事是文学创作中使用的一种带有强烈感情色彩的叙事手法,通常运用跟小说人物的本意相反的词语来表达此意,含有嘲弄、调侃和讽刺的语意。在反讽叙事的会话中,小说人物不论是正话反说,还是反话正说,比起直白的表达来都更为有力,语气更为强烈,情感更为充沛,给读者的印象也更加鲜明,产生的艺术感染力也更强。反讽叙事中的话语具有外在和内在两层语意,外在的语意是话语本身所具有的,而内在的语意则是说话者在言语交际中真正想表达的意思,这个意思与特定的言语环境有着密切的关系。

反讽叙事的基本作用是产生讽刺性,通常比正说更有力量。反讽手法的运用能更好地在话语中表达深刻的思想和宣泄激昂的情感。作家在文学作品的反讽运用中可以揭露、批判、讽刺和嘲弄特定社会语境里的消极现象,增加话语的影响力和震撼力;从小说人物的反讽话语中,读者可以感知到他对某个事件的态度和立场;从文学的艺术审美来看,反讽话语可以使小说的语言更加丰富多彩、诙谐幽默,消解话语因坚持某个观点所产生的不和谐感或僵硬感,增添文本的趣味性。当小说描写复杂的人际关系时,反讽话语可以让小说人物把憋在心里想说而又不便说的话语表达出来,有时还会产生出乎意料的语言效果。

在文学作品的创作中,反讽话语与双关语既有联系,又有区别。两者的同一性表现在两者都包含外在和内在两层语意,外在的语意是话语本身所固有的,而内在的语意则是由特定的上下文所赋予的,所以容易产生混淆。但是,两者之间是有区别的。反讽话语的外在语意和内在语意永远正好相反，而双关话语的外在和内在语意却不一定相反。

反讽叙事可能会导致两类读者的出现：一类是只明白表面含义但没有读懂言外之意的读者；另一类是同时明白话语的表面意义和内在含义的读者。道格拉斯·C. 穆克（Douglas C. Muecke）指出了反讽叙事的三个基本特征：①反讽叙事依存于语意成功表达的双层现象。处于低层级的是反讽的受害者，听信了说话人的不真实表达；处于高层级的是明白了反讽真实含义的读者或说反讽话语的人。②说反讽话语的人利用了两个层级之间的矛盾、不和谐性和不相容性。③反讽利用人物或受害者的天真。一般来讲，受害者的天真类语境中反讽场景的形成，或者是因为受害者完全没有意识到反讽高层级形式存在的可能性，或者是因为使用反讽手法的当事人假装没有注意到这种情况。①

根据语境或作家的创作意图，反讽叙事通常可以分为三类：言辞反讽、命运反讽和戏剧反讽。

首先，言辞反讽指的是一句话的表层语意和欲表达的真实语意之间的矛盾。在言辞反讽里，说话人所说的真实含义完全不同于其表达的字面意思。含有言辞反讽的话语通常涉及某种态度或评价的明确表达，但是在语境中表露说话人的真实语意是一个不同的甚至相反的态度或评价。在一定的语境里，说话者可以采取褒义或非贬义性的间接表达实施讥讽的言语行为，表达否定或贬低的态度。语意的对立性是言辞反讽的基本特征之一，通常表现为外在语意与内在语意的对立、外在语意与某些语境的对立、交际双方的情感对立或心理对立。与命运反讽和戏剧反讽不同的是，言辞反讽是说话人故意或有意安排的话语，通常带有讽刺、挖苦、讥笑等语意。

其次，命运反讽，也称"情境反讽"或"情景反讽"，指的是动机和结果的不一致性，也就是某个行为的结果与预期相反。命运反讽主要借助情景的描述来传达某种事态的发展违背了常理，事件的结局和预期的结局完全不一样时的场景，通常会产生令人出乎意料之感，并生成嘲弄或讽刺之意。②例如，在美国作家安德鲁·西恩·格利尔（Andrew Sean Greer，1970— ）的同性恋小说《莱斯》（Less，2017）里，弗雷迪（Freddy）是莱斯（Less）的同性恋情人。一天，他告诉莱斯，自己遇到了一个人，那个人要他过单身生活，他当时就答应了，觉得该是自己兑现承诺的时候了。莱斯以为弗雷迪真的想过单身生活了，于是在很不情愿的情形下答应了他

---

① D. C. Muecke, *The Compass of Irony*, London: Routledge, 1969, p.80.

② 张萌：《反语认知的心理学研究》，广州：暨南大学出版社，2010年版，第2页。

的请求。几个月后，莱斯收到一封邮件，上面写道："敬请光临弗雷迪·皮鲁和托马斯·邓尼思的婚礼！"[①]这时，莱斯才恍然大悟：弗雷迪请求与他分手的目的，不是要过单身生活，而是要与邓尼思正式结婚，这个出乎意料的语境构成了一个典型的命运反讽。此外，非洲作家钦努阿·阿契贝（Chinua Achebe，1930—2013）在《瓦解》（Things Fall Apart，1958）里通过乌诺卡（Unoka）和奥贡喀沃（Okonkwo）的父子关系设置了一个可悲的命运反讽。乌诺卡是奥贡喀沃的父亲，在生活中胆小怕事，性情懒惰，遭到全部落的人唾弃和鄙视。奥贡喀沃以有这样的父亲而感到耻辱，因此他打仗勇猛、辛勤劳作，努力成为受村民尊重的人。但是，他的刚烈性格决定了他无法忍受殖民者的羞辱和奴役。在一次村民集会上，他杀死了殖民当局的法警头目，为了逃避白人的法律审判，他选择了自杀。根据伊博族文化的社会习俗，"自杀行为是违反祖宗规矩的。任何人采用自杀的方式结束自己的生命都是可耻的。自杀是对大地女神的冒犯，部落的人不得掩埋他。因此他的尸体被视为邪恶之物，只有外乡人才能掩埋"[②]。由此可见，自杀行为使奥贡喀沃从一名受人尊重的勇士变成了遭人唾弃的懦夫。这个命运反讽的讽刺意味在于奥贡喀沃以父亲遭到全村人唾弃为耻，结果自己最后也成为被全村人唾弃的对象。由此可见，小说中的命运反讽表现出了多种形式的对立和悖逆：小说人物的期望与实际情形的反差、情节的发展与读者预期的背道而驰、小说人物表现出来的思想和言行与常理相左。

最后，戏剧反讽，也称"戏剧性反语"，指的是因行为者和观察者的认知不一致所引起的反讽。话语或行为的意义能为听众或观众所理解，但说话者或小说中的其他人物却不明白。在戏剧反语中，书中人物所说话语本身是实话，受话者也信以为真，但是读者由于对事件的前因后果的了解更多，能认识到其话语所表达的意思与实际情况恰好相反。[③]例如，当一个人物对另外一个人物说："明天见！"观众便知道他没有明天了。第二天来到之前，这个人物就会死去。很多情况下，作家会让一个人物说错话或做错事，这个人物不知道真相，但观众却知道。在戏剧反讽里，观众知道某个人物正在做的某事是错事，从而产生为他担心或焦虑的情绪。加拿大小说家艾丝·埃达金（Esi Edugyan）在《华盛顿·布莱克》（Washington Black，2018）里描写了不少戏剧反讽的情节，其中最出色的戏剧反讽是关于克里

① Andrew Sean Greer, Less, New York: Back Bay Books, 2017, p.17.
② Chinua Achebe, Things Fall Apart, New York: Penguin, 2017, p.207.
③ 张萌：《反语认知的心理学研究》，广州：暨南大学出版社，2010 年版，第 3 页。

斯托弗（Christopher）改变布莱克（Black）命运的动机。克里斯托弗是巴巴多斯岛菲斯种植园的园主伊拉兹马斯（Erasmus）的弟弟。在接风宴当晚，克里斯托弗见过给宴会呈递菜肴的小黑奴布莱克，当天晚上就向其哥哥伊拉兹马斯提出要布莱克给他当科学实验的助手。从此布莱克过上了"人"的生活，每天能睡在床上，能有干净温暖的衣服穿，不用再在种植园的甘蔗地里顶着烈日干活了。布莱克一直以为克里斯托弗同情他、喜欢他和欣赏他，因此他把克里斯托弗视为自己生活中的"贵人"，感激他的恩赐。尽管女友谭娜（Tanna）说克里斯托弗只是利用他，并没有他想象的那么高尚，但布莱克不信。直到小说末尾，布莱克亲自向克里斯托弗询问当初改变他命运的动机。克里斯托弗说："那是一件太普通的事了，你的身材的确是我选择你的原因。我没有什么可隐瞒的动机。"①他的话语使布莱克恍然大悟，解开了以前的悬念。原来克里斯托弗要搞热气球实验，需要一个重量适度的"热气球压舱石"，布莱克的身材和体重正好符合标准，因此就被选上了。因此，小说人物由于信息缺失而不知真相，对某些人或事产生了错误的判断，这必然会导致戏剧反讽的出现。戏剧反讽中的矛盾和冲突有助于推动小说情节的发展，使故事充满戏剧性、可读性和趣味性。

　　反讽叙事是小说家在文学创作中的一种写作技法，也是他对客观世界进行理性感知后所呈现出的一种思维方式。在反讽描写里，外在的赞誉与内在的痛恨时常构成作家故意设置的一种错位。也就是说，故事叙述人的言语与言语中的寓意之间存在着一种故意而为之的乖谬，寓意往往成了外在言语的"反面注释"。但是，言语的寓意往往是含蓄而意味深长的，引起读者在阅读过程中的反思和联想，"从而突破叙述人表层的叙述，逆向地读解小说文本"②。非裔美国作家所采用的反讽手法的特色之一是讽刺者在嘲笑被讽刺者的同时也可能在自己的话语中添加了自嘲的成分。非裔作家常用肯定赞美的语言描述明显的丑恶或虚假的现象，表达其鄙视与挖苦。他们的反讽是带有讽刺意味的一种写作技巧，单纯从字面上不能了解其真正要表达的语意，因为说话人欲表达之意恰好与字面意义相反。因此，要领悟非裔美国文学作品中的反讽手法，通常需要从上下文及其语境中来了解其内涵。非裔美国作家反讽手法的最显著特征是话语交际中的言非所指，使话语的实际内涵与其表面意义不一致。本章拟探讨萨藤·E. 格里格斯、理查德·赖特、格洛利娅·内洛尔（Gloria Naylor）、内勒·拉森和詹姆

---

① Esi Edugyan, *Washington Black*, New York: Alfred A. Knopf, 2018, p.324.
② 陈果安：《小说创作的艺术与智慧》，长沙：中南大学出版社，2004 年版，第 245-246 页。

斯·鲍德温在小说创作中的反讽叙事策略，揭示其对非裔美国小说艺术发展的贡献。

第一节 《国中之国》之反讽手法

萨藤·E. 格里格斯（1872—1933）是 19 世纪末 20 世纪初的非裔美国小说家、散文家、传记作者和浸礼会牧师。其文学作品强烈抗议社会不公，倡导平等人权，鼓励黑人自主发展，强调种族间的互信。尽管他的小说以爱情为主线，但实际关注点却不是情爱或性爱，而是黑人的种族意识和政治抱负。格里格斯描写了美国"新黑人"在 19 世纪末所经历的各种政治冲突，揭露了黑人和白人结婚后所遭受的种族偏见以及他们的后代所经历的身份危机和生存窘境。他的代表作是《国中之国》（*Imperium in Imperio*，1899），该小说的销售量超过了许多同时代的作品，但在当时文坛上获得的关注度并不高。直到 20 世纪 60 年代，随着美国民权运动的深入发展，美国读者认识到了这部小说的文学价值、社会价值和艺术魅力。阿尔诺出版社在 1969 年对该书的再版引起社会各界更大的关注，导致读者人数大增。之后，出版社不得不多次印刷该书，以满足读者的需求。该小说所描写的"国中之国"其实是格里格斯虚拟的一个影子政府，该政府位于得克萨斯州的韦科市，拥有政府、国会和其他国家机器。格里格斯在小说里使用了大量的反讽元素，运用反语来表达自己的意思，带有浓烈的讽刺和嘲弄之味。因此，读者单纯从字面上无法理解格里格斯在小说中真正要表达的思想，通常需要通过上下文及语境来解读其深层寓意。格里格斯在《国中之国》中采用了言辞反讽、命运反讽和戏剧性反讽三种叙事手法，巧妙地表达了作者对政治人物的人格质疑。

一、言辞反讽

言辞反讽是通过说反话的方式来表达本意的反讽类型。在这种反讽中，作家所说的与实际所指的完全不同。因此，"言语反讽在具体运用中不可避免地存在着表层意义和隐含意义，语言的外在表达与真实所指之间的对照与矛盾是显著而强烈的"①。然而，正是通过这种有一定挑战性的解读和思考，读者才可能透过表面意义去探究作品的隐藏意义，从而体会到比直接陈述更为深刻、更为有趣、更为丰富的思想内涵。言辞反讽并不是要掩盖

---

① Joseph A. Dane, *The Critical Mythology of Irony*, Athens: University of Georgia Press, 1991, p.2.

住文学作品的真正意思，故意让读者感到困惑，而是希望能通过这种隐蔽的方法唤起读者对作品的阅读欲望，激励读者去捕捉并识破作品中文学描写的言外之意，从中得到更多的乐趣和更深刻的领悟。①格里格斯在《国中之国》里使用的言辞反讽可以分为三类：自贬式反讽、言不由衷式反讽和考验式反讽。

首先，自贬式反讽是指用否定自己人格或品行的语言来彰显自己的忍辱负重，揭示在危机中取大我、舍小我的无奈抉择。《国中之国》的叙述人伯尔·特劳特（Berl Trout）是"国中之国"的国务卿。作为这个黑人"国家"的创始人之一，他知晓这个"国家"里发生的一切。格里格斯在小说开始之前，专门插入了伯尔的临终声明。他在声明的前三段说："我是叛徒！我违背了一个严肃的、有约束力的誓言，这誓言是地球上所有的人都该遵守的呀。/我把一个可爱民族的重托踩在脚下，泄露了他们看得比生命还重的秘密。/犯下如此之大罪，我是世上最可恶的人，该杀！"②在这三段话里，伯尔用"叛徒""违背……誓言""泄露""该杀"等词语来自我贬低和自我诅咒，似乎自己是个不可饶恕的坏蛋，但当我们把他的整个临终声明读完后，才会恍然大悟：原来他背叛的是"国中之国"分裂美国的行动，泄露的是可能会引起美国动乱和种族冲突的激进计划。如果他不"泄露"，不"背叛"，美国内战就会爆发，国家就会生灵涂炭，那他才真的是"世上最可恶的人"。伯尔的自贬性话语在后续情节发展中一一被消解，读者最后才明白他的贬低性话语是为了吸引读者的注意力，抨击不良社会环境对正能量的压制。正与邪的较量充满了挫折和惊险，代表正义的一方同样会遇到挫折，但最终会获胜。因此，自我贬低的话语并不会真的贬低伯尔的高尚人格。

其次，言不由衷式反讽是指说话人被外界形势所迫或受到某种心理因素的压抑后说出的一些与本意相反的话语。③在《国中之国》里，黑人女青年维欧拉·马丁（Viola Martin）读了《白人至上论与黑人至下论》（*White Supremacy and Black Inferiority*）一书后，意识形态和生活态度都发生了巨大的变化。这本书的中心思想是黑人和白人结婚后生下的后代发展到第四代时，生出来的小孩会丧失生育能力，体质和智力也会越来越差，混血婚姻会渐渐灭绝黑人种族。因为维欧拉的男友伯纳德（Bernard）是黑白混血

---

① 郑弢：《论反讽的几种形式》，http://www.doc88.com/p-80882354148.html，2013 年 6 月 11 日。

② Sutton E. Griggs, *Imperium in Imperio: A Study of the Negro Race*, Sioux, SD: NuVision Publications, 2008, p.231.

③ James W. Fernandez & Mary Taylor Huber, *Irony in Action*, Chicago: University of Chicago Press, 2001, p.32.

儿，因此她对伯纳德的情感从"热爱"退化到"回避"，进而转变为"恐惧"。她对伯纳德说："你知道，我爱你。爱你的人是我，现在就请吻吻我。你要永远记住。就像爱你那么强烈一样，我不愿当你妻子的决心也很强烈。我绝不会，绝不会当你的妻子。"①尽管维欧拉非常爱伯纳德，但结婚后可能出现的严重后果成为她难以逾越的心理障碍。在她看来，混血婚姻不仅会毁了当事人的幸福，而且还会毁了黑人种族的下一代。种族偏见所导致的认知偏差甚至谬误，迫使当事人说出了违背内心意愿的话，深刻反映出种族歧视给黑人群体带来的巨大伤害。

最后，考验式反讽是说话人试探听话人的意识形态、决策意见或个人观点时所采用的一种话语策略。贝尔顿（Belton）是一名坚定的黑人民族主义者，创办了黑人组织"国中之国"。为了把这个组织发展壮大，他想把当时的国会议员伯纳德请来担任"国中之国"的第一任总统，但又不知道伯纳德对美国种族问题的真实态度。②因此，他专门把伯纳德请到得克萨斯州韦科市的托马斯·杰弗逊学院。贝尔顿对伯纳德说：

"很幸运，我发现了一个由黑人策划的重大阴谋，想去告发他们，把他们全都送上绞刑台。"

"请告诉我，你把白人想绞杀的谋反者全找出来。这么做的动机是什么呢？"

"是这样，"贝尔顿说。"如你所知，黑人在这个国家的日子很苦。如果我们纵容叛徒和谋反者，我们的日子会更苦。我们应该把那些出现的坏蛋杀掉，否则我们都会被当作坏蛋杀死。"

"那也许是真的，但是我不喜欢看到你干的那种事，"伯纳德说。③

贝尔顿说这些话是为了考察伯纳德的政治观点和种族态度。贝尔顿所说的"阴谋""告发""坏蛋""谋反者"等词多有贬义，对黑人民族也进行了贬低，假装自己站在白人的立场看问题。因为伯纳德长期与白人生活在

① Sutton E. Griggs, *Imperium in Imperio: A Study of the Negro Race,* Sioux, SD: NuVision Publications, 2008, p.43.
② George Richard Levine, *The Techniques of Irony in the Major Early Works of Henry Fielding*, Ann Arbor, Mich.: UMI, 1962, p.98.
③ Sutton E. Griggs, *Imperium in Imperio: A Study of the Negro Race*, Sioux, SD: NuVision Publications, 2008, p.99.

一起，接受了白人名校的高等教育，所以贝尔顿想以此来探听虚实，检验伯纳德的政治取向。贝尔顿话语中出现的贬低黑人的词语，并不代表他的本意。考验式反讽体现了提问者的审慎与智慧，同时反映了处于种族歧义与压迫的社会环境下的黑人的无奈之举。

格里格斯的言辞反讽具有极强的语言表达力，有力地抨击、揭露、谴责、讽刺了当时的不良社会现象。这些言辞反讽可以表达说话人的态度和立场，其深刻内涵需要读者积极参与解读，这样增加了读者与文本间的互动。同时，言辞反讽使语义富有变化，生动有趣，使说话人的形象跃然于纸上，以此提高了作品的审美性。反讽可以用来表现特殊情况下的特殊寓意，有助于小说人物把憋在心里的话表达出来，取得意想不到的艺术效果。

二、命运反讽

与言辞反讽所关注的词语寓意不同，命运反讽在文学创作中所体现的是文本的整体性讽刺效果。言辞反讽局限于语句或段落之间的表层张力，但命运反讽却是小说中主题构思、情节设置、叙事脉络等文本要素相互作用、共同孕育的一种内在张力。因此，命运反讽在故事发展过程中具有一定的隐蔽性和预设性，时常导致出乎意料的情节逆转，引起读者更大的关注，同时也有助于拓展作品的阐释空间。命运反讽虽然也对事件表象后面的真相予以揭示，但没有显示出明确的内涵，这就要求读者在作品解析中赋予被揭露的事实以相对清晰的意义。在读者的心目中，反讽情境是一种社会场景，即从事件的外部观察而获悉的信息。格里格斯在《国中之国》中采用的命运反讽可以分为三类：梦想落空式命运反讽、恶之花式命运反讽、恩将仇报式命运反讽。

首先，梦想落空式命运反讽是指在追求更多、更好的东西的过程中失去了本来拥有的，造成得不偿失的严重后果。在《国中之国》中，贝尔顿爱上学校的美女同事尼穆尔（Nermal），但他当教师的收入只有每月 50 美元，根本无法筹集到结婚的费用。于是，他想开办实业，筹办杂志社，扩大印刷业务。为了多挣稿费，他在杂志上发表文章，揭露选举中的舞弊行为，旨在提高自己文章的受欢迎度。然而，他揭露社会黑暗的文章却招来白人种族主义者的强烈不满和疯狂报复，这些白人对贝尔顿工作的学校当局猛烈施压，致使学校不得不解雇贝尔顿。想发财的贝尔顿不但没有挣到结婚的费用，连原来的工作都搞丢了，失去了起码的生活保障。这种命运反讽讽刺了美国社会自我标榜的"民主"和"社会公正"。

其次，恶之花式命运反讽是指当事人带着不良目的去伤害某人，或给某人造成某种不利，但是事后却发现这种不良动机给受害者带来了意想不到的好处。在《国中之国》里，弗吉尼亚温切斯特镇黑人学校教师伦纳德（Leonard）特别偏爱富家子弟伯纳德，时常用贬低穷人孩子贝尔顿的方式来增强伯纳德的自信心和上进心。但是，贝尔顿是一名自尊心很强的孩子，老师越贬低他，他读书越努力，最后他成为伯纳德在学习上的最大对手。12 年后，这两个孩子毕业时都成为伦纳德班上最优秀的学生。尽管毕业之时，伦纳德仍然不喜欢贝尔顿，但他对贝尔顿的贬低、压抑和不公正待遇反而激发了贝尔顿的学习潜力，把他造就成在"恶"的逆境中生长起来的有强劲生命力的人才之"花"。"花"在"恶"的土壤中开放，体现了黑人顽强的生命力。同时，这也表明，在不公平和不和谐的社会环境里，黑人通过不屈不挠的个人奋斗也有可能实现人生的逆袭。

最后，黑人争取民主平等的斗争不仅存在于黑、白种族间，黑人内部也充满了各种利益纠纷，使黑人陷入一种无奈的内斗中，严重阻碍了种族平等的前进之路。小说中运用了恩将仇报式命运反讽表达了这一思想。恩将仇报式命运反讽是指某人施恩于他人，不但得不到善报，反而遭受了厄运。贝尔顿通过自己的努力和智慧，组建了一个全国性的黑人组织"国中之国"，号称拥有 7500 万黑人公民。贝尔顿推荐伯纳德担任"国中之国"的总统。他筹建"国中之国"的宗旨是领导黑人与美国政府做斗争，争取黑人应该得到的各种权益，最终融入主流社会，成为美国社会里与白人平等的一员。但是，伯纳德为了巩固自己的总统地位，提出了新的行动纲领：他打算勾结一切国际反美势力，占领得克萨斯州和路易斯安那州，推翻得克萨斯州现政府，建立"国中之国"；同时，把路易斯安那州割让给为他们提供过各种援助的国外反美势力。伯纳德的新纲领无疑把美国拖入黑人与白人之间的种族大战，走向分裂国家的道路。为了避免这一灾难，贝尔顿主动提出从"国中之国"辞职，但是根据"国中之国"的法律，辞职就意味着背叛，就会被枪毙。身为总统的伯纳德宁愿下令枪毙贝尔顿，也不愿意放弃自己的政治主张。在他看来，放弃自己的政治主张，就意味着地位不保。贝尔顿本是伯纳德的仕途引荐者和政治恩人，但伯纳德为了自己的政治前途，为了巩固自己的地位，把有政治责任感和政治远见的贝尔顿送上了绝路。这个命运反讽带有恩将仇报的明显意味，反映出黑人内部的不团结，表现了人性的贪婪与自私，同时也暗示了黑人的种族平等之路仍然漫长而艰难。

这三类命运反讽相互关联，相互印证，披露了黑人社区内部的人际关系和情感冲突。格里格斯的命运反讽不仅在该小说叙事结构的设置、人物形象的塑造、社会关系的编织等的处理上起着重要作用，而且借此凸显小说的主题，更深刻地展现出作家的创作理念。①

三、戏剧反讽

小说创作中的戏剧反讽来源于戏剧，其艺术魅力的大小取决于观众或读者的"全知"与剧中人的"无知"的冲突在一定的场景里所产生的张力。②在戏剧中，台下的观众知道某个事件的缘由，但台上的演员却似乎不知而任由事态发展，从而引发妙趣横生的戏剧反讽。在《国中之国》中，格里格斯采用的戏剧反讽可以分为三类：人格缺陷引起的戏剧反讽、违背初衷引起的戏剧反讽和环境局限性引起的戏剧反讽。

首先，人格缺陷引起的戏剧反讽是指在文学作品里人物的人格缺陷或人格局限性导致其生活在自己的狭隘世界里，固执地按照自己的思路走下去，直至不良结果的出现或毁灭的到来。在《国中之国》中，贝尔顿与尼穆尔真心相爱，成为黑人社区里的一对令人羡慕的恩爱夫妻。但贝尔顿具有自身难以消解的人格缺陷，那就是极端的父权制思想，他把女人视为自己的私有财产。贝尔顿是深肤色的黑人，尼穆尔也是深肤色的黑人，但婚后不久尼穆尔生出来的小孩却有着与白人无异的白肤色。"贝尔顿俯身下去看刚出生的儿子。可怕的惊叫声脱口而出。手上拿的油灯一下子掉在地板上，然后飞快地跑出家门，发疯似地往城里狂奔而去。"③贝尔顿认为那个孩子是尼穆尔与白人私通所生的，顿时觉得山崩地裂。他虽然没像莎士比亚笔下的奥赛罗那样把妻子杀死，但也从此离家出走，抛弃了妻子和刚出生的婴儿。小说前面部分对尼穆尔人品的介绍表明，她不可能是一个在婚姻上不负责的人。尼穆尔生出的白肤色的儿子引起了他们夫妻关系的张力，尼穆尔所在的社区也火上加油，以通奸罪把她逐出教堂，使她遭到人们的鄙视，受尽屈辱。尼穆尔的不幸遭遇引起了小说情节的发展与读者认知之间的张力。尼穆尔的孩子渐渐长大，其白肤色也渐渐发生了变化，变得越来越黑。最后，当贝尔顿回家见妻儿最后一面时，那孩子的肤色竟变得比贝尔顿还黑。尼穆尔好不容易与丈夫贝尔顿和解团聚，贝尔顿却即将被"国

① 黄擎：《论当代小说的情境反讽与意象反讽》，载《东南大学学报》（哲学社会科学版）2003年第3期，第115页。

② Jeong-Nam Kim & James E. Grunig, *Situational Theory of Problem Solving Communicative, Cognative and Perceptive Bases*, New York: Routledge, 2011, p.57.

③ Sutton E. Griggs, *Imperium in Imperio*: *A Study of the Negro Race*, Sioux, SD: NuVision Publications, 2008, p.78.

中之国"的法律处以极刑,妻子的"平反之日"竟然是家庭解体悲剧的开始之时。贝尔顿和妻子、儿子见面后,便马不停蹄地赶回得克萨斯州韦科市"国中之国"总部赴死。这个戏剧反讽引起了小说相关人物的心理焦虑,批判了父权制思想,从而增添了小说情节发展的曲折性和趣味性。

其次,违背初衷引起的戏剧反讽是指文学作品中人们为了某种目的做了自己不愿做但又不得不做的事而引发的反讽。贝尔顿从斯托大学毕业时,仍然很穷,买了回家的车票后,他兜里仅剩下 1.25 美元。出于对女士的尊重,贝尔顿打算送一位和他同届毕业的女同学到火车站,她带了好几个大箱子,贝尔顿只好为她雇了一辆马车。马车来了,女同学在贝尔顿的帮助下把行李放上马车,不少朋友站在宿舍门口向她道别。贝尔顿悄悄问马车夫:"车费多少?"车夫回答道:"你,这位小姐,还有她的行李,一共收2 美元。"① 贝尔顿的心一下子凉了,读者读到这里,心情也一下子紧张起来:到达火车站后,贝尔顿拿什么去付账呢?到了火车站后,贝尔顿向车夫说明了情况,但车夫不愿让步。车夫说:"那个女孩也许有钱,我去找她要。"② 为了阻止车夫向那个女孩要车费,贝尔顿伸脚绊倒了车夫。那个女孩在不知实情的快乐中登上火车离开了。事后,车夫向警察局报案。第二天,贝尔顿被拘捕,并被处以 10 美元罚款。这个反讽反映了男士在贫穷状态下硬装骑士风度的窘境。黑人女孩在美国种族主义者眼里地位低下,但在贝尔顿眼里,黑人男士爱黑人女士的程度不应低于盎克鲁-撒克逊人爱他们的女人,所以贝尔顿以违背诚信为代价来成就了黑人男士在黑人女士面前的骑士风度。黑人为了树立良好形象而做出不切实际甚至触犯法律的行为,不但没有使其达成原本良好的意愿,反而加深了人们对黑人不诚信的印象,起到了负面效果。这种悖论之举充满了讽刺意味。

最后,环境局限性引起的戏剧反讽是指在文学作品里相关人物忽略社会环境的制约性,按照自己的思维模式行事,与社会格格不入,最后导致令人啼笑皆非的戏剧反讽。③ 在种族歧视氛围严重的路易斯安那州的凯迪威尔城,一所黑人大学缺一位校长。当时,路易斯安那州通过了禁止白人在黑人学校担任校长的法令,因此原来的白人校长被迫辞职,斯托大学校长洛夫乔伊(Lovejoy)博士推荐了学识水平较高的贝尔顿担任该校校长。贝

---

① Sutton E. Griggs, *Imperium in Imperio*: *A Study of the Negro Race*, Sioux, SD: NuVision Publications, 2008, p.49.

② Sutton E. Griggs, *Imperium in Imperio*: *A Study of the Negro Race*, Sioux, SD: NuVision Publications, 2008, p.49.

③ Eduardo Salas & Aaron S. Dietz, *Situational Awareness*, Farnham, England: Ashgate, 2011, p.25.

尔顿长期在美国北方生活，拥有较强的民权意识和民主思想，与南方的种族歧视氛围格格不入。在去那所黑人学校赴任的火车上，车厢里的种族隔离措施给了贝尔顿一个下马威，但他仍不泄气。到达学校后，他认真履行自己的职责，打算筹建一个工业系，并到处争取创办基金。适逢总统选举临近，贝尔顿公开发表演讲，希望更多的黑人去参与投票登记，履行自己的合法政治权利。他的话语引起当地一个好心人的担心，他赶紧跑到贝尔顿的办公室，对他说："皮德曼先生，我听说你在动员年轻人去投票。我敢保证，你不知道你已经把自己推到了悬崖边。我来给你讲讲路易斯安那州这个地区的政治史。这个地区的黑人数量比白人多得多，几年前黑人控制了这里的一切。白人当然不会束手就擒，他们武装起来，用暴力推翻了民选政府。"① 此后，黑人的生活陷入黑暗，白人采用一切手段去打击那些追求政治利益的黑人。当地有一个名为"黑鬼统治者"的白人种族主义组织，对黑人的迫害尤其残酷，贝尔顿差点被这个组织处以死刑。在这样的社会环境里，贝尔顿越宣传选举的重要性，越鼓励黑人去参选，他自己离死亡的距离就越近。同时，读者感受到的阅读张力也就越大。读者同情他，为他的命运担忧，他的抗争紧紧抓住了读者的心。贝尔顿的不幸境遇抨击和讽刺了美国南方民主制度的虚伪性。白人社会设计了一个貌似公平的民主体制，如果黑人当真去争取获得和白人一样的民主权利，无疑会遭遇灭顶之灾。这样的情节设计展示了格里格斯的戏剧性反讽魅力。另一个类似的戏剧性反讽出现在贝尔顿失业后。贝尔顿大学毕业后，由于其黑人身份，他难以找到能发挥自己专长的白领工作。如果他降低身价去干体力工作，不仅会遭受人们的白眼，也会受到黑人同胞的鄙视，因为这样会在黑人社区树立一个读书无用的坏典型。为了生计，贝尔顿男扮女装，到白人家里去当护士。了解美国种族主义社会的读者都知道，一些白人男性经常性骚扰家中的黑人女佣。读者的担心随着小说情节的发展形成越来越大的张力。白人家中的几个男青年一会儿和"她"有肢体接触，一会儿约"她"到外面去玩。"她"越拒绝，白人青年的兴趣就越大。有几次，"她"差点被强暴。如果白人得逞，他的男性特征就会暴露无遗。最后，他不得不离开那户人家。这个戏剧反讽牵动着读者的心，害怕他暴露身份的张力一直延续到他被迫离开为止。这样的戏剧反讽时常出现在虚伪的种族主义社会的台上和台下，揭露了一些白人"瞧不起黑人，但又想性剥削黑人女性"的丑恶嘴脸。

---

① Sutton E. Griggs, *Imperium in Imperio*: *A Study of the Negro Race*, Sioux, SD: NuVision Publications, 2008, p.82.

格里格斯的《国中之国》堪称戏剧反讽的经典。格里格斯的戏剧性反讽是在故事情节的两个层面上展开的：一个是叙述者或剧中人看到的表象，另一个是读者体会到的事实。表象与事实之间的对立张力产生了强烈的艺术效果。二者反差越大，反讽就越鲜明。

由此可见，反讽来源于一定语境中对立物的均衡，即互相冲突、互相排斥和互相抵消的方面在故事情节的发展过程中结合为一种平衡状态。[①]《国中之国》的小说反讽艺术效果主要依赖语境完成，语言技巧上的反讽与主题层面形成的反讽相得益彰，使小说形成多重寓意，渗透出强烈的反讽意味。格里格斯从国家、民族和个人三个方面揭露了南北战争后美国黑人在美国社会的生存处境，讽刺了国家层面的种族隔离制度的荒谬性，抨击了黑人社区的内斗和不作为风气，颂扬了以贝尔顿为代表的黑人领袖的政治担当和牺牲精神。格里格斯在反讽语气中倡导的不是发动或制造美国社会的种族大战，而是激励黑人在维护美国联邦统一的前提下与白人种族主义者做斗争，争取获得美国宪法和美国政府赋予美国公民的一切合法权益，摆脱黑人的"二等公民"身份。贝尔顿建立的黑人组织"国中之国"不是要推翻美国的现政府，也不是要分裂美国，而是要坚持自己的民族主张，维护黑人民族的利益。格里格斯的政治主张虽然不够完善，但也不失为解决美国种族问题的一个尝试。《国中之国》的反讽手法是 19 世纪末黑人小说创作的重要创新，对 20 世纪黑人文学的进一步发展有着重大的影响。

第二节　从《善良的黑巨人》看赖特对命运反讽的妙用

《善良的黑巨人》（"Big Black Good Man"，1958）是理查德·赖特写得最精彩的短篇小说之一。这个故事的场景设计在丹麦的哥本哈根，赖特以此表述美国种族问题国际化的现象。故事发生的时间是 1957 年，正好与在阿肯色州小石城发生的种族歧视事件形成呼应。在该故事发表的时候，德怀特·戴维·艾森豪威尔（Dwight David Eisenhower）总统正派遣联邦伞兵到小石城去阻止因取消公立学校种族隔离政策所引起的暴力事件。当时，种族偏见已经成为美国社会的一个大问题。赖特在南方长大，非常了解美国种族问题的实质。《善良的黑巨人》于 1960 年被收录进赖特的短篇小说集《八个人》（*Eight Men*）中。这个短篇小说最大的艺术特色是命运反讽。"命运反讽常常用来表达意外结局，用于挖苦讽刺、嘲笑和表达对现

---

① 赵毅衡：《反讽：表意形式的演化与新生》，载《文艺研究》2011 年第 1 期，第 20 页。

实的不满，在表扬或持中立态度的掩饰下提出批评或表示贬责等等，意味深长，发人深省。"①《善良的黑巨人》在反常规逻辑、种族成见和意识流等方面使用了命运反讽，揭示了种族歧视和种族偏见在社会心理层面上的表征及其对种族人际关系的巨大危害。

一、反常规逻辑中的命运反讽

赖特在《善良的黑巨人》中采用了违背常规逻辑的命运反讽，使读者产生出乎意料的心理感受，引起读者对故事情节的进一步关注，使其产生欲罢不能的情感。他对情结反语的巧妙使用极大地增添了故事的趣味性，提高了读者的阅读参与度。

这个故事的主要人物奥拉夫·詹森（Olaf Jenson）是丹麦哥本哈根一家小旅社的夜班行李工。他实际上做的工作远远超过了一个行李工的职责，他的角色倒是非常接近旅社的大堂经理或前台服务员。按常理，行李工就是为客人搬运行李的工人，但是，在这个故事里，奥拉夫不但负责客人的登记和退房工作，还为客人保管财物。这一安排使读者产生了意料之外的情感，让读者对这个行李工刮目相看，同时与其接下来与黑人吉姆（Jim）之间的冲突产生了巨大的艺术反差效果。

奥拉夫有丰富的旅店工作经验，按惯例，过了零点，就几乎没有来住店的客人了。然而，一天半夜，奥拉夫正要睡觉时，办公室的门被推开了，黑人吉姆前来投宿。吉姆身高近2米，皮肤漆黑，头大眼睛小，胸阔肩高，肚子凸出，腿长得像电线杆。吉姆的高大身材占据了整个门口，他的巨人形象与瘦小的奥拉夫形成了鲜明的对比，使傲慢的白人奥拉夫在心理上产生了自卑感。这个命运反讽为他们两人后来的误会埋下了伏笔。

奥拉夫在本能上是不欢迎吉姆住宿的，但又没有正当的理由拒绝。他心里想，如果吉姆说只住一晚，他就有理由拒绝了。因为，旅社有规定，可以不接待只住一晚的客人。因此，奥拉夫问道："你打算住多久？就今天晚上？"②可是吉姆的回答出乎他的意料。吉姆说："不，我将在这里住五到六天。"③吉姆的话语粉碎了奥拉夫心里的"小算盘"，产生了命运反讽的效果。吉姆的入住为故事情节的进一步发展提供了契机。

命运反讽也体现在吉姆与妓女莉娜（Lena）的关系中，展现了充足的

① 刘腊梅：《论构筑〈警察与赞美诗〉主题的修辞艺术——命运反讽》，载《时代教育》2011年第8期，第148页。
② Richard Wright, "Big Black Good Man," in his *Eight Men*, New York: Harperperennial, 2008, p.90.
③ Richard Wright, "Big Black Good Man," in his *Eight Men*, New York: Harperperennial, 2008, p.90.

情节趣味性。首先，白人奥拉夫认为吉姆的身材过于高大，不会有妓女愿意为他提供服务。可是当奥拉夫打电话给妓女莉娜，并告诉她服务对象的特殊性时，不料莉娜却满口答应下来。事后，她还讽刺奥拉夫说，吉姆和奥拉夫一样都是有需求的人，吉姆需要的是她的性服务，而奥拉夫需要的则是她卖淫收益中的分成。这个命运反讽讽刺了自视清高的白人种族主义者。第二个命运反讽出现在吉姆第二次返回旅店时。奥拉夫接受了吉姆送他的礼物，主动献殷勤说他很抱歉，他不知道莉娜的去向。但出乎意料的是，吉姆说自那以后他就和莉娜建立了恋爱关系，这次到哥本哈根就直接住在莉娜家了。奥拉夫的身份从皮条客一下子变成了一对恋人的媒人。这个命运反讽讽刺了白人种族主义者的贪婪心理，同时也颂扬了白人妓女莉娜推进种族融合的积极尝试。

第一次吉姆退房离开后，奥拉夫一直担心吉姆还会返回，心里充满了恐惧，吉姆临别前用手箍住奥拉夫的喉咙给他所造成的心理创伤久久难以愈合。一年过去了，就在奥拉夫以为吉姆不会再来时，吉姆却拿着行李来了。出乎奥拉夫意料的是，吉姆这次既不是来杀他，也不是来投宿，而是专程来感谢他。因为奥拉夫的牵线搭桥，吉姆获得了莉娜的爱情。这个命运反讽表明黑人也是具有文化教养的，而且是知恩图报的，黑人的感恩情怀并不逊色于自以为是的白人。吉姆的得体举动也是对种族偏见的有力驳斥，从而表明对黑人的歧视或偏见是非理性的。

吉姆在旅店的服务台再次见到奥拉夫时，便俯身从行李箱里取出一个用玻璃纸包扎起来的白色包裹，包裹呈扁平状。还没等奥拉夫反应过来，吉姆又像上次离开时那样，用手箍住奥拉夫的脖子，然后打开了那个白色的包。奥拉夫极为紧张地拉开抽屉，就在他的手触及手枪时，他停了下来，因为他看到白色包裹里不是什么致命的武器，而是一叠漂亮的尼龙衬衣。这个命运反讽讽刺了种族主义给人际交往造成的隔阂，同时也揭示了不同种族的人们相互沟通的重要性。

在与吉姆的整个接触过程中，奥拉夫一直遭受着自卑感的折磨，他把潜意识的报复之心深藏于心中。奥拉夫为吉姆整理房间时，故意快节奏地工作，一会儿去放下窗帘，一会儿取下床上的面罩，一会儿故意用肘部把吉姆挤开，仿佛吉姆挡了他的路。当他那样做的时候，一股思绪涌上他的心头："那就是我对付他的方式……向他显示我并不怕他。"[①]奥拉夫难以抑制内心的不满，情不自禁地做出了冒犯客人的行为。出乎他意料的是，吉

① Richard Wright, "Big Black Good Man," in his *Eight Men*, New York: Harperperennial, 2008, p.91.

姆丝毫没有觉察到他的敌意,反而对他的殷勤服务感动不已。离开这个旅店一年后,吉姆还专门回到这个旅店,给奥拉夫送了六件衬衣,以感谢奥拉夫曾经给他提供的服务,特别是给他介绍了白人女孩莉娜。这个命运反讽揭示了黑人吉姆的淳朴、善良和感恩之心,讽刺了白人奥拉夫的自大和自私。

赖特在这个故事里通过白人行李工奥拉夫、白人妓女莉娜和黑人吉姆在交往过程中的冲突和融合,展示了违背常规逻辑而发生的命运反讽,讽刺了人际交往中种族偏见的荒诞性和非理性。

二、种族成见中的命运反讽

第二次世界大战后,美国黑人追求种族平等和社会正义的要求越来越强烈,但社会上的种族歧视和种族偏见仍然盛行。丹麦的哥本哈根远离美国,虽然只有一些美国移民或游客来到这个城市,但依然存在种族成见。赖特在《善良的黑巨人》中还描写了因种族成见引起的命运反讽。

在这个故事里,旅店的行李工奥拉夫一出场就自称不是种族主义者。他把旅店里的所有客人都看作自己的孩子,并给予他们无微不至的关心。从其话语来看,他是一个非常称职和敬业的旅店服务员。可是,当黑人吉姆出现时,奥拉夫的工作原则和职责就开始出现偏差,他的本能反应是不给吉姆提供住宿机会。他头脑里出现了好几个阻止吉姆入住的念头,一是说房间住满了,二是想以他住宿时间只有一天为借口而拒绝他,后来他又产生不给吉姆介绍妓女的念头。但是,奥拉夫所有不想给吉姆提供服务的念头都被吉姆手上的美钞击溃了。最后,他不但给吉姆提供了好的客房,还给他送去了美酒和妓女。吉姆在服务台寄存的 2600 美元显示了其强大的经济实力,使奥拉夫丧失了拒绝吉姆入住的底气,这个反语揭示了金钱在现代社会的重要作用。不过,在当时的哥本哈根城里,黑人大多是穷人,穷人也大多是黑人。在这样的社会环境里,种族歧视和贫穷歧视交织在一起,加大了黑人的生存危机。

吉姆住在旅店里的时候,奥拉夫总摆脱不了对身材高大、体魄强健、活力四射的黑人吉姆的本能性仇恨。他嫉妒吉姆走路生龙活虎的样子和对人宽松自信的态度。每当他听到吉姆那高昂而霸气的声音时,内心就会产生本能的胆怯和不满。他总觉得吉姆的小眼睛从来不正眼看他,而且每次看到吉姆那巨大的手掌时,心里就直打鼓,因为那手指看起来很像杀人的利器。奥拉夫在心中一直把吉姆视为野兽般的存在,如果不是因为要赚他的住宿费,奥拉夫真想一脚把他踢出旅店。办理退房手续时,吉姆突然把手伸向奥拉夫的脖子，那双强有力的大手似乎随时都可能结束奥拉夫的生命。奥拉夫以为吉姆要杀死他，当即吓傻了，处于万分惊恐之中。之后，吉姆的离开使他松了一口气。但是一年后，吉姆又出现在他面前，再次用手箍着他的脖子，奥拉夫以为世界末日就要到了。就在他试图从办公桌抽屉里掏枪反击时，吉姆把带来的那个包打开，原来里面是他打算送给奥拉夫的六件衬衣。直到小说快结束时，奥拉夫才知道吉姆用手箍着他的脖子不是要杀他，而是测量他颈部的尺寸。这个命运反讽表明以貌取人的方式极可能导致误判一个人的品质和人格。赖特认为，就像人们不能从书的封面来确定书的价值一样，白人亦不能凭肤色判断一个人的素质和人品。在这个故事里，赖特通过奥拉夫事件，讽刺了那些自称不是种族主义者，但实际上种族主义意识依然很严重的白人。

　　黑人吉姆勾起白人奥拉夫的自卑感和种族优越感，导致奥拉夫利用自己的种族优越感来消解心灵深处的自卑。"这个特别的黑人……哎，看起来不像人类。身材太高大，皮肤太黑，嗓门太大，话语太直，外表太凶……身高171厘米的奥拉夫刚好只有黑巨人的肩膀那么高。奥拉夫单薄的身板只有吉姆的一只腿粗。"[①]吉姆的漆黑肤色和高大身材使奥拉夫感到既恐怖又屈辱，奥拉夫觉得这个人似乎是专门来衬托他的瘦弱和苍白的。奥拉夫对吉姆的不满和仇恨来自心灵深处的种族歧视心理。吉姆的高大身材不过是引出其种族歧视心理的导火索，他在心里一直把吉姆称为"黑鬼"。吉姆和白人妓女莉娜在房间里幽会时，奥拉夫彻夜难眠。其实，这是奥拉夫种族心理的潜意识反应，因为美国在相当长的一个历史时期里禁止黑人男性和白人女性发生性关系。即使白人妓女自愿与黑人发生性关系，黑人也会被投进大牢或私刑处死。目睹吉姆与莉娜幽会后，奥拉夫心里躁动不安，反思道："自己为什么会对一个黑鬼和一个白人妓女的媾和问题那么纠结和不安？"[②]种族主义思想严重的白人奥拉夫在金钱的诱惑下为黑人介绍白人妓女，干出了违反种族主义原则的行为，构成一个具有很强反讽意义的命运反讽。

　　这个故事通过白人奥拉夫与黑人吉姆的几次交往，揭露了种族成见对人们意识形态和伦理准则的重大影响，讽刺了白人种族主义意识中自我防御思想的荒谬性和非理性。赖特讲述的由种族成见所导致的命运反讽表明种族关系是共生关系，随着交往的加深、文化理解的加深，不同种族间的敌视关系是可以改变的。

---

① Richard Wright, "Big Black Good Man," in his *Eight Men*, New York: Harperperennial, 2008, p.88.

② Richard Wright, "Big Black Good Man," in his *Eight Men*, New York: Harperperennial, 2008, p.92.

三、意识流中的命运反讽

在《善良的黑巨人》里，赖特采用的意识流描写手法可以分为两大类：全知视角的意识流和限定性视角的意识流。在全知视角的意识流里，赖特从上帝的高度俯视人间万象，从而叙述相关人物的心理自然动态；而限定性视角的意识流则采用第一人称"我"来叙述当事人心态和思绪的变化。在这个故事的意识流描写中，赖特采用了联想、自白、触景生情和梦境的叙事手法，揭示了意识流动中的命运反讽。

首先，赖特采用联想的手法来引发小说人物的意识流思绪。联想是从一个事件的思绪跨到另外一个相关思绪，构成两个事件的无缝衔接。作者运用全知视角描述了奥拉夫坐在服务台工作时思绪呈发散状的意识流。奥拉夫一会儿想到房客，一会儿想到经常来投宿的水手，从水手喜欢酗酒和嫖妓的习性联想到自己年轻时也是那样。他心里想道："哎，那也没什么危害……那是人的自然本性。"①他的意识流思绪与他后来不想给黑人吉姆找妓女的意识流构成悖论，形成命运反讽。吉姆和其他人一样也是水手，也是年轻人，为什么奥拉夫有不情愿的意识流思绪呢？这个命运反讽揭露了奥拉夫心灵深处的种族歧视和种族偏见思想，抨击了种族主义的双重标准。

其次，赖特采用第一人称内聚焦式的自白方式来描写奥拉夫自得其乐的意识流动，展示其思想意识，无所顾忌地袒露其内心活动。这时读者不需借助其他外在手段便可直接进入自白者的思想深处，观察其意识思绪和心理动态，感知其灵魂本真。奥拉夫自言自语道：

> 我明天就 60 岁了。我既不太富，也不太穷。……真的，我无怨无悔。把身体养好就行了。世界各地都去旅游过了，年轻时该玩的姑娘也玩了……我的凯伦是个好妻子。我有自己的家，没有债务。我喜欢春天在花园里挖土……去年种出了最大的胡萝卜。虽然没有多少积蓄，但是，哎，别说了……钱不是一切，已得到一份好工作。夜间行李工这份工作不算太差。②

在其意识流思绪中，奥拉夫身上流淌着小市民的自满和惬意。但是，这种颐养天年式的意识流思绪与故事中的一些事件构成悖论。奥拉夫说不在乎钱，但一见到有钱的客人吉姆，马上就改变了原本的种族主义态度；

---

① Richard Wright, "Big Black Good Man," in his *Eight Men*, New York: Harperperennial, 2008, p.87.
② Richard Wright, "Big Black Good Man," in his *Eight Men*, New York: Harperperennial, 2008, p.86.

为了多挣钱，他背着妻子和老板，给客人介绍妓女。在故事里，奥拉夫从妓女莉娜与黑人吉姆的性交易中抽了一大笔中介费。他唯利是图的行为背离了其意识流动中道德伦理的超然性，使读者产生了出乎意料的感觉，形成了具有讽刺意味的命运反讽，抨击了白人在金钱面前不堪一击的道德水准。

再次，赖特还采用了触景生情式的意识流。吉姆第一天在旅店办理住宿后，伸手向奥拉夫要钥匙。当奥拉夫将钥匙递到吉姆手上时，发现他的手奇大无比。意识流一下子涌上心头："要是他用那个手打我一下，我就没命了。"①这就是触景生情式的意识流动。这个意识流思绪流露出奥拉夫内心对黑人的偏见，表明他仍把黑人视为未开化的野蛮人。但是，当奥拉夫主动要帮吉姆拿行李箱去房间时，吉姆很绅士地说："那对你来讲太沉了，朋友，还是我来拿吧！"②吉姆彬彬有礼的举动展现出欧美绅士的风范，与奥拉夫意识流中的野蛮意象构成鲜明的对比，从而形成了一个命运反讽，讽刺了白人种族主义者在种族问题上的幼稚和偏见。

最后，梦境是人在无意识状态中虚拟生活的生动再现。赖特用梦境来表达奥拉夫的种族主义思想在潜意识层的意识流动。黑人吉姆从旅店退房走后，奥拉夫余恨难消，愤愤不平，一直在想如何报仇，想着想着就进入了梦乡。在梦中，他看到黑巨人吉姆工作的那艘货船漏水了，海水大量灌入，吉姆睡觉的房间也被淹了。海水惊醒了吉姆，他即将被淹死，船渐渐沉入海底，一头大白鲨游过来吃光了吉姆身上的肉。奥拉夫的意识流梦境是其自尊受伤后的自然发泄，也是其内心仇恨吉姆、仇恨黑人的无意识表现。这个梦境与故事的结局形成鲜明的对比。在这个故事的前半部分，吉姆是奥拉夫心目中的第一恶人，但是在故事结尾时，奥拉夫和吉姆消除了误会，奥拉夫从吉姆手上接过吉姆送给他的一大沓衬衣时，心里非常感动。奥拉夫对吉姆说："你也是一个好人……一个善良的黑巨人。"③奥拉夫对吉姆的评价的巨大改变构成一个命运反讽，显示了误解在人们生活中的可怕性。从他们冰释前嫌的话语里，我们可以得出结论：种族关系并不是坚冰，只要黑人和白人彼此友好真诚相待，也可以变成朋友。

在《善良的黑巨人》里，赖特巧妙运用联想、自白、触景生情和梦境等意识流手法来揭示小说人物的内心世界，通过其意识流动展示了相关人

---

① Richard Wright, "Big Black Good Man," in his *Eight Men*, New York: Harperperennial, 2008, p.90.

② Richard Wright, "Big Black Good Man," in his *Eight Men*, New York: Harperperennial, 2008, p.90.

③ Richard Wright, "Big Black Good Man," in his *Eight Men*, New York: Harperperennial, 2008, p.101.

物的人格和人品,表达了他们对社会生活的各种见解和对人生百态的阐释,传递出对黑白种族关系的新认知。

赖特在《善良的黑巨人》中运用了大量的命运反讽,并赋予了这个故事幽默、夸张和讽刺等特点,还采用意识流手法使命运反讽更加生动、逼真。命运反讽属于语篇层面的一种修辞手法,常常违反某种事态的一般发展规律。赖特以此披露种族歧视和种族偏见在美国以外的国家和地区的表现形式,揭示人性在文明发展过程中的曲折。故事出现的每一个命运反讽都直接或间接地释放出讽刺的意味,到故事结束时,读者才骤然醒悟,领会到作者意欲传递的辛辣讽刺和对人性向善的美好向往。精彩的意识流描写渗透在这个故事的各个层面,成为赖特心理描写的杰出亮点,同时也使这个故事当之无愧地成为美国黑人意识流短篇小说中的代表之作。

第三节　内洛尔与《布鲁斯特街的女人们》的命运反讽

格洛利娅·内洛尔(1950—2016)是 20 世纪末、21 世纪初美国著名的黑人小说家。内洛尔发表了 6 部小说,即《布鲁斯特街的女人们》(*The Women of Brewster Place*,1982)、《林登山》(*Linden Hills*,1985)、《妈妈日》(*Mama Day*,1988)、《贝利咖啡馆》(*Bailey's Café*,1992)、《布鲁斯特街的男人们》(*The Men of Brewster Place*,1999)和《1996》(*1996*,2005)。此外,她发表的文集主要有《妈妈,黑鬼的意思是什么?》(*Mommy, What Does Nigger Mean?*,1986)和《夜晚的儿童:1967 年至今的黑人短篇小说集》(*Children of the Night: The Best Short Stories by Black Writers, 1967 to the Present*,1995)。内洛尔的作品主要涉及美国黑人社区的女性、男性和儿童品行等方面的话题,揭示了美国黑人的生存危机,批判了社会的道德沦丧。内洛尔的代表作是其第一部小说《布鲁斯特街的女人们》,该小说于 1983 年获得美国国家图书奖(National Book Award)之最佳处女作奖,并于 1989 年被改编成电影,轰动一时。内洛尔在小说里采用命运反讽,叙述了谋生与艰辛、繁衍与生存、爱情与背叛、光荣与梦想、善良与奸诈等与黑人社区生存状况息息相关的事件,揭示了人与人之间、人与其周围环境之间的各种关系,展现美国黑人妇女在后民权运动时期的生活窘境和当时的种族心态。

在一定场合里,情节的意外转折与意图受阻会形成命运反讽。"尽管他们[它们——作者注]从不同的角度对命运反讽进行了定义,但都突出其本质特征逆期待性。"①命运反讽在小说中的巧妙运用不仅有助于作家增强小说的艺术性，而且还有助于拓展小说的主题和思想内涵。卢卡·里罗（Luca Lillo）将命运反讽划分为六类——"戏剧型、毁损型、荣耀型、窘境型、巧合型和二十二条军规型。"②内洛尔在《布鲁斯特街的女人们》中创造性地运用和发展了卢卡·里罗的六类反讽，并且根据小说情节发展的需求，设置了三类命运反讽：柳暗花明型命运反讽、一见钟情型命运反讽、好意误解型命运反讽。

首先，柳暗花明型命运反讽具有极强的戏剧性，是描写人陷入困境或绝境后意外获得解困机遇或方式的一种艺术表现手法。③这类命运反讽"以荒诞离奇的背景和事件为起点，在人物、情节'顺理成章'的进展中，折射出世人的种种心态，凝聚了对人生的感喟与品味、对生命的困惑与追求，淋漓尽致地暴露了现世人生中普遍存在的乖张与谬误"④。在《布鲁斯特街的女人们》中，玛蒂·迈克尔（Mattie Michael）独自带着吃奶的婴儿巴兹尔（Basil）租住在一间旧房子里，饥饿的老鼠不但咬破了婴儿的奶瓶，还咬伤了巴兹尔的脸。玛蒂把儿子看作其生命的全部和生存的意义所在，因此为了儿子的安全，玛蒂在惊慌中退租了房子，背起儿子，拎着行李，在镇子上到处找房子。她找了一整天，一无所获，眼看天要黑了，她又住不起旅店，因此打算坐汽车回娘家。正当她打听汽车站的位置时，路边有人对她说："如果你想到汽车站，你就走错了方向。你走的方向是火车站。汽车站在另一个方向。"⑤搭话的老奶奶问她昨晚在哪里住的，又探听她是否结婚了。正当玛蒂非常反感的时候，那位老奶奶却出乎意料地邀请玛蒂带着孩子到她家去住。她对玛蒂母子一见如故，关怀备至。这是小说中的第一次转折性命运反讽。玛蒂和孩子入住老奶奶家，老奶奶却没提房租和伙食费的事。玛蒂主动去问，老奶奶却说，她的房子不是用来出租的，并叫她把该交的房租积攒起来，便于以后买下老奶奶的房子。这是第二次转折性命运反讽。表面上强势冷酷的老奶奶一刹那间变成了玛蒂母子的福星和

---

① 葛晓芳：《论〈理查德·科里〉中的命运反讽》，《北方文学》（下半月）2009 年第 2 期，第 82 页。

② J. Lucariello, "Situational Irony: A Concept of Events Gone Away," *Journal of Experimental Psychology*, 123.3(1994), pp. 120-129.

③ K. Newmark, *Irony on Occasion from Schlegel and Kierkegaard to Derrida and de Man*, New York: Fordham University Press, 2012, p. 65.

④ 黄擎：《论当代小说的情境反讽与意象反讽》，《东南大学学报》（哲学社会科学版）2003 年第 3 期，第 113 页。

⑤ Gloria Naylor, *The Women of Brewster Place*, New York: Penguin, 1983, p. 30.

恩人。玛蒂偶然问路遇到的老奶奶成为其人生的重要转折点，那位老奶奶先是给她提供了栖身之处，后是解决了房子所有权问题。她不仅给玛蒂提供了一个家，还给她提供了养育孩子的基本条件。这个反讽挑战了人间鲜有好人的消极社会心理，有助于消解人们之间的不信任感，同时也强化了爱丽丝·沃克（Alice Walker）关于黑人妇女互助自救的学说。

其次，一见钟情型命运反讽是指男女初次见面后迅速坠入情网，但结局却违背了初衷的情境所引起的讽刺。这类命运反讽"展现人物所面对的人生无法回避的矛盾，如情感与理智、主观与客观、社会与个人、理想与现实。小说中的人物在挣扎、抉择、奋斗，却越努力越远离希望，越渴望解决矛盾，越深陷于矛盾的漩涡，最终落入种种难以言明的困窘境遇"①。在《布鲁斯特街的女人们》里，黑人妇女艾达·梅·约翰逊（Ida Mae Johnson）第一次来到布鲁斯特街聆听玛蒂教堂的布道，一下子就被才华横溢的牧师莫兰德·T.伍兹（Moreland T. Woods）迷住，觉得自己的白马王子终于出现了。就在艾达央求玛蒂把自己引荐给伍兹牧师的时候，在台上布道的伍兹牧师也被艾达的惊人美貌吸引。教堂活动结束后，伍兹牧师主动提出开车送艾达回家，后又邀请她去喝咖啡。他们的情感迅速升温，这对郎才女貌的中年男女很快就到旅店开房。当读者期待他们的情感进一步升华的时候，火热的爱情却从高峰一下子跌到了冰点。原来，艾达追求的是美满的婚姻，而伍兹牧师追求的只是一夜情。伍兹牧师开车送艾达回布鲁斯特街时，几个小时前表现出来的儒雅举止烟消云散，他不仅不再对艾达百般殷勤，更没有了为其开车门的绅士风度。艾达刚一下车，伍兹就开车一溜烟地跑了。艾达也一样，对绝尘而去的小车没有回顾一眼。艾达对和伍兹牧师在一起的索然无味的性爱感到沮丧不已。内洛尔用一段意识流描写披露了艾达的心境："她[艾达——作者注]猛烈地摇摇头，摆脱自己的幻想，但是一股强烈的恐怖感袭上心头，感觉腿像铅一样沉得迈不开步。如果走进这条街，她想到，我就永远不会回头。我再也不去了。啊，天呀，我好累呀——太累了。"②其实，艾达的话语不是指身体累，而是指心累，外表华丽而心灵肮脏的男人欺骗了她的情感。这段命运反讽的描写抨击了父权制社会对女性的性剥削，同时也讽刺了女性注重男性外表和社会地位的虚荣心。其实，男女之间的真爱是奉献，而不是索取，靠索取而来的"真"

---

① 黄擎：《论当代小说的情境反讽与意象反讽》，《东南大学学报》（哲学社会科学版）2003年第3期，第114页。

② Gloria Naylor, *The Women of Brewster Place*, New York: Penguin, 1983, p. 73.

爱在爱情的长河中只是昙花一现的虚幻而已。

　　最后，好意误解型命运反讽是指在一定的社会语境里某人对他人的好意被他人误解，从而招致磨难或伤害的一种社会现象。作者设置这类命运反讽时，通常会在生活常态的描写中添加某些变异性的情境描写，给人物的行为表现添加了某种神秘、诡异、荒诞的奇异色彩。在这部小说里，内洛尔在正常状态与异常情境的背离和冲突中，营造出了令人深思的反讽语境，揭露了白人故意不作为所造成的黑人社区恶劣的治安环境的现象。在小说的第六章"两位"里，洛兰（Lorraine）参加完一个晚会后，刚走回布鲁斯特街，就被以 C. C. 贝克为首的七个街头流氓拦住并拖进一条偏僻的街道，遭遇了惨无人道的轮奸。天快亮时，洛兰渐渐清醒过来，艰难地在地上爬行。布鲁斯特街看门人本（Ben）醉醺醺地从家门中走出来，蹲在一个空垃圾箱上，看到满身鲜血、衣衫不整的洛兰一步一步地向他爬过来。洛兰立起身来，本惊讶万分，正要说："天呀，孩子，你怎么啦？"[①]当读者以为洛兰准备向本求救的时候，她却用砖头向本的面部砸去，打掉了本的几颗门牙，未到本反应过来，洛兰又用砖头砸向其头部，使其血溅一地。原来，洛兰被轮奸后，精神恍惚，进入了神经质般自我保护的癫狂状态。当本出现时，她以为又有一名轮奸犯出现了，因此不顾一切地拼死反抗。结果，她把同情她、试图施救于她的看门人活活打死了。这个命运反讽揭示了人在精神恍惚状态中可能犯下的悲剧，抨击了美国警察在黑人社区的不作为。之前，洛兰和本的关系非常亲密，情同父女，俩人在精神上互相慰藉。洛兰过失杀人的悲剧也加深了这个命运反讽的社会抨击力度。

　　在《布鲁斯特街的女人们》里，内洛尔所设计的命运反讽通过"命运的捉弄"来营造讽刺意境，具有很强的逆期待性。情节发展不仅与故事中人物的期待背道而驰，故事的结局还出乎读者的意料，使读者的心灵受到巨大的冲击，从而表述了这类反讽的伦理寓意。此外，内洛尔"在作品中并不直接表明对某个人物或某个事件的看法，而是借助命运反讽来讲述故事，并将其真正的意图隐含其中，希望读者或听者能够根据其文字表达的字面意义来推断出作者的真正的写作意图"[②]。内洛尔将笔下的命运反讽与故事情节有机结合起来，给该小说增添了妙趣横生的艺术魅力，消解了以隐喻为基础的传统修辞学理念。实际上，内洛尔所采用的命运反讽手法所

① Gloria Naylor, *The Women of Brewster Place*, New York: Penguin, 1983, p.172.
② 胡春华、涂靖：《情景反讽的类别及语用特征》，《牡丹江教育学院学报》2008 年第 1 期，第 47 页。

追求的是一种文本整体化的艺术效果，在小说的主题设置、情节演绎、寓意呈现等方面建构了隐蔽性极强的内在张力，赋予了小说多元化的阐释空间。内洛尔不仅在美学层面的意义上运用命运反讽，还将它在哲学层面上进行了升华，从而使读者对自我及所处的社会环境进行哲理性反思，激发读者对生存缘由和精神追求话题的新探索。

内洛尔在《布鲁斯特街的女人们》里很关注黑人妇女的命运，其作品含有丰富的社会伦理内涵和种族文化价值取向。她还从文艺美学的角度对黑人民族文化进行了重新认知与阐释，发掘其积极向上的思想内核，同时也对黑人社区存在的问题进行了剖析和批判，旨在通过反省来提高黑人种族的文化和道德素质。总而言之，内洛尔通过命运反讽手法，将现实夸张、变形，从而更深刻地描绘出布鲁斯特街区的社会状况，进而揭露社会弊端，抨击黑暗现实，展示出鲜明而浓厚的美国黑人文化特色。

第四节　戏剧反讽之叙事策略：《流沙》

内勒·拉森（1891—1964）是美国哈莱姆文艺复兴时期的著名小说家。她一生中只出版了两部小说，即《流沙》（Quicksand，1928）和《越界》（Passing，1929）。她虽然作品不多，但因在种族越界问题上的开拓性描写在非裔美国文学发展史上占有一席之地。20世纪末，随着美国种族形势和妇女生存状况的改善，学界对拉森作品的关注度越来越高。现在，她不仅被视为哈莱姆文艺复兴时期最重要的作家，而且还是美国现代主义文学的重要人物。《流沙》是拉森的处女作，也是其代表作，内含众多自传元素，与作家本人的人生经历形成了有趣的互文性印证。这部小说主要讲述了黑白混血儿海尔格·克莱恩（Helga Crane）在双重意识博弈中的心路历程，揭示了她在抗争中越陷越深的生存窘境和"流沙"式生活状态。该小说出版后，尽管销售量不高，但受到学界的普遍赞赏。谢丽尔·A.华尔（Cheryl A. Wall）把《流沙》视为描写美国黑白混血儿的优秀之作，指出混血儿为争取人权和追求自我做出了不懈努力。[1]乔治·哈钦森（George Hutchinson）认为这部小说虽然没有反映出"新黑人运动"的主要思想，但描写了美国黑人女性在20世纪初期所遭受的双重意识之苦。[2]凯利·A.拉森（Kelli A.

---

① Cheryl A. Wall, "Passing for What? Aspects of Identity in Nella Larsen's Novels," *Black American Literature Forum*, 20. 2 (1986), p.98.

② George Hutchinson, *In Search of Nella Larsen: A Biography of the Color Line*, Cambridge: Harvard University Press, 2006, p.19.

Larson）认为黑人妇女作家内勒·拉森与同时期的作家不一样，她以隐晦或间接的方式展现了种族、阶级和其他美国黑人社区非常重要的问题，揭示了人性的局限性。[①]国内学界对这部小说的评论还不多见。内勒·拉森本人曾在 2019 年发表过一篇探究该小说主题的论文，认为黑白混血儿的种族意识和伦理缺陷加剧了其双重人格的分裂，使其既漂不白自己的"黑色"，也染不黑自己的"白色"，成为被两个种族都排斥的"他者"[②]。国内外学界对这部小说的研究主要集中在种族问题、心理问题和社会问题等方面，但对该小说叙事手法的研究还很欠缺。然而，该小说在戏剧反讽手法的创新性运用方面突破了传统非裔文本叙事策略，使这部作品呈现出文学审美价值。迈克尔·尤金·范多尔（Michael Eugene Vandow）说："戏剧反讽是一部文学作品的读者比该作品的有关人物知道的信息更多，人物的认知局限性与某一事件发展或结局形成对照，从而形成给读者或观众带来兴奋感的一种反讽。"[③]在戏剧反讽中，小说读者通过上下文事先知道了某一事件的结果而剧中人却不知，此种信息的反差滞后性增加了小说情节发展过程中的趣味性，有助于加强读者的阅读自信，促使读者饶有趣味地读下去。拉森在《流沙》里采用了堂吉诃德式戏剧反讽、双重意识式戏剧反讽和情境误判式戏剧反讽，拓展了戏剧反讽的叙事策略，促进了作家关于黑白混血儿生存窘境之主题的描写。

一、堂吉诃德式戏剧反讽

堂吉诃德式戏剧反讽指的是文学作品中堂吉诃德式小说人物不顾客观条件和社会现实的客观条件，与超自然的社会力量和社会规则进行不屈不挠的斗争所引起的戏剧反讽。在这样的戏剧反讽语境里，堂吉诃德式人物生活在自己的世界中，漠视对手的强大，带着"冲向风车"的英勇和无畏，遭遇的打击反而激起其更勇敢的"冲锋"。他们自己意识不到个体力量的局限性，而其他小说人物或读者却知道其不自量力行为的荒诞性和非理性。[④]拉森在《流沙》里描写了一个堂吉诃德式的人物——海尔格·克莱恩。她

---

① Kelli A. Larson, "Surviving the Taint of Plagiarism: Nella Larsen's 'Sanctuary' and Sheila Kaye-Smith's 'Mrs. Adis'," *Journal of Modern Literature*, 30.4 (2007), p.82.

② 庞好农：《种族越界与双重意识：解析拉森〈流沙〉》，载《烟台大学学报》（哲学社会科学版）2019 年第 1 期，第 64 页。

③ Michael Eugene Vandow, *Dramatic Irony in American Historical Plays*, Ann Arbor, Mich.: UMI, 2005, p.25.

④ Dale Shuger, *Don Quixote in the Archive: Madness and Literature in Early Modern Spain*, Edinburgh: Edinburgh University Press, 2012, p.76.

从一所师范学校毕业后到南方的纳克索斯（Naxos）黑人学校任教。从学校毕业后，她对民主和自由的理解还停留在课本层面，对前途充满了理想化的愿景。在工作和生活中，她像中世纪的骑士一样，勇敢无畏，与不合理的社会现象做斗争。本部分拟从三个方面来探究拉森在这部小说里所采用的堂吉诃德式戏剧反讽——挑战学校教育方针、挑战宗教信仰、挑战学校管理，以此揭示小人物在与强大社会力量的抗争中所体现出的无畏精神和种族隔离制度的荒诞性。

　　首先，纳克索斯学校是一所典型的黑人学校，贯彻的是布克·T. 华盛顿的教育方针，培养黑人学生的工作技能和白人认同的社会礼仪，打消学生的反白人种族意识和政治意识。克莱恩从学校一毕业就到纳克索斯学校工作，工作不到两年，就对学校的教育方针提出了疑问。她发现："这个地方不再是一所学校，而是一个机器……学校没有活泼向上的生气，像一把极为锋利的大刀子，把所有一切都按白人的模式塑造成一个模型。教师和学生都必须无条件地进入这个形塑过程，学校不容忍任何革新、任何个性发展。"①克莱恩进而把这所学校视为一座监狱，扼杀学生的创造力和个性，学校所传授的知识不是启迪学生，而是毒害学生，把学生培养成顺从白人的新一代奴隶。这所学校的领导、教师和学生每天都按照学校的既定教学方针运转，就像《堂吉诃德》中描写的大风车一样周而复始地转动，形成了一股巨大的旋转力。克莱恩是整个学校唯一一个反对该校教育方针的人。她指责安德森（Anderson）校长不着手改革这个培养学生奴性的教学方针，批评学校教师照本宣科，不思进取，同时还指出学生犹如行尸走肉，没有个性和创新思维。克莱恩这个人物非常类似于提着长矛、骑着瘦马无畏无惧地冲向大风车的堂吉诃德（Don Quixote）。克莱恩和堂吉诃德面临着相似的结局：塞万提斯笔下的堂吉诃德被大风车撞伤，但大风车照常运转；拉森笔下的克莱恩成为该学校最不受欢迎的人，被迫辞职，远走他乡，而纳克索斯学校却像大风车一样照常运转。在纳克索斯学校里，所有人都把克莱恩视为疯子，但她又坚持自己特立独行的风格。读者从社会风气和学校的办学方针来判断，早就知道克莱恩无法在这所学校工作下去。她的态度与学校越对立，戏剧反讽性就越大。克莱恩对纳克索斯学校不合理的教育方针的反对构成了一个典型的堂吉诃德式戏剧反讽，给有思想、不愿随波逐流的克莱恩的形象增添了一抹悲壮的色彩，也让读者为她的命运担忧。

　　其次，除了不满意纳克索斯学校的教育方针外，克莱恩还讨厌宗教对

---

① Nella Larsen, *Quicksand,* New York: Alfred A. Knopf, 2006, p.4.

黑人学生的毒害。纳克索斯学校从宗教信仰上误导学生。拉森通过克莱恩的意识流思绪展现了白人牧师对黑人的洗脑："他［白人牧师——作者注］说他钦佩黑人种族，没有任何一个种族能在如此短的时间内获得如此大的进步，但是他急迫地恳求黑人要知道在什么时候和在哪里停下来，他希望黑人不要变得太贪婪，仅想增添自己的物质财富，因为那在上帝的眼里就是一种罪孽。"[1]牧师布道的中心思想就是要黑人对白人感恩，不追求过多的权利和财富，目的是把黑人学生培养成无条件顺从白人的劳动机器。当克莱恩听到牧师的这些话语时，内心充满了愤怒，但是她身边听布道的黑人教师和学生却给予白人牧师以热烈的掌声。克莱恩在布道的地方大声提出自己的反对意见："不对！永远都不对！"[2]气氛一下子紧张起来，但克莱恩毫无退让。周围的黑人听众看着她，露出的是蔑视的假笑和愤怒的神色。克莱恩是唯一一个敢在布道场所对白人牧师表示强烈反对的人，周围没有一个人呼应或赞同她。这场景就像一个带有巨大惯性的大风车在转动，而她像堂吉诃德一样勇敢地冲过去，结果便是和堂吉诃德一样受到重创。堂吉诃德遭受的是身体创伤，而克莱恩遭受的是心灵创伤。克莱恩挽救黑人同胞心灵之壮举，好心不得好报，构成了一个"众人皆醉我独醒"的戏剧反讽，使读者为黑人师生的麻木而感到焦虑。

最后，克莱恩在挑战学校教育方针和宗教信仰方面受到的挫折加剧了其心理创伤，使她产生了壮志未酬、英雄无用武之地之感，同时她认为这所学校应该马上关闭。因此，在第一学期尚未结束的时候，克莱恩就觉得自己待不下去了，打算辞职。好朋友玛格丽特劝她别离开，很担心地对她说："克莱恩，你现在不能走。在一个学期的中期就离开，这样不好……如果你像现在这样突然提出辞职，他们是不会给你开具'个人品行证明信'（reference）的。这是毁约性离职，你会被列入黑名单的。"[3]学校其他同事也纷纷劝她别中途离开，不然失业后不好找工作。所有人都知道，如果没有个人品行证明信，克莱恩很难再就业，但克莱恩对这个问题视而不见。克莱恩故意挑战学校的管理规定，中途辞职。就业市场就像一个巨大的风车，给克莱恩带来了很多生存阻力。因没有个人品行证明信，她去应聘图书管理员时，无法参加上岗前的培训，错失了那个岗位；之后，她应聘家政服务人员，中介机构也拒绝推荐；最后，她被迫接受了在火车上

① Nella Larsen, *Quicksand,* New York: Alfred A. Knopf, 2006, p.3.

② Nella Larsen, *Quicksand,* New York: Alfred A. Knopf, 2006, p.8.

③ Nella Larsen, *Quicksand,* New York: Alfred A. Knopf, 2006, pp.13-14.

为海斯-洛尔夫人（Mrs. Hayes-Rore）修改演讲稿的临时工作。克莱恩因中途辞职而无法持有个人品行证明信，学校的同事们都知道她会因此遇到麻烦，但她是唯一不知这个麻烦到底有多大的人。这个场景就构成了一个无知无畏的戏剧反讽，揭示了社会阅历浅的人由于莽撞和缺乏远见所带来的自我失控状况，使读者对她的莽撞举动产生了深深的担忧。

克莱恩挑战的教育问题和宗教问题都是美国黑人在社会生活中所面临的实际问题。在逆来顺受的种族主义社会环境中，她的行为类似于堂吉诃德的"行侠仗义"，与社会环境相悖，导致她四处碰壁。在克莱恩个人经历的描写中，拉森把现实与幻想结合起来，描述出"做人难，做明白人更难"的困境，抨击了美国的种族歧视和种族偏见。她所采用的堂吉诃德式戏剧反讽叙事策略形象地塑造了美国黑白混血儿的独特性格，对克莱恩的行为在否定中有肯定，在不解中有钦佩，在荒诞中有寓意，产生了引人入胜的艺术效果，使读者在紧张、焦虑和担忧中对小说主人公的命运产生同情和怜悯。

二、双重意识式戏剧反讽

双重意识式戏剧反讽指的是文学作品里黑白混血儿头脑中的黑人文化意识和白人文化意识博弈而产生的戏剧反讽。拉森在《流沙》中所揭示的黑人双重意识实际上是源于黑人文化与白人文化的冲突。黑人在双重意识中形成的难以妥协的种族意识观，主要表现在身份认同、生活习俗和文化感知等方面。以分裂人格为表征的黑人双重意识是当时美国种族问题复杂性的集中体现，种族越界显示了黑白混血儿在双重意识的挣扎中对美好生活的强烈向往和追求，也表明了当种族矛盾趋于激化时小人物无力左右自己命运的可悲。因此，拉森在这部小说里采用了身份认同类戏剧反讽、不知情类戏剧反讽、文化认知类戏剧反讽，揭示了双重意识式戏剧反讽的艺术特色。

首先，身份认同类戏剧反讽是小说人物对自我身份的认同因受双重意识的影响所引发的戏剧反讽。小说主人公克莱恩在芝加哥的一家保险公司工作，经常和黑人贵妇安妮（Anne）一起参加黑人社区的政治活动，言谈举止都显示出对白人的厌恶，具有很强的黑人意识。但是，当白人舅舅彼得（Peter）给克莱恩寄来 5000 美元的支票做旅费，并安排她到丹麦哥本哈根投奔白人姨妈卡特里娜（Katrina）时，她内心激动不已，心理上很快从黑人意识转变为白人意识，认为自己马上就要通过种族越界进入白人社会，过上和白人一样有尊严的生活了。因此她马上疏远了黑人好朋友安妮，不再参加黑人聚会，因为她觉得和黑人待在一起就是自降身份。她认为自己有白人血统，不再属于黑人。她在路上或舞厅里看到黑人，总是抑制不住斥责他们的欲望，于是向他们怒吼道："傻瓜，傻瓜！十足的傻瓜！"①她采用白人至上论的思维看待黑人，以为自己就是白人了。这个情景构成了一个身份认同类的命运反讽：她认为自己是白人了，但由于她是黑白混血儿，皮肤没有白人那么白。在黑人心目中，她是黑人；在白人心目中，因其有一半的黑人血统，所以她仍然是黑人。拉森用这类反讽叙事揭示了黑白混血儿在身份认同上的虚荣心，使读者对小说主人公种族的身份迷失产生深深的惋惜。

其次，拉森在这部小说里还采用了不知情类戏剧反讽策略。这类策略指的是文学作品中小说人物因不知情所引起的戏剧反讽。卡特里娜长期生活在北欧的哥本哈根城，当地鲜有黑人出现。当克莱恩来到她家后，卡特里娜给她买了非洲人穿的衣服，以及耳环、宝石、手镯和其他带有非洲文化特色的装饰品。一下子拥有这么多好衣服和金银首饰，克莱恩内心激动万分，以为自己过上了种族越界后的富足生活。克莱恩穿戴的非洲服饰和她的黑皮肤使她成为与众不同的他者，在大街上时常成为人们围观的对象。姨妈一家人和周围的北欧人把她视为非洲人。姨妈把她带去参加各种社交聚会，不是为了让她融入北欧社会，而是把她作为一个"奇珍异物"展示给朋友们看。卡特里娜的行为违背了克莱恩的初衷，她把克莱恩作为非洲文化的物件进行展示时，并没有提前告知她，缺乏对她起码的尊重。克莱恩不知道卡特里娜的真实用意，于是整天乐呵呵地打扮成非洲人的模样到处玩。这个场景构成了一个因克莱恩不知情所生成的戏剧反讽，加深了其命运的悲剧感，使读者产生了对小说主人公迷失自我的忧虑。

最后，文化认知类戏剧反讽指的是小说人物因不同的文化背景对某一文化现象的误解而引起的戏剧反讽。哥本哈根的著名画家奥尔森（Olson）爱上了克莱恩，为了讨好她，他经常带她去马戏团看黑人表演。奥尔森以为克莱恩是黑人，一定会很喜欢黑人文化，但舞台上的黑人穿着兽皮或裸露着身子进行原生态性的表演，行为举止显得原始且粗鲁。这样的表演彰显了非洲黑人的文化特色，但也伤害了同是黑人的克莱恩的自尊心。每当奥尔森津津有味地观看表演时，克莱恩的内心就充满了痛苦，认为这样的表演是在揭她的短，而奥尔森不知情，还一次又一次地邀请她去观看这类表演。此类场景因黑白种族文化的认知冲突，产生了"讨好变成了厌恶，

---

① Nella Larsen, *Quicksand,* New York: Alfred A. Knopf, 2006, p.49.

而讨好者还不知情"的戏剧反讽，揭示了文化认知差异和心理隔阂所引起的心理窘境，有助于读者认知文化冲突对人际交往的负面影响。

总的来看，拉森在这部小说里从身份认同、不知情和文化认知冲突等方面展现了双重意识式戏剧反讽的叙事特色，揭示了种族越界中的黑白混血儿试图通过自己的越界行为冲破种族界限的徒劳性，表明越界者不仅没有打破种族界线，反而在越界过程中遭受到更大的精神创伤和心理折磨的残酷性。她的双重意识式戏剧反讽表明黑白混血儿在双重意识中所形成的无形监狱不仅没有被种族越界摧毁，反而被进一步强化，同时使读者对小说主人公在跨文化交际中的窘境产生了深切的心理移情。

三、情境误判式戏剧反讽

情境误判式戏剧反讽指的是在一定社会情境里对某种社会现象、个人人品或主观判断的错误认知所引起的戏剧反讽，通常用于讽刺、调侃或责备某种不良行为或现象。在大多数情况下，处于这类戏剧反讽中的当事人对自己的误判没有感知，但周围的人皆知其言论或话语的不当，有时这会引起听话人的反感或愤怒。①拉森在《流沙》里采用了不少情境误判式戏剧反讽，给小说情节的发展增添了独特的艺术魅力。其情境误判类戏剧反讽可以分为三类：家世误判类戏剧反讽、亲情误判类戏剧反讽、性意向误判类戏剧反讽。

首先，家世误判类戏剧反讽指的是当事人从一个人的外表判断他人的身世时所发表的溢美之词因违背实情，引起听话人的反感而引起的戏剧反讽。小说主人公克莱恩因不满纳克索斯学校的各项工作而向校长安德森提交了辞呈。安德森觉得克莱恩在学期中期提出辞职不妥，竭力挽留，于是不停赞扬她以平复她的不满情绪。他说："你出身好，有教养，有修养。"②安德森校长的好话在克莱恩心里变成了辛辣的讽刺。他越赞扬她的出身、家教和素养，她就越生气，这个场景生成了因安德森误判她的身世而引起的一个戏剧反讽。克莱恩的母亲凯伦（Karen）是白人，而嗜赌的父亲是黑人，在她很小的时候就离家出走了。之后，母亲和一名白人再婚，又生下了一个女儿。母亲去世后，克莱恩难以在继父的白人家庭里立足。后来，她在舅舅彼得的资助下到一个学校读了六年，毕业后到纳克索斯学校任教。

---

① Marta Dynel, *Irony, Deception and Humor: Seeking the Truth about Overt and Covert Untruthfulness,* Berlin: Mouton de Gruyter, 2018, p.126.

② Nella Larsen, *Quicksand*, New York: Alfred A. Knopf, 2006, p.20.

克莱恩认为自己是赌鬼的后代，没有好的家世。由于是黑人，她在社会上处处遭受到歧视和偏见，并不认为自己有好的教养或修养。因此，她对安德森说："你真会开玩笑，安德森博士。我父亲是赌鬼，他抛弃了我母亲——一个白人移民。我甚至不确定他们是否结过婚。正如我开始就说的，我不属于这里，我要马上离开，今天下午就走。再见！"①由此可见，克莱恩极有可能是私生子，在社会上通常会遭到各种贬低和歧视，与安德森口中的"出身好"或"有教养"等话语形成了鲜明的反差，这增添了戏剧反讽的张力和趣味性。校长的每一句"好话"都成了伤害她自尊心的"刀子"。其实，读者从之前的内容里就已经获悉了克莱恩的不幸家世，因此知道校长从家世的角度来赞扬她，结果只能是适得其反。

其次，在《流沙》里，拉森还采用了亲情误判类戏剧反讽。克莱恩15 岁时，母亲去世，父亲失踪，继父和继父的女儿不愿她继续生活在家里，她陷入有家却无法继续住下去的窘境。克莱恩的母亲凯伦是彼得的小妹妹，但彼得是一个种族主义者，蔑视和仇恨黑人。他帮助克莱恩并不是因为他喜欢或同情黑人，而是因为克莱恩是他最喜欢的妹妹留下的亲生骨肉。他的爱是爱屋及乌而已，因此具有一定的局限性，即他不可能把克莱恩当作与白人平等的人来对待。克莱恩把彼得当作自己的恩人和靠山，以为彼得会永远把自己当作亲人来对待。她的这种幻觉一直延续了八年（在达文城读书的六年和在纳克索斯工作的两年），生活在自我满足和骄傲之中，致使她敢无视纳克索斯学校的管理规定，并轻率地从学校辞职。辞职后，她回到舅舅家，却被舅妈拒绝。这给了她当头一棒，使她明白了自己的真实地位和处境。在纳克索斯学校里，克莱恩的朋友和同事们都知道她舅舅是白人，不可能真正接纳她，似乎整部小说里，只有克莱恩不知道种族问题的严酷性，从而生成了戏剧反讽的语境。这种"知"与"不知"并存所引起的戏剧反讽表述了拉森对黑人问题的真实看法，揭示了在种族主义社会里亲情消解不了种族身份的社会现实。

最后，性意向误判类戏剧反讽指的是当事人误判他人的性意向或性意图而引起的戏剧反讽，讽刺了当事人对情境缺乏理性或逻辑判断而犯下的荒谬错误。在这部小说里，主人公克莱恩在芝加哥城求职不顺，处处碰壁。几天后，兜里的钱就要用完了。街头上，不少白人和黑人男性得知她的困境后，以为有机可乘，但是克莱恩是受过良好教育的女性，宁肯饿死也不会出卖自己的身体。因此，芝加哥街上的皮条客越是不断勾引她，越引起

---

① Nella Larsen, *Quicksand,* New York: Alfred A. Knopf, 2006, p.20.

克莱恩的反感和愤慨。读者通过上文可以对克莱恩的人品有所了解，知道她是不可能堕落成妓女的。这个情景构成了一个因性意向误判所引起的戏剧反讽。此外，拉森还描写了一个在克莱恩生活中出现的类似的戏剧反讽。克莱恩从欧洲返回纽约后，在一场舞会上偶遇安德森。两人像久别的恋人一样拥抱热吻，难以分离。克莱恩邀请安德森第二天早上八点到她下榻的宾馆相见，他欣然答应。第二天一早，克莱恩梳妆打扮，整理房间，迎接安德森。她精心打扮是为了增添自己的魅力，让来访的安德森与她重归于好。这样做的原因是她把自己局限在自己的世界里，按自己喜欢的思路想问题。安德森如约而至，但他不是来和克莱恩复合的，而是因昨晚的热吻来向她道歉的。安德森已经与安妮结婚，因此他不想婚内出轨。其实，读者通过对安德森人品的了解，知道他是一个负责的男性，但处于单相思中的克莱恩已经失去对安德森人品的理性判断。读者知道克莱恩的单相思是无法转变成婚姻的，这个情境就构成了一个戏剧反讽，即克莱恩对安德森第二天的来访目的的误判引起了一个因性意向误判而导致的戏剧反讽。这个戏剧反讽赞扬了安德森对婚姻负责任的行为，同时也讽刺了克莱恩处处以个人利益为重的偏狭心理。

拉森在这部小说里运用了家世误判类戏剧反讽、亲情误判类戏剧反讽、性意向误判类戏剧反讽，讽刺和抨击了不良社会现象和有瑕疵的人格品行，展现了情境误判可能导致的各种戏剧反讽。正如焦小婷所言，"反讽的整体效果在文本空间里自然天成，释放出强大的情感力量和批评功效，使文学艺术文本生机勃发，意义繁丰"[①]。拉森所采用的情境误判式戏剧反讽有助于深化人物命运的悲情描写，使读者对小说主人公的蹉跎人生产生反思般的心理共情。

因此，拉森在《流沙》里从非裔美国黑白混血儿的角度和审美观出发，用戏剧反讽的笔法，描绘了在现实生活中危害社会的弊端和滞后的社会包容度，塑造了在种族主义社会难以建构黑白混血儿身份的悲剧形象，达到了抨击种族主义者和谴责人性之恶的目的。她笔下的戏剧反讽之生命力来源于其对社会不文明现象的反讽力度，使读者在小说情节发展过程中对小说主人公的不幸命运产生了强烈的心理移情。拉森所采用的戏剧反讽叙事策略把哈莱姆文艺复兴时期的黑人小说艺术推到了一个新的发展阶段。她创新性地用喜剧手法描写了一个带有悲剧性的人物，把人物放在一个个不同的场景之中，用讽刺的笔调和夸张的手法，一再描写人物因双重意识的

---

① 焦小婷：《越界的困惑——内拉·拉森〈越界〉中的反讽意蕴阐释》，载《西安外国语大学学报》2012年第4期，第106页。

冲突而做出的荒唐行动，产生了反差性巨大的喜剧性效果。这部小说描写了人物主观动机与客观后果的矛盾，在喜剧性的情节发展中揭示了人物悲剧性的文化内涵，凸显了戏剧反讽叙事策略的艺术魅力。

第五节　酷儿反讽叙事的三维建构：《乔凡尼的房间》

詹姆斯·鲍德温（1924—1987）是 20 世纪美国著名的非裔小说家、戏剧家、诗人和社会活动家，热衷于探索西方社会的种族、性别和阶级等方面的问题。他的文学成就主要集中在小说方面，一生中共出版了六部小说，即《向苍天呼吁》（*Go Tell It on the Mountain*，1953）、《乔凡尼的房间》（*Giovanni's Room*，1956）、《另外一个国家》（*Another Country*，1962）、《告诉我火车开走了多久》（*Tell Me How Long the Train's Been Gone*，1968）、《如果比尔街能说话》（*If Beale Street Could Talk*，1974）和《就在我头顶》（*Just Above My Head*，1979）。鲍德温的多数作品描写了黑人在美国社会里遭受的种族偏见和种族压迫等问题，但第二部小说《乔凡尼的房间》里，他讲述了美国白人同性恋者或双性恋者悲欢离合的故事。这部小说是第一部黑人作家描写白人同性恋问题的作品，发表在美国"同性恋解放运动"[①]之前，具有一定的先驱性。该小说揭示了一名美国年轻人在巴黎的双性恋生活及其所遭遇的各种矛盾和冲突，以全新的视角揭示了巴黎同性恋和双性恋者的生存危机和心理窘境。这部小说于 1999 年被"出版三角联盟"（The Publishing Triangle）评选为"美国 100 部最佳酷儿小说"的第二名。2019 年 11 月 5 日，BBC 把它列为世界上最有影响力的"百部英语小说"之一。[②]

《乔凡尼的房间》发表在 60 多年前，至今仍受到国内外学界的广泛关注。苏珊·斯特里克尔（Susan Stryker）说："在《乔凡尼的房间》里，戴维面临着同样的人生决策：表面上他是在美国未婚妻和欧洲男同性恋者之间做选择，实际上，和鲍德温一样，他经常与自己的家乡文化观念发生激

---

① 同性恋解放运动（Gay Liberation Movement）：20 世纪五六十年代，随着同性恋社区的发展、同性恋酒吧的普及，以及同性恋身份认同的深化，美国的同性恋开始对他们作为社会"流浪者"和"犯罪者"的地位日益不满。然而，在 20 世纪 60 年代，他们的社会力量仍然很弱。1969年的石墙事件被认为是现代同性恋解放运动的起点。之后，同性恋者开始大规模地组织起来要求合法的地位、社会认同和平等，形成具有一定影响力的社会运动，致力于改变世俗对同性恋问题的偏见和歧视。

② BBC News, "Discover 100 amazing novels with brand new BBC sounds podcast," http://www.bbc.co.uk/programmes/articles/494P41NCbVYHlY319VWGbxp/discover-100-amazing-novels-with-brand-new-bbc-sounds-podcast[2022-2-7].

烈的冲突。"①瓦莱丽·洛溪（Valerie Rohy）指出，"家庭背景和身份问题是詹姆斯·鲍德温的《乔凡尼的房间》的核心问题，这不仅与斯坦恩，特别是亨利·詹姆斯所提及的美国流散小说传统有关，而且还与非裔美国人种族越界的社会现象和种族越界小说的类别有关"②。伊恩·扬（Ian Young）认为这部小说描写了西方社会同性恋和双性恋生活的不和谐性，指出了暴力犯罪的反社会伦理性。③中国学界在近十年才开始较为深入地研究这部小说。钟京伟认为，鲍德温在这部小说里充分肯定了人的合理欲求，表现出极具人文精神的伦理思想，探索了理想的个体人格。④国内外学界多从社会伦理、同性恋、身份危机等方面探究这部小说，但涉及这部小说叙事策略的研究还不多见。因此，本节拟探究《乔凡尼的房间》建构酷儿反讽叙事的三个维度——酷儿言辞反讽、酷儿命运反讽和酷儿戏剧反讽，以揭示鲍德温之同性恋小说创作的艺术特色。

一、酷儿言辞反讽

酷儿言辞反讽是同性恋或双性恋小说情节发展中最常见的一种反讽叙事。在这种反讽中出现的词语或话语具有二元性：表层意义和深层意义。这种反讽的最大特色就是在表层意义下隐含同性恋者说话时的真实意图，听话人在适宜的语境中才能完全明白说话人的意思。正如赵文辉所言，这种反讽"以一种极度的轻蔑态度嘲弄和挖苦反讽对象，形成话语表面与深层内涵的巨大差异。当然读者能够轻易识破这种伪装，并且从中看到表象与事实的对立。毫无疑问，这种对立愈明显，反讽的意味愈强烈"⑤。因此，本部分拟从三个方面来探讨《乔凡尼的房间》中所采用的酷儿言辞反讽：厌女式言辞反讽、爱恋式言辞反讽和挖苦式言辞反讽。

首先，厌女式言辞反讽指的是同性恋者在人际交往中对异性排斥时所使用的言辞反讽，其话语的表层含义和内在含义经常南辕北辙。在这部小说里，乔凡尼（Giovanni）是意大利人，在乡下结过婚，但他的第一个孩

---

① T. Stewart, *Defensive Masquerading for Inclusion and Survival among Gifted Lesbian, Gay, Bisexual and Transgender (LGBT) Students*, New York: Routledge, 2006, p.104.

② Valerie Rohy, "Displacing Desire: Passing, Nostalgia, and Giovanni's Room," in Elaine K. Ginsberg (Ed.), *Passing and the Fictions of Identity*, Durham: Duke University Press, 1996, pp. 218-232.

③ Ian Young, *The Male Homosexual in Literature: A Bibliography*, Metuchen, NJ: Scarecrow, 1975, p.156.

④ 钟京伟：《詹姆斯·鲍德温小说的伦理研究》，上海外国语大学 2013 年博士学位论文，第 i 页。

⑤ 赵文辉：《〈阿芒提拉多的酒桶〉的反讽艺术》，载《安徽工业大学学报》（社会科学版）2009 年第 1 期，第 71 页。

子是死胎，他的精神因此受到严重打击，认为妻子应该为这个事件负全责，因此对妻子产生了强烈的厌恶之心。他对女人的厌恶渐渐发展成厌女症，见到女性就厌恶或仇恨，最后放弃了对女性的性取向，转而向同性寻求性满足。他对其同性恋情人戴维（David）说："我尊重妇女——非常非常尊重——因为她们的内心世界不同于男性"，[1]而其话语中的"尊重"并不是他真正要表达的语义。因此，这个"尊重"的内在含义是它的反义词"厌恶"。乔凡尼从同性恋世界观的角度，否认女性的社会地位，认为女性不应该获得与男性平等的权利。戴维把自己的女友赫拉（Hella）独自去西班牙旅游的事告诉了乔凡尼，乔凡尼内心不满戴维有女友一事，于是采用言辞反讽的手段来挑拨戴维与女友的关系。乔凡尼说："到西班牙去了？为什么不去中国呢？她在干啥？她在检测所有的西班牙人，把他们和你做比较。"[2]这句话里的"西班牙人"特指的是"西班牙男人"，"检测"也不是指一般的健康类检测，实则暗示赫拉用自己的女性身体去"检测"西班牙男性的性功能。乔凡尼以此讽刺女性对爱情的不忠诚，指控其到外国旅游的目的是追求淫乐，旨在激起戴维对女友的反感和仇恨，从而强化他与戴维的同性恋关系。在整部小说里，乔凡尼从同性恋者的厌女症角度出发，把所有的女性都视为道德低下、自私和贪婪的负面形象，因此他对女性的赞扬或褒奖致辞都是带有恶意的言辞反讽。

其次，爱恋式言辞反讽指的是小说家在同性恋小说中展现同性恋者在社会生活中通过言辞反语的方式来表达自己真实意图的叙事策略。[3]当美国退休商人雅克（Jacques）带戴维到纪尧姆（Guillaume）开办的同性恋酒吧时，戴维和酒保乔凡尼一见钟情。雅克见状想撮合戴维与乔凡尼，但戴维说："我不会把钱花在男人身上。"[4]令人出乎意料的是，戴维花了一万法郎点酒，故意大肆消费，从而使乔凡尼获得更高的抽成。戴维关于"不把钱花在男人身上"的话语与其同性恋心理相矛盾，其后续花大钱的行为证实了他的言不由衷。此后，当戴维想终止与乔凡尼的同性恋关系与女友赫拉结婚时，乔凡尼已经把戴维视为自己的终身恋人，不愿与他分手。乔凡尼说："如果你不再爱我，我就去死。"[5]他话语中的"死"并不是真的要结束

[1] James Baldwin, *Giovanni's Room,* London. Penguin, 2007, p.71.

[2] James Baldwin, *Giovanni's Room,* London: Penguin, 2007, p.71.

[3] S. Maguen, et al. "Developmental Milestones and Disclosure of Sexual Orientation Among Gay, Lesbian, and Bisexual Youths," *Journal of Applied Developmental Psychology*, 23.2 (2002), p.219.

[4] James Baldwin, *Giovanni's Room,* London: Penguin, 2007, p.27.

[5] James Baldwin, *Giovanni's Room,* London: Penguin, 2007, p.122.

自己的生命，而是有两个含义：一是以"死"来威胁戴维与他保持同性恋关系；二是暗指与戴维的爱恒久不变。之后，乔凡尼还指责戴维对爱情不负责任，并用第三者的口吻控诉道："你想离开乔凡尼，因为他惹你讨厌了。你一定很蔑视他，因为他不怕'爱'发出的'臭味'。"①这里的"臭味"不是真的"令人恶心的气味"，而是爱情的芬芳。他以此来表达自己对戴维的真心实意。这个言辞反讽更鲜明地表现了同性恋者对情感的固执和对爱人的狂热追求，讽刺了双性恋者对同性恋情感的不忠诚。

最后，在这部小说里，鲍德温还采用了挖苦式言辞反讽。这种反讽指的是用刻薄的话语讥笑他人所形成的言辞反讽。在这种反讽里，表层意义是褒义的，但其内在含义是讽刺和讥笑。乔凡尼在纪尧姆的同性恋酒吧里当酒保，纪尧姆本人是同性恋者，对年轻的乔凡尼垂涎已久，但始终没有机会得手，因此在日常生活中处处挤对他。有一次，乔凡尼带着戴维、雅克和纪尧姆到一家餐馆吃早餐，纪尧姆觉得餐馆太破旧，于是就说："我敢肯定，这地方各种害虫很多。你想毒死我吗？"②乔凡尼回答说："你要吃的不是外表，在外表干净的地方被毒死的风险更大。我为什么要毒死你呢？如果那样，我就失业了。我刚发现，我还是想继续活下去。"③纪尧姆话语中的"毒死"的含义是"不好的招待"，而不是"下毒害死"；他用这样的言辞反讽的目的是要发泄自己对乔凡尼的不满，讥讽他没有生活品位。此后，得知乔凡尼和来自美国的青年戴维建立了同性恋关系时，纪尧姆更加生气，于是就找机会解雇了他。然而就在此时，戴维宣布结束和乔凡尼的同居关系，并表示已经在和美国女孩赫拉筹划结婚事宜。乔凡尼只好又回去找纪尧姆，央求能被重新雇用。纪尧姆说："你来找工作吗？我还以为你的那个美国人送了你一口得克萨斯油井呢。"④他的话语含有极强的挖苦之意，"得克萨斯油井"的本意是巨额财富。他明知乔凡尼厚着脸皮回来求职，已经是穷途末路了，却还是用挖苦讽刺的言辞反讽来发泄自己对乔凡尼移情别恋的愤怒。由此可见，挖苦式言辞反讽是同性恋小说的重要言辞策略之一，反映出人们对同性恋者的歧视不仅存在于异性恋世界，同样也存在于同性恋社会内部。

鲍德温在《乔凡尼的房间》里采用了厌女式言辞反讽、酷儿爱恋式言辞反讽和挖苦式言辞反讽，以生动的笔触揭露了同性恋者的心理状况和生

---

① James Baldwin, *Giovanni's Room,* London: Penguin, 2007, p.125.

② James Baldwin, *Giovanni's Room,* London: Penguin, 2007, p.43.

③ James Baldwin, *Giovanni's Room,* London: Penguin, 2007, p.43.

④ James Baldwin, *Giovanni's Room,* London: Penguin, 2007, p.136.

存窘境，表明同性恋者和异性恋者一样，也会遭遇各种经济困难和情感危机。酷儿言辞反讽可以使读者清晰地感知到作家的思想与小说人物的思想之间的区别性特征。鲍德温通过言辞反讽设置了一个与他欲表达之意相背离的言语叙述者。叙述者话语的表层语意引起了读者的疑虑，导致读者越过叙述者，从其话语的相反意思去理解，从而明白了作家欲表达的真实语义。在酷儿言辞反讽中，作者的真正意图含而不露，因此读者只有根据语境和自身的知识储备，才能理解小说人物的真实语义，从而知晓作家的写作意图。

二、酷儿命运反讽

与酷儿言辞反讽密切相关的是酷儿命运反讽。鲍德温在《乔凡尼的房间》里采用了酷儿命运反讽的叙事策略，通过描写同性恋者或双性恋者在一定语境中行为与事件结果不一致所产生的命运反讽，达到了意想不到的或与读者的期望值截然相反的叙事效果。"文学作品中的命运反讽，也称为情景反讽，是不受读者主观意识的控制，通常发生在读者的意料之外，故意使读者的期望值落空的一种写作手法。"[①]酷儿命运反讽与同性恋者双重意识的心理搏击密切相关，双重意识使双性恋者在性取向方面徘徊在男性与女性之间，由此时常产生与常理相违背的后果。[②]因此，本部分拟从男性意识、同志意识和背信弃义意识等方面来探究这部小说所采用的酷儿命运反讽，展现命运反讽在同性恋小说中的独特贡献。

首先，男性意识指的是男性同性恋者想脱离或疏远同性恋情人时所形成的自我意识，包括对之前的同性恋意识予以否定。[③]小说主人公戴维在少年时代住在纽约布鲁克林的尼科岛附近。一天，他和好朋友乔伊（Joey）一起在海滩上玩时，见有美女路过就吹口哨，可是女孩们对他们不理不睬，他们对异性的向往遭到严重挫折。两个少年闷闷不乐地在海边游泳后就一起回家冲淋浴，由于天气太热，两人都没有穿衣服，在打打闹闹中有不少肢体接触。两人在遭遇异性冷落后，对女性产生了报复性的厌恶，转而对彼此的身体产生了浓厚的兴趣。鲍德温采用意识流手法描写了两个少年第

---

① 庞好农，《命运反讽、荒诞梦幻与象征了法——评内洛尔〈布鲁斯特街的女人们〉之艺术特色》，载《烟台大学学报》（哲学社会科学版）2014年第2期，第80页。

② T. Stewart, *Defensive Masquerading for Inclusion and Survival Among Gifted Lesbian, Gay, Bisexual and Transgender (LGBT) Students*, New York: Routledge, 2006, p.26.

③ L. A. Beaty, "Identity Development of Homosexual Youth and Parental and Familial Influences on the Coming Out Process," *Adolescence*, 34. 2 (1999), p.599.

一次尝试同性恋性爱时的心理活动，戴维觉得"很口渴，很热，剧烈的摆动，充满温情，太疼了，我的心都要炸了，伴随着难以忍受的痛苦而来是欢悦，那天晚上我们都给对方带来了欢乐"[1]。在通常情况下，两人良好的同性恋关系会继续保持下去，可是第二天一醒来，戴维的男性意识突然涌现，战胜了自己的同性恋欲望。戴维很快就开始故意疏远乔伊。当新学期开始时，戴维撒谎告诉乔伊自己爱上了一个女孩，然后故意结交一些行为粗鲁的同学，以此引起乔伊的反感。在万般无奈中，乔伊结束了与戴维的同性恋关系。几年后，戴维结识了女友赫拉，希望与她马上结婚，但遭到她的严词拒绝。她不愿过早地被婚姻束缚，从而失去单身的自由。之后，她撇下戴维，一个人到西班牙去旅游。戴维在追求异性恋婚姻的过程中遭到挫折，情绪低落，后来在酒吧里结识了同性恋者乔凡尼，两人很快建立了同居关系。一段时间后，戴维得知赫拉将返回巴黎，他的男性意识被再次激活，但他又担心自己的男性性功能在同性恋中已经衰竭。因此，他特意到酒吧去勾引一个长相甜美的女孩苏（Sue），并且与其发生了性关系。表面上看，这是一场甜蜜的邂逅之恋。然而，第二天一早，戴维就离开了苏，拒绝与她保持恋爱关系。他的举动出乎读者的预料，具有命运反讽的特色。这个反讽抨击了双性恋者在性取向摇摆中的自私和绝情。戴维与苏结交的目的，不是为了追求她，也不是为了解决生理需求，而是要检验自己经历同性恋后是否还具有和女性发生性关系的能力。

其次，同志意识就是在性爱交往中以同性为追求对象的性取向意识，通常会产生排斥异性的强烈情感或冲动。[2]戴维在巴黎结识了赫拉后，一直想和她结婚，组成一个美满的家庭，可是赫拉不想结婚，这导致他们的婚事一再拖延。赫拉返回巴黎后，发现了戴维与乔凡尼的同性恋关系，于是督促他放弃同性恋行为。戴维和乔凡尼解除同性恋同居关系后，便和赫拉住在一起。他的父亲也从美国给他们寄来了一大笔结婚费用，希望他们早日完婚。戴维和赫拉开始为新婚购置物品。在布置婚房之际，两人的关系出现逆转，最后分道扬镳。这个出乎意料的结局表明双性恋者的性取向是波动的、不稳固的。原来，戴维在和赫拉筹办婚事的过程中，他的同志意识出现，占据了其心灵，使他对异性的生理和心理感受逐渐消亡，他觉得与赫拉的新生活索然无味。与赫拉分手后，戴维在法国南部游玩后独自坐

[1] James Baldwin, *Giovanni's Room,* London: Penguin, 2007, p.7.
[2] V. C. Cass, "Homosexual Identity Formation: Testing a Theoretical Model," *The Journal of Sex Research,* 20.2 (1984), p.152.

火车返回巴黎。在火车上,他对面坐着一个漂亮的女孩。鲍德温用意识流的手法表述了戴维的心理:"坐在我对面女孩也许在想,这帅哥怎么不来搭讪呢?"①戴维的心思显示了其同志意识,他对任何女性都关闭了求爱的通道。一般情况下,乘火车的男子会和单身女子搭话或调情,可是出乎女孩意料的是,这位男子对她的存在无动于衷。这个命运反讽揭示了同性恋者和异性恋者在性取向方面的心理差异。

最后,鲍德温笔下的背信弃义意识指的是由同性恋者在社会交往中与其他同性恋者发生性关系后,违背诺言或不讲道义所引起的命运反讽。这种命运反讽多指朋友间互相出卖友谊或不讲信用,多用于揭露、指责的场合。小说主人公乔凡尼和戴维解除同性恋关系后,又回到纪尧姆的同性恋酒吧求职。纪尧姆没有马上拒绝,而是叫他晚上去家中面谈。纪尧姆邀请乔凡尼喝酒,还换上了睡袍,抚摸乔凡尼的手和身体,要求乔凡尼脱衣。为了获得一个工作机会,乔凡尼在屈辱中满足了纪尧姆的同性恋性要求。乔凡尼以为纪尧姆会重新雇用他,然而出乎意料的是,纪尧姆拒绝给予他任何工作机会。鲍德温用全知叙述人的口吻描述了纪尧姆的行为:"纪尧姆获得了性满足,乔凡尼仍躺在床上喘息,这时,纪尧姆又成了生意人,在房间里不停地踱步,列举了不能再雇用乔凡尼的若干冠冕堂皇的理由。"②纪尧姆性剥削乔凡尼后拒绝给他工作的行为无异于背信弃义的无赖之举。鲍德温通过这个反讽揭露了富裕同性恋者对贫穷同性恋者的性凌辱和性霸权,表明诱奸行为在同性恋世界里也是存在的。

在《乔凡尼的房间》里,鲍德温采用酷儿命运反讽的叙事手法,从男性意识、同志意识和背信弃义意识三个方面描写了同性恋者在性取向中的心理波动、行为举止和道德伦理等方面的问题,揭示了人类社会的性心理窘境、性剥削和性压迫等现象在同性恋和双性恋的人际交往中也同样存在。他采用的命运反讽叙事贯穿整部小说,具有很强的逆期待性,使小说情节的发展与故事中人物和读者的期待背道而驰,激发了读者的阅读兴奋因子,有助于深化小说的反讽性和趣味性。

三、酷儿戏剧反讽

与酷儿言辞反讽和酷儿命运反讽相得益彰的是酷儿戏剧反讽。酷儿戏剧反讽指的是在同性恋或双性恋小说的故事情节发展过程中,同性恋语境

---

① James Baldwin, *Giovanni's Room*, London: Penguin, 2007, p.3.

② James Baldwin, *Giovanni's Room*, London: Penguin, 2007, pp.137-138.

里所出现的场景或话语不为某个小说人物所知，但读者和其他小说人物却都知道，只有他一人蒙在鼓里所引起的一种反讽。本部分拟从三个方面来研究鲍德温在《乔凡尼的房间》里所采用的酷儿戏剧反讽：不知情类酷儿戏剧反讽、自欺欺人类酷儿戏剧反讽和真相颠覆类酷儿戏剧反讽。

首先，不知情类酷儿戏剧反讽指的是在同性恋小说里小说人物因信息闭塞或缺失所引起的戏剧反讽，具有调侃和讽刺的语气。母亲去世后，戴维就和父亲一起生活，姨妈埃伦（Ellen）也很关心他的成长。埃伦时常责备戴维的父亲酗酒，没给儿子做个好榜样。父亲对埃伦说："我所有的希望就是要他成为一个真正的男子汉。我所说的男子汉，埃伦，我的意思不是要他去主日学校当个教师。"[1]在他的世界观里，男人只要会喝酒就可以顶天立地，干大事，但读者和埃伦都知道孩子如果在父亲的鼓励下酗酒，总有一天会酿成大祸。果不其然，戴维在15岁时酒驾，出了车祸，导致多人受伤，自己也身负重伤。伤好后，戴维对父亲失去了崇拜和信任，于是孤身一人到巴黎去闯荡。在这部小说里，鲍德温描写得最有趣的不知情类戏剧反讽是戴维在一家同性恋酒吧的经历。当戴维和酒保乔凡尼一见钟情后，戴维处于对同性恋情的火热渴望之中。就在此时，一名陌生男孩走到戴维面前，小声地提醒他："你喜欢上那个酒保了吗？对你这样的男孩，乔凡尼很危险的……我担心，你将被架在火上烤……你会很不高兴的，记住我说的。"[2]戴维对小男孩的警告性话语置若罔闻，形成了一个典型的戏剧反讽。此后，他继续和乔凡尼眉来眼去，陷入同性恋关系之中难以自拔。后来，当女友赫拉度假归来后，他不得不与乔凡尼断绝关系时，他才发现乔凡尼顽固地不愿离开他，并以死相逼，最终使他终身的生活都留下了乔凡尼的阴影。这个事例的戏剧反讽之处在于戴维把小男孩的忠告视为诬告，最后自食其果。其实，从精神分析学来看，小男孩是戴维的潜意识，而同性恋的欲望吞噬了其理性的潜意识，最终酿成了悲剧。

其次，自欺欺人类酷儿戏剧反讽指的是同性恋者在人际交往中即便知道真相，却在欺骗自己的同时也欺骗别人，不肯面对事实，从而引起戏剧反讽。在这部小说里，当同性恋朋友乔凡尼因为偷窃杀人而被捕的消息传来时，雅克对戴维说："希望不是我的错。我没有给他钱。如果早知如此，我会把自己所有的一切都给他的。"[3]但戴维知道，这是不可能的，因为雅

---

① James Baldwin, *Giovanni's Room*, London: Penguin, 2007, p.15.
② James Baldwin, *Giovanni's Room*, London: Penguin, 2007, pp.34-36.
③ James Baldwin, *Giovanni's Room*, London: Penguin, 2007, p.21.

克在本质上是一个极为吝啬的人。他说的倾囊相助之语是口是心非、自欺欺人的话语。实际上，他的话只能欺骗他自己，周围了解他的人都不会相信。这就构成了一个自欺欺人类的酷儿戏剧反讽，表明了同性恋者人品各异，与异性恋者一样存在撒谎、欺骗、浮夸等问题。此外，鲍德温还讲述了另外一个自欺欺人类酷儿戏剧反讽的故事。一个在邮局工作的年轻人是个同性恋者，经常在晚上把自己化装成女性，戴着耳环，穿着漂亮的裙子和高跟鞋，扭着屁股在街上晃悠，想以此来吸引其他男人对他的关注和爱慕。他明知自己是男性却打扮成女性的行为带有自欺欺人的心理。可是他不知，真正的同性恋者对男扮女装的同性恋者不但不感兴趣，反而十分讨厌。当同性恋者纪尧姆见到他时，马上就走过去取笑他。双性恋者戴维对这种情况也是极为反感的。由此可见，自欺欺人的话语和行为不但欺骗不了别人，反而会引起大家的嘲弄和讥笑，形成一个戏剧反讽的语境：对同性恋者的歧视不仅来自异性恋者，而且还会来自同性恋者内部。

最后，真相颠覆类酷儿戏剧反讽指的是作家在同性恋小说里叙述的事件真相被颠覆后所形成的一种反讽，通常能提高读者的阅读兴趣及其对相关事件的认知水平。鲍德温在这部小说里描写了一个意味深长的真相颠覆类酷儿戏剧反讽。在小说的结尾部分，同性恋者乔凡尼杀死了另一个同性恋者纪尧姆，被捕后即将被判处极刑。纪尧姆是一家同性恋酒吧的老板，乔凡尼曾在他的酒吧工作。法院认为，乔凡尼是为了抢钱才杀死纪尧姆的。在之后的媒体报道中，纪尧姆被描述成一个乐善好施的大善人，因同情穷人乔凡尼才招致杀身之祸。几乎所有市民知晓的信息都是被颠覆了的真相，因此他们同情纪尧姆而指责乔凡尼的情形构成了一个极大的戏剧反讽，然而事件真相只有戴维最清楚。乔凡尼杀死纪尧姆的真实原因是遭遇了对方的诱奸，他杀死纪尧姆后，只拿走了其钱包里的钱，并没有偷走收款机或保险柜里的钱，因此从法律意义上看，他的行为是顺手牵羊式的偷窃，而不是蓄意抢劫。纪尧姆生前仗着自己的财力和权势，经常招聘年轻男子到其酒吧工作，一方面剥削他们的劳动力，另一方面把他们视为自己的性玩具，纪尧姆是因玩弄乔凡尼而又不给其提供工作才被杀害的。鲍德温通过戴维之口把真相告知读者，使读者认知到下层同性恋者的生存窘境，从而体会到酷儿戏剧反讽的艺术魅力。

鲍德温在《乔凡尼的房间》里从不知情类酷儿戏剧反讽、自欺欺人类酷儿戏剧反讽和真相颠覆类戏剧反讽三个方面展现了戏剧反讽叙事在同性恋小说中的表现方式，揭示了同性恋者在社会生活中追求自我和身份重构时所遭遇的各种情感压力和生存危机。这种压力和危机与人权和人性问题密切相关,通常会引起人们的共情与深切反思。他所采用的酷儿戏剧反讽叙事有助于小说同性恋主题的表达,使作品主题形成了巨大的理解空间和审美空间,显示了作者在描述同性恋故事方面的独特表现手法。

在《乔凡尼的房间》里,酷儿言辞反讽、酷儿命运反讽和酷儿戏剧反讽是鲍德温建构酷儿反讽叙事的三个主要维度,它们不是孤立的、静止的,而是处于动态的相互联系中,这些维度在小说叙事的建构中相辅相成,构成了一个有机的整体。作者以讽刺、调侃和挖苦等方式,描写了美国年轻人客居巴黎的蹉跎人生,显示了同性恋者和双性恋者在行为举止、思维特点和道德伦理方面的表现,阐释了同性恋者或双性恋者是和异性恋者一样具有情感的正常人的小说主题,揭示了 20 世纪中期欧洲同性恋者的心理特点和生存方式,为读者认知西方社会的同性恋问题开启了一扇窗户。该小说从语言、人物、场景到主题的各个层面都浸透了酷儿反讽特色,促使读者透过表层文字和故事情节去探索其内在含义,认知小说主题表达中文字表象与语义深蕴之间的张力。鲍德温的这部小说拓展了美国同性恋或双性恋者身份重构类小说的叙事空间,对 20 世纪和 21 世纪的美国和欧洲同性恋小说具有重要的影响。

小　结

本章探讨了五部非裔美国小说中的反讽叙事,揭示了这些作品内在的幽默性和讽刺性。格里格斯是非裔美国文学史上最早运用反讽手法的小说家之一。他使小说语言技巧上的反讽与主题的反讽相得益彰,形成多重寓意,展现了语境在反讽运用中的重要作用。赖特、内洛尔和拉森从不同的角度发展了命运反讽叙事策略,把种族关系、身份危机和自我认同等方面的问题揭露得淋漓尽致,使其小说情节具有幽默、夸张和讽刺等特点。鲍德温把酷儿幽默叙事和反讽叙事有机地结合起来,以调侃和挖苦等方式突出了美国黑人同性恋者的心理特点和生存方式。总之,这五部作品所采用的反讽叙事策略主要从文艺美学的角度对美国黑人文化进行了创新性的表述与阐释,发掘其在困境中不屈不挠的民族精神,同时也对黑人社区的消极文化进行了批判。这表明非裔美国作家在揭露各种社会共性问题的同时,也有对本族文化进行自省和自悟的精神境界。

第三章　心理叙事与意识流

　　在非裔美国小说的文学创作中，心理叙事是指非裔作家对小说人物心理世界的客观描述，涉及黑人和白人的心理活动过程和人格演绎。心理叙事展现非裔美国人在一定历史时期或经历某个事件后所产生的心理活动，包括事件发生、发展和消失的全过程。心理叙事是文学创作和文学批评中最复杂的领域之一，同时也是读者和评论者关注的要点之一。心理叙事是在对人物成长的关注中展开的，对成长过程中心理动态的关注超越了对单个心理活动的关注。一般来讲，心理叙事先关注其成长的整个历程，后聚焦于成长的个别片段。非裔美国小说家在文学创作中时常以叙述人的身份对人物心理的状况和动态进行描述和剖析，揭示人物的性格特征与生存环境的内在关联。他们把对人物心灵的认知传递给读者，促成作家分析心理化的阅读移情。在小说中，作家的分析是客观的，以人系事，以刻画人物性格为主，同时也建构相关事件的发生所导致的心理氛围。非裔美国小说的心理描写和意识流描写依附于小说的情节，一般不具独立性，情节中人物或事物的出现时常引发文本的心理描写。非裔美国作家把这些文本中的心理描写串联起来，超越传统故事叙述的线性因果关系，生成独具特色的心理叙事策略。

　　心理叙事与意识流写作手法有着密切的关系。"意识流"这个名称是美国心理学家威廉·詹姆斯（William James）在其论文《论内省心理学所忽略的几个问题》（"On Some Omissions of Introspective Psychology"，1884）中首次提出来的。"他提出的'意识流'概念，强调了思维的不间断性，即没有'空白'，始终在'流动'；也强调其超时间性和超空间性，认为意识是一种不受客观现实制约的纯主观的东西，它能使感觉中的现在与过去不可分割。"①之后，"意识流"这个心理学概念被威廉·詹姆斯的弟弟亨利·詹姆斯（Henry James）率先引入小说创作，促进了美国"意识流"文学的诞生和发展。他的"意识中心论"对莫里森也产生了巨大的影响。亨利·詹姆斯认为，人的"意识并不是一节一节地拼起来的。用'河'

---

① Barry Dainton, *Stream of Consciousness: Unity and Continuity in Conscious Experience*, New York: Routledge, 2000, p.14.

或者'流'这样的比喻来描述它才说得上恰如其分"①。意识流手法把人物连绵不断、瞬息万变、曲折复杂的意识活动作为表现对象，形成了不同于传统小说的鲜明特色，即不仅注重表现人物的意识活动，而且还主张作家放弃对人物心理发展的主观干预，让人物生成自在的心理活动空间。非裔美国小说家把意识流手法作为发掘人物意识和展示小说主题的重要策略。在心理小说里，非裔美国小说家除了突出地描写人的意识、潜意识和无意识外，把其他一切都置于次要的、从属的甚至微不足道的地位。他们"不注重人物性格和环境的描写，有时甚至连人物的姓名、性别也不做交代。至于人物一生的经历、遭遇以及与周围人物的关系，一般也只通过人物意识流动跳跃地、片片断断地反映出来"②。

在非裔美国心理小说里，意识流手法主要用于描写人物扭曲的性格和变态的心理，以此展现种族主义社会的荒诞性和滑稽性，揭示种族歧视的非理性。被"白人至上论"毒害了的非裔美国人毫无反抗意志，对世界和未来感到无奈和绝望。因此，小说中的人物或是悲观绝望、颓废沮丧，或是偏执乖僻、心理反常。非裔美国小说家热衷于写病态心理的意识流，这与他们的亲身体验和对美国种族问题的感知有关。"他们受弗洛伊德变态心理学和性恶论的影响，认为人类就其本质而言与动物、精神病患者无异，其内心世界的阴暗、混乱、病态、疯狂，全部受兽性的本能和原始的冲动支配，没有什么理性可言，只有写出人物内心世界的黑暗和变态，才算写出了'生活'的'真实与真理'。"③

现代非裔美国作家创新性地把意识流引入其小说的心理描写中。不同于早期非裔美国小说或奴隶叙事，他们不是采用由作家直接介绍人物、安排情节或从旁叙述的做法，而是通过人物的意识或心理动态来写人，以模拟、暗示、隐喻、影射、象征等手法展现小说内容。他们采用"自由联想""时空错乱""内心独白"等意识流手法，描写隐藏在人物意识深处复杂曲折、瞬息万变的心理活动。④意识流手法对于非裔美国小说艺术的独特贡献主要表现在人物内心图景的审美化，并以此展现人物的无意识、前意识和潜意识，揭示隐藏在人物意识深处的人之本能。总的来看，在非裔美国小说里，意识流手法经过非裔美国作家的接受和改造渐渐发展成一种表现人物心理活动的重要方法。非裔美国作家运用意识流手法，往往加强了人物

---

① 陈果安：《小说创作的艺术与智慧》，长沙：中南大学出版社，2004年版，第247页。
② 陈果安：《小说创作的艺术与智慧》，长沙：中南大学出版社，2004年版，第249页。
③ 陈果安：《小说创作的艺术与智慧》，长沙：中南大学出版社，2004年版，第250页。
④ 陈果安：《小说创作的艺术与智慧》，长沙：中南大学出版社，2004年版，第250页。

意识活动的理性和社会性，使之表现出比较完整的意识流化的生活画面。本章将主要探讨欧内斯特·J. 盖恩斯（Ernest J. Gaines）、莫里森、鲍德温、安·佩特里（Ann Petry）和莫斯利等小说家的心理叙事和意识流表现，揭示这些作家在心理描写方面的艺术特色。

第一节　盖恩斯与印象主义心理叙事：《父亲之家》

欧内斯特·J. 盖恩斯（1933—2019）是 20 世纪末 21 世纪初著名的非裔美国小说家，其作品深受美国读者的青睐。盖恩斯的作品是白人文化、黑人文化、克里奥尔人文化和法裔黑白混血儿文化的交融处和聚焦处，其主题是关于如何在种族主义社会里寻求身份和自我。他一共发表了六部长篇小说，即《凯瑟琳·卡米尔》（*Catherine Carmier*，1964）、《爱情与尘土》（*Of Love and Dust*，1967）、《简·皮特曼小姐自传》（*The Autobiography of Miss Jane Pittman*，1971）、《父亲之家》（*In My Father's House*，1978）、《老人的一次聚会》（*A Gathering of Old Men*，1983）和《刑前一课》（*A Lesson Before Dying*，1993）。在这些作品里，盖恩斯非常生动地描写了当地黑人的生存情况和对民权梦想的渴望。他对美国黑人文学的发展贡献卓著，曾获得古根海姆研究基金（Guggenheim Fellowship）[①]、路易斯安那作家奖（Louisiana Writer Award）和麦克阿瑟研究基金会（MacArthur Foundation）的奖项等。他长期担任美国艺术文学院院士，还曾获得法国最高文学奖"文学艺术骑士勋章"（Chevalier of the Order of Art and Letters）。他的作品被翻译成法语、日语、德语、挪威语和汉语。因其对美国文化发展的突出贡献，2013 年 7 月 10 日美国总统贝拉克·奥巴马授予盖恩斯"美国国家艺术奖章"（National Medal of Arts）[②]。至此，盖恩斯在美国文坛的声誉达到了一个新高度。

《父亲之家》是盖恩斯的代表作之一。这部小说以路易斯安那州小镇艾德里安、首府巴吞鲁日城以及加利福尼亚州的旧金山为背景来讲述一个黑人家庭的恩怨情仇，揭露了种族主义社会环境对黑人生存状况的危害。该小说"以简单的故事框架为依托，以视觉结构的表现手段来突出对人物心

[①] 古根海姆研究基金是由古根海姆纪念基金会提供给学者、作家、艺术家的研究金。该基金会由美国企业家兼慈善家约翰·西蒙·古根海姆（John Simon Guggenheim，1867—1941）建立。

[②] 美国国家艺术奖章是美国国会于 1984 年设立的，用来表彰为艺术做出贡献的艺术家和赞助商。在美国，这是艺术家能获得的最高个人荣誉。获奖者由国家艺术基金会评选出，并由美国总统亲自颁奖。2013 年度有 23 位获奖者，盖恩斯是唯一获此殊荣的美国小说家。

理动态的描写，传达特定的情感和思绪，营造出回味无穷的诗意状态"①。盖恩斯在这部小说里从视角空间与意识流变、物象与人物心理、悬念与伏笔中的"光"与"影"三个层面展现了其印象主义心理叙事策略。

一、视角空间与意识流变

视角空间，也可称为"视野"，在摄影学中指的是相机在一般环境中可以接收影像的角度范围。文学作品的视角空间主要是指文学作品中叙述人所目睹、经历或思虑的场景或内容，印象主义文学作品的视觉空间则指小说人物的心理容量或心理活动空间。②在《父亲之家》里，盖恩斯从作品的题材入手选择了适合人物心理动态描写的故事情节，生动展现了人物的潜意识或无意识状态。视角空间与意识流变相关联的三个主要方面包括自由联想、梦境和内心独白。

首先，盖恩斯在《父亲之家》里采用了以自由联想为特征的意识流描写。该自由联想有两种形式：不连续的自由联想和连续的自由联想。小说主人公菲利普·J. 马丁（Philip J. Martin）自从在家庭聚会上见到失散了20多年的私生子艾蒂安（Etienne）后，头脑里总会产生一些不连续的自由联想，即单一场景引起的单一联想。这些不连续的自由联想带有触发性，例如菲利普在报上获悉一个小孩被冻死在户外的消息时，马上会联想到不愿随他回家的私生子艾蒂安；看到妻子所生的孩子，马上就会联想到从小失去父爱的艾蒂安；看到学校老师谢泼德（Shepherd）和贝弗丽（Beverley）的热恋，马上就会联想起自己与黑人妇女约翰娜（Johna）的浪漫往事。此外，盖恩斯在描写菲利普的意识流时还设置了连续性自由联想，即一个场景引起一个联想，而这个联想又会触发下一个联想，以此类推，引起不间断的联想。在菲利普平时的生活中，一些事物常常触发他的系列性联想。菲利普看到失散多年的儿子艾蒂安时，马上会联想到艾蒂安的弟弟安托万（Antione）和妹妹贾斯汀（Justine），从艾蒂安的弟弟和妹妹又联想到艾蒂安的母亲约翰娜，然后再联想到20多年前自己与约翰娜母子四人离别的场景，最后产生担忧他们生活的焦虑。盖恩斯通过对菲利普时常陷入自由联想的描写，展示了菲利普复杂的内心世界，把读者的视角延伸到他的隐秘

---

① Charles H. Rowell, "The Quarters: Ernest Gaines and the Sense of Place," *Southern Review* 21 (Summer 1985).p.746.

② Charles J. Heglar & Annye L. Refoe, "Aging and the African-American Community: The Case of Ernest J. Gaines," in Sara Munston Deats (Ed.), *Aging and Identity: A Humanities Perspective*, Ann Arbor, Mich.: UMI, 1999, p. 143.

世界，使读者可以探究其灵魂深处。因此，他表面上时常在书房里发呆或喝闷酒，实际上其内心世界中涌动着各种不平静的自由联想，使视觉空间通过心理叙事的路径来展现广阔的自由心境。盖恩斯以此把过去、现在和未来的时间和思绪交织或糅合在一起，突破时空限制，营造出复线式、多线式和放射线式的心理意象。

其次，盖恩斯把梦或梦境设置为小说心理叙事的视觉空间之一。梦是人在睡眠时出现的影像、声音、思考或感觉，通常是非自愿的潜意识或无意识的心理活动。张德林说："梦，是一种心理活动；梦，是现实生活经过心灵折射的一种曲折或变形的反映。"①的确，梦是潜意识欲望的满足，人在清醒时可以有效地压抑潜意识，使那些违背道德和伦理的欲望不能得到满足，但当人进入睡眠状态或放松状态时，有些欲望就会突破潜意识层，进入意识层，并且以各种各样的形式来展示自己的欲望、恐惧、焦虑等情感。②盖恩斯在《父亲之家》里描写了两类梦境：梦想成真的梦境和梦与事实相反的场景。在该小说的第五章，菲利普在家庭聚会上无意中看见了一个黑人青年，他潜意识里觉得那个黑人青年就是自己失散多年的亲生儿子。其实，在那之前他就经常在梦里见到自己的儿子。聚会上与儿子会面的场景虽然出乎他的意料，但却是其潜意识心理预知的现实再现或梦想成真的意境。此外，盖恩斯还描写了梦与事实相反的场景。在菲利普与黑人妇女约翰娜幽会的梦中，菲利普坐在床边，看见一个小孩从门缝伸手进来，从约翰娜手里接过钱，他拿着钱走了，不久又把钱拿回来。当他第二次离开时，菲利普翻身下床，立即去追赶。梦境中他去追的做法与20年前发生的事完全不一致，菲利普当时根本没有去追。其实，那个小孩是他与约翰娜非婚同居时所生下的大儿子。与儿子失散多年后，菲利普很想念儿子，所以在其梦境中才会出现那样的场景。由此可见，梦是人的欲望的替代品，也是释放内心压抑情绪的潜意识途径。隐藏在菲利普潜意识中的思念之情由于现实的原因受到压抑而得不到满足，于是，潜意识中的冲动与受到压抑后所产生的内力不断冲突，形成一对矛盾，进而形成了一种动力。这种动力使思念之情以梦的形式得到宣泄，正应验了中国的一句俗话："日有所思，夜有所梦。"

最后，盖恩斯在这部小说里还以内心独白的意识流描写为视角空间，

---

① 张德林：《现代小说美学》，长沙：湖南文艺出版社，2007年版，第200页。

② Frank W. Shelton, *"In My Father's House: Ernest Gaines After Jane Pittman," Southern Review*, 17 (Spring 1981), p. 340.

展现小说人物的意识流活动。"内心独白是一种无声的语言，人物心灵奥秘的自我宣泄，运用得适当，巧妙，便可以把人物的心态充分揭示出来，达到多视角、多侧面刻画和丰富人物形象的目的。"①文学作品中的内心独白指的是作家对人物的自思、自语等心理活动的描写，以此来揭示人物隐秘的内心世界，展现人物的人品、性格和世界观，使读者更全面地知晓人物的思想感情和价值取向。盖恩斯在小说的第八章里设置了内心独白的场景。圣艾德里安城的民权运动领袖菲利普为了保释被警方拘捕的儿子艾蒂安，不计后果地屈从了警察局局长诺兰（Nolan）的条件，答应以停止工人罢工和中止示威游行为条件来换取儿子的保释。菲利普的自私行为激起了民权运动委员会其他成员的强烈不满，他们一起到菲利普家，在目睹了菲利普的固执己见后，不得不以投票表决的方式罢免了菲利普的主席职务，最后选举菲利普的助手乔纳森（Jonathan）为新一任主席。菲利普在极度的不满和失意中回到自己的书房，以酗酒的方式来宣泄自己的愤怒，思绪也进入了直接性的内心独白：

> 我怎能站在自己的家里让那帮杂种来教训我，说我不配担任这个职务呢？我不配？我做了所有的工作之后他们就把我赶下台。就好比我开了荒，教会了他们如何种玉米，然后他们就不让我做了，说我不配了。我早该把乔纳森一拳打倒在地，把那杂种扔到门外。②

菲利普的内心独白是其意识流在"功不抵过"的不满心态下的自然流露，揭示了其自私心和嫉妒心的恶性膨胀，表明他的确缺乏一名民权运动领导人应有的基本素质。由此可见，直接内心独白既无作家的过度介入，也无假设的听众，它将人物的意识直接展示给读者，没有以作家为中介来向读者做相关的解释。③因此，"他说"和"他想"之类的引导性词句和相关解释性话语都被省略了。

在《父亲之家》里，盖恩斯改变了传统小说的心理描写形式，不是以闪回镜头的方式表现某种心理活动或心理逻辑，而是以视象空间的形式表现人物的心理活动，并把人物的内心世界作为小说的叙述核心。该小说所

---

① 张德林：《现代小说美学》，长沙：湖南文艺出版社，2007 年版，第 308 页。
② Ernest J. Gaines, *In My Father's House*, New York: Vintage, 1978, p. 133.
③ Jerry H. Bryant, "Ernest J. Gaines: Change, Growth, and History," *Southern Review* 10 (Fall 1974), p. 852.

表现的是主要人物的情感纠葛，而不是表现重大的社会事件或社会问题。该小说的人物心理描写主要是通过视点剪接所形成的意识片段来展现的，带有命运反讽的情绪波动场景的设置和人物出场环境的更迭都有助于建构跌宕起伏的小说情节、增强小说情节发展的节奏感。由此可见，盖恩斯充分发挥语言的表意功能，形象地再现了小说人物之精神领域中最朦胧的感性意识。[①]盖恩斯用心理画面的协调、明暗、节奏、人物心理和表情演绎来建构动态的心理场景，以思绪的潜意识流动来显示人物情绪和心理的内在变化，为小说的心理叙事创造出更为诗化的视觉效果。

二、物象与人物心理

文学作品中的任何物象都是作者有目的地设置的，渗透了作家独特的审美观念和精神价值。在精神情感的左右下，作家的视觉选择也会发生变化，在自然中寻找符合自身情感和精神价值需要的对应物象。同时，作家的内在审美也在相应发生变化，而这种变化又会映射到作家的视觉选择方式及物象的表现形式上。[②]《父亲之家》里，盖恩斯在物象方面的选择直接影响着客观物象到艺术形象的转化，物象与人物心理形成能动的对应关系。盖恩斯的这部小说从物件物象与心态、场所物象与思绪、家庭环境物象与人物心境等方面展现了人物心理和物象之间的内在关联。

首先，物件物象就是带有意境的物件。在《父亲之家》里，盖恩斯把三个物件与人物心态联系起来：故居、机器和河边的高木架子。在小说的第七章里，菲利普把儿子艾蒂安从警察局接出来后，艾蒂安因不满父亲的遗弃，不但不感谢父亲的保释之恩，反而把父亲遗弃妻儿的行为控诉了一番，之后就愤然离去。菲利普在极度的悲哀和失落中来到自己的出生地——丽纳种植园，发现种植园里奴隶居住过的旧房子大多都垮塌了。他的故居坍塌了，约翰娜和其儿女居住过的房子也坍塌了，以前房屋的地基上、院子里和蔬菜园里长满了杂草和荆棘。这些杂草和荆棘营造出一种荒凉和凄冷的氛围，与菲利普对时过境迁和过往烟云的感叹浑然一体，呈现出难以缅怀的感伤之情。在小说的第九章，盖恩斯借用巴吞鲁日黑人退伍老兵比利（Billy）之口披露了农业机器普及后产生的严重后果，机器夺走了农民的工作机会，使黑人的生存更为艰难。比利说："你看这周围，都

---

① 李维屏：《英美意识流小说》，上海：上海外语教育出版社，1996 年版，第 243 页。

② John F. Callahan, *In the Afro-American Grain: The Pursuit of Voice in Twentieth-Century Black Fiction*, Urbana: University of Illinois Press, 1988, p.67.

是荒芜的土地，再往前走，仍是荒芜的土地、空房子、无人行走的土地。以前的繁华，一去不复返了。机器！他们每多造出一台机器，就多一批人失去工作机会，政府就会多雇用一百名警察来镇压人们的骚动。"①机器本是社会发展的标志，但其使用却得不到广大农民的支持和拥护，这折射出人们对资本疯狂发展和科技滥用的担忧与恐惧。在小说的第十章，埃尔玛（Alma）和谢泼德夫妇到巴吞鲁日城的契波（Chippo）家找到菲利普，并告诉他艾蒂安前一晚从河边的高架子上跳河自杀了。当警察把艾蒂安从河里捞起来的时候，他已经死亡多时。河边的高架子成了黑人在不合理社会里找不到出路的地狱之门，被演绎成黑人的苦闷精神和绝望心理的一个物件物象。这三个物件物象的设置有助于传递黑人在不利社会环境里的抑郁和凄凉心绪。

其次，场所物象与人物活动或事件发生的地点密切相关。在《父亲之家》里，盖恩斯所设置的场所，如书房、酒吧和卧室，与小说人物的心境具有密切的关联。菲利普喜欢待在书房里静思，回忆自己的早年生活和与约翰娜的浪漫日子，这刻画出了菲利普想见儿子的忐忑不安。在少年和青年时代，菲利普放荡不羁，经常出入赌场、酒吧和妓院。"吉米酒吧"是菲利普以前经常光顾的地方，酒吧的喧闹声、叫嚷声、打情骂俏声和20年前差不多，只是添加了一些更现代化的音响设备。酒吧使菲利普对自己过去的生活有了新的认识，产生了无言的惆怅和不安之情。此外，艾蒂安租住在弗吉尼亚（Virginia）的家庭旅馆里，从来不叠被子，也不打扫，连喝光了饮料的废瓶子也不扔掉。肮脏凌乱的家庭旅馆与他颓废的生活密切联系在一起，显示了艾蒂安的虚无主义人生观和无所作为的消沉心态。

最后，盖恩斯在《父亲之家》里营造了光线昏暗、气氛阴郁的家庭环境物象，预示了黑人无法逃避的命运，衬托出黑人的无奈和绝望之感。盖恩斯把小说中的人物、场景和情节演绎等方面有机地联系起来，使物象与人物的心理动态形成能动的呼应，并以多含义的物象形式传达出不同的情绪气氛，展现出人物隐匿的思维动态。在这部小说里，盖恩斯共描写了三个家庭环境：菲利普之家、契波之家和约翰娜之家。菲利普之家是个富裕的中产阶级家庭，漂亮的楼房、高档的家私和时髦的装潢等都显示出主人表面上的富足与高贵和实质上的虚荣与浮华。契波之家是一个没有家庭温暖的酒鬼之家，住房简陋、家私简单和房间采光不好等情况折射出单身黑人寂寞的心灵，给读者带来一丝凄凉的心理感受。约翰娜带着患了抑郁症

---

① Ernest J. Gaines, *In My Father's House*, New York: Vintage, 1978, p.168.

的大儿子艾蒂安住在贫民窟里，其房屋面积狭小，家具破烂陈旧，给人一种阴冷的感觉，披露了黑人妇女在种族主义社会和父权制社会中遭受双重压迫的郁闷心境。

盖恩斯的美学主张因受到传统印象主义美学思想的影响，在场景描写中以物象的客观所在为依据，给予了读者鲜明的视觉印象，使读者获得深刻的主观感受。盖恩斯以细腻生动的笔触和丰富多彩的物象描写成功地表现了小说人物在成长和生活过程中变化多端的感官物象。这些物象的印象主义色彩对烘托小说主题、展示人物心理和营造情节发展氛围均起到了至关重要的作用。因此，小说人物的情感和命运始终与其所生活的自然环境和社会环境有着密切的联系，难以分割。作为印象派作家，盖恩斯崇尚自然，忠实于自己对现实生活的真实感受，在文学创作中摆脱了以人物为中心的写作传统的束缚，创造了独具特色的视觉语言。

三、悬念与伏笔中的"光"与"影"

从绘画理论上来讲，印象派画家强调人在一定场景里对外界物体的光和影的感觉，在创作艺术上反对因循守旧，主张技法革新，采用外光描写对象的策略，使色彩随着观察位置的移动而发生变化。在文学作品中，作家通常用悬念和伏笔的叙事手法来描写小说情节发展中的"光"和"影"，悬念和伏笔从未知到渐知的过程可以看作是小说情节和人物的刻画从模糊到清晰的"影"的形成和发展过程，而悬念的揭秘和伏笔的照应可以视为印象派中对"光"的处理。在印象派画作里，"光"用于消除黑暗或阴影；在印象派文学作品里，悬念和伏笔的破解可以消除读者在阅读过程中形成的迷惑或疑问。

在小说里，"悬念"指的是读者对作品中人物命运的遭遇和未知情节的发展变化所持的一种急切期待的心情。"悬念"是小说的一种表现技法，也是吸引读者兴趣的重要艺术手段。小说家在悬念设置与悬念揭秘的叙事过程中能更好地设置小说情节，展示人物性格，从而更有力地阐述作品的主题。在《父亲之家》里，盖恩斯设置了三大悬念：艾蒂安来到圣艾德里安城的动机是什么？约翰娜是谁？菲利普的人品怎样？这三大悬念构成了该小说的三个"影"。在小说的开头部分，盖恩斯就设置了一个陌生人到弗吉尼亚的家庭旅馆住店的情节。这名房客体质单薄，一脸病态，双颊凹陷，给人一种来者不善的感觉，连旅店老板弗吉尼亚也潜意识地产生了拒绝他住店的念头。这名房客住店后行踪诡秘，经常深夜不归。他的身份和来圣艾德里安城的目的就形成了一个悬念。他自称为罗伯特·艾克斯

（Robert X），声称自己是在去某地参加一个黑人会议的途中顺道来此，目的是寻找一个人，但他始终不肯说出要找的人是谁。后来常常有人在深夜里看见他站在当地著名的牧师菲利普的家门外，但又不见他去敲门拜访。弗吉尼亚后来又发现他有手枪，不知他是要杀人还是要自杀。他白天睡觉，晚上在街上游荡，半夜回到旅店后还不时发出尖叫声，扰得旅店不得安宁。有一天，他深夜游荡，因身份不明被警察拘捕，菲利普牧师以父亲的名义把他保释出来，然而他不但没有感激之意，反而痛斥菲利普早年对妻儿的抛弃，认为菲利普应该为其家庭悲剧负责。这时，他的身份之谜才揭开，原来他的本名是艾蒂安·马丁（Etienne Martin），是菲利普牧师的私生子，他来这个城市的目的就是要刺杀其亲生父亲。该小说的另一个悬念是关于约翰娜。盖恩斯在描写艾蒂安事件时，不时提到一个女人。菲利普的朋友契波用马车把那个女人和她的三个孩子送走。艾蒂安在获得保释后拒绝随菲利普回家，独自走了。菲利普非常气恼，想去质问那个女人为什么让艾蒂安来找他，目的是什么。这构成了小说的另一个悬念。随后，盖恩斯设置了一个剥笋式揭开悬念谜底的过程：菲利普先是去丽纳种植园找到了他的教母安吉丽娜（Angelina），在她家又碰到一个名叫路易斯（Louis）的年轻人，路易斯声称在路易斯安那州的首府巴吞鲁日城见过契波，听契波说他认识那个女人。菲利普第二天就赶往巴吞鲁日，费尽周折才找到契波，契波告诉菲利普那个女人就是约翰娜。这时，悬念才终于消除。小说的第三大悬念是菲利普的人品问题。在小说的第一章，读者得知菲利普是一名牧师；在第二章又得知菲利普不仅是当地的著名牧师，而且还是当地民权组织的领袖；在第四章得知菲利普是一名不畏强暴、敢于斗争的马丁·路德·金式的黑人领袖；在第五章得知菲利普有一位体贴的妻子和三个可爱的子女，同时也获悉他在婚前与约翰娜生下了三个孩子，前来寻仇的是约翰娜生下的大儿子，但妻子埃尔玛对菲利普婚前的情况毫不知情；在第六章得知菲利普是一名有担当的父亲，但不是一名好的民权运动领导人，因为他为了保释儿子，与警察局局长诺兰达成协议，放弃领导黑人与白人资本家阿尔伯特·谢纳尔（Albert Chenal）的斗争；在第八章得知菲利普贪婪民权组织的权力，在自己背叛了民权事业的时候仍然不想放弃领导权；在第十一章里艾蒂安的自杀击垮了菲利普的精神支柱，菲利普不但不反思自己的行为，反而更加痛恨夺走其民权组织领导权的人。在绝望中，菲利普听不进妻子和朋友们的劝阻之言，企图回到以前的浪荡生活。盖恩斯通过小说情节的发展一层一层地剥开菲利普的人品真相，最后使读者解除悬念。原来，菲利普是一名通过民权组织和教会捞取个人利益的政治小人，同时也是一名没有家庭责任感的自私者。盖恩斯在解析这三大悬念的过程中揭示了人物的心理动态和人品显现路径，使小说情节的发展由"暗"转向"明"，悬念谜底的骤现犹如照相机的"曝光"，使真相大白于天下，增添了小说的阅读魅力。

《父亲之家》的另一个亮点是伏笔的运用，该叙事策略与印象派"光"与"影"的理念遥相呼应。在小说中，伏笔指的是前段描写为后段描写埋下线索，也可视为上文对下文的暗示。伏笔的好处是交代含蓄，使小说的结构严密、紧凑，当读者读到下文的情节内容时，不至于产生突兀之感。盖恩斯在这部小说设置了艾蒂安的假名伏笔、伊莱贾（Elijah）与艾蒂安的偶遇伏笔和契波驾驶马车的伏笔。在小说第一章里，艾蒂安声称自己名叫罗伯特·艾克斯，他的名字与20世纪60年代黑人穆斯林运动领袖马尔科姆·艾克斯（Malcolm X）的名字相似。在数学中，"X"是表示未知数的符号，指的是在解方程中有待确定的值。在现实生活中，这个符号通常用来比喻未知的事情。艾蒂安把自己的姓氏设置为"未知数"符号，原因是他从小到大都不知道自己的父亲是谁。即使后来在圣艾德里安城找到了亲生父亲，他也觉得菲利普不配做自己的父亲，自己仍然没有家族归属感。这个"X"符号为他们父子难以和解的关系和艾蒂安的最后自杀埋下了伏笔。当契波把约翰娜母子的悲惨遭遇告诉菲利普时，读者才明白了这个伏笔的寓意。此外，该小说里小学教师伊莱贾住在菲利普牧师家，他在开车的路上与艾蒂安巧遇。他们的巧遇为后来邀请艾蒂安到菲利普牧师家参加聚会提供了契机。随后，艾蒂安参加聚会的事件又为他和菲利普牧师的巧遇提供了契机。因此，伊莱贾与艾蒂安的巧遇事件成为艾蒂安与失散 20多年的父亲相见的伏笔。再者，契波驾驶马车送约翰娜母子四人离开巴吞鲁日的场景为他 21 年后在旧金山的公交车上偶遇约翰娜提供了契机，同时也为菲利普了解约翰娜母子的悲惨遭遇和境况埋下了伏笔。这些伏笔的特点是有伏必应，而且伏得巧妙，初读时难以觉察到，如风行水上，自然成文，但等到后来呼应出现的时候，读者才会恍然大悟。这些伏笔在设置过程中与人物的心理活动或思绪发展密切相关，其巧妙之处在于不但使人物心理的刻画惟妙惟肖，而且还使读者参与其中，产生心理波澜，使小说人物和读者在情节发展过程中产生一种心灵上的共鸣。

在这部小说的创作中，盖恩斯大胆地抛弃了传统的创作观念和程式，通过带有印象派"光"和"影"理念特征的悬念和伏笔来建构小说的叙事层面。在追求悬念和伏笔的"光"和"影"的艺术效果中，盖恩斯把生活琐事、性格发展和人品形成等素材能动地结合起来，着重于增添情节发展的趣味性和激活读者的阅读兴奋因子。盖恩斯的印象主义心理叙事有助于渲染小说情节发展中悬念和伏笔最后揭秘的瞬息片刻，凸显谜底"曝光"的艺术震撼力。

在《父亲之家》里，盖恩斯通过深入和细致的心理描述来展现人性在种族歧视社会里的表现形式。以菲利普和艾蒂安为代表的传奇人物、以约翰娜为代表的下层黑人妇女、以契波为代表的都市小人物分别折射出不同的性格特征和价值观。他们身上分别呈现出狂热的迷恋症、强烈的复仇欲、严重的盲目性和深深的自卑感。作家将他们的心理特质置于特定的情境中并予以凸显，让人性的隐匿部分得以清晰地展现，从而显示出人性的复杂性和多元性。盖恩斯未对这些人物的心理问题做出褒贬类的评判，而是以印象主义式的表述引领读者走进人物的内心世界，洞悉各种心理动态与人性本真的内在关联。在整个创作过程中，盖恩斯致力于捕捉模糊不清的感觉印象，并竭力把这种瞬间感觉经验转化为一种情感书写。与绘画界和音乐界的印象主义者的观点一样，他也把作品视为传达外界刺激与接纳本能反应的中介，不赞成对所描写事物的内在关系进行系统性的提炼或加工。虽然盖恩斯采用的是传统小说常用的全知叙述方式，但却注入了自己对人生的感悟和对小说艺术的新见解。他主要从心理角度切入，给小说中的物象和场景描写附上意识流动的自然色彩，渲染出一层朦胧的心理气氛，使人物心理演绎更加立体化、人格化和诗意化，建构了该小说叙事的表层结构和深层结构。盖恩斯在小说心理叙事上的创造性描写，无疑扩大和丰富了印象主义心理叙事的表现领域，为现代美国黑人小说对意识状态和心理动态的描写开辟了新路径。

第二节 《恩惠》：意识流中的流变与流变中的意识流

托尼·莫里森的小说均带有很强的历史性。她于 2008 年 11 月出版的第九部小说《恩惠》（*A Mercy*）追溯到比前八部小说涉及的内容更早的历史时期，揭露了美国殖民地时期的奴隶制问题和黑人人权问题。"莫里森试图将美利坚民族尚在萌芽年代发生的宗教冲突、文化冲突和阶级隔阂完全再现。"[①]该书被《纽约时报书评》列为 2008 年十大畅销书之一。莫里森通过对意识流各种变化的描写来发掘人物内心世界的奥秘，因此该部小说人

---

① 朱小琳：《历史语境下的追问：托尼·莫里森的新作〈慈善〉》，载《外国文学动态》2009年第 3 期，第 29 页。

物的意识流动似乎不受客观时空的束缚，时而显得虚幻，时而引起联想，时而产生回忆，时而与蹦出的潜意识思绪交织在一起。这种反传统的叙事模式，往往会分散一般读者的注意力，令人不知所云。其实，《恩惠》里人物的意识流之中处处渗透着莫里森特有的哲学思想和创作理念。因此，本节拟从意识流的时空结构、意识流的表达策略和升华的心灵史诗三个角度来探讨意识流与流变的内在关联，揭示莫里森的意识流叙事策略。

一、意识流的时空结构

法国哲学家亨利·柏格森（Henri Bergson，1859—1941）的直觉主义和心理时间观构成了意识流小说的哲学基础；奥地利心理学家西格蒙德·弗洛伊德（Sigmund Freud，1856—1939）的精神分析学说构成了意识流小说的心理学基础。柏格森提出的"心理时间"概念，极大地影响了小说家在意识流小说创作过程中对时间的处理和对结构的安排。一般来讲，人们对时间有两种不同的理解：一种是常人皆知的传统时间概念，即"外部时间"；另一种则是"心理时间"，也称为"内部时间"。斯蒂芬·贝克（Stefen Beck）说："心理时间是现在、过去、将来各个时刻的相互参与和渗透。"[1]在人的内心世界里，外部时间并不适用，只有"心理时间"才有意义，因为在人之意识深处的时间是一个不可分割的整体，既没有过去、现在、将来的先后次序，也没有明确的时间分界线。莫里森正是根据这一理论，在小说《恩惠》里用内省的方法来探索人物的心灵深处，突破了传统小说的时序束缚，采用把过去、现在和未来的事件任意组合和相互渗透的叙事手法，获得了还原"真实"的后现代主义艺术效果。她把笔触深入人的潜意识领域，把握理性不能提供的东西，用心理逻辑去组织故事。[2]《恩惠》的外部时间涉及 1682 年前后数十年。莫里森在这部小说里以心理时间为小说叙述的主要时序，通过小说中七个主要人物的意识流活动把雅各布种植园的历史和现状浓缩到女奴弗洛伦斯（Florens）四天的回忆之中。整部小说以弗洛伦斯的生活事件为中心，通过触发物的引发，人物意识出现在作品的各个细节里，起到了与小说主题和作家创作意图紧密关联的作用。莫里森采用的心理时间叙述方式主要有倒时序、循环时序、闪回时序和预见时序。

---

① Stefen Beck, "Beside the Golden Door," *The New Criterion*, 27.3 (2008), p.31
② Melvin Friedman, *Stream of Consciousness: A Study in Literary Method*, New Haven: Yale University Press, 1955, p.247.

　　首先，莫里森在《恩惠》里采用了倒时序，也就是把整个作品的叙述时序进行颠倒。小说的主体时序安排如下：弗洛伦斯坐在黑暗中讲述——铁匠来给女主人丽贝卡（Rebekka）治病——弗洛伦斯长途跋涉去请铁匠。从文本来看，三个材料的逻辑时间顺序是：去请铁匠——治病——回忆。写实性小说大都按顺时序来安排材料，而这部以意识流为描写对象的小说却完全颠倒过来。为什么是倒时序呢？细细地阅读后，读者就会发现先写如何请大夫，再写如何治病，然后再写往事的回忆，这样的顺序安排不足以表达莫里森的创作意图。其实，弗洛伦斯的寻医征途也是少女的寻爱历程。这种倒着写的方式有助于强化弗洛伦斯长途寻医和寻找真爱的艰辛，有利于把人物的反省式追问凸显出来，从而最大限度地表达人物在困境中的惶恐、反思和懊悔。叙事是倒时序的，但感受却是逐层递进的，一层一层地加重对人性的批判，对道德沦丧的否定，对社会的嘲讽，最后达到对主题的深化。

　　其次，在这部小说里，莫里森还采用了循环时序，使叙述的事件或叙述中提及的人物在意识流中不是按时间的逻辑顺序出现，而是以叙述人自然思绪的方式涌现，甚至反复出现。表达这种意识流的段落一般较长，以示思绪的不间断性。《恩惠》第一章的第三段长达五页，记述了叙述人弗洛伦斯的意识流，多达十一个思绪在段落里循环往复。叙述人的思绪没有时间顺序，时而过去，时而现在，都随着叙述人思绪的自然流动而变化。但从这些表面上凌乱的思绪中，读者仍然可以获取有关叙述人本人和相关人物的基本情况。

　　再次，闪回时序是莫里森在这部小说的写作中采用的又一种叙事手法。这种时序用于描写小说人物在某个时刻的触景生情，使过去的事件或人物突然进入叙述人的脑海，从而形成一个叙事片段。由此可见，闪回时序可按作家的写作意图任意调整文本的叙事内容，促进意识流时空的理性建构。在《恩惠》的第八章，索洛（Sorrow）在野外偶然撞见并目睹了弗洛伦斯和铁匠疯狂亲吻和做爱的全过程。就在那时，一股意识流通过闪回时序进入她的脑海："从来没有人吻过自己的嘴唇。一次也没有。"[①]这段闪回叙事的运用彰显了叙事主体的内省意识，即叙事主体在对弗洛伦斯与铁匠的性爱表示羡慕的同时，又回忆起自己只有性爱，而没有情爱的往事，表露出对自己情感生活的焦虑与反思。这种内省也反映了莫里森在思虑黑奴女性问题时的深层困惑与矛盾。

---

　　① Toni Morrison, *A Mercy*, New York: Vintage, 2008, p.71.

最后，为了给作品情节的发展埋下有趣的伏笔，莫里森采用了预见时序，使叙述者提前叙述以后将要发生的事件。在小说的第三章，弗洛伦斯在坐马车去铁匠家的途中，各种思绪涌上她的心头："我不需要利娜（Lina）来警告我：别和懒懒散散的陌生男人待在一起……我不得不赶快做出选择，我选择了你。我走进了森林。我心头想的只有一件事，就是往西走。你，你说呀。"①在穿行森林的路上，弗洛伦斯不时思念铁匠，心里反感任何人对铁匠的非议。弗洛伦斯回忆起利娜曾对她说"你是他［铁匠——作者注］树上的一片树叶"，但当时弗洛伦斯摇头不信，固执地对她说："我是他的树。"②在小说末尾部分，当弗洛伦斯被铁匠无情抛弃的时候，她才领悟到利娜忠告的预见性。莫里森把往事源源不断地以意识流的方式重现在弗洛伦斯的脑海里，预示将要发生的事件。预见的话语与当事人的执迷不悟形成鲜明的对比。作者以此生动地揭示出少女从幼稚到成熟、从固执到醒悟的漫长历程以及由此引起的心灵震撼。

在《恩惠》里，莫里森巧妙地驾驭了小说心理时间与空间关系中的意识流演绎，揭示出人物意识的复杂性，表明人物意识中理性与非理性的共存关系。在心理层面上，有清晰、明确、完整的意识，也有迷离、朦胧、碎片式的意识；在言语层面上，有形成了语言的意识，也有尚未形成语言的前意识或潜意识。莫里森利用时间颠倒、任意流动、空间重叠的意识流手法消解了传统小说的时间概念，重新设置故事情节的时空顺序，写实性地呈现了小说人物的心理感受和意识动态，所以人们在阅读该小说的过程中始终能体验到人物所经历的心理时间。

二、意识流的表达策略

莫里森在《恩惠》里描写的意识流片段具有动态性、无逻辑性、非理性的特点，其创作手法是弗洛伊德创立了精神分析学之后，把文学描写的触角深入人的潜意识层的又一次尝试，可以看作是现代心理小说新发展的一个标志。莫里森在这部小说里描写潜意识层所采用的表达策略主要有内心独白、自由联想、意识迁移和意识流语言。

首先，莫里森打破了传统小说中由作家出面介绍人物、设置线索、评论人物的叙述方式，把写作重点放在人物意识流动的心理描写过程上。"她借用小说人物意识流思绪的演绎引发了一连串漫无边际的遐想，采用内心

---

① Toni Morrison, *A Mercy*, New York: Vintage, 2008, p.71.
② Toni Morrison, *A Mercy*, New York: Vintage, 2008, p.71.

独白的方式，用第一人称的写作手法剖析人物内心世界的奥秘，把探索的注意力聚焦于人物的心灵世界。"①在这种内心独白中，人物仿佛摆脱了作家的控制，不由自主地把自己的内心思想和盘托出。《恩惠》的内心独白可以分为直接内心独白和间接内心独白。直接内心独白将人物的潜意识直接展示给读者。在小说的结尾部分，莫里森描写了弗洛伦斯的母亲的直接内心独白："这不是奇迹。这是上帝的旨意。这是恩惠。有人提供。我跪着。我的心日日夜夜地停留在尘土之中，直到有一天你能明白我的苦心，明白我想告诉你的话：'受他人控制是痛苦的；去控制他人是错误的；让他人控制自己是有危害的。'"②这是弗洛伦斯的母亲主动把女儿卖掉后的真实心态的写照。因为在马里兰州的多特嘎庄园里，作为奴隶，她保护不了自己的女儿，所以她主动恳求把女儿卖给面相和善的雅各布，希望女儿能过得更好，但使女儿过早地离开母亲的关爱也许是件错事，让奴隶主买其女儿为奴的方式来改变女儿的命运也许不是明智之举。这段独白揭示了黑人母亲在奴隶制环境里养育女儿的艰难和窘境。在《恩惠》的第十一章里，弗洛伦斯已和铁匠断绝了情人关系，回到了庄园。尽管与铁匠打架受伤的胳膊还未好，思念却还是情不自禁地呈现在她脑海里："除了对你，我的心事无法述说。现在要关门了，我站在门边。不能再向你述说了，我怎样去熬过那漫漫的长夜？美梦再也不会来了。"③弗洛伦斯的这段内心独白揭示了少女的痴情和男权主义对女性的伤害。间接内心独白则是作家采用全知视角在作品里展示小说人物潜意识层的思绪，好像这些思绪是直接从人物的脑海里流淌出来的一样，显得杂乱、自然而真实。莫里森通过对这些内心独白的描写和评论，为读者认知人物潜意识的内心世界提供了有建设性的向导。在《恩惠》的第十章，铁匠来给女主人丽贝卡治好病后，庄园里所有人的生活都发生了变化。莫里森以全知视角的间接内心独白表明丽贝卡不像以前那样勤劳地干农活了，索洛也不像以前那样痴呆了，弗洛伦斯也不再文文静静了，似乎一切都与以前不同了。在这部小说里，人物的内心独白引导读者去寻找事件真相。在阅读过程中，读者按自己的见解重构小说的时间顺序。这样的解读方式客观上也强化了读者的参与程度，增添了作品的艺术魅力。

其次，自由联想是《恩惠》的又一艺术特征。在文学作品中，小说人

① Robert Humphrey, *Stream of Consciousness in the Modern Novel*, Berkeley: University of California Press, 1954, p.25.

② Toni Morrison, *A Mercy*, New York: Vintage, 2008, p.196.

③ Toni Morrison, *A Mercy*, New York: Vintage, 2008, p.189.

物的自由联想通常表现为其脑海里事实与梦幻、现实与回忆的相互交织和不断流动。莫里森直接从弗洛伊德那里吸取了"自由联想"理论的精髓，并把它视为文学创作的基本方法之一。一般的联想是人对现实世界中客观事物和人物之相互关系的心理认知。莫里森在小说创作中采用的自由联想具有跳跃性、随意性、多变性和无规则性的特点。在《恩惠》的第四章里，利娜去牛棚找索洛，索洛不在，但一看到弗洛伦斯的"鞋"，她的思绪就"一哄而上"：利娜想到弗洛伦斯的鞋已穿了十年，想到她离开庄园数天了仍无音讯，想到她的可怜，想到她的机灵，想到她的年幼无知，其潜意识思绪随波逐流，最后才回到牛棚。这时，读者才获知原来弗洛伦斯是和索洛一块住在这个牛棚里的。这一连串的"自由联想"展现了叙述人头脑中意识流动的漂浮性、不稳定性和非逻辑性。

　　再次，在描写人物的潜意识心理活动时，莫里森还采用了意识迁移的策略，即把人物的一个意识转移到另一个意识中，或把意识从一个场景迁移到另一个场景中。在《恩惠》的第五章，弗洛伦斯在马车上思绪万千，起初回忆和母亲、弟弟、牧师一起吃圣餐，接着又从圣餐想到女主人不爱参加教会活动，然后，又想起和女主人、索洛一块去卖小牛犊等等。思绪从一个地方转向另一个地方，上一个思绪中的一个小物件或一个人物可能触发相关的下一个思绪，但整个思绪群并无真正的逻辑联系。

　　最后，在描写表示担忧或强烈情感的意识流时，莫里森经常把几个句子粘连在一块，不使用标点符号，将词语连续地排列在一起，以此显示意识流动的不间断性和急促性。在《恩惠》的第六章里，在描写女主人各种担忧的意识流时，莫里森写道："How long will it take will she get lost will he be there will he come will some vagrant rape her?"（要花多少时间她会迷路吗他在那里吗他会来吗有无赖强奸她吗？）①在这里，莫里森把五个句子挤压成一个句子，来表达女主人担心的焦虑程度。在第六章的最后一段，莫里森又写道："How long will it take will he be there will she get lost will someone assault her will she return will he and is it already too late?"（要花多少时间他在那里吗她会迷路吗有人会强奸她吗她会回来吗他会回来吗已经太迟了吗？）②在这里，莫里森把七个句子强行组合成一句，表达了女主人更为强烈的焦虑。此外，莫里森在描写少女弗洛伦斯情窦初开、情感难以自控的思绪时，也采用这种组合句来表达其意识流的自由遐想，显示了人性的本

① Toni Morrison, *A Mercy*, New York: Vintage, 2008, p.84.
② Toni Morrison, *A Mercy*, New York: Vintage, 2008, p.118.

能渴望："With you my body is pleasure is safe is belonging. I can never not have you have me."（和你在一起我的身子舒服安全有归属感。我绝不会不让你拥有我。）①这类组合句把几个句子不按语法规则强行挤压成一个句子，虽然违反了英语的基本节法，但在视觉上营造出一种紧张、紧凑和焦虑感，并体现了意识流动的真实感。

三、升华的心灵史诗

在《恩惠》里，莫里森在写作手法上"以心系人，以心系事，以表现叙述者的潜意识为主，化解其心中郁积的各类心结，弘扬人间的向善情操"②。莫里森把创作重心放在对小说人物意识流状态的描述上，揭示了人物心理的动态发展和内在真实。她特意把小说视点由"外"转向"内"，向读者展示人物的各种内心世界。这样，小说人物的心理和意识活动"作为具有独立意义的书写对象出现在小说中，成为作家取得某种艺术效果的方式，不用再依附于故事情节。关于意识流的描写几乎成为这部小说的全部内容，导致故事情节的描述被弱化，使之退隐于小说语言的帷幕之后"③。通过向"善"的意识流描写，莫里森在人物的心灵宇宙范围内谱写出了动人的心灵史诗，具有浓郁的抒情性、感伤性和唯美主义倾向。

莫里森用弗洛伊德的精神分析学说来表现人物的"本我"（id）、"自我"（ego）和"超我"（superego）在意识流变中的搏击。《恩惠》的第一章通过叙述人弗洛伦斯的意识流，回忆了八年前雅各布想用弗洛伦斯的母亲抵债，而她母亲以要给小孩喂奶为借口，恳求雅各布买走女儿弗洛伦斯。这似乎是她母亲"本我"的自私表现，以女儿替代自己被卖掉的命运。④事隔八年，弗洛伦斯仍对当年母亲抛弃自己的事件耿耿于怀，形成心结，但难以割舍的母女之情也不时在脑海里浮现。莫里森展示了女儿对母亲爱恨交织的复杂情感。当读者读到小说的最后一章时，才豁然醒悟，莫里森以弗洛伦斯的母亲为叙述人，在其意识流里表现出对女儿的无限思念。原来，她母亲被人从非洲抓到美洲为奴，吃尽苦头，弗洛伦斯和她弟弟都是她母亲被白人强奸后生下的。为了不让女儿重蹈覆辙，当雅各布来挑奴隶时，她不顾

① Toni Morrison, *A Mercy*, New York: Vintage, 2008, p.161.

② Rosellen Brown, "A Chorus of the Motherless," *The New Leader*, 91.6 (November/December 2008), p.31.

③ Elizabeth McHenry, "Into Other Claws," *Women's Review of Book*, 26.4 (July/August 2009), p.16.

④ Pam Kingsbury, "Take My Daughter," *America*, 200. 1 (January 2009), p. 32.

一切地把女儿推荐给雅各布。原来这是母亲"超我"的无私表现。①莫里森把这个事件看作一个恩惠，也是她把小说取名为《恩惠》的初衷。②但我们对这个"恩惠"可以有不同的解读：雅各布作为一个唯利是图的商人，居然同意用一个八岁的小女孩替换一个能干的成年女奴，虽然有点出乎意料，但这也许是其人性中善的一面的表现。弗洛伦斯的母亲想让女儿避免将来被人蹂躏的命运，把改变命运的机会让给了女儿，这也显示了母爱的伟大。一个女奴的建议，居然能被贵为奴隶主的雅各布采纳，这不能不算是上帝赐给弗洛伦斯本人的一个意外"恩惠"。小说的最后一句话是："啊，弗洛伦斯，我的宝贝。你听见了你妈妈的心声了吗？"③母亲的呼唤永远也传不到弗洛伦斯的耳里，因为她们被无情的奴隶制拆散了，天各一方，当年的分离就是无情的永别。但是，母亲的呼唤在小说里起到了画龙点睛的作用，使读者明白了她母亲的苦心，感动于母性的伟大。因地域隔离，母女之间可能产生的永久性误解给这个"恩惠"抹上了浓郁的悲剧色彩。也许"恩惠"是一种否定性的美德，但它比爱更长久。这个事件的意识流描写无声地谴责了奴隶制对人性的扼制，对女权的漠视，颂扬了黑人母亲的伟大，展示了"超我"的境界，谱写了一曲震撼人心的心灵史诗。

在《恩惠》里，女奴弗洛伦斯对爱的大胆追求构成了该小说的另一首动人的心灵史诗。弗洛伦斯当时 16 岁，正处于少女春心萌动之期，深深地爱上了勤劳健壮的黑人铁匠。莫里森用了很多意识流片段来刻画黑人少女的情窦初开。在小说的第三章，弗洛伦斯看到铁匠拉风箱时，脑海里出现一股意识流："汗水的光泽从你的背脊流淌而下，我好想舔舔那里，我对自己的想法感到吃惊。我跑进牛棚去扼制我内心发出的这种冲动。怎么也阻挡不了。只有你能。不是你的外表。我感到饥饿的地方不是肚子，而是眼睛。总觉得看不够你的一举一动。"④看到铁匠的胴体，弗洛伦斯无法阻止"本我"在自己的潜意识里荡漾，这反映出青春少女的自然生理需求。她对自己"本我"的涌现感到羞怯和害怕，但又欲罢不能，这正是莫里森对人性本真的写实描写。此后，在生活中弗洛伦斯处处关心铁匠，恨不得把自己的一切都交给他，怀着对爱情的美好憧憬，她把对铁匠的爱从

---

① Rosellen Brown, "A Chorus of the Motherless," *The New Leader*, 91.6 (November/December 2008), p.30.

② Michiko Kakutani, "Bonds That Seem Cruel Can Be Kind," *The New York Times* (November 2008), http://www.nytimes.com/2008/11/04/books/04kaku.html.

③ Toni Morrison, *A Mercy*, New York: Vintage, 2008, p.196.

④ Toni Morrison, *A Mercy*, New York: Vintage, 2008, p.44.

"本我"演绎成"超我"的纯真之爱。莫里森通过弗洛伦斯的心灵动态展示了少女对美好爱情的大胆追求。令人遗憾的是，铁匠接受了她的肉体，却拒绝了她的爱。铁匠因"本我"占据心灵，漠视一个奴隶女孩的崇高爱情。通过弗洛伦斯的爱情悲剧，《恩惠》谴责了罪恶的奴隶制对人性的摧残，鞭挞了铁匠在爱情上的自私和势利。弗洛伦斯的爱情虽然失败了，但其中流露出的原生态情感是人性的本真流淌。莫里森以此谱写了一首黑人少女淳朴、天真、浪漫、执着的寻爱史诗，字里行间流淌着人间真情，升华了小说文本的"向善"取向。通过莫里森的史诗般谱写，我们不仅可以观察到作家对故事情节的巧妙安排，体会到其小说主题的历史厚重感，还可以从作家对人物意识流的详细描写中获得受益匪浅的艺术启迪。

莫里森在《恩惠》里以人物的意识流活动为文本描写的中心，将人物观察、回忆、联想的各类场景与人物的感觉、情绪、愿望等交织在一起加以展现，生动地描摹出人物的意识流变，揭示了其心理表征和性格特征。作家在小说中没有用花哨的言辞直接刻画人物形象，而是以描写人物的意识流动过程来展示其心灵世界。作为一部有创意的意识流代表作，它之所以能吸引读者，震撼人心，"首先是因为它表现了厌恶、憎恨、反对扼杀人性的主题；其次是巧妙地采用心理时空，顺应人的意识流变，抒发了人类共同向往的自由、幸福的情感"[1]。莫里森把潜意识思绪串联成一条条意识的河流，揭示了社会的本质，并深化了小说的主题，显示出她在意识流小说建构方面的独具匠心和高超的文本驾驭能力。

第三节   《倘若比尔街能说话》：潜意识层之死水微澜

詹姆斯·鲍德温是 20 世纪 50 年代继理查德·赖特之后最重要的非裔美国作家之一。他认为赖特所开创的城市自然主义小说已沦为政治主张的宣传品，不利于黑人文学艺术性的发展，因此他把作品的艺术性视为黑人文学发展的生命线。他的文学创作主张直接导致了黑人抗议文学的消亡，对促进第二次世界大战后非裔美国文学的发展起到了重要作用。他希望自己的作品不要仅仅因为自己是黑人或黑人作家而受到关注；他还希望冲破黑人种族的文化束缚，在更大的文化空间中重新审视自己和自己的作品。作为一名黑人和同性恋者，鲍德温非常关注 20 世纪 50—60 年代美国的种族问题和性解放运动，其代表作有小说《向苍天呼吁》（1953）、《乔凡

---

① Amy Frykholm, "A Mercy," *The Christian Century*, 126. 4 (February 2009), p.46.

尼的房间》（1956）、《另外一个国家》（1962）等。从 20 世纪 70 年代至 80 年代期间，鲍德温的作品一直销量不大，但在 20 世纪末 21 世纪初，其作品开始受到读者和学界的关注，其中最引人注目的作品之一是小说《倘若比尔街能说话》（1974）。在这部小说里，鲍德温吸收了西方现代意识流小说的精华，采用心理叙事策略从黑人潜意识层的心理微澜揭示了黑人在人权斗争道路上的心理冲突和不懈进取之心，显现了黑人家庭的互助精神和黑人青年的真挚爱情，彰显了黑人文化的巨大凝聚力。鲍德温的写作风格影响了同时代的作家，对 21 世纪的黑人文坛也产生了一定的影响。诺贝尔文学奖获得者托尼·莫里森亲自编辑了两卷本的鲍德温小说和散文集。因其对黑人文学和美国文学的巨大贡献，鲍德温于 2002 年被著名学者莫勒菲·凯特·阿桑特（Molefi Kete Asante）列为 100 位伟大的美国黑人之一。鲍德温采用心理叙事策略，从意识流描写、记忆书写和梦幻之幻三个方面描写了在种族主义社会环境里黑人的生存危机所引起的其潜意识心理微澜。

一、意识流描写

在《倘若比尔街能说话》里，鲍德温采用意识流描写手法，颠覆了传统小说的书写方式。他没有用全知视角来介绍小说人物的身世、籍贯、性格或人品，而是主动"退出小说"，使小说人物主观感受到的"真实"能够客观、自然、自发地再现于小说文本。鲍德温在意识流片段描写方面采用的主要方法有内心独白、内心分析、自由联想和时空蒙太奇。

首先，内心独白是小说人物内心世界的写真性表达方式，一般可以分为两类：直接内心独白和间接内心独白。"直接内心独白是指在假定没有其他人倾听的情况下，一个人物把自己的所感所思毫无顾忌地直接表达出来的言语行为。"[①]鲍德温在《倘若比尔街能说话》中设置了不少的直接内心独白，无障碍地呈现了人物脑海里意识流的自然状态。在小说开始的第一段里，鲍德温就以小说主人公为第一人称叙述人开始了直接内心独白："我看着镜子中的自己。我知道我洗礼后的教名是'克莱门泰因'（Clementine），有人叫我'克莱姆'（Clem）就行了，或者甚至开始想到这个名字，克莱门泰因，因为那是我的名字，但是他们不会想到的。人们称我为'蒂什'

① Barry Dainton, *Stream of Consciousness: Unity and Continuity in Conscious Experience*, New York: Routledge, 2000, p.178.

（Tish）。我觉得那也行。"①在这个独白中，小说主人公开始注意到"我是谁"的问题，她的独白成为整部小说的引子。此外，鲍德温采用了另一种内心独白，即"间接内心独白"。这种独白虽然也是描写人物潜意识层的心理动态，但作家不时借用全知叙述人之口做出相关的说明或解释。它所展现的意识活动通常属于较浅的层次，处于接近意识的前意识阶段，所使用的语言显得比直接内心独白更为连贯和合乎逻辑。蒂什到监狱探望未婚夫芬尼（Fonny）后坐公共汽车回家。随着汽车的行驶，她的意识流思绪中进入了间接内心独白，仿佛一个"我"和"他人"产生了对话，同时另一个"我"又蹦出来纠正上一个"我"的言辞，以消解不当之用语。鲍德温写道："即使他们想做点什么，他们又能做什么呢？我不能对车上的人都说呀。瞧，芬尼有麻烦了，他被关在监狱里——你能想象如果他们从我口中得知我爱着被关在监狱的某人，他们会说什么吗？我知道他没犯任何罪，他是一个心灵很美的人，请帮我把他解救出来吧。你能想象车上的人会怎么说吗？你会怎么说呢？我不能说，我打算生下这个孩子，我也害怕，我不想我孩子的父亲有什么不测。别让他死在监狱里，求求你呀，求求你！你不能那样说呀。"②在车上，蒂什焦虑地思考着未婚夫的命运，在绝望中希望车上有人能帮帮他，但又理性地发觉这个可能性几乎没有，这个间接的内心独白使她陷入了更大的焦虑和不安中。

其次，鲍德温在《倘若比尔街能说话》中所采用的"内心分析"是指小说中的叙事人或人物在无旁人倾听的情况下对自己的思想和心理活动所进行的理性分析。与"内心独白"不同的是，"内心分析"是以理性为指导，做出合乎逻辑的、有条理的推理或阐释，而不是任凭意识的自然流动。鲍德温在这部小说中就运用了这种手法，其小说人物的独白是受到理性控制的"内心分析"，而不是思绪的无序呈现。③因为芬尼被捕，小说主人公蒂什对纽约城越来越不喜欢。鲍德温采用"内心分析"的方式来剖析了种族歧视社会环境里的黑人心理。鲍德温描写道："也许我［蒂什——作者注］喜欢过纽约，很久以前，那是爸爸经常带姐姐和我来这里的时候，爸爸会给我们介绍这里的各个景观，我们还会去巴特里公园游览，吃小孩最喜欢的冰淇淋和热狗。那是我们欢乐无比的日子，但那是因为我们的爸爸，而

---

① James Baldwin, *If Beale Street Could Talk*, New York: Dial, 1974, p.3.

② James Baldwin, *If Beale Street Could Talk*, New York: Dial, 1974, pp.9-10.

③ Kenneth S. Pope & Jerome L. Singer, ed., *The Stream of Consciousness: Scientific Investigations into the Flow of Human Experience*, New York: Plenum, 1978, p.257.

不是因为这座城市。那是因为我们知道爸爸爱我们。"①在蒂什的眼里，亲情比繁华的都市景象更重要。没有亲情的存在，再美丽的城市景观也会索然无味。鲍德温以这"内心分析"的意识流描写手法来反映蒂什的心境和父女之情。在少女时代，父亲的爱是女儿快乐的一片蓝天，但在青年时代，未婚夫的爱则是蒂什的新蓝天。只要芬尼在监狱多待一天，蒂什的亲情情结就多纠结一天，纽约城也不能给她带来任何快乐。最后，蒂什在其意识流中流露出了自己对社会的看法："我敢发誓纽约一定是全世界最丑陋、最肮脏的城市。这座城市拥有最丑陋的建筑和最讨厌的人，还有最坏的警察。"②从其潜意识思绪里，我们可以得知，因为芬尼被关在纽约城的监狱里，所以纽约城的建筑是最丑陋的；因为芬尼被人诬陷入狱，所以这座城里没有好人；因为警察总是迫害黑人，所以这里的警察是全世界最坏的。由此可见，种族社会对黑人的歧视和虐待导致了黑人厌恶和痛恨以白人代表的整个社会形态和暴力机关。蒂什在意识流中的心理分析似乎有理，但都犯了绝对化和主观化的错误，反映出黑人在种族主义社会环境里的绝望和无奈。

再次，鲍德温还采用了自由联想的意识流描写手段，使人物的意识流活动处于无序和无规律性的状态。在自由联想中，人物的意识一般只能在一个问题或一种事物上做短暂的停留，然后很快会被外界的新刺激所取代，致使思绪迁移到另一个新的事物上，产生新的联想。③在这部小说里，当芬尼的妈妈亨特（Hunt）来到蒂什家时，蒂什一看见她，一股意识流思绪就涌上心头："她是我从来没有见过的女人。芬尼曾在她的肚子里待过，她孕育过他。"④蒂什非常担心芬尼在监狱中的安危，所以一看到他的母亲，就倍感亲切，从他母亲的身体联想到她的肚子曾经怀过自己的爱人。这是触景生情所引发的自由联想。当蒂什的母亲莎伦（Sharon）和她一块去律师事务所找海沃尔德（Hayward）律师时，他提出委托人要尽快筹钱，用钱买办案速度，也就是说用钱来买时间。"时间"这个词触发了蒂什的自由联想："时间，这个词听起来像教堂的钟声。芬尼正在遭受煎熬的就是时间。六个月后我们的孩子就要降生了。在时间长河中的某个地方，我们相遇；在时间长河中的某个地方，我们相爱；某个地方，不再在时间长河里，但是现在，完全地，在时间施与的恩惠中，我们相爱着。"⑤律师花钱买"时

①　James Baldwin, *If Beale Street Could Talk*, New York: Dial, 1974, p.10.

②　James Baldwin, *If Beale Street Could Talk*, New York: Dial, 1974, pp.10-11.

③　Alasdair MacIntyre, *The Unconscious: A Conceptual Analysis*, New York: Routledge, 2004, p.89.

④　James Baldwin, *If Beale Street Could Talk*, New York: Dial, 1974, p.76.

⑤　James Baldwin, *If Beale Street Could Talk*, New York: Dial, 1974, p.117.

间"的话语使蒂什一下子联想到其潜意识中一切与时间有关的东西：胎儿降生的时间、未婚夫在监狱里煎熬的时间，以及与未婚夫相知、相恋和相爱的时间等等。

最后，时空蒙太奇也是该部小说意识流的重要表现形式之一。蒙太奇是电影中用来表现事物多重性的表现手法，其主要形式有"多视角""慢镜头""意识闪现""特写镜头"等。非裔美国小说家在文学创作中也经常采用这种手法，突破时空的限制，表现人物头脑里意识流动的自然性、多变性和复杂性。在这部小说里，鲍德温不时采用"多视角"的方式来展现小说人物的意识流动。在谈及蒂什怀孕的问题时，鲍德温描写了母亲莎伦、姐姐欧内斯汀（Ernestine）、父亲约瑟夫（Joseph）和芬尼之父弗兰克（Frank）支持蒂什生下小孩的意识流，还描写了亨特和其两个女儿不赞成蒂什生下小孩的意识流，揭露了黑人在经济压力下对生育下一代的不同意见。鲍德温还用"慢镜头"的方式描写了莎伦的波多黎各之旅，先是介绍了强奸案受害人罗杰斯（Rogers）的身世，然后是其在波多黎各贫民区的生存状况，最后是罗杰斯在伪证压力下的精神崩溃。这个"慢镜头"显示了莎伦为营救准女婿芬尼所做出的巨大努力。莎伦没能促使罗杰斯放弃伪证，最后只好无功而返。莎伦的波多黎各之旅的失败揭露了美国种族主义社会的黑暗和司法的不公正。此外，鲍德温在小说描写中还采用了"特写镜头"。当蒂什和母亲为海沃尔德筹集律师办案费用时，感到很无助。鲍德温在描写她们无助的同时，插入了芬尼在监狱里的特写镜头："芬尼在牢房里踱步，头发长得越来越蓬乱……他抚摸下巴，想修面……他给腋窝瘙痒，想洗澡……他恐惧生活，恐惧死亡……每天早上一睁开眼睛，蒂什就浮现在眼前；每天晚上一闭上眼睛，睡着的时候蒂什就折腾他的肚脐……他一瞬间就掉进了这个地狱。"①鲍德温以细腻的笔触描写了芬尼的狱中生活。监狱里十分肮脏，生活条件差，犹如地狱一般，他在里面度日如年。他在监狱里的苦难生活的情景与蒂什在狱外筹钱的艰难窘境形成呼应，凸显了黑人在种族主义社会里的无助和绝望。"意识闪现"也是时空蒙太奇的重要表现形式之一。当蒂什挺着大肚子在纽约乘坐地铁去上班时，车厢里非常拥挤，她的肚子变得越来越大，走路变得越来越沉重。她想到，如果她昏倒了，上下车的人会把她和她肚子里的孩子踩死的。这时，一股意识流闪现在其脑海里，犹如强心针一样注入其体内："我们正依靠你——芬尼依靠你——芬尼

---

① James Baldwin, *If Beale Street Could Talk*, New York: Dial, 1974, p.117.

依靠你，把孩子带到这里，安全地、健康地。"①这股闪现的意识流使她意识到自己的责任：她不能倒下，她的未婚夫和肚子里的孩子都指望着她。这股无意识中产生的力量使她有意识地抓紧了车厢里的栏杆，坚定了要好好活下去的勇气。

鲍德温的意识流片段描写克服了传统黑人小说叙事结构中的情节单一性和直线性问题，通过内心独白、内心分析、自由联想和时空蒙太奇来建构故事情节的发展脉络。在该小说意识流片段的描写中，情节的设置和故事间的衔接不受时间、空间、逻辑等的束缚，呈现出时间和空间的跳跃性和多变性。鲍德温的心理描写呈现给读者的是人物潜意识和前意识层的各种心理动态，丰富和发展了意识流文学的表现手法。他在小说情节的建构中不注重人物、事件、场景和时空之间的相互关系，而把书写的重点放在对人物意识流自然状态的写实性描写上，展现了场景和物件在情节发展中的印象主义艺术效果。

二、记忆书写

鲍德温的心理叙事的表征之一是"记忆书写"。"记忆具有选择性特征，是主体心灵对历史与现实中相关事件的提炼，通常被称为'第二自然'。就具体的人体而言，其记忆的内容随着时间的流逝会逐渐模糊，甚至消失或被遗忘。"②鲍德温把小说人物记忆中的东西以回忆的形式书写下来，这些回忆的情节是鲍德温在生活中所观察到的社会现象，经过其心灵棱镜的筛选和过滤后被植入小说的具体情节，使现实和想象有机地结合起来。在文学层面上，这样的回忆是在心理层面恢复小说人物过去经历的重要过程。鲍德温的"回忆描写"分为有意回忆、无意回忆、间接回忆和追忆。

首先，有意回忆是指在内心世界里当事人带着某种使命或任务去追溯以往经验的回忆，其目的是要根据当前的需要去努力回忆起过去经历过的某个事件。有意回忆可以分为直接性有意回忆和间接性有意回忆。直接性有意回忆指的是当事人能够直接地、无障碍地、清晰地回忆起过去的事件；间接性有意回忆指的是当事人通过某些线索或提示才能回忆起所目睹或参与的往事。③在这部小说里，当蒂什和母亲莎伦去律师事务所时，海沃尔德

---

① James Baldwin, *If Beale Street Could Talk*, New York: Dial, 1974, p.141.

② Anne Teresa Demo & Bradford Vivian, *Rhetoric, Remembrance and Visual Form: Sighting Memory*, New York: Routledge, 2012, p.120.

③ Eugene Winograd & Ulric Neisser, *Affect and Accuracy in Recall: Studies of "Flashbulb" Memories*, New York: Cambridge University Press, 2006, p.147.

律师介绍了芬尼案件的症结，提及了办案警官的种族主义态度。为了进一步证实美国社会的司法不公，蒂什回忆了丹尼尔（Daniel）的故事。丹尼尔是芬尼的好朋友，在家门口被调查一桩汽车失窃案的警察逮捕。因为从其身上搜出了大麻，警察由此推断，丹尼尔是为了筹集买毒品的钱而偷窃了那辆汽车。事实上，他根本没有偷窃过任何汽车，所以拒绝认罪，但仍被法院判了两年有期徒刑。这段回忆一方面揭示了美国的种族主义偏见和对黑人的诬陷打击，另一方面暗示芬尼也可能陷入了丹尼尔所遭遇过的陷阱。白人警官总是把黑人列为一切案件的罪犯，但在黑人心目中，白人警官不但是案件的诬陷者，而且还是许多案件的始作俑者。为了揭露白人的罪行，蒂什回忆了自己遭受白人性骚扰的事件。一天，蒂什去市场购买蔬菜时，一个白人青年对她做出了下流动作。当她极力回避时，那个白人青年却得寸进尺，抓住她的手臂骚扰她，她奋力挣扎。就在此时，芬尼过来看见此情景，在愤怒中把白人青年打倒在地，用脚猛踢。蒂什极力抱住芬尼，害怕白人警察抓他。一会儿，白人警官贝尔（Bell）来了，他不去逮捕滋事的白人青年，而是企图逮捕芬尼。后来，蔬菜店白人老板娘作证滋事者不是黑人青年，而是白人青年，这时，贝尔警官才悻悻离去。这些直接和间接的有意回忆印证了海沃尔德律师的猜想：贝尔警官的种族主义思想严重，非常不满黑人青年怒打白人青年的事件。从那以后，他总是寻机打击芬尼。这个事件成为芬尼最后被贝尔警官诬陷入狱的重要原因之一。

　　其次，无意回忆的特点是当事人在生活中无意识地、自然而然地想起过去的某些人和事，不带有外界强加给其的目的性。无意回忆虽无预定目的，但可能是由某些诱因触发的。[①]在蒂什探监回去的车上，一想到身陷囹圄的芬尼，蒂什就情不自禁地回忆起一系列往事，如芬尼的家世、在斗殴中对芬尼的误伤、与芬尼的相爱、与芬尼的妈妈亨特的矛盾和教堂礼拜等等。这段回忆披露了蒂什和芬尼的青梅竹马之情，他们两人都生长在一条街上，第一次相识时，蒂什6岁，芬尼9岁。芬尼的父亲开了一家裁缝铺。一天，蒂什的好朋友吉尼娃（Geneva）与社区的"坏小子"丹尼尔打架，蒂什上去帮忙，这时，丹尼尔的好朋友芬尼也上去帮忙，蒂什就用带铁钉的棍子打芬尼，铁钉划破了芬尼的脸，顿时流了很多血。大家一下子都住了手。大家都说芬尼可能患上破伤风，蒂什也担心因此而背上命债，因此经常去探望芬尼。就在蒂什担心芬尼的安危而焦虑不已的时候，

---

① John Frederick Deredita, *Disintegration and Dream Patterns in the Fiction of Juan Carlos Onetti*, Ann Arbor, Mich.: UMI, 1973, p.126.

她终于得知芬尼安然无恙。事后，他们两人的感情急剧升温，成了同学们羡慕的"罗密欧与朱丽叶"①。芬尼一家的肤色比蒂什一家的浅，芬尼的妈妈和姐妹们深受内化种族歧视的影响，似乎瞧不上肤色更黑的蒂什和蒂什的家人。由于蒂什和芬尼母亲信奉的基督教派不同，礼仪差异也很大，最后蒂什在教堂朝拜中也与亨特不欢而散。这段回忆为小说中蒂什和芬尼关系发展的走向奠定了基础，也为亨特和其女儿最后抛弃怀孕的蒂什埋下了伏笔。

再次，间接回忆总和思维活动交织在一起，当事人只有借助观察、判断、推理等方式才能回忆起所需的内容。②这种回忆出现在芬尼父母一家要来蒂什家商谈是否生下孩子一事之前。在这个回忆里，蒂什重温了她成年后与芬尼的爱情故事，如：热恋中的性意识、公园游览、西班牙餐馆就餐和出租屋激情等。在这段回忆里，鲍德温描述了蒂什和芬尼之间的爱情是发自内心的真爱，而不是浅薄的性爱。蒂什想到："芬尼太爱我了，我们彼此太需要对方了，我们是彼此的一部分，肉体也是彼此的，这肉体，我们都认为理所当然是彼此的，但我们没想到过肉欲。"③她与芬尼的真爱超越了世俗的肉体之爱，驳斥了白人关于"黑人是情欲野兽"的诽谤之辞，表明黑人情侣之间也存在幸福的真爱。此外，还有一段间接回忆出现在芬尼家人离开蒂什家之后。芬尼的母亲和女儿们不赞成蒂什生下孩子，不愿承担抚养小孩的责任，她们的态度激起了蒂什的姐姐欧内斯汀的强烈不满，欧内斯汀愤怒地把她们骂出家门。就在此时，蒂什开始回忆往事，这段往事是上文中的出租屋回忆的延续：芬尼与蒂什热烈拥吻，在激情中两人发生了第一次性关系。第二天一早，芬尼就带上蒂什去她家，专门向蒂什的父母表明了自己的求婚想法。这段回忆表明芬尼不但热爱蒂什，而且还是一个敢作敢为、有责任感的男子汉。鲍德温通过芬尼的男子汉形象驳斥了白人关于"黑人男子在性问题上不负责任"的偏见。

最后，追忆是一种特殊的回忆。它是当事人需要经过一定努力或克服一定困难才能获得的回忆，同时兼有有意回忆和间接回忆的基本特征。这部小说的一个追忆发生在蒂什下车回家的路上。在这段回忆里，鲍德温介绍了蒂什的家世。蒂什的母亲在 24 岁时生下蒂什，现在 40 多岁。蒂什的母亲出生在伯明翰，一直想当歌星。她 19 岁时爱上一个流浪乐队的

① James Baldwin, *If Beale Street Could Talk*, New York: Dial, 1974, p.21.

② Iwona Irwin-Zarecka, *Frames of Remembrance: The Dynamics of Collective Memory*, New Brunswick, NJ: Transaction Publishers, 2008, p.151.

③ James Baldwin, *If Beale Street Could Talk*, New York: Dial, 1974, p.62.

鼓手，然后与他私奔了。后来两人关系破裂，她在阿尔班尼遇到了比她大五岁的海员约瑟夫（Joseph），两人相爱，之后生下了欧内斯汀和蒂什。另一个追忆出现在小说第一部分的最后几段。一天，蒂什从第十四条街与八号大街地铁站出来的时候，被贝尔警官盯上了。他一直尾随蒂什，先是假装殷勤地提出要帮她提包，遭到拒绝后，居然在蒂什身后用生殖器抵她的屁股。蒂什从来不敢把贝尔警官性骚扰她的事件告诉芬尼，其实自那次菜市场性骚扰事件之后，贝尔警官就总是色眯眯地出现在蒂什的身边。这段回忆表明，在美国种族社会里，最危险的强奸犯不是无辜的黑人青年芬尼，而是像贝尔警官那样的白人，他们表面上道貌岸然，背地里却干着欺男霸女的丑事，践踏美国的法制和伦理。这段追忆表明了白人警官贝尔报复芬尼的三重目的：一是为挨打的那个白人性骚扰者报仇；二是嫉妒芬尼与蒂什的真情相爱；三是想借机占有蒂什。

鲍德温在小说里采用的四类回忆为小说主要情节的发展提供了家世变迁、人物品行、事件缘由、种族关系等方面的背景知识，拓展了小说的叙述空间，并从潜意识层面展现了人物心理，揭开了事件的真相，促使读者深刻反思作家所提出的社会问题。鲍德温的回忆叙事手法与其说是在写实，不如说仍是在写卑微而善良的黑人对美国种族主义社会环境的恐怖而无奈的记忆，以及这记忆背后透出的作者的个人记忆、心灵体验和人文见解。

三、梦幻之幻

梦是一种主体经验，是人在睡眠时产生的动态影像、场景、声音、思绪或感觉的合成体。梦的内容通常是非自愿的，但也有些梦的内容是可控的。"无论梦的内容是可控还是不可控的，梦的整个过程都是一种被动的、无意识的体验过程。"①梦中出现的意象可能是自然的，也可能是超自然的。鲍德温在《倘若比尔街能说话》里插入了两段梦境：一段是令人不悦的噩梦；另一段则是充满暖意的爱梦。

噩梦是做梦人在梦境中遭到不幸或灾难的梦幻，通常会惊醒做梦人，使其在梦后心有余悸。蒂什去律师事务所拜访海沃尔德律师后的那天晚上，一直在做噩梦。在其中一个梦中，"芬尼驾驶着一辆很大的货车，在公路上高速狂奔，他在寻找我，但是没看见我。我在卡车的后面大声叫他的名字，

---

① Lucien Miller, *Masks of Fiction in Dream of the Red Chamber: Myth Mimesis, and Persona*, Tucson: University of Arizona Press, 1975, p.267.

但是马达声太大，他没有听见。这条公路有两个弯道，看起来很相像。公路在靠近悬崖的地方有两个弯道，一个通向蒂什家的房子，另一个通向悬崖边，会直接使车坠崖，掉进大海。他的车开得太快了，太快了！我尽力大声呼喊他的名字。当他开始急转弯时，我大叫起来，一下子惊醒了"①。这个梦是蒂什白天在律师事务所担心芬尼安危的焦虑心理在夜晚睡梦中的无意识延伸。在这个噩梦里，就在蒂什对芬尼可能拐错弯而掉下悬崖的担心达到极限之刻，她在极度惊恐中大声惊叫着醒过来。芬尼驾驶的卡车象征着他的命运，道路象征着他的人生之路，弯道和悬崖象征着他当前所面临的命运危机，他能否摆脱这次危机是蒂什最焦心的问题。这个梦印证了"日有所思，夜有所梦"的大众心理推测。

　　爱梦是追求真爱之人的理想状态在梦幻中的呈现。梦醒后，这样的梦会给做梦人带来无限的快乐回味和甜蜜的萦绕之念。蒂什做的第二个梦就是一个爱梦，出现在小说第二大部分的第一段。那时，芬尼仍待在大牢里，莎伦的波多黎各之旅以失败告终。蒂什在梦中按照自己的美好愿望设想了芬尼对自己的痴情。在梦中，"芬尼在一节木头上雕刻。那是一节松软的黝黑木头，直立在他的工作台上。他想给我雕刻一座半身像。墙上挂满了素描，但没有我的"②。芬尼把那截木头看作是蒂什的化身，不忍心在木头上雕刻。"他看着木头，木头看着他。"③就在芬尼拿起工具雕刻的时候，蒂什一下子醒了。鲍德温通过这个梦来揭示真爱的情人之间的心灵感应。在蒂什心中，她能够感受到芬尼对她的深情挚爱。在梦中，蒂什的形象已经深深印在芬尼的心中，所以他根本就不需要看着照片来雕刻蒂什的塑像，他在蒂什梦中的表现表明他熟悉自己深爱的女人。芬尼的深爱时常给她带来幸福感，也是她在困境中坚持要生下孩子，并坚持要打官司营救芬尼的勇气和动力。

　　因此，梦是人的生物神经系统进入或退出休眠状态时在脑海里残留下的记忆。当人从睡眠中醒来时，有些梦的内容可能存留在脑海里，有些梦的内容可能永远消失。在一定的语境下，残存的梦的内容可能对当事人的生活产生一定的影响。在梦中蒂什强化并回忆出以前的人物和事件，并把自己焦虑的情感转移到潜意识中，把自己关心的事物编织到怪诞且瞬息的梦的结构中。鲍德温通过梦幻的描写来展示夸张、错乱和变形手法，形成

① James Baldwin, *If Beale Street Could Talk*, New York: Dial, 1974, p.137.
② James Baldwin, *If Beale Street Could Talk*, New York: Dial, 1974, p.217.
③ James Baldwin, *If Beale Street Could Talk*, New York: Dial, 1974, p.117.

荒诞感，从而表明黑人青年男女在梦幻中的真爱表现是人间社会美好的真情流露。鲍德温所描写的梦幻场景"所潜藏的艺术真实虽非常理，却符情理，是得益于人类本性的深层剖析与艺术表现手法的张力作用，进而积淀在人类生存世界的本真状态之中"①。

20世纪中期，美国种族形势进入了矛盾冲突极为尖锐的时期。黑人经过第二次世界大战的洗礼，民主意识和种族平等意识大为加强，越来越不满美国社会随处可见的种族歧视。二等公民的生存境遇引起美国黑人的强烈不满，造成其社会心理的严重失衡。于是，黑人作家通过文学作品来描写其心灵深处的苦闷与焦虑，宣泄其愤怒和怨恨，表述其抗争意识和对美好生活的渴望。鲍德温的《倘若比尔街能说话》就是一部在意识流层面描写美国社会种族歧视和种族迫害的写实性作品，把黑人在美国民权运动前夜所经历的荒诞与不幸表现得淋漓尽致，揭示了黑人的抗争在种族歧视的社会环境里犹如死水微澜。鲍德温采用的心理叙事策略在潜意识层面展示了黑人的心理潜质和潜意识心理的生成或变化，使意识流描写、回忆和梦幻相互交织在一起，能动地展现了人物心理的变化形式。

第四节　《纳罗斯街区》与意识流的诗化迁移

安·佩特里（1908—1997）是"赖特部落"②的代表作家之一。她继承和发扬了赖特开创的城市自然主义小说传统。在其文学创作中，她不但以美国黑人的生存危机和黑人妇女的人权问题为主题，而且还把意识流写作手法引入小说情节的建构。佩特里一共出版了三部小说《街》（*The Street*，1946）、《乡下》（*Country Place*，1947）和《纳罗斯街区》（*The Narrows*，1953）。在这三部小说中，《纳罗斯街区》篇幅最长，结构最复杂，展示了小说人物在潜意识层面的意识流动和思想演绎。佩特里在这部小说里注重描绘人物意识的流动状态，强调思维的不间断性、超时间性和超空间性，

① 洪畅：《20世纪西方艺术的真实性探析——以潜意识或梦幻的表达为例》，载《美与时代》2011年第4期，第31-33页。
② 1945—1951年，非裔美国小说创作一直延续着理查德·赖特开创的非裔美国城市自然主义传统。赖特的城市自然主义范式强调种族偏见、社会不公和经济剥削所引起的暴力事件和病态人格是现代社会应该关注的首要问题。赖特坚持的文学艺术的中心点是如何表达抗议；这个中心点决定了其作品的内容和风格。赖特的追随者们继续揭露美国社会的种族问题。这批作家通常被称为"赖特派"或"赖特部落"（Wright School），主要有威廉·阿塔韦（William Attaway）、切斯特·海姆斯、安·佩特里、柯蒂斯·卢卡斯（Curtis Lukas）、威廉·加德纳·史密斯（William Gardner Smith）等。

把意识活动视为内心世界的一种思想流。佩特里在《纳罗斯街区》里从信息意识流、情感意识流、欲望意识流三个方面展现了意识流策略与诗化迁移的内在关联。

一、信息意识流

信息意识流是意识流的重要形式之一，主要指的在潜意识层里音讯或消息的传播方式或路径，展现了人在一定语境里的自然思绪活动。佩特里在《纳罗斯街区》里描写了人物意识流之内吸流动态。本部分拟从自由联想、内心独白和内心分析等方面来研讨这部小说里的信息意识流叙事策略。

首先，在自由联想中，人物的意识流表现不出任何规律和次序。"自由联想包括事实与梦幻、现实与回忆的相互交织，来回流动。"①佩特里在《纳罗斯街区》里描写了阿比·克朗奇（Abbie Crunch）太太见到马尔科姆·坡瑟尔（Malcolm Powther）时的自由联想。马尔科姆是当地最大的军需制造企业老板家的管家，穿着整洁、体面，对人彬彬有礼。克朗奇太太在引领马尔科姆去查看待租房间的途中，她在潜意识里对这个男人充满了好感。他的出现使她联想起已去世18年的丈夫，再联想到养子林克（Link），然后又把衣着邋遢的林克与穿着体面的马尔科姆做了一番比较，心里便产生了对马尔科姆的风度的敬仰，最后联想到自己臃肿的身材，便在意识流中为自己的身材做辩护："他看了我，瞟了一眼，很快地把目光移开。他比我高不了多少……不是我胖，而是我骨头上有肉，我身材很纤细的，因此，我只是看上去丰满而已。"②由此可见，克朗奇太太的自由联想由马尔科姆的出现而引发，进而产生了她有关丈夫、养子和自己的自由联想。

其次，佩特里在《纳罗斯街区》里设置了大量的内心独白，展现了人物的潜意识心理动态和人格本真。玛米（Mamie）是一位年轻貌美、性感的少妇。当她成为克朗奇太太的房客后，经常在院子里晒衣服，边把衣服晒在绳子上，边哼歌，充满青春的气息。她的活泼开朗引起了房东克朗奇太太的强烈不满。克朗奇太太站在楼上，目睹楼下院子里晒衣服的玛米，心里充满了羡慕和嫉妒的复杂情感，寡居的孤独感油然而生，脑海里出现了内心独白："玛米·坡瑟尔！为什么寂寞的人不是玛米·坡瑟尔？不论如何，除掉她，这是顺应自然的事。没有丈夫的妻子，永远的归属，但是一

---

① 庞好农：《意识流中的流变与流变中的意识流——评托尼·莫里森〈恩惠〉》，载《国外文学》2012年第1期，第127页。

② Ann Petry, *The Narrows*, New York: Houghton Mifflin, 1953, p.8.

个没有归属的、不是妻子的女人，就像她的家具不能归属于杜恩博街 6 号一样，她也不能归属于房子的后院。"①在这个内心独白里，克朗奇太太表达了对玛米的青春年华的羡慕和嫉妒，觉得自己的时光犹如家里的家具一样不再拥有曾经的光彩，心里充满了难以消解的惆怅。

最后，除内心独白外，佩特里还采用了"内心分析"的意识流表现手法。尽管人物的"内心分析"受到一定的理性控制，但其分析的方式仍然具有不确定性，从而顺应了意识的自然流动。"最后机会酒吧"的老板比尔·霍德（Bill Hod）搀扶着酒气熏天的克朗奇先生回家时，克朗奇太太非常不满，嫌弃丈夫，叫比尔把丈夫放在地上。尽管比尔告诉她克朗奇先生是生病了，不是喝醉了，但是克朗奇太太仍然固执地不采取任何措施。直到后来，她的好朋友弗朗西丝（Frances）赶到后，发现情况不对，赶紧把伊斯特大夫（Dr. Easter）请来。大夫发现克朗奇先生是中风，但已经错过了最佳治疗时间。第二天一早，克朗奇先生就去世了，克朗奇太太对自己的任性造成的后果悔恨不已，她拉着克朗奇先生的手，陷入了内心分析的意识流："拥有漂亮床单的骄傲，床垫的精美弹簧，美丽的床垫，柔软的毯子，所有一切引以为自豪的东西，现在都没有价值，都没有意思。"②她后悔，因自己怕酒醉的丈夫弄脏床单，而拒绝让丈夫在生命的最后时光舒舒服服地躺在床上。她后续的意识流中充满了自责："我不知道他生病了，而不是喝醉了。他病了。天呀！不要让他死。没有他，我活不了。我不想活了。"③在内心分析中，克朗奇太太把丈夫的死因归于自己的怠慢，把自己视为杀害丈夫的凶手。

佩特里在信息意识流的描写中大量使用自由联想、内心独白和内心分析等叙事策略，揭示小说人物面对各种事件时的内心世界和情感演绎，把笔触伸向人物的潜意识领域。她在人物意识流的描写中，注重人物内心世界的各种变化，使潜意识心理的艺术呈现成为小说主题表达的重要形式。

二、情感意识流

情感意识流是人在潜意识层的情感类心理活动，也可称为情感层面的意识流。它主要包括道德感和价值感两个层面，在一定语境中具体表现为幸福、仇恨、厌恶等情感的自然流露。佩特里在《纳罗斯街区》里从自卑

---

① Ann Petry, *The Narrows*, New York: Houghton Mifflin, 1953, p.25.

② Ann Petry, *The Narrows*, New York: Houghton Mifflin, 1953, p.32.

③ Ann Petry, *The Narrows*, New York: Houghton Mifflin, 1953, pp.32-33.

感、屈辱感和厌恶感三个方面突出了意识流叙事策略的主要特色。

首先，自卑感是一种缺乏自信和认为自己不如别人的复杂情感。有自卑感的人过度轻视自己，抬高他人。佩特里在这部小说里用意识流手法描写了两类自卑感：阿尔（Al）的情谊自卑感和林克的身份自卑感。阿尔是崔德维夫人（Mrs. Treadway）的司机，马尔科姆是崔德维夫人的管家，两人从刚见面时的敌人发展成为关系密切的好朋友。有一次，阿尔开车送马尔科姆回家，但马尔科姆下车后没有邀请阿尔去他家，而是独自直接回家了。当时，阿尔非常生气，认为马尔科姆没有把自己视为哥们，瞧不起他，于是自尊心受了伤，陷入了情感意识流："我花了钱送他，想知道他的妻子长得怎么样，可能是什么理由，他从不邀请我去他家……从来没有见过像他那样的黑人同事，从来也未见过他那样的人，我怎么把我前女友的事情告诉他呢？"[1]阿尔不知道马尔科姆的心理。马尔科姆在其他方面慷慨大方，对人也温文有礼，但是他从不愿让任何男士接触到他的妻子，担心她移情别恋。小说主人公林克也有自卑感。林克在纽约的一个宾馆里与卡米拉（Camilla）闹翻后，就独自返回了蒙默思镇，尽力回避卡米拉。当他听说卡米拉天天到他上班的"最后机会酒吧"来找他时，他的脑海里马上闪现出一个意识流："卡米拉一直在找我？为什么?也许她还没有找到'第四个肌肉男孩'。上帝帮帮他！上帝诅咒他吧！"[2]在其内心世界里，林克认为自己是一个不富裕的黑人，在"白富美"卡米拉面前有很强烈的自卑情结，总是把自己视为卡米拉的"男宠"。佩特里通过自卑感意识流的描写揭示了种族主义社会里黑人在亲情、友谊和情爱面前的迷惘和纠结。

其次，佩特里笔下的屈辱感意识流指的是当事人在蒙受委屈和耻辱后产生的潜意识心理活动。他描写了马尔科姆在妻子与他人私通事件中的屈辱感。马尔科姆找了一个非常漂亮、性感的妻子，因此在日常生活中他总担心妻子会遭到上司、朋友、邻居的勾引。在其内心世界中，他把妻子视为私有财产，但又不敢阻止妻子与其他男人的交往，因为他担心妻子会因此离开自己。有一次，他回家时发现妻子和比尔赤身裸体地躺在床上睡觉，但他没有闯进门大闹一场，而是悄悄地退出房间。之后，他的脑海陷入了意识流："我，我，我，戴上了绿帽子，仍和平时一样焦虑，和你睡了一晚上，你，你，柔软温暖的肌肤，浓浓的香气，太甜蜜，太甜蜜，太浓烈，你的深深陷入的肉垫感，你的腿，你的大腿，我的，夹在你的大腿间，那

① Ann Petry, *The Narrows*, New York: Houghton Mifflin, 1953, pp.214-215.

② Ann Petry, *The Narrows*, New York: Houghton Mifflin, 1953, p.32.

欢乐！那快活！那喜悦！不在乎，忘了，还有谁和你这样做过。"[①]他把自己移情于奸夫，通过意淫来排泄自己的屈辱感。这种思绪也折射出马尔科姆无法接受妻子背叛的焦虑和无奈心理。

最后，厌恶感意识流指的是在潜意识层产生的一种反感情绪。佩特里在这部小说里描写了因价值观与伦理准则相悖所导致的厌恶感。在这部小说里，克朗奇太太奉行清教思想，在丈夫去世多年后仍然保持单身。日常生活中，她非常反感衣着暴露的女性和非婚同居的行为，尤其讨厌嫖妓行为。在一位房客的小儿子 J. C. 的提醒下，克朗奇太太推开养子林克的卧室门，她看到一个金黄色头发的女孩赤身裸体地依偎在林克的怀抱里。厌恶感促使她凶狠地把那个白人女孩从床上揪起来，拖下床，赶出门，并把她的衣服扔到门外。之后，气愤不已的克朗奇太太陷入了厌恶感意识流："你好大的胆子，在我的房子，和黄头发女孩搞在一起。这是我自己修建起来的房子……女孩，林克想娶的。妓女！我给他的房间摆错了枕头套……我洗了这些枕头套，打扫房屋，弄脏了我的床单。"[②]克朗奇太太觉得林克把妓女引进家门，不但败坏了家风，而且还把整洁的家弄脏了，这让本来就有洁癖的克朗奇太太难以接受。

佩特里描写的情感意识流所揭示的人物情感经历在潜意识或无意识状态里没有形成符合逻辑性和条理性的情节发展脉络，相关事件的发生与自然时间的流逝也没有时间序列的关联。此外，佩特里在这部小说里的叙述焦点已由事件的外部描写转向人物内心世界的呈现。她没有按照传统的时空顺序或事件发展过程来建构小说的叙事体系，而是根据情感意识流的表现状态安排小说段落在情节发展中的先后次序，从而使故事的内容与形式水乳交融，成为一个有机的整体。因此，该小说的人物意识和情感意识流淌于情节发展过程中的各个层面，生成了关联叙事结构的功能。

三、欲望意识流

欲望意识流指的是在潜意识层里表达愿望或强烈向往的心理活动，通常能给人带来愉快或满足的心绪。佩特里在《纳罗斯街区》里采用意识流表现手法，从爱的欲望、家的欲望和求知的欲望等三方面描写了欲望与社会伦理的相互关系。

---

① Ann Petry, *The Narrows*, New York: Houghton Mifflin, 1953, pp.193-194.
② Ann Petry, *The Narrows*, New York: Houghton Mifflin, 1953, pp.250-251.

首先是爱的欲望。佩特里在这部小说里讲述了一个可歌可泣的情爱悲剧。26 岁的黑人青年林克爱上了白人少妇卡米拉，但他们之间存在着三大障碍：种族、贫富和婚姻。林克大学毕业后到"最后机会酒吧"当侍者，在一个大雾弥漫的夜晚救下了差点被街头流氓强奸的卡米拉。之后，两人坠入爱河。后来，林克从一份纽约小报上得知了卡米拉的真实身份，她不仅是当地最大军火商崔德维夫人的独生女儿，而且还是谢菲尔德上尉（Captain Sheffield）的妻子。由于家庭和社会的压力，卡米拉不能离婚，但她想永远和林克保持这种恋爱关系。可是，林克认为卡米拉舍不得离婚，只是想把他当作"性玩具"，于是两人关系破裂。与卡米拉分手后，林克对卡米拉的爱恋之情并没有消失，卡米拉的形象反而更强烈地出现在他的脑海里，形成了欲望意识流。晚上睡觉时他一闭上眼睛，卡米拉就出现在他脑海里；在白天，林克时常到码头散步，想念卡米拉的意识流进入其脑海："大雾，跑呀跑，顺着码头跑。从这里开始，从这里结束。……我想她回来，我想又紧紧地抱住她，我要她，我要她。"[①]林克的意识流揭露了自己的内心矛盾：从社会伦理上来讲，他应该离开她，但从个人的情感需求来讲，他离不开她。强烈的欲望意识流时常在他的脑海里翻腾，使他难以割舍与卡米拉的情感。

其次是家的欲望。从社会学来讲，家是社会的基本单位，由家庭成员组成，可以是同辈分的人或不同辈分的人。家是人们温馨的港湾，人们渴望和谐的家庭氛围。佩特里在这部小说里描写了由一个家庭聚会引发的关于"家"的欲望意识流。马尔科姆是卡米拉家的管家，他站在餐厅伺候卡米拉和其丈夫谢菲尔德上尉吃饭。他们用餐的温馨场景使马尔科姆陷入了自己与妻子玛米的情感思绪中：和玛米结婚后，马尔科姆生活在欢乐的爱之中，一年后玛米为他生下了一对双胞胎——凯莉（Kelly）和夏皮罗（Shapiro）。可在两个小孩两岁的时候，她开始厌倦小孩，厌倦家庭生活了。妻子的情感变化使马尔科姆的家庭幸福感骤降。卡米拉夫妇的用餐场景引发了马尔科姆渴望自己家庭也有快乐氛围的强烈愿望。

最后，求知欲望意识流指的是用意识流手法描写潜意识层里由求知欲望所引发的心理思绪。在这部小说里，中学时代的林克本来对读书没有多大兴趣。有一天，历史教师罗伯特·怀特（Robert White）放学后专门把林克留下来，鼓励他学习黑人奴隶历史，并让他在寒假撰写一篇有关美国黑奴制度的论文。之后，怀特对林克的论文大加赞赏，鼓励他继续深造。中

---

① Ann Petry, *The Narrows*, New York: Houghton Mifflin, 1953, p.260.

学毕业后，林克到达特茅斯大学攻读黑人奴隶史。然而，他的养母对此大为不满，声称林克学的东西没用，历史上没有黑人历史学家。听到这话后，林克进入了质疑养母的求知欲望意识流："你［养母——作者注］也是黑人，为什么你要竭力毁灭我的理想，打击我的学习热忱？历史老师是白人，他为什么鼓励我，不断激励我做这件事？你为什么要伤害我？……我要做不可能的事，我要成为不可能成为的人。就是因为你，我才不确信我是否能，我产生了怀疑，但是我不再犹豫了。"①林克的求知欲望意识流表明知识武装了他的头脑，促使他坚定地追求自我价值的实现。四年后，林克成为该校的优等毕业生。大学毕业后，他主动到"最后机会酒吧"当侍者，计划白天上班，晚上从事自己喜欢的历史研究。佩特里在求知欲望意识流的描写过程中不刻意表现事件与事件之间或人物与人物之间的相互关系，而把创作重心放在对人物意识流思绪的生动再现上，生成了小说场景画面的印象效果。

佩特里在这部小说里采用了欲望意识流描写手法，从求爱、追求家庭温馨和求知的角度描写了人物的心理动态。这部小说虽然故事情节叙述简单，事件平凡朴实，但作者对潜意识心理活动的描写塑造了性格鲜明的人物形象，展示了其复杂多变的性格特征。佩特里通过欲望意识流心理描写生动地再现了林克和马尔科姆性格中的强硬与软弱、自大与自卑、多疑与敏感，其性格冲突成为小说心理描写的重要内容。

《纳罗斯街区》是一部与传统小说不同的长篇小说。全书通过对社会现实生活和人情世故的写实性描写，展现了作者对个人奋斗的重要性的自我认知。佩特里以人物意识活动为结构中心来展示人物意识流心理活动的内容和形式，叙事内容的转换通常在小说人物的心理移情中得以实现。她在这部小说的创作过程中突破了传统小说时空次序的束缚，使人物的意识流思绪中出现了过去、现在乃至未来的时空，产生了大跨度的时空跳跃。人物意识流思绪的飘忽性，情节线索的交叉拼接性，以及人物的感觉印象、回忆、焦虑等的迷幻性等等导致人物的心理活动相辅相成，交织叠合。此外，象征性意象及人物的意识流独白在小说情节的发展过程中时常使文本叙事的主题内容扑朔迷离，难以琢磨。因此，佩特里对潜意识和无意识的充分肯定无疑为非裔美国城市自然主义意识流文学的创作思想张目，继承和发扬了赖特开创的现代非裔美国小说传统。

---

① Ann Petry, *The Narrows*, New York: Houghton Mifflin, 1953, p.328.

第五节 《穿蓝裙子的魔鬼》：人格演绎与心理叙事

美国学界公认沃尔特·莫斯利写得最好的犯罪小说是《穿蓝裙子的魔鬼》(*Devil in a Blue Dress*，1990)。该小说揭露了黑人犯罪问题与种族压迫和种族歧视的密切关系，认为种族越界、政治腐败和经济贫困等方面的问题使黑人无法实现自己最初美好的愿望，从而陷入人格分裂的痛苦中。本节拟从分身性多重人格、良性幻听人格和贪婪性后继人格三个方面探讨莫斯利在这部小说里所揭示的人格演绎与心理叙事的内在关联，展现种族主义社会的种种不公正现象。

一、分身性多重人格

近 20 年来，"多重人格"这个心理学术语频繁出现在当代美国文学作品和影视剧中，在读者和观众心中留下了深刻的印象，显得既神秘又令人恐惧。人格分裂在心理学上称为"解离症"，它的主要特征是"患者将引起其精神痛苦的意识活动或事件记忆，从整个精神层面解离开来以保护自己，但也因此迷失了自我，消解了原有身份"[1]。此类患者在医学临床上并不多见，但经常被当代作家采纳为戏剧、电影或小说的题材。人格分裂引起的多重人格症是指一个人同时具有两种或多种非常不同的性格。此类患者行为的差异无法以常人在不同场合、不同角色的不同行为来解释；他好像在不同的时段分化成了性格完全不同的人，并且每个人格都有各自的姓名、记忆、特质、思维特点及行为方式。[2]莫斯利在《穿蓝裙子的魔鬼》里就塑造了这样一名深受多重人格折磨的黑白混血儿达芙妮·莫尼特（Daphne Monet）。

达芙妮的多重人格主要由少女时代遭受的心灵创伤所引发，并在种族主义的社会环境里不断恶化。她出生在美国东南部港口城市新奥尔良，生母是黑人，生父是白人。她出生后不久，就遭到白人父亲的遗弃。后来，其母亲与一名黑人重新组成了家庭。在达芙妮尚未成年的时候，她曾多次遭受继父的性侵，这给她幼小的心灵留下了不可愈合的创伤。长大成人后，她逃离家乡，放弃了少女时代的姓名"鲁比·汉克斯"（Ruby Hanks），希望忘掉以前的不幸，重新开始生活。因有一半的白人血统，她的容貌和肤

---

[1] Roland Littlewood, *Reason and Necessity in the Specification of the Multiple Self*, London: Royal Anthropological Institute, 1996, p.23.

[2] Alfonso Martinez-Taboa, *Multiple Personality: A Hispanic Perspective*, San Juan, Puerto Rico: Puente, 1995, p.35.

色与白人姑娘几乎没有差异。为了进入白人社交圈,她大胆采用了白人姑娘常用的名字"达芙妮•莫尼特"。之后,美貌的金发女郎达芙妮成功地打入了白人社交圈,成为当地首富、雄狮投资集团总裁托德•卡特尔(Todd Carter)的未婚妻,但她没向卡特尔说明自己的身世,隐瞒了自己的黑人血统。在第二次世界大战后的美国,种族歧视氛围极为严重,黑人与白人的情爱或婚姻都得不到主流社会的认同。如果卡特尔与达芙妮的恋情曝光的话,卡特尔的社会地位和社会声誉都可能受到严重损害,他甚至有可能被逐出上流社会。很不幸的是,达芙妮的真实身份被卡特尔的情敌马克西姆和政敌马修•泰兰(Matthew Teran)探知到。马克西姆以要向公众披露达芙妮的真实身份为借口,要挟达芙妮,以达到长期霸占她的目的;而泰兰也想借此为筹码,要挟反对自己竞选市长的卡特尔。在这样的生存环境中,达芙妮处于两难境地:一方面,她担心自己因此被踢出白人社交圈,流落到黑人区,再次遭到像继父那样的坏人凌辱;另一方面,她又担心自己的真实身份暴露后,会断送未婚夫卡特尔的前程。剧烈的心理冲突导致其人格分裂,出现了两个分身:一个分身是名叫"鲁比•汉克斯"黑人姑娘,另一个分身是名叫"达芙妮"的白人姑娘。她的第一个人格或原始人格以黑人姑娘为化身,第二人格是她经过种族越界后而形成的新人格。她本来的黑人人格并不知晓另一个白人人格的存在,而后来出现的白人人格则对原来的黑人人格有相当的了解。新人格的特质通常与原始人格的特质完全不同,原来的黑人人格是痛苦、压抑的,而新的白人人格却显得开放、外向。她总想压抑黑人分身,以白人分身示人,但黑人分身是她的根、她的本源,尽管这是她不愿面对的根和本源。她进入白人社交圈后,就一直压抑、隐瞒自己的黑人分身。但出乎意料的是,她的黑人分身越被压抑,就越强烈地出现在其心中。她的白人肤色和黑人血统导致她既不能成为真正的黑人,也不能成为真正的白人。在这样的社会环境里,其人格分裂的症状越来越严重,导致她既不能生存于白人世界,也不能混迹于黑人世界。她的两个分身不时交替出现,但依然难以适应恶劣的生存环境。她白皙的肤色和美丽的容貌没有给她带来幸福和快乐,反而使她丧失了普通人的正常生活。

　　达芙妮在生活中遭遇的挫折和险境在大脑中不断分离,催化出恐惧神经元,使人格不断分裂,导致更多分身的出现。其分身是在人格裂变语境中欲望冲突的显性表现形式,每个分身在生活中都有一个恋人。她的白人分身使她先爱上白人贫民马克西姆,后爱上白人富翁卡特尔;她的黑人分身使她先爱上黑人酒吧老板乔比(Joppy),后爱上黑人侦探易斯(Easy),

但她与这些人的恋情都不能持久，因为她的分身交替出现，不能定格，所以涉及的恋人也不能固定下来。这样，在生活中她能找到爱情，但不能真正得到或长期保持自己的爱情。[①]由此可见，多重人格的生活随着社会环境的复杂化，使当事人变得更加痛苦，没有归属感。在小说的末尾部分，达芙妮不堪情感的重负，离开了想爱但又不能爱的卡特尔，也离开了善良而多情的易斯，最后孑然一身，远走他乡。作者对这个人物充满了同情，希望她远离尘世的是非后能消解其内心所遭受的多重人格困扰，还原本真的生活。

达芙妮是种族歧视和种族偏见的牺牲品。由于她有黑人血统，白人社会认为其低贱、粗俗，白人政客把她的痛苦当作政治斗争的王牌，其个人情爱生活也被蒙上阴影。白人社会按"一滴血"原则把她划归为黑人，而黑人社会因其白皙的肤色而不肯接纳她，把她视为异类。因"非白非黑"的混血儿身份，她被迫生活在两个种族之间的中间地带，受到双边排斥。莫斯利通过达芙妮的人生经历揭示了美国黑白混血儿多重人格形成的精神痛苦，表明种族越界后的生活并不是黑白混血儿的天堂。达芙妮有多重人格和多个分身，但没有哪一种人格或哪一个分身能给她带来幸福，她难以在种族歧视和种族偏见盛行的美国社会治愈自己的心灵创伤。达芙妮无法选择自己的出身和肤色，虽然她想通过种族越界来消解自己的身份危机，但充满种族偏见和种族敌意的社会环境击溃了她对美好生活的幻想，使她陷入人格分裂和分身交替出现的痛苦生活。

二、良性幻听人格

从医学上看，"幻听是大脑听觉中枢对信号错误加工的结果。正常人的听觉将从内外部获取的声音信号正确地向听觉中枢传输；而幻听者由于听觉中枢出现变异，将声音信号歪曲或夸张，甚至按主观意图加以改造，因此这种情况可以看作是听觉变态或听觉的主观性臆造"[②]。引起幻听的原因主要有心理因素、生理疾病和药物作用等。幻听可分为评论性幻听、命令性幻听、争论性幻听和思维鸣响。幻听是一种精神疾病，仿佛有一个或多个人在患者的耳朵旁边说话，会严重影响个人的正常生活，甚至破坏患者的中枢神经，令其苦不堪言。幻听是给患者带来严重痛苦的疾病之一，但

---

① Digby Diehl, "A Stiff Shot of Black and White," *Los Angeles Times Book Review*, 29 (1990), p.3.

② Alfonso Martinez-Taboa, *Multiple Personality: A Hispanic Perspective*, San Juan, Puerto Rico: Puente, 1995, p.15.

它能给人带来福音吗？美国作家莫斯利在《穿蓝裙子的魔鬼》中以黑色幽默的笔调把幻听描写成具有浪漫色彩的良性人格分裂，以此揭示良好的欲望对人的发展的积极促进作用。

《穿蓝裙子的魔鬼》中的主人公易斯·洛林思（Easy Rawlins）就患有命令性幻听，每次出现危机或陷入困境时，他都会听到一个声音命令他去干某事或停止干某事。易斯的幻听实际上是其人格分裂的一种表现形式，也可看成是其主体人格的一个附属体。这个附属体具有亚人格地位，不受制于主体人格。一旦这个亚人格出现在易斯的脑海里，就会马上取代其主体人格，成为支配性人格。

易斯的幻听不是生理性疾病，而是在严酷的社会环境中形成的求生本能反应。这种本能反应通过易斯的人格分裂，使其主体人格和自身人格缺陷分离，以画外音或内置音的方式协助、指导或强迫主体人格修复自身缺陷，以此在复杂的社会环境中做出正确的判断和理性的决策。易斯的命令性幻听形成于第二次世界大战的烽火岁月。在一次战斗中，他学会了怎么利用地形，怎么施展计谋，以此来最大限度地保存自己，消灭敌人。机智、勇敢和无畏是生存的基础。在诺曼底战役中，易斯被敌人围困在一座仓库里，他的两个战友相继牺牲，一个德军狙击手守候在门外，他一露头就会被击毙。当其万念俱灰的时候，他的人格发生了分裂，另一分身以画外音的幻听形式出现在他脑海里，以毋庸置疑的粗暴口吻命令他振作起来，像勇士一样战斗。在这个画外音似的分身的激励下，易斯寻找战机，巧妙地击毙了德军狙击手。从那以后，每当他遇到困境时，这个分身的画外音就会出现在他脑海中，指挥他克服困难，走向胜利。易斯说："这个声音没有不良欲望，他从来没有告诉我去强奸或偷盗。他只是告诉我，如果想生存下来，应该用什么方法。"[1]这个分身时常提醒易斯多用智慧，少鲁莽行事。后来，易斯受雇于佐治亚洲的律师德维特（Dewitt），竭力寻找达芙妮。在寻觅途中，易斯遇到过很多危机。每当警察和德维特要拘捕他时，那个分身就以画外音的形式提醒他："等待时机，易斯。别做任何不是万不得已的事。等待时机，等待最佳时刻。"[2]易斯的分身与他本人之间的会话出现在其脑海里，就像两个人在商量、在交谈、在密谋似的。良好的欲望化身为易斯的护身符，在其处于攸关时刻时给予积极的指引。

幻听式的分身是易斯的智慧之音，在其引导下，易斯克服了一个又一

---

① Walter Mosley, *Devil in a Blue Dress*, New York: Washington Square, 1990, p.145.

② Walter Mosley, *Devil in a Blue Dress*, New York: Washington Square, 1990, p.143.

个困难，度过了一次又一次危机。莫斯利给这个本是精神分裂征兆的疾病附上了浪漫主义的叙事情调，使这个画外音式的分身以良性人格的方式出现，经常给易斯提供解决危急的信心、意志和方法。莫斯利通过对幻听式分身的描写，揭示了黑人的生存智慧在逆境中的本能反应，讽刺了种族社会的非理性；而良好的欲望作为人性的基本面，促使黑人在非理性的种族社会中顽强生存下去。

三、贪婪性后继人格

"贪欲"是贪心和欲望的缩写，指的是贪图享受的欲望。贪欲是人与生俱来的一种自然心态，也是一种意念。从某种意义上说，贪欲是生活的动力和追求，同时也是一个经常被限制、被压抑的念头。如果任其泛滥、膨胀，人就会利令智昏，误入歧途。人对贪欲失去驾驭时，就会在头脑里产生后继人格。在特定的语境下，后继人格会骤然出现，替代主体人格，以满足自身的贪欲。在《穿蓝裙子的魔鬼》里，莫斯利揭示出有强烈贪欲的人是极端的利己主义者，他们在一切问题上都是以个人需要和个人意志为原则，总想拥有世界上一切最美好的东西。为了侵占利益，他们不惜一切代价，漠视一切个人和公众的利益，漠视一切法律、法规、道德、伦理等的约束；为达到个人目的，他们深谋远虑，精心策划，绞尽脑汁，不计后果。莫斯利刻画的各种贪婪人物具有典型的社会启发意义：当贪欲超越其理智后，贪婪性后继人格成为其主体人格，其性格和人品就会完全改变，友情、亲情、伦理等会骤然消失。正如刘丽在评论《麦克白》与《大悲寺外》的主人公形象时所言，"诱惑犹如潘多拉的盒子，一打开，邪恶、混乱便跑了出来。……主人公面对的诱惑不同，其反应不同，打开这象征着邪恶的盒子的方式也不尽相同"[①]。

后继人格的产生问题实际上就是精神分析学上时常提到的人格转换问题。在《穿蓝裙子的魔鬼》里，莫斯利生动地描写了由色欲和贪欲引发的人格转换现象。人物后继人格的出现带有偶发性、突然性和非理性的特点，通常会违反社会认同的道德伦理准则。达芙妮的继父一见到漂亮的养女，其后继人格马上出现，寻机奸淫，并企图长期霸占达芙妮，他的所作所为严重违反和践踏了为人之父的基本伦理。黑人侦探易斯见到好朋友杜普里（Dupree）的漂亮情人科蕾塔（Coretta）小姐后，占有之欲油然而生。趁杜

---

① 刘丽：《诱惑·欲望·毁灭：〈麦克白〉与〈大悲寺外〉主人公形象之比较》，载《湖北第二师范学院学报》2010年第1期，第8页。

普里酒醉昏睡之际，易斯主动挑逗科蕾塔，与她勾搭成奸，其以色欲为主导的后继人格践踏了两人多年的友情。

莫斯利在小说中描写得最引人入胜的是由贪欲引发的后继人格。酒吧老板乔比为了使情人达芙妮免遭敲诈，甘冒杀头之罪去打死科蕾塔及其同伙霍华德•格林（Howard Green）。但当他得知达芙妮带有三万美金巨款时，贪婪使他的人格发生了裂变，其骤然产生的后继人格迅速否定了原来的主体人格。他不但抛弃了与达芙妮之间的爱情和友情，还主动与追捕达芙妮的德维特勾结，追踪、劫持、毒打达芙妮，企图抢走她的钱财。乔比的同谋德维特曾在佐治亚州担任律师，本受雇于雄狮投资集团总裁卡特尔去寻找达芙妮。在寻找途中，获悉达芙妮偷走了卡特尔的三万美金后，他的人格也发生了裂变，他不再是一名忠于职业道德的经纪人，而转变成为一个被贪婪性后继人格占据心灵的魔鬼。完成卡特尔委托的寻找任务已不再是其工作目标，抢走达芙妮的巨款成了德维特寻找她的唯一目的。雷蒙德（Raymond）是易斯最好的朋友，多次救了易斯的命，每当易斯遇到危险时，他都会挺身而出，协助易斯渡过难关。但是，当雷蒙德获悉易斯新交的女友达芙妮持有三万美金时，其人格也发生了裂变，贪婪的后继人格使其丧失了理性。雷蒙德对达芙妮说："鲁比，现在你得为自己担心了，宝贝。你知道，说到钱，人是六亲不认的。"[1]当他得知乔比和德维特追捕达芙妮的目的是抢钱时，他毫不犹豫地杀死了这两个人。他的杀人动机并不是保护达芙妮，而是避免他们参与分钱。他不顾易斯与达芙妮刚建立的情爱关系，强行把达芙妮的三万美金一分为三，拿走了其中一万美金。由此可见，在其贪婪的后继人格里，友情、爱情和法律都是可以漠视的。

马克思在论述货币的功能时曾说：

> 它把坚贞变成背叛，把爱变成恨，把恨变成爱，把德行变成罪行，把恶行变成德行，把奴隶变成主人，把主人变成奴隶，把愚蠢变成明智，把明智变成愚蠢。因为货币作为现存的和起作用的价值概念把一切事物都混淆和替换了，所以它是一切事物的普遍的混淆和替换。从而是颠倒的世界，是一切自然的性质和人的性质的混淆和替换。[2]

---

① Walter Mosley, *Devil in a Blue Dress*, New York: Washington Square, 1990, p.249.
② 马克思：《1844 年经济学哲学手稿》，北京：人民出版社，2010 年版，第 145 页。

　　马克思的论述正好阐释了莫斯利笔下的乔比、德维特和雷蒙德等人的品行变异。他们正是在追逐金钱的过程中，不断背叛自己的使命、伦理和道德，通过后继人格来寻找利己的最大价值。在这种寻找的过程中，"人物的命运发生了改变，无论是变好还是变坏，都使得生命陷入了另一种生存的困境"①。

　　莫斯利笔下的后继人格和主体人格在情感、态度、知觉和行为等方面是非常不同的，通常处于剧烈的对立面。萨利·S. 埃克霍夫（Sally S. Eckhoff）说："在主体人格是积极的、友好的、顺应社会的和有规可循的地方，后继人格可能是消极的、攻击性的、逆社会的和杂乱无章的。"②莫斯利通过后继人格的贪婪性表现点明了小说的主题：色欲和贪欲能使好人变坏、坏人更坏。放纵贪婪之念犹如开启潘多拉的魔盒，不仅会践踏人伦、毁灭法治，而且还会使当事人迷失自我、难以善终。

　　在《穿蓝裙子的魔鬼》里，莫斯利通过扣人心弦的情节演绎和错综复杂的心理冲突，揭示了人格分裂对亲情、爱情、事业、追求与生存等的重大影响，将黑人在种族社会里人格发生分裂后的心灵创伤、犯罪冲动、惶恐绝望等场景展现在读者的面前。莫斯利关于精神分裂中人格多重化的描写，揭示了美国种族主义社会环境里黑人心灵扭曲的痛苦和绝望中的渴望以及诡秘的氛围，开拓了美国黑人犯罪小说写作的新路径。

　　莫斯利把小说的题目设置为《穿蓝裙子的魔鬼》，但在小说里喜欢穿蓝裙子的就只有达芙妮一个人。那么达芙妮是魔鬼吗？不是。但达芙妮从卡特尔那里偷走的那笔巨款是魔鬼产生的诱因，为了得到这笔巨款，小说中的大多数人物都出现了人格裂变的征兆。他们在激活了潜意识层的后继人格后，相继变成了践踏社会法制和伦理道德的"魔鬼"。其实，人格是在秉性气质、生存状况和社会环境中形成的统一、稳定、和谐的个性特征。当人格出现分裂时，人就会处于失调状态，自我将陷入一个分身和另一个分身的不断冲突之中。在这部小说里，莫斯利揭示了欲望在人格分裂方面的巨大驱动力和破坏力。人格裂变中产生的分身是人物在困境中寻找出路的多种表现形式，也是作家对极限语境里人物心理自在性和变化自为性的尝试性探索，从而显示了其心理叙事特色。

---

① 叶澜涛：《沉浮于欲望之间：20 世纪 90 年代城市小说的欲望化写作》，载《乐山师范学院学报》2010 年第 3 期，第 16 页。

② Sally S. Eckhoff, "Crime Rave," *The Village Voice*, 38 (1990), p. 74.

小　结

　　本章主要探析了盖恩斯的《父亲之家》、莫里森的《恩惠》、鲍德温的《倘若比尔街能说话》、佩特里的《纳罗斯街区》和莫斯利的《穿蓝裙子的魔鬼》五部小说中的心理叙事策略，展现了意识流手法对潜意识和无意识的心理状态的写实性描写，揭示了这些作品在心理描写方面的艺术特色。盖恩斯采用印象主义心理叙事策略深入细腻地描写了不良社会环境里的心理特质，引领读者走进人心深处，洞悉人性本真。莫里森把潜意识思绪片段组成有机的整体，在意识流的描写中深化了小说主题。鲍德温把意识流、记忆和梦幻三个方面有机地结合起来，显示了黑人生存危机所引起的潜意识心理微澜。佩特里分别从信息意识流、情感意识流、欲望意识流三个方面展现了意识流策略与诗化迁移的内在关联，揭示了作家在人生追求中的反思和自省。莫斯利从心理叙事的角度，描写了人格分裂的巨大驱动力和破坏力，揭示了人物心理演绎的自在性和自为性。总之，这些作家在小说里从不同的角度和不同的层面生动地描写了小说人物的意识流变和心理动态，将沉淀在潜意识或无意识中的思绪用文字还原为本初的心理原始状态，呈现了非裔美国人在不同历史阶段和不同社会环境里的心理危机。

第四章　心　象　叙　事

　　心象叙事是作家在文学创作中把心象的各种表现形式整合起来表现作品主题的一种叙事策略，可运用于诗歌、戏剧、小说等文学体裁中。从认知心理学来看，心象被俗称为"视觉化""在头脑中看到""头部听觉""想象的感觉"等，是准感性体验。"它类似于感性体验，但出现在没有适当外部刺激的情况下。人们通常认为心象是关于某事物或某人的图像，具有意象性和心理表征的特点。"①心象涉及从前脑皮层到感觉区域的大脑区域网络，与默认的模式网络重叠，其功能与传入感知的弱版本极为相似。"图像生动性的范围从完全缺席（失语症）到照片状（幻觉）。图像是一种认知工具，在使用过程中与许多复杂的认知过程有关。一般来讲，图像在神经或精神疾病的治疗过程中既有现实症状又有机械性反应的表征。"②心象通常被视为"感官想象"，是一种感知式的想象，可以被定义为大脑中的图像或在没有环境输入的情况下的视觉或听觉表现。心象还被人们理解为他们对过去感知经验的回响、复制或重建，在记忆和动机中都扮演着非常重要甚至关键的角色。③人们普遍认为它与视觉空间推理和创造性思维有关。

　　心象叙事主要用于描写对象不在面前时小说人物头脑里浮现出的各种形象，以此展现人物的性格特征和心理动态，进而揭示小说的相关主题。心象的种类十分复杂，可以从两个角度来进行分类。一是从感觉通道来看，文学作品中的心象可以分为视觉心象、听觉心象和运动心象。视觉心象是指大脑中出现的具有视觉特征的人体或物体形象，如山脉、河流、湖泊、森林、草丛、人物形象等。听觉心象是大脑中浮现出的具有听觉特征的形象，如鸟鸣声、流水声、笑声、枪炮声等。运动心象是与移动中的动作系统相关联的形象，比如踢球、奔跑、射击等。二是从信息加工的深度来看，

---

① A. Paivio, *Mental Representations: A Dual Coding Approach*, New York: Oxford University Press, 1986, p.98.

② S. M. Kosslyn, W. L. Thompson & G. Ganis, *The Case for Mental Imagery*, Oxford: Oxford University Press, 2006, p.18.

③ F. A. Yates, *The Art of Memory*, London: Routledge and Kegan Paul, 1966, p.23.

文学作品中的心象可以分为遗觉表象①、记忆表象和想象表象。遗觉表象（eidetic image）是与人物、物件或景色等有关的一种特别清晰的、栩栩如生的、印象深刻的记忆表象，比如未成年人在现实生活中受到某种刺激或巨大影响而对某物或某人记忆深刻，但当某人或某物不在其眼前时，或很长一段之间之后，他们脑海里仍能浮现出该人物或事物的逼真形象。从认知心理学来讲，极少数人在青春期后还能继续保持遗觉表象。记忆表象是指当事人见过的人或事物不在面前时，其头脑中仍然能够或清晰或模糊地再现其形象。它是通过对现实中某对象的感知后获得的，往往是在其他事物，特别是在相关话语或声音的作用下出现的。想象表象是人在头脑里对已储存的心象进行加工处理后形成新形象的心理过程。它与思维有着密切的关联，由个体的需求所推动，并能预见未来的景象。此外，对于不在眼前的人或事物，想象表象也能突破时间和空间的束缚，想出其具体形象，带有显著的主观性。想象表象还可以根据事先是否有预定目的而划分为有意想象和无意想象。人们根据所观察到的有关人或事物的具体情况，又可进一步把有意想象划分为再造想象、创造想象、理想想象和空想想象等。

　　非裔美国小说家笔下的心象可以分为两类：作家心象和小说人物心象。一般来讲，非裔作家对一定社会语境的生活物象有了一定的感觉、认知和体验后，通常会产生创造艺术形象和表达自我见解的心理需求和冲动。这时，积存在他们头脑里的大量心象因为情感的涌动而被充分调动和活跃起来，并且在作家的理性构思和艺术想象的作用下，重新进行组合、排列，生成新的意境，从而在其心中渐渐形成了一个越来越清晰、完整、有动感的新形象，这就是非裔作家在小说创作中的心象形成过程。也就是说，非裔作家在文学创作过程中，在头脑里把故事人物和事件以心象形式再现出来。此外，当作品中的某个人物不在小说人物面前时，思念他或她的小说人物的头脑中浮现出的形象就是人物心象。读者在阅读过程中可以借助于人物的形象、联想及感觉来重温已看过的故事情节。由此可见，作家心象是小说人物心象产生的前提和基础，小说人物心象是作家心象的延伸和拓展。对心象叙事的探究有助于读者认知作家的文学创作之心理动因，也有助于小说里形象性描写的生动性展现。因此，本章将着重研究维拉德·萨伏伊（Willard Savoy）、安·佩特里、维拉德·莫特利（Willard Motley）和爱丽丝·沃克

---

① 遗觉表象，也称"遗觉象"或"照相记忆"，指的是在外界刺激停止作用后，当事人的头脑中继续保持着异常清晰、鲜明的表象。遗觉表象是一种异常生动的主观视觉现象；有遗觉表象的人能看到在客观上不存在的物体，即使闭上眼睛也能看到。在认知心理学里，遗觉表象主要出现在童年时期，在成年时期很少出现或几乎不出现。

四位作家的心象叙事策略，揭示心象建构与小说主题展现的内在关联。

第一节 《异域》：象由心生与境生象外

维拉德·萨伏伊（1916—1976）是美国 20 世纪中期的非裔城市自然主义小说家。他一生中只出版过一部小说《异域》（*Alien Land*，1949）。该小说一出版，立即受到媒体和学界的关注。《纽约时报》、《华盛顿邮报》（*Washington Post*）等报刊纷纷欢呼这部新作的面世。美国文坛的阿纳·邦当和安·佩特里等知名作家均赞誉这部小说在心理描写上的独创性。该小说被美国出版界评选为 1949 年优秀小说。①这部小说含有很多自传成分，讲述了一名黑白混血儿在种族越界过程中的身份危机和心理窘境，揭示了美国南方的生存环境犹如美国国土上的一个异域，抨击了种族主义系统力量和种族隔离环境的反人类性和反文明性。这部小说出版后，萨伏伊撰写的长篇小说《迈克尔·戈登》（*Michael Gordon*）和一些短篇小说因受到 20 世纪 50 年代的麦卡锡主义、冷战和"布朗诉托皮卡教育委员会案"②等政治事件的影响，均没有获得出版机会。特别在拉尔夫·埃里森的《看不见的人》（*Invisible Man*，1952）出版之后，萨伏伊的种族抗议主题在非裔美国文坛上更是显得孤掌难鸣，因为那时更多的美国非裔作家远离抗议主题，转向追求文学作品的形式美。然而，萨伏伊在《异域》中以其独特的心象叙事手法，深刻揭示了美国黑白混血儿的双重意识冲突和生存危机中的心理张力。从认知心理学来看，心象指的是当对象不在面前时，人们的头脑中浮现出的形象。心象是一类很重要的知识表征，能够使人们在对象没有出现的情况下去加工这些对象，突出这些对象的表征。根据心象信息的加工深度，本节拟把《异域》里所描写的心象划分为遗觉表象、记忆表象和想象表象，以展现心象叙事与文本主题的内在关联。

一、遗觉表象

遗觉表象指的是在刺激停止作用后，脑中继续保持的异常清晰、明确、

---

① Robert D. Stepto, "Forewords," in Willard Savoy (Ed.), *Alien Land*, Boston: Northeastern University Press, 2006, p.vii.

② 布朗诉托皮卡教育委员会案（Brown v. Board of Education of Topeka, 1954）是美国历史上一件具有划时代意义的诉讼案。该案于 1954 年 5 月 17 日由美国最高法院做出决定，判决种族隔离本质上就是一种不平等，因此任何学校不得基于种族因素而拒绝学生入学。该判决终止了美国社会中存在已久的白人和黑人必须分别就读于不同公立学校的种族隔离现象。

鲜明的表象。它是表象的一种特殊形式，以鲜明性、逼真性和生动性为主要特征。遗觉表象的确立实际上是"心理刺激"与"象"的结合。[①]"心理刺激"与"象"的相互交织随着作者的写作思路物化于文学作品之中，其心象必然是作者感悟社会、心化社会所得。[②]遗觉表象所形成的不仅是小说中的一个物象，而是内涵了诸多文化元素的载体。萨伏伊在《异域》里把主人公克恩（Kern）描写成一个具有强烈遗觉表象的人。克恩的三种遗觉表象分别是视觉遗觉表象、听觉遗觉表象和地域遗觉表象。

　　首先，视觉遗觉表象指的是人在社会生活中因看到某个事件后受到强烈的刺激，事后其头脑中仍然保持着清晰的表象。在《异域》里，萨伏伊描写了黑人木匠杰克（Jake）遭受私刑后的惨状："杰克的手腕被铜丝串起来，双手被牢牢地捆起来，双腿在膝盖处和踝骨处被铁丝捆扎起来，腿往后和腰背部捆在一起，眼眶凹陷，流出的血已经凝固，半边脸都是柏油烧出的血泡。"[③]这个场景给克恩造成了强烈的感官刺激。之后，在生活中，他只要一闭上眼睛，杰克的惨状就以视觉遗觉表象的形式出现在其脑海里。因此，他逃离南方后痛恨自己有黑人血统，决定采用白人外婆的姓氏，把自己的名字从"克恩·罗伯兹"（Kern Roberts）改成"克恩·亚当斯"（Kern Adams）。另外一个视觉遗觉表象是其母亲劳拉（Laura）生前与父亲查尔斯（Charles）的最后一次争吵。在这次争吵中，劳拉想把儿子送到白人学校读书，让他过上与白人无异的生活，但查尔斯持不同意见，他说："他［克恩——作者注］怎么能置身事外呢？他是黑人，难道你不明白吗？这是他明白当黑人意味着什么的时候了。"[④]查尔斯想把儿子培养成像他那样的黑人领袖，但劳拉不同意，她只想让儿子生活在没有种族歧视和种族偏见的社会环境里。因此，她强烈主张让儿子去白人学校读书。他们两人的激烈争吵和固执己见使年幼的克恩惊恐不已。即使成年后，父母争吵时的过激表现也时常浮现在其脑海里，成为抹之不去的视觉遗觉表象。

　　其次，萨伏伊笔下的听觉遗觉表象指的是人物听到某人的话语后，因该话语具有很强的心灵撞击力，从而留下挥之不去的记忆。在这部小说里，多卡丝（Dorcas）倚靠在一棵树上，瞭望着山脚下的吊桥，显得心神不定。好朋友劳拉一个小时前对多卡丝说的话——"我不会让我儿子成为黑人

　　① Jennifer Noering McIntir, *Visions of Paradise*, Ann Arbor, Mich.: UMI, 2000, p.67.

　　② Brian Attebery, *Stories About Stories: Fantasy and the Remaking of Myth*, New York: Oxford University Press, 2014, p.59

　　③ Willard Savoy, *Alien Land*, Boston: Northeastern University Press, 1949, p. 281.

　　④ Willard Savoy, *Alien Land*, Boston: Northeastern University Press, 1949, p. 52.

的！"①——久久回荡在她的耳际，形成了一个难以消除的听觉遗觉表象。这句话是劳拉以歇斯底里的语气说出来的，其刚毅的决心和母亲的焦虑溢于言表，这给多卡丝造成了强烈的心灵震撼。在劳拉去世后，多卡丝只要一见到克恩，劳拉的话语就会立即出现在其脑海里。萨伏伊还描写了克恩所经历的听觉遗觉表象。当克恩和黑人朋友杰里（Jerry）谈及美国黑人的生存危机时，南方小镇的警察局局长比尔·诺伯（Bill Noble）说过的话语就会立即在他耳际回响——"学校不适合黑鬼！教了许多对黑人毫无益处的愚蠢观念，毁了他们。"②比尔的话语给克恩带来了很大的心灵震慑，每当他想抗争或代表黑人去抗争时，比尔的话语就会以听觉遗觉表象的形式出现在其脑海里，阻止他去捍卫自己的合法权益或参加反抗白人压迫的斗争。另外，克恩因其黑人血统在求职过程中屡遭拒绝。白人老板有一句口头禅："我是不会雇用任何黑鬼的。"③这话也时常在克恩的耳际响起，形成听觉遗觉表象，这一遗觉表象极大地伤害了他的种族自尊心和生活自信心。听觉遗觉表象的消极后果类似于人格分裂中的幻听，通常会对人的身心造成极大的负面影响。

最后，地域遗觉表象指的是某人在某地受到严重伤害后对该地或与该地有关联的地方都会产生极大的恐惧感，不愿再次光临该地或相关地域。④在这部小说里，克恩在南方小镇景观谷学院（Valley View College）读书时遭到当地警察的迫害，被关进大牢，差点被人打死在牢房里。美国南方当局不把黑人当人的社会环境使南方成为克恩心目中的恐怖之地。当克恩逃到北方时，在纽约街头上看见白人人头攒动，心里马上产生了地域遗觉表象导致的恐惧感，他在大街上不停地咕哝："我为什么到这里来呢？"⑤他把街边的楼房幻化成南方的景观谷警察局，心里恐惧不已。他所产生的这些心理反应都是地域遗觉表象的消极后果，对黑人具有很大的心理折磨性。

总之，在一定社会语境里，人受到强烈的外界刺激后，其头脑中可能仍然保留着所经历事件的某种映像。这种映像是在外界某个刺激物的作用下产生的效应，所能持续的时间短暂，并且不受当事人的意识支配，通常会引起强烈的情绪波动、情感反常或生理反应。萨伏伊在这部小说里所描

① Willard Savoy, *Alien Land*, Boston: Northeastern University Press, 1949, p. 31.
② Willard Savoy, *Alien Land*, Boston: Northeastern University Press, 1949, p. 27.
③ Willard Savoy, *Alien Land*, Boston: Northeastern University Press, 1949, p. 116.
④ Chris Nodde, *Evil by Design: Interaction Design to Lead Us into Temptation*, Indianapolis, IN.: Wiley, 2013, p.156.
⑤ Willard Savoy, *Alien Land*, Boston: Northeastern University Press, 1949, p. 27.

写的三类遗觉表象都是在种族主义社会环境里人们的病态心理反应，对黑人和白人都会造成很大的心理伤害，揭露了美国种族主义社会的非理性和反文明性。萨伏伊的遗觉表象描写所形成的艺术风格透视出了黑人文学家心象构成的社会根由，蕴含着象造于心的思想意识，折射而出的生活与艺术形式充满了耐人寻味的启示，有助于从深层次的心理认知机制探究 20世纪上半叶美国社会的种族隔离和种族冲突问题。

二、记忆表象

记忆表象是人们保存在头脑里的曾经接触、目睹或感知过的客观事物形象，即使不在眼前，在头脑中也仍然可能重现。这种表象是与形象记忆密切关联的一种回忆结果。[1]记忆表象与知觉密切联系，知觉映象愈丰富，记忆表象就愈多样；但它与知觉映象又有本质的区别，知觉映象是由事物本身直接引起的，而记忆表象往往是在有关词语、语境或场景的作用下出现的。[2]萨伏伊在《异域》里描写了记忆表象的致因，揭示了其深刻寓意。萨伏伊描写的记忆表象可以分为形象性记忆表象、概括性记忆表象和可操作性记忆表象。

首先，形象性记忆表象是当事人在对某事物有过感知的基础上形成并保持在其头脑里的事物映像。与知觉一样，这种记忆表象也是以事物的鲜明性为基础的。[3]记忆表象具有直观性和具体性，通常被视为对人或物的感性印象。在《异域》里，萨伏伊通过克恩对往事的回忆来描写其形象性记忆表象。克恩来到北方后，回忆起姑姑波拉（Paula）和姑父杰克时，他们的言谈举止、音容笑貌、衣着特色等印象就会在他大脑里栩栩如生地浮现，犹如往事的逼真性再现。但是，萨伏伊笔下的记忆表象所反映的事件或人物通常没有在当事人的面前，从而导致它们与当事人的知觉表象存在本质性差异。因此，这样的记忆表象在人的脑海里显得模糊不清、碎片化、不稳定。

其次，概括性记忆表象是当事人在一定社会环境里归纳综合其知觉后所得的记忆表象，与对相同对象的多次知觉印象的概括有着密切的关系。[4]

---

① Ronald T. Kellogg, *Fundamentals of Cognitive Psychology*, Thousand Oaks, Calif.: Sage, 2012, p.201.

② Molly Andrews, *Narrative Imagination and Everyday Life*, Oxford: Oxford University Press, 2014, p.121.

③ David Bromwich, *Moral Imagination*, Princeton: Princeton University Press, 2014, p.112.

④ John A. Bateman, *Text and Image: A Critical Introduction to the Visual-Verbal Divide*, New York: Routledge, 2014, p.98.

在现实生活中，人的知觉所涉及的同一物件或同类物件在其记忆表象中留下的只是关于这类物件的笼统印象，而非此类物件的个性特征或区别性特征。这部小说的起始部分描写了克恩逃离南方后头脑里所形成的概括性记忆表象。克恩头脑中出现的种族冲突、政府暴行等已不再涉及现实生活中的某一人、某一物、某一时刻，而是对白人、警察和政府虐待黑人的概括性印象或总体印象。一般来讲，表象的概括局限于对事物的主要外部特征的总体印象，但还未达到对这些特征进行归纳或总结的水平，因此，表象基本上处于对客观事物的感性认识阶段。然而，萨伏伊在这部小说里描写的概括性记忆表象所呈现的是美国种族问题的实质性问题，已经进入对客观事物的理性认识阶段，从而显示了黑人遭受种族暴力和政治压迫后的心理感悟性记忆。①

最后，可操作性记忆表象指的是人的脑海里所形成的表象不是一成不变的，而是可以被放大、缩小、分解、综合、移植或转换的。②萨伏伊在这部小说里采用悬念叙事策略来图解可操作性表象。越界进入白人社会的黑白混血儿一旦被白人发现，就会受到排斥和驱逐，人格也会受到巨大的侮辱。克恩在一个聚会上与白人姑娘玛丽安（Marianne）一见钟情，两人志趣相投，感情很好，但是克恩有一个难解的心结，即隐瞒了自己的黑人血统，该心结犹如一把达摩克利斯之剑③高悬在克恩的头上。当克恩在岛德电台的采编工作干得很出色的时候，突然决定与玛丽安断绝来往，使小说中其他人物和读者迷惑不解。原来，白人不与黑人结婚的记忆表象是黑人人际交往中的一个潜规则。萨伏伊把这个悬念的破解设置在玛丽安突然到访克恩住所时，玛丽安在无意中看到了克恩关于种族描写的新稿件，顿悟到这样的作品只有混血越界的黑人才能写出来，于是愤而离开了克恩的住所，断然结束了与克恩的恋爱关系。在小说的末尾部分，萨伏伊修复了这个记忆表象所导致的恶果。克恩主动给在纽约工作的玛丽安打电话，玛丽安的脑海里再现了他们过去的浪漫时刻和美好时光，他的话语激发了玛丽安冲破种族禁锢的勇气。之后，她毅然恢复了和克恩的恋爱关系。到了小说结束时，他们已有了一个四岁的女儿，一家人在佛蒙特的乡下过着幸福的田

---

① Emanuela Confalonieri, ed, *Reflective Thinking in Educational Settings: A Cultural Framework*, Cambridge: Cambridge University Press, 2014, p.231.

② 陈睿：《记忆表象与中国画》，载《现代装饰（理论）》2013年第9期，第159页。

③ 达摩克利斯之剑（The Sword of Damocles）用来表示时刻存在的危险。这个话语源自古希腊的一个传说：迪奥尼修斯国王请他的大臣达摩克利斯赴宴，命其坐在用一根马鬃悬挂的一把寒光闪闪的利剑下，由此而产生了这个典故，意指令人处于一种危机状态，"临绝地而不衰"，或者随时有危机意识，心中敲起警钟等。

园式生活。因此，可操作性记忆表象的运用拓展了小说情节发展的曲折性
和张力空间。

由此可见，记忆表象是促进当事人的感性认识向理性认识发展或演绎
的重要因素。萨伏伊关于记忆表象的描写有助于读者在阅读过程中摆脱对
美国社会的外观化认识。萨伏伊对小说中的记忆表象描写采用了抽象和概
括的方式，为读者在小说阅读过程中的批判性思维提供了思想基础，使读
者对美国社会的种族问题从感性认识上升到理性认识。①萨伏伊笔下的记忆
表象是哲理与心性相结合的艺术典范。过去事件和回忆景象所包容的意境
具有丰富的文化内涵，小说的字里行间渗透出一股鲜活的艺术气息，使读
者对过去的事件产生了一种历历在目、栩栩如生的逼真感。②萨伏伊笔下的
记忆心象显现出意境之象，使境生成于心象，形成象外之象，为心象描写
手法在心理叙事领域的运用开辟了新的路径。

三、想象表象

从认知心理学来看，记忆表象是想象表象在一定情境里形成的前提条
件，而想象表象则是人脑对已有的记忆表象进行改造后形成某种新形象的
心理发展过程。一般来讲，如果没有记忆表象，人是无法进行想象活动
的。③尽管想象表象产生于记忆表象，但它又不等同于记忆表象。"想象表
象对记忆表象的内容进行重新组合，在取舍过程中建构起新的形象。这种
新的形象是记忆表象的储存库中本身所不具有的，它是在社会实践的刺激
下，在知识、情感、意志的作用下，将记忆表象这一系统的结构重新调整
后形成的产物。"④萨伏伊在《异域》里所描写的想象表象可以分为两类：
无意识想象表象和有意识想象表象。

首先，无意识想象表象是指当事人在一定情境里做某事时所产生的事
先没有特定目的的想象表象，带有显著的自发性。萨伏伊在这部小说里采
用意识流手法来描写无意识想象表象。克恩在外婆玛格丽特（Margaret）
家后面的山上漫步时，难以排解心中的郁闷。他难以忘怀在美国南方的恐
怖经历。每当回忆起黑人"社会性死亡"般的生活时，他就会不寒而栗，

---

① Patricia M. E. Lorcin & Daniel Brewer, eds., *France and Its Spaces of War: Experience, Memory, Image*, New York: Palgrave Macmillan, 2009, p.198.

② Robert S. Feldman. *Development Across the Life Span*, Boca Raton: CRC, 2014, p.87.

③ Brian Attebery, *Stories About Stories: Fantasy and the Remaking of Myth*, New York: Oxford University Press, 2014, p.131.

④ 陈波：《论记忆想象和想象表象》，载《社会科学家》1989 年第 6 期，第 36 页。

陷入意识流的思绪："我不能回去！我不会放弃这个最后的写作机会——我要成为自己想做的人。我不会回去！"[1]他的意识流思绪表达了他对父亲指令的抗争和对自己意愿的坚持，显示出他已经从一个小孩成长为一个有主见的成年人。此外，萨伏伊还用意识流手法描写了克恩种族越界失败后的焦虑心理："黑鬼！黑鬼！黑鬼！为什么？为什么突然间，一句话就使他成为千夫所指的小人呢？为什么呀？为什么我不得不保持现在的身份——我是什么呢？"[2]这段意识流表达了克恩对美国种族身份的极大愤慨，黑人的"黑"不是生理上的血缘之"黑"，而是不合理的社会制度把黑人人为地"染黑"。因此，虽然有着白皮肤和蓝眼睛，但克恩仍然难逃"一滴血"的魔咒，受到社会的排斥。萨伏伊笔下的意识流表现出一种"心象"或"幻境"，可以看作"心象"在文学作品里的延伸。该意识流手法的运用将现实和内在心理活动有机地结合起来，展现出一个内心的甚至是下意识的境界。[3]作者在意识流中极力地捕捉种族主义社会里双重意识的闪烁迷离身份及其留下的不可名状的思绪。

其次，有意识想象表象指的是事先有预定目的的想象表象。在这种表象的生成过程中，由情生意，由意生象，与作家的主题表达有机地结合起来。[4]这种表象致力于描写美国的种族和社会，其言情道意尽是作者的肺腑之言。萨伏伊不仅是无意识想象表象描写的能手，而且还是通过"造情"和"造境"来为有意识想象表象铺平道路的高手。萨伏伊在《异域》里对有意识想象表象做了独到的建构。根据当事人观察和认知客观事物的独特性、灵活性和创新性，有意识想象表象可以划分为三类：再造想象表象、幻想表象和预测表象。

第一，再造想象表象是当事人听了他人的口头描述后在自己的脑海里形成的想象表象。这种表象能使当事人超越自己的经验范围和时空限制，突破个人狭隘的知识面，获取更多的外界信息，增强信息的加工处理能力，发挥自己的想象能动性。[5]在《异域》里，萨伏伊描写了克恩的再造想象表象。姑父杰克要到蒙哥马利城去送几天货，走之前专门叮嘱侄儿克恩：每天回家时要护送姑姑波拉。原来当地的警察局局长比尔·诺伯是一个披着

---

[1] Willard Savoy, *Alien Land*, Boston: Northeastern University Press, 1949, p.15.

[2] Willard Savoy, *Alien Land*, Boston: Northeastern University Press, 1949, p.179.

[3] Humberto Nagera, *Basic Psychoanalytic Concepts on Metapsychology, Conflicts, Anxiety and Other Subjects*, New York: Routledge, 2014, p.65.

[4] Martha, Blassnigg, ed, *Light, Image, Imagination*, Amsterdam: Amsterdam University Press, 2013, p.66.

[5] David Bromwich, *Moral Imagination*, Princeton: Princeton University Press, 2014, p.261.

官衣的大流氓，他宣称波拉将是其下一个玩弄对象。在这样的社会环境里，克恩每天晚上一闭上眼睛，那个警察局局长的狰狞面目便会浮现在他眼前，搅得他难以入睡。与此同时，父亲查尔斯的形象也随之浮现在眼前，他的脸上显现出对邪恶的痛恨和在恶势力面前的凛然正气。虽然克恩平时总是对父亲不满，父子关系十分紧张，然而在环境的张力氛围里，他再造的父亲形象成了他驱邪的利器和消除心理焦虑的必要工具。此外，萨伏伊还描写了一个再造想象表象的场景。克恩被警察关在监牢里，他看见一只蟑螂掉进桌上的一个咖啡杯里。那只蟑螂想爬出咖啡杯，但咖啡杯的内壁很光滑，它每次爬到一半就掉了下去，它掉下去后又爬，不停地拼命尝试。这个场景诱发了其再造想象表象，使克恩移情于姑父的命运：当姑父被白人涂上柏油活活烧死的时候，他也在尽力地挣脱，像蟑螂那样拼命寻求活路。接着，他又开始想象被打伤的囚犯是否已经死亡，和他一起被捕的姑姑波拉是否正在遭受酷刑等等。一只蟑螂的出现在克恩的脑海里再造出无限的想象表象，直到他进入梦乡。

第二，幻想表象不是根据现成的描述，而是在大脑中独立地产生的新表象。这种表象与个人生活愿望相联系并指向未来的想象，展现了个人的憧憬或寄托。萨伏伊在这部小说里描写了克恩童年的幻想表象。当克恩去汤姆的理发店理发时，因太阳光越来越强烈，理发师伸手越过放在窗边的儿童木马，把百叶窗放下来。理发师走近木马的行为使克恩联想起自己的童年时代。那时，他还是一个儿童，妈妈还健在，他跨着小木马，前后摇动，幻想自己变成了一个英勇的冒险家，骑着这匹马冲出理发店，驰骋在辽阔的大地上。此外，萨伏伊还描写了克恩初次求职时产生的幻想表象。克恩去杂志发行商弗兰克·理查兹（Frank Richards）那里求职，弗兰克要求他先推销 50 份杂志，每推销出去一份，他就可以获得 3.5 美分的报酬。一听到有钱可赚，克恩心里愉快无比。萨伏伊描写道："克恩立即做数学题，用 3.5 乘以 50，可以赚到 1.75 美元呢。这个总数使他大吃一惊。……他开始计划怎么用掉这笔钱了。"①这个幻想表象的描写显示出克恩第一次想象着挣钱后的花钱欲望，也是其自立心态的第一次显现。

第三，预测表象指的是根据自己的人生经验或个人阅历对尚未出现的事物或事件进行预测或先行感知的表象。②这种表象是人在脑中通过加工记

---

① Willard Savoy, *Alien Land*, Boston: Northeastern University Press, 1949, p.115.

② Arthur S. Miller, *Racial Discrimination and Private Education: A Legal Analysis*, Chapel Hill, N.C.: University of North Carolina Press, 2012, p.37.

忆所提供的材料而产生新形象的心理过程，也就是人们将过去经验中已形成的一些暂时的联系进行新的结合。它能突破时间和空间的束缚，有时会产生一种先知先明。在这部小说里，萨伏伊描写了克恩猜测姑妈波拉形象时的预测心象。克恩中学毕业之际，姑妈波拉专程赶来参加他的毕业典礼，但是克恩从来没有见过她。克恩讨厌家里的女佣人内蒂（Nettie），非常担心即将来家里做客的姑妈是另一个令人讨厌的女人。得知姑妈要来的那个晚上，克恩在脑海里预测了一大堆姑妈的形象。之后的一个月里，他一直在预测姑妈是个什么样的人，害怕她的到来会限制他的自由。他的大多数预测都是以其父亲的形象为基础的。"她是一个表情冷酷的老女人，具体年龄不详，是一个比父亲还可怕的暴君。"①萨伏伊的预测表象构成了一个反差很大的情境反语。当克恩见到波拉时才发现，自己的姑妈不但不可怕，反而是一个可爱可亲的漂亮知识女性。另外，萨伏伊还设置了一个预测心象，当克恩与白人女士多卡丝在一家白人餐馆吃饭时，他很想大喊一声："看呀，看呀！我是黑人。看着我，我坐在你们中间。你们不相信，是吗？"②他很想借此预测餐馆里白人就餐者的反应，想象着也许餐馆里的人会像埃文斯高等艺术学校的同学一样，纷纷离开他。克恩的预测心象还停留在意识流阶段，他对预测结果的渴望显示了其对种族隔离和种族界限的强烈不满。

总之，萨伏伊在这部小说里关于有意识想象表象和无意识想象表象的描写揭示了美国种族主义社会环境里人们的心理扭曲和人性之恶。想象心象的生成过程也就是心象在认知结构中的表征建构过程。以这种表征方式编码的经验与知识在认知结构中表现为多种具体形态的信息结构模式，揭示了想象心象生成过程中的完形心象和以主体时空结构为图式认知情景的情节心象的内在关联。③这部小说里呈现的想象表象具有"情境"饱满的特点，这来源于丰富的艺术"心象"，不管是无意识想象表象的意识徜徉，还是种族情感的悲壮释放，都在小说中流露出作家浩瀚的情怀。④萨伏伊对想象表象的描写包含着他在认知美国种族形势和感知美国种族情感过程中所倾注的心象和所融通的心境。他追求意境、开拓心象的探索实践使其心象叙事策略独具风格，成为非裔美国城市自然主义小说传统的一朵奇葩。

① Willard Savoy, *Alien Land*, Boston: Northeastern University Press, 1949, p.131.
② Willard Savoy, *Alien Land*, Boston: Northeastern University Press, 1949, p.198.
③ Derek Matravers, *Fiction and Narrative*, New York: Oxford University Press, 2014, p.72.
④ N. Orkun Akseli, *Availability of Credit and Secured Transactions in a Time of Crisis*, Cambridge: Cambridge University Press, 2013, p.67.

萨伏伊在《异域》里描写的心象及其内涵寓意不是偶然的艺术现象，而是兼容了黑人文化传统、美国社会环境和跨种族的沟通融合等多方面因素。对该小说的鉴赏不应单纯地停留在艺术风格和叙事策略的递变过程上，而应探赜索隐，考量这些心象产生的社会基础、种族基础和个人情怀。[1]萨伏伊笔下的心象蕴涵着特有的人文精神，对小说人物的情感、思想和行为起着潜在的支配作用，心象决定了他们的处世态度、生活情趣和行为方式。萨伏伊在种族抗议的思想影响下形成的审美观和审美趣味是构成小说人物心象品质的重要元素。其心象描写抒发了黑人作家的幽幽情思，有助于读者在对美国种族社会的静清观望中，领悟生命的真谛，并将之融化于民族精神，寄内心情怀于各种心象之间。由此而获得的"境象"具有虚实相合的二重性，呈现出灵动之美，超然象外。萨伏伊的心象描写在形式上以事件触动心灵，彰显了以写实为基础的概括与凝练。萨伏伊始终追求叙事策略和文本立意的最高境界，借助美国种族关系的复杂性来表现自己的心绪情感或审美观念。他在这部小说中独辟蹊径的心象描写与作家本人的高尚人格相映生辉，成为非裔美国城市自然主义小说的旷代绝笔，彰显了非裔美国人的文化传统和民族精神。

第二节　《街》：记忆表象、心象与情境心理

《街》是安·佩特里的代表作，受到学界的好评和读者的青睐，并获得霍顿·米夫林文学奖（Houghton Mifflin Literary Fellowship）。这部小说的图书销售量超过百万，使佩特里成为美国文学史上第一位备受瞩目的黑人女性作家。该小说与理查德·赖特的《土生子》（*Native Son*，1940）一样都是揭露黑人社区种族偏见和种族压迫的佳作，小说主人公都是为了捍卫自我而杀人。《街》因此"被评论家归入《土生子》式的抗议文学而同样消失在了赖特的阴影中"[2]。然而，这部小说的艺术成就在 20 世纪末 21 世纪初重新得到学界的高度认可。乔国强认为，佩特里采用新颖的写作技巧来讨论美国黑人政治问题和心理问题，对发扬黑人文学传统具有独特的贡献。[3]

① Barbara Jane Bloom, *The Effects of the Use of Imagery in Learning in Relation to Race, Socio-Economic Status, and Age*, Ann Arbor, Mich.: UMI, 1972, p.28.

② 王家湘：《在理查德·赖特的阴影下——三四十年代的两位美国黑人女作家佐拉·尼尔·赫斯顿和安·佩特里》，载《外国文学》1989 年第 1 期，第 74 页。

③ 乔国强：《美国 40 年代黑人文学》，载《国外文学》1999 年第 3 期，第 68 页。

佩特里在《街》里把自己早年在哈莱姆的生活经历融入其中，她的所见、所闻、所思折射出一位黑人女性作家的历史使命感和种族责任感，充分显示出她对社会现实问题的敏锐观察力。她紧随时代的脚步，其关注点从政治层面到文化精神层面，在内容、主题和形式等方面做了积极的探索和创新。罗伯特·布恩（Robert Bone）说："她的写作风格包含一种狂暴的现实主义，缺乏爱，甚至缺乏对语言的尊重。她的人物刻画主要是针对社会问题的，但比一般的自然主义小说更趋向于探索心理深度。"①的确，佩特里擅长于对人物心理的细腻刻画。她的《街》被美国学界视为美国文学史上的一部心理叙事杰作。因此，本节拟从记忆表象、心象和情境心理等方面来研究佩特里笔下的心理叙事特色，揭示佩特里对现代黑人小说发展的独特贡献。

一、记忆表象

从心理学来看，记忆表象指的是保存在人头脑中的客观事物的形象。这种形象通常在过去的某个情境中被感知过，即使不在眼前也能在头脑中再现。②它与形象记忆有着密切关系。佩特里在《街》里采用的"记忆表象"是其心理叙事的重要策略之一。该小说讲述了一名牙买加黑人妇女的故事。她发现丈夫有了第三者后，就带着小儿子毅然与丈夫分手，来到纽约打工，租住在哈莱姆第116条街。虽然小说的主要情节线索呈线性发展，但由小说人物回忆而生成的各种往事片段成为小说的有机组成部分，展示了黑人社区的生活百态。她的这部小说与其说是在写实，不如说是在写卑琐而世俗的美国黑人在种族主义社会环境里恐怖、阴冷且抑郁的个体记忆。这记忆的背后渗透出佩特里的个人记忆与心灵体验的凄凉，小说所叙事件传递出对现实社会环境必须进行改良的启示。佩特里在《街》里从创伤性记忆表象、自悟性记忆表象和忏悔性记忆表象等方面展现记忆表象的心理表现形式。

首先，佩特里笔下的创伤性记忆表象指的是小说人物采用补叙的方式，去追忆其人生道路上经历过的各种伤害或不幸，特别是精神伤害，从而阐释这些创伤事件对其现实生活的巨大影响。③佩特里主要从三个方面描写了

---

① Robert Bone, *The Negro Novel in America*, New Haven: Yale University Press, 1965, p.78.

② Ronald T. Kellogg, *Fundamentals of Cognitive Psychology*, Thousand Oaks, Calif.: Sage, 2012, p.201.

③ Molly Andrews, *Narrative Imagination and Everyday Life*, Oxford: Oxford University Press, 2014, p.98.

创伤性记忆表象。第一，小说主人公鲁蒂（Lutie）撞见丈夫吉姆（Jim）与情妇睡在一起的场景成为她难以忘怀的心理创伤。为了养活长期失业的丈夫和年幼的儿子，以及为了还清房贷，鲁蒂背井离乡来到康涅狄格州，在一个白人家里当保姆。她省吃俭用，把所有余钱都寄回家，但是她对家庭的忠诚和无私奉献却换来了丈夫的背叛和欺骗。鲁蒂遭受的心灵创伤笼罩了其一生，使她对一切男人都充满了怀疑和不信任。第二，佩特里还描写了发生在黑人乐队队长布茨（Boots）身上的创伤性记忆。布茨不论在任何地方看到窗帘飘动都会感到心寒不已。布茨年轻的时候在火车上工作，平时很少回家。像鲁蒂一样，他每个月把挣到的钱都寄回家，尽量让妻子朱碧丽（Jubilee）生活得好一点。一天，他未打招呼便提前回家，一进家门，他就觉得妻子表情异常，接着发现房间的窗帘在颤动，于是他走到窗边，掀起窗帘看到一个白人男子正顺着窗外的梯子逃走。妻子的背叛给布茨造成了极大的心灵创伤，导致他对一切女人都充满了失望。后来，当他遇到美丽的少妇鲁蒂时，虽然有点心动，但还是不敢去追求，同时也不愿付出自己的真心。第三，在这部小说里，佩特里还描写了妓院老板赫奇丝（Hedges）的创伤记忆。白人大亨朱恩托（Junto）一直倾慕黑人妇女赫奇丝，但她一直不愿接受他的追求。朱恩托在发迹之前就认识赫奇丝，两人在垃圾场捡废品时就结下了深厚的情谊；朱恩托发财后，专门邀请她出任其第一处房产的管理人。但是，一场意外的火灾不但烧光了赫奇丝的头发，还把她的身体也烧得遍体鳞伤。为了在朱恩托的心目中永远留下美好记忆，她总是拒绝他的求爱。早年的精神创伤或身体创伤构成了相关人物难以忘怀的创伤记忆。这类记忆表象的叙述方式往往是先交代事情的结果、人物的命运，然后追根溯源，娓娓道来。这样的叙事方式带有全知视角的特征。佩特里的独到之处是在往事和现实的轮换叙述之外，还采用多重视角能动地讲述故事的曲折发展，把叙事主体、叙述人、场景等的不同心理观照有机地结合起来，拓展了非裔美国小说的叙事传统，体现了其创作风格的现代气息。

其次，佩特里还采用了自悟性记忆表象的策略。这种记忆表象指的是人生路途中的所见所闻引发了当事人的深思，使当事人从中获得了智慧，并对当事人后来的行为和思想产生了积极的影响。在《街》里，小说主人公鲁蒂曾在白人夫妇钱德勒（Chandler）家负责照看六岁的小孩亨利（Henry）。鲁蒂发现白人都有自己的理想，都会勤奋学习，掌握知识后都从事着体面的工作，这些白人的思想和行为对鲁蒂产生了很大的影响。她也打算像白人那样通过努力学习来改变自己的命运。于是，她在生活遇到困难时都会联想到白人对美国梦的追求，并以此为自己奋斗的源泉。后来，为了追求自己的美国梦，鲁蒂离开白人家，来到哈莱姆，她一边在洗衣房当熨烫工，一边在夜校学习文档管理知识，练习打字。鲁蒂的自悟性记忆不时鞭策她放弃懒惰之念，促使她克服一切困难完成学业，争取成为一名不以干粗活为生的黑人。鲁蒂以本杰明·富兰克林为榜样，义无反顾地为自己和儿子巴布（Bub）的美好生活而奋斗。此外，佩特里还描写了鲁蒂奶奶的话语对她的影响。鲁蒂时常到第八条大街的肉铺去买肉，每次挑选肉时，奶奶的警示性话语就会出现在其脑海里。奶奶曾说："小心，哈莱姆的肉店多用工业保鲜剂来给牛肉保鲜。"[1]奶奶的话语在其心目中形成了一个自悟性记忆，不时提醒她在挑选肉食时要多加小心。最后，佩特里还描写了小孩巴布的自悟性记忆。巴布在电影院观看了一些关于侦探的电影，影片中侦探的勇敢和大胆形成了巴布的自悟性记忆，使他觉得自己也可以成为那样的人。为了节省电费，妈妈晚上到夜总会上班时，不允许巴布睡觉时开灯。然而，八岁的巴布在黑暗中因为恐惧难以入睡。这时，电影里的侦探英雄就会浮现在他脑海里，他把自己移情为勇敢的侦探。自悟性记忆表象给他增加了不惧怕黑暗的勇气，有助于他在黑暗的屋子里平静入睡。在自悟性记忆表象中，佩特里以自己苍凉敏感的心灵体验为线，以独特的心理时间为枢纽，建构小说的故事情节，打开了一个个心灵之城，展现了人世间的一幕幕悲欢离合。

最后，忏悔性记忆表象策略的运用使《街》这部小说的悲剧色彩更为浓烈。从心理学来看，忏悔指的是"将事件的真实结果和可能发生的一个比真实结果更好的假设结果进行比较而产生痛苦情绪的过程"[2]。忏悔以反事实思维为基础。忏悔性记忆表象指的是作者以情感触动的叙事方式描写小说主人公为自己的不当往事或错误行为进行反思和忏悔，带有深深的遗憾感和负罪感[3]。在《街》里，当儿子巴布被警方拘押后，鲁蒂待在家里久久难以入睡。她对涉及巴布的往事有四大后悔之处：一是不该总是在孩子面前抱怨家里没钱，导致孩子为挣钱而走上邪路；二是不该责备孩子开着灯睡觉，因为黑暗中的寂寞对于一个八岁孩子来说是难以承受的；三是不该在社会治安环境不好的第 116 条街租房子，致使孩子处于邪恶势力的包

① Ann Lane Petry, *The Street*, New York: Houghton Mifflin, 1946, p.61.

② 陈仁芳：《后悔情绪认知心理特点及神经机制的研究》，载《中南林业科技大学学报》（社会科学版）2013 年第 5 期，第 96 页。

③ Christine Maguth Nezu, *Specialty Competencies in Cognitive and Behavioral Psychology*, New York: Oxford University Press, 2014, p.98.

围之中；四是自己不该晚上出去唱歌挣钱，导致孩子因无人照管而出事。鲁蒂的忏悔不时浮现在脑海里，形成了栩栩如生的表象，使她难以摆脱在儿子被拘押这个事件上的焦虑和自责。

因此，无论是倒叙的创伤记忆、插叙的自悟性记忆，还是情绪悲凉的后悔性记忆，都带有浓浓的时代沧桑感。佩特里努力使主观自我从小说中抽身而退，以一个冷静旁观者的心态，写下她所看到和体悟到的哈莱姆社会的现实和人间百态，并通过再现记忆表象的方式来展现人物的心灵轨迹，这些记忆表象片段真实深切，直指人心。它们似乎不是佩特里写出来的，而是人物在故事情节的发展过程中自己走出来的，具有心理现实主义的典型表征，成为使读者从感性认识向理性认识过渡的重要桥梁，使读者对美国种族主义社会的认知进一步加深，形成自己对社会形态与人性演绎之相互作用的新认知。

二、心象

与记忆表象密切相关的心理现象是心象。美国心理学家罗伯特·索尔索（Robert Solso）对心象下过一个简洁的定义："心象是不在眼前的物体或事件的心理表征。"[1]佩特里在《街》里采用了以心象描写为特征的心理叙事策略，在其笔下，心随象转，心灵互动，心理图形和事件想象栩栩如生。在这部小说里，小说主人公头脑中浮现的心象可称为知觉心象，这些心象是虚化的物象，作者以此来言志、言情和言心。因此，可以说心象是被作者人格化了的描写对象。根据感觉通道的具体情况，这部小说里描写的心象可以分为三类：视觉心象、听觉心象和运动心象。

首先，视觉心象的本意是大脑中出现的具有视觉特征的心象。在佩特里笔下，视觉心象是某个物件、动物或人物，它们在一定语境里出现，使小说人物产生强烈的心理反应，也促使该人物在心理上采用相应的策略。[2]在《街》里，主人公鲁蒂下班回家，碰见儿子巴布带着擦鞋箱坐在街边揽客。一看见那个擦鞋箱，鲁蒂的脑海里顿时就浮现出儿子这一辈子都会以擦鞋为生的场景。因此，她心里对巴布充满了愤怒。之后，鲁蒂带着巴布去游览动物园，看了关在笼子里的狮子和老虎，这些猛兽使鲁蒂联想到自己的处境，觉得自己受困于毫无生气的黑人社区，被种族主义社会环境

---

① Robert Solso, *Cognitive Psychology*, Boston: Allyn and Bacon, 2001, p.208.

② John A. Bateman, *Text and Image: A Critical Introduction to the Visual-Verbal Divide*, New York: Routledge, 2014, p.124.

制约了发展前途。此外，公寓管理员琼斯（Jones）对鲁蒂一见钟情，沉溺于暗恋而不能自拔。他一看见鲁蒂的小儿子巴布，马上就联想到巴布是鲁蒂和其丈夫做爱后生下的孩子，便产生了巴布是他父亲复制品的心象，于是琼斯不但产生了仇恨巴布的情感，而且还对从来没有见过面的巴布生父也产生了羡慕嫉妒恨的复杂情感。佩特里笔下的视觉心象揭示了潜意识层的人物心理动态，有助于显现这些人物的性格特征。

其次，佩特里还采用了听觉心象的心理叙事策略。听觉心象指的是某种声音在一定语境里作用于人的大脑后所呈现出的具有听觉特征的形象。佩特里在这部小说里从三个方面描写人物的听觉心象：第一，鲁蒂在舞厅首次演唱成功后，她听到听众的掌声和舞厅乐队队长布茨的赞赏时，耳边响起了点数大量钞票的声音，脑海里甚至浮现出搬离第 116 条街黑人贫民窟的场景。第二，佩特里描写了公寓管理员琼斯的听觉心象。一天晚上，琼斯听巴布说鲁蒂不在家时，脑海里便很快浮现出了鲁蒂在外面和男人鬼混的场景，甚至似乎还听到了他们做爱的呻吟声。第三，当琼斯得知白人大亨朱恩托想占有鲁蒂时，他每天晚上辗转难眠，脑海中翻滚着朱恩托与鲁蒂在床上做爱的场景，由此形成的心象具有图、形、声的立体感和动感。这个听觉心象使琼斯备受折磨，几乎把他逼到精神崩溃的边缘。

最后，从认知心理学来看，运动心象是与动作系统相关联的心理意象。在文学作品里，运动心象指的是人在空间移动过程中产生的各种心理活动，具有栩栩如生的情感色彩。[①]在《街》里，佩特里从不同方面描写了小说人物所经历的运动心象。布茨第一次开车载鲁蒂到纽约城的郊外兜风时，故意把车速开到极限，沿途超过了许多白人驾驶的车，布茨的心里产生了黑人战胜白人的臆想和虚荣心；布茨开车行驶在狭窄的山路时仍然不减速，于是鲁蒂的脑海里产生了车毁人亡的心象，并且还设想儿子巴布不知母亲死因的迷惘心理。此外，佩特里还描写了黑人妇女敏（Min）遭受家庭暴力时所产生的运动心象。琼斯因强奸鲁蒂未遂，心生一股无名火，随后把这火撒在其同居情妇敏的身上，怀疑是敏故意放狗出来，使他强奸鲁蒂的阴谋未能得逞，于是举起拳头砸向敏。在这危急时刻，敏想采用伏都教巫师大卫（David）卖给她的"防家暴神粉"，但遗憾的是，那瓶神粉她并没有带在身上。敏求助于神粉的期盼心理促成了其运动心象，披露了其抗拒暴力的无奈心态。在小说的末尾部分，佩特里描写了另一个心象情境。为

---

① Emanuela, Confalonieri, ed., *Reflective Thinking in Educational Settings: A Cultural Framework*, Cambridge: Cambridge University Press, 2014, p.67.

了中止布茨的强奸行为，鲁蒂毅然用铁烛台把他砸死。她杀死布茨后产生的心象是：布茨不但是强奸犯和白人流氓朱恩托的帮凶，而且还是黑人苦难的制造者，甚至还成为欺压黑人种族的邪恶势力的代表和象征。总之，在汽车飞速行驶、拳头挥舞和铁烛台疯狂砸击等运动时空里所产生的心象具有速度快、力度猛和震撼性强的特征。

佩特里笔下的心象折射出当时黑人社区的各种社会问题。色欲和贪欲的相互纠结使她刻画的各类人物心理显得矛盾而怪异，呈现出一幕幕令人匪夷所思的心理幻境。佩特里采用联想、象征、比喻、魔幻等手法，对人物心象进行了既冷峻又华美的细节描写，颇具映照人心的心理蕴涵。除了以心和眼写心象之外，佩特里还用心理分析的策略来讲述故事，描写人物潜意识层的性心理动态，渲染物欲和色欲带给每个人内心深处的沉重负荷和痛苦挣扎。佩特里借助人物心象的描写来外化人物心理，揭示了人性的多元化表征。

三、情境心理

与记忆表象和心象叙事的描写相得益彰的是情境心理的设置。根据认知心理学的一般原理，情境指的是"当事人的感官在一段时间内接收到的全部信息，既包括注意到的范围，也包括未注意到的方面，但作用于感官的其他事物对当事人产生的未必全是被当事人意识到的心理影响"[①]。通常来讲，人的心理状态往往与某种情境相关联，通常受制于客体、客体背景、客体关系以及生存环境的变化，反映了该情境对其的影响。佩特里在《街》里生动地描写了各种形态的情境心理。佩特里在这部小说里从恋物癖、事与愿违、心理冲突和臆想四个方面来描写小说人物经历的情境心理。

首先，恋物癖指的是当事人在生活中痴迷于收集、偷窃或触摸异性物品，并以此来宣泄自己的性冲动和获得性满足的一种怪癖，通常被视为一种精神疾病。"恋物癖者所恋的物品均为与异性身体有直接接触的东西，如胸罩、内裤、其他内衣等，恋物癖者抚摸嗅闻这类物品时伴以手淫，或在性交时由自己或要求性对象持此类物品，以获得性满足。"[②]一般来讲，恋物癖者多为青年人，但佩特里在《街》里塑造了一个老年恋物癖者——公寓管理员琼斯。琼斯对房客鲁蒂的暗恋越来越陷入病态，他没有自信心公

---

① M. E. Patricia, *France and Its Spaces of War: Experience, Memory, Image*, New York: Palgrave Macmillan, 2009, p.45.

② Robert Solso, *Cognitive Psychology*, Boston: Allyn and Bacon, 2001, p.56.

开向鲁蒂求爱，于是就趁鲁蒂不在家的时候，哄骗其儿子巴布，得以进入她家。他先是对鲁蒂的唇膏感兴趣，联想到唇膏经常接触到她的嘴唇，而自己没有机会亲吻到她的嘴唇，因此琼斯就想偷走唇膏，以便晚上偷偷地涂抹在自己的嘴唇上，达成间接亲吻鲁蒂的性满足。此后，他趁巴布上街买啤酒和烟之际，从客厅偷偷溜入鲁蒂的卧室，看着鲁蒂的美丽床罩，他情不自禁地去抚摸，似乎在抚摸鲁蒂的身体。当他打开鲁蒂的衣柜时，对她的胸罩和衬衣的痴迷达到了巅峰。他取下她的衬衣，用力地揉捏衬衣的前胸部分，发泄自己的性冲动，仿佛要拧掉她的乳头来满足其性快感。佩特里关于恋物癖的性心理描写披露了恋物癖者在暗恋情境中的幼稚性心理，同时也揭示了琼斯之类的黑人男性被白人社会阉割后所形成的心理变态。

其次，在《街》里，佩特里还采用命运反讽的策略来描写小说人物的事与愿违心理。事与愿违指的是当事人做某事的目的与事后产生的结果相悖。在这部小说里，公寓管理员琼斯暗恋漂亮的鲁蒂，但又没有机会与鲁蒂建立起亲密关系。鲁蒂刚到公寓租房子时，希望琼斯把所有的房间都刷成白色。为了讨好鲁蒂，他自己花钱把鲁蒂租的三个房间分别粉刷成了不同的颜色，以为这样能得到鲁蒂的赞赏和青睐，但这却引起鲁蒂的强烈不满。琼斯的良好愿望不但没有达到预期的效果，反而适得其反。一计不成又生一计，他打算先获得鲁蒂儿子的好感，然后再获得鲁蒂之爱。琼斯发现巴布有想挣钱为母亲减轻负担的强烈愿望，于是就为巴布制作了一个擦皮鞋的箱子，还为巴布上街擦鞋提供了相关的工具。他的帮助换得了巴布的好感，但是鲁蒂一看到那个箱子就勃然大怒。鲁蒂追求的是白人式美国梦，把儿子从事擦鞋工作视为自己的奇耻大辱。得知擦鞋箱是琼斯做的，鲁蒂心里更是充满愤怒，认为琼斯企图把自己的儿子引向下贱的职业之路。这个事件之后，鲁蒂即使在路上碰到琼斯，也不愿搭理他。鲁蒂知晓琼斯的示爱企图后，严令儿子和他断绝来往，告诫儿子别让琼斯进家门。但是，琼斯再次利用巴布渴望挣钱的心理，引诱巴布去偷公寓楼的邮箱，导致巴布被警察逮捕。鲁蒂阻止巴布与琼斯交往的意图激起了琼斯更大的报复行为，他一边叫巴布去偷邮箱，另一边又通知警察去抓现行，他的圈套使母亲保护儿子的意愿落空。佩特里的反讽手法使事态的发展出乎当事人的预料，揭露了黑人社区的不良生存环境。

再次，与命运反讽相辅相成的还有心理冲突。心理冲突指的是当事人在一定的场景里因拥有两个或两个以上的相互矛盾的动机、欲望和目的而产生的冲突。佩特里在《街》里采用了四种方式来描写人物的心理冲突：

双趋冲突、双避冲突、趋避冲突和双重趋避冲突。第一，双趋冲突指的是当事人在社会生活中有两个都想要的东西，但因二者不可兼得而产生的心理冲突。琼斯暗恋上鲁蒂后，既想得到鲁蒂，又不想让同居了两年的敏离开，这导致琼斯想在生活中同时拥有这两个女人，但在现实生活中因无法兼得而陷入了二者必须取其一的心理冲突。第二，双避冲突指的是当事人有两件都不想要的东西或对两个选择都不满意，但因必须择取其一而产生的心理冲突。当黑人少妇鲁蒂去舞厅应聘歌手时，好色之徒布茨具有决定是否聘用她的权力。布茨在面试时说："你不会再穷了。从今晚以后。我敢保证。从现在起，你该做的唯一一件事情就是对我好，宝贝。"①面对布茨赤裸裸的要求，鲁蒂当时的心理是既要避免成为布茨的性玩具，又要避免失去这份工作。因此，鲁蒂发现这两个目标同时具有不利因素和危害性时就选择了躲避或放弃，她因想逃避而产生的心理冲突就是双避冲突的表现形式。第三，趋避冲突指的是想做的两件事可能会产生有利有弊的后果，因此难以抉择，时常会产生顾此失彼的感觉。在小说里，布茨的老板朱恩托也看上了黑人少妇鲁蒂，勒令布茨放弃对鲁蒂的追求。如果布茨一意孤行，他就会失去舞厅乐队队长的职位，沦为失业者；如果他听从朱恩托的指令，那么他就会永远失去自己心爱的女人。爱情和地位成为布茨难以回避的趋避冲突。布茨心里怀有两个目标——美女和地位。他想得到美女，同时又想避免失去现有的地位。这个趋避冲突使布茨的情感与理性陷入相互矛盾的状态。第四，双重趋避冲突指的是双避冲突与双趋冲突同时发生所形成的一种复合型冲突，也可能指的是两种趋避冲突同时出现所生成的一种复合形式。在这部小说里，鲁蒂与丈夫分居后，既有获得自由的快乐，但也有无丈夫陪伴的寂寞之苦；既有和儿子生活在一起的天伦之乐，但又有抚养儿子的沉重经济负担和繁重的家庭杂务。其生活处境构成了难以回避的双重趋避冲突，自由与寂寞、快乐与负担对鲁蒂有利有弊，鲁蒂时常陷入左右为难的多重痛苦取舍中。由此可见，在美国种族主义社会里，黑人在生活中的心理冲突可能涉及家庭、社区、单位、政府机构等诸多层面。在不同的社会层面里遇到棘手的问题时，当事人都需要做出相应的选择。如果当事人患得患失或优柔寡断，那么就容易陷入心理冲突引起的各种焦虑之中。

最后，臆想指的是主观的想象，对臆想的描写常常带有讽刺或嘲笑的口吻。在这部小说里，佩特里采用臆想的叙事策略，从两个方面来描写人物处于虚幻状态的情境心理：超前享受心理和阿Q式精神胜利法。超前享

① Ann Lane Petry, *The Street*, New York: Houghton Mifflin, 1946, p.225.

受心理指的是人在某笔钱还没有得到的情况下就开始谋划怎么消费这笔钱而获得消费快感的心理。小说主人公鲁蒂在去舞厅参加试唱的路上，心里充满了喜悦，试唱尚未开始，她的头脑里就开始想象和舞厅乐队队长布茨签约后的场景：有了在舞厅挣的高薪，她就可以马上带上儿子搬离环境肮脏、治安状况不好的第116条街，用这笔钱在环境优美的高档住宅区租一套高级公寓，订购一批高档家具，让儿子就读高档私人学校，但实际上这笔钱还只是画上的饼，仍属于虚幻之物。此外，佩特里还描写了琼斯暗恋失败后的报复性臆想。琼斯设计了让警察拘捕巴布的陷阱，企图让鲁蒂陷入孤家寡人的境地，臆想她会忍不住寂寞主动来找他，然后他就装作正人君子，傲然地拒绝她，以此报复以前被她拒绝的屈辱。琼斯的臆想可视为典型的阿Q式精神胜利法，揭露了其自欺欺人心理。

佩特里在《街》里描写了小说人物的恋物癖、事与愿违心理、心理冲突和臆想，展示了美国黑人的情感心理状态、意志心理状态和动机心理状态，揭露了黑人在种族主义环境里的生存危机、人格扭曲和自我欺骗，阐释了情境力量场对人格和人性的强大影响力和制约力，揭露了美国种族心态的复杂性和多变性。

在《街》的心理叙事建构中，佩特里从认知心理角度切入，通过对小说人物微妙心理的把握，营造出斑驳迷离的心理气氛，塑造出一个又一个"心理人物"。独具匠心的记忆表象、心象和情境心理等表现手法给这部小说涂抹上了一层朦胧迷幻的心灵之光，创造出一种极具个性特色的心理叙事风格。佩特里以心为眼，用熟练精微的心理叙事策略，掀开了美国种族主义社会的种种表象，进而深入隐秘的心灵世界，勾画出美国社会的万千世相，凸显了美国黑人的苍凉人生。该小说的心理描写契合了读者的想象力，达成了作者与读者在小说艺术空间中的心灵交流和智慧互动。佩特里的作品剖析了人性的双重性和多变性，探究了人在情境场中的心理演绎，展现了心理变化与叙述艺术的完美结合。佩特里在心理叙事策略方面取得的成就有力地驳斥了"黑人抗议小说缺乏艺术性"的谬论，丰富和发展了赖特开创的非裔城市自然主义小说叙事传统。

第三节 《随意敲门》：心象叙事之跨时空建构

美国非裔作家维拉德·莫特利（1909—1965）是"赖特部落"的重要成员。他虽然出身于美国中产阶级家庭，但仍然关注美国的各种社会问题，同情下层民众的生存困境。其作品揭示了移民后裔在追求美国梦过程中遭遇的成长危机和身份危机，抨击了社会系统力量的非理性和荒谬性。他一生中出版了四部小说，即《随意敲门》（*Knock on Any Door*，1947）、《彻夜垂钓》（*We Fished All Night*，1951）、《别让人写我的墓志铭》（*Let No Man Write My Epitaph*，1958）和《正午之希冀》（*Let Noon Be Fair*，1966）。他在这些小说的创作中没有把黑人生活作为主题，而是着眼于意大利裔、犹太裔和波兰裔等第二代移民在美国的生存危机。[①]莫特利的代表作是《随意敲门》，这部小说致力于描写白人移民的生存和发展问题，在非裔美国城市自然主义小说的发展中开辟了一个新的主题空间。根据 2013 年芝加哥文学名人奖提名词，"莫特利一生中遭到不少非议：身为黑人，却撰写白人的故事；身为中产阶级，却撰写下层阶级的故事；作为隐匿了身份的同性恋者，却热衷于描写异性恋的激情"[②]。尽管学界对莫特利的小说褒贬不一，但毋庸置疑的是，莫特利的"跨种族类小说"超越了传统的黑人小说主题，揭示了一些体现社会共性的问题，把社会抗议的范围从黑人社区扩展到整个美国下层社会，披露了警察暴力、百姓谋生艰难和阶层偏见等社会问题。在描写这些问题时，莫特利没有采用传统的说教方式，而是采用心象叙事策略，以此展露人物心理问题形成和恶化的政治致因和经济致因，使读者在阅读过程中和小说人物产生了文化共鸣和心理移情，从而深化作家在小说中的预设主题。本节拟从三个方面来探析莫特利在《随意敲门》里所揭示的心象叙事与时空跨越的内在关联：已逝时空的心象再现、幻觉心象的现时性呈现、未来时空的心象展现。

一、已逝时空的心象再现

心象研究有一个漫长的历史。在古希腊时期，亚里士多德（Aristotle，公元前 384 年—公元前 322 年）就把心象视为思维的元素，认为如果没有心灵，心象就永远不能思考。[③]之后，约翰·洛克（John Locke，1632—1704）、托马斯·霍布斯（Thomas Hobbes，1588－1679）、约翰·斯图亚特·穆勒（John Stuart Mill，1806－1873）等哲学家把心象纳入心理构成的重要成分之一，提出了哲学史上的心象主义理论，并且认为人的思维是从其知觉经验衍生出来的、相互关系密切的心象系列。从他们的观点来看，心象是人类思维形成和发展的基础，也是感觉表述和思想构成的基本符号，

① Robert Bone, *The Negro Novel in America*, New Haven: Yale University Press, 1965, p.78.
② Brown F. Fitzgerald, *The Chicago Literary Hall of Fame: 2013 Nominees*, Chicago: Chicago Writers Association, 2013, p. 24.
③ 章士嵘：《认知科学导论》，北京：人民出版社，1992 年版，第 147 页。

而其他符号都是由此派生出来的，其中语词符号只有当它指代相关的心象时才具有真正的言辞意义。这些哲学家对心象问题的探究和阐释表明心象对探究人在社会生活中对各种问题的认识过程有着非凡的意义。[①]从文学批评的角度看，文学作品的心象描写与人物回忆往事的逼真程度密切相关。回忆是指过去的事物不在面前，人们在头脑中把它重新呈现出来的过程，回忆中产生的各类意象就是心象的外延。回忆旨在恢复过去所经历的人和事，识记材料、保持材料都是为了在必要时能有助于再认或回忆材料。《随意敲门》从亲情回忆、友情回忆和事件回忆三个方面展示了过去事件或物象在现实生活中的心象再现。

首先，莫特利采用意识流的手法来再现亲情回忆。从伦理学来看，亲情特指亲人之间的特殊感情。这种情感的存在或维系不受下列因素的影响：贫穷或富有、健康或疾病、年轻或衰老。亲情是双向的，不是单向的，如父子之情、母子之情、兄妹之情等等。在这部小说里，尼克（Nick）和其父亲的关系非常紧张，父亲经常采用暴力手段来规训他的行为，这激起了尼克强烈的叛逆心。在现实生活中，尼克从来不听父母的管教或劝告，曾骂过其父为"杂种"，也曾憎恨过其母亲。然而，尼克被送进丹佛少年犯教管所后，却对父亲产生了欲罢不能的思念。一天，尼克在厨房时，厨房的饭香味和锅碗瓢盆声交织在一起，唤起了他曾经的家庭生活情景记忆，父母的形象越来越清晰地出现在他脑海里。在这个心象中，他看到了父亲的严肃表情，耳边响起了父亲语调严肃的话语："我们的尼克是个好孩子。我们的尼克将去当牧师。我们打算把尼克交给教堂。"[②]一会儿，他又回忆起父亲为他漱口、为他擦鞋的场景。对亲情往事的回忆表明尼克还没有堕落到十恶不赦、无可救药的地步。莫特利还描写了一个关于小说主人公艾玛（Emma）的亲情心象。艾玛向尼克介绍自己的身世时，陷入了对父亲的往事回忆中。她的父亲在其八岁时就去世了，但与父亲临终告别的往事不时浮现在她眼前。当摄影师给艾玛父亲的遗体拍完照后，母亲苏尔茨（Schultz）太太叫来三个女儿——艾玛、凯特（Kate）和玛吉（Maggie），让她们跟父亲道别。父亲葬礼的场景以心象的形式再现在艾玛的脑海里，表达了艾玛对亡父深深的思念。

其次，友情是朋友之间的真挚情谊。"友情是一种很美妙的东西，可以

---

① 刘景钊：《心象的认知分析》，载《晋阳学刊》1999 年第 2 期，第 60 页。
② Willard Motley, *Knock on Any Door*, New York: Northern Illinois University Press, 1947, p.39.

让你在失落的时候高兴起来，可以让你走出苦海，去迎接新的人生。"①友情回忆也是心象再现的表现形式之一。莫特利在这部小说里描写了尼克回顾友情时所产生的心象。尼克离开丹佛少年犯教管所后，来到芝加哥，时常回忆起教管所里的朋友。莫特利描写道："在街上，尼克展望前方，那个没有亮光之处。"②似乎尼克在潜意识层里还在怀念以前的生活，思念以前在少管所里关心和帮助过他的好朋友——汤米（Tommy）、杰西（Jesse）和洛基（Rocky）。另外，莫特利还描写了尼克与同性恋者的友情回忆。尼克在举行婚礼的前一天，专门抽时间陪同性恋情人欧文（Owen）去逛街、看演出。欧文是一个富裕的中年男子，对尼克关怀备至。当尼克和欧文走在大街上时，尼克回忆起自己被街头流氓斯坤特（Squint）打伤后，欧文给他包扎伤口的场景。欧文对尼克的同性恋之爱在一定程度上补偿了尼克长期缺失的父爱。后来，尼克在牢房里时常回忆起与芝加哥的街头朋友桑希恩（Sunshine）、布奇（Butch）、胡安（Juan）等一起玩耍的场景。对各种友情的回忆在尼克的脑海里形成了难以磨灭的心象，丰富了尼克在寂寞和孤独中的精神生活。

最后，莫特利还在这部小说里建构了以过去事件的回忆为基础的心象。一般来讲，不幸事件给人留下的心象远远比普通事件和快乐事件更深刻。在这部小说里，有两个事件给尼克留下深刻的印象：一个是面壁事件；另一个是杀警察事件。尼克被押进牢房后，警察粗暴地对他吼叫道："面向墙壁！"③顿时，尼克的脑海里出现了曾经在丹佛少年犯教管所被教官强迫面壁思过的情形："双手拿着重物，鼻尖和前额都贴在墙上……洛基被派来监督他们……面壁完后他和洛基一起坐在台球桌上，吸着烟，晃着腿……他们还分吃了一块巧克力。"④两个事件的相似性诱发了尼克的回忆，形成两个可以互为比较的心象。此外，当尼克被捕后，警察审问尼克："你在哪里？"⑤尼克的脑海中乱成一锅粥，形成的唯一心象是：他站在莱利（Riley）警官身边，把枪膛里所有的子弹都狂射入其胸膛。律师莫顿（Morton）询问尼克："莱利被杀那天晚上，你在哪里？"⑥这时，尼克脑海里呈现出的心象是：他在那条巷子里，不但把所有的子弹都狂射入莱利的

① Thomas D. Jarrett, "Toward Unfettered Creativity: A Note on the Negro Novelist's Coming of Age," *Phylon*, 65.11 (Winter 1950), p.315.

② Willard Motley, *Knock on Any Door*, New York: Northern Illinois University Press, 1947, p.89.

③ Willard Motley, *Knock on Any Door*, New York: Northern Illinois University Press, 1947, p.345.

④ Willard Motley, *Knock on Any Door*, New York: Northern Illinois University Press, 1947, p.345.

⑤ Willard Motley, *Knock on Any Door*, New York: Northern Illinois University Press, 1947, p.347.

⑥ Willard Motley, *Knock on Any Door*, New York: Northern Illinois University Press, 1947, p.354.

身体，而且还把射完子弹的手枪砸向莱利，然后对着他的尸体猛踢一通，发泄自己的愤怒。之后，当检察官叫枪支商店老板哈里·曼（Harry Mann）出庭作证时，尼克脑海里浮现出五年前他找哈里买枪的心象。这些往事心象的再现在读者和小说人物之间搭建了一座心理认知的桥梁，有助于读者形成心理共鸣和心理移情。

在这部小说叙事策略的建构上，莫特利特意通过回忆的方式把过去事件呈现在人物的脑海中，生成心象，以此展示人物的内心世界和心理动态。其实，已逝事件的心象生成过程也是心象在认知结构中的表征过程。这类回忆性心象反映了在一定社会语境里认知对象的个别属性与单一特征，同时也展现了认知对象拥有多个属性和特征而形成的复合特征。所以，过去人物或事件的心象再现有助于小说人物的塑造和心理叙事在跨时空领域里的重新建构。

二、幻觉心象的现时性呈现

幻觉是指当事人在没有受到外界事物或事件的刺激时所出现的知觉体验。换言之，"幻觉是一种显著的主观体验，其主体感受与知觉相似，通常被视为一种比较严重的知觉障碍。由于幻觉具有逼真的欺骗性或虚假性，因此时常会引起当事人的愤怒、忧伤、惊恐、逃避乃至产生攻击他人的言行"[1]。其实，在一定环境的作用下或在某个事件的强烈刺激下，正常人也会产生幻觉，对外部世界产生不真实的认知。幻觉中产生的心象在人脑中的感知通常栩栩如生，令人如同亲临其境。在高度压力和高度紧张的现实生活中，幻觉形成的心象与人的过去经历或现实情绪有着密切的关系。莫特利在《随意敲门》里描写了人物心象的形成与人物处境的内在关联。在这部小说里，莫特利从伪幻觉、思维化声和思维显影描写了幻觉心象的现实性呈现。

首先，伪幻觉指的是虽然当事人存在于一定的主观空间，但缺乏客观实体感所产生的幻觉。实际上，它是一种病理表象，与"梦"有极强的可比性。它"具有知觉的轮廓清晰、色彩鲜明、栩栩如生、形象生动等特点，但它缺乏知觉的实体性；它可以直接由脑'看到'或'听到'，不必借助于五感的帮助。当伪幻觉出现时，人们就是紧闭双眼，在脑海里仍能呈现出清晰的图像。"[2]在这部小说里，当同性恋者巴尼（Barney）带尼克去他家

---

① Ann L. Rayson, "Prototypes for Nick Romano of *Knock on Any Door*," *Negro American Literature Forum*, 33.3 (Fall 1974), p. 243.

② Blanche Houseman Gelfant, *The American City Novel*, Norman: University of Oklahoma Press, 2012, p.123.

时，尼克很不情愿，心里有巨大的犯罪感。就在巴尼用钥匙开房门的那一瞬间，尼克的脑海里出现了伪幻觉。莫特利描写道："尼克就在那很短，或一瞬间的工夫，觉得面前出现了一个跪在奥尼尔神父面前的祭台助手，穿着红色的法衣和镶边的白法袍……我将走上主祭台……感谢赐予我们青春以快乐的上帝……"[1]伪幻觉心象中的祭台助手就是童年时代的尼克。"我将走上主祭台……感谢赐予我们青春以快乐的上帝"这些话语以拉丁文的形式出现，其实是尼克幻听到的内容。尼克进入巴尼的房间，走过客厅时，耳际又响起了教堂里才可能出现的话语，"上帝与你同在……阿门"[2]这些幻听话语的反复出现，其实是尼克心理危机的外在表现形式。这些幻觉心象在现实中并不存在，只有在一定的外部条件或因素的刺激下才得以显现，成为一种伪幻觉。此外，莫特利在这部小说里还设置了另外一个伪幻觉场景。杰克和朋友布奇在街上打台球，布奇输球后，很快就走了；后来又来了一个人和尼克打球，他也不是尼克的对手，输了一毛钱后就不愿再打了。接着他纠缠尼克，向尼克讨教抢劫的方法。尼克虽然已经涉足了街头抢劫，但是他并不甘心于这样的生活，觉得非常苦闷。那人的纠缠使尼克陷入了伪幻觉："一会儿，奥尼尔神父的形象出现在他面前。他能听到神父的布道，也能听到洛基的口哨声。"[3]奥尼尔神父在尼克童年时总是规劝尼克要做一个高尚的人，而现在的街头生活使尼克陷入了精神危机。奥尼尔神父的形象以心象的形式出现在其脑海，似乎是伪幻觉，但这个幻觉的出现表明尼克还在怀念过去的圣洁生活，产生了脱离街头堕落生活的念头。

其次，莫特利还采用了思维化声的幻觉心象。这种心象指的是当事人体验到一种把其所思所想的东西都大声地讲出来的幻听。一般来讲，幻听与思维内容通常是一致的。如果其思维同时伴随某种声音出现，当事人就会觉得声音是自己的，这种情况被称为思维鸣响；如果当事人觉得自己的思维内容被别人大声讲出来，这种情形则称为读心症。在这部小说里，尼克和艾玛一见钟情，但尼克担心她知晓自己混迹于街头的劣迹，所以总觉得自己配不上她。在尼克送艾玛去公交车站的路上，尼克的脑海里出现了思维化声的幻觉心象："我不好我喜欢你我和我家里的人不一样我抢劫我酗酒我做坏事……她那美丽的长发随风飘逸……天上有好多星星……我不好我喜欢你。"[4]这段幻觉心象的描写犹如一段没有标点符号的意识流，表达

①　Willard Motley, *Knock on Any Door*, New York: Northern Illinois University Press, 1947, p.146.

②　Willard Motley, *Knock on Any Door*, New York: Northern Illinois University Press, 1947, p.140.

③　Willard Motley, *Knock on Any Door*, New York: Northern Illinois University Press, 1947, p.153.

④　Willard Motley, *Knock on Any Door*, New York: Northern Illinois University Press, 1947, p.215.

了劣迹青年渴望追求美好爱情的自卑情结和心理窘境。这段幻听内容与尼克的思维完全一致，似乎是他自己在潜意识里把这个复杂的心结表述出来一样。此外，尼克杀死警察莱利后遭到全城搜捕，于是他去找黑人头子艾斯（Ace），请求艾斯送他出城或送他一只手枪，但艾斯拒绝了他的请求。尼克待在自己租住的房间里，陷入了举目无亲、求助无望的绝境，其脑海里出现了思维化声的幻觉心象——"我孤单一人，这里空无一人……我没有一个朋友。"[1]他此时的思维内容以意识流的形式出现，形成了陷入绝境之人的惶恐心象。他的思维成为由自己在潜意识状态中的表述而形成的一种幻听心象。当尼克被押送到法庭的时候，众多的新闻记者对着他拍照。此时，尼克的脑海里出现了思维化声的幻觉心象——"我不知道我还是如此的大人物！"[2]这个句子以幻听的形式出现在其脑海中，由其在潜意识层里表述出来。

最后，莫特利笔下的思维显影指的是与思维内容一致的幻视。在《随意敲门》里，莫特利描写了尼克被警察追捕的场景。尼克杀死莱利警官后，拼命地逃离现场。他先顺着华盛顿大道往北跑，然后转入灯火辉煌的门罗大街往南跑，再转向西，跑入霍尔斯德街，再往东，往东！他往东边跑。他跳上架在一个旅馆屋顶和一堵高墙上的跳板。"死胡同！死胡同！"[3]他的内心提醒他。他边跑脑海里边闪现出警察在后面狂追他的心象："他们要抓住我！他们要抓住我！"[4]当他跑到西麦迪逊大街时，老觉得莱利警官在追他，并在高喊"站住！"[5]其实，莱利警官已经被尼克打死。他所感觉到的莱利警官的追赶不过是其思维显影的表现形式而已。这个思维显影形成的心象在尼克的心理感受中具有巨大的逼真性，因此尼克被这个思维显影追得上气不接下气。另外，莫特利描写了一个思维显影的片段。一天，尼克在街上打完台球后，突然产生了欲火，于是就在一家酒吧门口找了一个妓女。在那个妓女带他去出租屋的路上，尼克想起了艾玛："她到台球室来找我，一定是喜欢上我了吧。"[6]那个妓女边走边挑逗尼克。尼克对艾玛的爱和思念化成了他的幻视，尼克突然觉得艾玛就站在他身边，似乎在对他说："我觉得你很好，尼克！"[7]这时，尼克爱艾玛的内心思维以艾玛现身的心象

① Willard Motley, *Knock on Any Door*, New York: Northern Illinois University Press, 1947, p.341.

② Willard Motley, *Knock on Any Door*, New York: Northern Illinois University Press, 1947, p.393.

③ Willard Motley, *Knock on Any Door*, New York: Northern Illinois University Press, 1947, p.329.

④ Willard Motley, *Knock on Any Door*, New York: Northern Illinois University Press, 1947, p.329.

⑤ Willard Motley, *Knock on Any Door*, New York: Northern Illinois University Press, 1947, p.329.

⑥ Willard Motley, *Knock on Any Door*, New York: Northern Illinois University Press, 1947, p.250.

⑦ Willard Motley, *Knock on Any Door*, New York: Northern Illinois University Press, 1947, p.251.

表现出来，使他难以继续嫖妓了。于是，尼克给了妓女五美元，决定不再去妓女的出租屋了。尼克在嫖妓道路上的突然醒悟就是其思维显影的心象作用所致。莫特利描写得出色的思维显影心象出现在小说的最后一章。临刑的那天上午十点，尼克坐在牢房里，对艾玛的思念化成了她仿佛就坐在牢房另一个角落里的心象，仿佛她在对他说：“我爱你，尼克！我不在乎，尼克！我会在你离开我的地方等你。我爱你！尼克，我爱你！”①艾玛在牢房中的出现是尼克思念她的心象产物，显示了思维和心象的统一性。

心象的幻化是心灵的自由，幻化的现实与现实的幻化是人物内心的感知。莫特利笔下的心象与意象的综合是心灵的造境过程，是情感和生命意蕴的表述，是对现实的颠覆和异化。幻觉心象是人物思维的多变性和触碰性冲破空间与物象的局限而达到的一种潜意识思维的表现方式，也是理性思维与非理性思维的双重置用。莫特利的幻觉心象描写揭示了小说人物的细腻心理，彰显了心灵冲撞的艺术震撼。

三、未来时空的心象展现

未来时空的心象展现指的是立象而尽意的一种形象思维生成过程。从文学语言的具体运用来看，心象的展现与一般的形象思维有不少相似之处，但其具体运用又与一般的形象思维有很大的区别。②形象思维是人们利用头脑中的表象来解决问题的思维方式。文学语言所借助的感性材料是当事人的“心象”，也就是“心灵化的表象”。这显现了当事人对客观世界的主体认知和审美体验。“这种主观映象当然不限于视觉的，它也可以是听觉的、味觉的、嗅觉的等，或者是综合性的。”③未来时空的心象展现是一种无意识心理物象的体现。莫特利在《随意敲门》里从自由心象、求生心象和自尊心象三个方面描写了未来心象在现实社会的多样化展示。

首先，自由是当事人摆脱了人身控制、贫穷限制、苦力劳役、威胁恐惧等后的一种舒适、快乐和平静的心理状态。自由可以分为人身自由、精神自由、财富自由、空间自由等等。丧失自由的人更加知道自由的含义和重要性。尼克因被控犯有盗窃自行车的罪行，被关押在丹佛少年犯教管所，失去了人身自由。一天，尼克和好朋友汤米站在少年犯教管所的一块高地

---

① Willard Motley, *Knock on Any Door*, New York: Northern Illinois University Press, 1947, p.491.
② Clifford Shaw, *The Jack-Roller: A Delinquent Boy's Own Story*, Chicago: University of Chicago Press, 2013, p.305.
③ 翟应增：《艺术语言产生时思维的心象性和意象性》，载《云南师范大学学报》2004 年第 5 期，第 74 页。

上瞭望学校外的景色,望着高墙外的车水马龙和热闹景象,尼克和汤米的脑海里出现了将来离开少年犯教管所后一起散步、一起玩耍、一起逛酒吧的场景,他们开心地谋划着未来的快乐生活。对未来生活的憧憬所形成的心象跨越了被关押在少年犯教管所的时空,进入摆脱了监视和管教的自由时空,但是这种心象带给尼克和汤米的是短暂的兴奋和长时间的郁闷和惆怅。

其次,求生指的是想方设法避开引起生命危险的威胁,维持自己生命的心理状态。在这部小说里,莫特利描写了尼克的求生心象。在法庭上,尼克的辩护律师莫顿和检察官科尔曼(Kerman)就陪审员的资格审查问题展开了针锋相对的第一轮交战。坐在被告席上的尼克知道,陪审员的选择对他的审判起着决定性的作用。当律师和检察官唇枪舌剑的时候,尼克的脑海里也显现出强烈的求生心象——"我是尼克·罗马诺,我想活命!"①他的求生心象旨在跨越庭审的时空,获得生的机会。确定陪审员后,法庭进入了正式庭审。莫顿律师和科尔曼检察官就证人的证词进行了激烈的询问和驳斥,尼克感受到了命悬一线的危险。同时,其脑海里也出现了更强烈的求生心象,并以意识流的形式表现出来:"我是尼克,我没杀人","我没杀人","我是尼克,我想活","我想活"。这些心象在小说第83章的第429—431页里反复出现,表现了尼克强烈的求生欲望。其求生心象跨越了庭审时空,尼克在担心庭审后能否有生存机会。

最后,自尊指的是自我尊重,也指个人的尊严。一般来讲,自尊是做人必须拥有的一种心理,也是社交所需要把握的底线。自尊始于知耻,有了羞耻心,人才能节制自己的行为,不做庸俗卑贱的事情,才能有尊严地生活。莫特利在这部小说里描写了一个青年有尊严地走上刑场的故事。在小说的第92章,尼克将于当天晚上被送上电椅服刑,典狱长为了宽慰尼克的灵魂,建议说:"尼克,我觉得你最好是见见牧师吧。"②尼克对此不屑一顾,他认为警察杀他就是为了复仇,而自己绝不能在仇人面前表现成一个被人瞧不起的懦夫。自尊心象以意识流的形式出现在尼克的脑海里:"我要像顶天立地的男子汉一样走上电椅。"③他在脑海里把自己虚拟成一个大无畏的英雄,并在自己的心中呐喊:"我将被烧死了!我,尼克·罗马诺!"④尼克的自尊心象使他产生了无畏的英雄气概。当典狱长带着理发师到死因

① Willard Motley, *Knock on Any Door*, New York: Northern Illinois University Press, 1947, p.368.
② Willard Motley, *Knock on Any Door*, New York: Northern Illinois University Press, 1947, p.489.
③ Willard Motley, *Knock on Any Door*, New York: Northern Illinois University Press, 1947, p.490.
④ Willard Motley, *Knock on Any Door*, New York: Northern Illinois University Press, 1947, p.89.

牢中为尼克做电刑前的理发时，尼克知道自己的最后时刻到了。尼克的自尊心象顿时闪现在他的脑海里："别垮了！别让他们把你打垮！"[1]自尊心象的最后闪现表明了尼克的坚强意志。他把勇敢和无畏视为一个男人应该具备的基本品质，旨在使自己的人格尊严跨越自己存在的生命时空，在自己离世后的未来世界里赢得家人和友人的尊敬。

莫特利在这部小说里描写了尼克的自由心象、求生心象和自尊心象的各种表现形式，揭示了人物心理与未来时空的内在关联，阐释了人身自由、生命安全和人格尊严在人生道路上的重要意义。跨时空心象的描写突破了传统心象的回忆局限性，将人物心象的描写空间拓展到了未来的时空，有助于建构起读者与作者之间或者读者与小说人物之间的心理移情的桥梁。

莫特利在《随意敲门》里从过去时空、幻觉时空和未来时空三个方面描写了小说人物之心象叙事的各种场景。莫特利通过披露意大利裔美国青年尼克的精神危机和身份窘境，揭示出美国少数族裔的生存状态和精神困境。他的心象描写体现了文学作品空间智能的架构趋势，也可看作是作家在社会认知过程中的心理再现。他通过心象的类比联想与心象的综合想象来建构心象叙事的跨时空体系，即运用联想把新感知的形象与大脑内已有的心象进行相似类比，然后构造出跨越时空的新心象。莫特利通过对已有心象的类比、分析、整合创造出新的心象，蕴涵着认知主体对事件的超前反应能力和对新情境的预知能力。莫特利所采用的心象描写和叙事策略拓展了美国非裔城市自然主义小说的叙事空间，促进了非裔美国黑人小说的美学发展，对"赖特部落"的文学创作有着巨大的影响。

第四节　《拥有快乐的秘密》：沃克笔下的想象叙事

《拥有快乐的秘密》（*Possessing the Secret of Joy*，1992）是爱丽丝·沃克（1944— ）的第五部小说。[2]该小说主人公塔希（Tashi）和亚当（Adam）是她的第三部小说《紫色》（*The Color Purple*，1982）里的次要人物，但该小说把塔希脸上被刺上部落标记的故事做了进一步的延伸，进而描写了塔

---

① Willard Motley, *Knock on Any Door*, New York: Northern Illinois University Press, 1947, p.492.

② 爱丽丝·沃克发表了七部小说，即《格兰奇·科普兰的第三次生命》（*The Third Life of Grange Copeland*，1970）、《子午线》（*Meridian*，1976）、《紫色》（*The Color Purple*，1982）、《殿堂》（*The Temple of My Familiar*，1989）、《拥有快乐的秘密》（*Possessing the Secret of Joy*，1992）、《父亲的微笑之光》（*By the Light of My Father's Smile*，1998）和《现在可以敞开你的心扉了》（*Now Is the Time to Open Your Heart*，2004）。

希接受割礼后所遭受的身体损伤和情感创伤，表明她的悲剧不是其个人的悲剧，而是整个非洲部落女童和成年妇女的社会悲剧，抨击了现代社会对这个问题的麻木和放任。该小说的目的就是把真相公之于众，让以文明而自居的现代社会关注这个长期危害妇女和儿童身心健康的文化陋习，呼吁在全球消除这个反人类的旧习俗。[1]该小说是美国描写割礼问题的第一部小说，很快引起美国学界的强烈反响。盖里·贝茨（Gerri Bates）指出，"该小说所描写的割礼文化揭开了非洲迫害妇女之旧习俗的冰山一角，但作者对传统文化的抨击引起不少传统捍卫者的非议和强烈不满"[2]。国内外学界探究了这部小说中关于割礼习俗、文本结构和隐喻等问题的描述，取得了一定的成就，但从想象叙事的角度来研究该小说的成果还不多见。想象叙事是心象叙事的一个重要分支，指的是在文学作品里把小说人物头脑里已储存的表象进行加工改造后塑造新形象的叙事策略，有助于增强小说情节发展的生动性和感染性。沃克把想象叙事引入故事情节的建构和小说人物的塑造中，使之成为小说主题表达的重要策略之一。因此，本节拟从无意想象、有意想象和虚拟想象三个方面来探究《拥有快乐的秘密》的想象叙事建构与文本主题的内在关联，揭示沃克小说的艺术特色。

一、无意想象

在认知心理学里，无意想象（involuntary imagination），亦称"不随意想象"，指的是没有事先确定的目的，不需要主观意志的努力，不由自主、自然而然地在脑海中浮现的心象。[3]张浩指出，"无意想象是一种最简单的、初级形式的、没有预定目的的、不自觉的想象"[4]。沃克在《拥有快乐的秘密》里把无意想象融入其叙事策略。因此，本部分拟从三个方面来探析这部小说里所采用的无意想象：梦、意识流和回忆。

首先，梦是无意想象的重要表现形式之一，也是无意想象中最典型、最直观的例证。"梦，从本质上讲，就是一种主体借助睡眠暂时摆脱常态心理的控制……入梦之后，常态心理遭到暂时抑制，主体处于无意为之的精神松弛状态。而正是这种状态，却恰好提供了自由想象的良机。"[5]人的梦

---

① Duncan Campbell, "*Interview: Alice Walker*," *The Guardian*, (February 2001).

② Gerri Bates, *Alice Walker: A Critical Companion*, New York: Greenwood, 2005, p.45.

③ Seán Street, *Sound Poetics: Interaction and Personal Identity*, Cham, Switzerland: Palgrave Macmillan, 2017, p.28.

④ 张浩：《略论联想和想象认识》，载《青岛科技大学学报》（社会科学版）2007年第2期，第33页。

⑤ 李解人：《柯尔律治：论想象在创作中的运作过程》，载《林区教学》2008年第8期，第28页。

境尽管是千变万化的，但都与客观现实和人生经历有着密切的关系，因此都是个体无意识心象的一种反映。沃克在这部小说里描写得最好的是塔希和亚当的梦。在小说的第一部分，非洲姑娘塔希和美国青年亚当坠入爱河，两人难以抑制青春的激情，在奥林卡的庄稼地里疯狂地做爱。奥林卡部落有一条禁忌——任何人不得在庄稼地里发生性关系，因为这样的行为不但会导致庄稼歉收，而且还会给部落带来厄运。塔希晚上睡觉时，便做了噩梦。在梦里，"她被人抓起来，扔进监狱，并折断她飞翔的翅膀"①。这个梦和白天发生的事有着密切的关联，表明她对部落禁忌的潜意识恐惧。此外，沃克还描写了亚当的梦，亚当旁听了法庭对妻子塔希的审判，塔希将被以一级谋杀的罪名判处死刑。当天晚上，他就做了一个梦。在梦中，"他看到塔希又黑又瘦，穿得又脏又破，拖着血淋淋的脚走向绞刑台，共和国总统把绞索套在她的脖子上"②。他猛地惊醒，原来白天听到的不幸消息在他的梦中进一步演绎，产生了"逼真"的结局，把他吓出一身冷汗。由此可见，梦这种无意识状态中的想象也是现实事件的一种折射或反映。

其次，意识流是文学作品里小说人物心理逼真性描写的手法之一，展现出人在无意识状态中的心理动态和演绎。"用意识流手法描写的心象更为逼真，更具有心理震撼力和亲情感染力。"③沃克在这部小说的开篇部分里采用意识流手法描写了陷入情感纠葛的豹子的各种心象，折射出了塔希在生活中所遭遇的三角恋问题。塔希的意识流里没有出现她与丈夫和第三者之间的直接冲突，而是采用动物寓言的形式来表达自己的潜意识心境。在其意识流里，母豹拉拉（Lala）和公豹巴巴（Baba）以及另一只母豹卢拉（Lula）生活在一起，但不久三只豹子就彼此的情感关系爆发了激烈的冲突：拉拉不满巴巴与卢拉的情爱缠绵，卢拉也不满巴巴时常向拉拉献殷勤，卢拉和巴巴经常为拉拉的事发生争吵或打架，拉拉不愿受困于这样的情感纠葛，于是就投江自杀了。在这段意识流中，拉拉是塔希的化身，巴巴是亚当的化身，卢拉是亚当的婚外情人里丝特（Lisette）的化身。在现实生活中，塔希不能接受丈夫的婚外恋，从来没有原谅过丈夫的情人里丝特。意识流中拉拉的跳江自杀一事折射出塔希在丈夫的婚外恋事件中生不如死的心理状态。关于三只豹子情爱纠葛的意识流呈现的其实是塔希现实情感困境的另类表现。

---

① Alice Walker, *Possessing the Secret of Joy*, New York: The New Press, 1992, p.27.

② Alice Walker, *Possessing the Secret of Joy*, New York: The New Press, 1992, p.195.

③ 庞好农：《从〈随意敲门〉探析心象叙事之跨时空建构》，载《英语研究》2020 年第 1 期，第 53 页。

最后，回忆是当事人在脑海里恢复过去经验的过程，或者是指过去的事物不在面前时，当事人在头脑中把它重新呈现出来的心象建构过程。"一般来讲，不幸事件给人留下的心象要远远深刻于普通事件或快乐事件。"①沃克在这部小说里设置了小说主人公的回忆片段。当塔希离开亚当后，只身到穆比利斯营地（Mbeles）去接受割礼手术时，亚当很想念她，时常回忆两人在一起的情爱场景。他回忆道："我们每次做爱，她的需求和我一样大。她主导了我们的每次相会。每当我们拥抱在一起时，她就在渴盼中激动不已。有一次，她声称她的心脏快停止跳动了。"②这段回忆表明两人虽然来自不同的国家，但都用性爱来表达自己对对方的挚爱。此外，沃克还描写了塔希割礼后的一个回忆。当医生穆茨（Mzee）为塔希做心理治疗时，塔希没有回忆自己接受割礼的情况，而是回忆起姐姐杜拉（Dura）接受割礼时的惨状。在其回忆中，塔希躲在草丛中，目睹了部落的人把杜拉抓去实施割礼的场面。割礼师穆丽萨（M'Lissa）用锋利的石头片作为手术刀，割掉了杜拉的阴蒂和阴唇。因为当时没有麻醉之类的药品，所以杜拉在割礼手术中发出了一阵阵惨叫声。最后，杜拉因为流血过多和伤口感染而死亡。事后，她发出的惨叫声时不时地回荡在塔希的耳际，带有遗觉表象的基本特征。塔希的这段回忆表明，塔希所遭受的割礼不是个例，在她之前，其姐姐就遭受过更残酷的折磨，从而揭露了割礼对非洲部落妇女的摧残和迫害。这些往事以记忆想象的形式再现，有助于在读者和小说人物之间搭建起一座以心理共鸣和心理移情为基本特征的桥梁，增强文本的艺术感染力。

沃克在这部小说里主要采用了梦、意识流和回忆三类无意识想象，表明人的无意识状态也是社会生活相关事件的折射，从而揭露了非洲社会的陋习、小说人物的爱恨情仇和非洲部落落后的生存状态。无意识想象成为沃克叙事策略的重要特色之一，它不仅是作家丰富的个人阅历的集中体现，而且还有助于激活作家的创作灵感，使其把潜意识层里众多不可思议的心象集中起来化为故事主题的显现方式，在意识流的动态中不经意地拓展了该小说关于割礼之反人性和反人类文明的主题。

二、有意想象

与无意想象相对应的是有意想象（voluntary imagination）。有意想象，

---

① 庞好农：《从〈随意敲门〉探析心象叙事之跨时空建构》，载《英语研究》2020 年第 1 期，第 54 页。

② Alice Walker, *Possessing the Secret of Joy*, New York: The New Press, 1992, p.32.

也称"随意想象",指的是人在刺激物的作用下,依据一定的目的而生成心象的过程。它"是按一定任务和目的进行的想象活动,是一种自觉的表象活动,也是想象活动的高级形态"①。有意想象是一种具有主动性、一定自觉性和计划性的心象,在小说人物形象的塑造和故事情节的建构中起着重要的作用。在文学创作中,"理性介入想象的结果就是有意想象。它表现为作家按照一定的主题或情节展开想象的过程;而在具体创作活动中,它起到宏观控制作用"②。沃克在《拥有快乐的秘密》里还采用了有意想象的叙事策略,有力地促进了小说关于非洲割礼陋习的描写与反人类主题的展开。这部小说所设置的有意想象可以分为四类:再造想象、创造想象、理想想象、空想想象。

　　首先,再造想象是当事人听取他人描述后在头脑里形成的一种心象。③张浩进一步解释道:"所谓再造想象,是指根据语言的描述或图样、符号、标志等的示意,在头脑中再造出与有关事物相应的新形象的心理过程。再造想象的形象,是指客观地存在着,但想象者在实践中没有遇到过的对象和现象,它们是在词的描述和已有的表象与知识的基础上建立起来的。"④在这部小说里,凯瑟琳(Catherine)给女儿塔希讲了一头母金钱豹的故事:金钱豹一向对人友善,它的丈夫和子女却被人杀害。听了母亲故事的当天晚上,塔希的脑海中反复出现这个事件,并对这个事件进行了加工,形成了栩栩如生的心象片段:"一个风雨交加的夜晚,母豹被吓得独自逃走了,可是它一回来就发现丈夫和子女都僵硬地躺在地上,并被剥了皮,鲜血流了一地。"⑤塔希在自己的想象中产生了心理移情,深深地感受到了母豹的恐惧和愤怒。塔希的脑海里对这个事件的影视般的呈现所形成的想象就是一种再造想象。从认知心理学来讲,这种再造想象实际上就是一种再现性的心象。

　　其次,创造想象是作家让小说人物建构自己的思维方式并构思出新形象的人物心理发展过程。这种想象是一种创新性和间接性的人物心象的再归纳和再综合,具体方式是在人物脑海里把经过加工处理的若干心象表述

---

① 张浩:《略论联想和想象认识》,载《青岛科技大学学报》(社会科学版)2007年第2期,第33页。

② 李解人:《柯尔律治:论想象在创作中的运作过程》,载《林区教学》2008年第8期,第29页。

③ Joseph P. Forgaslight & Eddie Harmon-Jones, *Motivation and Its Regulation: The Control Within*, New York: Psychology Press, 2014, p.87.

④ 张浩:《略论联想和想象认识》,载《青岛科技大学学报》(社会科学版)2007年第2期,第34页。

⑤ Alice Walker, *Possessing the Secret of Joy*, New York: The New Press, 1992, p.20.

部分组合起来，建构起一个新的完整心象，使其具有新颖、独创、奇特等特点。在这部小说里，沃克描写得最好的创造想象是非洲姑娘塔希自作主张到穆比利斯营地接受割礼手术前的心象。塔希长期生活在非洲的奥林卡部落，她所接受的文化熏陶是没有经历过割礼的女人就算不上女人，而接受割礼的女人就是部落的英雄。她打算在嫁给美国人亚当之前接受割礼，以一个伟大的奥林卡女人的身份嫁给自己的心上人。在骑着驴子去营地的途中，她把以前诸多传闻中关于妇女割礼的心象综合起来，在自我陶醉的心境中创造性地塑造自己的形象，觉得自己马上就要成为一名勇敢无畏的战士，像酋长一样威风无比。她脑海里浮现的"战士"或"酋长"[1]的心象就是一种典型的创造想象，显示了非洲少女对割礼陋习的天真和无知。在这样的创造想象里，非洲少女越单纯，小说对非洲部落文化愚民性和反文明性的揭露就越深刻。

再次，理想想象也是有意想象中的一个重要分支。它是符合事物的发展规律，并有可能实现的想象。沃克在这部小说里描写了一些耐人寻味的理想想象。奥林卡部落实行一夫多妻制，所有奥林卡少女心目中的理想婚姻就是找到一名有三个以上妻子的如意郎君。这样的男子一般都比较富裕，与之结婚就意味着自己以后可以过上富足的生活。另外一个原因是实行割礼后的女人过夫妻生活时会很疼痛，如果丈夫有多个妻子的话，每个妻子在性爱中所承受的痛苦可能会大大减少。此外，沃克还用幽默的笔调描写了奥林卡割礼师穆丽萨的理想。穆丽萨是塔希割礼手术的执行者，也是塔希苦难人生的始作俑者。在小说的结尾部分，步入老年的穆丽萨看到从美国归来的塔希，没有惊惶和畏惧。面对塔希眼睛里的复仇火焰，她也没有反抗或逃避。早已把奥林卡部落习俗和部落伦理内化的她，把自己的理想告诉了塔希："最受欢迎的割礼师的命运是由曾接受过她割礼的人来杀死她，这是冥冥中的定数。"[2]在她的理想想象中，遭到被割礼者的谋杀是一件幸事，会使她成为圣徒而升入天堂。由此可见，渴望与多妻的丈夫结婚的少女和渴望被割礼受害者杀死的割礼师在现实生活中都有可能实现其心目中的理想，这样的理想将成为心象伴随着她们的一生，也反映出野蛮与无知的落后习俗对一代代奥林卡部族女性的残害和心理折磨。

最后，与理想密切相关的有意想象是空想想象。空想是不以客观规律为依据的一种想象，时常甚至违背客观事物的发展规律，一般没有实现的

---

① Alice Walker, *Possessing the Secret of Joy*, New York: The New Press, 1992, p.23.

② Alice Walker, *Possessing the Secret of Joy*, New York: The New Press, 1992, p.275.

可能性。^①小说中亚当在奥林卡法庭上的沉思是典型的空想想象。内化了奥林卡部落文化的法官认为,穆丽萨长期为妇女实施割礼,捍卫了传统文化,是国家的功臣;塔希杀死穆丽萨的行为颠覆了奥林卡文化传统。因此,他们认为塔希应该被判处死刑。受过西方教育的法官也认为,塔希专程从美国赶到奥林卡谋杀穆丽萨,是无可置疑的一级谋杀罪,应该被判处死刑。法官们都是男人,法庭上附和法官裁决的听众也是男人。亚当无法改变法庭判处塔希死刑的决定,但在此时,空想想象浮现在其脑海里:"如果法庭里的每一个男人都让人把自己的阴茎割掉会怎样呢?他们会更好地明白这些类似的遭遇吗?"^②亚当的想法可能会让法庭上的男人们体验到割礼的痛苦,但在当时却没有实现的可能性,因此这只能是一种空想罢了。然而,这种空想以不可能实现的假设让读者触及了割礼问题的实质,有助于揭露人性中的短见、麻木和共情缺失。

沃克在这部小说里所设置的再造想象、创造想象、理想形象和空想想象与小说的反割礼主题有机地结合起来,展现了非洲部落对妇女儿童实施割礼的残酷性和现代人的冷漠性。其笔下的有意想象从有意识开始,却以无意识结束,代表了作家本人的个体意识,同时又超越了个体意识,揭露了非洲部落文化的非理性和反文明性。

三、虚拟想象

文学源于生活,又高于生活,给予生活以启迪和警示。小说是对生活的一种描述,因此,小说家必须从现实生活中选取那些最生动、最感人、最能发人深思的素材加以艺术加工;小说的篇幅总是有限的,小说家从来都不能借他的作品穷尽其思想,因此总是把许多言外之意、象外之景留给读者去揣摩和感悟。^③所以,我们在阅读文学作品时,特别需要发挥那种化短为长、化小为大、化无为有的阅读想象力,这种想象力通常被称为"虚拟想象",即用幻觉或错觉来填补想象的不足,从而生成完整的心象,借以消除艺术想象和生活形象在感觉上的差异。沃克在《拥有快乐的秘密》里采用了大量的虚拟想象,使读者从虚无中感知真实,透过想象的迷雾,洞察事物的本质。因此,这部小说中的虚拟想象可以从错觉想象、幻觉想象

---

① 张浩:《略论联想和想象认识》,载《青岛科技大学学报》(社会科学版)2007年第2期,第34页。

② Alice Walker, *Possessing the Secret of Joy*, New York: The New Press, 1992, p.162.

③ Sean Fitzpatrick, *The Ethical Imagination: Exploring Fantasy and Desire in Analytical Psychology*, New York: Routledge, 2020, p.125.

和谎言想象三个方面来探究。

首先，错觉想象是人们观察物体时，由于物体受到形、光、色的干扰，加上人们的生理和心理等原因而错误地辨认物象，产生与客观实际不相吻合的视觉误差。错觉可以发生在视觉方面，也可以发生在听觉、嗅觉等其他知觉方面。[①]在这部小说里，皮埃尔（Pierre）是亚当和法国女人里丝特的私生子，长期和母亲生活在一起。当里丝特患上癌症后，她安排儿子到美国去找亲生父亲亚当。之后皮埃尔便在美国生活，但是亚当每次看到皮埃尔的背影时，就会产生错觉想象，把他误认为是里丝特。因为他和其母亲的身材、步态和行为举止等方面都极为相像。此外，沃克在这部小说里还提及了种族偏见引起的错觉。由于法国殖民主义者对阿尔及利亚人有很深的偏见，认为他们都是社会"垃圾"，因此，法国人一看见阿尔及利亚人，头脑里就会出现他们是小偷、流氓和罪犯的错觉心象。由此可见，错觉是人在特定的条件下对一些现象和问题的错误感觉或知觉。

其次，幻觉想象（hallucination）是指在没有外界刺激或影响的情况下，当事人的脑海里自然出现的一种缺乏事实依据的知觉体验。一般来讲，幻觉想象既是当事人的一种主观体验，也是他的一种比较严重的知觉障碍。幻觉想象与错觉想象的区别之处在于前者是在没有客观刺激的情况下出现的，而后者则与外界的刺激作用密切相关。[②]幻觉想象的感受使当事人产生身临其境的逼真感，时常引起其产生忧伤、焦虑、惊恐、自大等情绪或行为反应。在这部小说里，姆巴蒂（Mbati）是穆丽萨的保姆，与塔希是好朋友。塔希在内心里把她视为自己的女儿。姆巴蒂出庭作证时，被告塔希看着她，脑海里出现了幻觉想象："姆巴蒂拉着我的手，飞出了门，飞上了天，像母女一样飞向太阳。"[③]塔希的幻觉想象显示了她内心对姆巴蒂的期望，她潜意识里希望姆巴蒂带着自己离开法庭这样的是非之地。此外，沃克在这部小说里还描写了塔希成为耶稣的幻觉想象。当塔希听到死刑判决后，她没有陷入痛苦和悲伤，而是产生了自己就是耶稣的幻觉想象。之后，她频频地在牢房里会见国内外媒体记者，声称自己为了让全世界的妇女免除割礼之苦，情愿像耶稣那样登上十字架，为众生的幸福而受苦。正如她对亚当所言："我知道我需要经受这样的苦难，因为广大的妇女儿童灾难深重，

---

① Valerie Thomas, *Using Mental Imagery to Enhance Creative and Work-related Processes*, New York: Routledge, 2019, p.67.

② James M. Honeycutt, *Promoting Mental Health Through Imagery and Imagined Interactions*, New York: Peter Lang, 2019, p.231.

③ Alice Walker, *Possessing the Secret of Joy*, New York: The New Press, 1992, p.155.

她们正屈从于折磨者的强大力量。"①由此可见，幻觉想象是想象心象的重要组成部分，是事件预见和思绪创造的先声。

最后，谎言想象指的是用谎言建构的心象。谎言是在知道事实的前提下以欺骗为目的说出的不同于事实的话，或是通过刻意隐瞒并提供与事实不完全相符的言语信息。在这部小说里，沃克设置了一个因谎言而形成的虚拟想象。凯瑟琳给了女儿塔希三个便士，叫她上街去买火柴。她在回家的路上弄丢了一个便士，为了向母亲交差，她就虚拟了一个谎言心象，向她母亲描述道："我把便士放在头顶的玻璃罐里。这时，天上飞过来一只大鸟，看到了玻璃罐里泛着光泽的便士，这鸟扑腾着翅膀，一个俯冲飞下来，打翻了玻璃罐。我极力地躲避大鸟，结果钱不见了！"②塔希用谎言描述的大鸟物象，是一个典型的虚拟想象，表明她的钱可能被大鸟啄走了。她本想以此来获得母亲的谅解，不过，这种谎言想象违背常理，带有一定的童趣，很难得到成年人的认同。

虚拟想象对客观现实予以溶化、分解和重构，有助于结合众多为统一，又溶解统一为众多。这种想象对日常生活经验的超越导致读者对该小说的感觉如同现实生活中对神秘主义的感受一样；它以特殊性、个性、可启示性为表征，表现出了不可表现的东西。虚拟想象绝不是某种毫无根据的凭空想象，而是凭借过去的经验在人的头脑中对现实加以改造。沃克给一些小说的故事情节和场景添加上一种虚拟想象的色彩，使平常的东西在不平常的状态下呈现在读者面前，丰富和发展了其小说的心象创作艺术。

总之，沃克在《拥有快乐的秘密》里采用了无意想象、有意想象和虚拟想象的手法，展现了想象诗学之建构与文本主题的内在关联，揭示了反非洲部落陋习的小说主题，表达了对受害的妇女和女童深深的同情。沃克笔下的想象是在对非洲文化的大量考察和其丰富的生活体验的基础上形成的。她在小说中以情感为动力，把有意想象和无意想象与虚拟想象有机地结合起来，把写作过程中呈现的各类想象予以融合、拆解、重新排列和组合。沃克把自己对非洲妇女的情感完全地移入所塑造的人物形象中，使自己的感受、情感与人物的感受和情感达到同步的状态，从而和所塑造的人物融为一体，在情感与想象的高度融合中创作出这部以想象叙事为特色的文学佳作。

① Alice Walker, *Possessing the Secret of Joy*, New York: The New Press, 1992, p.273.
② Alice Walker, *Possessing the Secret of Joy*, New York: The New Press, 1992, p.6.

小　结

本章从遗觉表象、记忆表象和想象表象等方面探究萨伏伊、佩特里、莫特利和沃克四位作家的心象叙事策略，揭示这些作家在心象建构和心理分析方面的创新性拓展。萨伏伊笔下的心象蕴涵着美国南方的独特人文精神，展现了美国南方黑人的价值取向、审美情趣和生存方式，表达了作家的种族伦理观。佩特里用巧妙精炼的心象描写，深入非裔美国人的隐秘心灵，勾画出黑人社区的精神状态，展现了心象再现与叙述艺术的完美结合。莫特利通过心象的类比联想与心象的综合想象的有机结合，独具一格地开创了心象叙事的跨时空体系，拓展了非裔美国城市自然主义小说的叙事空间。沃克把想象叙事引入故事情节的建构和小说人物的塑造中，并把各类想象予以溶化、分解、重新排列和组合，展现了想象诗学之建构与文本主题的内在关联，在情感与想象的高度融合中实现了想象叙事策略的新拓展。总而言之，这些作家笔下的心象具有虚实相合的二重性，呈现出"心"和"象"水乳交融的文本语境。他们始终追求叙事策略和文本立意的最高境界，使心象描写与作家人格相映生辉，凸显了非裔美国人的文化传统和审美取向。他们在心象叙事策略方面取得的成就有力地驳斥了黑人小说缺乏艺术性的谬论，表明非裔美国小说之心象描写水平在当代美国文坛上进入了一个新的艺术境界。

第五章 张力叙事与叙事张力

"张力"（tension）是来自力学的一个术语，指的是物体在伸长或扩张时出现的一种弹性力。它使物体的内在物质元素处于紧张状态。也可以说，张力是指物体内部向相反方向发展，但又相互联系和相互作用的两股力量。20世纪初，美国新批评理论家艾伦·泰特（Allen Tate，1899—1979）把这个力学概念引入文学领域。他说："我提出张力这个术语，不是把它当作一般的比喻，而是作为一个特定名词，也就是把逻辑术语'外延'（extension）和'内涵'（intension）去掉前缀后而形成的新词。"①由此可见，张力叙事就是把力学中的"张力"概念引入文学创作的一种叙事策略。从当代文论来看，张力叙事是在文学作品里用于描写各类社会冲突与人物心理动态之内在关联的一种写作手法。文学作品中的张力在本质上是对立统一关系在文本中的体现，同时也延伸至文学作品的文本之外，与读者的接受水平形成了一种不可分割的联系。从叙事学来看，叙事张力是小说人物因未解决或未完成某事而感觉到的一种张力。一般来讲，当小说人物被阻止去获得他们想要的东西时，欲望的追求力和外界的阻止力就会形成激烈的冲突，从而形成张力叙事。

作家在小说情节的发展过程中设置张力时通常会考虑到八个因素：①所设置的冲突与小说人物的生活或工作密切相关，形成张力的或然性和必然性；②所塑造的小说人物的理想或奋斗目标与人物性格的矛盾不断形成小说情节发展中的冲突性浪花；③不断挑起无法解决的利害关系，引起人物在生存困境中的心理冲突；④让张力的减弱和增强交替出现，形成波浪形的人际关系发展状况；⑤设置内部和外部张力，彰显社会冲突和心理冲突并存的写实性；⑥设置张力的多个源头，使张力的形成和发展多元化；⑦让故事在更短的时间里展开，增强张力的力度和艺术感染力；⑧让读者总想质疑小说情节中的描写，让读者的阅读张力和小说的情节张力构成一个文学作品赏析的有机体。

叙事张力能促使读者把作品读下去，因为读者想知道作品后面会发生

---

① John V. Glass III, *Allen Tate: The Modern Mind and the Discovery of Enduring Love*, Washington, DC: Catholic University of America Press, 2016, p.98.

什么，或出现什么样的结局。在小说情节描写中，冒险、危险、比赛等会引起张力，小说人物所遭遇的冲突和他们解决冲突的方式都会对张力的形成产生重大影响。冲突引起的人际关系越恶化，由此产生的张力也会越大。大多数读者都倾向于在激烈的冲突后看到一个快乐的结局，最好是个大团圆的场景。

阿尔弗雷德·希区柯克（Alfred Hitchcock）说："张力不是来源于情节，也不是来源于人物，而是来源于读者。"[①]读者在阅读小说时，个人经历和知识储备也是理解张力的重要因素。没有读者的阅读，一部作品就只能算作半成品。读者在阅读过程中的生理、心理和神经等方面的反应情况是显现小说被理解程度的重要媒介。阅读行为是一个与未知世界搏斗的过程。当我们读小说时，文本提供的信息与我们本身储备的知识发生作用，时常会增添和更新我们的期盼心理。每读一个句子，文本中的未知世界就会缩小一点。如果小说中所有的信息都能被我们猜到，就证明读者的预测力很好，但读者会觉得这小说没趣或构思简单。如果小说中的事件以出乎读者意料的方式展开，结局几乎不能被读者猜到时，读者的阅读张力就会被激发起来，从而更加专注地阅读作品，提高自己的猜测能力，更新猜测内容。

在非裔美国小说的张力叙事中，张力存在于黑白种族关系之间、男女性别之间、美丑之间、善恶之间、正反之间、虚实之间。在小说情节的发展过程中，一切相互对峙而又相互作用的原则、意义、情感等都可产生张力，形成二元对立的张力结构，以及两种对立力量的相互渗透、相互作用。本章拟讨论的张力叙事主要包括三个方面：警探小说的张力叙事、新哥特小说的张力叙事和艺术手法的张力建构。非裔美国警探小说是非裔美国文学中以侦破和处理黑人社区犯罪事件为主题的小说类型，参与侦破的小说主人公主要是黑人警察或黑人侦探。非裔美国警探小说采用的叙事策略主要是推理叙事。非裔警探根据有关案件的一系列线索或蛛丝马迹，运用逻辑推理，侦破犯罪的疑案。在非裔美国警探小说里，故事大多含有凶杀案或诈骗案情节。非裔警探小说所采用的推理叙事是一种智性游戏，所建构而成的文学作品在使用策略和诡计的同时，必须维持一定程度的诚实，绝不能违背逻辑的基本规律。推理叙事塑造的警探必须以智取胜，以此通过精巧又不失诚实的情节设计来引起读者的兴趣。新哥特小说注重利用各种恐怖环境来建构传统哥特小说的语境氛围，从而使不良环境与人物心理刺

---

① Sidney Gottlieb, ed., *Hitchcock on Hitchcock: Selected Writings and Interviews*, Berkeley: University of California Press, 2015, p.45.

激之间产生内在关联。此外，叙事张力还可能来源于悬念、反讽和意识流手法等的综合运用而营造的紧张场面，使读者在阅读中产生焦虑、不安和惶恐等心理感受。

一般来讲，警探叙事和新哥特叙事场景的出现与故事主题期盼感的建构所形成的张力构成了文学作品的叙事张力。叙事张力一方面表现为微观情节建构时独自存在的"是与不是"与"能不能"之间的张力，展示出小说叙事层面生成历程中的多维景象；另一方面又表现为宏观小说文本结构各顺序的相互联系，构成环环相扣的情节张力，彰显出叙事建构的整体魅力。叙事张力不仅增添了情节发展的张力之美，而且还增强了文学作品的感染力，提升了张力叙事对非裔美国小说的情节建构力。

第一节 迷的建构与解析：《真酷杀手》之推理叙事

切斯特·海姆斯是 20 世纪中期著名的非裔美国城市自然主义小说家，其作品以美国纽约、芝加哥和洛杉矶等大城市的种族问题为主题，书写了美国社会的种族歧视和种族偏见。"切斯特把哈莱姆描写成黑人在美国生存窘境的一个比喻。"[①]海姆斯的推理小说虽然受到欧美推理小说的影响，但绝不是对这些作品的简单模仿或因循抄袭。他在借鉴欧美推理小说创作经验的同时，结合美国哈莱姆地区的社会和文化背景，对推理小说从理论到实践都进行了新的探索，并在借鉴、改造和创新的过程中形成了具有非裔文化特色的创作理念和写作风格。因此，海姆斯在美国甚至世界推理小说史上都有着举足轻重的地位。

海姆斯最杰出的文学贡献是"哈莱姆系列推理小说"[②]，其中推理逻辑最为缜密的作品是《真酷杀手》（*The Real Cool Killers*，1959）。该小说讲述了一个白人在哈莱姆地区性虐黑人少女后遭到众多黑人追杀的案件，揭露了白人性变态狂的种族偏见，痛斥了黑人中的败类为了蝇头小利把黑人少女送进性虐火坑的卑劣行径，同时还赞赏了黑人父爱的伟大和善良的"崇高"（sublimity）。海姆斯在作品中塑造了黑人侦探"棺材王"埃德·约

---

① Melvin van Peebles, "The Unconquered," in *The Harlem Cycle*, Vol. 1., Edinburgh: Payback, 1959, pp. xiv-xviii.

② 海姆斯的"哈莱姆系列推理小说"主要包括《哈莱姆之怒》（*A Rage in Harlem*）、《真酷杀手》（*The Real Cool Killers*）、《疯狂的杀戮》（*The Crazy Kill*）、《枪声四起》（*All Shot Up*）、《大金梦》（*The Big Gold Dream*）、《追捕》（*The Heat's On*）、《棉花勇闯哈莱姆》（*Cotton Comes to Harlem*）和《持枪的盲人》（*Blind Man with a Pistol*）。这一系列的小说主要发表在 1957 年至 1969 年。

翰逊和"掘墓狂"琼斯。两位侦探在案件侦破工作中惩恶扬善，具有西部牛仔的豪爽和勇敢；他们在哈莱姆以执法者的身份履行法律赋予的职责，维护法制和社会正义；他们在法律所不及之处的人性化执法给小说增添了正义必胜的理想化色彩。海姆斯采用的素材不是道听途说，也不是二手资料，而是源于自己的亲身经历和对现实生活的理性观察，这展示了一名非裔作家在追逐美国作家梦的过程中的无畏拼搏和大胆创新。[①]《真酷杀手》从主谜与子谜、解谜路径和谜之命运反讽三个方面展现了非裔推理小说"谜"之叙事策略。

一、主谜与子谜

谜是推理小说不可缺少的构成元素之一。"有谜则有故事，有人物，有性格，有矛盾，有冲突，从而有主旨，有意义；无谜也就大为失色，也不成推理小说，张力也就无从建构。"[②]从叙事学来看，推理小说的谜在情节建构、人物塑造、氛围营造、主题呈现等方面发挥着重要作用。解谜的复杂性、趣味性、顿悟性与推理小说的艺术价值也有着密切的关系。一般来讲，推理小说中的谜按小说叙事层面的重要性可以分为主谜和子谜。根据作品篇幅的长短和情节演绎的复杂程度，主谜可以有一个或多个，但主谜一般比较笼统，无法或难以直接破解，必须依靠子谜的破解来连带解决。海姆斯在《真酷杀手》里设置了三大主谜：开篇之谜、真凶之谜和未解之谜，每个主谜都与多个子谜密切相关。

首先，开篇之谜指的是作家在推理小说开始部分设置的谜团。在《真酷杀手》的第一节，海姆斯首先描写了歌舞升平的露珠酒吧。酒保斯迈利（Smiley）在厅堂里不停穿梭，为客人提供服务，酒吧歌女放声歌唱，顾客们自得其乐。酒吧里的顾客除了一名白人中年男子之外，其余的都是黑人。突然，一名黑人男子挥舞着一把弹簧刀，厉声嚷道："我要割了那白人杂种的喉咙。"[③]那名白人左右躲闪，喉咙虽然没有被割断，但领带已被割掉，胸前的白色衬衣也被鲜血染红。斯迈利上前劝阻时，手臂也被砍了一刀。于是，斯迈利从吧台下抽出一把锋利无比的消防斧，冲上去砍断了行凶男

---

① Megan Abbott, *The Street Was Mine: White Masculinity in Hardboiled Fiction and Film Noir*, New York: Palgrave Macmillan, 2002, p.47.

② Jerry H. Bryant, *The Violent Man in African American Folklore and Fiction*, Bloomington, IN: Indiana University Press, 2003, p.98.

③ Chester Himes, "The Real Cool Killers," in his *The Harlem Cycle*, Vol.1., Edinburgh: Payback, 1959, p.185.

子持刀的右臂。这时，读者心中马上会产生一个谜团：那名黑人男子为什么要杀白人男子？这个谜团构成了小说开篇的第一个主谜。哈莱姆黑人警探"掘墓狂"琼斯负责这个案件的侦破工作。这一主谜的破解涉及当事人双方的身份、行为动机和事件起因，它的消解得益于以下子谜的破解：那名白人男子是谁？黑人男子为什么要杀他？他们之间是有深仇大恨还是黑人男子借酒发疯？斯迈利为什么敢用消防斧残酷地砍下那人的手臂？他和白人男子是什么关系？经过琼斯一步一步的侦破，这些子谜得以破解：原来那名白人的姓名是尤利西斯·盖伦（Ulysses Galen），在金可乐公司担任销售经理。他表面上道貌岸然，文质彬彬，但实际上是一名十恶不赦的性变态狂，他经常以金钱为诱饵，勾引黑人少女，继而把她们关在黑屋子里，用牛皮鞭抽打，并把她们挨打后的惨状拍摄下来，以此来获得变态的性满足，在哈莱姆地区有许多黑人少女沦为他的受害者。刺杀他的黑人是哈莱姆的搬运工查理·布蒂（Charlie Booty），其女儿古德·布蒂（Good Booty）因遭受盖伦的性虐待而精神颓废。这严重伤害了查理的爱女之心和人格尊严，但是作为无钱无势的黑人，他是不可能让盖伦这样的白人富商伏法的。于是，他只好采用最原始的极端方式向敌人复仇。然而，斯迈利为什么要用消防斧砍下查理的手臂呢？表面上他是为了保护店里顾客的人身安全，但实际上是为了捍卫自己的经济利益。斯迈利把酒吧楼下的酒窖租给盖伦，作为他残害黑人少女的场所，从而获得每月 25 美元的高额租金。假如查理把盖伦砍死了的话，他挣外快的渠道也就永远失去了。因此，斯迈利在私利的驱逐下用消防斧砍掉了查理的手臂，结果导致查理因失血过多而死亡。所有子谜破解后，读者才得知主谜的谜底：那名黑人男子要杀白人的行为不是发酒疯，而是为女儿报仇，伸张法律难以伸张的正义。

　　其次，真凶之谜是海姆斯在这部小说里设置的一个重要看点。白人盖伦从露珠酒吧逃出来后不久就被人用枪打死在大街上。这形成了小说的第二个主谜：杀人者是谁？这个主谜的破解与下列三个子谜密切相关：桑尼（Sonny）是杀人者吗？萨姆森（Samson）是杀人者吗？谁是真正的杀人者？刘伟民说："杀人犯罪，一般情况下，是受害人与被害人之间的矛盾冲突已经不可调和并已经达到你死我活的地步时发生的暴力行为。当现实的道德和规范已不足以对冲突的一方行为予以约束，也无法约束时，暴力方就会失去自我调节和控制，铤而走险。"①从小说情节的发展来看，盖伦从露珠酒吧逃出来后，遭到黑人擦鞋匠桑尼等人的追杀。桑尼手上拿着一把手枪，

---

① 刘伟民：《侦探小说评析》，南京：东南大学出版社，2011 年版，第 182 页。

不时向盖伦射击，枪口冒出了火光和硝烟。他们追了几条街后，终于开枪把盖伦击中，使之陈尸于大街上。不久，警察赶到，马上拘捕了站立在尸体附近的桑尼，因其手枪还冒着黑烟。桑尼当即被警方认定为杀人者，但事后警察发现，桑尼持有的手枪是一把自制的玩具手枪，只能冒出火光和烟雾，不具有发射子弹的功能。因此，桑尼不是杀害盖伦的真凶。那么谁是真凶呢？在小说第 16 章，一个犯罪团伙的首领萨姆森在被警方围困的情况下，劫持了绰号为"糖奶头"的伊芙琳·约翰逊（Evelyn Johnson）。伊芙琳是埃德警官的独生女儿。警察局局长立即与萨姆森进行谈判，劝说他放下武器投降，并告诉他，按照法律，他所犯下的袭警罪最多判三年刑，他不必为此而丧命。但萨姆森拒绝投降，声称杀死盖伦的人不是桑尼，而是他自己。黑人杀了白人，这在当时的社会环境里是不可能得到轻判的，而且极有可能被法庭判处死刑。原来，萨姆森带着一帮手下在街头闲逛时遇到盖伦被人追杀。正巧萨姆森自制了一把土枪，但从来没有试用过。因此，他就把奔跑中的盖伦作为射击目标，对着他开了一枪，随后，盖伦就倒下了。萨姆森的话语与警方后来的调查结果吻合，桑尼的枪打不出子弹，而死者盖伦的后脑的确被射入了一粒子弹。因此，警方排除了桑尼的杀人嫌疑，确定了萨姆森的凶杀罪，最后警方在解救人质的过程中击毙了萨姆森。这个案件似乎结束了，但哈莱姆警察局的安德森中尉拿着警方的弹道检验报告称，射入盖伦头部的子弹是 32 口径的手枪子弹，而萨姆森自制土枪的子弹是 22 口径的。从弹道学来看，萨姆森的自制手枪是无法装入 32口径的手枪子弹的。因此，萨姆森不是杀死盖伦的真凶。在小说的第 18章，琼斯警官走访了黑人少女茜茜（Sissie）的家。茜茜向琼斯警官坦白说，她杀死盖伦是为了保护好友伊芙琳。盖伦不但残害了她，而且还千方百计地想把伊芙琳勾引到手，实施性虐待。茜茜从舅舅库里·邓巴（Coolie Denbar）那里偷了一把 32 口径的手枪，她本想把盖伦约到一个偏僻处刺杀，但因一个朋友的到访耽误了时间。她在赶去酒吧和盖伦"约会"的途中看到一大群黑人在追杀盖伦，她也跟了上去，趁着混乱，向盖伦的头部开了一枪，然后迅速逃离现场，把手枪扔进了路边的水沟里。这时，读者才明白，茜茜才是盖伦凶杀案的真凶。

最后，海姆斯还在小说里设置了未解之谜。其中，最大的未解之谜是哈莱姆地区究竟有多少顶黑保护伞？在这个未解主谜之下还有一系列的子谜：斯迈利的黑保护伞是谁？盖伦的黑保护伞是谁？开设妓院的黑人少妇丽芭（Reba）的黑保护伞是谁？琼斯警官发现露珠酒吧的酒保斯迈利居然违反法律，在酒吧的地窖里开设色情场所，为白人变态狂盖伦提供淫乱场所，这使他非常震惊。于是，他质问斯迈利："谁是你的保护伞？"[1]斯迈利极力否认保护伞的存在。从美国的社会环境来看，如果没有黑保护伞的庇护，露珠酒吧是难以经营下去的。根据美国法律，除内布拉斯加州外，在美国境内任何地方开设妓院或色情场所都是违法的。至于谁是盖伦的黑保护伞，海姆斯通过哈莱姆区司法行政长官之口称，"有迹象表明：盖伦得到了某个有影响力的人物的庇护，或者是警察总部的，或者是市政府的"[2]。但具体是哪个高官在庇护他，仍然不得而知。这一作者没有给出谜底的悬念引起了读者的进一步深思和对美国社会问题的焦虑。此外，丽芭因开设妓院和容留未成年人卖淫而被捕，不久就被纽约市政厅的高官保释出来，但这位高官的姓名仍然没有被透露。警察在侦破盖伦凶杀案时抓捕了大量违法犯罪人员，但未能找出这些人背后的黑保护伞，这为哈莱姆的治安隐患埋下了伏笔。海姆斯关于未解之谜的设定具有非凡的现实意义：哈莱姆治安环境的恶劣与某些高官的庇护密切相关，成为许多案件的社会死结，这极大地践踏了美国的法制，使哈莱姆的社会环境长期难以得到良好的治理。

因此，海姆斯以开篇之谜、真凶之谜和未解之谜为小说叙述的主线，同时还把每个主谜下的子谜建构成小说情节发展的副线。海姆斯关于寻找真凶之谜和未解之谜的张力描写给读者留下了反思和回味的精神空间。他对丑陋灵魂的描述不是为了以负面描写来吸引读者，而是要警示社会，使人们关注相关社会问题。该小说里设谜和解谜的叙事过程展现了作家的写作智慧，案件侦破中的逻辑推理生动有趣，不但提高了读者的阅读兴趣，而且还有助于黑人侦探小说叙事策略的发展。

二、解谜路径

推理小说的解谜是案件侦破过程中作者超人智慧的艺术再现，通常会激发读者的能动思维活动。为了使小说中谜的设定与读者的思维活动达成正向的沟通，作家经常采用一些艺术性的铺垫措施和思维暗示，为读者在精神层面的积极参与奠定了必要的基础。[3]侦破切入点、事件转折点和真情

---

[1] Chester Himes, "The Real Cool Killers," in his *The Harlem Cycle*, Vol.1., Edinburgh: Payback, 1959, p.285.

[2] Chester Himes, "The Real Cool Killers," in his *The Harlem Cycle*, Vol.1., Edinburgh: Payback, 1959, p.197.

[3] Robert E. Skinner, *Two Guns from Harlem: The Detective Fiction of Chester Himes*, New York: Popular Press, 1989, p.76.

告白点构成海姆斯在《真酷杀手》里编织的三个主要解谜路径。

首先，侦破切入点是推理链中的关键点，也可视为推理小说中的案件调查切入点或调查某个问题时应该最先着手的地方。在这部小说里，一个白人在大街上被人追杀而亡，死者身份不明，杀人者和现场目击者全部逃离。琼斯警官发现，在案发现场找到破案线索的可能性几乎为零。因此，他把案件调查的切入点转向死者生前去过的场所——露珠酒吧，着手调查死者的身份和生前接触过的人。酒吧的黑人顾客都不愿向警方提供有价值的信息，他们对侦破白人受害者的案件不感兴趣。酒保斯迈利说，死者曾与一个名叫里迪·贝尔彻（Ready Belcher）的黑人一起来过酒吧，并进一步提供消息说，里迪是个皮条客，时常出现在另一个地方——巴克酒吧。这一线索成为整个案件侦破工作的切入点。琼斯警官赶到巴克酒吧，从酒吧老板嘴里得到了里迪住在丽芭的妓院的信息，于是立即赶到那里，从丽芭那里得知了街头被杀者是金可乐公司销售经理盖伦的身份信息，后又得知盖伦是个性虐待狂，喜欢把黑人少女带到丽芭的妓院进行性虐待。丽芭发现了盖伦的丑行后非常反感，此后拒绝接待他，并用手枪吓跑了他。之后，琼斯警官拘捕了里迪，带他到露珠酒吧，逼迫斯迈利坦白了把酒吧地窖租给盖伦作为性虐场所的事实。露珠酒吧始终是盖伦案件的发生、发展和侦破的最重要场所。

其次，在盖伦凶杀案的侦破过程中，海姆斯设置了两大事件转折点，一步一步地消解案件的迷惑之处。每一个转折点都将案件的侦破进程推进了一大步。第一个转折点出现在哈莱姆医院，琼斯警官从班克斯医生（Dr. Banks）手里拿过被砍掉手臂的死者的遗物，主要是几件衣服。从这些衣服里，琼斯警官找到了一张纸条，纸条上出现了两个人的名字：GB 和 Bee。当晚，琼斯警官第二次来到露珠酒吧，从盖伦的凯迪拉克轿车上搜出一大沓少女裸照，并把这些照片拿给斯迈利辨认。斯迈利当场认出其中三张照片上的女孩，说出了其中两个女孩的名字：古德·布蒂和霍妮·碧（Honey Bee）。琼斯警官马上把医院死者纸条上的两个名字（GB 和 Bee）与古德·布蒂和霍妮·碧这两个女孩联系起来，由此很快判断出医院死者是古德·布蒂的父亲查理。搞清楚了在露珠酒吧被砍掉手臂之人的真实身份为案件的进一步侦破开了一个好头。小说的另一个转折点是斯迈利提供的另一个情况。斯迈利说，酒吧附近的街上有一个小有名气的黑帮组织，该黑帮的头目叫萨姆森，曾和手下的两个成员来过酒吧。至于他们的具体住处，斯迈利也不知道，但斯迈利说，一个喜欢在屋顶喂鸽子的小青年也许知道。正当琼斯警官觉得这条线索快要断掉时，负责挨家挨户搜查哈莱姆地区的警察队队长听到这话便马上说，他在搜查途中见过屋顶喂鸽子的那个人。斯迈利提供的情况使琼斯警官的侦查路线与警察队队长的侦探路线最后得以汇合，成为案件侦破的关键性转折点，直接促成了破获黑帮组织和抓捕相关成员之事。

最后，真情告白点是推理小说作者通过人物之口披露案件特点、进程和结局的话语，这些话语通常是官方人物或权威人物所言，但真实性仍可能带有局限性或误导性。盖伦谋杀案件在纽约城引起轩然大波，黑人杀死白人的事件受到媒体的广泛关注。案发后，哈莱姆警方对媒体公布了案情，即一个黑人在露珠酒吧喝醉发酒疯，持刀刺杀白人盖伦，盖伦逃到街上，又被黑人擦鞋匠桑尼枪杀。警方认为，桑尼的所作所为是吸食大麻过量产生幻觉所致，警方公告的不准确性是因为侦查初期的局限性。在小说的末尾部分，警察局局长得知，杀死盖伦的凶手既不是桑尼也不是萨姆森时，极为震惊，但又不太愿意改口。局长像发疯的公牛一样狂吼："如果那样我会被上帝诅咒的！媒体都已经报道了，他[盖伦——作者注]是被这支枪杀死的。他们[纽约媒体——作者注]都对案件的侦破欢欣鼓舞。如果把这事说出去，我们将成为全世界的笑柄。"[①]局长觉得，他们一旦改口，警察局的公信力就会受到严重影响，但琼斯警官的个人声明给局长铺设了一个台阶。琼斯警官说："这个杀手做了一件有益于公众的事情……如果你们指派我去抓捕那个杀手，我就辞职……我认为，那个杀手绝不会再杀人了。即使我丢掉了这份差事，也不打算去抓捕他归案。"[②]琼斯警官的声明表明了自己的态度：死者盖伦残害了许多黑人少女，死有余辜；未归案的杀手替天行道，维护了现行法制无法维护的正义。琼斯警官知道杀盖伦的凶手必然是黑人，他提出不追究的动议既保全了白人局长和哈莱姆警局的颜面，也保全了惩恶扬善的民间英雄。因此，这是一个双赢的解决方案。

由此可见，海姆斯在《真酷杀手》里设置的解谜路径是从侦破切入点、事件转折点发展到真情告白点，其笔下扑朔迷离的案件侦破过程呈现出朦胧而又令人着迷的故事情节，富含辛辣的伦理寓意，揭示了种族主义社会环境里黑人捍卫民族文化和生命意义的深刻主题。他的解谜路径有助于读者认知暴力的渊源、法律的本质、正义的可能、秩序的不可或缺以及真理不是幻象等真相，同时还倡导了社会正义高于死板法律条款的观念。因此，

---

① Chester Himes, "The Real Cool Killers," in his *The Harlem Cycle*, Vol.1., Edinburgh: Payback, 1959, p.322.

② Chester Himes, "The Real Cool Killers," in his *The Harlem Cycle*, Vol.1., Edinburgh: Payback, 1959, pp.322-323.

这部推理小说艺术地呈现了一种超越法律的正义伦理，支持和延续了 20 世纪四五十年代流行于美国社会的激进主义思潮。

三、谜之命运反讽

命运反讽指的是作品中某个或某些情节的发展不受读者主观意识的支配，结局通常在读者的意料之外，使读者的期望或猜想落空。[①]卢卡·里罗（Luca Lillo）将命运反讽主要分为六大类——"戏剧型、毁损型、荣耀型、窘境型、巧合型和二十二条军规型。"[②]海姆斯在《真酷杀手》里创造性地发展了里罗的六类命运反讽，并且根据推理小说设谜和解谜的情节需要，设置了谜之三类命运反讽：创伤型命运反讽、自大型命运反讽和以德报怨型命运反讽。

首先，创伤型命运反讽指的是小说人物在早年受到某种创伤后形成了过分担心和焦虑的心理，见到和以前创伤形成情况类似的语境时通常会采取过激的行为，引起他人的震惊和迷惑。[③]海姆斯在这部小说里描写了埃德警官遭毁容后所形成的精神创伤，揭示了由此而引起的命运反讽。埃德警官在《哈莱姆之怒》（A Rage in Harlem，1959）里被诈骗犯汉克（Hank）泼了硫酸，脸部大面积烧伤。此后，"哈莱姆系列推理小说"的每一部小说里，海姆斯提到埃德警官时就会谈及他被硫酸毁容之事以及他对此事的耿耿于怀。在《真酷杀手》里，当埃德警官赶到盖伦凶杀案的现场时，围观人群中站着一伙身穿阿拉伯长袍的黑人。按照当地伊斯兰教徒的习俗，向他人泼洒香水是表示敬意的一种方式。扮成阿拉伯人的黑人青年凯莱布（Caleb）把一瓶香水泼向埃德警官。埃德警官见状，猛地拔出手枪，对着凯莱布连开了两枪，导致他当场死亡。出乎凯莱布意料的是，自己的友好行为却被对方视为敌对行为，这形成了一个由创伤引起的悲剧性命运反讽。事前，埃德警官对琼斯警官说："哎，琼斯，被烧伤过的孩子怕火。任何犯罪嫌疑人向我扔东西都会被我在第一时间里射杀。"[④]埃德的话语表明他的身体创伤早已转化成了精神创伤，这也为其开枪误杀凯莱布埋下了伏笔。

其次，自大指的是一种自以为了不起，把自己的地位或作用看得很重

---

① 庞好农：《命运反讽、荒诞梦幻与象征手法——评内洛尔〈布鲁斯特街的女人们〉之艺术特色》，载《烟台大学学报》（哲学社会科学版）2014 年第 2 期，第 80 页。

② 黄哲真：《推理小说概论》，厦门：厦门大学出版社，2014 年版，第 129 页。

③ Wendy W. Walters, *At Home in Diaspora: Black International Writing*, New York: University of New York Press, 2005, p.98.

④ Chester Himes, "The Real Cool Killers," in his *The Harlem Cycle*, Vol.1., Edinburgh: Payback, 1959, p.98.

要，漠视他人的存在，夸大自身价值的一种心理状态。自大型命运反讽就是由自大所引起的一种命运反讽，导致与自大期待值相反的结果。①海姆斯在这部小说里讲述了黑社会老大遭遇强悍警官的故事。埃德警官和琼斯警官开着警车，响着警笛，紧急赶往某个案发地点。路上的车辆听到警笛纷纷避让，然而哈莱姆黑社会老大亨利（Henry）开着一辆蓝色的凯迪拉克豪华轿车，听到警笛后既不减速，也不避让。脾气火暴的埃德警官掏出手枪，一枪把亨利的小车后视镜打掉，还把车的挡泥板打出了一个大洞。亨利的手下抓起手枪，正准备按黑社会的行为方式疯狂报复。可是，当亨利和其手下看到在警车里坐着的是使一切悍匪都闻风丧胆的埃德警官后，马上就软下来了。这个情景的突变就是由他们的自大心理引起的命运反讽。

最后，以德报怨型命运反讽指的是尽管以前受到过他人的伤害，但事后不计前嫌，反而"仇将恩报"的一种反讽手法。海姆斯在这部小说里设置了一个以德报怨的典型事例。桑尼被捕后趁凯莱布引发骚乱之际逃离了案发现场，可是在逃跑途中被黑帮抓住。他遭到以萨姆森为首的黑帮成员的毒打和凌辱，黑帮女成员茜茜是萨姆森的情妇，她对桑尼也多有责骂。当盖伦凶杀案的侦破进入尾声时，桑尼也随着黑帮组织其他团伙成员的被捕而被捕。因为桑尼没有真枪，所以他的杀人罪名不成立，但他仍因街头斗殴被法官判处了六个月的监禁。海姆斯在小说的结尾部分设置了一个以德报怨的命运反讽。桑尼坐牢时，茜茜前来探监，并讲述了自己的情感孤独和无助，桑尼当即表示愿意接受失去男友的茜茜为自己的女朋友。茜茜告诉桑尼她已经怀上了萨姆森的孩子，当桑尼出狱时，她的孩子可能就要出生了。出乎茜茜和读者意料的是，桑尼听到这个消息后，没有以此为借口抛弃茜茜，而是宣布马上就和茜茜结婚，让她的孩子一出生就有一个完整的家。桑尼以德报怨的行为构成了一个人性向善的命运反讽，消解了萨姆森死后茜茜是否能够获得幸福的谜团。

海姆斯在《真酷杀手》里设置了谜的创伤型命运反讽、自大型命运反讽和以德报怨型命运反讽，在小说表层结构的线性侦探过程中掩盖了深层结构中对相关案件进行线性还原的非线性认知叙事过程。他采用的命运反讽层级结构并非自然认知的谋篇布局和宏观结构中的"双层结构"，而是在破案过程中呈现出多层次、多角度、多线程的多头叙述。环环相扣的"子叙事"与出乎意料的结局，以及淡化的案件线索和隐含性的人物思绪，形成了该小说非线性的认知叙事模式，极大地提升了推理小说的审美价值。

---

① 刘伟民：《侦探小说评析》，南京：东南大学出版社，2011 年版，第 145 页。

谜在命运反讽中的解析拓展了海姆斯的创作思想，呼应了读者在侦探作品阅读中对捍卫社会正义、惩恶扬善等主题的审美期待。

海姆斯在《真酷杀手》里以设谜和解谜的叙事策略展示了谜的结构、主谜和子谜的相互关系，建构了曲折多变的解谜路径，用人物的命运反讽来彰显谜的文化内涵和艺术价值。这部小说因在谜的建构和消解方面的独特建树而被学界普遍视为侦探文学作品中难得的杰作之一。这部推理小说给读者以美的享受，突出了作者对社会道德的重视，揭示了人性与社会的复杂。海姆斯设置的谜激发了读者渴望知道结局的焦虑心理，继而他又就谜能否解开和如何解开而制造了一系列悬念，充分利用案件与侦破之间的时空营造张力氛围，使结局的延宕具有更强的趣味性和艺术性。海姆斯在写作过程中所采用的现实性认知范式和多层次叙事手法，艺术性地再现了案发过程，对案件行为进行了线性还原，揭开了案件的迷雾，伸张了正义。海姆斯在这部小说叙事策略方面取得的突破性成就丰富和发展了理查德·赖特开创的非裔美国城市自然主义小说传统，为黑人推理小说在 21世纪的影视化发展奠定了坚实的基础。

第二节　命运反讽叙事与悬念效应：《枪声四起》

海姆斯最扣人心弦的犯罪小说之一是《枪声四起》(*All Shot Up*, 1965)。该小说以 20 世纪四五十年代的哈莱姆为背景，采用引人入胜的叙事策略描写了车祸、诈骗、抢劫、谋杀等扑朔迷离、错综复杂的案件，探讨了美国社会的种族问题、同性恋问题和伦理道德问题，揭示了人性与社会环境的内在关联，并且这是海姆斯首次在其作品中讲述黑人政治人物卷入黑社会争斗的故事。[①]命运反讽的风趣性、悬念的磁性效应和案中案的层级叙事有助于探究海姆斯在这部小说里采用的叙事手法，揭示他对黑人犯罪小说叙事策略发展的独特贡献。

一、命运反讽的风趣性

海姆斯在《枪声四起》里主要采用了命运反讽式的叙事策略。文学作品中的命运反讽不受读者主观意识的控制，通常发生在读者的意料之外，

---

① Wendy Harding & Jacky Martin, *A World of Difference: An Inter-cultural Study of Toni Morrison's Novels*, Westport, Conn.: Greenwood, 2016, p.91.

使读者的期望落空，并产生一种"意料不到"的阅读兴奋感。[①]性别错位、弄假成真和超越常规等在小说里引起的命运反讽有力地讽刺了人性的阴暗面，调侃了人世间的变化无常，凸显了作者艺术笔触的风趣性。

首先，根据性别理论，人类可分成两种类别：男性和女性。在基督教的传统思想中，正常的性和婚姻关系只存在于异性的人之间，并且各个性别在社会生活中皆有一定的性别角色。[②]在海姆斯撰写《枪声四起》的那个年代，社会对同性恋问题的认知和包容度还很有限，因此海姆斯对同性恋问题的披露带有一定的文学先驱性。小说里，海姆斯从两个方面描写了性别问题引起的命运反讽：男扮女装和女扮男装。为了获得更好的生存机会，一些黑人男性故意装扮成女性。在这部小说里，海姆斯塑造了三名男扮女装的黑人男子。首先是一个姓名不详的黑人男子把自己装扮成绰号为"吉卜赛女郎"的中年妇女，专门从事以坑蒙拐骗为特征的算命工作。人们一直以为"她"是女性。有一次，"她"被人绑架，当埃德警官和琼斯警官冲进其房间解救时，赤身裸体的"她"暴露出了其男性本色。海姆斯塑造的第二名男扮女装的人物是朱尼尔·霍尔（Junior Hall）。他把自己装扮成名叫"黑美人"的青年妇女，专门勾引好色的黑人男性。直到他死于一场车祸，法医在尸检时才意外地发现这个长期穿着女装的人其实是男性，连平时熟悉"她"的警察也是直到此时才知道"她"的真实性别。海姆斯塑造的第三名男扮女装的人物是路修斯·兰伯特（Lucius Lambert）。他把自己装扮成绰号为"蛇屁股"的女性，在哈莱姆的酒吧、舞厅等娱乐场所享有盛名，连黑人政坛大佬卡斯珀·霍尔姆斯（Casper Holmes）和"巴黎酒吧"的老板阿方索·马库斯（Alfonso Marcus）都成了他的情人。直到"蛇屁股"在一次冲突中意外身亡，埃德警官审讯阿方索时才获悉妖艳女郎"蛇屁股"是男性。另外，海姆斯还描写了女扮男装的命运反讽。卖车人巴伦（Baron）从小说一开始就是以"男性"的形象出现的，后来"他"从受害人罗曼·希尔（Roman Hill）的女友萨萨弗拉斯（Sassafras）手上逃脱后，受害人和警方一直找不到"他"。最后，警方在带着罗曼去指认其他犯罪嫌疑犯时，才意外地发现黑人富翁霍尔姆斯先生（Mr. Holmes）的太太莱拉（Liela）竟然就是车辆诈骗犯巴伦。这时，读者才得知化名为"巴伦"的男子原来是女性。这类命运反讽的出现给小说中的警察和阅读小说的读者带来了巨大

---

① 庞好农：《命运反讽、荒诞梦幻与象征手法——评内洛尔〈布鲁斯特街的女人们〉之艺术特色》，载《烟台大学学报》（哲学社会科学版）2014 年第 2 期，第 81 页。

② José Delgado & Manuel Rodriguez, *Physical Control of the Mind: Toward a Psychocivilized Society*, New York: Harper and Row, 2015, p.78.

的心灵震撼，由此揭露出现代社会犯罪分子的狡诈与多变。

其次，"弄假成真"通常是采用一定的手段或策略，把本来是假装的东西或事件弄成真的，颠覆事件的真相，其目的是达到某个反社会、反道德或反法制的目标，一般带有欺诈性质。①海姆斯在《枪声四起》里描写了一个弄假成真的命运反讽：莱拉化名为"巴伦"，把丈夫霍尔姆斯花 8000 美元新买的一辆凯迪拉克牌轿车以 6500 美元的低价卖给海员罗曼，并串通了朋友赫尔曼·罗斯（Herman Rose），由他充当公证员，为罗曼办理了假的购车法律文件，然后催促没有驾驶经验的罗曼在街上试开。罗曼刚开车不到 20 分钟就撞上了一名横穿马路的老妇人，这个老妇人是由莱拉的朋友"黑美人"装扮的。莱拉原本想通过"黑美人"的"碰瓷"事件来迫使罗曼放弃新购的汽车，以此骗取罗曼的购车款。可是，就在"黑美人"碰瓷后正要站起来之时，一辆别克轿车从后面飞驰而来，把"黑美人"撞飞到女修道院的墙上，致其当场死亡。莱拉设计的假车祸变成了真车祸，致使"黑美人"由假死变成了真死。这个"弄假成真"的命运反讽出乎读者的意料，给诈骗案参与者蒙上一层厚厚的悲剧色彩，对骗人终害己的始作俑者进行了辛辣的讽刺。

最后，海姆斯还在这部小说里设置了超越常规的命运反讽。这类反讽指的是事件发展的结果出乎人们的意料，与常规严重背离，甚至完全相反。在这部小说里，纽约的黑人政客霍尔姆斯刚走出办公室，就遭到一伙武装匪徒的抢劫，其随身携带的公文包被抢走，里面装有募集到的总统选举经费五万美元。之后，警方迅速介入调查，霍尔姆斯的秘书、安保人员、案发现场的目击者均遭到警察的审讯，但案件的侦破一直没有进展。直到小说的第 18 章结尾，霍尔姆斯的妻子莱拉告诉埃德警官："周五早上，我看见他[冒充警察抢走罗曼的凯迪拉克牌轿车的白人——作者注]和霍尔姆斯在交谈。当时我不认识他。那时，我记起周四晚上霍尔姆斯接了格罗弗·莱顿（Grover Leighton）[把五万美元现金交给霍尔姆斯的委员会秘书——作者注]的电话之后，就给印第安纳的波利斯打了一个长途电话。我当时在想：他在和谁联系呢？"②事发后，莱拉意外地发现与霍尔姆斯联系的人就是抢劫霍尔姆斯的人。这时真相得以还原，抢劫霍尔姆斯的人不是别人，而是他自己。霍尔姆斯为了侵吞那五万美元公款，便自己雇人来抢

---

① George Lipsitz, *Rainbow at Midnight: Labor and Culture in the 1940s*, Urbana: University of Illinois Press, 1994, p.87.

② Chester Himes, *All Shot Up*, New York: Penguin, 1965, p.175.

劫自己。这个命运反讽鞭挞了美国政客的贪婪和奸诈。

海姆斯在这部小说里把命运反讽的形式和内容均置于显著位置，使作者与读者相互依存。在该小说的叙述模式建构上，他运用命运反讽有效地消解了犯罪小说家在写作中的两难处境。他的构想既要与读者的期望值保持大体一致，又要在读者认为理所当然的问题上出乎其意料，使其产生遗憾、悲伤、不满或焦虑的情感。海姆斯对命运反讽的独到运用不仅有助于增强小说的鉴赏魅力，还大大地加深了小说的思想内涵，凸显了作者文笔的风趣性。

二、悬念的磁性效应

悬念是小说的一种写作技法，旨在"提出问题，引起读者的注意，通常在冲突或高潮结束时提供答案，消解读者的谜团"[1]。小说中的悬念通常会引起读者对人物命运和情节发展的强烈关注，促使读者不断读下去，直到悬念的破解。正如黄卓然所言："悬念是个奇妙的东西，它犹如一块心理磁铁，常常把读者松散、飘忽、游离的目光牢牢地吸附在作品里，使读者不忍释卷，一口气把作品读完。"[2]悬念对读者的吸引力犹如磁铁的磁性效应，它有助于激发读者的阅读兴奋因子，深化小说的主题和内涵。海姆斯是一位在犯罪小说中设置悬念的高手，他在这部小说里设置了三类悬念：身份悬念、事件悬念和物品悬念，这些悬念在小说情节的发展中产生了强大的磁性效应。

首先，身份是人在社会生活中的个体标识符号。身份悬念指的是人的身份因某种原因处于一种未知状态，人物也因此被抹上一层神秘色彩。海姆斯在这部小说里设置的身份悬念用剥笋的方式来显现，也就是说不是一下子揭露人的身份，而是把其身份像剥竹笋一样一层一层地披露出来。在小说第一章的开头部分，海姆斯描写了一个在大街上专偷路边停靠车辆轮胎的人。这个人是车祸现场的第一目击证人，但案发后他推着卸下的轮胎悄悄溜走了。直到小说的第十章，萨萨弗拉斯提议去她的一位朋友那里打听一下，因为那位朋友是专做汽车轮胎生意的，对公路上来往汽车的情况很熟。这时读者开始有点怀疑这个人就是那名偷车胎的小偷，但又不是很确定。直到小说第十一章，这个所谓的朋友骑着一辆摩托车，出现在一个胡同口，一看见埃德警官和琼斯警官，便驾车扭头就跑。这时读者才渐渐

---

① W. Marvin Dulaney, *Black Police in America*, Indiana: Bloomington, 1996, p.76.
② 黄卓然：《悬念的磁性效应》，载《法学探索》1990 年第 2 期，第 23 页。

明白他是一个惧怕警察的小偷，他所谓的轮胎生意其实就是偷路边汽车的轮胎来卖。读者还进一步得知他和萨萨弗拉斯的关系非同一般。在小说的第 3 页，绰号为"黑美人"的老妇人被罗曼驾驶的凯迪拉克轿车撞倒；在第 4 页，她被三个假警察驾驶的别克轿车撞死；在第 48 页，老妇人的假发被警察找到；在第 51 页，法医的尸检发现老妇人是个"男人"；在第 55 页，"巴黎酒吧"老板阿方索证实老妇人的绰号叫"黑美人"；在第 83 页，"黑美人"的好朋友"吉卜赛女郎"告知警方"黑美人"的原名叫"茱莉亚·霍尔"（Julia Hall），是萨萨弗拉斯的表兄。这个悬念的层层剥茧式破解使小说的情节发展步步深入，一层一层地揭露了这个陌生人的身份，同时也暗示罗曼的女友似乎与这个诈骗案有一定的关系。

其次，海姆斯设置的事件悬念指的是在小说中一些事件的出现使读者迷惑不解。"情节前后交织，左右联系，互相牵扯，相互渗透，引出种种可能的线索，然后把各个线索的证据切断，使读者坠入五里雾中。"①事件悬念常常带有诸如凶杀、诈骗、奸淫、偷盗等犯罪性质。罗曼刚把凯迪拉克轿车买下，在没有驾照和去交通管理部门登记的情况下，卖车人巴伦怂恿罗曼在街上试车，车撞倒人后，巴伦非但不提醒罗曼下车救人，反而劝他赶紧逃走。巴伦为什么要这么做呢？他的动机构成了一个悬念。直到小说第 20 章，作者才通过埃德警官之口揭露了真相："莱拉·巴伦认识汽车促销员赫尔曼·罗斯。霍尔姆斯从他那里买了一辆凯迪拉克轿车。当莱拉结识罗曼后，发现他手上有 6500 美元，想买一辆轿车，于是就串通罗斯和茱莉亚·霍尔（也就是"黑美人"）来设局骗他。"②海姆斯描写的第二个事件悬念出现在小说第 16 章，在霍尔姆斯打算从医院逃走的前一天晚上，莱拉在家里接到一个陌生男人的电话。那个男人说："请霍尔姆斯接电话。"③打电话来的人带有密西西比口音，说话语气像白人。莱拉一听到这个人的话语，马上紧张得手脚发抖，花容失色。她的恐惧表现构成了一个悬念，那个人为何有这么大的威胁力，究竟是谁呢？那个人声称："我是能帮他把被抢劫的钱追回来，然后平分此款的人。"④直到小说第 18 章的末尾处，读者才获悉给莱拉家打电话的人就是在小说开始部分冒充白人警察抢劫凯迪拉

① 黄卓然：《悬念的磁性效应》，载《法学探索》1990 年第 2 期，第 24 页。
② Chester Himes, "The Real Cool Killers", in his *The Harlem Cycle*, Vol.1., Edinburgh: Payback, 1959, p.192.
③ Chester Himes, "The Real Cool Killers", in his *The Harlem Cycle*, Vol.1., Edinburgh: Payback, 1959, p.148.
④ Chester Himes, "The Real Cool Killers", in his *The Harlem Cycle*, Vol.1., Edinburgh: Payback, 1959, p.48.

克轿车的人，当时他还毒打了莱拉，并把莱拉打得昏死过去。因此，莱拉
一听到他的声音，就害怕再次落入他的魔爪，所以惊恐无比。除此之外，
海姆斯还描写了另一个有趣的事件悬念。在小说的第 17 章，品克顿侦探社
的乔治·德雷克（George Drake）和比格·希克斯（Big Six）坐在克雷殡
仪馆斜对面的车里等待执行任务时，突然来了一个酒鬼，酒鬼对着他们的
小车撒尿。当希克斯打开车窗怒骂时，那个酒鬼不但不收敛，反而声称要
对着他撒尿。[①]酒鬼的反常行为构成了一个事件悬念。他为什么要这么做
呢？真的是醉酒了吗？当希克斯下车伸手去推时，那个酒鬼突然用一把锋
利的猎刀砍在他的头上。德雷克下车去帮忙时，一个绳套突然套在德雷克
的脖子上，把他活活勒死了。这个撒尿事件的目的原来是要把那两个人骗
下车来，一个一个地收拾掉。

　　最后，海姆斯笔下的物品悬念就是以某一神秘物品为道具构成的悬念。
"作品中的神秘物品，犹如魔术家手中的道具。以此道具为中心，集散许多
人或事，也是读者注意力的聚焦点。"[②]海姆斯在这部小说里描写了三个物
品悬念：绿色裙子、被劫的五万美元和电报。绿色裙子出现在轮胎小偷家
的衣柜里，萨萨弗拉斯声称那个小偷仅是她的一个朋友，但罗曼发现她对
小偷的家极为熟悉，而且罗曼以前看见萨萨弗拉斯穿过那条绿色裙子。这
时，绿色裙子就构成了一个悬念：萨萨弗拉斯和那个小偷到底是什么关系？
这个悬念直到小说结束，作者也没有揭晓谜底，但读者可以推测出那个偷
轮胎的小偷和萨萨弗拉斯极有可能是情人关系。被劫的五万美元现金在劫
匪处没有找到，在霍尔姆斯的办公室也没有找到，这笔钱的下落构成了物
品悬念。最后，埃德警官和琼斯警官在哈莱姆医院的停尸房找到了霍尔姆
斯的同性恋情人"蛇屁股"的尸体，从其腿上的长筒袜里找到 50 张千元大
钞，揭开了这笔钱的谜底。在小说结尾，霍尔姆斯出院时收到一封电报，
电报的内容是："犯罪不受惩罚。"这封电报是谁发的呢？这构成了另一个
物品悬念。这样的悬念给读者留下了一个开放性的结尾，让读者享有自由
遐想的空间。海姆斯通过这个悬而未决的悬念把释疑的工作交给了读者，
使小说的主题寓意具有开放性。

　　海姆斯在这部小说里设置的身份悬念、事件悬念和物品悬念在读者的
阅读过程中产生极大的磁性效应。他通过真真假假、虚虚实实的情节描写，
把人物、事件、环境和细节方面的奇异独特之处凸现出来，然后有意杜撰

---

① 黄卓然：《悬念的磁性效应》，载《法学探索》1990 年第 2 期，第 155 页。
② 黄卓然：《悬念的磁性效应》，载《法学探索》1990 年第 2 期，第 24 页。

了许多假象，误导读者，达到其有效隐藏谜底、设置悬念、激发读者阅读兴趣的目的。海姆斯笔下的悬念不仅是一种艺术技巧，而且还有助于塑造栩栩如生的人物形象，揭示深刻的社会主题。

三、案中案的层级叙事

海姆斯在《枪声四起》里以 20 世纪四五十年代的纽约哈莱姆为特定背景，按照传统犯罪小说的模式设置了阴森的街道、喧嚣的酒吧和神秘的住所等背景，并在其建构的错综复杂的故事情节中描写了警察与犯罪嫌疑人、受害者与加害者之间的复杂关系以及相关的张力场景。警察在调查相关案件时，介绍了埃德警官和琼斯警官的刑侦水平，列出了主要人物和次要人物的犯罪事实及犯罪线索，他们带着线索到大街小巷和娱乐社交场所对各类案件展开了不遗余力的侦查。海姆斯在小说情节的演绎和叙事结构的建构中采用了符合逻辑的分析方法，循序渐进地解开那些诈骗案、抢劫案、凶杀案和渎职案的秘密，并构建小说叙述的中心，"把小说叙述的诸要素分为两个方面：一个方面包括犯罪时间、地点、过程、犯罪者、犯罪动机、犯罪结果、犯罪者得到惩处；另一个方面则指的是发现案情的时间、地点、探案过程、犯罪者得到惩处"①。海姆斯在这部小说里采用层级叙事的策略，以案件的原发性和派生性来建构小说情节。这些情节包括犯罪故事和案件侦破故事。

海姆斯以两个诈骗案为中心建构了这部小说的情节。第一个是由莱拉引起的诈骗案。莱拉是一名纽约黑人政客的妻子，对金钱的贪婪之心不亚于丈夫。当她在码头上得知海员罗曼手上有大笔积蓄并打算买车时，就设置了一个骗局，并邀请朋友赫尔曼·罗斯及萨萨弗拉斯的表兄茱莉亚·霍尔参与这个骗局。为了骗取罗曼的钱款，赫尔曼冒充公证员，为罗曼的购车办理了相关的法律文件。为了让罗曼交出刚买的新车，莱拉安排茱莉亚·霍尔伪装成老太太在半道上故意突然横穿马路，造成被罗曼的汽车撞伤的假象；出车祸后，莱拉怂恿罗曼逃匿，目的是想事后以车祸相要挟，骗光罗曼的钱财。莱拉的诈骗案引发了一系列犯罪行为，如赫尔曼的伪造法律文件罪、罗曼的无证驾驶罪和交通肇事逃匿罪、茱莉亚·霍尔的碰瓷诈骗未遂罪等。海姆斯设置的另一个诈骗案是由霍尔姆斯引发的。为了侵吞公款，霍尔姆斯收到委员会秘书送来的用于选举的五万美元公款后，马上和远在南方的白人抢劫犯取得联系，让他在第二天下班时刻到达自己的

---

① 丁灿：《关于犯罪小说的叙述模式》，载《粤海风》2003 年第 6 期，第 69-70 页。

办公室楼下。来的三个劫匪冒充警察，不但抢走了霍尔姆斯手上的公文包，还开枪杀死了霍尔姆斯的一名安保人员和一名无辜市民。抢劫案是霍尔姆斯一手策划的，但事态的发展超出了他的掌控力。抢劫公文包的三个罪犯本想把抢到的五万美元与霍尔姆斯平分，但霍尔姆斯装在公文包里的并不是五万美元，而是一些废报纸。在这个事件中，霍尔姆斯的贪欲违背了"强盗"的江湖规矩，他企图借抢劫事件独吞那笔五万美元的巨款。可是，抢匪上当后恼羞成怒，准备杀掉失信的霍尔姆斯。他们跟踪霍尔姆斯到达办公室后绑架了他，企图威逼他交出那五万美元。后来，埃德警官和琼斯警官冲进办公室，制服了三名歹徒。就在这时，刚刚松绑的霍尔姆斯为了防止白人歹徒揭露他们之间的阴谋，于是迫不及待地抓起地上的手枪，对着歹徒的脑袋开了三枪，杀人灭口。霍尔姆斯的五万美元诈骗案引发了一系列枪杀案和谋杀案，霍尔姆斯本人也从诈骗犯变成了穷凶极恶的谋杀者。正如切斯特·希金斯（Chester Higgins）所言："犯罪小说绝对要有杀人事件，死者死得越干脆越好。杀人以外的犯罪不易引起读者兴趣，以此写出洋洋千言的大长篇也未免小题大做。"他还说："不可设定仆人为凶手，如秘书、马夫、园丁、佣人、厨师等人。凶手在故事中须具社会地位，最好是以常识判断不会犯案的人物。"①海姆斯按照此种写作原则把美国著名黑人政治家霍尔姆斯及其夫人莱拉设置成诈骗集团首犯，并把诈骗案与谋杀案交织在一起，使小说情节跌宕起伏，极具惊险性和趣味性。

　　在这部小说的情节建构中，因文本中叙述视角的限定不同，案件的一些信息被压制或延宕。故事叙述有两个主要方式：一是通过全能叙述者讲述读者已知而侦探不知的犯罪故事。在这部小说里，读者从人物对话和全知叙述人的阐释中早就知道罗曼买车被抢事件是一个诈骗案，可是警察后来在审讯"吉卜赛女郎"的过程中才得知罗曼买车时被一个名叫"巴伦"的人诈骗了。海姆斯在小说结尾处以莱拉之口揭露了莱拉诈骗案和霍尔姆斯诈骗案的真相，使读者和侦探恍然大悟。二是运用限制性视角讲述故事的一个侧面。海姆斯在交代人物命运的结局时采用了叙述者与人物相等同的叙述方式，让当事人莱拉、霍尔姆斯、埃德警官和琼斯警官等按照自己的叙事角度讲述各自的人生经历或参与的某些事件，这样"被压制的信息在读者和侦探的心目中处于同等位置，读者和侦探同等地知晓部分信息，因此，都同样急切地寻求事件的真相，期盼了解事件的来龙去脉"②。海姆

---

①　Chester Higgins, "People Are Talking About," *Jet*, (June 1969), p. 43.

②　Chester Higgins, "People Are Talking About," *Jet*, (June 1969), p.69.

斯通过情节描写揭示了信息被压制了的各类案件如何被警察侦破，以及如何曲折缓慢地呈现出真相。

海姆斯把刑事案件发生的缘由和该案件的侦破这两条叙述线并重，两者时而重合，时而分离。他以警察和罪犯的高智商博弈来构建这部小说情节发展的基本线索。警方怀疑"巴伦"是凯迪拉克牌轿车诈骗案的主谋，于是展开调查，就在调查线索毫无进展时，罗曼在大街上辨认出霍尔姆斯的夫人莱拉就是女扮男装的诈骗犯"巴伦"，这为案件的侦破提供了关键人证。通过诈骗案和凶杀案的侦破，作者提出了"谁是真正罪犯？"的命题，但作家并不是要就此展开一场法学理论的研讨，而是要引导读者去消解小说情节中未能及时搞清楚的谜团。霍尔姆斯是纽约黑人政治家，在全国都拥有相当的影响力。侦破霍尔姆斯诈骗案和莱拉诈骗案的黑人警官埃德和琼斯明知他们的犯罪行为，但出于种族利益的考虑，这两名黑人警官在和抢匪决一死战时，没有通知警局，而是单枪匹马地冲入霍尔姆斯办公室，与窃匪展开了殊死搏斗，以免让霍尔姆斯的犯罪证据落入白人警察之手。霍尔姆斯的贪污案和谋杀案与黑人警察的渎职案产生了内在关联。霍尔姆斯案件发生在20世纪五六十年代黑人争取民权最艰难、最关键的岁月，黑人警官对黑人领袖的网开一面反映了当时黑人的种族心态。付梅溪说："这种'善恶'边界的模糊，事实上正对应着城市内核中的混沌与灰色。在城市中，事情从来都不是黑白分明的，灰色才是城市的常态与基调——就好像我们在白天和夜晚所经历的城市是完全不同的，而有的人，有的事，只可能在城市的夜晚才能遇见……试图在城市中彻底地消灭犯罪是毫无意义的，何况犯罪的定义本就处于不断的流变之中。"① 由此可见，海姆斯这样的情节设置呼应了当时的历史史实，其叙事策略中折射出一种真实感。

海姆斯笔下的案中案错综复杂，扑朔迷离。案件的侦破方式和犯罪的动机复杂多变，但都与钱、权、利密切相关。小案件为大案件的出现铺平了道路，大案件又成为其他小案件的致因，层层相关，层层互动，构成了层级叙事的完整故事链。犯罪行为的实施者与犯罪案件的侦破者在小说情节发展中相互照应，斗智斗勇，给小说增添了无穷的趣味性。

海姆斯在《枪声四起》里采用的命运反讽、悬念和层级叙事等叙事策略，展示了警方的勘查、取证、分析、推理和调查在案件侦破中的重要作用。他对案件的讲述不是按照与其发生时间相对应的时序来安排的，而是按照与侦探的调查时序相对应的时序来进行的，这样的设置使犯罪真凶水

---

① 付梅溪：《小说，犯罪，与城市》，载《广西城镇建设》2012年第11期，第32-36页。

落石出的故事结局更加引人入胜。海姆斯对犯罪案件内容的描写和对警方侦破方式的描写突破了传统犯罪小说的侦破模式，在惩恶扬善的基调上加入了人文主义精神，让"善"不至于在惩"恶"中毁灭。

第三节　新哥特叙事：《大金梦》

《大金梦》（*The Big Gold Dream*，1960）是海姆斯揭示宗教虚伪性和人性贪婪的代表作之一。该小说并不像一般浪漫主义小说那样从正面描绘理想社会的政治和道德观念，而是通过揭示美国社会的邪恶和人性的阴暗面来深入探索建立美好社会的必要性和迫切性。海姆斯在这部小说里把传统哥特小说元素与后现代主义创作手法相结合，开创了新哥特叙事。新哥特叙事不采用传统哥特小说的古堡式背景描写，而是在小说情节发展中吸收了一些传统哥特小说元素，在非古堡场所里营造出令人恐怖、迷惘和焦虑的哥特氛围，旨在创作出引人入胜的故事。[①]海姆斯在《大金梦》里采用的新哥特叙事揭示了黑人侦探小说的艺术特色。

一、新哥特场景的戏仿与设置

《大金梦》通过对极端境遇和血腥事件的描写透视人物的内心世界，展现人性本能与欲望的各种表现形式。海姆斯在选用传统哥特小说元素的同时，还从阐释社会正义的角度摒弃了这类小说中不合理的道德束缚或宗教绑架因素，将惊险的犯罪事件浓缩在短小精悍的章节描写之中，借助阴森、凄冷、寂静的哥特式场景强化小说的恐怖效果。[②]在哥特场景的戏仿和设置中，海姆斯突破了传统哥特叙事的古堡背景，把故事发生地点设置在广场、公园和住宅等地，注重场景中哥特氛围的营造，突出阴森、诡异、神秘、恐怖的特点；在与场景相应的情节设计上显示出夸张、不对称、奇特、轻快、复杂和多变的特点；叙事层面架构以频繁使用纵向延伸的情节线索为特征。他在情节描写中采用的哥特元素有黑暗中的脚步声、午夜惊叫声、老宅鬼影、血迹、黑猫等等。

海姆斯在这部小说中的叙事革新主要体现在时空叙事的创新性设置上。他特意设置了模糊的时代背景，使故事情节专注于心理恐惧的展现而

---

① M. Fabre & R. E. Skinner, eds., *Conversations with Chester Himes*, Jackson: University Press of Mississippi, 1995, p.3.

② P. Freese, *The Ethnic Detective: Chester Himes, Harry Kemelman, Tony Hillerman*, Essen: Verlag Die Blaue Eule, 1992, p.78.

不受制于具体的时间背景。①在空间方面，海姆斯善于将恐怖事件设置在狭小、偏僻、封闭的空间中，使主人公的心理张力化为读者的恐惧移情，并将这种恐怖辐射到作品之外的想象空间之中，增添作品的艺术魅力。在小说的第 5 章，海姆斯把二手家具收购商犹太人艾比（Abie）的家设置为一个令人毛骨悚然的场所。虽然他的家没有古堡的外形，但却位于荒凉的郊外，阴森的夜风、灰暗的灯光、晃动的人影、半夜脚步声和黑猫的闪窜等都营造出令人胆战心惊的恐怖氛围。深夜 10 点，艾比孤身出现在家里的废品库房里，翻查从艾伯塔（Alberta）家收购来的旧家具。突然，听到有声响，艾比咕哝道："方圆数里没有人烟呀！"②他从旧家具的暗箱里找到一个袋子，发现里面装有 1000 张百元大钞，他边数钞票边发出惊喜的狂笑。海姆斯描写道："他在狂笑中忽略了其家窗户外的轻微脚步声……但是猫听到了，停下挠脸的猫爪，凝视着在窗户外偷窥的人影。"③听到门外有汽车马达的发动声时，艾比迅速地把钱放进抽屉，从口袋里掏出一把柯尔特手枪，出门查看。突然，暗处蹿出一个"幽灵"般的黑影，把艾比打倒在地，用榔头敲碎了他的头。黑影溜进屋找到了那个钱袋，正准备逃离，却被另外一个人拦截，黑影在慌乱中把手中的錾子刺向那人，那人没有避让，却用锋利的刀在黑影的脸颊上划了一下。黑影见打不过，于是就驾车逃离了。海姆斯通过对深夜打斗场景的描写勾画出一种"超现实恐怖"场面，渲染出作品人物受到鬼魂、幽灵或"不可知物"的侵扰而表现出来的恐惧、惊慌或焦虑。④在作品的夸张渲染下，读者能身临其境地感知作品人物的"恐惧"。实际上，这种"恐惧"是由虚拟的"小说世界"带来的，能让读者产生若即若离的特殊快感，在大脑皮层形成阅读兴奋因子。

海姆斯还把艾伯塔的房间描写成以阴森、昏暗和恐怖为表征的新哥特场景。警官埃德和琼斯赶到艾伯塔在纽约第 118 条街上的住所时，发现她居住的公寓楼僻静阴森，光线昏暗，有个黑人老妇常年像幽灵一样坐在一楼阴暗的窗台上。她说艾伯塔不在家，但警察不信。警察用枪打烂门锁，一进门就发现屋里阴森恐怖，地板上躺着一个人。那个人就是艾伯塔，她的四肢被绑着，倒伏在地，口中塞了一团毛巾。埃德还发现她的手背上布

① R. Nelson, "Domestic Harlem. The Detective Fiction of Chester Himes," in Charles L. P. Silet (Ed.), *The Critical Response to Chester Himes*, Westport, Conn.: Greenwood, 1999, p.59.

② Chester Himes, *The Big Gold Dream*, Edinburgh: Payback, 1997, p.26.

③ Chester Himes, *The Big Gold Dream*, Edinburgh: Payback, 1997, p.28.

④ G. Lipsitz, *Rainbow at Midnight: Labor and Culture in the 1940s*, Urbana: University of Illinois Press, 1994, p. 89.

满了被烟蒂烫伤的伤疤,令人触目惊心。虽然凶手早已逃离现场,但暴力事件引起的恐怖气氛仍然滞留在房间里。海姆斯将房间的阴郁气氛和罪犯逍遥法外的张力融入这个场景的描写中,使读者在对小说情节的认知中经受恐惧和死亡的体验。

在这部小说里,海姆斯不但把新哥特场景设置在室内,而且还设置在户外的树林中。莫林斯德公园位于能俯视哈德逊河入海口的山腰上。山上森林茂密,人迹罕至。深夜没有人影的公园,更是披上了阴森、恐怖的面纱,半夜传来惊叫声,但警方闻讯赶到时,惊叫声已经停止了。警察看到的是"在人行道边停了一辆外观俗丽的绿色轿车,鲜血一滴滴地从车上滴下来。驾驶座的后背上有血迹,方向盘上也有。血迹从车上一直延伸到黑暗中的亭子,然后再延伸到亭子后的树林里"①。在海姆斯笔下,午夜惊叫、车上血迹、丛林迷踪等营造出一个个现代版的新哥特场景。此外,海姆斯还描写了一名小女孩报案的故事。小女孩向警方举报,声称自己亲眼看见杀人者是一名穿白衣的女子。在小女孩的引领下,警察很快驾车追上那名白衣女子。白衣女子身材高大,体格健壮,在拒捕中打倒了两名警察。随后,大批警察赶到,制服了白衣女子,从其身上搜出两把尖刀,其中一把刀上还沾有新鲜的血迹,但白衣妇女坚决否认杀过人,称自己身上的两把刀是捡的。警察正要把白衣女子带回警局调查时,突然发现刚才报案的小女孩失踪了。事后,警察从公园的丛林里找到一具尸体,被害者身中18刀。警局验尸官说,受害者在遭受刀伤之前,身上多部位遭受过钝器的猛烈打击,刀伤和尸体上的瘀青不是同一人所为。被抓住的白衣女子到底是不是凶手呢?这成了一个谜,小女孩的失踪更深化了这个谜。警方对案件的束手无策、杀人凶手的逍遥法外,更是加重了莫林斯德公园的新哥特氛围。尽管这个地方不是恐怖的古堡,但海姆斯的描述仍然使读者感受到一股阴森、神秘、恐惧的寒气。

因此,在小说场景的设置和描写中,海姆斯把新哥特元素与当时的社会、政治以及文化语境有机地结合起来。他通过非古堡式哥特建筑的场景描写,渲染了带有传统哥特色彩的恐怖、惊险和张力。这部小说对新哥特场景的戏仿再现了文明修养与原始欲望之间的冲突、理性选择与非理性诉求之间的博弈、意识行为与无意识行为之间的相互排斥。海姆斯采用的新哥特元素是以黑暗、阴郁、恐惧、凄冷、血腥为基调的。正如陈榕所言:"它的表现形式是显性的、张扬的,甚至被诟病为满足了人类的暴力冲动和

---

① Chester Himes, *The Big Gold Dream*, Edinburgh: Payback, 1997, p.34.

嗜血爱好。在哥特小说里，危机四伏，鬼影憧憧。这里的危机，既可以是人类精神世界的危机，也可以是国家政治以及文化意识形态等层面的危机。"①海姆斯的场景描写未涉及旧哥特式的古堡，但读者依然能够从阴森的住宅和阴暗的树林中嗅出哥特传统的诡异气息。

二、悬念与新哥特迷惘氛围的营造

海姆斯在《大金梦》的情节叙述中设置了大量悬念。这些悬念层层递进，跌宕起伏，营造出恐惧和兴奋交织在一起的新哥特小说阅读氛围。他采用的倒叙和预叙多以事件真相的延宕表述为表征，以此建构了恐怖的场景氛围，制造了扑朔迷离的悬念。这部小说通过情境刺激和感官刺激的细微化描写，构建现实生活中难以企及的离奇情节，营造出神秘、悬疑和恐怖的新哥特语境。②海姆斯善于制造悬念，使读者在不自觉中进入小说预设的恐怖氛围之中，同时通过开放式结局的设置让读者充分发挥自己的自由想象力，从而促成故事结束后读者的反思。在《大金梦》中，海姆斯采用新哥特叙事策略，主要设置了四大悬念：昏死悬念、身份悬念、巨款悬念和凶手悬念。

首先是昏死悬念。在《大金梦》里，海姆斯一开始就描写了一场盛大的宗教洗礼聚会。聚会在纽约哈莱姆的街头举行，参加者甚多，警察也出面维持秩序。女信徒艾伯塔喝了现场接到的圣水之后，突然进入了癫狂状态，声称上帝已经进入了其体内，并开始不停地狂舞。她高声尖叫道："我感觉到上帝在我的腹部里，感觉到他在我的骨头里，他就在我的血液里。"③随后，她的瞳孔放大，视力变模糊，豆大的汗珠不停地流下，一下子栽倒在地。琼斯牧师上前去探望，发现她已经没有了脉搏，呼吸也停止了。盛大的宗教聚会顿时陷入混乱。艾伯塔为什么会停止呼吸呢？主教怀疑她喝的圣水有毒，于是让琼斯牧师悄悄找到盛圣水的瓶子后藏起来，担心人们对圣水产生怀疑，从而将此事归咎于教会。自称是上帝代言人的主教，也没搞清为什么圣水会置人于死地。直到小说的第21章，读者在艾伯塔的同居男友苏格·斯通瓦尔（Sugar Stonewall）向警方的坦白中才获知，苏格在水瓶里放了迷药，本想把艾伯塔弄昏后去其房间找钱，却没有料到艾伯塔把装有迷药的水瓶带到了洗礼聚会上，并且饮用后很快昏死过去。

① 陈榕：《哥特小说》，载《外国文学》2012年第4期，第97页。

② C. Willeford, "Chester Himes and His Novels of Absurdity," *American Visions*, 3.8 (1988), p. 32.

③ Chester Himes, *The Big Gold Dream*, Edinburgh: Payback, 1997, p.7.

几乎所有的人都认为她猝死了，殡仪馆的车也把她从街头拉走。海姆斯通过对贪婪与亲情关系的描写揭示了违背社会伦理的人性之恶。这个悬念的设置奠定了小说后续情节发展的基调，展现了亲情关系中暗含的新哥特式恐怖感，即最亲近的人可能就是最大的敌人。

其次，身份悬念指的是因小说人物身份不明而引发的悬念。这样的悬念通常会激发起读者的阅读欲和求知欲。海姆斯在这部小说里设置了三个身份悬念：一是偷床垫的人是谁？二是保释艾伯塔的人是谁？三是"哑巴"宕米（Dummy）是谁？读者在小说的第三章里找到了第一个悬念的谜底：鲁弗斯（Rufus）与艾伯塔分居了，但并没有离婚。在苏格的怂恿下，鲁弗斯趁艾伯塔去参加洗礼聚会的时机，把她家里的电视机和家具全都卖给了犹太旧货商人艾比。当艾比雇人把家具从楼上搬到楼下的汽车上时，有个年轻人趁人不备偷走了车上的床垫。他是谁呢？直到小说的第 20 章，读者才获悉，艾伯塔在三家博彩公司买的彩票都中了巨奖，总金额多达 36 000 美元。第三家博彩公司的奖金送款人斯立克（Slick）是一个奸诈之徒，他把奖金送到后没有马上离开，而是躲在艾伯塔家的窗户外，偷窥到她把钱藏在床垫里。由于艾伯塔的男友一直在屋外闲逛，斯立克无从下手。于是，他就派同伙苏希（Susie）守候在艾伯塔家附近，终于寻到一个顺手牵羊偷走床垫的机会。这时，偷床垫者的身份和动机才大白于天下。海姆斯还设置了保释人的身份悬念。艾伯塔被一个小女孩指认为杀人凶手，警方也从其身上搜出一把带血的刀。正当黑人警官埃德和琼斯准备去监狱提审她时，得知她被保释了，这使警方的案件侦破工作陷入了僵局。是谁保释了艾伯塔呢？警察去布朗（Brown）主教家调查时，他否认保释过艾伯塔。直到小说第 155 页，海姆斯才通过斯立克的妻子之口披露了第二个悬念的谜底：原来花重金保释艾伯塔的人不是布朗主教，而是斯立克。斯立克保释艾伯塔的目的不是保护她，而是从其口中得到巨款的下落。在小说的阅读过程中，读者很容易注意到"哑巴"宕米，但对其身份并不知晓，这也构成一个身份悬念。原来，宕米不是天生的哑巴，他原是街头地下拳击场的拳击手，受伤后被老板开除。第三个悬念的谜底出现在小说的第 65 页：为了防止宕米泄露地下拳击场的情况，老板派人割掉了他的舌头。之后，宕米混迹于哈莱姆街头，成了一个小混混，最后沦为协助斯立克抢夺艾伯塔巨款的帮凶。这些身份不明的人物一出现在小说里就形成了身份悬念，增添了人物的神秘感，产生了陌生化效应，使读者在探寻真相的过程中体验到了危机四伏、令人胆战心惊的新哥特式恐惧。

再次，巨款悬念是该小说的中心悬念之一。艾伯塔通过博彩中奖获得了巨款，小说中众多的人物为这笔巨款展开了血腥的死生搏杀。海姆斯在叙述巨款去向的过程中设置了一个又一个假象，使巨款的下落更加扑朔迷离。为了得到巨款，艾伯塔的同居男友不惜给她下迷药，但把房间搜了个底朝天，也没有找到那笔巨款；丈夫鲁弗斯把旧家具卖给了犹太人艾比，然后跟踪他到库房，杀死他后抢走了钱袋；苏希发现床垫里没有巨款后马上赶到艾比家，杀死了刚刚行凶出来的鲁弗斯，并从鲁弗斯手上抢走了钱袋，但苏希发现抢到手的美元是美国南部邦联时期的过期货币。当他把这个情况告诉同伙斯立克时，斯立克根本不信，认为苏希私吞了巨款。之后，斯立克、苏希和宕米一起赶到艾伯塔家，对艾伯塔施加酷刑，百般折磨，但最后也没能问出巨款的下落。斯立克回到家后，在怨恨中把尖刀插进了宕米的后背，并开枪打死了苏希。巨款到底到哪里去了？警察赶到艾伯塔家，把受伤的艾伯塔送到医院。艾伯塔的头部因遭到斯立克等人的猛击，伤势严重。但是，艾伯塔一苏醒过来，就想起了巨款的下落。带有黑色幽默的是，坏人对其头部的猛击居然有助于她恢复记忆。原来，她的巨款在参加洗礼聚会的前一天晚上就被布朗主教以上帝的名义骗走了。从苏格、鲁弗斯、苏希和斯立克等人寻找巨款的第一天起，巨款就已经不在艾伯塔身上了。藏有那袋美钞的旧家具是白人主人送给艾伯塔的，可能连白人主人和艾伯塔都不知道那套旧家具里藏有钱，更不可能知道那是美国南部邦联时期的过期钞票。寻找巨款所引起的血腥场景营造出恐怖阴森的氛围，使该悬念更加扣人心弦。

最后，凶手悬念是侦探小说的重要看点之一。海姆斯设置了两个命案：艾比谋杀案和鲁弗斯谋杀案。艾比在自己的家里被杀，之前在其窗外出现过一个黑影。黑影偷走了艾比刚抢到手的钱袋，在出门时又被另一个人划伤了脖子。这时，读者陷入谜团：黑影是谁？划伤黑影脖子的人又是谁？之后，黑影开车逃离了艾比的住所。当天午夜，黑影开走的那辆车停在莫林斯德公园的山上，警察在不远处的草丛里发现了鲁弗斯的尸体。这时读者才解开谜团，原来黑影就是鲁弗斯。但那个杀死鲁弗斯的人又是谁呢？街头混混宕米声称自己案发时就躲在莫林斯德公园的草丛里，亲眼看见是苏格杀死了鲁弗斯，但艾伯塔坚决不相信，认为苏格没有杀人的胆量。有一名小女孩向警察指认，是艾伯塔杀死了鲁弗斯。尽管艾伯塔在案发现场不远处被抓时身上带有尖刀，但尸检证实：鲁弗斯身中19刀，被杀伤前遭受过钝器的数次猛击，击打的力度显然不是女性所为。谋杀案的查证工作陷入了僵局。在小说的第23章里，海姆斯通过斯立克妻子的证词解开了谜底：鲁弗斯身上的击打伤是在与艾比的搏斗中留下的；划伤了鲁弗斯脖子的人不是艾比，而是潜入艾比家伺机作案的苏希。

海姆斯在这部小说里设置了看似不相关却又蛛丝暗结的四大悬念故事，一个又一个悬疑萦绕在读者心头。人物不幸且宿命般的结局时常会使读者心头闪过一丝悲悯和焦虑。这些悬念中的故事情节以凶杀、暴力、血腥为基本表征，显得非常恐怖刺激；小说人物脑海里出现的各种人性恶的闪念，与故事情节氛围的阴森、神秘、恐怖交织在一起，具有强烈的视听冲击力和阅读诱惑力。各种与不幸和血案有关的悬念激发起了读者的阅读兴奋因子，引导读者在悬念中感受人性之恶的恐怖，然后在这种恐怖的感知中净化自己的灵魂，从而达到一种心灵顿悟的"崇高"。

三、反讽与新哥特心理氛围的生成

海姆斯在《大金梦》里描写的反讽大多以人物和事件的二元对立为情节叙述的主线：邪恶与美德的对立、非法与合法的对立、懒惰与勤劳的对立、疯狂与理性的对立。其反讽的内含寓意显示出对社会规范的僭越、对传统价值观的质疑以及对人性的重新审视。这些反讽几乎都是关于善与恶之间的冲突，依托故事情节进行演绎，其渲染的暴力场面和恐怖氛围具有浓重的城市自然主义色彩。在海姆斯的笔下，常理被颠覆，禁忌被打破，欲望被释放，社会伦理受到质疑。[1]这些反讽在主题思想上，主要通过揭露经济、政治、宗教和道德等层面的邪恶和阴暗面，来进行深入的社会伦理探索。[2]海姆斯在这部小说里主要采用言辞反讽、命运反讽和戏剧反讽，揭示新哥特心理氛围的生成原因和外在表征。

首先，言辞反讽的表征是言语的字面意义与其内含寓意截然相反。海姆斯在这部小说里采用的言辞反讽形象地折射出说话人的性格特征和内在品质。博彩公司现金送款员斯立克把博彩款送达给受益人后，不顾职业道德，居然伙同他人企图抢劫这笔奖金。阴谋败露后，为了掩人耳目，他枪杀了同伙苏希。在警察调查时，他声称枪杀苏希是为了阻止苏希杀害"哑巴"宕米。最后，他补充说："我有一颗善良的心。"[3]他口中的"善良"一词成了"残酷"和"阴毒"的代名词，这个反讽揭露了其人格中的冷酷和狡诈。此外，海姆斯在小说结尾部分书写了布朗主教的话语。布朗主教骗取艾伯塔巨款的事件被揭穿后，他对媒体说："我需要这笔钱。近来，做神

---

① 庞好农：《平庸之恶与恶的取向：从〈丽娜〉探析卢卡斯笔下恶的平庸性》，《烟台大学学报》（哲学社会科学版）2016 年第 1 期，第 72 页。

② J. Sallis, *Chester Himes: A Life*, New York: Walker, 2001, p.54.

③ Chester Himes, *The Big Gold Dream*, Edinburgh: Payback, 1997, p.152.

的先知是很费钱的。这是高成本的工作。"①他生活的"高成本"表面上是为上帝信徒工作所需的，其实是个人花天酒地生活的"必需"。这个反讽拨开了主教虚伪的面纱：他打着宗教的旗帜，大肆骗取教徒的钱财。海姆斯吸取了传统哥特元素的精华，通过言辞反讽营造出虚伪之徒的丑恶嘴脸，掘开潜意识领域的幽暗之处，揭示道貌岸然之人最为隐秘的内心世界，从而使新哥特叙事的恐怖感超越了单纯的感官刺激。

其次，海姆斯在这部小说里还设置了不少命运反讽，通过小说出乎意料的结局来嘲讽人性的荒诞和邪恶。在小说的开始部分，艾伯塔喝了洗礼聚会上的圣水后突然倒下，牧师、警察和信徒们都认为她死了。杰克逊（Jackson）接到电话后，开着殡仪馆的灵柩车直接把艾伯塔的尸体拉回殡仪馆。根据美国法律，如果没有死亡证明书，尸体是不能火化的。因此，杰克逊只好又把艾伯塔的尸体拉到验尸官办公室，验尸官发现艾伯塔并没有死亡。艾伯塔死而复生的命运反讽辛辣地讽刺了贪婪之心驱使下的各种人性之恶。此外，海姆斯还描写了与苏格有关的命运反讽。苏格为了进入鲁弗斯的房间寻找艾伯塔的巨款，装扮成治疗不育症的医师，主动上门为鲁弗斯所租住的公寓的看门人看病、做按摩，然后借机骗取了他手上的大楼总钥匙串，然后潜入鲁弗斯的房间。几天后，苏格从那幢公寓楼前经过时被看门人撞见，看门人追了上来，苏格拔腿就跑。在逃跑途中，苏格产生了担心被抓住后遭受酷刑的哥特式恐怖心理。可是看门人想拦住他的目的，不是要责备他，而是要表扬他，感谢他的高明医术。苏格不是医师，他胡乱的按摩似乎治好了看门人的病。这样的描写产生了出乎意料的滑稽效果，展现了戏剧反讽的艺术性。

最后，《大金梦》中的戏剧反讽深化了小说主题，揭露了颠倒是非的恶行和善恶不辨的可悲。海姆斯专门描写了布朗主教不知廉耻的事件。在警方上门调查艾伯塔事件时，布朗主教声称自己是在洗礼聚会上第一次见到艾伯塔，并告诉警察艾伯塔是在白人家厨房打工的穷厨师，不可能有巨额存款。然而事件的真相是：布朗主教得知艾伯塔通过博彩获得数万美元巨款后，在街头洗礼聚会的前一天晚上就已经以神的名义骗走了这笔巨款，并施展催眠术企图让艾伯塔永远失忆，从而私吞此款。②布朗主教的话语欺骗了警察，但读者早已在前文中获悉了他骗取巨款的信息。此外，海姆斯

① Chester Himes, *The Big Gold Dream*, Edinburgh: Payback, 1997, p.160.

② M. Denning, "Topographies of Violence: Chester Himes' Harlem Domestic Novels," in Charles L. P. Silet (Ed.), *The Critical Response to Chester Himes*, Westport, Conn.: Greenwood, 1999, p.162.

还描写了艾伯塔与同居男友苏格之间的戏剧反讽。艾伯塔深信苏格对她的爱。当艾伯塔从验尸官办公室回家时，发现家里的家具被偷窃一空，马上猜到是分居了的丈夫鲁弗斯所为。于是，她到处找男友苏格，认为苏格是唯一可信的人，指望苏格去寻找鲁弗斯，把失窃的家具追回来。可是在之前的描写中，读者已经获悉，家具是苏格指使鲁弗斯去变卖的。艾伯塔把寻找家具的希望寄托在偷走家具的人身上，这给小说的情节增添了苦涩的黑色幽默。戏剧反讽在幽默中营造出人性之恶的哥特式心理氛围，使读者的审美体验达到痛感与快感的契合。①海姆斯把心理探索和道德探索密切地结合起来，生动描写了人性的善恶冲突，揭示了种族主义社会里人性和社会伦理的局限性。

由此可见，海姆斯在这部小说里所采用的反讽描写了各种摧残人性、危害人类文明或致人堕落的罪恶，揭示了反讽手法与新哥特心理氛围生成的内在关联。他通过这样的描写来促使黑人读者反思黑人社区的伦理问题，也促使白人读者审视自己的善恶观，从而促进对美国社会黑人问题的深入了解。

海姆斯在《大金梦》里把恐怖、死亡、颓废、邪教、阴森、黑夜、绝望等视为新哥特叙事的标志性元素，以人性之恶为小说主题，笔触游走于内心世界的神圣与邪恶的边缘，描绘了人在绝望中的挣扎和撕裂般的精神痛苦。然而，《大金梦》不是一本严格文学意义上的传统哥特小说，海姆斯只是在写作过程中选择性地采用了传统哥特小说的一些元素，通过描写恐怖场景、诡异事件和扑朔迷离的案情来寻求对生活、痛苦和死亡的哲理性思考，建构了带有后现代主义特色的新哥特叙事。海姆斯对暴力和堕落的描写强有力地揭露了社会系统中的罪恶和人性中的阴暗，抨击了美国社会的种族歧视和种族偏见。他用新哥特叙事的笔触展现了人类生存的焦虑，呈现出一种人类反启示录式的黑暗想象，表达了人在生存危机中的创伤感、惊恐感、焦虑感和绝望感，在新哥特叙事描写的黑暗与恐怖中注入了一份冷漠与无助。

第四节 《禁果》之叙事张力

柯蒂斯·卢卡斯（Curtis Lukas，1914—1977）是 20 世纪四五十年代

---

① C. Spooner & E. McEvoy, eds., *The Routledge Companion to Gothic*, New York: Routledge, 2007, p.143.

活跃在非裔美国文坛上的知名城市自然主义作家，与安·佩特里和切斯特·海姆斯等一起以笔为武器，抗议美国的社会不公和种族偏见。美国学界通常把卢卡斯视为"赖特部落"的重要成员。卢卡斯把抨击种族歧视和倡导种族平等作为自己文学创作的神圣使命。他对社会不公的敏锐观察和对工业化社会里种族冲突的真知灼见使其文学作品内涵丰富、寓意深刻、耐人寻味。①卢卡斯发表的小说主要有《面粉含有尘土》（*Flour Is Dusty*，1943）、《纽瓦克第三区》（*Third Ward, Newark*，1946）、《太卑微，太孤单：一名黑人在异域寻觅爱》（*So Low, So Lonely: A Negro Searches for Love in an Alien Land*，1952）、《禁果》（*Forbidden Fruit*，1953）、《天使》（*Angel*，1953）和《丽娜》（*Lila*，1955）。《禁果》是卢卡斯探究美国种族关系和种族心理的杰作，描写了美国民权运动爆发前夜由黑人青年追求白人女孩所引发的各种冲突，营造了引人入胜的张力氛围。这里的张力指的是人物受到外界压力后所产生的一种焦虑牵引力，使当事人备受心理煎熬，受困于二律背反。"叙事张力牵涉到文学时空的变形、巧合的制造、叙事节奏的控制等多个方面。"②叙事张力与物理张力有相似的特质，具有平衡态的不平衡性、静止中的动态性和矛盾对立统一性。在这部小说里，卢卡斯常常采用充满矛盾和冲突的人和事件来建构小说情节。人物之间难以消除的对立关系引起了各种显性和隐性危机的频繁发生，从而使读者在阅读中不断产生紧张感和了解真相的好奇心。具体来说，卢卡斯在《禁果》里从悬念张力、反讽张力和意识流张力等方面呈现了叙事张力的艺术特征。

一、悬念张力

悬念张力指的是文学作品的悬念中有两个或两个以上的对抗体或对抗性因素，它们形成矛盾，导致关系紧张，并时常会引起惶恐、焦虑、烦躁和情绪失常的心理状态，把紧张的氛围推向高潮。③因此，悬念张力是悬念与文本张力的有机合成体，具有激发阅读兴奋因子的功能，使读者兴致盎然地解读文本，产生一睹为快的心理期盼。悬念的意象、意境与悬念破解过程中产生的张力时常紧密地交织在一起，叙事张力在意境张力与解谜张

---

① Carlo Rotella, *October Cities. The Redevelopment of Urban Literature*, Berkeley: University of California Press, 1998, p.89.

② 孙书文：《文学张力：非常情境的营建》，载《内蒙古大学学报》（人文社会科学版）2002年第 2 期，第 61 页。

③ Daniel Cordle, *States of Suspense: The Nuclear Age, Postmodernism and United States Fiction and Prose*, New York: Manchester University Press, 2008, p.143.

力的生成过程中得以形成、发展和增强，从而营造出悬念的焦虑感和紧张感。卢卡斯在《禁果》里设置了伦理、情感、欲望和人际关系等方面的各种张力，并把这些张力引入悬念，使文本更加引人入胜。具体来说，卢卡斯在这部小说里描写了三大悬念张力：命悬一线式张力、情爱角逐式张力和达摩克利斯之剑式张力。

首先，在《禁果》里，卢卡斯设置了命悬一线式张力。这种张力在人的生命安全遭到严重威胁时产生，有助于建构小说里剑拔弩张的硝烟氛围。在美国泽西地区的一处建筑工地上，一大群工人忙于把坚硬的路面砸成块状，以便重新铺设新路面。施工时，一个工人撑錾子，另一个工人抡起大锤，撑錾子的工人通常用双手稳住錾子，他的头部离錾子顶部的距离不超过六厘米。抡起的大锤就在他的头边飞舞，使局外人看起来感觉险象环生。工人们两人一组干活，轮流撑錾子和抡大锤。黑人青年卢克（Luke）和白人青年哈里（Harry）是一个组的工人，但因种族问题和财务管理问题两人的关系一直很紧张。卢克厌恶白人，认为白人利用传统的种族优势欺压黑人，于是把黑人的一切不幸都归咎于白人。卢克在工会兼职出纳，负责工会大量公款的管理工作，而哈里是工会的财务秘书。哈里总想夺取工会公款的管理权，然后私自把钱拿去投资高利贷，发大财。因此，哈里视卢克为其发财道路上的绊脚石，总想找机会剥夺他的财物保管权。于是，哈里竭力在工会中散布卢克挪用公款的流言蜚语，企图把卢克赶下出纳的岗位。卢克和哈里之间的怨恨促成了二人关系的巨大张力。那么，他们在抡大锤时，谁会先出手打死对方呢？这形成了一个悬念。这个悬念不断加大他们每天抡大锤的氛围张力：谁抡起大锤，谁就获得了借工作之机打死对方的机会。当卢克抡起大锤时，读者为哈里的命运担心；当轮换到哈里抡起大锤时，读者又不得不为卢克的命运担忧。这样，情节建构的张力中有悬念，悬念里也充满了张力。张力和悬念有机结合，增强了该作品的艺术魅力。

其次，情爱角逐是人生难以缺失或回避的经历。卢克暗恋工地急救站的实习护士玛丽小姐（Mary），但哈里利用自己能说会道的优势抢先把玛丽骗到手，这引起了卢克更大的怨恨和不满。卢克是一个追求种族平等的理想主义者，认为情爱追求中应该消除种族歧视和种族偏见。他下班后路过工地附近的隧道时发现哈里和自己的梦中情人玛丽缠绵在一起，顿时失去理智，暴打了哈里。卢卡斯描写道："他[哈里——作者注]本能地抬起双手护住脸，但他猜错了。我[卢克——作者注]扬起膝盖猛击他的两腿之间，我听到了他生殖器的呻吟，但是还是抬起膝盖一下接一下地猛击，想把他那里打残废。"①卢克的大打出手加剧了故事的张力。之后，卢克和哈里的关系急剧恶化，但他们中谁能最终获得玛丽的芳心呢？这形成了又一个悬念。卢克认为哈里不配成为玛丽的恋人，于是下班后独自开车到医院门口等玛丽。之后他主动邀请玛丽上车，并向玛丽倾吐了自己的爱慕之情。玛丽被他的话语感动，同意和他到一家旅社开房。玛丽与卢克的关系不断升温，与哈里的关系却不断降温。卢克骄傲地对哈里说："我有件事想告诉你，我已经把她睡了。她是我的人了！"②卢克还宣称任何人也别想打玛丽的主意。但是哈里的回答是："见鬼去吧！她要做爱，我答应她。我还要和她做爱。老天作证，你管得着吗？"③哈里并没有放弃对玛丽的追求。周五晚上，当卢克驾车去纽约和女友玛西亚（Marcia）幽会时，哈里也去和玛丽幽会，并再次发生了性关系。当卢克周一回到工地上班时，哈里得意扬扬地告诉卢克，他又和玛丽上床了。哈里嘲弄地说，玛丽是个水性杨花的女人。卢克气急败坏地把玛丽约出来求证，玛丽坦率地承认了此事，并声称她虽然喜欢卢克，但不爱卢克。尽管卢克很失望，但内心仍然放不下玛丽，打算继续阻止哈里与玛丽的交往。卢克和哈里的情敌张力一直延续到哈里意外死亡时才结束，而卢克和玛丽的情感张力一直延续到卢克和玛西亚举行婚礼时才消解。最后，卢克和哈里谁也没有获得玛丽的芳心。情爱关系中爱情的最后赢家不明朗，这构成了故事情节发展中的悬念；双方所采用手段的阴险性加剧了悬念破解过程中的张力，使小说情节的发展更加跌宕起伏。

最后，达摩克利斯之剑式张力指的是某种危机的压迫感使人在心理上产生的一种忐忑不安的张力。卢卡斯在《禁果》里描写了达摩克利斯之剑式张力对小说主人公卢克造成的巨大心理压力和恐惧感。这个张力的形成主要源自三个因素：与哈里结仇、挪用公款和放高利贷。为争夺白人女护士玛丽的爱，卢克和哈里结成死敌，彼此都以和玛丽上床之事来伤害对方，这又使两人的矛盾越来越激化。卢克为了追求时髦的生活，开上时髦的轿车，一点点地挪用他保管的工会公款，欠账高达700美元（以当时的消费物价为参照，卢克和玛丽去宾馆开房仅5美元一天）。卢克开始担心在工会兼任财务秘书的哈里会发现自己挪用公款的事件，于是整天惶恐不安。一旦他挪用公款之事被工会知晓，卢克不但会名誉扫地，还会被工会开除，

① Curtis Lukas, *Forbidden Fruit*, New York: Beacon, 1953, p.19.
② Curtis Lukas, *Forbidden Fruit*, New York: Beacon, 1953, p.48.
③ Curtis Lukas, *Forbidden Fruit*, New York: Beacon, 1953, p.48.

丢掉工作，甚至还可能被送进牢房。在好友斯格普·威廉（Skip William）的建议和帮助下，卢克第二天就从黑社会头子鲍利（Paoli）那里借了 700 美元的高利贷，并把此款存入工会的银行账户，补上了所欠的款项。根据工会的规定，挪用公款是会被追究责任的，卢克又开始担心工会负责人查账时会发现款项的存入日期问题。如果被发现款项是刚存入的，他也是会被追究责任的，因此卢克在忐忑不安中等待着工会的审查结果。高利贷是另一把高悬在卢克头顶上的达摩克利斯之剑。作为普通的建筑工人，卢克的工资并不高，要还上利滚利的高利贷不是一件很容易的事，而且鲍利追债的手段也是残酷无比的。社会压力、情感压力和精神压力把卢克逼上崩溃的边缘，他只好时常去酒吧里借酒消愁，排解心中难以消解的压力。"达摩克利斯之剑"成为卢克生存焦虑的源头，随时可能使他身败名裂。挪用公款之张力在蒙骗过工会负责人查账之后也许"松弛"了许多，但这种"弛"却暗含卢克借高利贷所引起的"张"之沉重，使卢卡斯笔下的悬念与张力达到了完美的结合。

　　因此，卢卡斯在这部小说里所描写的三种悬念张力犹如缠绕在小说人物脖子上的三道绞索，使其落入彷徨、焦虑、迷惘和绝望的陷阱。欲望与社会伦理的张力看似是灵与肉之间的挣扎，冲突实质却是互相约束和互相影响的合二为一关系。

二、反讽张力

　　反讽是现代主义文学的显著表征。在反讽的描写中，人物假装不知事件的真相，引起读者阅读时的期盼张力。一般来讲，反讽具有两类指涉功能：表层指涉和深层指涉。"表层指涉的含义悖谬迫使人们思索文本背后的深层指涉。深层指涉最终会消解颠覆表层故意设置的形式迷障。"[①]这两者处于对立统一之中，形成二元对立的有机体。卢卡斯在《禁果》里设置了不少命运反讽和戏剧反讽，使小说情节的发展与读者的期望和预测结果逆反，以此突出情节发展的不可预知性和人际交往的复杂性，揭示了美国种族主义社会里种族关系的异化和心理变化的多元化。这部小说的反讽张力表现在两个方面：命运反讽和戏剧反讽。

　　一方面，命运反讽指的是小说情节发展过程中发生的逆转，通常给读者带来出乎意料的感觉。卢卡斯在这部小说里主要设置了四个命运反讽：

---

① 陈振华：《小说反讽叙事——基于中国新时期的研究》，北京：中国书籍出版社，2013 年版，第 3 页。

警察执法、财务查账、冰火两重天和意外死亡。第一个命运反讽是在一个周五的晚上，卢克在工友们和好友斯格普的帮助下终于智胜工会财物托管委员会负责人鲍勃·肯尼迪（Bob Kennedy），取得了与哈里公开争斗第一个回合的胜利。险胜的张力氛围使他筋疲力尽，因此他专门到酒吧酗酒，放松一下绷得太久的神经。由于时间太晚，玛丽宿舍的大门已经锁了，他就这样错过了与玛丽约会的时间。于是，他决定当天晚上开车到纽约去和被自己冷落了几个月的女友玛西亚幽会。卢克在去纽约的途中因涉嫌酒驾和超速行驶被交警拦了下来。根据美国法律，涉嫌酒驾的司机或者被吊销驾照两年，或者被刑事拘留，或者被罚款。卢克和读者都觉得这种情况下卢克不可能到达纽约和玛西亚见面了，然而拦截他的交警是个惯于敲诈勒索的坏警察。他索取了卢克十美元的贿赂后，居然把卢克放行了。这一命运反讽张力的消解使卢克和读者都产生了如释重负的感觉。第二个命运反讽出现在工会财务托管委员会主任鲍勃坚决要求查卢克银行账户的张力氛围中。第二天，三个托管委员和工会主席一早到银行查账，发现卢克账下的公款分毫不差，这个发展出乎鲍勃和哈里的意料。第三个命运反讽指的是冰火两重天。卢克不顾自己刚酗酒的状态，带着火一样的激情，连夜开车到纽约哈莱姆与女友玛西亚约会，一见面就拉着玛西亚进卧室，想和她上床。出乎意料的是，玛西亚"冷冰冰"地拒绝了卢克的"火热"邀请，坚决不让他进卧室，两人的情感形成了巨大反差。随后，玛西亚找借口，要卢克带她去舞厅跳舞。作者虽然没有被告知出现这样的命运反讽的真实原因，但读者通过小说情节的推演可以得知，卢克深夜突然到访，玛西亚的卧室里也许正躺着另一个男子，所以玛西亚不顾一切地要卢克带她出门去玩，以避免卢克撞见那个男人。这一张力的后果决定着卢克与玛西亚关系的存活。第四个命运反讽出现在哈里的意外死亡事件里。在整部小说中，卢克每时每刻都想置哈里于死地，但暗害的阴谋还在策划中就已经破产了。在工友们的干预下，卢克和哈里的搭档关系被解除。就在卢克觉得自己再也没有机会杀死哈里时，哈里却意外地从工地三层楼高的脚手架上摔下来死了，因卢克远离哈里摔死的现场，所以他被排除了作案嫌疑。命运反讽强化了阴差阳错的戏剧性，出乎意料地消解了这个复仇张力。

另一方面，在卢卡斯描写的戏剧反讽中，小说的主要人物和次要人物都不知与自己或其他有关的事件的真相，所以在行为举止上经常自以为是，但读者通过前文的阅读，已经知晓事件的真相，而作品中的相关人物可能知道，也可能不知道。卢卡斯在这部小说里主要描写了三个戏剧反讽：自我迷失的戏剧反讽、动议的戏剧反讽和致歉的戏剧反讽。第一个戏剧反讽出现在故事开头部分，卢克疯狂地追求白人女护士玛丽。在追求过程中，他认为自己是玛丽的最佳选择，而把哈里与玛丽的调情视为对玛丽纯洁心灵的亵渎。其实，读者在文中已经知道卢克在纽约还有一个女友，他们之间并没有结束恋爱关系。卢克在有女友的情况下还去追求玛丽，显然违背了社会的基本伦理。对于玛丽而言，卢克是一个比哈里更不合格的追求者，因为哈里至少当时没有女友。这个反讽讽刺了卢克的父权制思想和道德缺陷，讽刺了他把与女性的恋爱关系建立在性占有的私欲上。第二个戏剧反讽出现在一个工会大会现场。在鲍勃的极力主张下，不少工人和工会领导层的大多数负责人都赞成清查卢克负责管理的公款。卢克挪用过公款的事实加剧了这种戏剧反讽的张力。就在危急时刻，卢克的一个工友约翰·奈特（John Knight）提议，如果公款能在银行里查到，就别再找卢克的麻烦了。这个动议得到了工会主席乔·约翰逊（Joe Johnson）的支持。其实，卢克和斯格普都知道这一动议救了卢克，可以掩盖卢克前一天才把挪用的公款还回银行的事实。小说中的约翰、乔和其他人都未察觉这一动议所掩盖的真相，这构成了一个充满张力的戏剧反讽。第三个戏剧反讽出现在鲍勃在工地上向卢克道歉的情景。鲍勃以为自己冤枉了卢克，当面向他致歉，而实际上鲍勃对卢克的指控没有错，只是事实的真相被卢克和斯格普等人故意掩盖了而已。工友对鲍勃的谴责和对卢克的同情更加加剧了这个戏剧反讽的张力，致使卢克深感内疚，他不得不在心里向正义感十足的鲍勃表达自己无声的歉意。读者在前文已经知晓了整个事件的来龙去脉，知道鲍勃没有冤枉卢克，只是因证据不足导致指控无效而已。这些戏剧反讽斥责了自私的唯我论思想，展现了人格扭曲所导致的伦理危机。卢卡斯试图用这种写作手法重新唤起人们对尊严、正义和价值观的反思和重新认定。由此可见，事件的表象与真相之间的巨大反差通常会给读者带来巨大的心理震撼，而卢卡斯笔下的戏剧反讽正是这种反差的艺术表现，有助于增添读者的阅读兴奋因子。

　　总之，卢卡斯通过命运反讽和戏剧反讽在小说叙述过程中制造出不少引起读者关注的情境。情境中出现的巧合可以消解情节发展中出现的各种张力，给读者带来阅读兴奋因子。这两类反讽手法使这部小说更具穿透人心的艺术效果。该小说把个体的生存状态置于美国民权运动前夜的大背景中，小说中人物的举动和取舍皆与当时的社会现实发生冲撞，使他们处于张力的漩涡之中，这拓展了该小说反讽叙事的主题维度和艺术品格，促进了小说文本张力叙事的文化阐释。

三、意识流张力

意识流张力指的是文学作品中人物的无意识或潜意识心理活动里含有两种或两种以上的冲突因素，它们通常会使意识流思绪出现波澜或巨大起伏。该叙事策略的价值在于它用纪实、虚构、魔幻或荒诞的形式来表现人物内心世界的实景和人们在现实世界中的真实体验。现实主义、浪漫主义、神秘主义和先锋主义等交织在一起的书写形式使卢卡斯的意识流张力异彩纷呈。①卢卡斯在《禁果》里描写了三大意识流张力：预感性意识流张力、触发性意识流张力和郁闷性意识流张力。

首先，预感性意识流张力指的是因某人意识流中不祥的预感而形成的一种张力，是因即将到来的危险而形成的恐惧和焦虑张力。在《禁果》里，卢克开车去工会大楼开会的途中，大脑就陷入了这样的意识流张力，在潜意识层里产生了对哈里进行报复的恐惧和担心："我知道我得干什么。哈里·勒纳正要抓我的把柄。我必须在他开始行动前阻止他。我得马上把那笔钱还回银行。"②其实，卢克在隧道里痛打了哈里后，一直担心遭到报复。哈里曾在工地上对卢克说："有事会来烦你的，卢克。"③卢克预感这个"事"指的就是他挪用了公款之事。此外，卢卡斯还描写了卢克害怕黑社会头子鲍利残忍收款的预感性意识流张力。卢克从纽约回到泽西后，没有直接回家，而是到酒吧酗酒。不久，他的脑海就进入了意识流状态："我把在泽西的事情都想了一遍，如工会、哈里·勒纳、鲍利。还有彼得森（Peterson），这家伙借了高利贷后拒绝归还，被鲍利用猎枪把脑袋几乎掀掉。我想到哈里·勒纳与鲍利的关系。哈里是条响尾蛇，鲍利是个冷酷无情的歹徒。"④卢克在意识流中陷入了对哈里和鲍利的恐惧之中，预感到哈里会回来报仇，鲍利会回来收账。卢克无力对付这两个恶人的现状构成了其意识流的张力，使他充满了焦虑和不安。预感性意识流表明了人物意识流中思维的潜意识能动性，预感内容的危急性可能加剧其焦虑和担心，深化人的生存危机。

其次，触发性意识流张力指的是因触景生情而产生的意识流中多种因素的对抗状态。在《禁果》里，卢克在隧道里撞见玛丽和哈里苟合之后，

① Barry Dainton, *Stream of Consciousness: Unity and Continuity in Conscious Experience*, New York: Routledge, 2000, p.77.
② Curtis Lukas, *Forbidden Fruit*, New York: Beacon, 1953, pp.23-24.
③ Curtis Lukas, *Forbidden Fruit*, New York: Beacon, 1953, p.46.
④ Curtis Lukas, *Forbidden Fruit*, New York: Beacon, 1953, p.134.

便对她产生了一股厌恶之情。可是当他在医院门口看到玛丽时，内心又产生了既想占有她，但又怕被拒绝的张力。"她看上去极为年轻，像高中女生一样穿着时髦的短袜和低跟鞋，步态轻盈，充满活力……她的步态犹如17岁的中学生。欲望在我心中升起，涨落不定，搞得我心痒痒的。"①这种想追求又怕追不到手的意识流构成了欲罢不能的情感张力。此外，卢卡斯还描写了另一段意识流。卢克驾车飞奔赶往纽约的途中，被交警拦截下来。当交警得知卢克驾车超速的原因是想早点赶到纽约与情人幽会时，就调侃道："她一定是个漂亮的骚货吧？"②警察的侮辱性话语激起了卢克的愤怒，但卢克又不敢向警察发起攻击，于是就把满腔怒火强行压入了意识流："我什么话也不说。上帝呀，让我继续赶路吧。请在我揍这家伙前放我离开这里吧。我知道警察，我知道，如果我一动手就会发生什么事……我不在乎他欺负我，我不在乎他一直称我为'孩子'。但是玛西亚是我的心肝宝贝。如果他继续说脏话，我会让他挨揍的。"③交警侮辱女友的话语深深地伤害了卢克，卢克真想把他痛打一顿，但因情景力量的压迫性，卢克放弃了报复。触发性意识流具有偶然性，其中产生的张力同时也具有反道德、反伦理和反法制的挑战性和攻击性。

最后，郁闷性意识流张力指的是文学作品中的意识流心理状态中由趋避冲突引发的张力，也是使人难以完成自己的预定计划或理想设置而产生的抑郁类潜意识心理。一般来讲，趋避冲突指的是想做的两件事可能会产生有利有弊的后果，难以抉择，所以时常会产生顾此失彼的感觉。④卢卡斯在这部小说里描写了卢克想在工地工作时谋杀情敌哈里的意识流："太不幸了，我想到。对你来讲，太不幸！如此聪明的家伙。因为我打算杀了你。你跪在这里，你的头离我的锤落地点只有6厘米。我要用16磅的大锤砸碎你的脑袋。你会死去。没有预兆地死去。我现在就要给你一击，没人会说这不是一个事故。"⑤这段意识流揭示了卢克的杀心，但是意识流中的心理顾忌又使他难以下手。卢克的脑海里翻滚着各种意识："工地上的所有工人都是买了保险的，死人事件会导致保险公司赔许多钱。他们会来调查的……他们会发现隧道打架事件，会查到我和玛丽在旅店过夜之事……会查出我

---

① Curtis Lukas, *Forbidden Fruit*, New York: Beacon, 1953, p.33.

② Curtis Lukas, *Forbidden Fruit*, New York: Beacon, 1953, p.106.

③ Curtis Lukas, *Forbidden Fruit*, New York: Beacon, 1953, p.106.

④ Melvin J. Friedman, *Stream of Consciousness:A Study in Literary Method*, New Haven: Yale University Press, 1955, p.67.

⑤ Curtis Lukas, *Forbidden Fruit*, New York: Beacon, 1953, p.49.

挪用公款的银行记录……我不敢砸下去。"①卢克担心杀人后真相被调查出来而毁掉自己。他本想砸死哈里，消除危及自己的隐患，但又无法做到杀人后逃避掉法律责任。卢克在意识流里无法达成趋（杀人）和避（逃脱法律惩罚）的统一，这引发了其内心的张力，而无法解决趋避冲突又使他陷入了难以消解的郁闷。此外，卢卡斯还描写了哈里惨死对卢克的心灵震撼。卢克仇恨哈里，一直想置哈里于死地。可是，当真的目睹了哈里摔死的惨状时，卢克的意识流里却产生了深深的自责，他想哈里死，但没有想到哈里死得如此之惨。之后，他驾车离开现场，到纽约去找女友玛西亚来排解自己的郁闷。郁闷的意识流在潜意识层展现了人在意识层里被压迫、被抑制和被拦截的恶念，是否把这个念头付诸行动的潜意识考虑形成了表面上风平浪静而实际上惊涛骇浪的内心冲突。

卢卡斯笔下的预感性意识流张力、触发性意识流张力和郁闷性意识流张力展示了人物潜意识心理的荒诞性、魔幻性和异化性。意识流张力叙事制造了小说阅读过程中审美接受主体与叙述对象之间的间离效果，形成了独具特色的心理张力，引起强烈的心灵震撼，从而激活了读者的解析智慧，使其采用全新的观察角度，探测潜意识层的心理动态。预感、触发和郁闷的意识流描写与趋避冲突的描述形成了充满张力的一对对矛盾，反映出人们对人间不幸的惋惜之情。这部小说的意识流张力描写使读者经历了预感—惊讶、焦虑—压抑、积累—释放的解读历程后，其想象力得以容纳进更多的东西，进而在这些意识流张力的体验中看到自己的价值所在，也体味到人类的价值所在。

《禁果》是卢卡斯继《纽瓦克第三区》等长篇小说创作之后的又一部倾力之作，勾勒出了 20 世纪中期美国民权运动前夜的种族关系和社会伦理状况。他在悬念、反讽和意识流里建构的叙事张力体系丰富和发展了非裔美国叙事时空的坐标系。卢卡斯所采用的张力叙事张弛有度、有紧有松、有疏有密、跌宕起伏，令人感叹其匠心之缜密。他笔下的叙事张力不仅是一种虚化的心理感应形式，而且还是一种独具特色的文本张力模式，具体体现在虚与实、性与爱、个人与群体等张力结构中。该小说的张力结构在两极形式上处于冲突、碰撞、抵抗的关系中，但实质上是一个表达作品主题的有机统一体。总之，卢卡斯在这部小说里设置的张力叙事结构使小说情节的发展跌宕起伏、扣人心弦；其写作风格的最大特点在于将张力化为叙事方式，极大地促进了现代美国非裔小说叙事模式的改革和创新，使小说

---

① Curtis Lukas, *Forbidden Fruit*, New York: Beacon, 1953, pp.50-51.

具有更丰富的叙事形态与更深厚的美学内蕴。

第五节 从《贝利咖啡馆》看叙事张力的建构

《贝利咖啡馆》是格洛利娅·内洛尔在叙事建构方面独具特色的优秀小说之一。该小说以 20 世纪 40 年代末为背景，以纽约城一条小街上的贝利咖啡馆为场景，描写了美国社会普遍存在的种族问题、女权问题和人权问题。贝利咖啡馆不仅是不幸小人物在人生旅途中小憩的驿站，而且还是一个纽带，把不知名的社会不幸者网罗在一起，让他们有机会讲述自己的人生经历。内洛尔在这部小说里把象征主义、魔幻现实主义与现实主义进行了有机的结合，使故事情节的展开一环扣一环，环环出彩，引人入胜。本节拟从插叙中的张力、情境反语中的越位张力和视角含混张力三个方面来探索内洛尔在该部小说中的张力建构方式和内在寓意。

一、插叙中的张力

《贝利咖啡馆》的小说结构是以纽约一条小街上的贝利咖啡馆为节点，众多光顾该咖啡馆的男女顾客的个人经历构成了小说的分支故事。每个故事的内容各不相同，但这些故事的叙述人都是咖啡馆的常客。为了使读者更清晰地了解相关人物，作者采用插叙的方式介绍他们来到咖啡馆之前的人生经历。[1]每个人物的自述构成了该部小说内容的放射性延伸，有助于小说情节链条的连贯性和逻辑性。在讲述小说人物人生经历的过程中，内洛尔把展开情节或刻画人物作为叙事的重点，时常暂时中断叙述的线索，插入一段有助于情节展开的追忆或回忆。她在相关人物的回忆、思念、想象等心理活动过程中加入使当事人陷入各种危机的故事情节，引发其内在的心理张力，增加故事阅读的紧张感和趣味性。[2]因此，内洛尔在插叙中导入的故事情节充满了张力元素，主要显现在心理焦虑、气势递进和神秘氛围三个层面。

首先，心理焦虑指的是个人在社会生活中受到生存危机、期盼危机和情感危机的威胁后所产生的一种心理失衡，犹如热锅上的蚂蚁，无法找到有效的危机化解方式。[3]在《贝利咖啡馆》里，内洛尔从三个方面展示了心

---

① Patrick Colm Hogan, *Affective Narratology: The Emotional Structure of Stories*, Lincoln: University of Nebraska Press, 2011, p.321.

② Wolf Schmid, *Narratology: An Introduction*, Berlin: Walter de Gruyter, 2010, p.98.

③ Molly Andrews, Corinne Squire & Maria Tamboukou, *Doing Narrative Research*, New York: Sage, 2013, p.66.

理焦虑，一是店老板贝利（Bailey）在第二次世界大战期间参加太平洋逐岛之战时，目睹和体验了战争的惨烈、人性的沦丧和士兵的恐惧。二是赛迪（Sadie）的丈夫死后，其住房被继女继承，为了获得这个栖身之地，赛迪疯狂打工，不惜走上卖淫筹钱之路，企图在规定期限内筹足 200 美元，买下这栋房子。其在筹钱过程中展现的心理焦虑紧紧抓住了读者的心。三是妓院老板伊芙（Eve）和妓女玛丽（Mary）在少女时期都受到过父亲施加的性压抑，她们的父亲都设置各种障碍，限制其女儿的人身自由，阻止男孩子接近，导致正值青春期的女儿的逆反心理和离家出走的结果。玛丽为了躲避过多男性的追求，竟然用刀片自我毁容，这是其心理焦虑到达极端的非理性表现。

其次，在插叙中出现的排比句有助于促进小说张力氛围的建构，产生气势递进的效果。在《贝利咖啡馆》里，内洛尔在描写埃丝特（Ester）与丧失性能力的丈夫之间的紧张关系时采用了排比的句式："没有玩具娃娃，没有溜冰鞋，没有马球棒，没有娱乐场的木马……没有跳绳，没有皮球。"① 内洛尔描述出了埃丝特婚后生活的枯燥和寂寞。在小说中"甜蜜的埃丝特"一章里，每次谈及如何改善夫妻关系时，埃丝特的丈夫都会反复地说："我们不谈那个事！埃丝特。"② 这句话在五页的篇幅里重复了五次。这个隔段排比句的运用加大了夫妻关系难以调和的张力，为埃丝特的离家出走埋下了伏笔。在小说的"玛丽（一）"一章里，黑人少女玛丽离家出走后，由于是黑人，很难找到适宜的工作，她抱怨道："难道我不知道如何调酒吗？我会。难道我不知道如何跳舞吗？我会。难道我不知道怎么唱歌吗？我会。"③ 这些排比句的运用揭露了第二次世界大战后美国社会的种族歧视氛围，黑人没有和白人一样的平等工作机会。玛丽脱口而出的一组反问句构成的排比句，揭示了美国社会种族关系中的张力。

最后，内洛尔在这部小说里所营造的神秘氛围带有一定的魔幻现实主义元素和哥特小说特色，所描写的超现实主义神秘事件有助于建构小说的阅读张力。在这部小说的"玛丽（二）"一章里，犹太黑人女孩玛丽从小就按犹太礼教进行了阴道缝合，直到结婚时才能把缝合阴道的线去掉。可是，玛丽在阴道仍然处于缝合状态下怀孕了。她的父母、邻居和周围的所有人都认为她是和某人偷情后才怀孕的，但她矢口否认。她的怀孕引起她与父

---

① Gloria Naylor, *Bailey's Café*, New York: Vintage, 1992, p.85.
② Gloria Naylor, *Bailey's Café*, New York: Vintage, 1992, pp.95-99.
③ Gloria Naylor, *Bailey's Café*, New York: Vintage, 1992, p.106.

母、族人和村民的关系张力，她被大家视为不祥之物，后来母亲只好把她赶出村，让她在外面自生自灭。其实，玛丽的名字与圣母玛利亚非常接近，而且她们都是未婚先孕，都是在没有和男人同房的情况下怀孕了。她和圣母玛利亚一样，遭受到人们的非难和迫害。玛丽未婚而孕的事件是一个现代版本的圣母玛利亚故事，但是她却遭受到比玛利亚更大的灾难。她被赶出家乡后到处漂泊，最后在伊芙的妓院生下一个男婴，自己则死于难产。这个事件营造的神秘氛围导致了玛丽、其家人、邻里和宗教信仰之间的各种冲突，使小说情节张力的演绎紧扣读者的心弦。

内洛尔在叙述作品的一个故事的过程中，暂时中断叙述线索，插入另一个故事片段，以此作为对情节发展中重要事件出现前的必要铺垫和说明。"他的这个策略有助于消除复杂情节叙述的迷惘感，使该小说的情节更为完整，叙事结构更为严密，故事内容更为充实，读者更易解读。"①插叙结束后，小说叙述人再继续原来的叙述，推进故事情节的发展。在这部小说里，内洛尔在插叙中设置的张力元素有助于推动情节发展，突出人物性格，同时也有助于突出主题，为下文做铺垫，补充背景材料，使人物形象生动完整，从而深化小说的主题。

二、情境反语中的越位张力

情境反语的修辞作用在于表达悲情、遗憾、颂扬、幽默、讽刺和谴责。根据审美心理和格式塔理论，在人的长期审美活动中，其内在的审美经验都已定格为一定的基本结构。②情境反语否定性地扭曲了这个基本结构，从而激起读者要恢复这个基本结构的冲动。内洛尔在《贝利咖啡馆》里设置的情境反语给读者的阅读过程增添了解读张力，有助于触发读者的阅读兴奋因子，加大作品的内在艺术魅力。本节拟从姓氏越位、职责越位和性别越位三个方面来探讨该小说情境反语中的张力构成。

首先是姓氏越位。从中外文化来看，姓氏是表示一个人的家族血缘关系的标志和符号。在《贝利咖啡馆》里，内洛尔没有给咖啡馆的老板取名字，在小说第一章"大师，如果你……"的起始部分，作家就用"我"来指称咖啡馆老板。"我"在街上开了一家咖啡馆，这家店在"我"买入之前的店名是"贝利咖啡馆"。"我"之后也没有更改店名，而是继续沿用旧店

① Virginia C. Fowler, *Gloria Naylor: In Search of Sanctuary*, New York: Twayne, 1996, p.54.
② 郑昕：《情景反语修辞作用及其审美心理初探》，载《广东青年干部学院学报》2006年第3期，第90页。

名。很多来咖啡馆的顾客都以为"我"的姓是"贝利",于是称"我"为"贝
利"或"贝利先生",连我的妻子也被称为"贝利太太"。随着越来越多的
人称"我"为"贝利","我"明知这称呼不对,但又无从更正,只得将错
就错。直到小说结束,"我"都一直被称为"贝利"。然而,"我"也时常产
生一些惆怅,自己本来的姓氏在开咖啡馆的时间长河里似乎被消解掉了,
内心中产生了难以消解的焦虑。内洛尔用将错就错的方式描写出姓氏更改
与家族传统观念相冲突所引起的内在张力,揭示了小说主人公在开店谋生
中的无奈退让和心理窘境。

　　其次,职责越位的危机指的是一个人背离自己的本来职责去做另一个
毫不相干甚至性质完全不一样的工作所引发的张力。在《贝利咖啡馆》中,
黑人妇女赛迪半夜回家的路上遇到一个男人。这个男人起初是准备劫持赛
迪,后是冒充即将参加战争的士兵引诱赛迪卖淫,当赛迪要求先付给她2.04
美元时,嫖客摇摇头,从皮夹里掏出 3 美元,对她说:"你的要价低于行情
了。"①赛迪收下了 3 美元,把多出自己要价的钱退给嫖客,嫖客把退的钱
放进裤包,然后掏出警察的执法徽章,亮明自己的警察身份。原来这个嫖
客是警察,他以钓鱼执法的方式把赛迪送进监狱关了两周。警察职责越位
所引发的张力揭露了种族主义社会里的性别压迫和执法的非正义性。嫖客
变警察的情境反语使赛迪从无辜妇女变成妓女,警察引诱犯罪的张力披露
了不合理的社会对人权和人性的践踏。

　　最后,内洛尔在《贝利咖啡馆》里所描写的性别越位不是指小说人物
的生理或心理方面的变性行为,而是指人物姓名与人的性别错位所引发的
阅读张力。杰西·贝尔(Jesse Bell)在英美文化中是典型的男性名称,而
随着小说情节的发展,读者发现杰西不是男人,而是女人。她出身于一个
贫贱的码头工人家庭,后嫁入豪门金氏家族,但受到金氏家族的蔑视和排
挤,生下儿子后,她的处境仍然没有得到根本性的改变,连她的父母也在
与金氏家族的交往中受尽屈辱,导致其 90 岁高龄的奶奶死于风寒之中。随
着杰西身份一层一层地剥离,其性别特征也越来越显性化。在小说中,伊
芙妓院的管家被称为"梅普小姐"(Miss Maple),穿着女性服装,其名字
给读者的第一感觉是女性,但随着小说情节的发展,读者得知"梅普小姐"
原名为斯坦利(Stanley),出身于一个富裕的黑人农场主家庭,家有数千英
亩土地。其父从斯坦利小的时候就很重视他的教育,希望他出人头地,还
送他到大学深造,攻读博士学位。但毕业后因具有黑人血统,他在就业上

---

① Gloria Naylor, *Bailey's Café*, New York: Vintage, 1992, p.64.

处处受阻，认为自己不配男性身份，心理上发生异变，之后他便喜欢上了穿女性服装，把自己打扮成女性。最后，他流落到贝利咖啡馆，遇到伊芙后就成为伊芙妓院的管家。梅普扑朔迷离的性别身份一直到小说的末尾部分才清晰起来，这引起读者在小说的阅读过程中对其性别的辨别焦虑，从而引发阅读张力。

内洛尔在其小说中所揭示的情境反语的三大越位出乎读者的预料，给人以惊奇、震撼和焦虑的张力，极大地增强了阅读趣味性，有助于勾画人物的鲜活意象，同时也引导读者从反语的设置艺术上感受作者建构叙述层面的独具匠心。

三、视角含混张力

视角含混张力指的是文学作品中人物的人称指代在叙事场景中的能动转换，导致第一人称"我"和第三人称"他"所指人物的多变性，从而引发读者的阅读张力。第一人称叙事人"我"站在自己的视角讲述耳闻目睹或亲身感受的事件，带有生动性，给读者以身临其境的感觉。读者在小说的阅读过程中也似乎在同叙述人"我"进行交谈，导致小说叙述人与读者之间的距离得以缩短，从而引起读者对小说人物命运的心理移情。然而，第一人称叙事人"我"也有其局限性，在讲述故事时，通常受制于第一人称的叙事视角，只能讲述其在场时所目睹或经历的事件，描述或点评进入其视野的其他小说人物。那些"我"未到场的故事场景，只能由小说中的第三人称叙事人提供，然后再由第一人称叙事人"我"做相关的转述。因此，第一人称叙事人"我"的叙事视角是有限的，所描写的人物和事件带有相当的主观性。①因此，内洛尔在《贝利咖啡馆》里打破了传统的视角束缚，按小说情节的自然发展而能动地转换视角，变换人称。本部分拟从人称悬念、人称含混和指称多变性三个方面来探讨内洛尔在该部小说里所建构的视角含混张力。

首先，内洛尔在《贝利咖啡馆》里采用了人称悬念的叙事策略。人称悬念指的是小说的第一人称或第三人称在小说情节的发展过程中没有固定的指称。在小说"玛丽（二）"一章里，吉姆老爹（Daddy Jim）来到贝利咖啡馆寻找离家出走的女儿，他用女儿原来的姓名来打听她的下落，但实际上她的女儿已经更换了姓名。几经周折，店老板通过吉姆老爹的描述猜

---

① Margaret Earley Whitt, *Understanding Gloria Naylor*, Columbia: University of South Carolina Press, 1999, p.143.

测其女儿可能是伊芙妓院的妓女玛丽。由于伊芙的阻挠，直到小说结束，吉姆老爹也未能和女儿见上面。吉姆老爹要寻找的女儿"她"真的是玛丽吗？人称的不确定性增添了叙事结构的架构张力，同时也引发了读者的阅读张力。

其次，人称含混指的是小说中出现的话语不知道是出自何人之口。内洛尔在《贝利咖啡馆》中的人物刻画均采用英美广播剧本的写作手法，话语前没有固定人物提示，对话语的理解全凭读者的解读能力。在"伊芙之歌"一章里，赛迪在走投无路的情况下去投奔妓院老板伊芙。对伊芙的评述，作者设置了以下一段对话：

  ——特别？上帝，天呀！他们都是荡妇、妓女、流浪者。
  ——还是承认吧，贝利。她有自己的好营生，有胆子说我的坏话。不是每个男妓都需要穿内裤的。
  ——住了一屋子的荡妇、妓女、流浪者。①

在这段的上下文中都找不到这部分对话的说话者具体是谁，可能是贝利和妻子纳丁（Nadine），也可能是贝利和其他顾客之间的对话。人称的含混性表明内洛尔话语设置的关注点不是说话者，而是说话人所提及的内容。在"杰西·贝尔"那一章里，杰西由于生活无着落来到小镇，拜访伊芙后，她和"她"或"他"一起来到贝利咖啡馆，自言自语地说个不停。

  ——是的，伊芙说，我听说过。但是这次事情来了，她抓住了最后的机会。
  ——多久以前？伊芙问她。
  ——清晨后的不久。
  ——好呀，有四个多小时吧。
  ——你太镇静了。三个多小时吧。②

在这段对话里，作者未说明杰西的说话对象是谁，可能是咖啡馆老板贝利，也可能是老板娘纳丁，还可能是咖啡馆的其他顾客。人称的指代含

---

① Gloria Naylor, *Bailey's Café*, New York: Vintage, 1992, p.80.
② Gloria Naylor, *Bailey's Café*, New York: Vintage, 1992, pp.136-137.

混加大了读者的阅读张力，但有助于激发读者的探索兴趣。即使找不到具体的说话人，读者也可能体会到这些话语的语境功能，从而更加深刻地理解小说的寓意。

最后，指称多变性是《贝利咖啡馆》的重要叙事特色之一。指称的多变性指的是故事叙述人在小说情节的发展中可能指代不同的人物，也就是说，这一章节里的叙述人"我"所指代的人在不同的章节里可能是不同的人，从而形成不同的叙事角度和关注点。这部小说由 11 个章节组成，其中第三章"那个詹姆斯"的页面是空白的，没有叙述内容。其余十个章节分别讲述了贝利夫妇、贝利咖啡馆常客苏格·曼（Sugar Man）和嘉丽妹妹（Sister Carrie）、离家出走的赛迪、妓院老板伊芙、陷入死亡婚姻的埃丝特、沦为妓女的美女玛丽、女同性恋者杰西·贝尔、黑人犹太少女玛丽、异装癖者"梅普小姐"、玛丽生下的男婴等人物的故事。每个故事的讲述人都是不同的"我"：小说第一章至第四章的叙述人"我"是店老板贝利；第五章大部分内容的叙述人"我"是伊芙；第六章的叙事人"我"是埃丝特；第七章的叙述人"我"是玛丽；第八章的叙事人"我"是杰西·贝尔；第九章的叙事人"我"是纳丁；第十章大部分内容的叙述人"我"是斯坦利，部分内容的叙述人"我"是贝利；最后一章的叙述人"我"是贝利。小说中的每一个"我"都牵引出一个独特的故事，最后以贝利咖啡馆为纽带联系起来，构成一个有机的叙事整体。

内洛尔消解了传统小说叙事手法中第一人称叙述人的视角限制，创新性地设置了小说叙述人的视角越位，拓展了其故事讲述的视野和功能。第一人称叙事人"我"的叙述方式带有很强的主观性，因此可能导致读者质疑某些故事情节。因此，内洛尔在小说创作过程中并不满足于第一人称叙述人"我"的内聚焦视角，而是结合小说的时代背景和社会背景对黑人女性和男性的思想觉悟、世界观、种族意识等进行观察、阐释和讲解，以此突破第一人称叙述人"我"的有限视角，让读者更详细地了解第二次世界大战前后的美国种族状况，更全面地把握小说人物精神世界的全貌。

内洛尔把《贝利咖啡馆》的叙事结构设置得有张有弛，使小说情节的发展跌宕起伏，引人入胜。她通过叙事张力的架构营造出多维的叙事空间，使读者徘徊在不同故事的时空之间，得以感受到小说人物生活的混乱和无序，以及现代人生活的荒诞性。多重叙事情境的更迭使得多重意蕴空间得以互相关联，同时有助于故事时间的压缩和空间的膨胀，创建了全新的时空体、全新的意蕴空间，实现了小说中人物与人物之间的镜面效应、对话效应以及作者与读者的潜在心灵感应。①在吸引读者参与建构的叙事空间里，内洛尔如同建筑家一样，充分展现了其建构才能，并在多重空间的建构中，从形式方面与内容形成各种张力，引发读者对民主自由、种族隔阂、女权、同性恋、单亲家庭孩子的成长等一系列社会问题的反思，同时也使读者领悟到"弱小个体在强大社会制度面前的无奈和无助，生动地表现了现代人所处的困境"②。

小　结

本章以海姆斯的三部小说《真酷杀手》《枪声四起》《大金梦》、卢卡斯的小说《禁果》和内洛尔的小说《贝利咖啡馆》为研究对象，主要探讨了张力与叙事的相互关系。海姆斯在《真酷杀手》里通过"谜"的建构和解析来生成警探小说的推理语境，用案件结局的延宕增添故事情节的张力氛围。他在《枪声四起》里采用的命运反讽、悬念和案中案的层级叙事等叙事策略，营造出警方现场取证、仔细勘查和广泛调查的张力环境，激发了读者在阅读过程中对正义的期盼和渴望。海姆斯在《大金梦》里把黑夜、阴森、异响、死亡等新哥特叙事的标志性元素融入故事情节，建构了以恐怖为表征的张力场景，描绘了人在绝望中的精神痛苦。卢卡斯在《禁果》里采用悬念、反讽和意识流描写等叙事手法呈现不和谐社会环境里的人际冲突，将张力化为展示人性的独特叙事方式，在暴力、血腥与色情等方面的张力描写中深刻揭露了现代美国社会的种族问题，表达了作家想通过社会伦理观和价值观的重塑来消解黑人各种危机的社会呼吁。内洛尔在《贝利咖啡馆》里把象征主义、魔幻现实主义与现实主义做了有机的结合，从插叙、情景反语和视角含混等角度来显示叙事张力的建构方式及其内在寓意。总而言之，海姆斯、卢卡斯和内洛尔都在文学创作中把情节张力和小说主题有机地结合起来，通过张力场景的建构增添小说阅读的兴奋因子，生成引人入胜的艺术魅力，拓展了现代黑人小说的叙述空间，对 21 世纪黑人小说的发展有着巨大的影响。

---

① Charles E. Wilson, Jr., *Gloria Naylor: A Critical Companion*, Westport, Conn.: Greenwood, 2001, p.67.

② 彭青龙：《论〈"凯利帮"真史〉的界面张力》，载《外语与外语教学》2013 年第 1 期，第 83 页。

第六章　戏说叙事、戏仿叙事与仿真叙事

　　戏说叙事、戏仿叙事和仿真叙事都是文学创作中超越现实主义的重要叙事手法。戏说叙事是一种在尊重基本事实、合理丰富想象的基础上戏剧性地处理某种题材的写作技法，可以使整部作品更加生动形象、丰富多彩、趣味盎然。戏仿叙事，又称"谐仿叙事"，是作家在自己的文学作品中对其他文学作品进行借用，以达到调侃、嘲讽、批判或肯定的目的，时常带有诙谐和幽默性质。戏仿叙事在文学创作中也是一种创造性书写，用来模仿和评论某人或某事，或用带有讽刺、讥笑、嘲弄的口吻来模仿性地调侃某个话题。一般来讲，戏仿叙事的话题是原创或部分原创的，但是戏仿叙事的对象可以是一个真实的人、事件或运动。仿真叙事也是模仿的一种表现形式，通常采用一些超现实主义的描写，虚构一些有趣或引人发笑的情节进行创作或讲述，从浪漫主义的跨时空角度来展现小说主题。

　　在文学作品里，被戏说的历史与正史有很大的区别。被戏说的历史在非裔美国作家的创作和传播过程中与真实的历史大相径庭，其娱乐性和诙谐性是非裔美国小说家创作风格的重要特征。历史事件的戏说虽然满足了一部分观众或读者的心理需求，但在传播过程中会对他们的世界观和价值观产生一定的影响。[①]戏说历史事件的小说类文学作品通过对历史的虚拟性解说，使读者得以释放和宣泄对现实的焦虑。

　　戏仿（parody），又称"戏拟"或"滑稽模仿"，是文学创作中颇具特色的一种实践形式。它最初源于亚里士多德的《诗学》（*Poetics*，大约公元前335年）中的parodia，意即"相对之歌"，用以描述史诗中的滑稽模仿。就文本结构和形式而言，戏仿是一种典型的互文性表述方法。"戏仿"是嘲弄性地模仿另一部严肃性作品的写作策略。戏仿涉及对他人言行的生动模仿和彻底改造。被戏仿的文本与目标文本之间存在着一种矛盾的关系：戏仿文本把重构策略导入目标文本。戏仿的目的并不是作家在文学创作中制造调侃或幽默语境，而是在事件或物件之模仿和颠覆的辩证统一中实现对小说主题含义的深度解读。作品中的戏仿时常带有风趣幽默的喜剧元素，

---

　　① 张栋华：《从传播学角度分析影视剧戏说历史现象》，载《西部广播电视》2018年第3期，第100页。

在吸引读者的同时协助他们领悟作品的言下之意或内在寓意。

与戏说和戏仿有密切联系的是"仿真叙事"（simulation）。"仿真叙事"这个术语是法国理论家让·鲍德里亚（Jean Baudrillard）于 20 世纪 30 年代提出的。他在"仿真理论"的基础上提出了"超真实"（hyper-reality）这个后现代主义的概念，指出了西方传统美学理论的局限性和非理性。他说："美学所面对的再也不是传统意义上的'真实'世界，而是一个没有客观本原、自行运作的'超真实'或'超自然'世界。"①其实，鲍德里亚从根本上否定了现实主义美学中所谓"真实"的存在。"仿真叙事"的基本特征是"去现实性"。当代优秀的非裔美国作家大多突破了传统现实主义写作手法的束缚，把浪漫主义和现实主义结合起来描写非裔美国人在日常生活和工作中的客观"真实"，使"真实"性的描写中带有虚构成分，同时使虚构成分的讲述中含有"真实"性。此外，"仿真叙事"还表现在对现实生活的"传奇化"处理上。"由于'仿真叙事'对历史和现实没有任何本质主义的规定，'传奇化'对生活的再现也就没有任何目的性和方向感，它不像现实主义的'典型化'创作方法那样有标准、有目的地筛选、挑拣和重组生活，从而达到对现实'本质'的揭示。"②作家经常采用科幻小说的超现实主义形式对现实社会进行"传奇化"描写或描述。

在后现代主义和新现实主义的文学作品里，作家时常使用戏说、戏仿、仿真等叙事策略。戏说叙事、戏仿叙事和仿真叙事具有四个基本特征：①文学作品具有诙谐、幽默、调侃的言语风味；②文学作品不是按照学界公认的史实来讲述历史人物和历史事件的；③文学作品可能在一定的语境里给历史人物和历史事件带来积极或消极的影响；④文学作品具有"反神圣"的价值取向，致力于揭露宗教和世俗权力的消极性和反社会性。

非裔美国作家在白人文化移入的大背景下，把非裔美国文化与白人文化的精华做了有机的结合，生成独具特色的非裔美国文学艺术。他们在文学创作中对欧美文学的经典进行戏仿和重写，在依赖原文的同时又保持独立性，然后在对原文本描述和阐释的基础上形成一种新的创造。他们总是在传承经典故事的同时，又对经典故事进行超越，把文本从它所在的历史语境中释放出来，然后把它们放置到当下的现实世界，赋予其新的生

---

① 转引自文旭：《"仿真叙事"：从"符号政治经济学批判"到"去现实主义化"——一个西方后现代主义文论关键词在中国的话语个案》，载《社会科学研究》2009 年第 6 期，第 163 页。

② 文旭：《"仿真叙事"：从"符号政治经济学批判"到"去现实主义化"——一个西方后现代主义文论关键词在中国的话语个案》，载《社会科学研究》2009 年第 6 期，第 166 页。

命力和艺术活力。①

　　非裔美国小说家笔下的戏说指的是在文学创作中保留历史事件的概貌、发生的年代和相关的重要人物，虚拟一些有关事件和人物的细节，有时还会虚拟环境，在一定社会背景下将历史事件及其相关信息进行选择和加工后呈现给读者。戏说的历史现象与真实历史并不完全对应，人物性格和品行也可能发生本质性的变化。非裔小说创作中戏说的内容包罗万象，涉及历史、传说和神话，呈多视角、多层次和多维度并存的状态。非裔作家戏说历史事件有其存在的合理性，但是也有负面效应，特别是对历史人物的戏说。非裔作家笔下的戏说以有趣或引人发笑的方式进行创作或讲述，通常在附会历史题材的同时虚构一些滑稽、荒诞、诙谐的情节，增添小说的趣味性。与戏说密切相关的是戏仿。戏仿是作者在自己的作品中借用其他人的作品，以达到调侃、嘲讽、抨击等目的。在非裔美国文学创作中，非裔小说家开始使用现代的或后现代的术语来界定戏仿，弱化庸俗的滑稽性，强化互文性。从字义上来看，"戏"的意思是"滑稽"，"仿"的意思是"模仿"。非裔美国小说家把戏仿作为陌生化的手段之一，通过模仿他人小说、历史传说或神话等的一般规范和惯例使小说形成自己的艺术特色。

　　在非裔美国小说家的笔下，戏说叙事、戏仿叙事和仿真叙事都是小说叙事的重要手段，旨在通过"夸张"达到"严肃"的目的，通过"虚构"达到"实指"的目的，通过"超现实"达到"现实"的目的，通过"惯例"达到"不寻常"的目的。伊什梅尔·司各特·里德（Ishmael Scott Read）和奥克塔维亚·E. 巴特勒（Octavia E. Butler）是非裔美国文学史上运用戏说、戏仿和仿真策略的代表性作家，他们在戏说美国历史事件和戏仿历史时空旅行中拓展了小说的主题空间，极大地提高了非裔美国小说的艺术价值。本章将解析他们的三部作品：《飞往加拿大》《芒博琼博》《亲缘》。

第一节　《飞往加拿大》：戏说语境的悖论与反思

　　伊什梅尔·司各特·里德（1938— ）是当代杰出的非裔美国诗人、散文家和小说家。他和托尼·莫里森、阿米里·巴拉卡（Amiri Baraka）一起跻身于 21 世纪最知名的非裔美国作家行列。里德擅长讽刺美国的政治文

---

① 李世林：《传承与超越：试论阿特伍德对经典的戏仿和解构》，载《安徽理工大学学报》（社会科学版）2020 年第 4 期，第 52 页。

化，曝光美国的家庭问题，揭露社会的伦理道德问题。他是美国社会多元化理论和实践的先驱者，坚决反对美国社会的单一文化主义。20 世纪 70 年代以来，里德一直自称为黑人艺术运动的反对者，但人们却发现其作品中内含不少强烈的文化民族主义思想。他的美学思想与黑人文化艺术运动的许多主张在本质上是一致的，有助于读者解读美国社会的多元文化现象。他获得过许多奖项，如古根海姆小说奖、美国公民自由奖和手推车奖等。近年来，里德仍然保持着旺盛的创作热忱，出版了诗集《为什么黑洞会唱布鲁斯？》（*Why the Black Hole Sings the Blues*，2020），戏剧《生活在雅利安人中》（*Life Among the Aryans*，2018）和《林－曼努埃·米兰达的鬼魂》（*The Haunting of Lin-Manuel Miranda*，2020），长篇小说《共轭印地语》（*Conjugating Hindi*，2018）和《想得太多的傻瓜》（*The Fool Who Thought Too Much*，2020）等。里德的作品被译成法语、西班牙语、意大利语和汉语等几十种语言，深受世界各国读者的喜爱。

在里德的文学作品中，《飞往加拿大》（*Flight to Canada*，1976）是最受学界和读者欢迎的小说之一。小亨利·路易斯·盖茨（Henry Louis Gates, Jr.）在《文学传记词典：1955 年之后的非裔美国作家》（*Dictionary of Literary Biography: Afro-American Writers After 1955*）里把这部作品视为 20 世纪美国小说的经典之作。不少学者也认为这部小说是自拉尔夫·埃里森的《看不见的人》之后写得最出色的黑人小说之一。这部作品的突出特色之一就是悖论的妙用和戏说语境的建构。具体来说，《飞往加拿大》通过时代戏说、历史戏说和人生戏说建构了一些重要悖论，揭示美国社会的荒诞和黑人追求自由与解放的艰辛之路。

一、时代戏说与时间悖论

时间悖论的必要前提是人类可以随心所欲地控制三维空间之外的"第四维"——时间，能够按照意念回到过去或者进入将来。文学意义上的时间悖论是作家为了某种艺术效果而故意错误移植作品所涉及的时间或时代。里德的小说《飞往加拿大》发表于 20 世纪 70 年代，但小说的故事背景却是 19 世纪 50 年代美国南北战争时期。创作时间和作品背景时间相距一个多世纪，但作者故意穿越时空，把 20 世纪才发明出来的飞机、直升机、火箭、收音机、静电复印机、步话机等物件引入 19 世纪中期的社会生活，导致了许多时间悖论的出现。为此，里德在《飞往加拿大》的版权页里专门标明："本作品是小说。人名、人物、地点和事件或者是作家想象的产物，或者是虚构而成。如与现实的事件、现实的人物或历史上的人物有近似或相似之处，皆是偶然或巧合所致。"①这类声明出现在版权页上的情况在美国文学史里极为罕见，但该声明为作品戏说中悖论的出现埋下了伏笔，同时也拓展了作家的想象和思维空间，起到了免责的作用。

里德巧妙地采用了"飞"的戏说。在中国古代传说或西方神话里，都有许多关于人类飞翔的传说，但是人类真正发明飞机还是 20 世纪初的事。里德在《飞往加拿大》的文本中提到了飞机和直升机，但在 19 世纪中叶根本不可能出现这类飞行器。小说以黑人青年雷文（Raven）写给奴隶主的一首告别诗《飞往加拿大》（"Flight to Canada"）为开始，将"飞"作为向往人身自由和幸福生活的一种意象。里德通过雷文之口说："亲爱的斯维尔（Swille）主人，怎么样了？我已经迈出了关键的一步，安全地跃入加拿大的怀抱。因此，你派人到火车上抓捕我，已经没用了，我不会出现在那里。"②值得注意的是，这首告别诗的意思是雷文已经逃离了美国南方，但实际上他写这首诗时仍然在南方。因此，这首诗所叙述的时空（加拿大）与雷文实际所处的时空（美国南方）形成了叙事结构上的时空倒错现象，其实，这是雷文的故意设置。这种瞒天过海式的写诗手法显现了新一代黑奴的非凡智慧，也是白人种族偏见的一个绝妙讽刺。这"表明飞往加拿大对于雷文而言仅仅是尚未实现的一个想象，象征自由与解放的加拿大与其说是一个地理空间，倒不如说是他心中的一个乌托邦"③。雷文在密西西比的一家报纸上发表了这首诗歌，达到了两个目的：一是通过在正式刊物上发表诗歌来挣逃往加拿大的路费；二是故意暴露行踪，引起奴隶主斯维尔对他的注意，给斯维尔造成一个他已经离开美国逃亡到加拿大的错觉。这个时间悖论是雷文故意所为，也是雷文的计谋。这样的安排有助于麻痹奴隶主斯维尔，并且给雷文提供逃亡到加拿大的机会。因此，里德在诗歌里用飞机这种超时代的东西把逃亡奴隶雷文送到加拿大，凸显了这个时间悖论的深刻寓意。黑奴坐上超时代的飞机逃离南方，而不是当时就有的火车——里德通过这个悖论的设置来表明黑奴对自由和解放的追求在美国奴隶制社会里成功的概率极小。

在《飞往加拿大》里出现的另一个超时代之物是收音机。从人类科技发展史来看，1906 年，美国人李·德·福雷斯特（Lee de Forest）才组装

① Ishmael Reed, *Flight to Canada*, New York: Macmillan, 1976, copyright page.
② Ishmael Reed, *Flight to Canada*, New York: Macmillan, 1976, p.2.
③ 王丽亚：《伊什梅尔·里德的历史叙述及其政治隐喻：评〈逃往加拿大〉》，载《外国文学评论》2010 年第 3 期，第 211 页。

了第一个真空管放大器，利用无线电传送人的声音；1945 年，美国利金希公司研制出了晶体管收音机。之后，收音机渐渐进入普通百姓之家。在这部小说中，黑奴罗宾（Robin）和朱迪（Judy）在奴隶居住地的房间里用收音机偷听亚伯拉罕·林肯（Abraham Lincoln）总统的讲话，这个时间悖论的寓意在于，黑奴与白人总统林肯的人际交流在当时是没有可能的。没有收音机，黑奴就没有有效的途径知道美国政府对黑奴问题的观点和立场，因为奴隶主是不会在奴隶面前谈论奴隶解放之事的。然而，当时收音机还没有被发明出来，这表明林肯解放黑奴并不是为了解救黑奴，而且黑奴也是不可能通过收音机听到他的声音的。这一时间悖论表明，林肯的政治主张和黑奴的意愿之间有不少于半个世纪的隔离。在对待黑奴问题上，林肯本人的思想具有二元性：一方面，他同情黑人的遭遇，认为虐待黑人有悖于人权；另一方面，受当时的种族主义思想的影响，林肯也在关于黑人是不是人类的问题上犯过迷糊，他曾说这个问题取决于将来科学家的研究结果。他的态度显露出其内心深处的种族主义思想。这个悖论表明，林肯是在没有黑奴参战就无法打败南方分裂集团的情况下才做出解放奴隶的决定的；而普通黑奴追求的是自己的自由和解放。因此，林肯和黑奴的追求目标存在巨大差异。

里德把 19 世纪中期的黑奴生活进行夸张性美化，使黑奴的生活方式带有 20 世纪美国中产阶级的色彩。在《飞往加拿大》的第一部分里，大奴隶主斯维尔歪曲事实真相，竭力维护美国的奴隶制，劝说林肯放弃《解放奴隶宣言》。他说："在你签署那个宣言前要三思而后行，总统先生。奴隶喜欢这里的生活。看看这个孩童般的民族。罗宾叔叔，难道你不喜欢这里的生活吗？"[1]斯维尔家的黑人家奴罗宾回答道："嗨，当然，斯维尔先生！我喜欢这里的生活。想吃东西的时候，就可以吃到可口的东西，还可以看到彩色电视机，今天也喝了满满的一桶牛奶。不时可以喝到威士忌，与女人调调情。连抽打我们的鞭子都是用天鹅绒包裹起来的，而且还有免费的牙科保健，我们经常晃着双腿欣赏小提琴。"[2]黑奴罗宾把自己在奴隶主家的生活描述成不亚于一百年后的美国中产阶级的生活。实际上，罗宾的话语中提到的电视机就是一个时间悖论。从电视机的发展史看，黑白电视机出现在 1939 年，而彩色电视机出现在 20 世纪 60 年代左右。里德在戏说奴隶生活时，让 19 世纪 50 年代左右的奴隶用上了一百年后才出现的彩色

---

① Ishmael Reed, *Flight to Canada*, New York: Macmillan, 1976, p.37.

② Ishmael Reed, *Flight to Canada*, New York: Macmillan, 1976, p.37.

电视机。这个悖论表明，在奴隶主斯维尔的高压下，罗宾说的话是违心的、不现实的和没有依据的。里德用这个巧妙的时间悖论揭穿了"南方奴隶喜欢奴隶生活"的谎言。奴隶主可以自吹很有善心，让奴隶吃得好、穿得好，但他不可能让奴隶用上还未发明出来的东西。

里德在这部小说的写作中采用了戏说中的时代悖论或时间悖论，提及了许多超越时代的物件，挑战了传统奴隶叙事的线性排列，建立起现在读者与过去历史事件之间的桥梁，把过去带回到现在，以此拉近读者与历史的距离。"在叙述历史事件过程中，作品在 19 世纪故事中植入电话、电视等 20 世纪技术产品，模糊了过去与现在的时间界限，以此表述重述历史所具有的当代政治寓意。"①因此，里德的戏说手法是对历史史实和传统文本进行的一种颠覆、批判和否定，从而不仅使封闭的史实趋向开放，而且将意义从单一封闭的话语中解放出来，使其蕴涵更显丰富；同时，故事情节也在悖论的反复迭起中更接近实际生活，更能揭示历史和事件的本质。

二、历史戏说与社会悖论

社会悖论是指人们在政治、经济和道德方面出现的悖论。里德在《飞往加拿大》里提及的社会悖论为读者了解南北战争时期美国的社会状况提供了视角，并引起了人们对美国黑人问题的深思。里德通过美国总统林肯与大奴隶主斯维尔的政商交易、《解放奴隶宣言》颁布的内幕和奴隶逃亡的枉然性来揭露美国奴隶制度的实质——国家犯罪。

亚伯拉罕·林肯和斯维尔都是美国历史上的真实人物。林肯是美国第 16 任总统，领导了美国南北战争，颁布了《解放奴隶宣言》，被称为"伟大的解放者"；而斯维尔是美国南北战争时期的金融寡头和大奴隶主，坚决反对废除奴隶制。在《飞往加拿大》的第一部分"顽皮的哈丽特"里，里德描写了林肯到大奴隶主斯维尔家的拜访。斯维尔是美国国会议员，拥有大量奴隶，控制着美国的能源、船队、种植园、金融业和铁路等。为了尽快结束南北战争，林肯向斯维尔借巨款用于赎买南方奴隶的自由，以加快南方奴隶制的废除进程。里德把斯维尔刻画成一个粗俗、自负、贪婪、自私和狂妄的大奴隶主，同时也把林肯描写一个不计后果的政治商人。斯维尔不满林肯的废奴主张，便大肆污蔑林肯的人品，甚至侮辱林肯的夫人。为了北方的胜利，林肯忍辱负重地借了斯维尔的两袋黄金。在斯维尔家，

---

① 王丽亚：《伊什梅尔·里德的历史叙述及其政治隐喻：评〈逃往加拿大〉》，载《外国文学评论》2010 年第 3 期，第 212 页。

南部联盟的叛乱士兵前来抓捕林肯，斯维尔直接给南部联盟的军事统帅李将军打电话，说他已经告知南部联盟政府总统杰夫·戴维斯（Jeff Davis），任何人不得干预他的事务。他威胁李将军说："注意，李，如果你不让那些士兵撤离我的地盘，我将制造能源危机，取消你们的铁路使用权，并且将使你们失去外国政府的支持。如果那还不够的话，我将收回我的金子。别忘了！我控制着银行利率……"①之后，李将军不仅把士兵从斯维尔家附近撤走，而且还派人把林肯护送到开往北方的船只"女王号"上。在南北双方交战期间，斯维尔大发战争横财，借钱给南北双方，控制着南北双方的经济命脉。在这个事件的戏说中，林肯以国家的名义向大奴隶主借钱去购买南方奴隶的自由，但斯维尔的借款条件除了高额利息外，还要求林肯协助他抓回已经逃到北方的三名黑奴。最后，林肯借助大奴隶主势力的保护从南方敌占区全身而退。里德在这部小说中所描写的关于林肯与大奴隶主斯维尔之间的交往在历史上无据可查，纯属戏说。但是，这个历史戏说引起了一个有趣的悖论：主张废除奴隶制的总统向大奴隶主借钱去购买南方奴隶的自由，而大奴隶主借钱的条件之一却是要求林肯协助他抓回以前从他的庄园里逃走的三名奴隶。这个悖论给读者留下了一个值得反思的问题：以国家购买方式解决奴隶制问题所需要的巨额资金由谁出？从逻辑上来讲，应该由奴隶制的受益者买单，但是如果奴隶主愿意买单的话，美国南北战争就不会爆发了；可如果让不是奴隶制受益者的所有美国国民买单，难道这不是对奴隶主的纵容而且还有悖于公理吗？

林肯签署的《解放奴隶宣言》中也充满了悖论。如果林肯宣布美国全境奴隶的解放，就会使未参与叛乱的蓄奴州投入南部邦联的怀抱；但是，如果不宣布解放美国所有的奴隶，这个宣言就不是真正意义上的《解放奴隶宣言》。所以，这个宣言是功利性的和不彻底的。实际上，林肯在宣言里并没有宣布解放全美国的奴隶，只是宣布1863年仍处于割据状态的南方联盟十个州的奴隶制废除，但是在北方和其他没参与叛乱的南方各州奴隶制仍然存在。在《飞往加拿大》中，里德借用罗宾之口抨击这个《解放奴隶宣言》："对我们没有好处。他解放了脱离美国政府控制的那部分地区的黑奴；在其势力范围内的地区，奴隶还是奴隶。我从来不懂政治。"②罗宾指出了《解放奴隶宣言》在废奴问题上的局限性和不彻底性。美国完全废除奴隶制的法律是1865年通过并实施的《美国宪法第十三条修正案》（The

① Ishmael Reed, *Flight to Canada*, New York: Macmillan, 1976, p.31.
② Ishmael Reed, *Flight to Canada*, New York: Macmillan, 1976, p.59.

Thirteenth Amendment to the Constitution of the United States of America）。自那以后，美国才真正从法律意义上废除了奴隶制。林肯在美国历史上以主张废奴而著称，但实际上，林肯的废奴立场和废奴法令只是维护其政治主张的策略。"1862 年 8 月 26 日，林肯曾在《纽约论坛报》上发表宣言：我在对待奴隶制和有色种族方面的所作所为，全部出于挽救联邦的考虑。"[1]在废奴问题上，林肯想的是如何维护南方和北方的统一，而黑奴想的是如何获得自由，过上"人"的生活。假如南部联盟愿意放弃分裂行为，林肯很可能会默许或承认黑奴制存留下去；而黑人关心的则是自己的自由，至于美国是分裂还是统一，并不是他们最想关心的事情。对这个悖论的反思是，美国内战达到了最完美的结局，林肯既阻止了国家分裂，又使黑奴获得了自由。

在这部小说里，里德还戏说了奴隶逃亡无用的悖论。自 17 世纪初黑奴制度在北美殖民地建立以来，非洲黑奴的逃亡就没有停歇过。数百年来，逃亡奴隶遭到奴隶主的鞭打、绞杀或其他形式的迫害。美国黑奴制不是美国白人的个人行为，而是受国家法律庇护的一项社会制度。这项法令的血腥和反人类之举，使奴隶成为这个制度里任人宰割的羔羊。1850 年美国国会迁就南方种植园主，通过了《逃亡奴隶法》（Fugitive Slave Acts），规定南方奴隶主有权到北方去抓回已经逃亡的奴隶。此后，逃到北方的奴隶也得不到人身安全，面临着随时被原奴隶主抓回南方的危险。在《飞往加拿大》里，雷文逃到北方的"解放城"后，仍有两个人受奴隶主斯维尔的指派，带着相关法律文件前来拘捕雷文，企图把他抓回南方。与雷文一起逃亡还有两个奴隶，一个是斯特雷·利奇菲尔德（Stray Leechfield），另一个是绰号为"四十几岁"（40s）的黑人。利奇菲尔德靠演戏谋生，生活极为贫困；"四十几岁"与俄国人里尔（Lil）从事人口贩卖，他随身携带枪支，随时准备与奴隶抓捕者拼命，生活在极度的恐惧中。这个悖论揭示了当时黑奴逃亡的窘境：黑奴千辛万苦地逃到北方，仍然没有获得自由；如果继续逃亡，进入加拿大后，虽然可以摆脱奴隶主的追捕，但却成了外国人。里德还在小说里指出，黑奴即使逃到加拿大后，仍然会遭受到种族偏见和种族歧视。一位绰号为"木匠"的朋友对雷文说："别往前走了，特别是带着她［雷文的女友桂桂（Quaw Quaw）——作者注］。他们在街上毒打中国人和巴基斯坦人，还开枪打了西印度群岛人。"[2]自由黑人"木匠"也在加

---

①王丽亚：《伊什梅尔·里德的历史叙述及其政治隐喻：评〈逃往加拿大〉》，载《外国文学评论》2010 年第 3 期，第 217 页。

② Ishmael Reed, *Flight to Canada*, New York: Macmillan, 1976, p.160.

拿大的街头被打成重伤，打算回美国了。这个悖论表明：一个在自己国家都不被当作"人"对待的人，在其他国家也同样难以获得平等的公民权。奴隶制是美国以政府为主导形式而犯下的一项严重罪行。只有废除了奴隶制，黑人在美国和其他国家才能获得真正意义上的"人"的地位。

里德通过林肯在废奴问题上的态度和决策上揭示出美国政府始终都是把统治阶级的利益和所谓的国家统一放在维护人权和解放黑奴的问题之上的。在美国内战期间，黑奴成为林肯无法回避的一个问题。出于战争策略的需要，林肯才颁布了南方联盟叛乱各州的奴隶获得自由的法令。如果不是因为没有黑奴的参与，北方就无法打胜美国内战，林肯在解放奴隶问题上还会拖延得更久。林肯的《奴隶解放宣言》为后来美国全境奴隶的解放奠定了思想基础和法律基础，同时也把林肯塑造成美国垂名青史的"奴隶解放者"。此外，里德笔下的大奴隶主贪婪、狡诈、残忍和自负与黑奴的善良、互助、谋略和智慧形成鲜明的对比，揭示出南北战争时期各种社会悖论中的人性窘境和智慧光芒。

总之，里德在历史戏说中设置了令人啼笑皆非的各种社会悖论，减少了小说情节叙述中的说教性和乏味性，增强了文本的趣味性和可读性。这些悖论的使用表达了里德对美国奴隶制问题的独特见解，同时革新了戏说中的悖论表述手法。

三、人生戏说与命运悖论

人的"命"与"运"紧密相连。"命"是既定的现实，而"运"是可因个体的选择而发生变化的。人在生活中经常会遇到各种机会，不同的选择会导致不同的结局。一般来讲，待在原地，面临的风险虽小，但获得发展的机遇也小；如果离开原地，外出拼搏，那么，机遇增多，但遭遇的风险和困难也会更大。"去"还是"留"，两条道路的不同选择会给人们带来不同的人生。里德在《飞往加拿大》里戏说了黑奴们的人生抉择。以雷文为首的年轻奴隶主张并实施了逃亡，但是以罗宾为首的老一代奴隶选择了留下。

里德以雷文的人生经历戏说了逃亡奴隶的命运。雷文原是斯维尔庄园里第一个学会读书和写字的奴隶，代表"血气方刚"的年轻一代奴隶。雷文为斯维尔家业的发展做出了贡献，但因为是奴隶，劳动了多年，仍然身无分文。雷文通过发表一首诗歌赚得了旅费，然后和女友桂桂一起登上一艘开往加拿大的轮船。他们在船上遇到了著名的废奴主义者——作家威廉·威尔斯·布朗。布朗告诉他们，美国内战已经结束了，他们不必再逃亡到加拿大了。但是，斯维尔的爪牙仍然在追捕他。后来，雷文在船上又遇到了桂桂的前夫——海盗扬基•杰克（Yankee Jack）。杰克用高附加值的工业品打败了桂桂父亲的手工业制品，并残忍地杀害了她的父亲，用她父亲的头盖骨制成烟灰缸，同时还把她的弟弟杀死，做成人体标本，存放在国家自然博物馆。杰克是双手沾满了印第安人鲜血的刽子手，但经过南北战争的洗礼，他对自己以前的暴行深感后悔。因此，他不赞成斯维尔的观点，他认为黑奴制应该废除。最后，为了帮助雷文摆脱追捕，杰克用自己的船把雷文直接送到了加拿大。这个事件的悖论在于，雷文被他的仇人送到了没有奴隶制的加拿大，获得了人身自由。如果杰克不救他，他就会被重新抓回美国；如果杰克救他，他又会觉得亏欠杰克。雷文的心里充满了矛盾。雷文在加拿大下船时对杰克说："你用船送我，我感谢你。但是，如果我们在奴隶制已废除的地方重逢，我仍然会杀了你。"①杰克回答说："你就干吧。"②对这个悖论的反思在于，恶魔经过历史的血腥洗礼后，有可能改过自新；恶人的减少或洗心革面可以看作是人性中"善"的一面的最后回归。

雷文逃到北方和加拿大后，发现那里的生活并不像传说中的那么美好。在小说结尾处，他还是回到了以前生活过的美国南方种植园。这部小说继承了道格拉斯开创的奴隶叙事传统，以黑奴雷文为小说的主人公，以其逃亡北方的旅途为故事情节的主线。不同之处是，该小说的主人公不仅逃亡到了北方，而且还越过美国国境线，进入了加拿大，但在小说的大结局里，逃亡的主人公重返南方，开始了新的生活。这表明通过逃亡来获取自由的方式不足以代表新一代奴隶的胆识和智慧。黑人智胜白人的大团圆结局表明了这部小说与传统奴隶叙事的本质性区别。此外，这个事件的寓意在于，自由是我们必须创造的东西，而不是去寻找的东西。里德用直接的方式展示了人物的观点，让读者进入叙述行为，辨识人物性格特征。这部作品对奴隶的描写完全不同于传统的奴隶叙事。里德从逃亡奴隶和他人的人际交往中寻求人性的外向性展示。里德在《飞往加拿大》里采用"开放性作品"的视角，利用历史事实创造历史新版本。③

在《飞往加拿大》一书中，里德塑造了一个与雷文相对应的黑奴罗宾。罗宾像哈里特•伊丽莎白•比彻•斯托夫人（Harriet Elizabeth Beecher Stowe）笔下的汤姆叔叔（Uncle Tom）一样，没有主动逃离奴隶制，在奴

---

① Ishmael Reed, *Flight to Canada*, New York: Macmillan, 1976, p.154.

② Ishmael Reed, *Flight to Canada*, New York: Macmillan, 1976, p.154.

③ Glen Anthony Harris, "Ishmael Reed and the Postmodern Slave Narrative," *Comparative American Studies*, 5. 4(December 2007), p.459.

隶主面前永远都是奴颜婢膝的样子，似乎总是按奴隶主的意愿办事。但是，他又不同于汤姆叔叔，在奴隶主面前，他顺从但不盲从，恭敬但在心灵深处拥有自尊。为了追求更好的生活，他采取了三项措施，挑战美国奴隶制。首先，购买自由。罗宾靠自己的辛勤劳动额外挣钱，购买了儿女们的自由，却没有购买自己的自由，这个悖论显示了黑人父亲伟大的父爱。罗宾把人生幸福优先给了自己的子女，让他们获得了自由，摆脱了奴隶制，过上真正意义上"人"的生活。罗宾的购买行为表明，黑人的奴隶身份是可以通过个人的努力改变的。

其次，篡改遗嘱。罗宾通过篡改斯维尔的遗嘱，成功继承了斯维尔的宏大家业，拥有了庄园、种植园、森林和其他一切不动产。这个遗嘱的悖论在于遗嘱的内容不是斯维尔的本意，而是黑奴罗宾伪造的一份有利于自己的遗嘱。如果不伪造遗嘱，罗宾的"道德品行"几乎可以与斯托夫人笔下的汤姆叔叔"媲美"，但他会永远都是身无分文的黑奴。通过伪造遗嘱，罗宾获得了巨额财富，完全颠覆了白人心目中的黑人形象。罗宾由此而变为与汤姆叔叔完全不同的新一代黑奴。罗宾的遗嘱伪造事件颠覆了黑人智力低下论。就在白人法官宣布遗嘱时，他对罗宾的智力和能力的怀疑也显示了其种族主义者心态。法官说："从科学的角度讲……嗯，根据科学，罗宾，黑鬼没有……嗯，你的脑髓——只有老鼠那么多。偌大的一份家业，你确信自己有能力管理好吗？惊人的数字啊！填表吧！"[1]在白人的伪科学里，黑人的脑髓没有白人多，因此智力比白人低下得多。这个事件表明，黑人也可能像白人一样狡诈，哪怕是在犯罪方面。这个悖论表明，判断一个人聪明与否，不能以其种族归属为标准。同时，这个悖论也揭示了种族偏见的非理性和荒谬性。

最后，兴办学堂。罗宾还在伪造的遗嘱中专门加了一条："我［斯维尔——作者注］在华盛顿特区留出了一块地，用于为新解放的黑奴建立一所基督教培训学校。这些黑奴，没有道德教化的话，可能会重新回到非洲的生活方式，重拾野蛮的生活习俗，不为文明社会所容。"[2]罗宾长期生活在奴隶主家里，深知知识和文化的重要性，他想通过办一所黑人学校来解决黑人的教育问题。这条遗嘱的悖论在于，在罗宾的篡改下，斯维尔的遗嘱把他美化成了维护黑人利益和关心黑人前程的圣徒，但是实际上斯维尔在有生之年是残酷压榨黑奴血汗的贪婪之徒。这条遗嘱悖论表明，教育给罗

---

① Ishmael Reed, *Flight to Canada*, New York: Macmillan, 1976, p.167.

② Ishmael Reed, *Flight to Canada*, New York: Macmillan, 1976, p.168.

宾、雷文等奴隶带来了智慧；随着黑人智慧的增长，黑人对政治、经济和文化方面的要求将不断提高，这为以后黑人追求种族平等和社会正义打下了不可缺少的基础。

罗宾悖论彻底颠覆了斯托夫人笔下的汤姆叔叔形象。罗宾、雷文等人的命运悖论揭露了在黑暗的奴隶制下黑奴被扭曲的人格。人生之路在不同的选择中导向了不同的结果，但是在奴隶制里黑奴的选择是有局限性的。罗宾的反叛虽然成功了，但是人性中"善"的东西却消亡殆尽。这样就形成奴隶制下黑奴生活的一个怪圈：不做坏事，就无法弘扬正义，无法摆脱自己的困境；做了坏事，就违反了社会的道德和法律，陷入深深的精神困惑。

里德在小说里通过评判黑人逃亡是否成功的悖论，嘲讽了美国的法律、政治制度和社会伦理。这部小说的人物命运戏说表面上显现的是一种风趣、调侃、嘲讽类表述方式，但实际上承载的却是里德作为作家的文学责任感和历史使命感。王胜说："有时候狂欢并不一定是终极目的，而是作家们表达终极关怀的一种手段，并不缺少庄重意味。"①人生戏说的语言幽默和情感快乐凸显了小说中的人物命运悖论，折射出里德深邃的人生哲理和精妙的社会洞察力。

在《飞往加拿大》的情节发展过程中，各种戏说和悖论随着小说主题的深化而不断演绎，成为引导或产生新寓意的显性标志。里德对历史事件的戏说虽然使小说在细节方面的描述背离了历史的真实性，但揭示了美国南北战争时期政治生态和社会现状的实质，揭露了黑人不戴人格面具就无法生存下去的生存窘境，使奴隶制社会的暴行一目了然。通过戏说语境悖论的设置，里德还表明黑奴制度扭曲了人们的心灵。黑奴在与奴隶主的抗争中增长了智慧，在传统道德的沦丧中获得新生，这也是对不合理社会制度的强有力的讽刺。"里德并不是一个虚无主义者，他对美国历史和文学传统的颠覆与拆解，并非纯然为了破坏或遁入虚无。相反，他的目的是要以自己的方式去揭示悖论，反思过去，修正谬误。"②里德对美国历史事件的颠覆性描写不是为了制造某种哗众取宠的轰动效应，而是要以一种崭新的方式披露美国内战时期的政治局势和种族生存状态。里德的戏说策略有助于驳斥黑人作品精神价值含量稀少的谬论。他的戏说策略在艺术审美形态

① 王胜：《戏谑 调侃 戏仿——论新时期小说中的反常规叙事手法》，载《潍坊学院学报》2008年第5期，第48页。
② 庞好农：《非裔美国文学史（1619—2010）》，北京：中央编译出版社，2013年版，第242页。

良性融合的基础上，全面提升了黑人作品的文学价值，为黑人小说叙事策略的发展开辟了新的路径。

第二节 《芒博琼博》：里德的戏仿叙事

《芒博琼博①》（*Mumbo Jumbo*，1972）是里德的代表作。该小说被著名文学评论家哈罗德·布鲁姆（Harold Bloom）列为 500 部西方经典作品之一。在这部小说里，里德讲述了吉斯·格鲁（Jes Grew）和华尔弗洛尔修道会之间的斗争，双方为寻找古埃及的黑人文本《透特之书》（*Book of Thoth*）展开了惊心动魄的生死博弈。吉斯·格鲁是 20 世纪 20 年代席卷美国乃至全世界的一种黑人精神，但被白人视为瘟疫。②黑人在跳舞、唱歌、旋转和脱口秀中展示吉斯·格鲁的精髓，从而获得快乐。华尔弗洛尔修道会惧怕吉斯·格鲁的传播会动摇人们对太阳神阿托恩③的崇拜和信仰，因此极力反对黑人的舞蹈表演，千方百计地想消灭吉斯·格鲁。此外，该小说还涉及音乐、艺术、宗教、文学和等级社会等方面的问题。白人种族主义者竭力根除黑人与非洲大陆的所有文化联系，但黑人却在顺应美国社会环境的同时竭力倡导非洲民族文化。崇尚吉斯·格鲁的美国黑人由于与非洲大陆长期的地域隔离，已经基本丧失了对非洲原始宗教的信仰，淡忘了古老非洲的神或宗教仪式，但是为了缓释在美国社会的生存压力，黑人民族主义者把非洲文化零星的残留部分与移入的白人文化相结合，创造出具有美国黑人特色的宗教和音乐。④在《芒博琼博》里，里德以妙趣横生的笔触，从异质建构与陌生化的戏仿、历史与传说的人物戏仿、黑人魂的戏仿等方面解构了西方文明与黑人文化的相互关系，对美国社会的种族歧视进行了辛辣的批评。

一、异质建构与陌生化的戏仿

《芒博琼博》的异质建构体现在该小说的文本形式和结构层级不同于传

---

① "芒博琼博"指的是指西非某些部落的守护神，附身于戴假面的巫医，能驱邪并能使妇女事事顺从。

② Carlo Rotella, *October Cities: The Redevelopment of Urban Literature*, Berkeley, Calif.: University of California Press, 1998, p.37.

③ 阿托恩（Aton），古埃及信奉的太阳神，被描绘成一个光芒四射的日轮，光芒末端显现人手的形状。

④ Franklin Sirmans, ed., *NeoHooDoo. Art for a Forgotten Faith*, New Haven: Yale University Press, 2008, p.231.

统小说的文体风格和撰写原则。这部小说的第一章之后不是第二章，而是图书版权页和小说标题页，给读者造成一种陌生化的突兀感和新奇感。在小说的末尾部分，里德仿效社会历史类学术书籍的写作范式，附上了一个参考文献节选。波拉·伯恩斯坦（Paula Bernstein）说："书的开头和结尾类似于电影剧本，似乎带有片头和片尾字幕、画面的淡入或渐显，以及镜头的定格。"[1]此外，里德还在小说里采用了大量的简图、照片和拼贴画来图解故事情节。这些附加的非小说成分不同于传统小说的结构元素，但又成为该小说不可分割的有机组成部分，显示出作家写作风格的唯美感和奇特感。里德在这部小说里从图形拼贴性、意识流淌性和学术严谨性等方面揭示了异质建构与陌生化戏仿的内在关联。

首先，里德在这部小说里采用了多种文化元素的图形拼贴策略，建构起小说独特的叙事层面：一幅太阳神天使图[2]、16 张照片、杀戮漫画（暴徒持枪杀人）[3]、鬼怪漫画[4]、美国的三场战争（第二次世界大战、朝鲜战争和印度支那战争）的炸弹构造演绎图[5]、希腊神像图[6]、女神伊希斯[7]的画像和手写体书信[8]等。在这些拼贴图片的戏仿中，读者发现，这些图片与小说情节的发展并没有密切的关联，但它们在文本中的插入犹如为一幕幕戏剧所布设的背景或场景，为故事情节的发展营造出一个陌生化的艺术氛围，展示了美国黑人的传统文化和美国社会的现代气息。

其次，后现代小说的意识流一般用来描写小说人物的无意识心理状态，而里德在这部小说里戏仿了这个写作手法，把意识流描写成作者在小说创作过程中流淌而出的写作意识，这主要表现在无标点符号的句子上。在小说里，里德采用无标点符号的句子来描写其作为作家的意识思绪："Knock It Dock It Co-opt It Swing-It Bop It or Rock It were the orders."（敲敲它拿稳它摆动它碰碰它摇摇它这是做事应该采纳的顺序。）[9]这个"它"指的是"电报纸"，无逗号的句子有助于作者把自己的动作描写得栩栩如生，似乎"敲"

---

① Paula Bernstein, *Family Ties, Corporate Bonds*, Garden City, N.Y.: Doubleday, 1985, p.125.

② Ishmael Reed, *Mumbo Jumbo*, New York: Simon & Schuster, 1972, p.14.

③ Ishmael Reed, *Mumbo Jumbo*, New York: Simon & Schuster, 1972, p.84.

④ Ishmael Reed, *Mumbo Jumbo*, New York: Simon & Schuster, 1972, p.88.

⑤ Ishmael Reed, *Mumbo Jumbo*, New York: Simon & Schuster, 1972, p.163.

⑥ Ishmael Reed, *Mumbo Jumbo*, New York: Simon & Schuster, 1972, p169.

⑦ 伊希斯（Isis），古代埃及司生育与繁殖的女神，奥西里斯之妹，太阳神荷鲁斯之母；其形象是一个为圣婴哺乳的圣母。

⑧ Ishmael Reed, *Mumbo Jumbo*, New York: Simon & Schuster, 1972, pp.200-203.

⑨ Ishmael Reed, *Mumbo Jumbo*, New York: Simon & Schuster, 1972, p.118.

"拿""摇""碰"等动作一气呵成，展现了作者在写作过程的无意识思绪。接着，里德在描写一家历史博物馆的展出物件时也采用了无标点符号句子："There were the animal-shapes: crocodiles serpents birds and rams. The colors of the rooms were green blue and yellow."（有动物标本：鳄鱼大蛇鸟儿和公羊。房间的颜色是绿色蓝色和黄色。）[1]里德在列举动物时，没用逗号把crocodiles、serpents和birds三个词分开；在描写颜色时，也没有在green和blue之间加上逗号。这种不加逗号的英语名词连接形式不符合英语的传统语法规则，但这样的描写手法体现了作者在描写物件排列和事物颜色时产生的无间断性本能反应。另外，这部小说里的人物对话大多没有引号标识，里德把人物对话和情节描写组合在同一叙事层面，例如：

> 好的，布莱克·赫尔曼（Black Herman）说，弯腰进入轿车，开走了。
>
> 拉巴斯和T. 马里斯走向芒博琼博大教堂。
>
> 你认为什么地方错了？
>
> 我不知道。T，我们早该打开装有那本书的旅行箱，但我们太兴奋了，居然没去打开，真蠢！
>
> 当他们到达芒博琼博大教堂门口时，一个乞丐，头发花白、衣衫褴褛，前来乞讨。那个小黑人似乎好几个月都没洗澡了，衣服破烂不堪，外套上的扣子都掉光了。他的目光渗透出岁月的沧桑。[2]

里德在这个情节的描写中没有采用引号来标识人物的会话，而是把会话与人物的行为和心理动态融为一体，彰显其书写意识流思绪的自然流淌。

最后，里德在这部小说的描写中戏仿了学术专著的一些惯用写法。他没有采用单词类数字表达法，而是直接使用阿拉伯数字。例如：

1. "Well 1 night they were sitting around and Moses ask them what was the heaviest sound they had ever heard."[3] 在这个句子中，"一个晚上"中的"一"没有用常用的英语单词 one，而是"1"。

---

① Ishmael Reed, *Mumbo Jumbo*, New York: Simon & Schuster, 1972, p180.

② Ishmael Reed, *Mumbo Jumbo*, New York: Simon & Schuster, 1972, p.199.

③ Ishmael Reed, *Mumbo Jumbo*, New York: Simon & Schuster, 1972, p.176.

2. "Yes unless you know the words the music become 1/2 right, not all right." [1]在这个句子里，"半对"的"半"没有用 half 来表达，而是用了数词"1/2"。

3. "Philip 4 of France, a king the Templars had saved from a Paris mob, despised the Templars." [2]在这个句子中，"腓力四世"没有用"Philip Ⅳ"来表达，而是采用了"Philip 4"的表达形式。

4. "Well 1 of 14 people on the list, we don't know who, gave the book to Abdul." [3]在这个句子里，里德没有把"十四个人中的一人"表达成 one of the fourteen people，而是采用了"1 of 14 people"的话语。

里德没有像其他作家那样用英语单词来表示数词，而是用阿拉伯数字直接表达。阿拉伯数字的广泛运用也构成了该小说的一大特色，有助于读者更清晰地明白认知小说里所提及的数字概念。学术，特别是自然科学，对数字的标注都是用阿拉伯数字。小说中的戏仿给读者一种阅读跨学科书籍的新鲜体验，从而增强了故事情节发展的趣味性。另外，为了让读者相信该小说所述事件的真实性和科学性，里德专门在小说的末尾部分，像学术专著一样列出了 104 部参考文献，并且标明了所列出的参考文献仅是一部分。这部分参考文献涉及古希腊罗马神话、精神分析学、心理学、马克思和恩格斯学说、非洲文明史、墨西哥和南美洲神话、伏都教、种族问题、传染病问题等。这些文献的出版时间从 1932 年到 1970 年，跨度近 40 年。戏仿学术专著的写作手法具有两大功能：一是表明作者描写的事件和论述的问题都是有科学依据的；二是考虑到如果读者对作者所述事件感兴趣，那么可以通过这些文献做进一步研究，拓展对相关问题的认知视域。

除了上面所探讨的异质结构问题外，里德还在这部小说里纳入了手写体信件、新闻报道、照片、各异的字体甚至脚注等非叙事性成分，使读者对该小说戏仿拼图、意识流和学术专著的文本形式产生了陌生化的感觉。非传统小说异质元素的介入革新了里德的写作风格，使这部小说成为一部集学术专著、拼图画册、神话传说、历史戏说和社会现状批评为一体的文学作品，在形式上似学术专著而又非学术专著，在内容上似小说而又非传

---

① Ishmael Reed, *Mumbo Jumbo*, New York: Simon & Schuster, 1972, p.177.

② Ishmael Reed, *Mumbo Jumbo*, New York: Simon & Schuster, 1972, p.188.

③ Ishmael Reed, *Mumbo Jumbo*, New York: Simon & Schuster, 1972, p.190.

统小说，在叙事风格上非小说却又含有小说的机理。

二、历史与传说的人物戏仿

戏说指的是作家在文学作品中以历史题材为基础虚构出的有趣或诙谐的故事情节。"所谓历史是指过去曾经发生过的重大事件，它存在着客观与主观两种不同形态。原生态历史是客观发生过的，具有一次性及不可还原性的时间特点。史书上所记载、反映的原生态历史文本……都是由人而为的符号记录，这就决定了我们今天所能见到的历史都无法避免它自身所存在的主观性因素。正是由于原生态的历史无法复活与亲历，也就为后人对于历史真伪的理解与判定，留下了极大的想象空间。"[1]文学作品中的历史事件通常会顺应作家的创作思想和创作意图。历史人物的姓名或重大事件基本上是真实的，但涉及人物和事件的具体细节则有可能偏离历史或真相，甚至是杜撰的。这些历史人物的重塑和重大历史事件的再现与作家的主观想象力和创作意图密切相关。里德在《芒博琼博》以戏说的方式再现了古代神话人物、《圣经》人物、中世纪的浮士德（Faust）和现代历史人物。

首先，古代神话人物是远古人民按当时对自然及文化现象的理解而想象出的超越凡人的人物，多为神仙，拥有超越常人的法力，但有正邪之分。[2]不同的国家有不同的信仰，创造出来的神话人物也就不同。比如，古希腊的神话人物有普罗米修斯、雅典娜、阿佛洛狄忒等；中国古代的神话人物有盘古、伏羲、炎帝等。里德在这部小说里把神话传说与现实世界能动地结合起来，再现了众多神话人物的形象，如圣殿骑士、奥西里斯[3]和伊希斯等。古埃及人的宗教受到统治者塞特[4]的迫害。塞特是太阳神教的创办人，其教徒只崇拜太阳神阿托恩。古埃及人信奉的《透特之书》因遭到官方的收缴而被迫转入民间私下流传，直到19世纪末才传到圣殿骑士欣克尔（Hinckle）之手。里德在小说中采用戏仿的策略把华尔弗洛尔修道会、太阳神教会、天主教会和圣殿骑士团等描写成负面力量或邪恶力量，认为这些组织都是清教、反人文主义和权力癫狂的体制化力量。古埃及统治者塞特被戏仿成亲法西斯主义者和反性爱的统治者，大肆镇压奥里西斯及其

---

① 邓齐平、宋剑华：《戏说与仿真：百年史剧观念之反省》，载《学术研究》2008年第6期，第138-141页。

② Stanley Schatt, "You Must Go Home Again: Today's Afro-American Expatriate Writers," *Negro American Literature Forum*, 7 (Fall 1973), p. 80.

③ 奥西里斯（Osiris），古埃及的冥神和鬼判，伊希斯的兄弟和丈夫。

④ 塞特（Set），古埃及邪恶之神，奥西里斯的兄弟，人身兽头，口鼻似猪。

人民所信奉的宗教。①最有意义的是，里德把品行不端的神话人物欣克尔戏仿成一个浪子回头类的正义之士，领导人民与各种邪恶势力抗争，惩恶扬善，从而弘扬了被压迫民族的不屈精神。里德通过这样的戏仿表明黑人文化既不同于原始非洲宗教文化和白人文化，但又与二者有着千丝万缕的联系。

　　其次，里德在这部小说里戏说了《圣经》人物摩西（Moses）。犹太教认为，摩西是先知中最伟大的人物，是犹太人的最高领袖。他是英勇的战士、英明的政治家、才华横溢的诗人、情操高尚的道德家、知识渊博的史学家和希伯来人的立法者。据《圣经》记载，他曾亲自到古埃及去和上帝对话，接受上帝的启示，率领希伯来人从古埃及迁徙到巴勒斯坦，使其摆脱了被奴役的命运，成为自由人。②在摩西去世后 3000 多年的今天，他仍然受到犹太教徒和基督教徒的尊敬，甚至还受到许多无神论者的崇拜和敬仰。然而，在里德的笔下，摩西被戏仿成一名有魔力的行为不端者，他见识肤浅，敌视宗教信仰，为一己私利滥用古代经典，迫害不同政见者。里德借此讽刺了基督教的弊端，认为任何一种宗教，如果发展到一家独大的地步，特别是成为唯一神教后，都必然会把一个教派的主张凌驾于所有教派之上，其推行的教义必然会无异于专制主义的主张。小说中描写的正面力量或受压迫力量，如伏都将军、拉巴斯神父（Papa La Bas）的芒博琼博大教堂和木塔费卡组织（Mu'tafikah）等都是唯一神教的受害者。里德通过对摩西的戏仿性描写，揭示了神权力量被极权者掌握后可能产生的社会危害和生存危机，表明曾为人民立下过功勋的人在失去约束的贪婪和权欲中也可能沦为人民的敌人，在人类文明的发展过程中倒行逆施，干出反人类的行径。

　　再次，里德还在这部小说里戏说了欧洲中世纪传说中的浮士德。浮士德学识渊博，精通魔术，为了追求知识和权力，不惜向魔鬼出卖自己的灵魂。从文艺复兴开始，许多文学作品、歌剧等都以这个故事为蓝本加以改编，其中著名的有德国剧作家约翰·沃尔夫冈·冯·歌德（Johann Wolfgang von Goethe）的《浮士德》（*Faust*）和英国剧作家克里斯托弗·马洛（Christopher Marlowe）的《浮士德博士的悲剧》（*The Tragical History of Doctor Faustus*）。在他们的剧本里，浮士德为了追求无限的知识而征服自

---

① Tyler Stovall, *Paris Noir: African Americans in the City of Light*, New York: Mariner, 1998, p.321.

② Jan Assmann, *From Akhenaten to Moses: Ancient Egypt and Religious Change*, New York: American University in Cairo Press, 2014, p.35.

然，毅然地背叛了上帝，以自己的灵魂为代价，换取役使魔鬼 24 年的权力。合同期满后，浮士德被魔鬼劫往地狱。"浮士德为了寻求生命的意义，在魔鬼梅菲斯特的引诱下，以自己的灵魂换得它的帮助，经历了爱欲、欢乐、悲伤、痛苦等之后，其世界观渐渐成熟。在生命的最后时刻，浮士德才领悟到人生的目的是为生活和自由而奋斗。"①然而，在《芒博琼博》里，里德通过戏仿策略把浮士德描写成一个迥然不同的人物形象：浮士德生活在1510—1540 年，以巫师和江湖郎中的身份浪迹在德国南部地区，炫耀他关于"秘密东西"的感知；他时常兜售劣质草药、春药、毒药、饮剂和迷药，从穷苦农民手里骗取高额药费，还自称其药具有 99.5%的纯度。在游历过程中，他主要靠给人开处方或算命为生。他因偶然救活一个因病假死的人而名声大噪，其医术被无限夸大，在德国更是被传得神乎其神。他的虚名为其继续招摇撞骗提供了便利。在里德的戏仿中，浮士德不是一名为追求知识而献身的人，而是一个游手好闲的江湖骗子。里德的描写颠覆了神话传说中的浮士德形象，使其从追求知识的狂人变成了游戏人生的市井之徒，讽刺了人性中的贪婪之恶。

最后，里德把历史人物穿插进故事情节，如美国共和党人沃伦·哈丁（Warren Harding）。哈丁曾是美国第 29 届总统（1921—1923）。在竞选总统时，他承诺让美国回到"正常状态"，结束暴力和极端主义，发展经济，与欧洲保持距离。他代表的是美国国会中的保守势力。他把自己的朋友和捐资人拉入美国政坛，形成一个"俄亥俄帮"；在他当政期间和他离世之后，美国政坛爆出了许多关于他任人唯亲的丑闻。尽管遭到众多非议，但他在捍卫黑人人权和种族平等方面功勋卓著。他坚决反对私刑法案，对遏制白人欺凌黑人的暴力事件发挥了极大的作用，从而在很大程度上推进了美国的民主进程。②哈丁总统去世后，黑人仍然怀念他在美国民权事业发展过程中所做出的巨大贡献。因此，里德顺应民意，在小说里专门戏说了哈丁的家世背景，虚拟了一部传记《美国总统沃伦·哈丁》（*American President Warren Harding*），声称哈丁总统具有黑人血统。在里德的戏说下，似乎美国的第一位黑人总统不是奥巴马，而是哈丁。里德的戏仿表达了美国黑人的良好心愿和对种族平等的强烈愿望。

总之，里德在这部小说里戏说了古代神话人物、《圣经》人物、浮士德

---

① Patrick McGee, *Ishmael Reed and the Ends of Race*, New York: St. Martin's, 1997, p.76.
② Reginald Martin, *Ishmael Reed and the New Black Aesthetic Critics*, New York: St. Martin's, 1988, p.34.

和美国总统，抨击了把历史书写、神话传说和科学技术都用来为统治阶级服务的社会现实。里德是从被压迫者的角度来讲述故事的，他把宗教力量描写成政治力量，调侃美国社会的阴暗面。里德把"真实的历史"和"作家想象"糅合在一起，改写了《圣经》历史，戏说了神话传说和现代历史人物，重新解读了在现代社会广为流传的神话传说和历史传说。

三、黑人魂的戏仿

黑人魂源于伏都教的"伏都"。"伏都"本意指的是人死后形成的魂魄，后来演绎成游走在世上的行尸走肉或没有灵魂的人，具有神秘、诡异、令人恐怖的特点。[1]里德以戏仿的方式把黑人魂描写成一种名叫吉斯·格鲁的黑人民族精神，使之成为黑人与种族歧视和种族偏见抗争的强大精神力量。里德在《芒博琼博》里从三个方面把吉斯·格鲁戏仿成黑人魂的现实再现：黑人精神、黑人巫术和文化同化剂。

首先，里德把吉斯·格鲁戏仿成一种传播力极强的黑人精神。其实，吉斯·格鲁是伏都教传播到美洲后发展而成的一种新的精神元素，与黑人文化紧密相连。它已渗透到黑人的步态舞、爵士乐和多神信仰中，激励黑人去追求幸福和自由。《芒博琼博》以20世纪20年代的纽约城为背景，讲述了哈莱姆伏都教老巫师拉巴斯神父和他的信徒布莱克·赫尔曼一起坚决捍卫吉斯·格鲁，与华尔弗洛尔修道会做斗争的故事，揭露了华尔弗洛尔修道会推行唯一神教和意识形态控制的卑劣行径。里德把吉斯·格鲁戏仿成一种令白人社会恐惧万分的黑人魂，摧毁了圣殿骑士修道会强加在黑人身上的精神枷锁。吉斯·格鲁可能飘浮在空中，可能进入黑人的躯体，可能化身成正义的力量，它所到之处是黑人的福音，却是白人的灾难。[2]吉斯·格鲁冲破了白人种族主义者的各种阻挠，在美国各地广泛流传，把黑人精神传送给任何一个接触到它的黑人，其速度不亚于白人口中声称的"流行性传染病"。里德的这个戏仿讽刺了白人种族主义者的刚愎自用和顽固不化，抨击了白人披上了宗教面纱的反人类行为。

其次，里德把吉斯·格鲁戏仿成惩恶扬善的黑人巫术。该小说的主人公拉巴斯在芒博琼博大教堂积极传播伏都教教义，旨在武装黑人教徒的头脑，提高他们与强权抗争的勇气和胆识。拉巴斯把吉斯·格鲁描绘成一种

① David Aaronovitch, *Voodoo Histories: The Role of the Conspiracy Theory in Shaping Modern History*, New York: Riverhead, 2010, p.243.
② Henry Louis Gates, Jr., *Life upon These Shores: Looking at African American History, 1513-2008*, New York: Alfred A. Knopf, 2011, p.165.

巫术，掌握了它以后就具有和"伏都"一样的法力和影响力。他宣称浮士德的超人魔力不是来自魔鬼，而是来自吉斯·格鲁巫术。用吉斯·格鲁巫术武装起来的黑人激进分子阿卜杜勒（Abdul）成为"伏都"之神保佑下的民族英雄。他具有很强的正义感，领导一个美国的激进组织，惩罚抢夺非洲财富的白人暴徒，成功地把西方国家从古埃及掠夺而来的历史艺术品还回非洲。里德用戏仿黑人魂吉斯·格鲁之巫术法力的策略，挑战了西方文明唯一神教的合法性和合理性，彰显了捍卫黑人民族尊严和弘扬黑人民族文化的重要意义。

再次，里德把吉斯·格鲁戏仿成促进黑白文化交融的文化同化剂。在这部小说里，美国的太阳神教、清教和反人文主义团体长期以来反对甚至禁止黑人文化与西方文明的交融。但是，吉斯·格鲁的出现和传播，导致了令人意想不到的悖论：白人迫不及待地想消灭传播吉斯·格鲁的黑人宗教，但却被黑人音乐、黑人舞蹈和黑人南方方言的魔力征服。其实，"在原始文化里，音乐、舞蹈和艺术与宗教秘密相关，具有自己的独特功能和魅力"①。在资本主义社会里，工作从娱乐活动中分离开来，成为枯燥无味的劳作，艺术渐渐成为与劳作分离后的娱乐表现方式。然而，在美国社会的黑白共生关系中，黑人文化也能通过娱乐的媒介手段来对白人施加影响。随着时光的流逝，人们对艺术的欣赏和喜爱超越了种族主义的藩篱，越来越多的白人开始意识到长期遭到蔑视和歧视的黑人文化其实也魅力无穷。因此，在20世纪20年代，因吉斯·格鲁文化元素的广泛传播，不少白人也开始模仿和欣赏黑人文化，似乎出现了美国社会要变"黑"的趋势。爵士音乐和布鲁斯乐曲风靡白人社区，白人文化与黑人文化的交融和发展上升到一个新的阶段。

最后，这部小说描写了吉斯·格鲁之类的文化元素被白人种族主义者蔑视、欣赏和接受的过程，彰显了黑人传统文化的强大生命力和影响力。里德笔下的种族关系和种族形势表明，黑人魂是任何种族主义者都消灭不了的，种族文化交融和多元化社会的建立是美国社会文明发展的必然趋势，种族主义者的阻挠只会激发起热爱生活的美国人民的更大抗争。

《芒博琼博》是一部典型的后现代实验小说，其中所含的插图、脚注和参考文献列表显示出学术界的深深学究气和历史界的浓浓古董味。这部学术专著式小说的文本表面上是小说人物、情节冲突和人际关系拼凑而成的

---

① Jeffrey Ebbeson, *Postmodernism and Its Others: The Fiction of Ishmael Reed, Kathy Acker and Don DeLillo*, New York: Routledge, 2006, p.97.

一个大杂烩，但实际上所有这些标新立异的手法都是为了增强作品的可读性和感官魅力，揭示了美国黑人文化与白人文化博弈中的惊涛骇浪，颂扬了美国黑人不屈不挠的民族精神。神话人物和历史人物在里德的戏说中焕发出新的寓意。作为黑人魂化身的吉斯·格鲁的传播路径被建构成小说情节发展的主要脉络，紧扣黑人文化的历史脉搏。里德创作了一个关于歌曲与舞蹈、艺术与巫术、神话与宗教、阶级与社会的新型文本，从历史受害者的角度提供了一个对世界历史和神话传说进行全新解读的黑人版本。

第三节　《亲缘》：仿真叙事与时空跨越

奥克塔维亚·E. 巴特勒（1947—2006）是 20 世纪下半叶著名的美国科幻小说家，其科幻小说主要探索种族和性别问题对未来社会的巨大影响。她的代表作是《亲缘》（*Kindred*，1979）。在这部小说里，她采用时空旅行的超现实主义表现手法，揭露了奴隶制的黑暗，抨击了种族压迫的反人性，披露了悲壮而惨烈的 19 世纪黑奴生活。美国学界给予了《亲缘》很高的学术评价。著名学者帕米拉·贝多尔（Pamela Bedore）把该书誉为新奴隶叙事的经典之作，认为巴特勒借古喻今，揭示了美国南方种族问题的历史渊源。[①]中外学界对该小说的主题思想和文体特色进行了较为深入的研究，但对其叙事策略的探究还不多见。其实，该小说跨时空的叙事策略独具特色，可以被视为对法国后现代理论家让·鲍德里亚（Jean Baudrillard）的"仿真叙事"理论的文学图解。鲍德里亚说："仿真叙事运用类像的基本原理是站在后现代的立场，抛弃一切对现实真实的应用而转向超现实，即创造一个由拟像构成的世界，认为拟像模型和符号可以形成结构，消解模型与真实之间的差别。"[②]因此，仿真叙事是不依据任何先于写作的目的、意图、本质规律或原则，而是通过跨时空的戏仿方式从事文学创作和文本生产的一种叙事策略。[③]巴特勒在这部小说里通过历史事件的仿真描写，生动再现了美国南方的奴隶生存状况和社会发展史，建构了文本中的"真实"历史。该小说的仿真叙事不但深化了作品主题，而且拓展了后现代小说叙事的空间。

---

① Pamela Bedore, "Slavery and Symbiosis in Octavia Butler's *Kindred*," *Foundation: The International Review of Science Fiction*, 31.84 (Spring 2002), pp.73-81.

② Jean Baudrillard, *Simulacra and Simulation*, Trans. Sheila Glaser, East Lansing: University of Michigan Press, 1994, p.76.

③ 文兵：《"仿真叙事"：从"符号政治经济学批判"到"去现实化"——一个西方后现代主义文论关键词在中国的话语个案》，载《社会科学研究》2009 年第 6 期，第 162 页。

一、跨时空时差悖论的消解

时间旅行（time travel），或称"时空旅行""时光旅行""穿越"等，泛指人或物由某一时间点移动到另外一个时间点。[①]事实上，所有的人都顺着时间一分一秒地自然前进，所以时间旅行单指违反现实生活中的时间变化规律，或者进入未来的某个时间，或者回到过去的某个时间。时间旅行的概念最早出现在 19 世纪的科幻作品中，以 H. G. 威尔斯（H. G. Wells）为代表的英国作家幻想出了一个时间机器。人登上时间机器，利用控制系统来确定任何一个日期（过去或未来），时间机器就可以在瞬间将他带到过去或将来的某个时刻。现代人进入未来空间和过去空间的事件必然会引起现代人与过去的人或未来的人之间的交往、冲突和融合，这样的交往通常会导致各种悖论的出现。如果处理不好这些悖论，这些作品就会被读者视为荒诞的狂想曲。鲍德里亚说："仿真叙事的后现代性在于，类像与真实之间的界限被模糊化，文本的'现实'成为'超真实'的，不仅真实本身在'超真实'中得到升华，而且，真实与想象的冲突也得到相应的化解。"[②]因此，为了增强仿真叙事的亲和力和可信度，巴特勒在《亲缘》里主要消解了三类时差悖论：外祖母悖论、双向时差悖论和跨时空物品悖论。

首先，巴特勒在《亲缘》的小说情节建构中以跨时空救援的方式化解了外祖母悖论。外祖母悖论的大意是："如果一个人真的'返回过去'，并且在外祖母孕育母亲之前就杀死了外祖母，那么这个时间旅行者本人还会不会存在呢？这个问题很明显：如果没有外祖母，就不会有母亲；如果没有母亲，也就不会有旅行者本人。因此，他又怎能如何'返回到过去'，杀死自己的外祖母呢？这就构成了一个无法解决的自相矛盾的问题。"[③]外祖母悖论是时间旅行中一个难以消解的悖论。在《亲缘》中，巴特勒也面临如何解决外祖母悖论的问题。小说主人公达娜·富兰克林（Dana Franklin）的外祖母黑格（Hagar）的父亲是白人奴隶主鲁弗斯·韦林（Rufus Weylin）。他生活在 19 世纪上半叶，犯下了奸淫、残害和贩卖黑奴的罪行。生活在 20 世纪 70 年代的达娜通过时间旅行或时空倒流的方式进入了 100 多年前的美国南方社会。鲁弗斯每次遇到危险时，都是达娜通过跨时空的方式赶

① Beverly Friend, "Time Travel as a Feminist Didactic in Works by Phyllis Eisenstein, Marlys Millhiser, and Octavia Butler," *Extrapolation*, 23 (Spring 1982), p. 51.

② Jean Baudrillard, *Simulacra and Simulation*, Trans. Sheila Glaser, East Lansing: University of Michigan Press, 1994, p.26.

③ Sandra Y. Govan, "Connections, Links, and Extended Networks: Patterns in Octavia Butler's Science Fiction," *Black American Literature Forum*, 18 (Fall 1984), p. 82.

去施救。达娜目睹了鲁弗斯从四五岁幼童发展成为凶残奴隶主的主要过程。在这期间，达娜由于愤恨奴隶主的荒淫残暴，多次产生了不救他的念头，但是如果不救他，他就会死去；如果他死了，她的外祖母黑格就没有出生的机会了，而作为黑格的后代，达娜自己也就无法出生了。达娜作为后世之人，深知家谱缘由，因此，她不得不维系自己与鲁弗斯的关系，不得不每次都及时出手施救。只有通过这样的描写，巴特勒才能保证在自己设计的时光倒流中不会出现外祖母悖论之类反历史和反逻辑的叙事。

其次，巴特勒在《亲缘》中还设置了双向时差悖论。这个悖论指的是由时间在两个世界（现世时空和昔世时空）的运行速度不一致而引起的悖论。巴特勒在《亲缘》中设计的时空分为两个体系：一个是达娜和丈夫凯文（Kevin）生活的现世体系，时间是 1976 年 6 月 9 日至 7 月 4 日，共 20 多天，这个时间是大多数现代国家都采用的时间体系；另一个是鲁弗斯生活的昔世体系，大概是从 1819 年 6 月至 1840 年 7 月。达娜的第一次时间旅行开始的现世时间是 1976 年 6 月 9 日，到达的昔世时间是 1819 年 6 月 9 日。达娜从河沟里把落水的鲁弗斯救上岸，当时的鲁弗斯只有四五岁，救人所花的时间在现世时空体系里不超过 10 秒，但在鲁弗斯的时空体系中却长达数小时。在第二次时间旅行中，达娜去鲁弗斯家扑灭了他引燃的窗帘大火，鲁弗斯那时大约七八岁。在现世时空体系里她的消失只有两三分钟，但在鲁弗斯的时空体系中却长达数天。第三次时间旅行是达娜带着凯文去救助从树上掉下来并且摔坏了腿的鲁弗斯，当时鲁弗斯已经 12 岁。在现世时空体系里达娜的消失不到一天，但在鲁弗斯的时空体系中却长达两个月。从鲁弗斯的昔世时空回来后，达娜在现世时空的家里休息了 8 天，但凯文没能和她一起返回。第四次时间旅行出现在 1976 年 6 月 19 日，达娜去营救被黑奴伊萨克（Issac）打得快要断气的强奸犯鲁弗斯，当时鲁弗斯看上去已有十八九岁。在现世时空体系里，达娜消失的时间只有大约三个小时，但在鲁弗斯的时空体系里却长达 8 个多月。第五次时间旅行是达娜去昔世时空探望因痢疾卧床不起的鲁弗斯。在现世时空体系里，鲁弗斯只有几天没与达娜见面，但在其时空体系里已有 6 年未见达娜了。在第五次时间旅行里，达娜成功地把凯文带回现世时空，并和凯文在现世时空的新家中待了 15 天。第六次时间旅行出现在爱丽丝（Alice）上吊自杀之时，达娜在心灵感应中身不由己地被带入时间旅行，前去告别即将死去的好友——其血缘上的曾祖母爱丽丝。在现世时空体系里达娜消失了大约三个小时，但在鲁弗斯的时空体系却是三个月。总而言之，巴特勒在这部小说里设置的是以叙述人为轴心的时差观。现世时空的 26 天相当于昔世时空的

20 多年。鲁弗斯第一次召唤达娜时还只是一个小孩，但在小说结束时他已经长大成 25 岁的成熟男性了。为了解决昔世时空和现世时空的时差悖论，巴特勒特意把现世时空设置为基准，这样达娜就可以在短时间内往返不同的时空。这样的情节设计有助于小说主人公在有限的现世时空内遨游于无限的昔世时空，双向时差悖论的消解也有利于叙事时空的视角能动转换。

最后，巴特勒提出的跨时空物品悖论指的是把一个时代的物品通过时间旅行带入另一个时空。在《亲缘》里，时空穿越中的物品悖论主要表现在两个方面：一是把昔世时空的泥土、打湿的衣服和滴着血的伤口等带回现世时空；二是把现世时空的阿司匹林等药品带入昔世时空。每次达娜在昔世时空遇到生命危险时都会突然地、出乎意料地昏厥过去，从而回到现世时空。鞋上的泥土、衣服上的水、被人打伤的躯体和满面的鲜血等都是昔世时空的产物或昔世时空里他人行为所留下的痕迹。这些东西和状况以原样出现在现世时空，有助于建构穿越的艺术真实性。此外，达娜发现现世时空的很多物品在昔世时空里都没有，于是她把现世时空的止痛药、刀子等物品带入昔世时空。鲁弗斯对现代的药品非常信赖，甚至还产生了依赖感，他每次遇到头疼，都会服用阿司匹林之类的药品。然而，间隔了100 多年的药品怎么能继续保持疗效？有 100 多年时空隔离的湿衣服怎么还是湿的？按常理，药品的疗效是有期限的，湿衣服上的水分几天后是会蒸发掉的。为了解决这一悖论，巴特勒采用了把昔世时空与现世时空无缝衔接的方式，漠视时空差异对物品的物理性影响，使带入另一时空的物品超越人们的常识和传统观念，继续保持原有的状态和功效。跨时空物品悖论的消解使现世时空的物品可以穿越到 100 多年前的昔世世界，昔世时空的物品也可以穿越到现世世界。这样的描写带有陌生化叙事的特色，如此消解跨时空物品悖论不但增添了作品的趣味性，而且还避免了文本描写中可能出现的逻辑混乱。

简而言之，跨越时空的时间悖论是通过对过去场景的再现来表达生活现实的一种创作手法。时间旅行是工具，表现生活现实才是目的。巴特勒用超现实主义的手段将现实和幻想有机地结合起来，展示给读者一个循环往复的、主观时间和客观时间相混合的世界，其中的主客观事物也失去了时间界限的束缚。巴特勒是要创造一种既超自然而又不脱离自然的情境；其写作手法则是把现实世界描述成精神病患者脑海里出现的那种幻境。她对外祖母悖论、双向时差悖论和跨时空物品悖论的消解是仿真叙事在超现实主义小说层面的具体运用。在巴特勒笔下，文学与现实的关系很难用真实与虚构这一对矛盾的演绎来描述。该小说既没有真实地再现或重建现实的主体性意愿，也没有虚构超越幻想的文学自足世界。在仿真叙事的能动作用下，巴特勒对 19 世纪美国南方种植园生存状况的超现实主义描写成功地糅合进了现实性文学叙事与传奇性文学叙事的基本元素，极大地提升了新奴隶叙事作品的文学魅力。

二、意念与时空转换

根据爱因斯坦的相对论，只要你能超光速运动，你就会看见时光倒流的现象。霍金也持相同的观点，认为时间旅行在理论上具有一定的可行性。但是，当今社会对于"我们能否回到过去?"这个问题，还没有定论。迄今为止，能辅助人进行时间旅行的机器或工具还没有出现，穿越时空只是一些科学家的猜测。也许只有人类的意念能赶上光的速度。意念是"人脑轻度入静后所产生的一种亚无极思维状态。它摒弃了一切介质元素，具有无障碍的穿透力和时空超越力"①。鲍德里亚把意念所引起的"类像"内化为人物自我经验的一部分，把意念、幻觉与现实混淆起来，体验时间的断裂感和无深度感，实现时空转换的虚拟化。②因此，在《亲缘》中，巴特勒采用意念之法的仿真性来实现人在今昔两个时空之间的能动转换，使文学意义上的时光倒流得以实现。巴特勒把意念和时空转换有机地结合起来，演绎出仿真叙事中时空转换的三种形式：非能动式时空转换、能动式时空转换和意念冲突式时空转换。

首先，在《亲缘》里，巴特勒为了使仿真叙事更加生动逼真，首先采用了非能动式时空转换。这种时空转换指的是在时间旅行中人们无法按照自己的意志决定时间旅行开始的时间和地点，只能被动地接受时间旅行的任意性。巴特勒特意把生命意念导入时间旅行的设置中：生活在 19 世纪上半叶的白人奴隶主鲁弗斯被设计成生活在 20 世纪 60 年代的黑人作家达娜的祖先。对生命的尊重成了联系这两个跨地域、跨时代、跨年龄的人物的纽带。鲁弗斯从三四岁起，只要在成长过程中遇到溺水、火灾、摔断腿、被毒打等危及生命的意外事件时，就会在第一时间里用意念召唤达娜去营救他。保住鲁弗斯的性命是达娜终身必须执行的首要任务。达娜无法预测也无法感知鲁弗斯会在什么时候和在什么地方遇到危险。达娜通常是在自己正常生活或工作途中突然感到一阵眩晕或恶心，随后就失去了在现世时

---

① Nancy Jesser, "Blood, Genes and Gender in Octavia Butler's *Kindred* and *Dawn*," *Extrapolation*, 43 (Spring 2002), p. 50.

② Jean Baudrillard, *Simulacra and Simulation*, Trans. Sheila Glaser, East Lansing: University of Michigan Press, 1994, p.98.

空里的知觉；当她再恢复知觉的时候，就已经处于过去某一时间段的昔世时空中了。达娜生活在昔世时空时，也无法预知或感知将在什么时候能回到现世时空，但是当她在昔世时空的生命处于危险中或遭遇到生存威胁时，也会陷入眩晕，在失去意识的状态中返回到现世时空的家中，并对经历过的事件记忆犹新，这样的回忆成为仿真叙述内容的重要源头。

其次，这部小说的大多数时间旅行都是在非能动式时空转换中进入昔世时空或返回现世时空的，但为了增添小说的趣味性，巴特勒还设置了能动式时空转换。这种时空转换是指当事人在时间旅行中有意识地预见或为时空转换的出现做预备工作，在一定程度上消解了时空旅行来临的无法预知性，增加了时间旅行者的主观能动性。① 《亲缘》中描写的第三次时间旅行中，达娜的丈夫凯文紧抓着达娜，得以顺利进入昔世时空，并在那里生活了五年。达娜进入昔世时空是无意识的，但凯文的时间旅行是有意识的。在这之前，他目睹了达娜的两次人形消失，事后得知了达娜人形消失后进入昔世时空的各种轶事。出于作家对新奇事物的天然好奇心，凯文终于在达娜跨入第三次时间旅行时抓住她的手，得以进入一个多世纪前的南方奴隶制时空。由于那时美国的物质生活水平远远低于 20 世纪 70 年代的美国，因此达娜有意识地为自己准备了一个大口袋，里面装有阿司匹林等药品，还有电筒、折叠刀等物件。因时间旅行的时间没有预告，达娜只好随时都把那个口袋带在身边，拿在手上。她提前准备好的物品被她成功带入 19 世纪上半叶的时空，她用阿司匹林等药品医治鲁弗斯等人的疾病，并且用自己带去的小刀割腕自杀，使自己顺利返回现世时空。第五次时间旅行后，达娜和凯文在家待了半个月。凯文把达娜认为有需要的东西，如衣服、刀子、鞋子等装满了一包，系好袋子，交给达娜。达娜把自己上次在鲁弗斯世界的经历都告诉了他，夫妻俩一起探讨了遇到危险时如何自保的策略。此外，她还专门带上了地图、伪造的自由证书和路条，以备不时之需。巴特勒关于能动式时间旅行的设置显示了现代人的智慧和探索精神。

最后，巴特勒笔下的意念冲突式时空转换指的是现世时空的人和昔世时空的人在意念抉择上发生冲突，导致时间旅行者在跨越时间长河时陷入危机。在《亲缘》里，鲁弗斯在达娜的生命护航和精心照料下，从一个四五岁的小孩成长为一名 25 岁的庄园主和两个孩子的父亲。在与达娜的长期交往中，两人已经结下了深厚的情谊，鲁弗斯一直把达娜视为知己和精神

---

① Sheree R. Thomas, *Dark Matter: A Century of Speculative Fiction from the African Diaspora*, New York: Warner, 2000, p.65.

恋人。当妻子爱丽丝自杀后，鲁弗斯就越来越亲近达娜，企图让达娜替代爱丽丝的位置。之后，他的性占有意念与现代人达娜的性自由意念发生了激烈的冲突。作为精通黑人历史和家族史的作家，达娜不愿和自己的祖先发生乱伦之事。鲁弗斯的强留意念与达娜的执意拒绝导致鲁弗斯在达娜即将进行时间旅行之际死死地抓住她的手。达娜新房子的墙被象征为现世时空和昔世时空的分界线，由于鲁弗斯紧紧抓住达娜的一只手不松开，达娜的左臂被卡在墙上，最后达娜只能带着断臂回到了现世时空。巴特勒通过时空旅行的危机揭露了美国奴隶主的贪婪和占有欲，抨击了奴隶制对人性的践踏。巴特勒通过这个事件表明，时间旅行如果真的实现，人类的乱伦事件将难以避免；如果跨时空的乱伦事件发生，超越时代的婴儿就可能产生，那么历史的本真轨迹就会受到强烈的挑战，甚至被摧毁。

《亲缘》的时空转换与人的意念密切相关，但又不受制于人的意念。为了生动地再现这类时空转换，巴特勒打破了传统小说中时间顺序的限制，在小说情节的叙述时时常将过去、现在、将来的事件按照自己的创作意图随意颠倒，有时并行，有时交错。巴特勒的写作手法表明小说不能像照相机那样机械地反映生活，而应当把小说情节的时间顺序按照写作目的重新加以设置、挪动或调整，使小说产生引人入胜的艺术魅力；同时，巴特勒让读者在阅读作品时参与故事情节的重建，使读者根据自己的生活阅历和感悟在阅读过程中进行再创作，把作家在创作中打乱了的逻辑时序和空间位置进行调整，从而形成自己的见解。总而言之，巴特勒的"仿真叙事"所描写的不是依据任何先行于文学创作动机、主题本质、情节建构原则而刻画的文学场景，而是作者按照自己的创作理念和既定主题而设计的超现实主义表述。

三、仿真叙事的自证策略

"时间旅行"这个概念本身还是模糊不清的，科学界还没有给它下一个清晰的定义。鲍德里亚说："人在不同时空中形成自己的独特类像，具有形象群的复制性，展现出形象与形象之间的模拟性。这样的'类像'创造出的正是一种人造现实或第二自然。大众沉溺其中看到的不是现实本身，而只是脱离现实的'类像'世界。"①巴特勒在《亲缘》中采用仿真叙事来增加读者对时间旅行的信任度。实际上，仿真叙事指的是介于虚构与写实之

---

① Jean Baudrillard, *Simulacra and Simulation*, Trans. Sheila Glaser, East Lansing: University of Michigan Press, 1994, p.45.

间的一种叙述视角和阅读感受。巴特勒的叙述策略最大限度地使文学描写接近真实，使读者读了后难辨真假，这是巴特勒小说中最突出的特征之一，也是作者能够快速与读者建立亲近和信任关系的重要原因。在这部小说中，巴特勒采用了仿真叙事的三种自证策略来佐证其时空转换的可信性：警方介入、目睹体验和史实呼应。

首先，巴特勒在《亲缘》里设置了警方调查跨时空引发的伤害案件时的场景。一般来讲，警方介入是指警察在刑事案件发生后所进行的调查、取证、对犯罪嫌疑人实施的拘押等司法和执法手段。巴特勒在这部小说的序言里描写了失掉左臂的达娜躺在医院接受救治的场景，警方积极介入，拘捕了案发现场的嫌疑犯——达娜的丈夫凯文，调查是谁导致达娜失去了手臂。然而，警方的介入使现代司法和执法陷入了一个不知如何处理跨时空案件的尴尬局面。导致达娜失去左臂的不是当时美国社会的任何公民，而是100多年前的鲁弗斯，如何去追究另一个时空里的人身伤害嫌疑犯的责任是当今法律的盲区。即使达娜关于手臂失去原因的自述是精神病诳语，但她那血淋淋的断臂和墙上消失的手臂却都是客观存的。凯文对达娜说："我把目睹的事实告诉了警察，我说在卧室里突然听到你的尖叫声，我跑到客厅一看，发现你拼命地从墙上的一个洞往外拔你的手臂，我去帮你，却发现你的手臂不是粘在墙上了，而是被活生生地扯断在墙里了。"[1]最后警察只好释放了凯文，因为缺乏确切的证据来证实达娜的断臂是由凯文造成的。警察是国家公信力的代表之一，警方的介入引起了读者浓厚的兴趣，读者会情不自禁地提出一个问题：这是真的吗？这个疑问同时也激起了读者的求知欲望。这个佐证方式有助于增强小说仿真叙述的艺术魅力，拓展读者的开放性思维。

其次，目击是验证事件真伪的强有力手段之一。为了消解读者心中的疑惑，巴特勒采用了目睹体验的验证策略，以此增强仿真叙事的可信度。目睹体验是指作者让小说中的其他人物见证某种现象，使读者在阅读过程中产生心理移情，从而增强作者所述事件的真实性和可信性。在《亲缘》中，巴特勒把凯文塑造为时间旅行的第一目击证人和第二体验人。达娜的时间旅行不是心理幻想，因为其身体也会在开始时间旅行的那一刻从现世时空中消失，在超时空隧道里穿越，在昔世时空里停留。奴隶主韦林夫妇在昔世时空中也多次见证了达娜的"遁形术"，认为达娜是鬼魂。达娜从现世时空中消失的时间可能是几秒钟、几分钟或几个小时。达娜每次从昔世

---

[1] Octavia E. Butler, *Kindred*, Boston: Beacon, 2003, p.11.

时空归来，都会带回来一些标记性的东西。达娜第一次时间旅行的结束是由于目睹了鲁弗斯的父亲汤姆·韦林（Tom Weylin）举枪欲射杀他人的场景而受了惊吓，回到了现世时空。为救落水的鲁弗斯，达娜蹚进河里，全身被河水打湿，回到现世时空后，她的衣服和鞋上沾有泥土，衣服也是湿的。值得注意的是，她身上的水和泥土都是从100多年的昔世时空带回来的。这样的描写增添了仿真叙事的可信性。达娜第二次时间旅行的结束是由于她在树林里与白人青年强奸犯生死搏斗，受了惊吓，于是回到了现世时空。回到现世时空时，她衣衫不整，有多处皮外伤。达娜第三次时间旅行的结束是因为她教黑奴小孩学文化被奴隶主韦林发现而遭到毒打。在孤立无援的情况下，达娜在惊恐中被吓回现世时空。回到现世时空时，达娜发现自己趴在浴室和卧室之间的地上，遍体鳞伤，鲜血直流。达娜的第四次时间旅行的结束是因为她和凯文的逃亡被鲁弗斯截住，鲁弗斯开枪向她射击，达娜在惊恐中被吓回现世时空。由于她与凯文相拥在一起，因此她也把凯文带回了现世时空。巴特勒让凯文以另一个时空穿越者的身份来讲述他在昔世时空的五年生活。达娜第五次时间旅行结束的起因是黑奴山姆（Sam）因多次找达娜搭讪而被鲁弗斯卖掉，达娜不满鲁弗斯随意买卖奴隶的行为而进行劝说，却遭到鲁弗斯的迎面一拳。因不满鲁弗斯的暴行，达娜跑回自己的小阁楼，意欲割腕自杀。在失血过多的昏迷中，达娜回到了现世时空的新家，凯文给她包扎了伤口。达娜第六次时间旅行的结束是因为鲁弗斯想暴力占有她，达娜在反抗中用刀连捅了鲁弗斯两刀，但鲁弗斯依然抓住达娜不放，结果她被鲁弗斯抓住的那截手臂就留在了昔世时空，而断掉了一只手臂的达娜回到了现世时空。巴特勒通过达娜每次穿越回来所携带的物品或达娜身上的新伤口来表明其时间旅行仿真叙述的逼真性和可信性。

最后，巴特勒为了使自己描写的场景具有历史真实性，在小说情节的发展中专门设置了访问历史事件发生地的场景，使小说中所提及的历史事件与现实中的历史遗址相对应，形成史实呼应的文本艺术效果，以佐证作者所述事件的真实性。在《亲缘》中，巴特勒从三个方面来建构其作品的艺术真实：家谱、南方庄园遗址和历史上的书报文献记载。在小说一开始，作者就声称自己家谱中外祖母黑格的父亲是白人奴隶主鲁弗斯，母亲是黑奴爱丽丝。巴特勒写道："外婆黑格·韦林出生于1831年。她的父亲名叫鲁弗斯·韦林，母亲叫爱丽丝·格林，家族的姓氏都是韦林。"[1]为了使家

---

① Octavia E. Butler, *Kindred*, Boston: Beacon, 2003, p.28.

系的发展不违背历史，达娜小心翼翼地呵护鲁弗斯的生命，殷切地期待黑格的降生，因为没有黑格，就没有她和其家人的生命。当达娜从第六次时间旅行回来后，她和凯文专门去考察了祖先曾生活过的巴尔的摩城和伊斯顿小镇，观看了韦林庄园的遗址。之后他们又从当地旧报纸和历史文献的查阅中得知，鲁弗斯死于一场大火，庄园的大部分也因此而被毁。他死后，庄园的黑奴都被卖掉了。因此，达娜和凯文当时认识的许多黑奴的命运皆不得而知。在达娜杀死鲁弗斯时，黑奴奈杰尔（Nigel）站在门口目睹了一切。达娜推断，她逃走后，奈杰尔为了掩盖她的杀人罪证，就故意放火烧了庄园。巴特勒通过达娜在昔世时空和现世时空的往返和反思，立体地建构历史，增添其所述事件的可信性。

在《亲缘》里，巴特勒冲破传统现实主义的樊篱，转而从个人主观内省的角度，展现了从未有过的、全新的超现实场景。该小说描写的黑白亲缘关系和种族冲突展示了作者独特的视角、深彻的感悟和深远的寓意。巴特勒的实证策略印证了新奴隶叙事的历史真实性，搭建了历史与现实的桥梁，使不可思议的超现实故事具有令人信服的现实性，凸显了仿真叙事的历史还原性和本真性。

巴特勒在《亲缘》中从现代女权主义的视角审视了 19 世纪初美国黑奴制下女性黑奴的生存状态，其采用的时间旅行叙事策略再现了南方种植园生活，使读者身临其境，有助于现代人去了解和探索 19 世纪美国奴隶制的黑暗，反省美国的种族问题。该小说不是历史小说，但却胜似历史小说，其魅力来源于对相关历史事件的入情入理描写和读者与小说人物的情感交融。巴特勒以独特的、多种多样的结构形式来反映史实，超越了传统的时空观、生死观、现实观和梦幻观，跨越了现实与史实的鸿沟，把不同时间、空间里发生在不同人物身上的事件，甚至把健在的人与去世了的人都集中到小说的同一叙事层面上，彻底打破了传统小说的叙事手法。巴特勒不是按照故事情节发展的自然时序或逻辑时序来建构小说，而是用不受意念控制的时间旅行来安排跨度很大的故事情节，从过去、现在、梦幻等不同角度去摄取生活的镜头。巴特勒的时间旅行是对回访过去世界的一种超现实主义描写，与 H. G. 威尔斯的《时间机器》（*The Time Machine*，1895）中造访未来世界的时间旅行相映成趣。巴特勒所采用的仿真叙事巧妙地规避了现实主义作品的写实束缚，给自己的作品插上了在思维空间里自由翱翔的翅膀。巴特勒小说叙述的仿真性给人以真实可信、亲切自然的阅读感受，由人际交往的跨时空性与亲缘关系隔代性的反转而形成的张力让小说显得紧凑而又富于变化，关键情节的暗示、多解与空白增强了小说情节要素在结构层次和主题意义上的内涵和外延。巴特勒用再现史实和重构历史的超现实主义描写开拓了美国黑人小说后现代叙事的新领域,对 21 世纪的黑人小说创作,特别是对托尼·莫里森、哈尔伦·埃里森（Harlen Ellison）、塞缪尔·R. 德莱尼（Samuel R. Delany）等的新奴隶叙事写作风格有着巨大的影响。

小　结

　　本章探究了里德的两部小说《飞往加拿大》《芒博琼博》和巴特勒的小说《亲缘》中的戏仿、戏说和仿真等问题,揭示了虚拟世界与现实世界的内在关联和作家的创作意图。在《飞往加拿大》里,里德把美国社会的荒诞和黑人的自由之路用戏说的方式表达出来,在幽默和诙谐中展现了美国内战时期各方势力的政治博弈和黑人种族追求自由和民主的生存状态。在《芒博琼博》里,里德从异质结构的陌生化戏仿、传说人物的品格戏仿、黑人魂的精神戏仿等方面揭示了黑人文化与西方文化的密切关联,抨击了种族偏见和种族歧视的非理性和反人类性。《亲缘》的仿真叙事再现了美国奴隶制时期南方种植园的社会形态和黑人奴隶的生存状况,其表现手法超越了传统的时空观和生死观,通过时间旅行的方式搭建起了沟通现实生活与历史事件的桥梁。总的来看,这两位作家对美国历史事件和政治事件的戏说或仿真性描写,不是为了颠倒或篡改美国的史实,而是为了更好地描写当时的社会状态和黑人的生存窘境。他们的超现实主义描写拓展了非裔美国小说的后现代叙事空间,增添了其文学作品的艺术感染力。

第七章　空　间　叙　事

　　空间叙事指的是作家在文学作品里把空间的设置和描写作为作品主题的表达形式而生成的一种叙事策略。文学作品中的叙述空间可以分为可视空间和不可视空间。小说里的背景和环境直接影响小说情节的发展和小说人物的命运演绎，构成读者和观众能够感知的空间，这个空间通常被称为可视空间。可视空间是一个含义广泛而抽象的术语。从读者的视角来看，文学作品的可视空间指的是故事情节发展的具体活动空间。在文学作品里设置某种移动模式就是为要发生的行为准备好一个空间，以便人物在里面能自由地观察和移动。另外，文学作品中的人物还可能谈及、设想或想象某个空间，这个不为人视力所见的空间通常被称为"不可视空间"。不可视空间经常出现在小说的心理描写或意识流描写里，也可能根据读者的领悟而以不同的形式出现在读者的脑海里。

　　空间会给文学作品的情节发展营造出某种相匹配的氛围。黑暗、狭窄、阴冷的空间通常与恐怖或不祥的氛围密切相关，宽敞、开阔、阳光灿烂的地方营造的是自由和活力四射的氛围。此外，空间还具有文化层面的象征意义。例如，伦敦的破烂街道就可能是较低社会地位的空间象征，而繁华、喧嚣、狂欢的都市场景则可能是较高社会地位的空间象征。在空间叙事中，封闭空间具有一定的情节氛围渲染功能，能推动叙事情节的发展并描写人物的性格特征，有助于悬念的设置和场景气氛的烘托。①城市空间是文学作品经常涉及的地域类空间。城市空间是现代人的主要生存空间，但城市的空间，如楼房、街区、广场等，不断地向同质化方向发展。在文学作品的空间叙事里，城市空间变成了消费空间，人在追逐消费欲望的过程中不断受到外界的强烈刺激而产生虚化的情感，把物质生活的极致享受作为人生的唯一目标，从而沦为城市空间物化的受害者。种植园空间是美国南方文学作品里经常涉及的地域类空间。种植园是奴隶主和奴隶的主要生存空间，奴隶主的大房子、奴隶的小棚子、棉花地、甘蔗地、原始森林、溪流等构成种植园空间的主要场景，呈现出相互联系但又界限分明的奴隶主生存空

---

①　刘玲麟：《〈少年的你〉：多重空间叙事下的情绪表达》，载《西部广播电视》2020年19期，第92-94页。

间和奴隶生存空间。由此可见，空间叙事不再是一个抽象的概念，而是一个承载了地域文化、政治状况和人物心理演绎的写实性表现形式。空间叙事不仅仅是小说情节生成和发展的状态叙述方式，还是作家世界观和价值观展现的重要载体。

空间叙事也是非裔美国小说家采用的主要叙事策略之一。非裔美国小说是美国社会种族问题的折射和反映，其故事必然发生在美国社会的一定空间里。"空间是永恒的，是不会毁坏的，它为所有的创造物提供了场所……存在必定处于某一位置并占有一定的空间，既不在空中也不在地面的东西是不存在的。"① 美国种族主义社会空间为非裔美国小说提供了小说叙事展开的背景和基础。约瑟夫·弗兰克（Joseph Frank）于 1945 年首次系统性地提出了小说空间形式的理论。他认为，所谓"空间形式"就是"与造型艺术里所出现的发展相对应的……文学补充物。二者都试图克服包含在其结构中的事件因素"②。非裔美国小说家把他们描写的对象当作一个整体来表现，其对象的统一性不只是存在于时间关系中，而是还存在于空间关系中。正是这种统一的时空关系导致了与其作品主题相对应的时空形式的生成。③

空间叙事是非裔美国小说家在文学创作中对美国种族空间进行艺术表现的一种方式。它把一个有着共同主题（即追求种族平等和社会正义的奋斗）的空间序列分解成多个相互关联的分主题（即社会正义的各种表现形式）来呈现，再通过一个或多个带有主次关系的空间线索将各个分主题有序地组织起来，表现社会空间的整体意象。非裔小说叙事中的空间元素对情节发展、人物塑造和寓意生成等有着重要的影响，促使了文学批评里空间转向的实现。其实，文学批评中的空间转向是指文本分析开始由单纯地关注时间维度转向对空间叙事特征和功能的探究。时间和空间是构成文学作品的两个维度。小说叙事依赖于空间与时间：没有空间，叙事就会缺少可承载的容器，失去存在的根据；没有时间，叙述语言、故事等就会缺少计量工具，走向杂乱无章。空间与时间构成了小说叙事的基本维度。非裔美国小说的空间叙事在故事情节的建构方面突破了时间因素对序列性和因果律的制约，致力于追求空间因素的同时性和偶合律，并且还运用一定场景里的空间来表现某个时间和故事情节的相互关系，促进了小说叙事进程的发展。

---

① 柏拉图：《蒂迈欧》，转引自曹文轩：《小说门》，北京：作家出版社，2002 年版，第 166 页。
② 转引自倪浓水：《小说叙事研究》，北京：群言出版社，2008 年版，第 136 页。
③ 约瑟夫·弗兰克等：《译序》//秦林芳编译，《现代小说中的空间形式》，北京：北京大学出版社，1991 年版，第 II 页。

非裔美国小说创作是对时间关系问题的一种变异性处理，是在克服语言符号和故事情节发展流程模式的单维性顺序基础上建构小说三维空间的策略，时间和空间构成一个不可分割的整体，互为依存。非裔美国小说的叙事框架一般都是设置在一个统一、完整、有序的时空经纬交错的综合性坐标系之中，涉及社区空间、街区空间和都市空间等。非裔美国小说遵循着创造性的艺术要求，在空间的勾勒上更追求一种陌生化的艺术效果。所罗门·诺瑟普（Solomon Northup）的南方种植园之规训空间、赖特的城市空间和约翰·埃德加·维德曼（John Edgar Wideman）的后现代空间都是不可能被某些"习惯"情节固定的。这个空间向读者展示了奇异美妙的美学之光，完全体现了空间的造美功能。①因此，本章拟探讨诺瑟普的南方种植园的规训空间、赖特的城市空间和都市空间，以及维德曼的后现代叙述空间，展现空间叙事描写黑人生存空间演绎的艺术特色。

第一节 《为奴十二年》：南方种植园的规训空间

所罗门·诺瑟普（1807/1808—1863？）是美国 19 世纪中期的废奴主义者。1807 或 1808 年 7 月的某天（具体日期现在还未考证出），他出生在纽约州艾塞克斯县密涅瓦镇的一个自由黑人家庭，家境殷实，父亲是农场主，诺瑟普和哥哥约瑟夫（Joseph）都受过良好的教育。1829 年 12 月 25 日，诺瑟普与黑白混血儿姑娘安妮·汉普顿（Anne Hampton）结婚，之后生了三个孩子。婚后，他们住在福特·爱德华村，1834 年搬家到萨拉托加温泉市（Saratoga Springs）。1841 年，他被两个白人骗到纽约城打工，白人用迷药把他麻醉后卖给了华盛顿的奴隶贩子詹姆斯·H. 伯奇（James H. Burch），后经过新奥尔良奴隶贩子西澳菲勒斯·弗里曼（Theophilus Freeman）的拍卖，诺瑟普被卖到南方的种植园，随后被白人奴隶主多次转卖。1853 年 1 月诺瑟普在白人塞缪尔·巴斯（Samuel Bass）的同情和帮助下得以脱离奴隶身份，恢复了自由民身份。之后，在新闻记者大卫·威尔森（David Wilson）的帮助下，诺瑟普把自己在美国南方奴隶制社会的苦难岁月撰写成小说，并把这部小说取名为《为奴十二年》（*Twelve Years a Slave*），于当年年底由纽约德比与米勒出版社出版。该书一出版就受到美国读者和学界的关注，3 年左右就卖出了 30 000 册，成为当时的畅销书。这部书与斯托夫人的《汤姆叔叔的小屋》（*Uncle Tom's Cabin*，1852）相得

① 倪浓水：《小说叙事研究》，北京：群言出版社，2008 年版，第 136 页。

益彰，为美国南北战争前废奴运动的蓬勃发展打下了良好的思想基础。

《为奴十二年》是一部美国南方奴隶的血泪史，描写了人权被剥夺后的可怕后果，揭露了奴隶制是如何"合法"地颠覆人类文明的。美国南方种植园主规训奴隶的手段和策略非常类似于米歇尔·福柯（Michel Foucault）在《规训与惩罚》（*Discipline and Punish*，1975）中所提及的层级监视、规范化裁决和检查。国内外学界从这个角度来研究诺瑟普的《为奴十二年》的论述还不多见。因此，本节拟采用福柯关于微观权力的基本理论，从层级监视与人性扭曲、规范化裁决与人性灭绝、检查与空间规训中的人性禁锢等方面探析这部作品所描写的美国南方种植园空间，揭示种族社会规训与人性演绎的内在关联。

一、层级监视与人性扭曲

层级监视（hierarchical observation）就像金字塔，每一个层级下面都有一个或多个层级。下一层级必须服从上一层级的监督，上一层级对下一层级具有绝对权威和惩罚权。这类监视是规训权力实施的首要机制，强调规训的物理结构和组织结构之重要性。[①]层级监视是美国南方奴隶制社会的主要运作方式，充满了血腥和暴力。福柯说："纪律的实施必须有一种借助监视而实行强制的机制。在这种机制中，监视的技术能够诱发出权力的效应，反之，强制手段能使对象历历在目。"[②]美国奴隶制社会的层级监视可以在暗中扩展与之相关的机制，使规训权力成为一种复杂的、自动的和匿名的权力，具有极大的威慑力。通过层级监视，规训权力成为南方种植园的一种"内在"体系。这种体系靠奴隶制社会里的白人和黑人来实现，形成一种自上而下的行为举止监视网络，有时还有横向制约作用。在《为奴十二年》里，诺瑟普从黑黑层级监视、白黑层级监视和白白层级监视三个方面描写了美国南方种植园采用层级监视方式来监督、管理和控制奴隶劳动和生活的状况，展现了奴隶主对违反奴隶制法规的黑奴实施肉刑的残暴，揭露了南方种植园的规训空间之反人类性。

首先，黑黑层级监视指的是在美国南方奴隶制社会环境里黑奴与黑奴之间的相互监视。在《为奴十二年》里，黑黑层级监视可以分为两类：普通黑奴对其他黑奴的监视和黑奴监工对普通黑奴的监视。普通黑奴之间的

---

① 米歇尔·福柯：《规训与惩罚》，刘北成、杨远婴，译，北京：生活·读书·新知三联书店，2014 年版，第 200 页。

② 米歇尔·福柯：《规训与惩罚》，刘北成、杨远婴，译，北京：生活·读书·新知三联书店，2014 年版，第 194 页。

相互监视无处不在：按照当时种植园的惯例，住在一个屋子里的黑奴，如果其中有一个逃亡，其他黑奴也必然遭到酷刑；为了自保，黑奴们不得不互相监督，唯恐他人的逃亡给自己带来灾难。这样的监视破坏了黑人之间的种族团结，引起彼此的猜忌，毁灭了人性中的基本信任感。因此，在这部小说里，不论是男奴威利（Wiley）还是女奴帕特丝（Patsey），他们在逃亡前从来不敢把逃亡意图告诉朋友或亲人。黑奴的逃亡通常是他人意料不到的。此外，白人奴隶主还可能"提拔"或"重用"一些黑奴担任监工，协助白人管理和控制黑奴。奴隶贩子西澳菲勒斯·弗里曼从华盛顿奴隶贩子那里把诺瑟普买过来之后，立即把他和其他黑奴一起装上汽船运往新奥尔良。在船上，诺瑟普被弗里曼"任命"为监工，负责监管船上的奴隶。其实，诺瑟普自己戴着脚链手铐，也是黑奴的一员，但被迫担任了白人奴隶贩子的帮凶。奴隶贩子的策略是"以奴治奴"。如有黑奴逃亡，诺瑟普必将遭到奴隶贩子更残酷的惩罚。另外，诺瑟普在埃德温·埃普斯（Edwin Epps）的棉花种植园里当了8年监工，整天挥舞着鞭子驱使奴隶干活。黑奴之间的互相监视使黑奴失去了生存安全感，整天都生活在无望的恐惧之中。让黑奴扬起皮鞭抽打自己同胞的行为极大地扭曲了黑奴的心灵，把黑奴逼上了反人性的道路。

其次，白黑层级监督指的是在南方奴隶制社会里白人对黑奴的监督。白人在奴隶制社会里的地位天然地比黑人高一等，每个白人都是黑人的监工，都有权力盘查任何走在路上的黑人，如果黑人不能出示主人写的路条，马上就会遭到白人的逮捕或毒打。[①]埃普斯种植园的黑奴必须每天不停地采摘棉花，稍有懈怠就会遭到白人工头的鞭打。有一年的圣诞节夜晚，诺瑟普为种植园的人表演小提琴，一直延续到深夜。第二天早上，他起床晚了十来分钟，结果被奴隶主埃普斯狠狠地抽打了十多皮鞭。此外，在奴隶制社会环境里，黑奴即使被白人奴隶主"提拔"为了监工，也仍然处于白人的监视之下。诺瑟普在埃普斯种植园担任监工期间，一方面要接受白人监工头卓别林（Chaplin）的监督，另一方面还要受到奴隶主埃普斯的监视。如果他不挥鞭抽打那些干活慢了一点的奴隶，就会被认定为失职，从而遭到白人监工头和奴隶主的鞭打。为了监督诺瑟普是否尽职，埃普斯时常躲在树丛里或阴暗处，一旦发现诺瑟普同情自己的黑人同胞，就会跳出来责罚他。这样的秘密监视使诺瑟普处于高度警觉之中，总觉得有一双恶毒的

---

① Eric Foner, *Gateway to Freedom: The Hidden History of America's Fugitive Slaves*, Oxford: Oxford University Press, 2015, p.134.

眼睛无时无刻地盯着自己，似乎头顶上悬着一把达摩克利斯之剑，随时都可能给自己致命一击。

最后，白白层级监视指的是在奴隶制社会环境里白人彼此之间的监视。如果某个白人同情黑人或帮助黑人逃亡，他也会遭到白人群体的排斥和法律的严惩。在奴隶制时期，白人社会形成了敌视黑人的社会氛围，严禁白人帮黑奴写信或代寄邮件。如果有白人违反，就会被逮捕，其个人财产还会被没收，因此白人也处于互相监视和相互提防的状态。诺瑟普在这部小说里提到，只有白人才有权利去邮局寄送信件，黑奴寄送的邮件必须要有主人的签名。为了让北方的家人知道自己身陷奴隶制的情况，诺瑟普偷偷写了一封信，打算恳求白人青年阿姆斯比（Armsby）帮他投寄。这个白人青年知道自己也处于其他白人的监视之中，一旦投寄，邮局的白人邮递员会怀疑他的行为，即使蒙混过关，事后也会追查到他的头上。因此，他没有勇气去帮诺瑟普。白白层级监视使黑奴诺瑟普的自救行为难上加难，但天无绝人之路，白人木匠塞缪尔·巴斯同情黑奴，认为奴隶制不合理，应该被废除，不过他不敢公开帮助被绑架入奴隶制的诺瑟普，只能趁着黑夜在河边或未完工的房子里与诺瑟普偷偷见面。最后，他把诺瑟普写的三封信寄给了北方的朋友，但没敢在信封上留下自己的真名和详细地址，结果导致前来营救诺瑟普的人费了很大的周折。由此可见，在当时的社会环境里，同情和帮助黑奴的白人如履薄冰，时常要冒着倾家荡产的风险。

总之，美国南方奴隶制社会的层级监视是一个严密的监视体系和网络。每一个人都扮演着监视者和被监视者的角色，任何人都逃脱不了监视，这就使规训过程没有任何晦暗不明之处。规训权力成为一种匿名的权力，使每个人都处于他人的监视之中，白人也不例外。作为一种权力技术，规训对个体经常进行长期不间断的监视，掌握其日常的活动并对其进行金字塔式的逐级逐层监控。[①]在诺瑟普笔下的层级监视中，权力是可见的却又无法确定的，这样权力在自动地发挥作用，被监视者在监视目光的压制下，可以自觉实行自我监禁。由此可见，南方奴隶制的层级监视是一种对个体实施的持续的、分层的、严酷的监督，在这样的监视中，白人和黑奴都必须服从奴隶制的法律和社会规则。监视变成了一种常态，并向整个社会延伸，扭曲社会伦理和人之本性，把权力规训发挥到极致。

---

① 米歇尔·福柯：《规训与惩罚》，刘北成、杨远婴，译，北京：生活·读书·新知三联书店，2014年版，第147页。

二、规范化裁决与人性灭绝

规范化裁决是社会规训的另一个重要手段,指的是用某些具体的规则、纪律和相应的条例以及法规,对对象进行约束和裁决。福柯说:"在一切规训系统的核心都有一个小型处罚机制。它享有某种司法特权,有自己的法律、自己规定的罪行、特殊的审判方式。"①在美国南方奴隶社会里,白人奴隶主所倡导的社会规范打着"平等"的旗号去实施真正的"不平等",从而达到对黑奴和同情黑奴的白人进行规训和束缚的目的。在《为奴十二年》里,规范化裁决主要体现为对黑奴的规训式惩罚,其目的就是达到杀一儆百的效果,强迫黑奴百分之百服从白人的指令,成为奴隶主赚钱的工具;凡是不满奴隶制,并敢于与奴隶主抗争的黑奴,必将受到严惩。因此,本部分拟从三个"认定"来探讨南方种植园的规训空间之规范化裁决:身份认定、肉刑认定、非人权认定。

首先,身份指的是人的出身和社会地位。人是社会动物,必然生活在一定的社会群体中。美国内战之前,美国人分为奴隶和自由人。由于大多数奴隶是黑人,因此,黑人进入南方蓄奴州是十分危险的。诺瑟普在《为奴十二年》里描写了黑人身份的认定问题。在美国南方的黑人,如果不能出具自由人法律文件,马上就会被投入奴隶制为奴。诺瑟普被两个白人骗子骗入蓄奴的华盛顿特区;白人骗子偷走了能证明其自由人身份的文件,然后把他卖给奴隶贩子伯奇。不论诺瑟普怎么解释,伯奇也不相信他是自由人,因为按照南方奴隶制社会的规范化裁决,无法用法律文件证明自己自由人身份的黑人都是奴隶。和诺瑟普关押在一个牢房里的罗伯特(Robert)也是自由黑人,但因随两个朋友到华盛顿特区时没带法律文件,无法证明自己是自由人,因此也被白人抓起来,成为奴隶。美国南方乡村更是黑人的魔窟,在路上行走的黑人,如果不能出具白人主人签名的路条,就会被当作逃奴抓起来。白人的规范性裁决是:没有路条的黑奴是逃奴,白人可以扣押、毒打或押送其回原来的种植园;如果抓到没有主人认定的逃奴,白人可以将其打死或转卖。在白人的眼里,黑奴只是会劳动的牲口。从法律层面来讲,当时的社会规则是:黑人无权在法庭上充当指控白人犯罪的原告或证人。②因此,当诺瑟普获救后,他也无法上法庭指控奴隶贩子

---

① 米歇尔·福柯:《规训与惩罚》,刘北成、杨远婴,译,北京:生活·读书·新知三联书店,2014年版,第201页。

② Soyica Diggs Colbert, *The Psychic Hold of Slavery: Legacies in American Expressive Culture*, New Brunswick: Rutgers University Press, 2016, p.65.

伯奇和绑架他的那两名白人骗子，导致作恶者始终未能受到法律的制裁。让白人逃避惩罚的行为实际上就是间接鼓励白人为了经济利益不断地欺压、剥削和虐待黑人，从而使白人丧失了做人的基本良知。

其次，肉刑认定是美国奴隶制时期规范化裁决的重要执行手段之一。白人奴隶主是规训权力的主导者，通常采取鞭刑、棒击、吊打和绞刑等方法规范黑奴的行为，击垮他们的抗争意志。白人奴隶主以肉体惩罚为表象，辅以精神压迫，从而促成并强化黑奴永久性的、渗入灵魂深处的驯服及自省效应。按照奴隶制社会的规范化裁决，逃跑的黑奴一旦被抓回，必然会遭到 500 鞭的毒打。在这样的规范化裁决里，白人殴打奴隶是天经地义的，但奴隶的自卫行为却是大逆不道的。当诺瑟普被卖给白人木匠提比茨（Tibeats）后，他每天拼死拼活地劳动仍然不能换来奴隶主的满意。在种植园里，白人监工头无比残忍和无情，他的工作职责就是保证种植园的棉花产量，所以他从来不会顾忌黑奴的死活，如有奴隶反抗，就必然会遭到严惩。诺瑟普在小说里讲述了一名奴隶因反抗而被杀害的故事。一名奴隶被白人监工头安排去清理铁轨，因他没有按时把工作干完，白人监工头便勒令他跪下接受鞭刑。其实，工作未完成，不是因为奴隶偷懒，而是因为工作量太大。工头的毒打使他难以忍受，于是他猛地站起来，操起身边的一把斧头，在愤怒中把白人监工头乱斧砍死。事后，奴隶主是不会给这个奴隶辩解机会的，而是简单粗暴地把他送上绞刑台处死，然后暴尸示众。"反抗奴隶必死"的规范化裁决是维护奴隶制暴力统治和保障奴隶主经济利益的特殊手段，而且长期的肉刑和肉刑威胁不但会使黑奴产生神经性恐惧，而且还会使奴隶主丧失人性。

最后，肉刑如果被视为残暴的身体规训，那么非人权认定就是野蛮的去人性化措施。在美国南方奴隶制的规范化裁决里，非人权认定主要包括两个方面：黑奴没有受教育权和家庭组建权。白人一方面认为黑奴愚蠢，另一方面又不允许黑奴通过学习消除愚昧。白人奴隶主埃普斯不准黑奴看书或写字。他曾对诺瑟普说："如果我看见你手上有书、笔或墨水，就会给你一百鞭……买奴隶，是让奴隶干活的，不是让奴隶来学文化的。"[①]大多数南方奴隶主认为，带书的奴隶比带刀枪的奴隶更恐怖。他们惧怕黑奴通过文化学习来提高自己的社会认知能力，从而产生推翻奴隶制的思想。另外有一些奴隶主，如福特（Ford）和坦纳（Tanner）等，虽然允许黑奴读《圣经》，但目的不是要黑奴学文化，而是想利用宗教来毒害黑人，让黑人

---

① Solomon Northup, *12 Years a Slave: A True Story*, London: William Collins, 2014, p.162.

心甘情愿地当奴隶。此外，黑奴没有组建家庭的权利，也没有正常的子女养育权。白人奴隶主伊莱沙·贝里（Elisa Berry）与女奴伊莱札（Eliza）相爱而同居多年，生下女儿艾米丽（Emily）。根据当时法律的规范化裁决，白人不能与黑奴结婚，因此伊莱札仍然是奴隶，后来被贝里的前妻卖到南方种植园，连贝里和伊莱轧的亲生女儿艾米丽也难逃被卖入奴隶制的命运。在南方奴隶制社会里，奴隶主通常把女奴视为自己财富增长的生育机器，不但自己奸污女奴，而且还放任黑奴性侵女奴。女奴每生下一个孩子，就意味着奴隶主多获得一笔财产。另外，诺瑟普还揭露了奴隶主霸占女奴的变态心理。奴隶主埃普斯长期霸占女奴帕特丝，不允她与其他男性黑奴接触，而他自己根本就不可能与她结婚；如果帕特丝稍有反抗，就必然会遭到他的毒打。在奴隶制社会里，白人奴隶主性侵犯或性剥削黑人女奴的行为是没有被纳入规范化裁决的，因此白人永远不会因伤害黑奴而触犯法律或坐牢。

美国南方种植园的规训空间之规范化裁决的标准是白人奴隶主精心确立的社会规则，这些规则主要是针对黑奴的，环环相扣，服务于社会规训的目的。凡违反奴隶制社会规则的黑奴必须受到惩罚。奴隶制的规范化裁决采取的不是包含"奖"和"惩"的二元机制，而是只有"惩"的一元机制。在这种机制下，黑奴的行为和表现都被纳入恶的领域。因此，在这种强权的压制下，黑奴的肉体和心理渐渐从自由的肉体转变成失去灵魂、失去自我、温顺的、完全听命于奴隶主的行尸走肉。

三、检查与空间规训中的人性禁锢

从福柯的微观权力理论来看，检查是指权威体把层级监视与规范化裁决结合起来监督、管理和控制弱势一方的规训策略。它不是把社会权力或个体权力的符号强加给其他对象，而是在一种使对象客体化的监督机制中控制对象，使其失去人身自由。"检查试图在监视的目光中寻求规范化裁决、定性和分类。通过检查，个人被对象化，其'身体'也随之被征服。"[①]空间是实施检查手段的场所，是实现检查手段的必要物质和精神条件。权力就是通过检查手段来威慑和规训个体，并把权力的影响力和制约力渗透到社会的各个角落，以此来保证权力的顺利运行，从而使权力的威胁性和控制性无处不在。在一定的社会形态里，空间是各种权力争夺的必然场所，

---

① 李怀、牟海云：《福柯的权力"微观物理学"及其运作技术探析》，载《甘肃社会科学》2008年第6期，第20页。

同时也是权力施展的重要媒介。正是通过权力对空间的生产与管理，空间才获得了产生意义的权力，进入特定序列的权力。①《为奴十二年》所描写的空间规训不仅吻合了福柯早期所关注的政治空间，而且还揭示了政治空间对个人物理空间和精神空间的压迫和束缚。在诺瑟普描写的空间规训体系中，奴隶制社会所关注的空间形态主要是以种植园、奴隶主住宅、奴隶棚屋、棉花地、甘蔗地等为代表的政治空间、生存空间或生产空间。因此，本部分拟从地域空间规训和心理空间规训两个方面来探析空间规训中的人性禁锢与检查的内在关联。

　　一方面，地域空间隔离是实现黑奴彻底服从的首要条件，它能保障体制化的规训权力以最大的强度来对规训者使用权力。也就是说，规训权力只有通过把黑奴的身体禁闭于一个与北方废奴州不同的、封闭的、隔离的场所，限制其身体的流动自由，才能发挥最大的规训效能。②在《为奴十二年》里，奴隶贩子伯奇和弗里曼对关押奴隶的选址是非常严谨的。他们把奴隶羁押场所选择在地下封闭的建筑物之内，该空间犹如监狱的"牢房"，狭小潮湿，没有任何光线照进来，墙上只有一扇用粗大的铁条封闭着的小窗户，铁条外面是关闭得严严实实的百叶窗。"牢房"外是一个院子，院子四周是十多英尺③高的砖墙，唯一通向外面街道的是一扇厚厚的铁门。这扇铁门使外面的人看不见里面的情况，也使黑人的凄惨遭遇无法被外界知晓。诺瑟普等黑人被关在这样的场所里，挨打时的声声惨叫无法被街上的行人听见。在诺瑟普的笔下，隔离的地域空间除了牢房之外，还有种植园。诺瑟普在其奴隶生涯中曾被卖到过福特的木材种植园、埃普斯的棉花种植园和坦纳的甘蔗种植园。这些种植园几乎都是依河而建的，周围都是无边无际的沼泽地或一望无际的大海。沼泽地里还生长有很多大型野兽，如熊、老虎、鳄鱼及成百条毒蛇，任何一种动物都能将逃亡的黑奴咬死或吞噬。正是种植园周围的独特自然环境形成了种植园与外部世界隔离的空间屏障，同时也构成了黑奴难以逃亡的障碍。这样的隔离空间是奴隶主借用自然地域地貌而精心选择的黑奴规训之地，也是奴隶主实施层级监视或规范化裁决的物质前提。

---

① 刘涛：《社会化媒体与空间的社会化生产：福柯"空间规训思想"的当代阐释》，载《国际新闻界》2014年第5期，第62页。

② Heikki Jussila & Roser Majoral, *Sustainable Development and Geographical Space: Issues of Population, Environment, Globalization and Education in Marginal Regions*, London: Routledge, 2017, p.97.

③ 1英尺≈0.3米。

另一方面，地域空间隔离的恐怖性为黑奴心理空间的规训营造了一个恐怖的精神氛围。其实，黑奴的心理空间规训也是《为奴十二年》的一个重要主题。作品中令人恐怖万分的沼泽地、鳄鱼、毒蛇等构成了黑奴的心理恐怖意象。种植园的大多数黑奴们都想逃离奴隶制，但他们的心理空间被种植园周围的"恐怖"氛围所控制，奴隶主通过渲染密林空间和沼泽地的阴暗和危险制造出令人生畏的恐怖气氛，使黑奴们觉得如果离开了种植园，他们随时都会受到野兽的袭击，从而产生"好死不如赖活着"的颓废心理。埃普斯等白人奴隶主正是利用这种心理恐惧来规训种植园里的黑奴，并以此作为巩固其权力统治的有效策略。埃普斯种植园的黑奴威利被奴隶主无故鞭打后，心生不满，于是就悄然逃离了种植园，但不久后就自动回来了，心甘情愿地再当奴隶，因为对外界的恐惧心理使他丧失了在困境中生存的能力。[①] 埃尔德雷特（Eldret）的女奴内莉（Nelly）也是这样，她逃离种植园后无法在沼泽地里生活下去，荒野中野兽的吼叫声加剧了她内心的恐惧，最后她也不得不回到种植园继续当奴隶。由此可见，黑奴们即使能逃出奴隶主的种植园，但也无法逃出自己为奴的心理空间，他们缺乏战胜困难一定要逃到北方去寻求自由的坚强意志。白人奴隶主对黑奴心理空间的规训消磨了他们的意志和胆识，使大多数黑奴被禁锢在南方的种植园里。心理空间中的权力规训也是检测奴隶制社会微观权力实施功效的手段之一，由此而产生的精神控制和精神威慑是美国南方奴隶制禁锢人性的暴行之一。

地域空间规训和心理空间规训的规训功效与层级监视和规范化裁决密切相关。地域空间的规训使黑奴失去了人身自由和空间移动的可能性，禁锢了黑人人性的天然发展。奴隶制的恶劣生存环境和黑奴逃亡的自然障碍给黑奴的心理空间投下了阴影，使他们生活在想逃离而又无法逃离的绝望空间里，过着"社会性死亡"般的抑郁生活。黑奴在地域和心理方面被规训的后果折射出美国奴隶制的非人性和反文明性。

《为奴十二年》深刻揭露了美国南方种植园对黑奴的社会规训，展现了白人种植园主的人性之恶，引起了读者对黑奴悲惨生活的关注和对人类文明发展历程的深刻反思。在诺瑟普的作品里，南方奴隶制的规训权力是通过层级监视的不可见性来施展的，并且用规范化裁决来强化层级监视，把一种被迫可见原则强加给处于被监视中的黑奴。正是因为经常被白人奴隶

---

① 庞好农：《情境力量场与路西法效应——社会伦理学视域下的〈锻炉上的血〉》，载《烟台大学学报》（哲学社会科学版）2018年第2期，第78页。

主监视和能够被随时监视，被规训的黑奴总是处于受支配的地位，容易产生随时大祸临头的心理恐惧。南方奴隶主通过检查的手段将层级监视和规范化裁决有机地结合起来，致力于固化南方种植园的黑奴生存空间。层级监视、规范化裁决和检查是南方白人奴隶主实施规训权力的主要手段，他们使规训权力渗透于社会空间的各个方面，使黑奴处于全景敞视的无形监狱之中。诺瑟普的回忆录式书写具有很高的历史价值和文化价值，对认知美国内战前南方奴隶制的社会状况、心理状态和价值取向具有重要的参考价值。

第二节　《局外人》：城市空间与生存张力

《局外人》（*The Outsider*，1953）是赖特写得最为出色的长篇小说之一。该小说以美国 20 世纪三四十年代的种族形势为背景，描写了城市黑人知识分子的生存窘境和不懈抗争，揭露了种族主义、专制主义和存在主义社会环境里的生存危机和信仰危机，表明种族偏见占主导地位的社会环境制约了黑人青年生存和发展的城市空间。社会非理性促使个体非理性恶行的出现和发展，导致黑人青年从个人空间的自发捍卫者发展到存在主义式唯我论的自觉奉行者，给社会、家庭和自我造成难以挽回的损失。美国学界把《局外人》视为非裔美国城市自然主义的重要作品。在叙事策略方面，《局外人》呈现出很强的空间布局意识，展现了赖特的空间思维脉络。赖特从多维度描写了黑人青年在种族主义社会环境中的空间变迁和人格演绎，各种空间的形成和变化直接预示和再现了黑人的生存危机和种族困境。法国思想家亨利·列斐伏尔（Henri Lefebvre，1901—1991）"以'三元辩证法'为哲学方法论基础，分析了城市空间的三种形态，即自然空间、精神空间和社会空间，认为城市空间是自然空间、精神空间和社会空间的三维统一体"①。本节拟采用列斐伏尔空间理论的基本原理，从社会空间的排斥性、空间迁移的非理性和空间重构的冷酷性三个方面来探究城市空间与生存张力的内在关联。

一、社会空间的排斥性

社会空间是一种物质产物，与其他物质要素有着密切的关系，主要涉

---

① 高春花：《列斐伏尔城市空间理论的哲学建构及其意义》，载《理论视野》2011 年第 8 期，第 29 页。

及一定社会语境里的人际关系和身份认同问题。人际关系和社会生态赋予社会空间以形式、功能和意义。社会空间"不仅是社会结构布展的某种场面，而且是每个社会在其中被特定化的历史总体的具体表达"①。由此可见，社会空间与政治有着密切的关联。巴米·沃夫（Barmey Warf）说："社会构成空间在政治上绝不是中性的，通常会充满斗争和冲突，因此，每一个空间秩序都会反映出社会利益，空间关系可能会因服务于权力而被扭曲。"②的确，在一定社会形态里，社会空间结构通常会形成以权力为中心的运作原则，突出社会空间的公众性和排斥性。赖特在《局外人》里从公共空间、职场空间和家庭空间三个方面描写了社会空间的生存张力。

首先，随着第二次世界大战的结束，黑人的人权意识和平等意识日益增强，为美国民权运动的来临打下了良好的社会基础。美国城市空间的社会化状况越来越表明现有公共空间的状态和氛围还严重滞后于社会发展。赖特在《局外人》里揭露了公众空间的敌意性、狭隘性和奸诈性。在芝加哥城里，城南地区是黑人聚居区，居住环境恶劣，社会治安失控，色情场所泛滥；在白人的生活或工作区，黑人为白人当奴仆或从事白人不屑为之的工作。白人把黑人视为下等人或道德品质低下者。邮局秘书借钱给克洛斯（Cross）时充满蔑视地说："你们黑小子在城南地区制造了不少麻烦，你们每晚都沉溺于酒色之中吧！"③他把所有黑人都想象成色情场所的常客。此外，赖特还描写了白人与黑人的疏离性。克洛斯在火车上看到黑人列车服务员鲍勃（Bob）向乘客的杯子中倒开水时，一名白人妇女无意中一挥手打翻了鲍勃手上的开水茶壶，导致她自己被烫伤。白人妇女把所有责任都归咎于鲍勃，声称是鲍勃导致了这个事件的发生，其实她本人才是这个事件的主要责任人。如果她不挥手，就不会碰到开水壶，也就不会发生这个事件。车厢里有名白人牧师是整个事件的目击者，但出于对黑人的敌意，他不愿站出来为黑人说一句公道话。他的不作为导致鲍勃被公司开除了公职。最后，赖特还描写了公众空间的欺诈性。黑人大妈凯茜（Cathie）是一个身世凄苦的寡妇。骗子怀特（White）和密尔斯（Mills）为了诈骗凯

---

① 牛俊伟：《从城市空间到流动空间——卡斯特空间理论述评》，载《中南大学学报》（社会科学版）2014 年第 2 期，第 143 页。

② Barmey Warf, "Review of the Production of Space," *Journal of Regional Science* 33.1 (1993), pp.111-112.

③ Richard Wright, "The Outsider", in Arnold Rampersad (Ed.), *Later Works: Black Boy (American Hunger), The Outsider*, New York: Literary Classics of the United States, 1991, p. 440.

茜的财产，哄骗她卖掉原有的房子去炒房地产，这个阴谋差一点使善良的凯茜大妈陷入破产的陷阱。这些白人骗子的阴险和贪婪是诈骗事件的源头。

其次，职场空间指的是劳动者为谋生而劳动的区域。赖特在这部小说里描写了黑人青年克洛斯在芝加哥邮局的工作场所。克洛斯是邮件分拣员，每天都要分拣成千上万封的信件，枯燥而无聊。他的三个朋友布克（Booker）、乔（Joe）和品克（Pink）都是邮局的工作人员，对工作没有热忱，上班盼望下班，一下班就一起到酒吧去。黑人职场的上升空间犹如横隔了一块玻璃天花板，他们不论工作多么努力，为单位做出多么大的贡献，也仍然不可能得到升迁的机会。他们的生活犹如一种"社会性死亡"，所以他们整日到处游荡，寻欢作乐，过着行尸走肉般的生活。在当时的社会环境里，不论他们多么聪明，多么勤奋，黑人都无法获得与白人平等的升迁机会，这显示了黑人的政治、经济和文化地位的低层次固化。充满偏见与排斥的职场空间不但剥夺了黑人的职场发展机会，同时也引起了黑人对现状的不满，从而产生消极负面的反应，甚至导致黑人对职场失去信心而走向沉沦。

最后，赖特在这部小说里描写得最好的社会空间是家庭空间。主人公克洛斯的道德沦丧引起了家庭空间的张力剧增。由于职场空间的无前途性，克洛斯把自己的追求转向吃喝玩乐。他做了两件让妻子格莱迪丝（Gladys）伤心无比的事：一是当格莱迪丝因生小孩住院时，克洛斯在家里召妓，被格莱迪丝撞见；二是克洛斯勾引未满16岁的黑人少女朵特（Dot）。克洛斯对格莱迪丝妻子身份的践踏导致他与家庭空间的疏离。为了惩罚克洛斯的出轨行为，格莱迪丝勒令他马上去办三件事：一是签字把房子转让给她；二是签字把汽车转让给她；三是从邮局财务部赊账800美元。格莱迪丝的三个指令剥夺了克洛斯的财产权，使他陷入职场空间的债务危机。她还以联合朵特指控他强奸少女为要挟，以经济手段紧缩他在家庭中的生存空间。此外，克洛斯在家庭生活中的不端行为和好色品行也受到其母亲达蒙（Damon）的强烈谴责。达蒙年轻时曾遭花花公子骗财骗色，所以对玩弄女性情感的行为痛恨无比。总之，克洛斯在家庭空间里遭到来自三个方面的压力：格莱迪丝的索赔、朵特的逼婚和母亲达蒙的指责。这三股压力犹如三股绞索套在克洛斯的脖子上，迫使他一步一步地讨厌和远离家庭空间，以逃离自己的家庭空间为最大愿望。赖特通过对家庭空间的描写探讨了性别问题、人格问题和家庭经济责任问题。伊丽莎白·T. 海恩斯（Elizabeth T. Haynes）说："住宅是性别政治和阶级斗争的舞台。对于黑人女性来说，种族政治当然也通过住宅来上演的。"①住宅在黑人的社会生活中起着主要作用，精神压力会极大地压缩他们的生存空间。

赖特在这部小说里描写的公众空间、职场空间和家庭空间是社会空间的主要表现形式，也是城市居民每天都必须接触的空间。个体生活与社会空间融合后便会产生精神和社会特质，与社会语境和人际交往有机结合，产生独具特色的空间意义。赖特强调社会空间与人的特质、社会特性、社会结构和伦理道德观等有着密切的关系，认为城市空间的社会性、种族性和个体性造就了人们各自的生存空间。挑战社会伦理底线的行为必然会引发人际关系张力和身份认同危机，缩小或毁灭自我的生存空间。

二、空间迁移的非理性

空间迁移是空间变化发展的一种表现形式，指的是在一定语境下人从一个空间转移到另一个空间的行为或过程。人们通常借助空间转移方式来实现自我，但时长会困于非此非彼的阈限空间。②赖特在《局外人》里描写了黑人在美国社会所经历的空间迁移，展现了空间迁移的理性和非理性，从城市空间迁移、生死空间迁移和种族空间迁移等方面揭示了空间迁移与人性演绎的内在关联。

首先，城市空间迁移指的是人们从一个城市迁徙到另一个城市的过程。城市是人类文明发展到一定程度后形成的产物，可以被视为一种人为的空间结构和社会性群居形式。事实上，"城市空间的出现是对自然空间的一种侵犯和掠夺，城市符号象征着对自然的征服。这种对自然的消灭和抹杀给都市人带来不可磨灭的影响，生活在城市中的人，也逐渐压抑和褪去自身的自然属性，从而导致人格的不健全和身份感的异化"③。赖特在这部小说里描写了两个城市空间迁移的事件：克洛斯事件和鲍勃事件。芝加哥地铁颠覆事件为克洛斯的城市空间迁移提供了机会。克洛斯在芝加哥的城市空间里遭遇了不少生存困境，他无法解决自己与原配妻子格莱迪丝和情人朵特的三角关系，格莱迪丝的拒不离婚和朵特的坚决要结婚把克洛斯推到了难以消解的两难境地。地铁颠覆后的新闻报道把克洛斯列入了死亡者名单，对芝加哥城市空间彻底失望的克洛斯借此机会默认了新闻上的错误消息，

---

① Elizabeth T. Haynes, "The Named and the Nameless: Morrison's 124 and Naylor's 'the Other Place' as Semiotic Chorae," *African American Review* 38. 4 (2004), p. 669.

② 赵莉华：《空间政治：托尼·莫里森小说研究》，成都：四川大学出版社，2011年版，第2页。

③ 李圣昭、刘英：《城市空间与现代性主体——从空间理论角度解读〈嘉莉妹妹〉》，载《安徽文学》2014年第3期，第57页。

悄然前往纽约，去开辟自己的第二个城市生存空间。克洛斯是带着追寻更好生活的美好愿望去进行自己的城市空间迁移的。此外，在这部小说里，赖特还描写了一个被迫的城市空间迁移的故事。鲍勃因在列车上为顾客倒开水时烫伤了一名女乘客而被铁路公司解雇。他是一名美国共产党员，担任列车行李工工会的负责人，因此，他利用职务之便，组织工人们起来抗争，但遭到美国共产党中央负责人的反对。鲍勃不顾组织原则，继续组织罢工。因此，美国共产党组织负责人吉尔（Gil）向纽约警察局告发，指认鲍勃是来自西印度群岛的非法移民。最后，鲍勃被驱逐出境。这个事件使鲍勃与妻子和家人分离，其家庭陷入了解体的危机。赖特以此揭露了美国共产党组织的非人性和机械性对黑人生存空间的限制和毁灭。

其次，在这部小说里，赖特还描写了生死空间迁移的故事。生和死是人生的两大节点，其转换必然导致当事人命运的改变。赖特讲述了克洛斯的生死空间迁移。地铁倾覆事件后，克洛斯的母亲、妻子、孩子、情人、朋友和单位领导都认为克洛斯遇难了，因为警察从一名死者身边找到了克洛斯的身份证明。其实，这个证明是他逃离现场时不小心遗落在事故现场的。这样，在这些人心中，克洛斯就是"另一个世界"的人了，但出于对家人和朋友的思念，克洛斯在地铁倾覆事件后不久偷偷跑到家附近，偷窥他们的生活状况。在小说末尾部分，克洛斯被捕，艾利（Eli）检察长找到了他的家人。当家人得知克洛斯还活着的消息时，母亲达蒙差点被吓死，妻子格莱迪丝也觉得难以置信。这是虚拟生死空间的现实版再现。克洛斯在生活中奉行唯我主义理念，只愿接受共产党组织给他带来的福利待遇，但不愿遵守党的组织原则。此外，他漠视党组织的纪律，涉嫌谋杀美国共产党的两名中央委员。因此，美国共产党中央的主要负责人布里明（Blimi）指派了两名特工蒙提斯（Mentis）和亨克（Hunk）去追杀克洛斯，最后把正要跨入出租车离去的克洛斯当街击毙。克洛斯的人生历程演绎了生死空间的瞬息迁徙，揭示了存在主义者对无限权力的追求必然会导致自己灭亡于其他存在主义者奉行者之手的悲剧。

最后，种族空间迁移是这部小说描写的另一个亮点。赖特通过白人检察官艾利之口，揭示了种族空间迁移的窘境：在文化移入中，黑人学习和继承了白人文化的精髓，同时也接受了白人的价值观和世界观，但黑人还是被白人社会视为局外人和他者。由于不利社会环境对黑人生存空间的挤压，黑人难以真正融入白人社会，他们进入白人空间之后时常会与现实白人社会的诸多方面发生冲突，白人文化的排斥性和种族主义者的敌意性使黑人种族空间的迁移困难重重。赖特描写种族文化空间迁移的问题旨在展现黑人对不合理社会制度的反感、愤怒和抗争。在《局外人》里，为了在纽约地区开展"抵制白人房东种族歧视"的运动，吉尔故意安排黑人克洛斯到自己家居住。吉尔的房东是白人种族主义者赫恩顿（Herndon），赫恩顿讨厌白人吉尔和黑人克洛斯的亲密交往，尤其不能容忍一个黑人居住在他自己的房子里。克洛斯从自己的黑人城市空间搬入白人的城市空间，引起和激化了黑人和白人之间的种族矛盾。克洛斯作为一个种族自尊心极强的青年一代黑人，一方面痛恨赫恩顿之类的白人种族主义者，另一方面也痛恨把自己当作棋子的吉尔类白人唯我论者。因此，当吉尔和赫恩顿发生肢体冲突时，克洛斯无情地把两人都打死了，并伪造了两人互殴而亡的假现场。种族问题是一个敏感的社会问题，故意安排或设置的种族空间迁移是另类种族主义的表现形式，必然会伤害黑人的自尊心，激起黑人的抗争。

总之，赖特从城市空间迁移、生死空间迁移和种族空间迁移三个方面描写了芝加哥和纽约城市空间里的黑人和白人对自身身份的困惑和迷茫，揭示了空间变换引起的身份焦虑感和惶恐感。在身份不为社会尊重和认可的情况下，处于空间迁移中的人依然渴望同化，希望自己能被主流社会所接纳。

三、空间重构的冷酷性

城市空间的政治、经济和文化形态通常会对都市居民的身份建构和日常生活产生重要的影响。人口素质和消费文化会对都市新移民产生积极或消极的同化作用。随着美国社会的发展，种族平等、人权平等和性别平等的社会呼声越来越强烈。自我空间的重构成为美国城市空间发展和变迁的重要表现形式之一。自我空间在政治、经济、文化等方面的功能日益显著。"空间一方面为权力、利益、理念等要素提供发生场所，另一方面也遮蔽和固化了城市扩张、人口流动、产业结构调整等现象背后的社会分层、权力冲突、利益争夺等深层制度化的社会问题。"[①]洛克斯的空间重构之旅一开始是为了逃避责任，后来发展到采用暴力手段消灭一切可能给他带来威胁的人，因而走上了以自我为中心的血腥杀戮之路。赖特在《局外人》里从空间重构中的诡计、空间重构中的杀戮、空间重构中的自我克制和空间重构中的虚拟性四个方面展现了空间重构的方式与策略，揭示了自我空间重构在人物塑造和主题思想深化方面的独特功能。

① 钟晓华：《社会空间和社会变迁——转型期城市研究的"社会—空间"转向》，载《国外社会科学》2013年第2期，第14页。

　　首先是空间重构中的诡计。赖特在这部小说里描写了主人公克洛斯采用诈死、借尸还魂和盗用出生证等手段进行的自我空间的重构。克洛斯本是芝加哥邮局的职员、格莱迪丝的丈夫、达蒙太太的儿子、三个儿子的父亲和少女朵特的情人。他在家庭空间和公众空间的挤压下难以正常生存下去，于是就在芝加哥地铁倾覆事件中诈死。后来，他在墓地中偶然看到莱昂内尔·莱恩（Lionel Lane）的墓碑，就临时决定冒用他的名字，并到市政厅办理了莱恩的出生证明复印件。从此他就获得了莱恩的合法身份。莱恩父母的离世使莱恩的身世更加无法查证，因此克洛斯借尸还魂的诡计得以成功。此后，克洛斯就以"莱恩"的身份生活在纽约，参与了共产党组织的不少社会活动，与白人少妇伊娃（Eva）坠入情网。他通过自我空间重建的方式开始了自己的第二人生。然而，这种充斥欺诈与谎言的策略注定了克罗斯的空间重构最终会失败。

　　其次是空间重构中的杀戮。《局外人》还描写了个人空间重构过程中的血腥性和残酷性。克洛斯是一个极端的存在主义者，以自我为中心，遵循消灭一切不利因素来保全自我的生存方式。芝加哥地铁倾覆事件发生后，他被一具尸体压住了右腿，为了移出自己的腿，他不惜用砖头敲碎死者的头。当他决定以诈死为手段来掩盖自己的身份时，他在旅馆偶遇了以前的好朋友乔。为了防止乔泄露他还活着的消息，他就用啤酒瓶敲碎了乔的头，然后把他的尸体推到楼下。克洛斯把自己的个人空间重构视为改变人生的决定性手段，把一切可能威胁其身份重构的人视为自己的敌人。在小说的末尾部分，克洛斯潜入约翰·希尔顿（John Hilton）的家，发现约翰的柜子里藏有他杀死吉尔和赫恩顿的血帕，因此认为约翰在暗中搜集他的犯罪证据，并想以此要挟他成为其奴仆。奴仆身份会使克洛斯丧失自己的个性空间和基本人格，因此，约翰所保存的证据成为克洛斯必杀约翰的理由。存在主义式的唯我论使克洛斯成为滥杀无辜的恶魔。个性空间的建立并没有给他带来渴望的幸福和自由，反而使他一步一步地走向嗜血的深渊。

　　再次是空间重构中的自我克制。出于对重构身份稳定性的考虑，克洛斯自觉地抵御了女色和党派的诱惑。克洛斯从地铁倾覆事件中幸免于难后，接受了白人妓女詹妮（Jenny）的性服务。之后，詹妮对克洛斯产生了爱意，打算和他建立固定的情人关系，并随他浪迹天涯，但克洛斯不愿再次陷入婚姻陷阱，于是以撒谎的方式摆脱了詹妮的纠缠。之后，克洛斯去纽约的路上，投宿到一家旅店，女店主海蒂（Hattie）对年轻英俊的克洛斯一见钟情，频施秋波。为了克制自己对女性的生理欲望，克洛斯带上行李不辞而别，再次逃避了女性的诱惑。对于党派组织，他也一直持回避态度。因此，不论美国共产党领导人吉尔怎么劝说，他都拒绝加入。他不愿让自己的个人空间受到任何组织和他人的约束，认为对女性或党派组织的沉溺必然会导致自我的丧失和个性空间的毁灭。

最后是空间重构中的虚拟性。赖特还在这部小说里描写了虚拟的精神空间。克洛斯是一名大学肄业生，但在黑人中是难得的高学历知识分子。在现实生活中，他不但以自我为中心，而且还时常把自己装扮成上帝。克洛斯在几十层楼高的办公室里向窗外扔钱币，引起不少人在楼下疯抢。看着楼下抢钱的人群，克洛斯哈哈大笑道："说实话，我想我要笑死了。"[1]只在此刻，克洛斯觉得自己像"上帝"，在自己的精神空间里成为至高无上的"主"。由此可见，克洛斯想以撒钱的方式来满足自己的个性欲望，实现自己济世救民的政治幻想，从而重建自己的个性空间。

在《局外人》里，美国社会个性空间的重新建构是个人活动空间的重新组合；由种族利益和政党利益而形成的空间形态会造成人际关系的分割和分散。城市空间的重构是城市居民日常生活场景中的真实过程，是具体行动者能动性的产物，同时又直接影响着人的行为、生活方式及价值观。空间重构的实施行为和捍卫自我的人生追求在存在主义思想的催化下会导致生存空间的压缩和伦理空间的毁灭。

《局外人》描写了美国黑人的生存空间、空间迁移和空间重构，使城市空间成为物理空间、精神空间和社会空间的有机统一体。赖特借助于"公众空间""职场空间""空间重构"等概念界说了城市空间的物质性、社会性和精神性，展现了非裔美国城市自然主义小说的空间诗学，从空间角度显示了赖特对美国种族问题的独特见解和思考。赖特从美国政治、经济、文化、道德、伦理等层面描写了黑人的民族主义思想，弘扬了黑人的民族精神，强调了城市生存空间与黑人意识形态的密切关系。其实，城市空间对个体身份的同化与异化作用正时时刻刻地发生在城市居民身上，不同种族人士的交往有助于促进大家逐步接受彼此的文化习俗和价值观，达到种族关系和人际关系和谐的目的。赖特关于空间问题的描写拓展了美国黑人城市自然主义小说的主题空间，为非裔美国小说在 20 世纪七八十年代的大发展打下了良好的文化基础。

---

[1] Richard Wright, "The Outsider", in Arnold Rampersad (Ed.), *Later Works: Black Boy (American Hunger), The Outsider*, New York: Literary Classics of the United States, 1991, p. 440.

第三节　《长梦》：都市空间与人性演绎

《长梦》(*The Long Dream*, 1958)是赖特于 1958 年出版的长篇小说，讲述了在种族主义社会环境里黑人的种族身份问题、个人奋斗和爱恨情仇，展现了存在主义者的政治观和价值观。在这部小说里，赖特通过对美国南方克林顿维尔城种族关系的描写，展现了由种族界限所引起的各种社会冲突，揭露了白人官僚阶层的贪婪和暴虐。该小说出版后在世界各地反响不一。欧洲学界纷纷赞赏该书对美国种族问题的生动描述，但美国学界却认为由于赖特远居欧洲太久，对美国种族形势新情况的了解落后于时代。《长梦》的艺术价值表现在空间的表述和寓意的展示方面。这部小说的多重空间的建构为读者解析小说主题提供了新的视角。赖特从黑人区与政治空间、都市女性空间危机和都市男性空间危险等方面讲述了空间政治与人性演绎的内在关联，揭示了黑人在白人主导的社会空间里所遭受的政治欺凌和精神压迫。

一、黑人区与政治空间

黑人区是美国都市里的一个独特区域，主要由黑人居住，在地域位置上通常与白人居住区分离开来。在纽约、芝加哥和洛杉矶等美国都市都存在着黑人区。黑人区这一形式有百余年的历史，是美国种族歧视和种族偏见的产物，也是白人排斥黑人的历史铁证。黑人区所构成的社会空间既不是一个框架，也不是一个被动的容器，而是包含了事物共时态的、冲突与交融共存的、有序或无序的各种关系。这个空间不仅被社会关系支持，同时还不断生产出新的社会关系。因此，黑人区具有强烈的社会属性和政治属性。赖特在文学创作中关注美国黑人区与种族隔离的问题。在《长梦》里，密西西比州克林顿维尔城的种族隔离法在黑人和白人的生活区之间存在严格的种族界限。黑人被禁止与白人去同一所学校上学、饮用同一条公用水管流出的水、在同一公园内玩耍、坐同一辆公交车或同一节火车车厢、在同一家医院就医，甚至黑人和白人死后也不能埋葬在公墓的同一区域。在种族歧视严重的克林顿维尔城里居住的美国黑人不得不小心翼翼地对待种族界限，否则他们就可能被白人伤害，甚至杀害。具体说来，《长梦》从三个方面展现了黑人区物理空间与政治空间的内在关联：黑人区的地域性、警察的违法行为和黑人经济实体的脆弱性。

首先是黑人区的地域性。黑人区是黑人种族的居住空间分化。以居住隔离为特征的黑人区是一种社会现象。赖特对这一社会现象的描写一方面体现了他对种族关系、人际交往、社会割裂等社会问题的关注，另一方面则表现了他为种族隔离的消极后果所产生的担忧和焦虑。"种族居住隔离是美国城市里普遍存在的社会现象，甚至被认定为美国社会组织结构的基本特征。"[①]在《长梦》里，黑人居住的区域被列为黑人区，白人当局在黑人区的大门口还写上了"黑人专门区域"（For Colored Only）的字样，由此表明白人拒绝把黑人当作与他们平等的人。在白人心目中，黑人是丑陋、肮脏和道德低下的生物。白人习惯于把黑人看成是目不识丁的牲口，认为黑人虽然对白人温顺，但会时常撒谎和偷窃。在白人占主导地位的社会空间里，黑人已被想象为社会空间里的某种僵化模式，而不是活生生的人；白人把黑人视为不配与其讲平等的生物体。白人对黑人的仇恨和种族歧视妨碍了黑人的自我实现和自我满足，并且威胁到黑人的生存空间。在种族界限和种族隔离的背后，黑人遭受到物质和精神的双重压榨。白人对黑人的迫害必然导致黑人对白人的仇恨和不信任。黑人与白人之间的隔阂越来越大，白人对黑人的政治、经济和文化的压迫越大，黑人违法者也就越多。黑人对自己的犯罪行为有不同的看法：黑人拒绝相信白人证人的证词或白人陪审团的公正性。法庭越是惩处违法的黑人，黑人就越认为白人的裁决不公，黑人蔑视法律的事件也就随之更多。在白人排斥黑人的同时，黑人也以同样的手段予以反击。当费西（Fish）、山姆（Sam）、齐克（Zeke）等黑人少年在街上打垒球时，白人男孩艾斯·沃尔特（Assie Walt）想加入，但遭到拒绝。随后，这些黑人孩子把艾斯视为黑人种族的仇敌，集体殴打了艾斯。黑人少年的排斥行为进一步恶化了当地白人少年与黑人少年的关系，几乎断绝了彼此的交往。

其次是警察的违法行为。黑人少年只能待在黑人区域。一旦他们从黑人区域走到白人区域就会遭到灭顶之灾。赖特描写了黑人少年因在白人私人地界玩耍而遭到迫害的故事。费西等人和另外一帮黑人孩子在玩耍时不慎误入白人的私人领地，白人居民当即报警。警察赶到现场后，认为费西等人侵入了他人的空间，涉嫌违反美国法律，因此逮捕了没来得及逃跑的费西和托尼（Tony）。之后，他们被关入白人的监狱。为了取乐，白人警察克莱姆（Clem）故意用刀子装着要阉割费西的样子，费西被吓得昏死过去。之后，他多次以这种方式来恐吓和取笑费西的胆怯。其实，警察以此来恐

① Jean-Francois Gounard, *The Racial Problem in the Works of Richard Wright and James Baldwin*, Trans. Joseph J. Rodgers, Jr., Westport, Conn.: Greenhood, 2015, p34.

吓未成年人的行为在任何国家都是违反法律的和职业道德的。由此可见，费西等黑人在自己的国土上也没有自由玩耍的权利。白人对黑人的歧视和欺凌必然会遭到命运的报复。费西从监狱释放后回家的路上，遇到了一场车祸，受伤的是一名白人司机。当费西正要前去救助时，司机命令道："快！黑鬼。快来！你把这个东西抬高一点，我的背快疼死了。"①车祸中受伤的白人没有求助于人的语气，而是粗暴地称费西为"黑鬼"，其言行严重伤害了费西的种族自尊心，因此，费西转身离开，放弃了救助，最后那个白人丧失了本有可能得到的及时救助而陷入巨大的生命危险之中。

　　最后，赖特还描写了黑人经济实体的脆弱性。种族隔离把黑人区变成了一个相对独立的经济区域。因种族偏见，白人商人不愿到黑人区开店，更别说给黑人开设一些服务性的机构。为了生存和发展，一些黑人就自己在黑人区开设了商店、医院、殡仪馆、学校等，以此满足黑人自己的日常生活需要。随着黑人区的发展，这些黑人商人的经验和服务品质不断提高，不少黑人通过黑人区开业的财富积累而跻身于中产阶级的行列。赖特在《长梦》里以黑人资本家泰瑞（Tyree）为例，描写了黑人产业畸形发展的社会状况。为了多挣钱，泰瑞勾结克林顿维尔城警察局局长坎特利（Cantley）从事非法经营活动。泰瑞本是一家殡仪馆的老板，后在坎特利的庇护下开设了兜售毒品的舞厅和地下妓院；此外，他还在黑人区出租破房子捞取暴利。在警察局的支持下，他的妓院生意兴隆，如有妓女因卖淫被捕，泰瑞也有办法让她们很快得到释放。泰瑞的商业帝国最后因为果园舞厅的火灾而土崩瓦解。果园舞厅存在严重消防隐患，当地消防局多次发出整改通知，但泰瑞因有警察局撑腰，对消防局的通知置若罔闻。长期忽略消防问题造成了极大的安全隐患，最后导致火灾发生，42人命丧火海。这个事件轰动了全国，泰瑞的靠山坎特利也无法掩盖事件真相。白人当局欲把泰瑞当作替罪羊，泰瑞因此与坎特利反目成仇。由此可见，在不良的社会环境里，靠违法经营发展起来的企业最后也会在违法中毁灭。

　　因此，《长梦》从黑人区的地域性、警察的违法行为和黑人经济实体的脆弱性等方面揭示了黑人区物理空间与政治空间的内在关联。赖特笔下的黑人区的社会空间大致可以分为种族内部和种族之间两个主要的社会关系，展现出黑人种族内部的矛盾、冲突，以及大社会背景下黑、白种族之间的不对等关系，从而呈现20世纪早期美国社会动荡不安的都市空间。黑人区作为一种被种族主义者扭曲和贬低的社会空间模式，在客观上导致了

---

　　① Richard Wright, *The Long Dream*, Chatham, NJ: Chatham, 1969, p.137.

危害社会安定和发展的病态后果。种族住宅区域的隔离状态形成了对黑人种族发展不利的资源配置和社会氛围，阻隔了黑人区政治、经济和文化等方面的正常发展。靠行贿等违法手法发展起来的黑人企业没有健康发展的持续性，经营中的违规行为不亚于黑人社区的一颗定时炸弹。黑人公民权的沦丧、种族社会的隔离状态和官商勾结的反法制行为都会造成严重的种族矛盾、生存张力和社会安全危机。

二、都市女性空间危机

在父权制社会里，男性在两性关系中占主导地位，妇女占次要地位，时常被边缘化为"他者"。女性因自身空间缺失和男权中心空间观的影响在社会生活中会产生持续的空间焦虑。①《长梦》描写了都市女性的空间困境，揭示了她们的焦虑、彷徨、恐惧和困惑。赖特主要塑造了三类妇女：因爱情而成家的家庭妇女、因穷困而被性剥削的妇女和因生计而出卖色相的妓女。大量女性空间的描写为探究女性的空间焦虑和女性空间的建构提供了丰富的材料。空间关系作为一种权利关系，既是女性受到先辈经验和父权制压迫产生焦虑的原因，也是女性寻求自身女性话语建构的策略。

空间形象的描写在《长梦》的叙事建构中起着重要作用。在父权制社会里，女性常被限制在男性主导的家庭空间内，而家就成了女性失去自我和自由的象征性空间。泰瑞把妻子艾玛（Emma）安排在城外的家里，专门照顾他的儿子费西。泰瑞住在城里，一边忙于自己的生意，一边和各种女人鬼混。作为妻子的艾玛毫无经济独立性，在家庭空间里充当"保姆"的角色。她遵循黑人社区的传统价值观，为丈夫和家庭做出了无私的贡献。但是在这样的生存环境里，她根本找不到属于自己的空间，由此产生了空间焦虑。她虽然怀疑丈夫在城里可能有情人，但却没有胆量去求证，因此，她一直受困于自我空间缺失的焦虑和难以跨越出男性空间势力范围的焦虑。赖特在这部小说里向读者展示了男性权威对家庭女性的束缚。这种束缚限制了家庭女性的活动空间，而且还剥夺了她们的各种社会权利。

此外，赖特在这部小说里还讲述了都市女性空间里的性剥削现象。妓院老板莫德（Maud）靠租赁泰瑞的房子从业，为了得到泰瑞的保护和优惠，她在以剥削妓女为生的同时，还堕落为泰瑞的性玩具。更令人不齿的是，她居然让自己的亲生女儿给泰瑞的儿子费西提供性服务。莫德尽管经营了

___

① Edward Margolies, *The Art of Richard Wright*, Carbondale: Southern Illinois University Press, 1969, p.42.

一家妓院，但为了维护自己的生存空间，不得不牺牲自己的名誉和尊严。在父权制社会空间里，女性空间成为男性空间的附属，时常遭到男性的侵害和侮辱，性成为妇女谋求生存和经济发展的手段和基础。

在描写黑人女性的空间焦虑时，赖特通过扩大其生活和交际空间自主性的方式，消除她们在都市空间生活中的困扰和焦虑。当艾玛获悉泰瑞被人枪杀在妓院时，心里非常愤怒，认为丈夫是在与他人的争风吃醋中被谋杀的，因此，她没有到妓院去查看泰瑞被害现场。之后，她与殡仪馆的工人吉姆（Jim）再婚，并与儿子费西分割了丈夫留下的财产。婚后，她重新开了一家殡仪馆。艾玛通过分割丈夫的遗产来获得了新的社会空间，构建了女性自己的话语空间。尽管儿子费西反对她再婚，但她仍然坚持自我空间的建构。艾玛通过女性空间的重建来消除空间焦虑。从前夫的家庭空间走出来后，艾玛成为职业女性，把自己的空间从个人的家庭空间扩展到社会的公共空间。这样的空间变化给她带来的不仅是经济独立，而且还有空间流动性和自主性的扩大。因此，空间的流动性使艾玛在丈夫死后勇敢地走出家门，成功地摆脱了女性在传统"家"中的从属地位，通过再婚的方式建立了自己的新生存空间，取得了与再婚丈夫的平等人权地位。此外，格洛利娅（Gloria）是泰瑞的情人，泰瑞遇害后，她把泰瑞托付给她的支票存根寄给费西。表面上，她的行为是完成情人泰瑞的临终嘱咐；实际上，她是为了终结和泰瑞建立的私人空间，同时也是为了建立新的生存空间做准备。她不想再卷入与前警察局局长坎特利争斗的漩涡中。她与布鲁斯大夫（Dr. Bruce）的结婚表明了一个空间焦虑的结束和一个新空间的建立。由此可见，再婚是妇女建构新空间、消解焦虑的重要策略之一。

下层黑人妇女的生存空间比中产阶级妇女的更加狭小。赖特在这部小说里描写了男性对下层黑人妇女进行性剥削和性压迫的卑劣行径。黑人妇女希姆丝（Sims）是克里斯（Chris）的母亲。克里斯是一家宾馆的服务员，在白人妓女的勾引下，与她发生了性关系。当白人种族主义者获悉此事后勃然大怒，当即决定惩罚涉事的黑人。白人妓女为了自保，否认是自愿的，于是，克里斯被白人暴徒从法庭上强行拖走，并以私刑处死。希姆丝在料理儿子克里斯的后事时发现自己在泰瑞殡仪馆买棺材的钱不够，于是在泰瑞的暗示和逼迫下，只得用身体来支付不足的余款。由此可见，经济压力在一定的情境力量场里会使良家妇女失去自我和尊严。此外，赖特还描写了黑肤色妓女的生存空间问题。黑人妓女梅贝尔（Maybelle）在果园舞厅卖淫时被费西等黑人嫖客冷落，其原因是费西等人喜欢白肤色的黑白混血女人。黑人不敢去公开追求白种女人，于是就把白皮肤的混血儿妓女当成替代品。黑人男性的内化种族主义思想也给黑人妓女造成了心理伤害。下层黑人女性在父权制社会里难以改变女性作为"商品"的性质,无法摆脱自己的"他者"困境。她们在社会生活中处于被孤立、遗弃和物化的地位。由此可见,肤色黑的妓女不但遭受到白人社会的排斥和歧视,而且还遭受到黑人男性同胞的内化种族歧视。

在《长梦》里,赖特并没有刻意渲染家庭空间对女性个性能力发展的束缚和制约,而是从女性气质和传统空间的规约来描写女性的空间诉求,认为只有当女性拥有真正的财产所有权和支配权时,才可能获得真正意义上的社会平等地位,但这与"崇尚阴柔内敛女性气质"的传统观念相悖。赖特放弃了二元对立的人物描写模式,重塑小说中的女性气质,鼓励女性走出封闭的家庭空间,到各种社会空间去探索客观世界,开创自己的精彩人生。

三、都市男性空间危险

父权制的男性霸权文化也是美国黑人社区的特色之一,使黑人男性一直处于家庭的中心地位。虽然父权制文化在黑人社区中居于主导地位,但在 20 世纪黑人文学作品里,黑人作家塑造的黑人男性形象却缺乏顶天立地的男性气概。在《长梦》里,赖特绵密细致地展现了男性的烦恼,诠释了种族主义社会环境里男性的困难和悲哀。在种族主义社会里,作为中心的男人从未真正地强大过。这部小说从三个方面描写了都市男性空间危机的各种表征:性爱空间的他者性、种族主义思想的内化性和理想追求的面具性。

首先是性爱空间的他者性。男性和女性都有追求爱情的天然权利,然而在美国种族主义社会环境里,黑人和白人之间的恋爱和婚姻在很长一个历史时期里被视为禁忌。白人种族主义者通常推行性爱关系的双重标准:白人男性可以追求黑人女性,或和黑人女性发生性爱关系;但是黑人男性不能追求白人女性,也不能和白人女性发生性爱关系,即使白人女性同意,黑人男性也不能越过雷池半步。在《长梦》里,赖特描写了克里斯被杀害的事件。在这个事件里,尽管和克里斯发生性关系的是白人妓女,但他也触犯了白人的大忌。最后,他被白人以私刑处死,身体遭到白人的残害,连眼珠、生殖器等都被白人暴徒割走。克里斯被害的惨象给黑人区的居民造成了巨大的心理创伤和阴影。此后,即使是在公共空间里,黑人男性也不敢站在白人女性身边,因为他们总是担心遭到白人的误解或迫害。路边,白人妓女的招嫖声无异于索命鬼的嚎叫。费西、托尼等四个男孩曾在大街上被白人妓女勾引，但他们深知白人妓女的危险性，于是赶紧逃离了那个是非之地。黑人男性追求爱情的天然权利被剥夺，黑人男性与白人女性产生爱情、发生性关系的空间大门被种族主义的铁链紧紧锁住。

其次是种族主义思想的内化性。由于白人文化移入，黑人的世界观、价值观和审美观越来越白人化。赖特在这部小说里描写了黑人男性对白人女性"既怕又爱"的矛盾心理。泰瑞虽然是黑人有产者，但他也没有权利和白人女性发生性关系。出于对"白种女人"这种禁果的向往，泰瑞也曾偷偷嫖宿白人妓女，但他深知这样做的危险性，因此，他竭力压制儿子费西对白种女人的欲望，声称"女人的味道都是一样，白种女人和黑种女人没有啥差异"①。然而，泰瑞的话语并没有打消费西对白种女人的痴迷。为了消解自己的欲望，费西在舞厅专门嫖宿那些白皮肤的黑白混血儿妓女，后来又和混血儿格莱迪丝建立了恋爱关系。在生活中，费西把与白种女人发生性关系作为自己追求种族关系平等的象征。白人社会越是禁忌的东西，费西就越感兴趣，具有极大的叛逆性。这表明黑人男性与白人女性交往的禁忌无法长期维持，这种强加给黑人的空间禁忌违反了种族平等的基本原则，违背了人性，必然引起黑人群体特别是黑人男性群体的极大不满和抗争，导致一些危害社会安定事件的发生。

最后是理想追求的面具性。在这部小说里，黑人男性在种族主义社会里的生存空间极为狭窄。下层黑人男性的就业范围极为有限，或者是像克里斯那样在宾馆里当行李工，或者是像吉姆那样在黑暗的殡仪馆里负责尸体化妆等事务。下层黑人不仅遭受白人的种族压迫，而且还遭受黑人雇主的残酷剥削。中产阶级黑人的生存空间和经济状况比下层黑人要好得多，但是在人格方面显得更为尴尬。泰瑞和布鲁斯大夫等黑人中产阶级在黑人面前显得很有身份，但在白人面前他们仍然是下等人。"黑人中产阶级通过白人或者物质主义美国梦等途径，尝试摆脱黑人的卑贱空间，进驻白人主体空间，实现族裔身份转变，结果却被困于非此非彼的阈限空间。"②泰瑞在警察局局长坎特利等白人面前总是点头哈腰，奴颜婢膝，没有尊严和自我。虽然花了大笔钱财去行贿白人官僚，但当真的出了祸事时，白人官僚是不会不顾一切去庇护黑人商人的。果园舞厅发生火灾后，克林顿维尔城的市长和警察局局长都要求泰瑞为此事负责。尽管泰瑞拼命反抗，不愿自己忍辱负重才挣下的家业被白人侵吞，但靠戴面具发财谋生的泰瑞最后也

① Richard Wright, *The Long Dream*, Chatham, NJ: Chatham, 1969, p.150.
② 赵莉华：《空间政治：托尼·莫里森小说研究》，成都：四川大学出版社，2011年版，第2页。

没能逃脱种族主义者的魔爪，沦落到家破人亡、儿子逃亡海外的悲剧结局。"权力的运作使实践的空间变成了规范和约束的载体。它不仅仅表达权力——它以权力之名进行施压。"①所以，当权力和理性试图将空间控制、规划得井井有条时，空间中充斥的各种狭隘的"主义"早已将生存空间割裂成失序、混乱、分裂的状态。

赖特以其独特的写作手法，把读者引入喧嚣热闹的男性世界，把一个个平凡但并不单纯的故事讲给读者听。他切身体察黑人男性人物的艰辛，在慨叹中解读黑人男性悲剧的种种原因，对其寄予了无限深切的人文关怀，从而使读者从中透视到整个黑人男性世界的底蕴。赖特给读者呈现了真实的男性生存空间：权力拥有者与被统治者以及男性与女性间无不体现着压迫与被压迫、统治与服从的关系。不管是男性空间还是女性空间，在强大的白人种族主义势力面前，早已不战而溃，皆已成为种族压迫和剥削的牺牲品。这无疑是种族主义社会中权力运作的最好证明。赖特在这部小说里书写黑人男性空间的权力时也表达了他关注生命情境的伦理诉求。

总而言之，在《长梦》里，中产阶层的黑人由于公民权被剥夺而遭受到各种形式的种族歧视，而生活在美国社会底层的黑人的生存空间就更为恶劣。白人对黑人的仇恨和偏见导致黑人以同样的仇恨和不信任来回敬白人。种族界限的存在恶化了都市的生态空间，使黑人难以获得社会正义和生存自由。白人放任自己的人性之恶，其对黑人的仇恨把美国社会的法律转变成了不公正的法律。然而，在黑人眼里，"不公正的法律就根本不是法律"②。因此，白人实施法律的双重标准本是想严酷地压制黑人，强迫他们成为被动的守法者，但是事与愿违，种族主义者的政策反而引起了更多发生在黑人社区和白人住宅区的暴力事件，加剧了黑人和白人之间的种族误解和种族矛盾。这部小说的空间结构对应美国的社会结构，白人区和黑人区的二元对立与富裕黑人和穷苦黑人之间的二元对立相呼应，揭示了黑人中产阶级在二元对立中的夹缝地位，彰显了黑人有产者在夹缝中生存的空间张力。赖特在作品里为黑人如何在矛盾丛生的社会空间内寻求身份认同和黑人的种族发展指出了一条新路。他在作品里倡导美国黑人加强种族团结，不断消解白人社会空间的张力，不断改善不利于黑人生存的物理空间，坚持不懈去追求黑人的自由、平等和幸福的种族空间和个人空间。

① Chris Butler, *Henri Lefebvre: Spatial Politics, Everyday Life and the Right to the City*, New York: Routledge-Cavendish, 2012, p.98.
② Roy E. Finkenbine, *Sources of the African-American Past: Primary Sources of American History*, New York: Palgrave Macmillan, 2011, p.177.

第四节 　《法农》：后现代叙述空间

约翰·埃德加·维德曼（1941— ）是美国当代著名的非裔小说家、散文家和评论家。瑭·斯特雷琴（Don Strachen）在《洛杉矶时代书评》（*Los Angeles Times Book Review*）上把维德曼称为"黑人版的福克纳、贫民版的莎士比亚"[①]。像福克纳把小说背景设在约克纳帕塔法县（Yoknapatawpha County）一样，维德曼的小说主要讲述发生在匹兹堡黑人社区霍恩伍德里的故事；莎士比亚的戏剧主要讲述宫廷或贵族的上层社会问题和伦理问题，而维德曼作品的中心主题是讲述平民在美国下层社会所经历的困境和心理问题。他早期的作品不太关注黑人问题，但后期作品开始强调黑人文化、历史、民间传说、神话、语言等，并把西方文学传统和黑人文学传统结合起来，提出美国文学表达的新思路。他在文学创作中把客观事实、虚构文本、神话传说和历史史实的采集和筛选过程与现代主义文学写作传统进行了能动的结合，给美国文坛刮来一缕新风。罗伯特·波恩（Robert Bone）把维德曼称为"当代最杰出的美国小说家之一"[②]。维德曼于 1984 年和 1990 年先后两次获得"国际笔会/福克纳奖"，于 2000 年和 2019 年获得"欧·亨利短篇小说奖"。他最新出版的作品是微型故事集《简短》（*Briefs*，2010）和短篇小说集《美国历史》（*American Histories*，2018）。从 1967 年至今，他已出版 12 部长篇小说，但在写作手法上具有后现代色彩的是 2008 年出版的小说《法农》（*Fanon*）。

小说《法农》所涉及的人物弗朗茨·法农（Franz Fanon，1925—1961）[③]是非洲裔法国精神病学家、哲学家、革命者和作家。维德曼把 2008 年出版的这部小说定名为《法农》，但这部小说不是专门介绍法农的生平或叙述法农之传奇故事的书籍，而是讲述作家在构思这部小说中所经历的各种离奇思绪和事件。为了还原文本的真实性，维德曼采用并发展了后现代小说的多种叙事策略，开辟了黑人小说叙述空间的新路径。

---

① Jeffrey W. Hunter, *Contemporary Literary Criticism: Criticism of the Works of Today's Novelists, Poets, Playwrights, Short Story Writers, Scriptwriters, and Other Creative Writers*, Detroit: Gale, 2000, p.248.

② Jeffrey W. Hunter, *Contemporary Literary Criticism: Criticism of the Works of Today's Novelists, Poets, Playwrights, Short Story Writers, Scriptwriters, and Other Creative Writers*, Detroit: Gale, 2000, p.285.

③ 法农的作品《黑皮肤，白面具》（*Black Skin, White Mask*，1952）和《地球的受难者》（*The Wretched of the Earth*，1961）等在后殖民主义研究中被奉为经典。此外，其作品在发动和激励 20 世纪中期第三世界人民反对殖民地当局和争取民族解放的斗争中发挥过重大作用。

一、元叙述的三元性

元叙述是作家在元小说创作中采用的主要写作方法之一。具体地说，作家是"通过小说创作的实践探讨小说创作理论、小说与现实的关系，有意识、有系统地注重其作为人工制品的身份"[1]。最早把"元小说"作为文学术语进行讨论的是美国后现代派作家威廉·H. 加斯（William H. Gass），他在《小说与生活中的形象》（*Fiction and the Figures of Life*，1970）中提出了"元小说"概念，并指出它是"关于小说的小说"[2]。在具体的创作实践中，元小说注重文本的互文性、语言的任意性、小说的虚构性和作者地位的不确定性。[3]一般来讲，传统小说往往关注的是人物、事件、地点、冲突、高潮、情节的构造和演绎等，叙述内容是小说的中心，而元小说则主要关注作者本人是怎样写这部小说的，不时在小说中声明作者是在虚构作品，告诉读者作者是在用什么手法虚构作品，故意交代作者创作小说的动机和一切相关事项。小说的叙述往往在谈论的是正在进行的叙述本身，并使这种对叙述的叙述成为小说本体的重要组成部分。维德曼在《法农》的创作中发展了传统的元叙述，使元叙述手法表现为三元性，即"以实论虚""以虚论实""以虚论虚"。

首先，"以实论虚"的元叙述是指作者在小说创作过程中用真实的人物来谈论虚构的事件，揭露作家的构思和小说的创作流程。在《法农》里，维德曼倡导概述故事而不是通过情节讲述故事，用转述引语而不用直接引语。这是因为概述和转述引语都意味着叙述者的存在，打破了逼真可信的艺术效果，还原了本真的叙述空间。维德曼关注的就是小说的虚构成分。他以暴露自身写作过程的形式来表明虚构就是虚构，现实就是现实，二者不可混淆。他把揭示小说艺术和实际生活的差异当作小说的一种功能或作家的一个创作目的。《法农》的故事层主要围绕着小说叙述人托马斯（Thomas）所面临的各种创作问题和社会问题而展开，维德曼作为叙述人托马斯的缔造者，不时敦促、提醒并指导他的写作，但同时又在超故事层不时巧妙地提醒读者注意小说的虚构性。在小说起始时，维德曼声称他虚构托马斯为小说的叙述人，并赋予这个叙述人一切权利。另外，维德曼把

---

① 雷术海：《普菲利·罗斯〈幽灵作家〉的元小说特征解读》，载《重庆三峡学院学报》2010年第 1 期，第 96 页。

② Williams H. Gass, *Fiction and the Figures of Life*, Mishawaka, IN: Vintage, 1973, p.15.

③ 方凡：《美国当代元小说理论与实践概述》，载《大众科学·科学研究与实践》2007 年第 20期，第 103 页。

小说写作对象法农当作自己的倾诉对象，对他说："让他[托马斯——作者注]尽情地写。法农，既然你是一位作家，你会明白我的意思，我创造托马斯这个叙述人有助于创造一个能写你现在正在读的书的人。"①维德曼建议托马斯撰写一个维德曼曾在巴黎遇到过的浪漫故事："托马斯告诉那个巴黎美女，他很爱她，他不想活得比她久，因为没有她陪伴的日子就会索然无味了。"②这样，维德曼就安排 60 岁的托马斯像他当年那样去追逐爱情。维德曼的话语故意暴露了其作品的人为性和虚构性。

其次，"以虚论实"的元叙述就是用虚构文本的人物来谈论一些真实的事件。这种叙述方式曾被杨义叫作"反元小说"的手法。③托马斯是维德曼虚构的叙述人，他从自己的视角谈论对法国革命者法农、"911"事件、阿富汗战争和奸商推销伪劣产品等的看法。读者很清楚，这个虚构的叙述人实际上就是作者的代言人，作者把自己想说的话通过虚构的第三者表达出来，以增强话语的客观性。但作者又不想欺瞒读者，主动揭示出表达自己观点的是一个自己虚构的人物。维德曼以自己的诚实获得了读者在更高层次上的信任，以增加自己观点的感染力和说服力。

最后，"以虚论虚"的元叙述就是指一个虚构文本里的人物谈论另一个虚构文本里出现的人物。④在《法农》里，小说叙述人托马斯在东河边散步时，突然想起他以前创作的一个短篇小说《丹巴拉》（"Danbala"）。在该短篇小说的结尾处有这样一个情节：美国南方种植园里的一个奴隶男孩拾起被砍头的奴隶同伴的头颅，把那个头颅带到河边，然后扔进河里，他把这当成埋葬的一种形式，让死者入水为安。对这个短篇的回忆给托马斯创作关于法农的小说带来了灵感，他想："这样的好东西，怎么不再用一次呢？"⑤。因此，在他构思小说时，也想到了加入一个关于人头的情节，以此增加作品的张力和感染力。托马斯是虚构人物，奴隶小孩是由虚构人物虚构的人物，然后托马斯又打算把以前虚构过的故事中的某些东西移植到正在写作的作品里。维德曼作为超然的旁观者，把托马斯从虚构到虚构的写作手法展现在读者面前，显示出其元叙述的独特魅力。

维德曼通过元叙述的三元性，把《法农》创作成一部典型的"关于小说的小说"，使创作动机、写作手法、情节安排、故事来源等均成为小说的

---

① John Edgar Wideman, *Fanon*, Boston: Houghton Mifflin, 2008, pp.7-8.

② John Edgar Wideman, *Fanon*, Boston: Houghton Mifflin, 2008, p.87.

③ 杨义：《中国叙事学》，北京：人民出版社，1997 年版，第 243 页。

④ 付艳霞：《莫言小说中"元小说"技巧的运用》，载《山东文学》2004 年 10 期，第 65 页。

⑤ John Edgar Wideman, *Fanon*, Boston: Houghton Mifflin, 2008, p.184.

描写对象。为取得故事的"真实性"效果，维德曼有意隐瞒小说叙述人的身份或掩盖其叙述行为的路径，给读者造成"故事情节的发展已脱离作家控制"的错觉。该小说的故事线索和主题已无足轻重，它们不再是目的，而是工具或方式，叙述行为却转化为小说的主体。因此，我们可以说，《法农》不是关于法农的小说，而是关于小说的小说。

二、含混的视角越界

视角越界是指小说家在文学创作中选择叙述视角时故意打破某种习惯性的或常见的视角模式，超越某一视角模式的限制而跨入另一视角模式的领域。法国著名结构主义叙事学家热拉尔·热奈特（Gérard Genette）把视角越界分为省叙和赘叙。省叙"是叙述者在采用某种视角之后，在不改变视角的情况下，对该视角中出现的某些信息的故意隐瞒"，而赘叙"提供的信息量比所采用的视角模式原则上许可的要多。它既可表现为在外视角模式中透视某个人物的内心想法；也可表现为在内视角模式中，由聚焦人物透视其他人物的内心活动或者观察自己不在场的某个场景"①。实际上，赘叙"对常规的偏离突破了对原有某一叙述视角的习惯性、固定性使用所带来的陈旧感和局限性"②。它可能增大读者在阅读过程中的理解难度，但也可以延长读者作品欣赏的过程，从而使读者获得新鲜的、有挑战性的文本解析体验。③《法农》所设置的视角越界可以分为三类：从第一人称限制性视角进入全知视角的视角越界、从第三人称外视角跨入全知视角的视角越界、从全知视角转入第一人称内视角的视角越界。

在其创作中运用第一人称限制视角时，维德曼特意采用了后现代小说的含混手法，叙述人"我"在不同的事件片段中指的可能是托马斯、维德曼或无法确定的具体指代。在小说开始时，在家收到人头包裹的"我"是托马斯；到匹兹堡监狱去探望弟弟罗布（Rob）的"我"很明显是维德曼；打算写关于法农的小说的人既可能是托马斯也可能是维德曼。有时，小说中的"我"不知道指的是谁，使叙述指称产生含混性。另外，叙述人"我"说话的对象"你"在小说里也没有确定性，可能是指法农、弟弟罗布、妈妈、导演戈达尔德（Godard）等。小说中的"我"（指维德曼）还时常和维德曼塑造的叙述人托马斯进行言语交流。维德曼说："不，你[托马斯——作

---

① 申丹：《叙述学与小说文体学研究》，北京：北京大学出版社，2004年版，第284页。
② 王素英：《〈在海湾〉中的叙述陌生化》，载《国外文学》2010年第1期，第128页。
③ 李红梅：《叙述角度越界的"陌生化"创作效果》，载《当代文坛》2007年第4期，第125页。

者注]告诉我,法农和我的母亲是怎样死在同一个地方的?我,我在小说里还未写到那点。也许,我永远不会写到那点,因此别紧张。"① 维德曼和托马斯两人都在写法农的经历,维德曼的言下之意是:即使听了托马斯的故事情节,他也不会剽窃的。维德曼与托马斯在叙述视角上的重叠性和含混性显示出视角越界的复杂性。

以"我"的身份出现的叙述人维德曼、托马斯、法农、母亲、弟弟罗布等在小说里也时常跨入第三人称外视角或全知视角,或者以"他"或"她"的身份出现。维德曼在去匹兹堡探监时用的是第一人称"我",但在谈及托马斯母亲从事写作课教学时,小说就转入全知视角,描写托马斯的思想和行为。维德曼的母亲在小说里多以第三人称"她"的身份出现,但在叙述她与法农在医院相会的情景时,为了使叙述情节更为真实,维德曼让她转入了第一人称"我"的主要视角来叙述事件经过。因此,在这部小说里,人物在不同的场所担任第一人称或第三人称的主要叙述人,同时也可能担任这些叙述人的倾诉对象"你"。这种视角越界有助于叙述者探视人物的内心世界,时而像局外人那样叙事并对叙事进行思考和质疑,时而像知己一样给对方的行为和事务提出建议和帮助。

视角越界使小说人物处于局外人和局内人身份的不断转换中,还原了现实生活中人际关系和多面人格的复杂性和不确定性。维德曼采用的视角越界手法具有较强的含混性,增加了读者的阅读难度,但增添了作品的艺术魅力。

三、幻影、拼贴与断裂

维德曼把《法农》分为三部分,每一部分包含许多逻辑联系并不紧密的故事片段。这些片段有的与法农本人有关,有的与法农本人无关,但很多片段都与对法农感兴趣的人有关。这部小说在结构上具有并置性、任意性和非连续性的特点,打破了传统小说对情节、人物等真实情景的描写,设置了时虚时实、亦虚亦实、似虚似实的场景,让读者置身于虚幻和迷惘之中,并对小说的内在结构产生好奇心和探究心理。该小说的确无连贯情节,无中心主题,无核心人物,但展现了维德曼不拘一格的创作思想。在小说结构的生成方面,维德曼采用了幻影、拼贴和断裂等后现代叙述手法。

首先,幻影是后现代小说里较为常见的表现手法,其特点是虚幻、不真实,但能赋予读者自由的想象空间。小说一开始,维德曼就提及托马斯

---

① John Edgar Wideman, *Fanon*, Boston: Houghton Mifflin, 2008, p.200.

收到一个可能是人头的包裹；在小说的中部和后面部分，人头也多次被提及，但是作者始终没有交代是谁的人头，人头就成为一个幻影般的幽灵漂浮在小说的叙述空间里。维德曼原想以人头案提高托马斯小说构思的刺激性和惊险性，但后来随着小说的进展，这个人头漂浮得逐渐失去了维德曼和托马斯的控制，萦绕在读者的心间。读者可以根据自己的认知能力，任意想象，想象那可能是托马斯的人头、法农的人头、陌生人的人头，或者根本就没有人头。另外，从语言上看，虚幻还来源于作者在小说中采用的不确定人称指代，这使读者难以清楚地判断出谁是"我"，谁是"你"，谁是"他"。这些虚构的故事片段与这些不确定的虚幻人物融为一体，表达了作者真实的内心情感——现实世界本身就是一个充满不确定性的地方。

其次，维德曼采用拼贴手法把故事片段、剧本选段、社会俗语、新闻报道和传闻剪辑等似乎毫不相干的片段组成一个相互关联的统一体，形成了为本真叙述空间服务的多维元素，从而打破了传统小说僵化的叙事结构，对读者的审美习惯和阅读期待造成强烈的冲击和震撼，从而达到了常规叙述手法所无法达到的艺术效果。在《法农》的小说叙事结构里，维德曼融入了几十个片段的描写，包括法农的零星传记、托马斯的生活经历、托马斯与导演戈达尔德的电影项目合作、维德曼的往事回忆、探监与罗布的监狱生活、托马斯的巴黎艳遇、母亲与法农的偶遇、垃圾食品致命案等，而且还提及了许多极具现代感的事件，如炭疽袭击、"911"事件、阿富汗战争、东南亚海啸、禽流感和地球生态破坏等。这些片段就像男性缝制的百衲被，被无意识地排列，似乎杂乱无章，给读者一种没有头绪的感觉，但恰恰是这种无意识的拼贴提供了一种打破常规的思维冲击，使读者耳目一新，回味无穷。

最后，断裂是指前后叙述的事件发生的逻辑错位或作品人物在认知层面上的分裂，这导致读者在阅读过程中产生短暂的思维短路或彷徨感。这种阅读的挫折感有助于激发读者的阅读欲，探索断裂后产生的艺术魅力。维德曼在与导演戈达尔德讨论拍摄的电影时，文本突然转入与电影无关的维德曼母亲的轮椅生活片段，这使读者产生突兀感，不得不考虑母亲这个人物在叙述空间里的地位。另外，维德曼在《法农》小说的叙述中经常介入文本，暴露叙述人托马斯写作的虚构性，强调文本与现实之间的"断裂"，认为艺术与生活之间本来就存在着一道难以逾越的鸿沟。维德曼在构思小说时本想把法农塑造成一个英雄，但小说中其他人的观点与他的观点相悖。在法农治病的马里兰医院里，几乎所有的人都用看恐怖分子似的眼神望着那个病房，传闻法农是不会英语的黑人，仇恨白人，想把白人都杀光。维德曼写道:"一个极端的捣蛋分子,他们[白人]说——你[法农]知道,像他们评价我们的金博士[马丁·路德·金——作者注]和马尔科姆·艾克斯一样。"①实际上,维德曼用断裂的叙述手法来表明种族主义观念导致美国白人和黑人在世界观和价值观认同层面上的断裂。维德曼的断裂手法有助于强化读者对法农这个人物的关注。

维德曼在《法农》里按照后现代小说的叙事策略,把文本素材切割成许多片段,然后再按原定的创作构思,通过幻影、拼贴和断裂等手法把这些不同的片段有机地、艺术地组织、剪辑在一起,使之产生连贯、对比、联想、虚幻和衬托悬念等联系,从而有选择地组成一部反映美国社会现实和种族状况的小说,带有很强的蒙太奇色彩和艺术感染力。

维德曼以托马斯写法农小说而最终失败的经历来还原后现代叙事空间的本真。正如德国哲学家马丁·海德格尔(Martin Heidegger)所言:"'真'指'存在的无蔽','本真',即是'生存可能性的无蔽展开',即在社会传播中的群体压力和趋势同心理下,能够保持自身的优势基因,体现自己的个性,维护自我,拒绝异化,拒绝权威,颠覆传统,弘扬勇于承担责任和追求真理的精神。"②在《法农》这部融合了求真、直白、绝望和希望的小说里,叙述者没能写出他声称要写的那部小说,但这种失败恰恰是追求本真的胜利。个人对社会正义的失望、对黑人种族现状的无奈、法农理想与现实的强烈反差让叙述人无法按照预想的思路写下去,但这也表明了他跟法农一样以诚实的态度对待生活。虽然叙述人写法农的小说不成功,但他还原了事物的本真,正好实现了维德曼撰写这部小说的真实目的,即以本真的态度对待世界,以个人的失败和牺牲唤醒人们的求真本性。这样特殊的创作方式表面上显得杂乱无章、支离破碎,但这只不过是该部小说外在的表现形式而已,维德曼最终的目的是通过这些方式还原后现代叙述空间的本真,寻找摆脱现代小说自我意识束缚的新路径。该小说拓展了 21 世纪非裔美国小说叙事发展的新空间,成为黑人文学汇入美国后现代文学新潮流的一枝奇葩,表明黑人文学传统与白人文学传统的融合已达到一个新的高度。

小　结

本章主要以列斐伏尔的空间理论为视角,研究诺瑟普的《为奴十二年》、

---

① John Edgar Wideman, *Fanon*, Boston: Houghton Mifflin, 2008, p.213.

② cf Williams H. Gass, *Fiction and the Figures of Life*, Mishawaka, IN: Vintage, 1973, p.236.

赖特的小说《局外人》《长梦》和维德曼的《法农》里的空间叙事问题，揭示非裔美国人在南方种植园、都市和黑人社区的生存状态。《为奴十二年》把美国奴隶制时期的南方种植园视为白人奴隶主规训黑奴的黑暗空间，揭露了白人奴隶制度的社会化规训之恶和反人类之暴行。《局外人》把黑人生活的城市空间视为物理空间、精神空间和社会空间的统一体，呈现了黑人生存空间与黑人意识形态的密切关系；其多重空间的建构为读者解析小说的反种族歧视主题提供了新的视角。《长梦》通过黑人区政治空间、女性空间和男性空间的建构，展现了美国都市中黑人的生存危机，揭露了白人种族主义压抑黑人生存空间的反文明行径。维德曼在《法农》里采用后现代叙事空间叙事策略来还原小说和历史的本真性，寻找摆脱现代小说自我意识束缚的新路径。总之，这三位作家拓展了非裔美国小说的叙事空间，体现了作家求真求实的现实主义叙事手法或跨越时空的超现实主义写作特色，表明非裔美国作家的写作技巧和表意水平毫不逊色于同时代的白人作家。

第八章　叙 事 结 构

　　叙事结构是作家在文学作品里依照一定的顺序和方法把故事叙述出来的结构性框架，包括故事情节和事件发生的背景。古希腊哲学家柏拉图（Plato，公元前 427 年—公元前 347 年）和亚里士多德最早提出"叙事结构"这一概念。20 世纪中晚期，学界再次关注"叙事结构"问题。结构主义文学理论家罗兰·巴特（Roland Barthes）、弗拉迪米尔·普洛普（Vladimir Propp）、约瑟夫·坎贝尔（Joseph Campbell）和诺思洛普·弗莱（Northrop Frye）等认为人类所有叙事作品都含有一些根深蒂固的、普遍性的、共享性的结构成分。后结构主义理论家米歇尔·福柯、雅克·德里达（Jacques Derrida）等人持不同看法，他们认为这种内在的共享性结构成分在逻辑上是讲不通的。学界对叙事结构的争论有助于人们更加深入地研究和认知叙事结构问题。

　　弗莱对文学作品的叙事结构问题非常感兴趣，他在其专著《伟大的代码：圣经与文学》（*The Great Code: The Bible and Literature*，1982）里从故事结局的角度，提出了喜剧式和悲剧式的叙事结构：①U 字形结构。故事从一种平衡状态开始，然后慢慢进入灾难；之后，又进入一个新的平衡状态。这是喜剧的情节结构模式。②颠倒的 U 字形结构。故事中的主人公逐渐上升到显赫的地位，然后在人生道路上走下坡路，直至遭遇灾难。这是悲剧的情节结构模式。①

　　人们对叙事结构的认知不断发展。从故事情节发展的走向来看，文学作品的叙事结构还可以分为五类：①线性结构。这是叙事结构中最普遍的形式，即传统叙事结构中的正叙。在这类结构里，小说情节多半是按事件发生的先后顺序安排的。②非线性结构。它指的是不连贯叙事或被打断的叙事，呈碎片状。小说中发生的事件不按先后顺序出场，时常会出现各种各样的波折。③环状结构。在环状叙事里，故事结束之处同时也是故事的起始之处，即传统叙事结构中的倒叙。虽然开始点和结束点是一样的，但人物经历了各种事件后其思想发生了相应的变化。④平行结构。故事按多

---

① Northrop Frye, *The Great Code: The Bible and Literature*, New York: Routledge & Kegan Paul, 1982, p.43.

条线索发展，但这些线索都是因某个事件、人物或主题才关联在一起的。⑤相互作用的结构。这类叙述指的是一个故事的起因在某个语境里可以引起故事情节的多方向发展，并导致多个结局的出现。

叙事结构展现情节线索的设置状态，呈现作家讲述故事的具体框架，显示一部作品的构成路径和叙事策略。作品里的各种成分都是围绕着故事情节的发展和主要人物的行为举止而设置的，旨在从各个方面促进叙事结构的形成和作品主题的最佳表现。当代小说的叙事结构最常见的叙事策略之一是多视角综合叙事，让小说中的多个人物担任叙述者从不同的视角讲述或评论大家目睹过的同一事件，从而增强小说主题的客观性和主题表达的艺术性。托尼·莫里森、欧内斯特·J. 盖恩斯和苏珊-洛丽·帕克斯（Suzan-Lori Parks）等作家时常采用多视角的叙事方式，建构非线性的叙事结构。

小说的叙事结构涉及诸多构成元素，如选材、布局、正叙、倒叙、插叙等。也可以说，叙事结构就是故事情节的设置，包括叙述人物事件、叙述空间和时间结构、叙述语言和修辞方式等。非裔美国小说的叙事结构是非裔小说各个组成部分之间的内在组织构造和外在表现形态。因此，非裔小说家根据自己对美国社会生活的认识，按照塑造黑人和白人形象和表现主题的要求，运用各种写作手法，把一系列事件、人物、场景等按重要程度合理而匀称地加以组织和安排。这个过程涉及小说作品情节的处理、人物场景的选择、环境的安排以及整体的布置等。非裔美国小说致力于反对种族歧视、种族偏见，发扬非裔美国人的根文化，倡导社会正义和文明进步。非裔美国作家把传统小说技巧与写作实践相结合，创作出独具特色的非裔美国小说叙事结构。

为了分类性研究的方便，前七章分别讨论了伏笔、悬念、心象、张力、反讽、戏说等叙事手法，揭示了非裔美国小说家的文体风格和写作特色，但他们在文学创作之叙事策略上一般不会局限于一种写作手法，而是将多种叙事策略有机结合或综合运用。本章对叙事结构的讨论实质上是探究上述叙事策略或叙事手法在小说创作中的综合运用情况，并进行了一些相应的拓展性研究。本章拟解析兰斯顿·休斯、欧内斯特·J. 盖恩斯、苏珊-洛丽·帕克斯和托尼·莫里森在小说叙事策略综合运用方面的艺术特色，展现其在小说叙事建构方面的独特贡献，揭示早期奴隶叙事、小说视点、魔幻现实主义、戏剧化小说叙事和"呼唤与回应"模式对非裔小说叙事结构形成和发展的重要影响和促进作用。

第一节 《不无笑声》：早期黑人小说叙事模式的创新

兰斯顿·休斯（1902—1967）是美国文坛公认的"哈莱姆桂冠诗人"和"哈莱姆文艺复兴的中心人物"，对非裔美国文化的发展做出了卓越的贡献。他于 1930 年出版的小说《不无笑声》（*Not Without Laughter*），以真切的笔触描写了 20 世纪初美国黑人的生存状况，其叙事手法完全不同于此前的黑人小说，但是该书的出版未能引起评论界应有的关注。在这部作品里，休斯强调非洲根文化的重要性，认为黑人种族的复兴依赖于黑人对非洲根文化的真正领悟。美国学界对《不无笑声》的评论大多集中在作品的社会道德意义上，采用的往往是印象式、传记式、历史式的批评方法，把该小说简单地看作观察生活的窗户，对作品的文体特色关注不够。美国评论家爱德华·W. 法瑞森（Edward W. Farrison）评论说：《不无笑声》的重要性在于"它不仅是一份重要的社会档案，而且还是一部杰出的文学作品"[1]。休斯是优秀的小说家和杰出的诗人，然而他的诗歌盛名长期以来遮蔽了其在小说创作方面取得的艺术成就。国内学界对休斯的评论主要集中在诗歌上，对其小说的研究主要集中在《早秋》（"Early Autumn"）、《教授》（"A Professor"）等少数几个短篇小说上，鲜有学者对休斯的长篇小说《不无笑声》进行评论。其实，休斯的长篇小说是其诗歌创作和短篇小说创作美学思想在叙事领域里的延伸，为其短篇小说集《白人的行径》（*The Ways of White Folks*）在 1934 年的出版埋下了伏笔。休斯在《不无笑声》里所采用的多线网状叙事、插叙、衔接与连贯三大叙事策略在当时具有一定的创新性，体现了早期黑人小说的艺术魅力。

一、多线网状叙事

最早出现的黑人小说有威廉·威尔斯·布朗的《克洛泰尔》（*Clotel*，1853）和弗兰克·J. 韦伯（1828—1894）的《加里一家和他们的朋友们》（*The Garies and Their Friends*，1857）。《克洛泰尔》的主题思想是揭露奴隶制的黑暗，提倡废奴。该小说采用第三人称叙事手法，寻求还原小说里大多数情节的历史真实性。与《克洛泰尔》相比，《加里一家和他们的朋友们》更侧重于模仿，叙述者即为作者的代言人，直接干预小说情节的发展。这两部小说都只有一个叙述者，小说情节的发展显得单薄乏力。早期的黑人

---

[1] Edward W. Farrison, *The World of Langston Hughes*, Madison, Wis.: University of Wisconsin Press, 2008, p.196.

小说缺少文学艺术性，遭到白人读者和评论界的漠视和贬低。[①]然而，20世纪20年代"哈莱姆文艺复兴"方兴未艾之际，休斯的《不无笑声》突破了早期黑人小说情节发展的单一性的局限性，创造了一种新的黑人小说叙述模式。他把小说的叙事顺序与结构由早期黑人小说的单线演绎式发展为多线交叉式，把叙事空间与时间的展示也从平面线性的跳跃式演变为立体能动式。该小说的叙事意象在做纵向呈现的同时，更注重相互间的横向联系。尤兰达·威廉姆斯·佩吉（Yolanda Williams Page）说："在组合和穿插意象的过程中，休斯采用对照、省略、渲染、象征、比喻、借代等手法有意造成小说叙事者与作家在价值观和人生观上的疏离和矛盾，从而展现出一系列的象外之象。"[②]该小说的叙述焦点先由事件转向人物，然后再从人物转向人物的个性。在叙事层面上，这部小说的叙事既不完全是线性结构，也不完全是板块式结构。该小说没有绝对的主人公，休斯让每个人物引领一条叙事线，几条线索并行、交叉、反复，通过多个时间节点（即人物相遇点）架构小说的时空关系，组合成"多线网状叙事系统"。为了架构多线索交叉式的叙事结构，休斯将《不无笑声》里的小说情节进行分割、交叉、颠倒，甚至重组，在不同的场景里展开文本的"软网络"叙事结构，并且在情节表意的动机、小说主题的发散、事件连接的契合、语意阐释的多元性等方面显示出故事情节多线交叉叙事手法的艺术特色。

首先，休斯通过黑人群聚场景的描写或者重要人物的形象塑造来表现小说的主题。相对于早期黑人小说的单线叙事而言，多线交叉叙事的主题展现表明了黑人小说写作技法的提高。尽管某个小说人物可能会因为内容的侧重而成为小说叙述的重点，但如果没有其他人物的配合和衬托，该人物的形象和性格特征就很难完整而清晰地表现出来。《不无笑声》中主要有四条情节线：黑人外婆海格（Hager）的博爱展现、金波伊（Jimboy）和哈丽特（Harriett）对布鲁斯音乐的酷爱举动、桑迪（Sandy）的少年生活，以及特姆琵（Tempy）的白人式生活。休斯通过展现四条情节线里众多人物的生活状态，揭露和批判了斯坦敦镇的种族偏见和种族压迫。在这些人物引导的情节线中，休斯用超"热"的镜头语言来聚焦黑人老太太海格，把她刻画成一个让读者钦佩、惊讶、质疑的黑人圣母形象，其风格化的聚焦描写饱含了休斯对种族问题的深刻思考，体现出特殊的风格气质。作者

---

① Bernard W. Bell, *The Afro-American Novel and Its Tradition*, Amherst: University of Massachusetts Press, 1987, p.127.

② Yolanda Williams Page, ed., *Icons of African American Literature: The Black Literary World*, Santa Barbara, Calif.: Greenwood, 2011, p.378.

不仅突破了早期黑人小说中有关是非对错的简单情绪表达，还在作品中注入了深刻的人文关怀。他通过海格关爱生病的白人妇女埃格丽丝太太（Mrs. Agnes）、照顾黑人孤儿吉米（Jimmy）、宽恕离家出走的小女儿哈丽特等慢镜头描写，使情感表达进入了更高的哲学和美学层次——隐忍、沉静、崇高。休斯把写作风格与思想内涵进行了完美的结合，深入探索了黑人价值观。这部小说里的人物身处社会的各个阶层，每条情节线从黑白共生、种族偏见、种族隔离、黑人积怨、黑人抗争等各个方面讲述社会各阶层、各年龄段黑人的生存境遇。通过对他们文化意识动态的观察，读者可以感受到美国黑人对人生前途的恐惧与焦虑。《不无笑声》虽然总体上以海格和其外孙桑迪的谋生历程为主线，但在其中比较清晰地插入了桑迪之父到处求职碰壁的情节以及海格之小女哈丽特从清纯少女沦为妓女的苦难经历。如果没有这些次要线索的导入，这部小说就可能沦为对海格愚昧的种族观念的单一描写。然而，有了海格二女婿金波伊和海格小女儿哈丽特这两个人物的映衬，再加上小说第 2 章海格、金波伊和约翰逊（Johnson）太太之间就种族压迫的争论，以及在小说第 23 章海格二女儿特姆琵到医院求医时所遭遇的制度化种族歧视，休斯得以从意识形态上揭示种族歧视的非理性与黑人在人权追求过程中的处处碰壁。由此可见，多线交叉的叙事策略有助于从各个方面揭示这部小说潜在的或者说更深层次的主题，即黑人的经济地位提高后，还会遭遇种族偏见吗？

其次，休斯在情节的多线交叉中设置了线索交叉点。无论叙述时空如何分离、颠倒，聚焦点如何错位、繁杂，景物描写和叙事结构如何混乱、破碎，这部小说总是会在某个叙事层面上设置若干比较明显的交叉点。这种写作方式有两个功能：一方面是消除读者对小说段落剪切与组合之合理性的质疑；另一方面则是"为读者构筑一个封闭式的回路，以便为那些具有定向审美期待的读者提供某种解读的机会"①。交叉点的设置具有多样性，既可以从时间、空间方面，也可以从人物、事件、场景等方面去设置。在《不无笑声》里，"桑迪的前途"这一话题在海格情节线、特姆琵情节线和哈丽特情节线里反复出现，成为三个故事在时间轴上重叠交错的重要标记；当这些人物引导的情节线与桑迪引导的情节线交叉时，他们对"桑迪的前途"的关心和希冀成为这些情节线交叉的接点。另外，由于桑迪的妈妈安吉（Annjee）与小姨哈丽特长期在外打工，桑迪难以与她们相见。他们在不同的时空里叙述着相对独立的故事，最终以桑迪、妈妈和小姨的大团圆

---

① N. Goldberg, *Wild Mind: Living the Writers' Life*, New York: Bantam, 2005, p.242.

为契机而衔接起来。"谋生"这一心理契机便是这几条情节线的动态交叉点。由此可见，休斯这部小说里设置了错综复杂的线索交叉点，通过人们关心"桑迪的前途"这一事件将相关人物的行为和命运有机地联结起来，然后通过这些人物的各种人生经历展现出社会关系的复杂性和生存窘境中的抗争，从而显现出人性在不同社会情境中的表征和实质。对黑人少年桑迪个人前途的美好希冀构成了小说多条情节线的延伸与演绎，读者可以从中体会到诸如种族冲突、文化融合、亲情、友情等多元化的主题。在这种叙事策略中，只要各条线索在设置交叉点时具备内在的统一性和连续性，读者就不会感觉到小说情节的分割或小说人物之间的疏离，而会自然而然地在小说阅读过程中成为小说角色在一定情境中的移情者。

最后，休斯在多线交叉的叙事中融入叙事层面的对话特色。对话性是小说叙事结构的根本原则之一。当小说情节表面上统一完整的形态转变为断裂、拼贴、拆分等不连续形态时，重新整合情节并得出自己对于主题的判断就必须依靠读者对话语意义的解构能力和领悟能力。对话分析能力强的读者能够从这部小说中领悟到许多深刻的哲学道理。正是为了发掘对话内涵，读者才会有兴趣去不断地突破自己的文艺美学认知传统。人物对话里黑人土语和方言的运用给小说提供了语言背景和文化场景，使小说情节线交叉发展有章可循，杂而不乱。"从叙事者的角度来说，叙事已不再仅是传情达意的中介，叙事的形式恰恰就是作者的情感与思维的直接外化。"[①]作者试图通过这种叙事方式摆脱"盲人摸象"式的自说自话，还原美国黑人生活的本真，以精妙复杂的时空语言挑战19世纪末和20世纪初的黑人现实主义小说。

休斯在《不无笑声》里注重情节发展过程的审美性，关注单条情节线的独特性和多条情节线交叉的和弦性，考究情节展开和交叉的过程是否丰富新颖、曲折动人，是否能引起悬念和好奇心，是否富有戏剧性，同时也强化了具体事件对人物塑造的建设性作用。休斯是多线叙事手法运用方面的杰出作家，《不无笑声》印证了这种叙事策略的"优越性"。在小说里，从个体来看，绝不能算是有新意的故事在一个更为广阔的空间中被联结起来，组成一个新的故事群，建构起多线交叉的网状叙事系统。这不仅克服了早期黑人小说的单体故事在叙事逻辑上的不足，更激起了读者们在小说主题各个层面上的联想。因此，多线交叉叙事手法可以看作是后现代语境中"能指"与"所指"之间随意性多元关系的一种早期表现形式。

---

① D. P. Spencer, *Narrative Truth and Historical Method*, New York: Norton, 1982, p. 352.

二、插叙

早期黑人小说家在创作中多采用自传体或回忆录式叙述模式。这种叙述方法具有直观性、生动性、单体性,但容易导致读者质疑作品的客观性。这些小说的情节发展多是一些事件的简单罗列和堆积,缺少文体的艺术美感。黑人现实主义小说的开路人查尔斯·W. 切斯纳特在其小说《一脉相承》(The Marrow of Tradition,1901)里,仍然采用早期黑人小说的回忆录式叙述模式,通过回忆的方式来讲述人物身世,抨击 19 世纪末在北卡罗来纳州威尔明顿城选举中白人种族主义者屠杀黑人的暴力事件。然而,休斯在《不无笑声》里改进并发展了这种回忆录式的小说叙事模式,把回忆的内容分解成小的片段插入作品,使其成为小说的有机组成部分,为小说情节的发展铺平道路。也就是说,他把回忆作为一种叙事策略,把回忆的内容切割成众多片段,并把这些片段设置为插叙。在《不无笑声》里,休斯在叙述主要情节或中心事件的发展过程中,艺术性地暂停叙述线索,不依时间顺序地插入另一故事片段或事件,以此对主要情节或中心事件做必要的铺垫、照应、补充、说明,使主要情节更为完美,结构更为严密,内容更为充实。从内容上看,休斯主要采用了两种插叙:补叙和追叙。

补叙是对上文叙述的补充说明或进一步阐释,一般是片段性的、简要的事件。"补叙,一般不发展情节事件,只对原来的叙述起丰富补充作用。"①《不无笑声》总体上是按情节发展的时间顺序来展开叙述的,但为了更流畅地讲述事件,使读者更好地理解主要人物意识形态形成的历史渊源,休斯在小说的第 16 章"只有爱"里,补叙了黑人妇女海格年轻时给白人吉安尼夫人当佣人的片段。吉安尼夫人对海格很友善,海格因此就把吉安尼夫人当作白人的化身,终生未认识到种族歧视和种族压迫的危害,默默地接受了布克·T. 华盛顿(Booker T. Washington)的种族妥协论,放弃了对白人的不满或反抗白人的意念。这段补叙是对海格早年生活状况所做的一些补充,与老年时期的海格虽没有行为情节上的衔接性,但显示了海格意识形态形成的渊源。这样的补叙补充了原来叙述的不足,丰富了叙述的内涵。在小说的 23 章"特姆琵的房子"里,休斯为了更好地揭示特姆琵内化白人价值观的原因,补叙了一段特姆琵给白人巴尔-格兰特夫人当女佣的故事。特姆琵当女佣时,对白人主人忠心耿耿,在行为举止方面竭力模仿白人,竭力讨好白人,得到了巴尔-格兰特夫人的赏识。巴尔-格兰

---

① J. Dewey, *Art as Experience*, Toms River, N.J.: Capricorn, 1934, p. 244.

特夫人去世后，立下遗嘱让她继承了一处房产。由于从白人主人那里得到了物质好处，白人的价值观也随之更加深入其内心。这个内化源头的片段描写揭示出由"白人至上论"派生而出的等级观念已注入了特姆琵的头脑，摧毁了她对非洲根文化的信仰，驱使她走上了"漂白"自己的道路。这段补叙使特姆琵的形象更鲜明，同时也深化了主题。

此外，休斯还采用了追叙的方式。追叙是追忆过去，回忆往事，以帮助读者弄清事件的原委，或对情节进行追溯性的叙述，在逻辑上理清小说中情节线的安排与素材的时间顺序问题。追述也可称为时间顺序偏差或错时。错时在结构上一般从小说的中段开始，把读者引导到素材中间去。休斯在《不无笑声》中采用的追述主要可以分为三类：内在式追述、外在式追述和混合式追述。

首先，休斯在小说的第 7 章"白人"里嵌入了一个内在式追述的片段，这种追述完全发生在主要素材的时间跨度以内。海格家有三户邻居：威丽-米太太（Mrs. Willie Mae）家、汤姆·约翰逊（Tom Johnson）太太家和德卡夫人（Mrs. Deka）家。休斯利用追叙的手法介绍了其中一位邻居约翰逊太太的生活经历。约翰逊太太以前居住在南方的克劳维尔镇，那里的黑人聪明勤劳，挣了不少钱；他们深受白人文化的影响，模仿白人的生活方式，建造起像白人的住宅那样的房子，购置了漂亮的家具。当地黑人的富裕和白人化的生活方式引起当地白人的嫉妒和仇恨。黑人青年约翰（John）驾驶新车到镇上时，一名白人男子妒火冲天，借酒发疯，毒打约翰，叫嚷着黑人没资格驾驶汽车。约翰忍无可忍，拔枪打伤白人酒鬼后逃走。之后，白人到处追捕他。因抓不到他，500 个多白人暴徒竟然转而放火焚烧黑人住宅区，导致这个地区的黑人流离失所，无家可归。因曾目睹和遭遇过白人的暴行，约翰逊太太不认同海格称赞白人的话语，坚信白人种族主义者是不会真的让黑人过上好日子的。休斯以内在式追叙的方式把朦胧的海格放在一个真实的美国现实之中，揭示出其看法的片面性，使读者从另一个侧面体会到海格内化种族偏见后的心理失明和其黑人圣母形象的荒诞。

其次，在小说的第 1 章"交谈"里，休斯插入了一段外在式追述。这种追述发生在主要素材的时间跨度以外。怀特太太（Mrs. White）到好朋友海格家做客，追述了她女儿玛姬（Maggie）的故事。玛姬嫁给了一名大律师，生活富裕，但她已经有一年多未与母亲联系，也不寄钱回家。她对待母亲的态度与海格的大女儿特姆琵差不多。休斯以此表明，有些黑人一旦富裕了，就瞧不起贫穷的黑人，连自己的母亲也不关心。这个事件表明黑人社区或黑人种族中也出现了阶级分化。追叙把旁人叙述的故事与主体情节的相关人物联系起来,使小说中似乎不相干的人物产生了内在的互文性。

最后,休斯在小说第 25 章"弹子戏厅"里插入了一段混合式追述。这种追述从主要时间跨度之外开始,并在它之内结束。这段追述介绍了黑人丹(Dan)大爷的生活经历。丹大爷自称已 93 岁,讲述了其年轻时的故事:一天晚上,他和弟弟偷偷骑着奴隶主的马,长途奔驰,去参加一个黑人聚会。舞会后,他发现马倒在地上,可能是累死的。见此情景,他极为害怕,以超常的毅力用肩膀把死马扛了 16 英里[①],还回到奴隶主的马厩中,然后若无其事地回到房间装睡。第二天一早,奴隶主发现马死了,难究死因,只好不了了之。这段追叙从小说的主要时间跨度之外开始,经过叙述人的加工处理,对听众产生影响,使他们对丹大爷的急中生智钦佩不已。

休斯巧妙运用补叙和追叙,克服了小说里情节线发展过程中可能出现的缺陷。从旁人之口客观叙述的内容有助于更好地表现主题,使小说结构更为完美,行文更为跌宕起伏,情节发展更为吸引读者。在休斯的笔下,插叙不是叙述的中心,只是为多线交叉叙事模式服务的一个个片段,前后衔接自然,界线分明;插叙结束后,又及时回到原来的叙述线索上来,而不是脱离原来的叙述线索,发展成另一条线索。休斯在小说中使用的插叙有助于展开情节,刻画人物性格,补充背景材料,使人物形象更加生动完整,使主题进一步深化。休斯对插叙的巧妙运用使小说结构呈有机立体化,有助于多线交叉的线型建构。

三、衔接与连贯

早期黑人小说家为了向白人读者表明小说情节的真实性,通常在小说的末尾附录一些书信以证实作者本人或主要小说人物的身份。哈丽特·E. 威尔逊(Harriet E. Wilson,1828?—1863?)是美国文学史上的第一位黑人妇女小说家。她的小说《我们的黑鬼》(*Our Nig*,1859)是以她本人在新英格兰当契约奴的生活为素材而写成的。她专门在小说的附录中附上了一些由白人朋友签名给"我们黑皮肤兄弟和姊妹的朋友"的信件,这些信件被用来辅助证实该作者的黑人孤儿身份。[②]第一次世界大战前后,黑人的生存状况和文学描写对象都发生了很大的变化,早期黑人小说使用信件作为证实材料的叙事手法显得老套,越来越不适应黑人小说的发展。在哈莱姆文艺复兴中,具有创新精神的黑人作家休斯突破了早期黑人小说叙述模式

---

① 1 英里≈1.609 千米。

② R. Fowler, ed., *Style and Structure in Literature*, Ithaca: Cornell University Press, 1975, p.125.

对文学创作的束缚，在《不无笑声》里把信件作为衔接和连贯小说情节的工具，使书信融入小说主体，成为作品的一个有机组成部分，起着促进情节发展的作用。

《不无笑声》全书共 30 章，每章各有标题，表明情节的发展阶段和叙述视角的转换。该小说围绕着 20 世纪初美国黑人的生存状况这个统一的主题，叙述线索虽然纷繁，但休斯巧妙地利用信件的远程联系功能和媒体报道的时鲜性，在叙述过程中把信件和媒体报道作为小说情节演绎的衔接手段。他"实现小说情节连贯的衔接机制有显性和隐性之分，显性衔接手段包括指称、替代、省略、连接、词汇衔接、时间关联、地点关联、时和体、平行结构等；而隐性衔接重视主题相关性和情节跨延性，其主要方法有信件传递和媒体报道"[①]。该小说的隐性衔接机制是保障小说情节线逻辑发展的深层因素之一。

休斯在小说中插入了 6 封信和 3 则媒体报道。信件和报纸是 20 世纪初黑人相互联系或获取信息的主要手段。休斯穿插在《不无笑声》里的信件和新闻报道对小说情节的发展和相关事件的衔接和连贯起到了很好的桥梁作用。衔接体现在该小说情节线索接续的表层结构上，是情节有形网络的接点，连贯存在于该小说情节线索接续的底层，也是情节发展的无形网络，通过对主题和事件之间关系的逻辑推理促成情节的连接。小说里信件和媒体报道的衔接与呼应，有效地保证了主题的连贯性。

小说情节演绎中嵌入的 6 封信件皆为家信。第一封是金波伊于 1912 年 6 月 13 日从堪萨斯城写给妻子安吉的。这封信比较详细地向读者告知了这部小说的故事发生的具体时间，为小说主体情节的发展提供了平台，金波伊戏剧化地从幕后来到台前。第二封是安吉到底特律大约一年后写给儿子桑迪的。休斯通过这封信使读者了解到离家一年多的安吉的消息，使小说叙事更加立体化。为了维护海格和桑迪情节线的主线地位，休斯采用了省略的叙事手法简述了安吉在底特律生活的具体情节。这种安排详略得当。第三封信是安吉写给海格的，但当这封信到达海格家时，海格已去世。第四封信是第三封信的回信，由海格的大女儿特姆琵写信给妹妹安吉，告知其母亲海格的死讯。特姆琵在信中还告诉安吉，其儿子桑迪暂时寄养在自己家，等她来接。第三封信和第四封信构成了小说情节发展的第一个转折点，休斯通过这封信暗示小说下半部的聚焦点的转移。海格在世时，海格是聚焦人物；海格死后，桑迪成为聚焦人物。第五封信是安吉于 1918 年 5

---

① S. Onega & J. Landa, *Narratology*, London: Longman, 1996, p. 267.

月 16 日从芝加哥写给桑迪的，邀请桑迪 6 月放暑假后去芝加哥。休斯通过这封信告诉了读者这部小说的故事情节的截止时间。由此，读者可以得知这部小说主要情节的时空跨度：时间是从 1912 年 6 月至 1918 年 6 月，跨度大约六年；空间是从斯坦敦镇辗转到底特律、拖利多城，最后至芝加哥，涉及四座城市。第六封信是安吉写的一封快信，催桑迪马上动身去芝加哥，因为有份开电梯的工作正缺人。这封快件和第五封信构成了桑迪情节线发展的第二个转折点，休斯通过这封信把桑迪的小城命运与今后的大城市闯荡衔接起来。总的来讲，这六封信为小说情节的发展提供了介质，使故事线索的演绎产生跨越时空的诗化现实性，从而突破了早期黑人小说的线性叙事模式，给读者带来路回峰转的陌生化效果。

此外，休斯在这部小说里插入了三则媒体报道，这些报道来源于报纸，与刚发生的客观事实同步。休斯通过新闻报道的介入突出了新闻在小说情节发展方面的特殊功能，给全书增添了"痛—哀—喜"的逼真氛围。第一则报道"黑人女青年被捕"出现在该书的第 18 章"儿童节"里。海格的小女儿哈丽特因在珍珠街招揽嫖客被警方逮捕，并被处以罚金。这则消息使笃信基督教的母亲海格羞愧难当，同时她又心疼被处罚的女儿，因无权无势，她只好跪求上帝宽恕。第二则新闻是刊登在报上的海格的讣告。讣告介绍了她的家庭情况、道德修养和声望。这则讣告是小说聚焦人物的转换点。海格的去世表明了海格时代的过去，并预示着桑迪时代的到来。第三则报道是桑迪来到芝加哥后有一天偶然从报上读到的。报道说，著名布鲁斯音乐歌唱家哈丽特将到布克·华盛顿戏院演出。这则消息表明黑人通过自身努力，发掘黑人文化，也有可能获得成功。休斯通过有关哈丽特个人成功的事件报道，使读者对黑人青年桑迪的奋斗前程充满期待。

休斯成功地以书信和媒体报道为手段促进了小说情节的衔接和连贯。表面上看，书信和媒体报道只不过是插入叙述的花絮，但实际上，这些介质与小说情节线的发展联系紧密，相辅相成。了解小说里书信和媒体报道的介质功能有利于读者解读情节与情节之间错综复杂的关系。正如 J. 桑巴洛（J. Thornborrow）所言："该小说所采用的每一封书信和每一篇媒体报道都是这纵横交错的情节网上的一个节点。"①情节线如果与小说中本应相关的接点失去了衔接和连贯，就会使叙事结构紊乱。像休斯的短篇小说《早

---

① J. Thornborrow, *Patterns in Language: Stylistics for Students of Language and Literature*, London: Routledge, 1998, p.68.

秋》一样，这部长篇小说的各个情节通过书信和媒体报道的粘连，有机地拼接在一起，"呈现给读者的是一幅动态的拼贴画，它告诉了读者故事中某一个事件从某一点开始，经过一道规定的时间流程而到某一点结束"①。这样的叙事策略有助于生动地建构小说语境，使读者身临其境，使文学意象更加深入读者的认知世界。

《不无笑声》的叙事风格揭示了休斯作为黑人作家的立场观点和感情态度，反映出作者的眼光和心理倾向与小说的主题意义和审美效果的密切关系。该小说的艺术魅力在很大程度上得益于作者对多线网状叙事、插叙、衔接与连贯的熟稔把握和运用。休斯在该小说的创作中把注意力集中在情节的深层或浅层结构上，而不是人物上，这给读者提供了立体视角，拓展了故事情节的叙述空间和欣赏空间。休斯在小说叙事方面大胆创新，叙述手法力求陌生化，把文本叙述的策略提高到小说本体的高度，凸显了黑人方言旺盛的生命力。他对早期黑人小说叙事模式的创新开启了现代黑人小说的滥觞，把黑人小说叙事手法从早期的写实性现实主义发展到现代的诗化现实主义，为哈莱姆文艺复兴时期黑人小说创作艺术的成熟做出了不可磨灭的贡献，对当代黑人小说叙事策略的发展也有着重大而又深远的影响。

第二节　《刑前一课》：小说视点与叙事层面的建构

欧内斯特·J. 盖恩斯是美国 20 世纪下半叶的著名非裔作家。其文学作品被翻译成法语、西班牙语、德语、日语、俄语和汉语。美国芝加哥大学、威斯康星大学等把其小说列入了美国经典文学课程的书单。当同时代作家热衷于描写外国人移居美国后的生活经历时，盖恩斯把自己的创作笔触指向美国黑人历史。他以路易斯安那州的家乡小镇珀恩特·库比教区（Pointe Coupee Parish）为故事发生地，并把它取名为"贝昂镇"（Bayonne）。他的六部长篇小说中有五部是讲述在贝昂镇或其附近地区所发生的故事。盖恩斯笔下的"贝昂镇"非常类似于福克纳笔下的"约克纳帕塔法县"。

盖恩斯的代表作《刑前一课》（A Lesson Before Dying）于 1993 年获得美国"国家图书评论界奖"，1994 年获得普利策小说奖提名。这部小说讲述了贝昂镇一名黑人青年被白人法院误判为杀人犯而被送上电椅的故事，还"讲述了男性主人公如何努力改变自己，赢得人性的尊严，实现理想的

---

① 白凤欣：《兰斯顿·休斯短篇小说〈早秋〉之叙事手法探析》，载《外语与外语教学》2007年第 6 期，第 44 页。

人格。[小说]不仅揭示出种族歧视给黑人社团带来的危害，而且强烈表达了个人、社团、种族和人类可以通过改变达到演进和发展的希望"①。这部小说近年来引起了国内学界的关注。国内学界主要从种族、人格和心理等方面研究该书的文学价值，但从叙事特色的角度研究该小说视点问题的学术成果较少。然而，盖恩斯在小说视点的选择上和运用上独具匠心。始终处于流动和变化之中的小说视点可以看作是读者走向盖恩斯心灵的一个窗口。通过这个窗口，读者不仅可以窥视到作家本人的创作动机和情感释放，而且还可以捕捉到作家笔下每个主要人物灵魂的折光，洞察小说情节发展的叙事层面。《刑前一课》从四个方面呈现了小说视点与叙事层面的相互关联：零视点与悬念的建构、外视点与悖论的建构、内视点与意识流、多视点聚焦与立体感。

一、零视点与悬念的建构

零视点是作家在小说创作中经常采用的叙事策略之一。零视点中的叙述者具有全知全能的超人能力，作品中的人物、情节、场景等无不处于其视域之中或调控之下。正如李赜所言，零视点中的"叙述者总是把他自己插进读者和故事之间，他可以把他自己对事件、人物、背景的感触、分析和议论自由地介入到作品之中。这样，作者完全是通过叙述者的叙述这个媒介，把故事传达给读者，叙述常常就成为作者的传声筒"②。盖恩斯在《刑前一课》里专门设置了零视点，使全知叙事者站在小说以外，以作者的身份来规划和架构小说的叙事层面。这个全知叙事者隐没在故事背后，策划小说情节发展的具体路径，并致力于衔接和建构小说的各个叙事层面，把小说的各个部分组成一个有机体，发挥"全知全能"视点的优越性。盖恩斯在《刑前一课》里通过零视点来建构的悬念有三类：人称悬念、瞬间悬念和期待性悬念。

首先，《刑前一课》里人称代词首次使用的不确定性构成悬念，但其所指代人物的最终确定都处于零视点的全知操控之中。盖恩斯在该小说的第1页就设置了人称"我"（I）；在第3页里读者才获悉"我"是一名小学教师；在第11页，读者进一步得知"我"的名字叫"格兰特"（Grant）；第36页，出现"维金斯先生"（Mr. Wiggins）的称谓，读者产生了朦胧的直

① 栾奇：《进步源自任何微小的有益的改变——论盖恩斯小说〈临终一课〉人物格兰特内心改变的意义》，载《社会科学战线》2009年第12期，第152页。
② 李赜：《小说叙述视点研究》，载《文艺研究》1988年第1期，第114页。

觉，即这位先生可能是"我"；直到 53 页，才出现"我"的全名"格兰特·维金斯"（Grant Wiggins）。经过悬念一层一层地揭晓，读者最后才完全明白"我"的名字是"格兰特·维金斯"。出现"我"这个人物与小说情节的关系是什么？直到 74 页，零视点的全知叙事者才让读者获悉"我"原来是小说主人公杰斐逊（Jefferson）的小学老师。盖恩斯通过"我"的视点来观察和介绍杰斐逊案件的原委和黑人社区对杰斐逊的期望。"我"的身份的揭晓过程与小说零视点中全知叙事者主导功能的显现同步。

其次，瞬间悬念指的是读者在作品阅读过程中感受到迷惘，但这个迷惘很快就被零视点的全知叙事者消除了。在文本中，悬念离谜底的揭晓处通常只有几行的间隔，最多也不超过一页。在《刑前一课》里，格兰特在酒吧听到两个顾客关于杰斐逊应该被杀死的高谈阔论后怒火冲天，当即与他们厮打起来。酒吧老板见劝阻无效，只好用棍子把格兰特打昏。盖恩斯叙述道："在我意识到谁在说话和我在哪里时，我听到了一个声音。然后我开始在想这个声音好熟，但又想不起是谁。"[①] 发出这个声音的人是谁呢？这形成了一个悬念。五行文字之后，薇薇安（Vivian）说："他没大问题。"[②] 这时，读者一下子明白了，薇薇安的话语揭开了谜底：格兰特在半清醒状态下听到的声音就是薇薇安的。之后，薇薇安把格兰特接到自己的学校宿舍疗伤。由于格兰特的伤势太重，薇薇安想让他在自己的房间睡一晚，但是，格兰特不听劝，坚持要走。他说："亲爱的，我不想给你惹麻烦。"[③] 这个麻烦是什么呢？读者的心头又形成一个悬念。紧接着，在小说的第 206 页，薇薇安说："他们能做的充其量就是解雇我。也许他会借故带走我的孩子。"[④] 薇薇安的话语揭开了格兰特不想惹麻烦的谜底。原来薇薇安是有夫之妇，虽与丈夫长期分居，但如果她的婚外恋被暴露的话，她有可能会被学校开除，其养育的两个孩子也可能被丈夫借机夺走。由此可见，瞬间悬念以快节奏的方式激发起读者的阅读兴趣，然后很快揭开谜底，不仅满足了读者的阅读期待，同时也营造了小说情节的紧凑感。

最后，盖恩斯在小说中采用的期待性悬念指的是在文中设置的悬念离谜底的出现有较长的距离，也就是说，它们的间距可能是几页、几十页，甚至上百页。期待性悬念离谜底的距离越长，读者在阅读过程中产生的求知欲望就越强烈；当读者跨过阅读障碍，获悉谜底时，会产生恍然大悟或

---

① Ernest J. Gaines, *A Lesson Before Dying*, New York: Vintage, 1993, pp.202-203.

② Ernest J. Gaines, *A Lesson Before Dying*, New York: Vintage, 1993, p.202.

③ Ernest J. Gaines, *A Lesson Before Dying*, New York: Vintage, 1993, p.205.

④ Ernest J. Gaines, *A Lesson Before Dying*, New York: Vintage, 1993, p.206.

豁然开朗之感。在《刑前一课》里，格兰特第四次去探监时，发现杰斐逊故意像猪一样用嘴吃饭，漠视格兰特所说的一切话语。在小说的第99页，格兰特见到杰斐逊的教母艾玛（Emma）时，怕她难过，于是故意隐瞒实情，谎称杰斐逊已经开始吃饭，并能正常交谈了。格兰特的谎言在读者心目中形成一个悬念：他的谎言能骗过艾玛吗？当艾玛获悉杰斐逊的精神状态变好时，心里充满了喜悦。然而，在第120页，当艾玛自己去探监时，发现杰斐逊并没有任何变化，格兰特的谎言不攻自破。全知叙述者在此给格兰特的谎言悬念提供了谜底。在小说的第241页，盖恩斯讲述道，贝昂城法院大楼传来一阵阵巨大的噪音，引起人们的注意，但许多人都不知道这是什么声音。在第243页的第一行，盖恩斯才揭示了谜底："他仍然能听到一个半街区外的地方发出的发电机声音。"[1]这时读者才明白巨大的噪音原来是发电机工作时发出的噪音。当警察对死囚犯杰斐逊实施电刑时，读者才恍然大悟，这个发电机所发出的电是用于电椅的。在小说的开始部分，辩护律师以杰斐逊蠢得像头猪的话语来为他做无罪辩护，他的辩护不但未被法官采信，而且还留下了极为严重的后遗症。庭审后，杰斐逊一直生活在自己是猪的阴影中，他的教母艾玛请教区学校教师格兰特去开导杰斐逊，帮助杰斐逊消解"猪"的阴影，以人的形象有尊严地去赴死。杰斐逊能否走出"猪"的阴影？这形成了一个悬念。这个悬念一直延续到小说的结尾部分。杰斐逊被执行电刑后，狱警保罗（Paul）专门到格兰特工作的教区学校来，把杰斐逊的笔记本交给了格兰特说："格兰特·维根斯，他［杰斐逊——作者注］是那个拥挤房间里最强大的人。"[2]这时，读者获悉了谜底，格兰特关于人格树立的话语激发了杰斐逊的种族责任感和临死不惧的浩然之气。

　　盖恩斯在该小说里所采用的零视点使小说全知叙述者凌驾于整个故事之上，洞悉一切；其设置的悬念则激发了读者的阅读兴奋因子，剥笋式的悬念解析方式产生了引人入胜的功效。他用全知叙述者来设置悬念的方式有助于对故事情节和人物形象进行艺术加工，同时也克服了全知视角的过多干预和介入，较好地缩短了作品和读者之间的距离，从而提高了作品的趣味性和逻辑性。盖恩斯通过全知视角设置的悬念皆在叙事层面的建构中一一澄清，一个个悬念的破解促使读者充满兴趣地一页一页地读下去。作者设置在作品封面上的题目《刑前一课》构成了最大悬念，读者在阅读过

---

① Ernest J. Gaines, *A Lesson Before Dying*, New York: Vintage, 1993, pp.242-243.
② Ernest J. Gaines, *A Lesson Before Dying*, New York: Vintage, 1993, p.203.

程中一直在思索这堂"刑前一课"的内容是什么。直到小说的最后一页，读者才恍然大悟，谜底是黑人不能像"猪"那样被处死，而且应该显示出自己大无畏的英雄气概。

二、外视点与悖论的建构

外视点指的是叙事者在文学作品中以旁观者的身份叙述小说主人公的各种经历的叙事策略。这种视点侧重于对现实的再现性描述，同时按照事件发展的逻辑和时空变化的顺序，描写事件从发生、发展和最后解决的全过程。[①]外视点的主要特征是叙述者并不在故事叙述中出现，而是靠直接显现客观外在的生活场景，将人物的对话、动作和人物活动背景直接展示给读者。张德林在《现代小说美学》中指出，"所谓外视点，就是指对小说中的情节开掘，人物描绘和场景渲染，从情节以外的第三者视点来观察"[②]。盖恩斯在《刑前一课》里以外视点的方式设置了不少悖论。这些悖论有时是指似非而是的真命题，有时是指表面上似是而非但隐藏着深刻思想意义或哲理的假命题。盖恩斯所描写的悖论在逻辑上可以推导出互相矛盾之结论，但表面上又是能自圆其说的命题。小说中的悖论按其寓意可以分为主题悖论、言辞悖论和语境悖论。

首先，该小说的主题悖论涉及法律的公正性问题。从理论上来讲，法律的立足点和根本点是公平和正义。杀人偿命是法律的基本共识，但并未杀人的人因找不到证明自己无罪的证据，也可能被法律认定为杀人犯，这就形成了法律的不公正性。在《刑前一课》里，黑人青年杰斐逊在半路上被两个朋友拉上车，一起去白人商店买酒喝。由于没钱，黑人青年布拉塞（Brother）和贝尔（Bear）欲强行赊酒，白人店主阿尔塞·格洛普（Alcee Grope）在劝说无效的情况下拔枪射杀了布拉塞和贝尔，布拉塞在中弹的同时也拔枪反击，杀死了白人店主。杰斐逊是现场的目击证人，没有参与布拉塞的赊账行动。可是，杰斐逊不但没有及时向警方报案，反而借机从格洛普收银台里抓走了一大把钱。他正要离开商店的时候，被两名前来购物的白人顾客抓住。陪审团和法官都是白人，认定杰斐逊犯下了抢劫罪和谋杀罪，并一致决定判处杰斐逊电刑。杰斐逊不是布拉塞团伙的成员，平时与白人店主关系友好，既没有杀人动机，也没有抢劫行为，但他没有证明其无罪的目击证人。从案件事实来看，他犯下的只能算是偷窃罪，罪不

① S. Ehrlich, *Point of View*, New York: Routledge, 1990, p. 54.
② 张德林：《现代小说美学》，长沙：湖南文艺出版社，2007年版，第129页。

至死。白人一贯标榜的公正法律却把一个轻罪犯当重罪犯处死了。这个事件的后续发展不断深化小说主题，同时也揭示了一个主题悖论：法律是公正的，也不全是公正的。重视证据的法律在现实案件的审理中也可能造成悲剧。像杰斐逊这样没有杀人但又找不出自己没杀人的证据的嫌疑犯极有可能被重判，甚至被处于死刑。

其次，言辞悖论指的是其话语表面上自相矛盾，但却揭示了某种实情或事实，含有深刻的哲理。《刑前一课》第一章的第一句话是："我不在那里，但我在那里。"①"那里"是指审判谋杀疑犯杰斐逊的法庭。小说叙述人格兰特没有去参加庭审，也没有去旁听法庭的最后宣判，但是他能预知该案件的结果。这个悖论产生的原因是，在黑人涉嫌谋杀白人的案件里，即使黑人是无辜的，其辩解也难以被白人组成的陪审团或白人法官所采纳，因此格兰特去不去参加庭审，结果都是一样的。盖恩斯描写杰斐逊被关在监狱的情景时，多次反复采用一个句子来描写盖恩斯的精神状态："他仰首看着天花板，但是他没有看到天花板。"②该句子仅在第 73 页一处就反复使用了三次之多。这个悖论表明，杰斐逊虽然眼睛盯着天花板看，但其实他已经走神了，对任何事物都视而不见。该悖论披露了杰斐逊被无辜关入监狱后精神崩溃的状态，整个可视世界对他来讲形同虚设。

最后，语境悖论指的是在一定环境里说的不当话语，却是这个语境里的最佳话语。小说叙述人格兰特在谈到他与小学教师安托万·马修（Antoine Matthew）的关系时说："谈到那个有白人血统的老师和我的关系，其实我们之间没有爱，更谈不上尊重。一定要有什么关系的话，那我们就是敌对关系。他恨我，我知道，他也知道我知道。我不喜欢他，但是我需要他，需要他来给我讲授其他人讲授不了的东西。"③学生不尊重或仇恨老师的话语是不恰当的，但是那名老师内化了白人至上论，以为自己含有白人血统就具有了仇恨黑人学生的本钱。格兰特不喜欢那名老师，但又喜欢上他的课。这个悖论揭示了种族主义社会氛围里的语境悖论。盖恩斯在小说的 13 章里设置了另外一个语境悖论。摩西·安布罗斯（Mose Ambrose）是死囚犯杰斐逊所在教区的牧师，他询问格兰特去探监的情况。

"你们谈论的都是上帝方面的东西吗？"他问我。

① Ernest J. Gaines, *A Lesson Before Dying*, New York: Vintage, 1993, p.3.
② Ernest J. Gaines, *A Lesson Before Dying*, New York: Vintage, 1993, p.73.
③ Ernest J. Gaines, *A Lesson Before Dying*, New York: Vintage, 1993, p.64.

"没有，先生。我们没有谈到那话题。"

"没谈到那话题？"

"没有，先生。"①

杰斐逊在 11 岁时就接受了基督教的洗礼，成为基督徒，但现在他被诬陷为杀人犯，即将被处以电刑。按基督教的教义，他的死就是去见上帝。因此，基督徒在临死的时候一般会向上帝祈祷，希望能得到上帝的宽恕而升入天堂。"对于一个即将去见上帝的人，不谈论上帝，还有什么比这个更重要的呢？"②基督徒临刑前谈论的是如何在临刑时树立黑人不怕死的英雄形象，而不是向上帝求救的懦夫形象，这与当时的基督教文化氛围形成了一个悖论，似乎格兰特对杰斐逊的所有开导和劝解都是荒谬的。其实，上帝并不能真正拯救杰斐逊，杰斐逊与其以窝囊的形象去死，还不如树立临危不惧的形象更有意义。杰斐逊以不惧死的形象去赴死的行为能把自己升华为耶稣，成为黑人和白人都敬仰的对象。格兰特帮助杰斐逊完成做人的愿望的同时也开发了自己的心境，找到了今后的人生奋斗方向。尽管种族压迫依然存在，种族歧视难以避免，但尊严感的养成促使格兰特之类的黑人不再逃避社会现实，从而在精神上摆脱了种族主义的桎梏。

由此可见，盖恩斯从外视点的视角建构了悖论，揭示了美国南方白人至上论和种族歧视氛围对黑人大众的巨大伤害。他的这些悖论表面上看有悖常理，但实际上揭露了美国黑人真实的精神状态和生存状态，把被白人种族主义者颠倒了的社会价值观再次颠倒过来，恢复其本来面目。盖恩斯用悖论展示了美国社会的荒诞性，从而对歧视黑人的政治体制和司法制度进行了辛辣的讽刺，揭示了当时美国黑人在白人种族的压迫下缺乏"男子气概"的窘境，并通过杰斐逊临刑不惧的壮举为黑人大众树立了新一代"男子汉"形象，戳穿了白人关于"黑人无异于猪"的谎言。

三、内视点与意识流

与零视点和外视点密切相关的内视点是从人物的心灵世界和心理活动来观察其思想动机、意识动态和行为准则的。应光耀说："内视点的写法，遵循心理的、感情的逻辑，以人的意识活动为中心来安排组织结构。作者的眼光始终在人物内心里自由移动，直接显示意识的流程，表现客观场景

① Ernest J. Gaines, *A Lesson Before Dying*, New York: Vintage, 1993, p.101.

② Ernest J. Gaines, *A Lesson Before Dying*, New York: Vintage, 1993, p.101.

在人物主观世界里的反映和印象。"①为了克服零视点和外视点描述的单调性和乏味性，盖恩斯在《刑前一课》里还采用了内视点的叙事策略，旨在揭示人物的内心世界，强化人物的主观能动性，并大胆突破传统的艺术手法，追求开放多元的艺术形式。他笔下的内视点往往不是固定在其人物身上，而是交叉移位，相互转换。各个人物视点所发出的视线包含孕育着不同的个性色彩，人物与人物之间的相互情感投注形成一道道立体交叉、五光十色的性格光谱，从而拓展了艺术的表现力。盖恩斯在这部小说里把内视点与意识流做了有机的结合，从触发式意识流、内心独白式意识流和交织式意识流三个方面揭示了内视点与意识流的内在关联。

首先，盖恩斯在《刑前一课》里所采用的触发式意识流指的是小说人物看到场景中的某个人或物，顿时陷入相关沉思之中，脑海里呈现出活跃的意识流心理活动。当小说叙述人格兰特站在学校的篱笆前注视学生们劈柴时，便触景生情地联想起自己以前在这里读书的情景，回忆起自己也曾抡起斧头劈柴，和同学一起拉锯。紧接着，他还回忆起当时的小学同学，如比尔（Bill）、杰里（Jerry）、克劳迪（Claudee）、斯密特（Smitty）和斯诺波尔（Snowball）等人。盖恩斯通过格兰特的意识流思绪来揭示这些人物的命运：

> 他们也曾在这里劈柴。毕业后，有的同学到乡下种地去了，有的同学到小镇去了，有的到大城市去了，待在一个地方直到生命的结束。不断有消息传来，某个黑人被杀死了呀，某个黑人因杀人而坐牢了呀。斯诺波尔在艾伦港口的酒吧被人捅死了；克劳迪在新奥尔良被一名黑人妇女杀死了；斯密特因杀人被关押在安哥拉州立监狱了。其他人待在家乡，慢慢消磨时光，等死而已。②

格兰特从学生们劈柴的动作联想到自己的小学生活，联想到自己的同学，再联想到他们各自的命运。通过这些触发性联想，读者可以感知到当时黑人的生存环境。由于种族歧视和种族偏见，黑人处于一种"社会性死亡"的状态。这些联想印证了杰斐逊悲惨而无奈的命运，同时也显示出杰斐逊的悲剧不是他个人的悲剧，而是整个黑人民族的悲剧。在小说的第12

---

① 应光耀：《试论小说创作的视点》，载《安徽师大学报》（人文社会科学版）1982 年第 4 期，第 81 页。
② Ernest J. Gaines, *A Lesson Before Dying*, New York: Vintage, 1993, p.62.

章，格兰特探监后直接来到贝昂城的"彩虹酒吧"，听到邻座客人谈论黑人拳击赛，马上联想到自己心目中的拳击英雄，回忆起17岁从电视上观看拳击赛时，非常狂热地为自己心目中的拳击英雄加油。不久，格兰特的思绪脱离拳击主题，一会儿回忆起自己的大学老师安德森（Anderson），一会儿思绪又陷入对情人薇薇安的思念中，然后，思绪又回到当天去探监过的牢房，然后又联想到佛罗里达州的一个案件。"似乎我在那里，我看见了牢房，听到了那个男孩被拖向电椅所发出的惨叫声：'求求你了，乔路易斯，救救我吧。一定要救我呀，救我！'"[1]其实，格兰特所有的触发式意识流都是直接或间接地围绕着黑人问题和杰斐逊案件。他联想到拳击赛，是因为格兰特潜意识地觉得杰斐逊在面对死亡的时候应表现出黑人的英雄气概；联想到情人薇薇安，是因为薇薇安是劝说他去开导杰斐逊的人；联想到佛罗里达案件，是因为杰斐逊马上就要被处以电刑。由此可见，日常生活中的焦虑、惶恐和思念都会成为在潜意识层里漂游的意识流内容。

其次，内心独白式意识流通常出现于当事人在某个环境中的沉思之中，其潜意识的思绪犹如泉水般涌出，没有逻辑性、条理性、层次性和时间顺序，可以看作是思绪的自然流动。盖恩斯在《刑前一课》里描写了不少内心独白的意识流片段，其中描写得最生动的内心独白出现在小说的第31章。在杰斐逊被执行电刑的当天，格兰特没有勇气去刑场，安排好本校学生的祈福活动后，他来到教室外的坝子上，仰望苍天，思绪万千。他既想知道刑场的情况，又想回避这个残酷的现实。他脑海里出现的内心独白如下：

> 这个时刻他在哪里？在窗边，瞭望天空吗？还是躺在床上，呆呆地望着灰色的天花板呢？还是站在牢房门口，正在等待？他的感觉怎么样？他害怕了吗？他在哭吗？这个时刻，他们来把他带离牢房了吗？他跪在地上，在哀求多活一分钟吗？他是站着的吗？
>
> 我为什么不在那里？我为什么不站在他身边？我为什么不和他手挽着手？为什么？[2]

格兰特的内心独白表达了他对杰斐逊临刑状况的挂念，担忧杰斐逊是否会在临刑前表现出胆怯。同时，他又指责了自己的胆怯，不满自己的逃避行为。

[1] Ernest J. Gaines, *A Lesson Before Dying*, New York: Vintage, 1993, p.91.

[2] Ernest J. Gaines, *A Lesson Before Dying*, New York: Vintage, 1993, p.250.

最后，盖恩斯在这部小说里还采用了交织式意识流，也就是说，使叙述人的叙述与小说人物的意识流交织在一起，形成有机的意识片段。这通常会模糊叙述话语与意识流话语的界限，从而增强意识流描写的自然性，有效地克服意识流描写的人为痕迹。在小说的第 25 章，盖恩斯描写道：

> 安布罗斯牧师、我的姨妈和艾玛小姐回到了农场住宅区，我回到了城里的"彩虹酒吧"。这个地方和平时一样处于半明半暗的状态，酒吧里坐着三位老人，说的话比喝的酒多，另外还有两位客人，他们是有白人血统的黑人砖工，坐在桌边吃饭。我来这里是为了告诉薇薇安：情况好转了，杰斐逊和我有了思想交流，他和其教母也开始说话了。我自我感觉非常好，我想把这个消息首先告诉她……我不想把安布罗斯牧师脸上的嫉妒表情告诉她。不，我不会说，不会说牧师觉得我在控制着杰斐逊的生活，不会说，他，牧师，认为既然杰斐逊的日子不多了，应该由他来控制，而不是我。不，我不想把这些话对她说。我只想对她说我感觉良好的话题。①

在这个意识流片段里，前面两句话是全知叙述人的叙述，后面几句话则是小说人物"我"的意识流描写。作者把意识流描写与全知叙事人的话语交织在一起，实现了无缝衔接，使意识流思绪更加自然地流出人物的脑海，这是盖恩斯在意识流描写中所实施的一个创新。

通过意识流手法，盖恩斯不仅揭示了格兰特独特的人格和人品及其内心变化，还通过这一人物揭示了南方种族歧视和种族偏见的严重性。盖恩斯的内视点通过交叉移位的方法，把人物意识的流动与全知视点做了有机的结合，使人物心理在潜意识层的活动与小说主题的表述相得益彰。他在全知视点的叙述中插入了人物的内视点、感觉和"意识流"片段，把这部小说建构成一种与表层叙事相呼应的深层式心理小说。

四、多视点聚焦与立体感

在《刑前一课》里，盖恩斯在人物评述和场景氛围营造方面采用了多视点聚焦法，即从多层次和多侧面的角度聚焦于某一人或某一事物，从而使该人物的形象或物体的外形产生立体感，以此加深相关描写的寓意。该

---

① Ernest J. Gaines, *A Lesson Before Dying*, New York: Vintage, 1993, pp.195-196.

小说的多视点聚焦性可以从三个方面来讨论：人性聚焦、物件聚焦和氛围聚焦。

首先，盖恩斯在《刑前一课》里把人性议题设置为法庭庭审的聚焦点。众所周知，人性是人的根本属性，在一定的社会制度和历史条件下形成，但人性是会受所处社会环境的影响而发生变化的。在这部小说里，主人公杰斐逊涉嫌一起抢劫谋杀案，辩护律师把杰斐逊描述成一个非人类的傻瓜，以此来为他做无罪辩护。辩护律师在法庭上对陪审团说：

> 陪审团的先生们，瞧瞧这个孩子。刚才我几乎把他说成是个人了，但我现在不能这么说了。嗨，当然，他已满 21 岁了，我们文明人都认为这是男性成熟的年龄，但是你能称这，这，这家伙为人吗？不能，至少我不能。我只能把他称为小孩或傻瓜。傻瓜是没有对错感的……先生们，这头盖骨里产生不了任何预谋……陪审团的先生们，这个人策划了一次抢劫？喔，对不起，对不起，我当然不是用称他为"人"的话语来羞辱你们的智商，请宽恕我犯了这样一个错误。如果你们判决他有罪，无异于把一头蠢猪放进电椅。①

辩护律师企图以贬低杰斐逊人性或人格的方式来为他做无罪辩护，把杰斐逊喻为"猪"的话语严重污蔑和丑化了黑人形象，引起了黑人社区的普遍不满。黑人认为，不论黑人做了什么，他们的人性和白人是平等的。杰斐逊的教母艾玛非常不满白人律师对黑人人性的践踏，因此她对白人地主亨利－皮乔特（Henri-Pichot）说："他们要杀他，就让他们杀吧！让这位教师去见见他，亨利先生……我不再央求他活命；那已经结束了，我只想他像人那样去赴死。"②艾玛认为杰斐逊是一个人，不应该像"猪"那样被处死，希望格兰特老师去帮助杰斐逊树立起人的人格和勇气，以耶稣赴难之势去展示黑人的英雄形象。"经过格兰特与社区集体的不懈努力，杰斐逊终于恢复了自己做人的尊严，勇敢地走向死亡，给认为黑人注定会像猪一样可耻地死去的白人以致命一击。"③在小说里，白人和黑人都从不同的视角聚焦黑人的人性问题，表明人性问题在黑人看来比自己的生命还要神

① Ernest J. Gaines, *A Lesson Before Dying*, New York: Vintage, 1993, pp.7-8.

② Ernest J. Gaines, *A Lesson Before Dying*, New York: Vintage, 1993, p.22.

③ 隋红升：《从〈十一月漫长的一天〉到〈刑前一课〉：欧·盖恩斯的小说创作》，载《外国文学动态》2010 年第 21 期，第 20 页。

圣。因此，死刑犯杰斐逊临死不惧的形象震撼了白人，赢得了白人和黑人共同的敬意。

其次，盖恩斯在该小说里设置的物件聚焦出现在第 235—245 页。在第 30 章的第一段里，西德尼·德·罗杰斯（Sidney de Rogers）在上班路上见到一辆卡车从身边驶过，觉得驶过的卡车刮过来一股阴风，后来发现这车停在了法院大楼门口。清洁工梅尔维娜·杰克（Melvina Jack）在埃德温商店门前的人行道上扫地的时候也见到那辆卡车经过，目睹了该车在法院门口停了下来。警察局局长办公室的勤杂工费·金肯斯（Fee Jinkins）也发现了开来的卡车，见人从卡车上抬下来一张高背椅子。小镇的人们从不同视点观察到一辆卡车的驶入，人们对卡车的聚焦意味着这辆卡车的到来不同寻常。小镇的法院要执行杰斐逊的电刑，而这辆卡车正是把电椅和发电机运来的车辆。对该汽车的聚焦渲染了小镇的阴冷氛围。

最后，氛围聚焦一般出现在某个大事件发生时的紧张语境里，作者通过不同的叙事视点来表现这个事件的张力和公众关注力。在死囚犯杰斐逊即将被处以电刑的前一晚上，贝昂镇的人们度过了一个不眠之夜。盖恩斯描写了死囚犯亲属、朋友、警察和黑人居民对这一事件的心理感受，聚焦于充满张力的社会氛围。格兰特叙述道："我的姨妈那天晚上在艾玛家一宿未睡。和当地的老人一起，整晚上都和艾玛待在一起。有些人轮流睡觉，但我的姨妈一直没睡。"① 格兰特也没睡，而是和女友薇薇安在"彩虹酒吧"待了很久。酒吧里还有十多人，大家都静静地坐在那里，没有了平日的喧嚣。安布罗斯牧师也一宿没睡，天刚亮就跪在床边祷告。警察局局长山姆·吉德里（Sam Guidry）也没睡好，这是其人生中第一次负责电刑的实施和监督工作。盖恩斯从不同人物的视点来审视大家对这个事件的心理感受，从而折射出人们对黑人青年杰斐逊蒙冤走上电椅的无奈和深深的悲哀。

多视点聚焦从不同的叙事角度描写了同一人物、物品和场景，从而形成多层次性的视角张力；从总体轮廓到外表特征，再到精神实质，有其内在的连贯性和统一性，立体感也非常鲜明。盖恩斯通过多角度转换的描写手法极大地增添了叙事文本的客观性、生动性和可信性。多视点、多向度、多体式地再现人物和场景，构成了盖恩斯小说创作的一个突出特征，同时也昭示了他对人生观察和社会思考的进一步深入。

《刑前一课》中叙述者的视点绝非一个纯粹的形式问题，它与盖恩斯的创作意识有着不可分割的联系。该小说的视点所体现出的美学文体意义与

---

① Ernest J. Gaines, *A Lesson Before Dying*, New York: Vintage, 1993, p.236.

文学主题价值有助于建立该作品在美国文学史和世界文学中的地位。盖恩斯的多样化视点独具特色，有助于在谋篇布局和总体构架上显示其非凡的学术气度和宏通的学理性。不同类型的小说视点与悬念、悖论等叙事策略有机地结合在一起，有助于深化读者对这部作品的理解。从现代美国文坛来看，小说的发展趋势是视点由单纯趋向复杂，全知视点逐渐被有限视点所取代，叙述者的视界越来越狭窄，而读者的参与意识越来越强。在这样的语境里，盖恩斯通过多视角的设置来建构悬念和悖论的多维性，引导读者参与作品解读，从而与读者建立平等的互动关系。盖恩斯的创作意图和读者的视野融合在一起，拓展了该小说文本的深层内涵，从而形成含蓄蕴藉的美学价值和文化价值。

第三节　苏珊–洛丽·帕克斯的戏剧化小说叙事：《奔向母亲的墓地》

苏珊–洛丽·帕克斯（1963— ）是 21 世纪美国文学界一颗冉冉上升的新秀。她于 1963 年 5 月 10 日出生在美国肯塔基州的一个军人家庭，早年随父在欧洲生活，后回到美国，1981 年毕业于约翰·卡罗尔学院；之后，她又到蒙特霍利约克学院（Mount Holyoke College）求学，1985 年以优异成绩获得英德文学专业学士学位。读大学时，她曾得到著名作家詹姆斯·鲍德温教授的悉心指导，在戏剧写作方面的天赋崭露头角。1984—2019年，她撰写了 19 部戏剧剧本和 9 部电影剧本，代表作是剧本《夺魁的狗与斗输了的狗》（*Topdog/Underdog*, 2001）。她把理查德·赖特的小说《土生子》改编成电影剧本，并于 2019 年上演。通过勤奋的努力，她已成为21 世纪初美国学界和读者中知名度越来越高的戏剧家和电影剧本作家，2002 年获得普利策戏剧奖。富有开拓精神的帕克斯，没有自满于已取得的戏剧成就，而是积极进取，把自己熟知的戏剧手法巧妙运用到小说创作中，于 2003 年出版了一本引人入胜的小说《奔向母亲的墓地》（*Getting Mother's Body*）。这本小说一出版就受到读者好评，现已成为哈佛大学、普林斯顿大学和威斯康星大学等校"黑人经典文学课"的必读书目之一。帕克斯突破了黑人小说的传统叙述模式，成为非裔美国文学史上第一位把戏剧元素成功导入小说创作的作家。她在《奔向母亲的墓地》中主要运用了三种戏剧化叙事策略："百衲被"叙事的戏剧化策略、环状叙事的递进链、意识流和灵异提示的画外音功能。

一、"百衲被"叙事的戏剧化策略

"百衲被"是用多种不同颜色、不同形状的布块拼接缝制而成的一种薄被。这种被子的历史可以追溯到 17 世纪以前的英属北美殖民地。那时，从英国移民到北美洲的妇女为了克服拓荒时期的物资匮乏的困难，按照英国的拼布艺术，把旧衣服剪成小布片，缝制成御寒寝具，制成了早期的"百衲被"。"百衲被"风行于贫民阶层，后来渐渐发展成美国民间的家庭手工艺品。①传统"百衲被"的缝制一般包括四个步骤："首先是选取材料，并将材料按照设计要求裁剪成大小不等的几何形碎片，然后把这些碎片拼接、缝合成显示特定图案的方块，再将这些方块缝制成组成特殊整体图案的大块布面，最后将整块布料缝合到衬料上去，形成完整的'百衲被'。"②由于"百衲被"的制作过程与黑人女性小说的写作过程非常相似，所以，"缝制百衲被"这个话语被美国学界视为现代美国黑人女性小说创作实践的一个重要隐喻。20 世纪 70 年代以来，许多黑人作家在叙事作品创作中都采用"缝制百衲被"式的叙事策略。例如，托尼·莫里森的《最蓝的眼睛》（*The Bluest Eye*，1970）、爱丽丝·沃克的《梅丽迪安》（*Meridian*，1976）、玛雅·安吉洛的《上帝所有的孩子都需要鞋子去旅行》（*All God's Children Need Traveling Shoes*，1986）、费丝·林戈尔德（Faith Ringgold）的《我们飞过了桥》（*We Flew over the Bridge*，1995）和贝尔·胡克斯（Bell Hooks）的《骨黑：少女的回忆录》（*Bone Black: Memories of Girlhood*，1996）等作品都在叙事结构上采用了百衲被的缝制原理。"百衲被"一词成为美国黑人女性文学作品中一再出现的主题意象，并逐渐演绎成黑人女性主义美学的一个重要概念。

帕克斯是一位有着强烈女性意识和种族意识的中年作家，在其小说创作中继承并发展了托尼·莫里森和爱丽丝·沃克等人开创的黑人小说"百衲被"的叙事模式。在帕克斯的笔下，百衲被就如黑人文化中的布鲁斯乐曲和爵士乐，不但是标志性的黑人文化传统，也是一种独特的叙事方法，可以用来构建黑人作家的话语空间，并传播黑人民族的种族伦理观。③帕克斯对传统"百衲被"叙事策略的贡献在于，她在作品中创造性地使用了多

---

① 尚京：《被称为"国家的光荣"传递家族间的亲情美国人也缝小花被》，http://news.sina.com.cn/w/2004-05-26/10212631599s.shtml，2018 年 6 月 8 日。

② 易朝辉：《〈最蓝的眼睛〉的"百衲被"叙事结构》，载《重庆工学院学报》（社会科学版）2007 年第 8 期，第 134 页。

③ 易朝辉：《〈最蓝的眼睛〉的"百衲被"叙事结构》，载《重庆工学院学报》（社会科学版）2007 年第 8 期，第 134 页。

视角叙述，以细腻的笔触深刻地透视了小说人物在面临传统道德沦丧和宗教信仰危机时所经历的内心冲突和痛苦挣扎，以此使读者在小说阅读过程中充分发挥想象潜力，让读者在文学欣赏和主题理解的美学审视空间里参与到作家的"百衲被"缝制过程中，使作者和读者在文学创作和艺术欣赏的双边互动中达到完美的契合。

帕克斯在《奔向母亲的墓地》中所采用的"百衲被"叙事特点体现在叙事文本的双重性和破碎性上。该小说采用 20 位以第一人称身份出现的叙述人，每位叙述人主导的章节犹如戏剧中的一幕。小说的内容是通过"我"传达给读者，这表明小说中所写的都是叙述人的亲眼所见、亲耳所闻，或者就是叙述者本人的亲身经历，这使读者产生了亲切真实的感觉。又由于每个章节所采用的第一人称视角的叙述人皆是不同的小说人物，所以小说的叙述呈现出多重叙事眼光和多个叙事声音。为了取得特定的叙事效果，多重叙事视角和叙事声音皆以小说主人公比莉（Billy）的生活遭遇和寻宝经历为中心不断地来回切换。读者可以从不同的叙述人之口，了解比莉的困境和整个事态的发展。例如，读者可从斯奈普斯（Snipes）妻子之口得知斯奈普斯的真实身份，从帕克（Park）医生之口得知医德是以金钱为条件的，从迪尔（Dill）之口得知其母亲的坟墓里埋有财宝，从白人警察之口得知黑人在白人眼里是不折不扣的二等公民。通过不同叙述者的视角分离和轮转，作者让读者清楚地从不同的角度来感受南方种族主义和父权制社会对黑人女性尊严的践踏，从而引导读者追寻其内在根源。在涉及人物的心理动态时，小说叙述人则往往会借用小说中某个人物的身份来进行叙述，而不是采用直接述说的方式。例如，在描述比莉的寻宝举动时，相关章节的叙述者完全借用了比莉的视角，以此揭示黑人的贫穷程度和孤注一掷的疯狂。然而，由于第一人称叙述人"我"是当事人，所以其叙事视角必定受到空间限制，不能讲述该角色所不知的信息，否则，"我"就成了一个不可靠的叙述人。在这部小说里，不同的叙述人"我"所讲述的故事犹如一块块五颜六色的布片，在帕克斯的缝制下组成了一床独具匠心的"百衲被"。

小说的叙事碎片按内容分为五大部分：比莉与斯奈普斯的情爱纠葛、比莉与伯父和伯母的居家生活、薇拉·梅·比德（Willa Mae Beede）与同性恋情人迪尔的恩爱情仇、拉兹（Laz）对比莉的痴情、旅程描写和坎迪（Candy）家的大团聚。帕克斯把这五大部分肢解成 77 个章节。她打破叙事文本的目的就是要迫使读者在阅读过程中按照自己的理解重新拼装文本；读者每进入一个新章节，就要调整自己的思维取向，确认新一章的"我"

指的是谁，不然就会发生张冠李戴的误读。在连续阅读小说时，读者还要时刻注意各章的"我"的具体身份及其与小说主人公比莉的关系，因为以"我"为叙述人的章节里，他或她是重要人物，但他们也可以出现在其他章节里，充当旁观者或陪衬人物。这种叙事的破碎性在很大程度上影响了小说情节发展的顺畅性和连续性，同时也增加了读者的解析难度，但是帕克斯在不连贯的故事情节之间留下的空白却为读者在脑海里重组小说结构提供了广阔、自由、创新的想象空间。在读者能动思维的参与下，帕克斯笔下的这些叙事碎片又被"缝合"成有着独特主题寓意的叙述板块，最后各章节又再被缝合，并拼接成小说的整体文本，成为一床具有叙事多重视角和多声部特征的文学"百衲被"。这种叙事方法的特点是作者提供材料，读者提供想象空间，共同建构小说情节发展的动感叙事。

帕克斯在这部小说里所采用的"百衲被"叙事手法不但填补了小说各个章节之间的意义空白，也为小说众多叙述人提供了多元的叙述空间。"百衲被"被视为这部小说的中心意象，并已经取代了传统意义上的"大熔炉"，成为非裔美国妇女文化身份的一种重要隐喻。①帕克斯把"百纳被"叙事策略与戏剧的多视角元素相结合，为其文本表面上破碎的叙事层面建构了多元的阐释空间。

二、环状叙事的递进链

美国现代黑人小说中的路途小说较多，但大多局限于叙述单程路途上发生的故事。伊什梅尔·里德的《飞往加拿大》、爱丽丝·沃克的《梅丽迪安》、沃尔特·莫斯利的《穿蓝裙子的魔鬼》和《麻烦是我惹的》等作品都叙述了小说主人公在路途中经历的各种挫折和磨难。这些单程路途小说中不乏精彩的细节描写，但在故事叙述的完整性上显得比较单一，小说结局时的叙述逻辑往往给读者一种戛然而止的感觉。帕克斯在《奔向母亲的墓地》里拓宽了传统路途小说的叙述视野，创造性地架构了小说情节发展的双程走向，使情节发展环状化、立体化、关联化。该小说的 77 个章节中有 54 个章节涉及在路途上发生的故事，情节线索主要由一大一小两条环线组成。这两条环线紧密联系，一环扣一环，小环为大环的出现和发展埋下了伏笔。

帕克斯在小环线里讲述了得克萨斯州林肯镇 16 岁少女比莉的初恋故

① 易朝辉：《〈最蓝的眼睛〉的"百衲被"叙事结构》，载《重庆工学院学报》（社会科学版）2007 年第 8 期，第 134 页。

事。比莉在推销员斯奈普斯的甜言蜜语下坠入情网，不慎怀孕。当她兴高采烈地赶往特克斯荷马镇找他结婚时，才发现他不但有妻子，而且还有一大群孩子。见此情景，比莉万念俱灰，羞辱难当，愤怒地当场拿出婚服，点火烧掉。之后，她最想做的事就是去医院流产，阻止万恶的斯奈普斯的孩子来到这个世界。离开斯奈普斯家后，贫穷的比莉连回家的路费都不够，几经辗转，当天深夜才精疲力竭地走回伯父家。这条小环线的起点是得克萨斯州的林肯镇，目的地是特克斯荷马镇，然后又从特克斯荷马镇走到戈麦日镇，最后才回到出发点林肯镇，由此构成一个环线。这个环线虽然历时不到 24 个小时，但叙述了一个少女从幼稚到成熟的醒悟过程。从特克斯荷马镇回家后，由于缺钱做人流手术，比莉千方百计地想挣钱，但肚子里孩子已有五个月，靠干苦工挣钱的计划行不通。孤立、无助的比莉焦急万分，度日如年。第一条环线的结束为第二条环线的出现做好了铺垫。

第二条环线讲述了比莉在绝望中寻宝的故事。就在比莉无法筹足钱去医院做流产手术的艰难时刻，一封来自亚利桑那州的信燃起了比莉对生活的新希望。来信说，比莉母亲薇拉的坟墓所在地已被征用来修超市，几天后将被夷为平地，询问比莉是否需要给母亲迁坟。就在此时，比莉顿生一念，她想借迁坟之机，把母亲薇拉的陪葬品取出来换钱，然后去医院做流产手术。她的想法得到了伯父和伯母的支持。比莉偷了一辆小货车，捎上伯父和伯母，踏上了赶往母亲之墓的旅途。几乎与此同时，另一路人马也上路了。他们是薇拉的同性恋情人迪尔和比莉的忠实爱慕者拉兹。迪尔赶往墓地的目的是阻止掘墓，因为当年给薇拉下葬时，迪尔违背了薇拉的遗愿，把陪葬的项链和戒指都偷走了，她怕比莉的掘墓暴露了她的罪行；而拉兹自愿开车捎迪尔到坟墓的目的是来见比莉，因为他特别担心比莉的安危。两路人马先后到达拉杭塔镇，都住在迪尔的母亲坎迪家里。迪尔坚决反对掘墓，甚至居然掏出手枪欲阻止。后来，在坎迪等人的劝说下，迪尔才勉强同意掘墓，但掘开后一看，坟墓里除了尸骨，没有任何宝藏。就在人们失望无比的时候，拉兹在裹尸的衣服堆里掏出了一枚宝石戒指。之后，这两路人马高高兴兴地踏上了归程。这条大环线的起点是林肯镇，目的地是亚利桑那州的拉杭塔镇薇拉的坟墓，之后又回到出发地林肯镇。帕克斯在这条环线里向读者展示了南方黑人的生存环境、种族状况和黑人社区的道德伦理。

第一条环线路程较短，但寓意深刻，揭示了黑人女性在父权制社会里的窘境和好色男性对单纯少女的性欺骗和性剥削。这条环线成为第二条环线出现的动因，形成递进链关系。第二条环线路途穿越了得克萨斯、新墨西哥和亚利桑那，这三个州是当时南方种族隔离极为严重的地区。这条环线以寻宝为契机，展示了南方黑人家庭团结互助、浓浓亲情和希望摆脱困境的愿望。在这条环线的路途中，他们历经艰辛，遭遇磨难，然而患难见真情。特别是拉兹对比莉坚持不懈的追求和爱慕构成了这条环线最靓丽的风景线，为小说的美好大结局打下了基础。但第二条环线有两个叙述盲点：在小说前面部分一直提到薇拉的陪葬品是一条珍珠项链和一枚宝石戒指，可是这两样东西都被迪尔偷走了，为什么掘开墓后，还能再找到一枚宝石戒指？这枚戒指究竟是迪尔良心发现后，悄悄放回了坟墓里，还是拉兹为了不让比莉太伤心，把自己的戒指放进坟墓里，假装找到了？第二个盲点是在从拉杭塔镇回林肯镇的路上，比莉亲眼看到迪尔把一个戒指悄悄放在车窗玻璃上滑动，以检验宝石的真假，结果是一枚假戒指，她把戒指扔出窗外，但这枚戒指就是迪尔偷走的薇拉的陪葬品吗？而薇拉墓里找到的那枚宝石戒指到底是谁的呢？作者没做交代，也许这是作者故意留下的谜团，让读者去产生无限遐想，以增强阅读的乐趣。

三、意识流和灵异提示的画外音功能

画外音指的是影片中声音的画外运用，即不是由画面中的人或物体直接发出的声音，而是来自画面外或场景外的声音，用于故事情节的说明或阐释，时常带有庄重或正式的语气或腔调，如旁白、独白、解说等。苏珊–洛丽·帕克斯在《奔向母亲的墓地》里以叙述人的意识流片段和薇拉的灵异提示作为小说情节发展的画外音。

帕克斯在这部小说里把意识流片段演绎成画外音，发展了意识流的表现手法。"意识流"本是美国哲学家威廉·詹姆斯在《心理学原理》（*The Principles of Psychology*）中提出的一个心理学概念，后来被引入文学领域，用来称呼那种把意识活动展现为一种"流"的心理描写方法。[①] "意识流"这种叙事方法曾被福克纳等白人作家运用在小说写作中，后来一些黑人作品，如拉尔夫·埃里森的《看不见的人》、佩特里的《纳罗斯街区》、欧内斯特·盖恩斯的《父亲之家》等作品也采用了意识流手法。其实，"意识流"就是文学作品中的"内心独白"，叙述小说人物有关回忆、想象、联想、推理、猜测等互相混乱而又像水流一样活动的心理状态。帕克斯在小说《奔向母亲的墓地》里有30多处采用了意识流的描写手法，表达了叙述者触景

---

① Keith Clark, *Contemporary Black Men's Novel and Drama*, Chicago: University of Illinois Press, 2010, p.132.

生情后所产生的各种思绪，揭示了人物内心的情感变化及其带来的重重心理冲击。这样的意识流描写犹如戏剧的旁白，产生了画外音的功能，使读者产生身临其境的感觉，增强了该小说的艺术感染力。此外，苏珊–洛丽•帕克斯在描写意识流片段时，在措辞、语法上完全采用南方黑人特有的黑人话语。这样，不同叙述人在很大程度上就成为其自身思想和情感的代言人。

在小说的第 64 页，有这样一段意识流描写："我［比莉——作者注］在吃橘子。当拉兹听到我怀孕了，顿时激动起来，仿佛孩子是他的，其实他知道斯奈普斯和我的关系。他拿百科全书给我看。婴儿，刚出生的时候，看起来就像橘子。我在吃橘子，但你又没长成橘子，我对肚子里的婴儿说道。"① 在这段描写里，我们可以看到这段意识流是由橘子引起的。比莉吃橘子，于是便情不自禁地回忆起拉兹所说的话。由此可见，一个东西的出现可以导致与这个东西有关的思绪出现。在小说第 115 页，迪尔看到比莉的行为举止，便情不自禁想起了薇拉生前的举止："我［迪尔——作者注］躺在椅子上。一盏灯放在这间屋子里，另一盏灯放在去猪圈的过道边。比莉走出家门，砰的一声关上门，就像薇拉出门那样。在比莉出生之前，她一直都习惯于想走就走，到了布朗斯维尔镇，又打电话叫我送钱去，因为她汽车的胎爆了。我坐公交车去，帮她修好轮胎，然后又一块开车回家。后来，她又因酗酒和大声喧哗，被关进拉伯克监狱。当她从拉伯克回来的时候，一个名叫萨姆•沃克的男人帮她开车。一见他开车，薇拉，我的心顿时进入了地狱"。② 薇拉的同性恋情人在家里见到比莉关门的样子，一下子联想起薇拉生前也那么关门。接着，"她"的意识流开始回忆起早年与薇拉相处的日子，也回忆了因见薇拉交男友而吃醋的情景。这段意识流系触景生情的典型描写，使人物的正常心理活动与意识流无缝衔接。帕克斯的意识流描写片段与人物的处境、场景和冲突演绎构成完美的结合，使小说情节发展的心理展示部分栩栩如生、恰如其分。

在小说中与意识流片段相呼应的画外音是比莉死去多年的母亲薇拉的灵异提白。这个灵异提白表现为薇拉的自述和布鲁斯歌声。一方面，薇拉以叙述人的身份讲述自己的双性恋经历、布鲁斯歌星之路和难产而亡的悲惨经历；另一方面，她又通过布鲁斯乐曲的歌声来表达自己对女儿比莉的忠告，她唱道："深深陷入这个洞里/我开始了思考/思考那些我做过但又没能实现的诺言。/深深陷入这个洞里/我开始了酗酒/我边喝酒边哭着入睡。/

---

① Suzan-Lori Parks, *Getting Mother's Body*, New York: Random House, 2003, p.64.

② Suzan-Lori Parks, *Getting Mother's Body*, New York: Random House, 2003, p.115.

深深陷入这个洞里/这是一个冰凉、寂寞的洞/我铺好我的床/现在我就一个人正这样躺着。"①这首布鲁斯歌曲是母亲对自己人生经验教训的总结，指出"洞"就是人的贪婪之心，贪婪会毁掉人的一切。她又唱道："别做你见我做过的事/别走我走过的路/我的名字叫不幸/先是罪孽，后是贪婪/聪明起来吧，孩子，去干别的。"②薇拉是一个以唱布鲁斯歌曲谋生的歌手，为了生存，为了养活孩子，她出卖过自己的肉体，并且为自己生前的幼稚和过错而深深地忏悔。作为母亲，她深知自己没给孩子带好头，害怕孩子成为第二个她。她把歌声作为画外音，以歌声告诫女儿，希望女儿能吸取她的教训，不要重蹈覆辙。帕克斯通过这种布鲁斯乐曲画外音的叙述方式，给去世多年的薇拉提供了一个重返现实世界的平台。这种画外音没有过多的文字叙述，直接以歌曲的形式出现。这是作者通过离世之人之口来警示后人，也是借用戏剧技巧而创造出的一种新型叙事方式。

通过意识流的旁白功能和布鲁斯乐曲的画外音功能，帕克斯巧妙地把心理展示和长辈告诫融入情节描写中。这对小说主题的展开起到了注释和铺垫的作用，也有助于使不同叙述人的故事形成有机衔接，从而使意识流的心理描写功能和布鲁斯乐曲的寓言功能巧妙结合，把戏剧艺术的舞台元素融入小说文本的叙事框架。③这样，帕克斯发展了传统的意识流描写手法和传统的画外音舞台艺术，使戏剧元素与小说文本叙述在一个更高、更富艺术感染力的层次上有机结合。

帕克斯在小说《奔向母亲的墓地》里创造性地采用并发展了 20 世纪70 年代以来的黑人小说叙事策略。通过运用"百衲被"多视角化、环状叙事递进化、意识流和布鲁斯乐曲场景化等叙事手法，使小说主题和情节发展突破传统叙事的束缚。她把小说叙事本体与戏剧元素能动结合，把舞台艺术的长处融入小说文本的叙述中，增添了该小说的艺术感染力和情节描述的动感。帕克斯在叙述策略上的创新给小说人物设计了一个舞台表演的极好空间，体现出了小说叙事的独具匠心。她的叙述手法有助于作品中小人物生活与大时代环境的结合，有助于意境的独创和场景的精心点缀。她通过小说叙述人之口从多角度阐释自己对人生和社会的领悟，使作品的寓意能够入乎其内，出乎其外，对作品内的人物和作品外的读者皆有积极的道义皈依功能。

① Suzan-Lori Parks, *Getting Mother's Body*, New York: Random House, 2003, p.115.

② Suzan-Lori Parks, *Getting Mother's Body*, New York: Random House, 2003, p.246.

③ Keith Byerman, *Remembering the Past in Contemporary African American Fiction*, Chapel Hill: University of North Carolina Press, 2005, p.56.

第四节 莫里森的魔幻现实主义叙事策略：《至爱》

托尼·莫里森的《至爱》（*Beloved*，1987）以美国内战结束后不久的俄亥俄州为背景，描写了逃亡黑奴的心理创伤和奴隶制的反人类性。该小说是莫里森受到一个黑奴母亲杀女事件的启发而写成的。[①] 1988 年，这部小说获得普利策小说奖，十年后被改编成同名电影，由著名黑人演员和主持人欧普拉·温弗里（Oprah Winfrey）主演。2006 年《纽约时报》把该书列为近 25 年来的最佳美国小说之一。[②] 莫里森在《至爱》里用丰富的文学想象和艺术夸张，对现实生活进行"特殊表现"，把现实变成一种"神奇现实"。小说里充满离奇怪诞的情节和人物，带有浓烈的神话色彩和象征意味。莫里森把神奇、怪诞的人物和情节，以及各种超自然的现象插入反映现实的叙事和描写中，使其作品既有离奇幻想的意境，又有现实主义的情节和场面，幻觉和现实相混，从而形成一种魔幻和现实融为一体、"魔幻"而不失真实的叙事风格。本节将从悬念设置、荒诞建构和意识流式蒙太奇三个方面探究莫里森在《至爱》里所采用的魔幻现实主义叙事策略。

一、悬念设置

悬念是《至爱》里常见的一种叙事策略，其重要特征是作者在小说中有预谋地设置一些能引起读者强烈关注的人物或事件，但又不立即把这些人物或事件叙述清楚。也就是说，作者不把它们提前叙述出来，而是使其呈明显的悬而未决的状态，再让谜底在此后的某个情节里被揭晓。因此，这些悬念有助于激活读者的求知欲，引起读者紧张、焦虑与期待的心绪。[③] 莫里森在《至爱》中设置的悬念主要可以分为三类：剥笋式悬念、言辞悬念和数字悬念。

首先，剥笋式悬念指的是作者不是一下子揭穿悬念的谜底，而是一步一步地将其揭晓，即作者引导读者爱不释手地读下去，把预先设置的魔幻感或迷惘之处一点一点地清除，最后使读者获得一种豁然开朗的顿悟。[④] 莫里森在《至爱》里描写得最好的剥笋式悬念是"哈雷"（Halle）的身份之谜。在该小说的第 7 页，莫里森描写道："所有'甜屋'里的男人，不管是

---

① J. Tally, *Toni Morrison's Beloved: Origins*, New York: Routledge, 2009, p.54.

② L. Peach, *Toni Morrison*, New York: St. Martin's, 2000, p.68.

③ M. A. Bowers, *Magic(al) Realism*, Abingdon, Oxon: Routledge, 2004, p.26.

④ A. Hills, *The Beloved Self: Morality and the Challenge from Egoism*, New York: Oxford University Press, 2010, p.121.

在'哈雷'之前还是之后的,对她都带有兄弟般的温情举动,因此让人有
一种不得不搔搔痒的感觉。"①"哈雷"是谁?这个人名的出现引起了悬念。
在第11页,读者获悉"哈雷"原来是"甜屋"里的一名男性奴隶,有幸被
刚来的女奴塞丝(Sethe)选中为夫君。他的身世怎样?这又构成下一个悬
念。在第23页,作者告诉读者,"哈雷"是"甜屋"女奴贝比·萨格斯
(Baby Suggs)的小儿子,他以奴隶的身份,通过周末打工的方式,挣钱购
买了母亲萨格斯的自由。在第25页,塞丝回忆起了以前与哈雷成婚的情景。
在第69页,保罗·D(Paul D)通过回忆讲述了哈雷的情况:哈雷在粮仓
的阁楼上目睹了"教师"的两个侄儿侮辱塞丝并强行吸走其奶水的情景,
之后,哈雷便神智失常。保罗·D最后一次见他时,只见其脸上涂满黄油。
在第94页,作者进一步佐证道:塞丝逃跑时,哈雷没有按时到约定地点来,
之后也杳无音讯,这形成了小说的又一个悬念。直到第224页,读者才获
悉,哈雷已经被"甜屋"庄园的一名绰号为"学校教师"的监工开枪杀害
了,"脸上的黄油"是他的"脸被打得鲜血直流"的委婉描述。此时,通过
一层一层的悬念剥离,读者得知了"哈雷"的身份和结局,此人身上的魔
幻色彩也一步一步地消解。

　　其次,莫里森还在这部小说里采用了言辞悬念的叙事策略。言辞悬念
指的是小说人物所说的话语不为读者马上明白,而是经过小说情节的进一
步发展之后,读者才能破解其中的含义或寓意。在该小说的第15页,保
罗·D问塞丝:

　　　　"你背上是什么树?"
　　　　"啊!"塞丝把碗放在桌上,然后伸手去拿桌子下面的面粉。
　　　　"你背上是什么树?有什么东西长在你背上吗?我在你背上
　　没看到什么东西呢。"②

　　保罗·D所提及的"树"是什么树呢?这在读者的心中形成了一个
悬念。在小说的第17页,读者从保罗的话语"他们总是拿牛皮鞭抽你
吗?"③中才得知了塞丝所遭受的苦难。紧接着,保罗心疼地用手抚摸塞
丝的背。这时,读者恍然大悟,原来塞丝背上的"树"不是什么树的图形,

---

① Toni Morrison, *Beloved*, Beijing: Foreign Language Teaching and Research Press, 2002, p.7.

② Toni Morrison, *Beloved*, Beijing: Foreign Language Teaching and Research Press, 2002, p.15.

③ Toni Morrison, *Beloved*, Beijing: Foreign Language Teaching and Research Press, 2002, p.17.

而是奴隶监工用皮鞭抽打其背后留下的伤痕。在第 128 页，保罗去塞丝上班的餐馆，扭扭捏捏地对她说："塞丝，你可能不会喜欢我要说的话吧。"[①]之后，他自责道："我不是一个男人。"[②]在塞丝的再三追问下，他还是不愿把话直截了当地说出来，总觉得难以启齿。最后，他说出口的话变成："我想让你怀上小孩，塞丝。你愿意吗？"[③]保罗难以启齿的话究竟是什么呢？这就形成了一个悬念。直到第 131 页，读者才获悉，保罗原来是想把自己与"至爱"私通的事告诉塞丝。塞丝是他的情人，而"至爱"又似乎是塞丝大女儿转世而来的年轻姑娘。他也担心说出真相后，自己会永远失去塞丝。在第 132 页，莫里森描写了塞丝听到情人保罗要她生孩子后的心理波澜。"她一想到怀孕就恐怖不已……上帝呀，饶恕我吧，除非不负责任，否则母爱就是杀人。"[④]一般来讲，母爱是人世间最真挚、最宝贵、最高尚的情感之一，为什么塞丝要把母爱视为杀人呢？这也形成了一个悬念。在小说的第 200 页处，读者发现，为了不让奴隶主把自己的孩子重新送入奴隶制，塞丝曾经企图把自己所有的孩子杀死，并且真的用锯子锯断了大女儿"至爱"的脖子。这时，读者才明白了塞丝内心独白的真实含义。莫里森将这些悬念对读者保密，然后通过使读者大吃一惊的谜底来加强小说的魔幻效果。

最后，数字悬念指的是小说中出现的数字具有特殊的含义，而这些数字在小说里最初出现时，读者难以知晓其寓意。莫里森在《至爱》中设置的数字悬念出现在塞丝家的门牌号数上：俄亥俄州辛辛那提市郊的蓝石路124 号。为什么莫里森把塞丝老宅的地址设置为 124 号呢？这在读者的心中形成了一个悬念。从象征意义的角度看，把这三个数字相加，得到的总和是 7，这个数字与"至爱"坟头墓碑上"Beloved"这个单词的字母数刚好相等。此后，塞丝的老宅成为被婴魂缠绕的凶宅，全家人都难得安宁，最后萨格斯老奶奶在婴魂的烦扰中逝去；塞丝的两个儿子不堪其忧，离家出走。塞丝爱上了以前的奴隶伙伴保罗·D，但在"至爱"转世的年轻女子的不断干扰之下，难以梅开二度。由此可见，"124"这个数字与"至爱"这个人物有了越来越直接的关系，"124 号"不仅是现实生活中塞丝的家，而且还是婴魂的魂魄寄寓的场所。另外，随着小说情节的发展，读者还可以找到这个悬念的另一个谜底：在"124"的数字排列中，缺少了一个"3"，

---

① Toni Morrison, *Beloved*, Beijing: Foreign Language Teaching and Research Press, 2002, p.17.

② Toni Morrison, *Beloved*, Beijing: Foreign Language Teaching and Research Press, 2002, p.128.

③ Toni Morrison, *Beloved*, Beijing: Foreign Language Teaching and Research Press, 2002, p.128.

④ Toni Morrison, *Beloved*, Beijing: Foreign Language Teaching and Research Press, 2002, p.132.

而塞丝生下的四个孩子中，被她杀死的孩子排行第三，塞丝住宅的"124"号就产生了数字"3"缺失的诡异氛围。塞丝老宅门牌号的多种巧合的悬念增强了该小说的魔幻感，为小说情节的进一步发展营造了超现实主义的氛围。

由此可见，莫里森通过期望式悬念维持读者的阅读热情，又通过突发式悬念造成小说情节和读者情绪上的跌宕，从而进一步加剧了冲突的张力。在尖锐的冲突和紧张的情节发展过程中，莫里森利用矛盾诸方面的条件和因素，使冲突和小说情节的发展受到抑制或干扰，表面上冲突暂时缓和，实际上却加强了冲突的尖锐性和情节的紧张性，强化了读者的期待心理。在莫里森的笔下，悬念和延宕交替进行，以此不断地激发和拓展读者的阅读欲望和好奇心。

二、荒诞建构

在文学作品中，荒诞作为丑的极端化表现形式，颠覆了读者的理性思维和理性协调，它以极端的形式打破常规，并且以非理性为主要表征，给读者一种十分无奈、哭笑不得的心理感受。莫里森在《至爱》中注重的是情境，而不是具体的人物和故事情节，这使得其笔下的人物大多没有鲜明的个性特征，成为脱离了具体社会文化语境的抽象的人。"作为杂糅了悲剧、喜剧、滑稽、丑之因子的无序混合，荒诞的悲喜交融性是对固有审美形态的突破，它无法在传统美学体系中作为一个独立范畴与优美、悲剧、崇高、喜剧相并列，当然也不同于丑作为亚范畴对悲剧、喜剧、崇高等审美形态的参与。"[1]为了展现美国奴隶制对美国黑人造成的精神创伤，莫里森采用了非理性的和极度夸张的荒诞手法。她的荒诞描写令人深省，有助于深化主题。莫里森在这部小说里从婴魂、转世和杀人来建构魔幻现实主义叙事的荒诞性。

首先，从民间传说来讲，婴魂指的是小孩死后形成的一种魂灵。它是一种中阴性的物体，非人非鬼，非神非魔，停留在阴阳界之间，直到其本身的阳寿消耗殆尽后，才能正式进入鬼魂的行列，等待轮回。婴魂有着比一般鬼魂更大的怨恨和对人世间的留念，其对世间的怨恨会随着时光的流逝而不断增加。如果其在母体身上不能得到足够的能量，便会四处寻找对象，补给不足，甚至从阳世间的小孩处吸取生存的精华，从而获得生存下

---

① 范玉刚：《荒诞：丑学的展开与审美价值生成》，载《陕西师范大学学报》（哲学社会科学版）
　2008 年第 1 期，第 56 页。

去的能量和机会。①在《至爱》里，莫里森把被塞丝杀死的大女儿设置成一个婴魂，引领小说情节的发展。小说主人公塞丝在面临被南方奴隶主重新抓回肯塔基的奴隶主庄园之际，为了避免遭受奴隶制的折磨，塞丝打算把所有的孩子杀死后自杀。但是，当她用锯子锯大女儿"至爱"的颈项时，鲜血四溅，两个儿子吓得惊慌而逃，黑人邻居斯坦普·佩德（Stamp Paid）强行从她手里夺走了小女儿丹芙（Danver）。之后，被杀的小孩变成了婴魂，寄居在位于蓝石路124号的老宅里。小说第一部的正文第一页就写道："124号煞气很重，弥漫着了一个孩子的恶咒。"②之后，塞丝的住宅成为凶宅。萨格斯和塞丝都生活在难以自拔的自责中，塞丝的两个儿子也生活在阴森森的氛围里，丹芙在寂寞中只好把婴魂视为伴侣，丹芙与婴魂的嬉戏更加增添了小说的哥特色彩。"她［丹芙——作者注］是那挣扎在奴隶制锁链之中痛苦呼叫的冤魂，也是在奴隶制被废除之后，仍无法摆脱其阴影的黑人的心理写照。"③在莫里森的笔下，萦绕在塞丝家的婴魂营造出恐怖、神秘、超自然的氛围，塞丝家庭成员的厄运、死亡和颓废都与其密切相关。

　其次，莫里森在《至爱》里还建构了婴魂转世的魔幻现象。转世本是一个宗教术语，指的是一个人在死亡后，其灵魂在另一个人的身体里重生。"甜屋"庄园的奴隶保罗·D来投奔塞丝后，发现塞丝的住宅阴气太重，于是采用了非洲人的驱鬼方式，在屋子里敲打门窗，摔碎瓦罐，终于驱逐走了婴魂。后来，保罗邀请塞丝和其女儿丹芙一起去参加狂欢节，旨在开始新的生活。可是，在他们回家的时候，发现门前的树桩上坐着一个年轻姑娘，穿着黑色的长裙，长裙下有一双鞋，但是她的面容看不清楚，给读者一种诡异的感觉。这个姑娘自称为"至爱"，这个名字与18年前塞丝在大女儿的墓碑上刻上的名字一模一样，塞丝大女儿转世的序幕也由此揭开。"至爱"的出现使保罗引导塞丝一家走出婴魂之扰的计划失败。"至爱"千方百计地想把保罗赶走，甚至不惜采用引诱保罗上床的方式。事后，保罗对自己的乱伦行为感到无地自容。"至爱"住在老宅后，只关注塞丝一个人，用无声的言行谴责塞丝早年对她的谋杀。入住塞丝家四周之后，"至爱"开始不断追问过去的事件，旨在不断揭开塞丝愈合的伤疤，使塞丝生不如死，犹如鬼魂缠身。在"至爱"的追问下，塞丝开始回忆起自己的母亲；塞丝回忆往事的痛苦，换来了"至爱"的高兴。五周之后，"至爱"讲述了她的

① 亦雪：《血婴修神》，http://www.bxwx.org/binfo/21/21162.htm，2014年1月5日。
② Toni Morrison, *Beloved*, Beijing: Foreign Language Teaching and Research Press, 2002, p.3.
③ 翁乐虹：《以人物作为叙述策略——评莫里森的〈宠儿〉》，载《外国文学评论》1999年第2期，第65页。

过去。"至爱"的出现具有极强的魔幻性,她走了很长的路,但鞋子是新的,上面连尘土也没有。"至爱"竭力阻止塞丝与保罗的相爱,认为这样的相爱会使他们忘记过去。她想使塞丝永远生活在过去的痛苦记忆之中,以此报复其杀女的过失。塞丝觉得"至爱"就是以前被自己用锯子杀死的大女儿的化身,因此拼命用赎罪的方式来迁就"至爱"。"至爱"到底是不是塞丝大女儿的转世呢?莫里森故意增加了一些不确定的因素以增强小说的魔幻感:有人传言"至爱"不是塞丝的女儿,而是从一个白人淫窟里逃出来的受害黑人女子,但塞丝发现"至爱"对她过去的奴隶生活特感兴趣,这不时勾起她不愿回首的往事。更有迷幻之感的是,丹芙居然发现"至爱"脖子上有疤痕。这个巧合给读者的感觉是,那个疤痕就是塞丝锯死女儿后所留下来的,似乎"至爱"真的就是塞丝大女儿的转世之人。从小说的情节发展来看,婴魂从塞丝老宅消失后不久,一个名叫"至爱"的女儿就出现在老宅门前,这个描写似乎把已亡人的灵魂和世间真人的肉身结合起来,完成了转世的步骤。"至爱"的身世之谜具有魔幻性,她声称自己是从水中出来的,类似孩子是从母亲腹中的羊水里出来的。她摇晃的脑袋很像刚出生的婴儿,其手和脸上的皮肤也柔嫩得像婴儿。她对母亲的超常依恋非常类似于婴儿对母亲的依恋。她出现后,塞丝家的狗就失踪了,但当"至爱"从塞丝的老宅永远消失的时候,那条狗却回家了。莫里森通过狗与鬼不相容的荒诞传说设置了婴魂转世的灵异氛围。

最后,在《至爱》里,莫里森给塞丝的杀女行为附上了荒诞的色彩。塞丝带着刚出生的丹芙,历尽艰辛地来到丈夫之母萨格斯的家,准备开始新的生活。可是四周后,"甜屋"庄园里绰号为"学校教师"的管家带着捕奴队就追来了。他们企图根据美国1850年颁布的《奴隶逃亡法》(Fugitive Slave Acts)把塞丝及其四个子女悉数逮捕,并送回南方继续为奴。塞丝经受和目睹了庄园管家"学校教师"的残暴和无情,因此打算先把四个孩子杀死,然后自杀。塞丝宁愿用死的方式来逃避奴隶制的非人折磨。塞丝企图杀死子女的动机非常类似于约翰·斯坦贝克(John Steinbeck)的小说《人与鼠》(Of Mice and Men,1937)中乔治(George)杀死莱尼(Lennie)的情景。莱尼在自卫中掐死了农场主的儿媳,成为逃犯。乔治看见追捕莱尼的人来了,因无路可逃,所以乔治宁可含泪亲手打死自己唯一的好友莱尼,也不愿让他惨死在压迫者的枪下。因此,塞丝认为杀掉女儿的行为是为了"救"女儿,使她免遭奴隶制的毒打、私刑、饥饿和买卖。莫里森通过黑人母亲"杀女儿是为了女儿好"的荒诞事件来抨击美国奴隶制的反人类性。

在《至爱》里,"至爱"这个人物具有多重寓意或象征意义。"至爱"

不仅是塞丝死去的孩子，也是从大西洋被奴隶船运到美国的所有非洲人的化身。那些被迫为奴的非洲人像"至爱"一样没有脸，没有名字，也像"至爱"一样在生存的空间里无声无息地消亡。莫里森关于"至爱"的婴魂和转世的荒诞描写与小说赠言"献给六千万以上的人"的话语引起读者的深刻反思。莫里森笔下"至爱"的遭遇不仅是塞丝个人的孩子的苦难，而且还是千千万万不幸的黑人母亲的子女之不幸遭遇的缩影。这部小说打破了生与死、人与鬼的界限，对现实世界进行了别出心裁的神奇表现，呈现出一种超自然的真实。因此，莫里森描写的"至爱"具有小孩死后的鬼魂、无名奴隶的鬼魂和无法逃避的恐惧经历的鬼魂等多重寓意。

三、意识流式蒙太奇

莫里森受西方现代主义的影响，在《至爱》的叙述过程中采用了内心独白、自由联想、意识流动和时空倒错的叙事手法。她把意识流手法与蒙太奇手法结合起来，把意识流描写分为意识流片段剪辑和意识流片段合成。在意识流片段剪辑中，许多意识流片段被并列或叠化成一个统一的意识流场景，展现相关人物心理的动态变化。莫里森独创的意识流式蒙太奇以展示人物的潜意识心理活动为目的，并按照小说情节发展的时间流程、因果关系、场景状况来切分或组合意识流的小说视点或思绪演绎，从而引导读者从心理学层面上理解小说主题。《至爱》中的意识流式蒙太奇主要分为三类：平行式蒙太奇、交叉式蒙太奇和颠倒式蒙太奇。

首先，在意识流的平行式蒙太奇中，"不同时空或同时异地发展的两条或两条以上的情节线并列表现，彼此紧密联系，相互衬托补充，分头叙述而又统一在一个完整的情节结构中"[①]。莫里森是运用这类蒙太奇的大师。平行式蒙太奇有助于概括和集中小说的比较性情节，节省文本篇幅，扩大小说的信息量，并加强小说情节的发展节奏。这种蒙太奇手法是几条意识流线索的并列展现，因此相互烘托，形成对比，通常能引起读者的强烈反响。在《至爱》的第二部里，莫里森用平行式蒙太奇描写塞丝与大女儿"至爱"相互冲突与深情依恋的场面：莫里森先在小说的第200—204页描写了母亲塞丝对女儿"至爱"的内心独白，塞丝讲述了自己在奴隶制下受到白人管家的侄儿凌辱后，向善良的女主人加纳（Garner）夫人求救，结果反而招致白人管家更残酷的毒打的经历。紧接着，她又回忆起"至爱"转世后来到其门口的情景，倾诉自己杀害"至爱"的动机不是为了自己逃亡，

---

① 魏锦苈：《电影艺术中蒙太奇类别的分析研究》，载《电影文学》2012年第2期，第30-31页。

而是不愿女儿重蹈自己的覆辙。塞丝在心灵深处呼喊道："当我把墓碑举起来的时候,好想和你一起躺在那里,把你的头靠在我的肩上,把我的体温传递给你……她回到了我身边,我的女儿,她是我的。"①塞丝的内心表达了对女儿的思念和真挚之情。小说的第205—209页是"至爱"的内心独白,"至爱"讲述了自己的故事:自从被母亲杀死后,她就变成了幽灵,寄居在妈妈塞丝的老宅里;在保罗·D来到塞丝家之前,丹芙是她唯一的伙伴;她觉得母亲杀了她,也可能会杀掉她的妹妹,因此,她成为婴魂留在老宅的目的之一就是保护自己的妹妹。之后,"至爱"又回忆起两个哥哥保加尔(Bulgar)和霍华德(Howard)的离家出走和保罗的到来,然后又回忆起自己的父亲哈雷,她始终认为父亲是一位天使般的男士。"至爱"不断向母亲塞丝打听父亲的故事,这时常使母亲陷入痛苦的回忆中。塞丝的内心独白和"至爱"的内心独白平行地出现在这一部分,造成扣人心弦的紧张氛围,这有助于读者从两个角度来认识这场血腥杀戮表面下的母子情深。《至爱》中的意识流描写在第210—213页达到高潮,这一部分是"至爱"的内心独白,以"我是'至爱',她[塞丝——作者注]是我的"为开头。这一部分没有标点符号,任由"至爱"的意识流淌,没有作者的干预。在这一部分里,"至爱"叙述了对父亲的回忆,然后又转入对母亲的回忆,最后,她在心灵深处呐喊道:

　　　　我没死 我没有 那里有房子 她在那里给我说悄悄话 我待在她叫我待的地方 我没有死 我坐着 太阳让我闭上双眼 我睁开眼睛时看见了我失去的脸 塞丝就是我失去的脸 塞丝看见我看她 我看见了微笑 她的笑脸是我的 是我失去的脸 她是微笑中看着我的脸 最后一次 火热的东西 现在我们能加入 火热的东西。②

　　这段内心独白与前两段内心独白平行而成,相得益彰,渲染了"至爱"渴望通过母亲塞丝找回自我的强烈愿望。

　　其次,交叉式蒙太奇,也可称为"交替式蒙太奇",指的是在同一时间里发生在不同地区的两条或两条以上的意识流情节线交织在一起的意识流表现形式。在这种蒙太奇里,一条线索的发展往往会影响到其他线索,各条线索在小说情节里相互依存,交替出现,最后汇合在一起,表述复杂的

---

① Toni Morrison, *Beloved*, Beijing: Foreign Language Teaching and Research Press, 2002, p.204.

② Toni Morrison, *Beloved*, Beijing: Foreign Language Teaching and Research Press, 2002, p.213.

人物心理变化情况。^①这种剪辑技巧有助于制造悬念，营造紧张氛围，同时还有助于加剧小说的冲突，引起读者更大的阅读兴趣。在《至爱》的第 215—216 页处，莫里森设置了塞丝与女儿"至爱"在意识流状态中的对话，塞丝和"至爱"的意识流交替出现，似乎两者之间产生了心灵感应式的会话。母亲塞丝在意识流中对着女儿大声地呼喊道：

> 把真相告诉我吧。难道你不是来自另一边吗？
>
> 是的。我是在另一边。
>
> 是的。你还记得我吗？
>
> 是的。我记得你。
>
> 你不会彻底忘记了我吧？
>
> 你的脸是我的。
>
> 你会饶恕我吗？你会留下吗？现在你在这里安全了。^②

在这段意识流里，塞丝表达了自己对"至爱"的真爱，希望"至爱"留在自己的身边，永远不分离。下一段意识流表达了"至爱"与丹芙的姐妹情深："我们在溪边玩耍。/我在水中，/风平浪静时，我们嬉戏。/乌云滚滚，暴雨将至。/当我需要你的时候，你来到我身边。/我需要她微笑的脸……/她说你不会伤害我，/她伤害了我，/我将保护你，/我要她的脸。"^③这段意识流描写了"至爱"与丹芙度过的童年快乐时光，同时也表达了自己与母亲血肉相连的关系。小说中又交替性地出现了塞丝的意识流："'至爱'/你是我的姐妹/你是我的女儿/你是我的脸；你是我/我又找到了；你又回到我身边/你是我的'至爱'/你是我的/你是我的/你是我的。"^④塞丝表达了自己和女儿的血肉之情，非常欣喜女儿的转世，把"至爱"当作自己的一部分。紧接着，下面又出现了"至爱"的意识流："我吸您的奶/我有您一样的笑容/我会照顾您。"^⑤"至爱"表达了对母亲塞丝抚养自己的感激之情，认同与母亲的血肉亲情，愿意对母亲尽孝道。此后，还多次出现这样的交替性意识流片段，把塞丝与"至爱"的母女情深推向一波又一波的高潮，从而揭露奴隶制对黑人造成的心灵创伤，抨击奴隶制的残酷性和反文明性。

① 魏锦蓉：《电影艺术中蒙太奇类别的分析研究》，载《电影文学》2012 年第 2 期，第 31 页。

② Toni Morrison, *Beloved*, Beijing: Foreign Language Teaching and Research Press, 2002, pp.215-216.

③ Toni Morrison, *Beloved*, Beijing: Foreign Language Teaching and Research Press, 2002, pp.216-217.

④ Toni Morrison, *Beloved*, Beijing: Foreign Language Teaching and Research Press, 2002, p.216.

⑤ Toni Morrison, *Beloved*, Beijing: Foreign Language Teaching and Research Press, 2002, p.216.

　　最后，颠倒式蒙太奇是一种打乱了小说叙事结构的一种蒙太奇方式。它通常是先展现故事或事件的当前状态，然后再介绍故事情节演绎的始末，形成意识流描写中过去事件与现在事件的重新组合场合。它常借助回忆、画外音、旁白等叙事手法转入故事情节的倒叙。一般来讲，作家运用颠倒式蒙太奇时，打乱的是事件发生的顺序，但仍然需要理清多个时空之间的内在关系和发展变化，为读者的解读提供必要的认知背景。在《至爱》里，莫里森主要采用倒叙式的意识流片段来补充小说情节发展所需要的信息，这些意识流片段在小说中出现的顺序是颠倒性的、无规律性的，而且具有极强的补丁性。莫里森"没有线性地展开情节，而是把不同时间、地点组合交织在一起。在现在与过去之间自由穿梭"[①]。塞丝、丹芙和保罗·D等人物都会在小说的不同位置出现一些长短不一的意识流片段，这些意识流片段的主题集中在三个方面：塞丝杀害女儿的自辩、丹芙怀念的姐妹之情和兄妹之情，以及保罗回忆的"甜屋"庄园的惨景和自己的监狱生活。颠倒式蒙太奇从不同的视点提供一些信息，虽不全面，但零星的信息拼接起来就构成了一个完整的信息，完善了小说对人物潜意识层心理活动的揭示。

　　莫里森在《至爱》里采用的意识流式蒙太奇打破了事件的逻辑顺序，有助于时空与场面的变换，使小说情节呈现出多线交叉的网状叙事层面。这一结构突出了各条情节线之间的内在关联，克服了平铺直叙的乏味感。这三类意识流式蒙太奇交混使用，相辅相成。莫里森在意识流式蒙太奇手法的使用中突破传统的时空限制，获得了情节描写的艺术性自由。此外，她还在小说叙事结构的建构中运用了不少意识流倒插笔，在其倒插笔中又设置新的倒插笔，然后又回到人物当初的意识流中。这些意识流倒插笔组成了独具特色的意识流式蒙太奇，莫里森没对这些倒插笔做任何时间上的和空间上的衔接交代，全靠读者自己去体会。她把不同时间、不同地点发生在不同人物身上的意识流片段都放在同一个画面上描写，过去和现在、现实和魔幻、生前和死后，常常重叠在一起，在同一个场景中出现。莫里森根据人物的梦境、幻觉、遐想、回忆等心理活动来组织叙事时间和叙事空间，把过去、现在、未来相互穿插、交织起来，通过多层次、多变化的时空统一体来展现人物隐秘复杂的内心世界，从艺术层面上提升了意识流式蒙太奇的魔幻现实感。

　　在《至爱》里，莫里森通过魔幻现实主义叙事策略把美国奴隶制社会

---

① 王烺烺：《欧美主流文学传统与黑人文化精华的整合——评莫里森〈宠儿〉的艺术手法》，载《当代外国文学》2002年第5期，第117页。

即将灭亡的前夜写得荒诞古怪、人鬼难辨，充满血腥与恐怖，揭示了奴隶制是反人类和毁灭人伦的社会史实。该小说的情节在表面上看起来像是对真实世界的一种报道纪录或深情回顾，然而仔细审视，读者就会发现它们带有一些小说技巧所无法表述的非真实性和神秘性。莫里森通过荒诞、怪异的描述手法，将现实夸张、变形，从而更深刻地描绘出美国内战前后的黑人生存的某种现实状况，批判当时社会生活中存在的丑陋社会现象和黑人文化中的消极因素，揭露社会弊端，抨击黑暗现实，深入地挖掘和剖析黑人民族文化心理的深层结构，引导读者去领略非裔美国文学传统的精华，寻找激发美国黑人生命能量的源泉。莫里森把超现实主义的形式和内容高度和谐地统一起来，促进了黑人文学艺术中美学意识的升华。其魔幻现实主义叙事策略开拓了 20 世纪美国黑人小说的表现手法，使黑人魔幻现实主义叙事手法成为美国后现代小说在 20 世纪末的一个新亮点，拓展了现代黑人小说叙事策略的艺术空间。

第五节　从《家》看"呼唤与回应"模式的导入与演绎

《家》（Home）是莫里森于 2012 年 5 月出版的第十部小说。该小说讲述了 20 世纪 50 年代初朝鲜战争退伍士兵弗兰克·莫尼（Frank Money）的故事，浓缩了创伤、亲情、家园和乡愁等主题。在写作中，莫里森没有使用福克纳式的晦涩文体，也没有接受加夫列尔·加西亚·马尔克斯[①]式的超现实主义笔调，而是采用抒情诗的口吻和简洁别致的笔触勾画出非裔美国人的寻觅自我之路。她认为家人的骨肉亲情和黑人同胞的团结互助是在种族歧视氛围中建构非裔美国人精神家园的不朽基石。2012 年 3 月，莫里森在美国欧柏林学院谈及即将出版的《家》时，提出了她在小说创作方面的一些新领悟和新见解："人们说，就写你所知道的。我在这里要告诉你们的是，没有人想读那样的内容，其原因是你什么也不知道。"[②] 她的言下之意就是：你所熟悉的内容并不一定是读者喜爱的东西；一名成功的作家必须揭示人生真谛，使读者得到愉悦、净化或顿悟。因此，探究真理和维

[①] 加夫列尔·加西亚·马尔克斯（Gabriel García Márquez, 1927—2014），哥伦比亚小说家、短篇小说家、电影剧本作者和新闻记者。他于 1982 年获得诺贝尔文学奖，在拉丁美洲国家的政界、学界和新闻界有较大的影响力，同时也是一位深受民众爱戴的人物。

[②] Joanna Connors, "Nobel Laureate Toni Morrison, a Lorain Native, Talks at Oberlin College about New Book, 'Home'," http://blog.cleveland.com/metro/2012/03/Nobel_laureate_toni_morrison_a. html, March 14, 2012.

系本真是莫里森在《家》的创作中所坚守的基本原则。她把具有非裔美国传统文化特征的"呼唤与回应"[①]模式引入其小说创作,在彰显非裔美国文学传统特色的同时还发展了非裔美国小说的后现代叙事策略。

一、多元叙述之声

在元小说的叙事结构里,"作家往往身兼叙述者主人公和读者等多重身份,经常自由出入作品,暴露自己的行踪,对作品的主题、人物、情节等发表评论,大谈小说的叙述技巧、创作理念或表述自己的世界观、价值观,或者直接告知读者文本的虚构本性等"[②]。元小说叙事策略的一个突出特征是小说叙事人在情节的发展过程中不断警示或提醒读者"作品是我写的""我正在叙述""那个情节是虚构的""主人公是虚构的"等等;与此同时,他还经常对自己的写作手法和选材内容做出说明、解释或评论,旨在把自己的构思过程和写作技巧公之于众。[③]莫里森在小说《家》的写作过程中挑战元小说的陈规,没有突出作者在写作中的主体作用,而是把小说的叙事声音分成小说主人公的叙述声音和小说作者的叙述声音。这样,莫里森就成功地让小说主人公走出作品,对小说作者所写作的东西进行批评或修正,同时也向小说作者和读者坦白自己的内心世界,使故事的写作更接近于本真。这种独创的叙事手法在小说中构建了许多超时空的心灵对话,使故事情节发展与主人公的外在评述形成典型的"呼唤与回应"模式,"形成了自我意识的弗兰克"和"承担小说讲述任务的弗兰克"交替出现在读者的脑海里。莫里森曾在2012年5月的一次访谈中说:"那是我的伟大发现!我不想采用'我'的角色,所以他和我处于这样一种关系。他知道自己的行为,竭力了解自己。他在环境的熏陶

---

① 在音乐中,"呼唤与回应"(call and response)是指一系列由不同音乐家演奏的两个区别性特征明显的乐句,听上去第二个乐句是对第一个乐句的直接评述或回应。这是一种基本的音乐形式,常见于主歌－副歌形式。在撒哈拉沙漠以南地区的古代非洲文化中,"呼唤与回应"是民主参与的一种常见形式,常出现在讨论市民事务的公众聚会、宗教仪式和乐器演奏等场合。17世纪初,非洲人在大西洋奴隶贸易中被卖到美洲为奴时,也把这个传统带到了新世界。因此,"呼唤与回应"现象得以传承下来,出现在宗教庆典、聚会、体育活动甚至儿歌里;特别引人注目的是出现在各种形式的黑人音乐里,如福音乐曲、布鲁斯乐曲、摇滚乐和爵士乐等。随着时光的流逝,"呼唤与回应"现象渐渐发展成为"呼唤与回应"模式,成为非裔美国文化的重要组成部分,渗透在非裔美国人社会生活的各个层面。

② 管新福:《〈汤姆·琼斯〉的元小说特征》,载《当代文坛》2012年第2期,第85页。

③ Evan Maina Mwangi, *Africa Writes Back to Self: Metafiction, Gender, Sexuality*, Albany: State University of New York Press, 2009, p. 124.

中了解自我。"①因此，本部分将从三个方面来探究莫里森在该小说中所采用的多元叙述声音，即评判、希冀和坦诚。

　　首先，在《家》里，莫里森所采用的"评判"之声是指小说主人公以第一人称"我"的身份走出小说，采用外视角，把自己置身于被追忆的往事之外②，批评作者写作内容中的不当之处，斥责作者的写作偏离了客观事实。在《家》的第 5 章，小说主人公弗兰克指责小说作者对黑人男性带有偏见，并与之发生争论。弗兰克说："在早些时候，你写道，我多么确信，坐在开往芝加哥的那列火车上的那个衣衫褴褛的人，他一回家就会改变主意，用鞭子猛抽刚才不顾一切护着他的妻子。这不是真的。"③弗兰克认为作者把自己对外界的看法强加于他身上，这违背了客观事实。接着，弗兰克以自己的经历驳斥了小说作者的观点，认为自己希望寻找一个"家"，并不是为了单纯地寻求性爱；他所爱的女人虽然是名清洁工，但她的出现使他对生活产生了眷念之感，形成了为她而去创造美好未来的强烈愿望。弗兰克声称，自己与其他黑人男性不一样，不会靠回家打妻子来发泄对社会的不满。在第 5 章的末尾处，弗兰克说："我认为你对爱情和我的情况，不是了解得很多嘛。"④弗兰克在这里提醒小说作者在写作过程中不要自以为是，以偏概全，不然就会歪曲了事物的本来面目。

　　其次，"希冀"之声是莫里森在《家》的创作中采用的第二个叙述声音。该声音有助于小说主人公以第一人称"我"的身份走出小说，以自己丰富的阅历和知识给予作者提醒和警示，指出作者在以后的写作中应该注意的问题。《家》的第 2 章讲述了弗兰克一家是如何在炎热的夏天被迫逃离得克萨斯州班德拉县的。莫里森借用弗兰克之口强调当时天气之恶劣："你只有在夏天穿过从得克萨斯州到路易斯安那州的边界时才会知道天气有多热，你难以用词语来描述。"⑤弗兰克认为自己是该事件的亲历者，把"你"当作故事的作者，并提醒作者：当时的树木都热死了，乌龟的肉都闷熟在龟壳里了。小说主人公在与小说叙事人的心灵对白中责备叙事人并没有描写出相关人物的真实思想，指出了作家与小说人物的心理距离。此外，在该小说第 9 章的第一段，小说主人公弗兰克以"我"的身份，直接向小

① Lisa Shea, "Toni Morrison on 'Home': The 81-year-old Author Talks About Her Magisterial New Novel Set in the Darkness Before the Dawn of the Civil Rights Era," http://www.elle.com/pop-culture/views/toni-morrison-on-home-655249, May 7, 2012.

② 申丹：《对叙事视角分类的再认识》，载《国外文学》1994 年第 2 期，第 65 页。

③ Toni Morrison, Home, New York: Alfred A. Knopf, 2012, pp.86-87.

④ Toni Morrison, Home, New York: Alfred A. Knopf, 2012, p.87.

⑤ Toni Morrison, Home, New York: Alfred A. Knopf, 2012, p.49.

说作者指出："朝鲜，你从来没去过，不能凭想象来谈朝鲜。你描述不了那凄凄凉凉的山山水水，因为你从来就没有看见过。我首先要告诉你的是'冷'。我说的就是'冷'。朝鲜的'冷'比冰冻还厉害。朝鲜的'冷'对人有很大的伤害性，就像一种胶粘贴在你身上，怎么也去不掉。"①朝鲜冬天的气候极为恶劣，经常到零下 40 摄氏度。在那样的天气里，人不论穿多少衣服都感觉不到体温，然而士兵还得去站岗巡逻，还得去拼死作战。对于自然条件的恶劣和战场的惨烈，没有经历过的人是无法感受或凭想象描写出来的。小说主人公弗兰克指出了小说作者与自己之间的叙述距离，并提醒她：她是不可能描写出他的真实经历的。莫里森想通过弗兰克的话语给读者留下一个印象，那就是本章内容不是作者凭空想象出来的，而是小说主人公亲身经历的真实再现，以此来增强该作品的可信度。

最后，莫里森在该小说中所采用的第三个叙述声音是"坦诚"之声。"坦诚"是指小说主人公以一人称"我"的身份走出小说，采用内视角，把自己置身于被追忆的往事之中②，向作者和读者坦白：由于自己的虚伪和狡诈，编造了自己的人生经历，误导了作者的写作，并通过揭露真相来修正自己的过失。在小说的第 7 章里，小说主人公弗兰克以第一人称叙述人的身份出现，介绍说家乡洛特斯村只有大约 100 人，大多居住在破旧的房子里，村民都很穷，靠租种土地过日子，人们感受不到前途和希望。朝鲜战争的爆发为弗兰克离开家乡提供了契机。在这章的末尾部分，莫里森写道："除了星星之外，我不思念这个地方的任何东西。只有陷入困境的妹妹才能使我考虑踏上回乡之路。不要把我描写成某个有崇高激情的英雄。我不得不离开，尽管我惧怕未卜的前途。"③弗兰克把自己离开家乡和回归家乡的真实动机告诉小说作者，希望作者不要误读他。莫里森旨在通过弗兰克之口告诫作家在写作中要注意描写事件的客观性，避免以作家的想象代替小说主人公的真实人生轨迹。莫里森在第 14 章里采用弗兰克坦诚的叙述声音，颠覆了第 9 章关于朝鲜女孩被杀事件的叙述内容。弗兰克出于良知，向小说作者坦白了自己的隐匿之恶："我现在不得不对你说一些事了。我对你撒了谎，我对自己也撒了谎。我向你隐瞒了真相。"④弗兰克揭露了隐藏在心中的罪恶往事，承认杀死到美军阵地觅食的那个小女孩的人不是别人，正是他本人。那个小女孩的出现诱发了他心底的性饥饿和本我，每次小女

---

① Toni Morrison, *Home*, New York: Alfred A. Knopf, 2012, p.119.
② 申丹：《对叙事视角分类的再认识》，载《国外文学》1994 年第 2 期，第 73 页。
③ Toni Morrison, *Home*, New York: Alfred A. Knopf, 2012, p.105.
④ Toni Morrison, *Home*, New York: Alfred A. Knopf, 2012, p.173.

孩到阵地上来，他都会威逼她去舔他的生殖器。后来为了掩盖自己的罪孽，弗兰克开枪打死了小女孩。这个事件也成为压在弗兰克心头的巨石和难以回首的耻辱。弗兰克认为应该把真相告诉小说作者，以揭露战争对平民的伤害，避免作者写出不真实的臆想之事。弗兰克的坦白之声表明了其人性经历罪恶之后的回归，同时也彰显了莫里森求实求真的小说艺术魅力。

由此可见，莫里森所采用的小说主人公与小说作者直接对话的形式与非裔美国文学中传统的"呼唤与回应"模式架构起密切的呼应关系。主人公弗兰克一方面是小说全知视角叙述人所塑造的人物，但另一方面却脱离小说，以第一人称"我"的身份出现在章节的开始段或结尾段，不时地批评、指责、质疑小说的全知视角叙述者，修正其对事件的叙述和对其他人物的评述。这种把故事叙述和故事评论交织在一起的叙事手法通常被视为一种具有"夹叙夹议"特色的小说写作策略。在大多数情况下，作品中的"叙"和"议"两者并不处于"对立观照"的地位。但是，在《家》的写作中，莫里森却有意识地设置了"叙"和"议"的对立，不时地让叙述人的叙事部分受到小说全知视角叙述人的评述部分的监督和评价，似乎在小说情节的演绎中竖起了一面镜子。这种"对立观照"的写作手法从表面上看展现的是"叙"和"议"的文本统一体，但从叙事意义来看，这种"夹叙夹议"是作家在文学创作中的一种"求真"性艺术探索。所以，"整个文本的一个基本效应就是在创作和批评之间，或者说在生活和艺术之间形成交流与沟通"①。实际上，这种"对立关照"关系就是非裔传统文化的"呼唤与回应"模式在元小说领域的创新和发展。这强化了作家强烈的自我意识，拉近了文学作品与读者的距离，有助于吸引读者参与探讨作家所关切的问题。

二、蝶形环状叙事

蝴蝶主要由头、腹部和对称的双翼组成，其双翼位于腹部两侧。莫里森在小说《家》里所设计的叙事结构框架与蝴蝶的外形极为相似。这部小说的叙事结构可分为四大部分：正文前的短诗、弗兰克的寻求自我之路、其妹妹茜（Cee）的寻求自我之路和故乡新生。这四个部分建构起密切相连而又相对独立的叙事空间。

莫里森把《家》这部小说的核心主题隐含在小说正文开始前的短诗里，构成蝶形环状叙事结构的头部，为小说情节的发展定下了基调，同时为读

① 江宁康：《元小说：作者和文本的对话》，载《外国文学评论》1994年第3期，第8页。

者的阅读和欣赏提供了铺垫。这首短诗如下：

> 这是谁家的房子？
> 谁在夜晚使这里
> 没有光线？
> 你说，谁拥有这座房子呢？
> 房子不是我的。
> 我梦想另外的一座房子，更甜蜜，更明亮，
> 能看到彩船游弋的湖泊，
> 能看到对我张开双臂的田野。
> 这座房子很奇怪，
> 留下了倒影。
> 说呀，告诉我，为什么我的钥匙能打开这座房子的门锁呢？

　　这首短诗提出了整部小说的核心悬念"哪里是我的家？"，这个悬念与小说的最后一句话"来吧，哥哥，咱们回家吧。"①建构成一个"呼唤与应答"模式，形成前后呼应。这首短诗是莫里森20年前创作的一个连篇歌曲中的墓志铭。虽然这首诗本初不是为这部书写的，但是读者由此可以感受到这部书的主题已经萦绕在莫里森的心头很长时间了。在这首诗里，叙述人表示既无法认出也无法解释这座房子的归属。其实，这房子是美国的象征。黑人生活在美国数百年了，对美国社会和文化非常熟悉，但仍然遭到白人种族主义者的非难和排斥，因此，他们在美国的生活没有归属感，不知自己真正的家在何方。莫里森诗中所讲述的房子似乎陌生、阴暗，好像在掩饰什么似的。疏离的氛围在这首短诗的最后一行里显得极为神秘和怪诞："说呀，告诉我，为什么我的钥匙能打开这座房子的门锁呢？"实际上，整部小说的17个章节都是从不同的角度来阐释这首短诗的。从字面上看，这首诗歌中的"我"对自己居住的房子很不满意，还感到陌生，希望能拥有更好的房子，而且"我"自己也搞不清自己是不是该房子的主人。说不是吧，自己的钥匙又能打开房门的锁；说是吧，自己又很陌生，难以认同。这首诗歌揭示了黑人在美国种族主义社会里无归属感的生活状况。他们不愿生活在一个总是排斥他们的社会环境里，因此，他们竭力到外面的世界去寻找属于自己的真正家园，但又碰得头破血流。这首短诗中的"我"不

---

① Toni Morrison, *Home*, New York: Alfred A. Knopf, 2012, p.189.

仅是指《家》中的主人公弗兰克，而且还喻指生活在 20 世纪 50 年代的所有非裔美国人。这首短诗歌引领小说的主题，有助于小说环状叙事的多维展开。

弗兰克和妹妹茜的寻求自我之路分别构成两条环状叙事线索。这两条叙事线索组成了各自独立但又有一定联系的两个叙事时空：一条叙事线索讲述了弗兰克离开家乡后参加朝鲜战争，战后被困在精神病院，过着自责、茫然和意志消沉的生活；另一条叙事线索以茜为中心，讲述了她在初恋中被骗婚，单纯追求好工作却又陷入魔鬼医生的圈套，以及后来在家乡的新生。这两条叙事线索在小说情节的发展过程中时而交叉，时而重合，形成了两个完整的环状情节发展线，相互依存，相互呼应，但寓意相殊。

弗兰克和茜所引领的两条线索构成了蝶形环状叙事的两翼，推进故事情节发展的层层深入。其实，这两条线索展示了弗兰克和茜的人生道路。蝴蝶的腹部象征他们共同的故乡。莫里森把弗兰克和茜的归家之旅设置为小说的主线，弗兰克凭借意识流的超时空演绎，打乱时空设置和时间顺序的基本逻辑，再现了自己的身世、战争经历、爱情生活、兄妹之情、儿时往事等等。这些设置在弗兰克的"意识流时空"里的故事中含有他在各种情景中的"回忆"，可以把其视为整部小说叙事结构中的"插入时空"。值得特别注意的是，这些回忆以"插入时空"的形式成为这部小说不可或缺的有机组成部分。这些"插入时空"聚焦于"被看"与"被注视"的对象，即小说中的弗兰克是否真的在家乡能找到自我和心灵之家。这恰恰也是读者的关注点与阅读兴奋点。弗兰克和茜的归乡之旅和家乡生活的叙事结构类似于蝴蝶的身子或腹部。从小说一开始，弗兰克就在谋划怎么从精神病院逃走。他成功逃脱后，我们的阅读视角跟随他从波特兰到芝加哥，然后到了佐治亚。弗兰克的精神状态与他的归家之旅形成顺向发展。离家越近，他的神志就越清晰，对妹妹状况的关心程度越高，他的精神反应就越正常。治疗其战争创伤的最好办法不是吗啡或精神病院，而是他的故乡情结和家庭责任感的回归。

总之，在《家》这部小说中，流动转换的视点与相互配合的内外视点都是由小说的环状叙事结构所决定的。该小说的视点转换与意识流时空的交替都与人物的心理逻辑与情感逻辑密切相关，可用于满足故事讲述的技巧需要，并有助于从叙事角度奠定该小说的"呼唤与回应"模式。在传统小说里，时空的设置具有很强的因果关系，而现代主义小说的时空设置主要依靠自由联想的运用，从而形成情节发展的非线性跳跃。① 莫里森在《家》

---

① 江宁康：《元小说：作者和文本的对话》，载《外国文学评论》1994 年第 3 期，第 10 页。

这部小说中所展现的意识流时空则更加灵活多变，更加不受传统时空的束缚。该小说情节的展开和人物的刻画并不是为编造故事而编造故事，而是为了表达作家的创作意图。《家》中意识流时空的描写具有任意性和灵活性的特色，小说里事件发生的时空随着作者对文本的不断反思而变动。莫里森在这部作品中娴熟地运用了现代叙述技巧，对故事时间和叙事时间进行了巧妙的重组。在文本中，顺叙、倒叙和插叙的交叉运用促使故事情节在蝶形环状的叙事轨道上呈现波浪起伏的发展态势，构成一个柳暗花明的美学世界。

三、悬念中的伏笔与伏笔中的悬念

悬念指的是作家在小说创作中故意设置一些"谜团"，旨在激发读者对故事结局或人物命运的期盼、关切和忧虑。针对悬念的特质，戴维·洛奇（David Lodge）曾做过一个精辟的概括，即在文本中提出一个问题，延缓提供这个问题的答案。①刘意青进一步阐释道："悬念是对将要发生的事情的一种态度，制造悬念是一种叙事技巧。叙述为读者提供一定的信息，但对至关重要的信息却引而不发，这样造成读者那种紧张又急切企盼谜底揭晓的心态叫作悬念。"②与悬念密切相关的叙述策略是伏笔。"伏笔的作用就在于能使后出现的人或事显得合情合理、顺理成章，同时又能增强作品的内部联系，使作品血脉一贯。"③莫里森在《家》的叙述过程中设置的伏笔与呼应、悬念与谜底所展示的艺术魅力丰富和发展了非裔美国传统文化中"呼唤与回应"模式。因此，本部分拟从悬念与伏笔的相互关系来揭示这两种叙事策略的错综交织和相辅相成。

莫里森在小说创作中擅长于用伏笔来建构悬念。《家》巧妙地运用伏笔提出悬而未决的问题，即运用伏笔暗示出某个事件的谜底，但又不急于披露，使其呈现一种悬而未决的状态，激发读者的阅读兴奋因子。莫里森首先在小说中采用人称伏笔来引出悬念。小说第一章的第一个单词是"他们"，第二句的第一个单词是"我们"。这些人称代词既是伏笔，也是悬念。在小说的第 2 页，人称代词"他们"所构成的悬念的谜底才揭开：原来，"他们"指的是马场的马。当人称代词"我们"出现在第一章时，读者只获悉"我们"包括两人，其中的"我"是"她"的哥哥，比"她"大 4 岁。这两人

---

① 戴维·洛奇：《小说的艺术》，卢丽安译，上海：上海译文出版社，2010 年版，第 14 页。
② 刘意青：《〈圣经〉的文学阐释：理论与实践》，北京：北京大学出版社，2004 年版，第 197 页。
③ 黄晓红：《伏笔、突转和照应在悬念中的运用及其效果》，载《理论与创作》2002 年第 5 期，第 16 页。

的身份在读者一开卷时就形成悬念:"我"和"她"是谁呢?在小说第 2
章的第 13 页,读者才获悉"我"的名字是弗兰克·莫尼,而"她"的名字
直到第 3 章第 49 页处,读者才恍然大悟——在第一章中出现的"她"原来
是弗兰克的妹妹伊茜德拉(Ycidra),简称为"茜"(Cee),但"茜"在第 2
章的第 42 页第一次出现的时候,读者还没有把握把"茜"与弗兰克的妹妹
"茜"的身份联系起来。莫里森写道:"也许他[弗兰克——作者注]的生命
是一直为茜而活的。"①读者一般认为茜可能是弗兰克心爱的女人,但在第
3 章弗兰克的家世介绍中,我们才明白来"茜"是他的妹妹,而不是情人。
在小说的第 42 页里出现的"茜"是第 49 页出现的"茜"的伏笔,当呼应
的谜底被读者找到时,读者会产生恍然大悟的感觉。小说里"他"和"她"
的频繁出现预示某个危机即将到来,但是这个危机是什么?谜底一度悬而
未决,直到弗兰克出现在魔鬼医生司各特(Scott)家时,这个疑问才得以
消除。此处的悬念正是莫里森运用伏笔提出悬而未决的问题后形成的。

莫里森运用悬念设置伏笔。在小说的第 2 章,弗兰克收到一封来信,
信中声称:他如果不赶快出发,就永远见不到他妹妹了。这封来信构成了
两个悬念:信是谁写的?写信人是怎么知道他的地址的呢?那封信从何而
来构成了一个悬念,但同时也为弗兰克去救助茜埋下了伏笔。原来,从朝
鲜战争回国后,弗兰克没有立即回到家乡,而是滞留在西雅图,他给唯一
的妹妹寄过一个明信片,留下了自己的地址。这个地址是小说情节发展的
重要伏笔。因为这个伏笔的存在,萨拉(Sarah)才能写信把茜的病危消息
告诉弗兰克。如果没有这个伏笔,小说的主体内容就无法展开,小说其他
悬念的设置也就失去了基础。

莫里森在该小说的叙事结构里还采用伏笔披露某个事件的底细,提供
相关悬念的谜底,消除读者心中的谜团。在《家》的第 1 章,弗兰克和妹
妹在一个马场边上看到一伙人用手推车把一名受了重伤的黑人运送到马场
边,扔进了一个早已挖好的坑里。弗兰克看到那伙人把那个黑人还在动的
脚铲进坑里,将其草草掩埋了。这个被活埋的黑人是谁呢?这形成了一个
悬念。在小说的第 15 章,莫里森借用黑人退伍军人安德森之口说:"他[杰
洛米(Jerome)——作者注]告诉我们:他们把他和其父亲从亚拉巴马押解
而来,用绳子绑着来的,逼迫父子二人进行角斗。用刀!"②原来白人把这
对黑人父子抓来,逼迫他们像罗马斗兽场的角斗士那样拼命,获胜者才能

---

① Toni Morrison, *Home*, New York: Alfred A. Knopf, 2012, p.42.
② Toni Morrison, *Home*, New York: Alfred A. Knopf, 2012, p.179.

生存下来。黑人儿子不忍心对自己的父亲下手，但白人威胁说，如果他们两人不拼命相搏，两人都得死，如果其中一人杀死了另外一个人，那么获胜者还有可能获得自由。为了让自己的儿子活下去，父亲恳求儿子杀死自己，以自己的死换来儿子的生。这时读者才突然醒悟过来，弗兰克和其妹妹在孩提时代所目睹的那个被活埋的黑人就是杰洛米的父亲。悲壮的父爱象征了黑人父亲在绝境中的伟大。弗兰克为杰洛米父亲的伟大而折服，觉得他不仅是杰洛米的父亲，而是整个黑人民族的父亲。小说第一章的马场情景为黑人被活埋事件的最后破解埋下了伏笔。在小说的结尾部分，弗兰克和妹妹来到以前的马场，在杰洛米父亲的埋葬处，找到其遗骨，用妹妹亲手缝制的百衲被把那位伟大父亲的遗骨包好，掩埋在月桂树下。弗兰克把一块木片钉在月桂树上，木片上的墓志铭是："这里站着的是一位真正的男子汉。"①至此，读者才完全明白了在小说开头部分被活埋的那个黑人的身份、遇难原因及其所产生的寓意。弗兰克和妹妹目睹"人被活埋"的惨剧看似闲笔，实为伏笔，为弗兰克追求自我能否成功所引起的悬念，先铺设了疑问，后提供了合理的解释。此处的伏笔提供了解决在读者心目中悬而未决之问题的答案，由此表明：种族歧视和种族偏见仍然会在相当长的一个历史时期里妨碍或阻挠美国黑人追求种族平等和社会公正的斗争。这里悬念和伏笔相互照应，深化了小说的主题，同时也呼应了非裔美国文化传统中的"呼唤与回应"模式。

莫里森在《家》的伏笔设计上具有鲜明的个性特色。这些伏笔不仅是推动情节发展的内驱力，而且还是展现故事主题的关键性因素。莫里森把悬念与伏笔有机地结合起来，使小说情节环环相扣，看似出乎意料却又在情理之中。莫里森忠实于生活，忠实于人性本真，使悬念和伏笔的运用具备了现实的可能性和合理性。这些悬念和伏笔的奇妙运用不仅有助于深化小说的主题，而且还极大地提高了作品的文学艺术性和审美价值。

《家》这部作品之所以波澜生姿，浑然天成，在很大程度上与莫里森精巧的构思、新颖的立意、深刻的观察、运用自如的语言有着密切的关系。该作品的伟大之处在于它栩栩如生地描写了黑人的经历，揭示出人类社会的共性问题。这部小说中的"家"指的不是具体的家或房子，而是人们追求的心灵之家。这部作品表面上描写的是美国黑人的生活，但实际上其丰富的内涵超越了种族和时代，揭示出人类文明发展中的曲折与波澜。莫里森所采用的叙述策略消解了传统现实主义创作手法的束缚，向读者展现了

① Toni Morrison, *Home*, New York: Alfred A. Knopf, 2012, p.188.

后现代的多维写作技巧，同时也传达出自己对小说本真性的见解。该小说的叙述声音、蝶形环状叙事结构、悬念和伏笔的精妙设置继承和发展了非裔美国传统文化中的"呼唤与回应"模式，标志着美国黑人小说叙事策略在 21 世纪的创新，并会对当代美国小说的发展产生重大而深远的影响。

小　结

　　本章探究了休斯、盖恩斯、帕克斯和莫里森四位作家的五部作品中的叙事结构问题，展现了早期奴隶叙事策略、小说视点建构、魔幻现实主义、戏剧化小说叙事和"呼唤与回应"模式等的运用对非裔美国小说叙事结构形成和发展的重要作用。这些作家为读者认知非裔美国小说从早期到当代的艺术发展状况开启了一扇窗户。休斯在《不无笑声》里所采用的多线网状叙事、插叙、衔接与连贯三大叙事策略，把文本叙述的策略提高到小说本体的高度，体现了早期黑人小说的艺术魅力，凸显了黑人方言旺盛的生命力。他对小说叙事模式的创新为现代黑人小说的出现奠定了基础。盖恩斯在《刑前一课》里设置的零视点、外视点、内视点和多视点与悬念、意识流等叙事手法交织在一起，较为完美地呈现了小说视点与叙事结构的内在关联。帕克斯在《奔向母亲的墓地》里突破了黑人小说的传统叙述模式，将戏剧元素成功导入小说的叙事结构，增添了小说的艺术感染力。莫里森的两部小说在叙事结构方面各具特色。《至爱》通过魔幻现实主义叙事策略，揭露了美国奴隶制是与人类文明发展背道而驰的社会史实。莫里森把具有非裔美国传统文化特征的"呼唤与回应"模式引入其小说《家》的创作中，使多元叙述声音、蝶形环状叙事结构、悬念和伏笔的精妙设置成为叙事结构的创新点，发展了非裔美国小说的后现代叙事策略。

　　总而言之，这些作家采用各种各样的叙事策略，丰富和发展了非裔美国小说的叙事结构。他们的叙事结构有助于表现其小说主题，深入地挖掘和剖析黑人民族文化心理的深层结构，批判美国奴隶制社会和后奴隶制社会的丑陋社会现象和黑人文化中的消极因素。他们的作品把形式和内容高度和谐地统一起来，促进了黑人文学艺术中美学意识的升华，开创了非裔美国小说叙事发展的新篇章。

结　语

　　本书通过对 23 名有代表性的非裔美国作家及其 36 部重要作品之叙事策略的研究，以大量而细致的文本分析和具体实证表明非裔小说在艺术价值方面毫不逊色于同时代美国白人作家所撰写的小说。

　　非裔美国小说写作艺术已经走过 170 多年的发展历程。美国奴隶叙事于 18 世纪下半叶开始出现，在 19 世纪中期随美国废奴运动的兴起而兴盛，继而发展成为一种独具特色的非裔美国文学叙事类型。奴隶叙事大多采用现实主义手法讲述非洲人被掳到美洲后的生存状况。这种文学体裁虽然写作手法单一，但通常被视为非裔美国小说的萌芽。19 世纪中期出现了四位早期非裔美国小说家，即威廉·威尔斯·布朗、马丁·R. 德莱尼、哈丽特·E. 威尔森和弗兰西斯·E. W. 哈珀，他们描写的是黑人生活中的一些主题，在写作手法上带有模仿白人小说的痕迹，但他们所撰写的小说标志着非裔美国小说的诞生。20 世纪 20 年代的哈莱姆文艺复兴促进了非裔小说的发展，詹姆斯·兰斯顿·休斯、克劳德·麦凯等非裔诗人也创作出独具艺术特色的诗歌。20 世纪 40—60 年代，以理查德·赖特、拉尔夫·埃里森和詹姆斯·鲍德温等为代表的小说家所创作的小说第一次引起白人读者和美国学界的关注。20 世纪 70—90 年代，伊什梅尔·里德、欧内斯特·盖恩斯、托尼·莫里森、爱丽丝·沃克、沃尔特·莫斯利等优秀非裔小说家的涌现，使非裔小说成为美国文坛的重要组成部分。莫里森于 1993 年获得诺贝尔文学奖后，非裔小说引起了国际学界的广泛关注。以科尔森·怀特黑德、杰斯米·沃德（Jesmyn Ward）、凯莉·雷德等为代表的新一代非裔美国小说家脱颖而出，一大批非裔美国小说获得普利策小说奖、美国国家图书奖和布克文学奖等重要文学奖项。从 20 世纪 90 年代起，非裔美国小说成为美国文学的研究热点之一。我国学界从 21 世纪初开始关注非裔小说，特别是在第二个十年里，研究非裔小说的优秀成果如雨后春笋般涌现，取得了令人瞩目的成绩。本书在吸收国内外学界关于非裔美国小说艺术研究方面最新成果的基础上，提出了解读和分析非裔美国小说叙事问题的众多具体方法和路径。

　　非裔美国小说致力于描写美国黑人在追求人身自由、种族平等和社会正义等方面的英勇抗争，同时还弘扬非裔美国文化的民族精神，痛斥种族主义、宗教压迫、奴隶制、种族隔离给黑人造成各种精神创伤，展现黑人在美国独立战争、南北战争、两次世界大战、非裔美国人大迁移、民权运动、女权运动等事件中的独特贡献和重要作用。以莫里森、沃克、赖特、埃里森、怀特黑德等为代表的一大批优秀作家成为美国文坛上耀眼的明星。他们在吸收白人文化精华的同时，也大力发扬和传承非裔美国文化的优秀传统。他们关于人权、自由和正义等话题的作品丰富和发展了美国文化，为美国文学的发展做出了独特的贡献。他们在文学创作中把白人小说的艺术特色和非裔小说的写作手法有机地结合起来，开创了独具特色的非裔美国小说叙事策略。本书在探究非裔美国小说艺术特色时，不仅展开了对这些作家之优秀作品的形式分析，而且还创新性地研究了这些艺术形式是如何服务于小说主题和作家创作意图的。

由于非裔美国人的奴隶经历和美国社会的种族偏见等因素，非裔美国小说的艺术性长期遭到美国学界的漠视，甚至否定，不少白人评论家把非裔小说视为政治宣传品，直接否认其文学艺术价值。本书以叙事策略和写作技法为切入点，研究了非裔美国小说的重要作品，从伏笔、悬念、反讽叙事、心理叙事、意识流、心象叙事、张力叙事、戏说与戏仿、空间叙事和叙事结构等方面探究了非裔美国小说的艺术特色，不仅系统地总结了非裔美国小说写作技法的基本特征，还把叙事策略的研究上升到美学和哲学的高度。本书把对各种非裔美国小说技法和叙事策略的评述分散于对赖特、莫里森、海姆斯、莫斯利等作家的重要作品的解析中，表面上显得松散，实际上与这些作品的艺术特色相辅相成，自成体系，从而建构了一个与非裔美国小说主题密切关联的叙事策略评论系统。作者把心象理论、戏仿理论、反讽理论等引入非裔小说的叙事策略分析，以细致入微的文本分析探究了非裔美国人在不合理社会环境里的生存危机和心理危机，深入他们隐秘的心灵世界，揭示他们的苍凉人生和在追求种族平等和社会正义中的不懈努力。对非裔美国小说艺术的系统解读有助于学界对非裔美国文学价值的进一步探索，揭示了非裔美国小说艺术对美国文学叙事策略发展的重要贡献。

本书把非裔美国小说的艺术特色分析与作品主题的阐述相结合，把叙事学的理论诠释与文本艺术特征的解读相结合，把非裔美国小说艺术传统的研究与美国文学发展的大背景相结合，把非裔美国小说艺术传统的嬗变与黑人文化移入的历程相结合。在研究中，笔者把非裔小说的写作技法等艺术特色研究看成一个整体，解析其结构要素和变异规律；对每一观点的论证都佐以丰富的引文和资料，力求做到史实与评论结合，资料与观点并重。与此同时，笔者跳出文学本体论研究的框架，将非裔美国小说的主要作品置于整个社会文学艺术的大环境中，揭示非裔美国小说艺术特色生成和发展的原因和规律。

总而言之，本书以非裔美国小说的艺术特色为研究对象，解析了非裔美国作家在文学创作中的写作风格，对他们的各种小说写作技法做了细致的分析和总结，建构了非裔美国小说叙事策略评论体系，澄清了过去在研究非裔美国小说中的一些不恰当理论命题和不规范表述，表明非裔美国小说不但有丰富的思想性，而且还具有很高的艺术价值。

本书是笔者主持的国家社会科学基金后期资助项目"非裔美国小说艺术探微"的最终研究成果。洛阳理工学院外国语学院教师刘敏杰博士负责本书第二章第一节、第三章第五节和第五章主要内容的撰写工作，并校对了书稿全文。广东外语外贸大学外国文学文化研究中心博士生卢肖乔、王苑苑和曹玉洁参与了课题组的研究工作，并对书稿进行了仔细的校对，提出了许多有价值的建议。在此一并表示衷心的感谢！同时，感谢科学出版社的编辑杨英女士，她的专业眼光、编辑智慧和敬业精神保证了本书的出版质量。

参 考 文 献

艾福娇、陈秀兰：《后悔心理的研究综述》，载《学理论》2010 年第 1 期，第 4-5 页。

白凤欣：《兰斯顿·休斯短篇小说〈早秋〉之叙事手法探析》，载《外语与外语教学》2007 年第 6 期，第 43-45 页。

陈波：《论记忆想象和想象表象》，载《社会科学家》1989 年第 6 期，第 36-38 页。

陈果安：《小说创作的艺术与智慧》，长沙：中南大学出版社，2004 年版。

陈慧：《象征手法、象征主义和象征主义手法》，载《河北学刊》1982 年第 3 期，第 121-125 页。

陈仁芳：《后悔情绪认知心理特点及神经机制的研究》，载《中南林业科技大学学报》（社会科学版）2013 年第 5 期，第 96-99 页。

陈榕：《哥特小说》，载《外国文学》2012 年第 4 期，第 97-107 页。

陈睿：《记忆表象与中国画》，载《现代装饰（理论）》2013 年第 9 期，第 159 页。

陈振华：《小说反讽叙事——基于中国新时期的研究》，北京：中国书籍出版社，2013 年版。

赤雪：《血婴修神》，http://www.bxwx.org/binfo/21/21162.htm.［2014-01-05］。

戴维·络奇：《小说的艺术》，卢丽安译，上海：上海译文出版社，2010 年版。

邓齐平、宋剑华：《戏说与仿真：百年史剧观念之反省》，载《学术研究》2008 年第 6 期，第 138-141 页。

丁灿：《关于犯罪小说的叙述模式》，载《粤海风》2013 年第 6 期，第 69-70 页。

董衡巽、朱虹等：《美国文学简史（下册）》，北京：人民文学出版社，1986 年版。

都岚岚：《空间策略与文化身份：从后殖民视角解读〈柏油娃娃〉》，载《外国文学研究》2008 年第 6 期，第 80 页。

段媛薇：《〈罗密欧与朱丽叶〉中的戏剧反讽》，载《安徽文学》2012 年第 9 期，第 31-33 页。

范玉刚：《荒诞：丑学的展开与审美价值生成》，载《陕西师范大学学报》（哲学社会科学版）2008 年第 1 期，第 56-61 页。

方凡：《美国当代元小说理论与实践概述》，载《大众科学·科学研究与实践》2017 年第 20 期，第 103-104 页。

方红：《种族、暴力与抗议：佩特里〈大街〉研究》，载《当代外国文学》2017 年第 1 期，第 20-26 页。

付梅溪：《小说，犯罪，与城市》，载《广西城镇建设》2012 年 11 期，第 32-36 页。

付艳霞：《莫言小说中"元小说"技巧的运用》，载《山东文学》2010 年第 4 期，第 65-66 页。

高春花：《列斐伏尔城市空间理论的哲学建构及其意义》，载《理论视野》2011 年第 8 期，第 29-32 页。

高松：《梦意识现象学初探——关于想象、梦与超越论现象学》，载《现代哲学》2007

年第 6 期，第 89-96 页。

葛晓芳：《论〈理查德·科里〉中的情境反讽》，载《安徽文学》（下半月）2009 年第 2 期，第 82-83 页。

龚翰熊：《现代西方文学思潮》，成都：四川大学出版社，1990 年版。

郝亚明：《美国的种族居住隔离：理论与现实》，载《世界民族》2013 年第 3 期，第 38-46 页。

洪畅：《20 世纪西方艺术的真实性探析——以潜意识或梦幻的表达为例》，载《美与时代》2011 年第 4 期，第 1-33 页。

胡春华、涂靖：《情景反讽的类别及语用特征》，载《牡丹江教育学院学报》2008 年第 1 期，第 47-48 页。

黄擎：《论当代小说的情境反讽与意象反讽》，载《东南大学学报》（哲学社会科学版）2003 年第 3 期，第 113-116 页。

黄哲真：《推理小说概论》，厦门：厦门大学出版社，2014 年版。

黄卓然：《悬念的磁性效应》，载《法学探索》1990 年第 2 期，第 23-26 页。

康慨：《〈尼克尔少年〉揭露佛州恐怖学堂，抨击美国丑恶社会》，载《中华读书报》2019 年 07 月 17 日 04 版。

雷术海：《普菲利·罗斯〈幽灵作家〉的元小说特征解读》，载《重庆三峡学院学报》2010 年第 1 期，第 96-99 页。

李红梅：《叙述角度越界的"陌生化"创作效果》，载《当代文坛》2007 年第 4 期，第 125-127 页。

李怀、牟海云：《福柯的权力"微观物理学"及其运作技术探析》，载《甘肃社会科学》2008 年第 6 期，第 18-21 页。

李娟：《如何走出"双趋冲突"的痛苦？》，载《校园心理》2008 年第 9 期，第 40-41 页。

李克：《自欺与自由——萨特哲学对人的存在的揭示》，载《深圳大学学报》（人文社会科学版）2011 年第 1 期，第 36-41 页。

李明军、牟东莲、王光荣：《双避冲突情景中情景对言语交际策略的影响》，载《心理学探析》2008 年第 4 期，第 38-39 页。

李庆善：《产业组织面临的双趋避冲突》，载《社会学研究》1992 年第 6 期，第 28-34 页。

李圣昭、刘英：《城市空间与现代性主体——从空间理论角度解读〈嘉莉妹妹〉》，载《安徽文学》2014 年第 3 期，第 55-58 页。

李英：《恐惧与自由》，载《理论界》2011 年第 1 期，第 105-106 页。

李赜：《小说叙述视点研究》，载《文艺研究》1988 年第 1 期，第 113-119 页。

林文静：《姐妹情谊：一个被延缓的梦——解读格罗利亚·内勒小说〈布鲁斯特街的女人们〉》，载《北京第二外国语学院学报》2008 年第 10 期，第 29-34 页。

刘景钊：《心象的认知分析》，载《晋阳学刊》1999 年第 2 期，第 60-64 页。

刘腊梅：《论构筑〈警察与赞美诗〉主题的修辞艺术——情景反语》，载《时代教育》2011 年第 8 期，第 148 页和 294 页。

刘伟民：《侦探小说评析》，南京：东南大学出版社，2011 年版。

栾奇：《进步源自任何微小的有益的改变——论盖恩斯小说〈临终一课〉人物格兰特内心改变的意义》，载《社会科学战线》2009 年第 12 期，第 151-156 页。

马克思：《1844 年经济学哲学手稿》，北京：人民出版社，2010 年版。

倪浓水：《小说叙事研究》，北京：群言出版社，2008 年版。

牛俊伟：《从城市空间到流动空间——卡斯特空间理论述评》，载《中南大学学报》（社会科学版）2014 年第 2 期，第 143-147 页。

潘光花、隋美荣：《潜意识理论发展的三大里程碑》，载《内蒙古师范大学学报》（哲学社会科学版）2004 年第 5 期，第 84-87 页。

庞好农：《21 世纪美国黑人小说叙事发展的新动向——评帕克斯〈奔向母亲的墓地〉》，载《外国文学》2011 年第 1 期，第 21-27+157 页。

庞好农：《伏都教与黑人民族主义：评非洲裔美国侦探小说的内核》，载《福建论坛》（社科教育版）2011 年第 4 期，第 54-55 页。

庞好农：《意识流中的流变与流变中的意识流——评托尼·莫里森〈恩惠〉》，载《国外文学》2012 年第 1 期，第 127-132 页。

庞好农：《从〈不无笑声〉看休斯对早期黑人小说叙事模式的创新》，载《国外文学》2013 年第 2 期，第 120-126 页。

庞好农：《非裔美国文学史：1619—2010》，北京：中央编译出版社，2013 年版。

庞好农：《伏笔中的悬念与悬念中的伏笔：评莫里森〈柏油娃娃〉》，载《外国语文》2013 年第 5 期，第 22-26 页。

庞好农：《从莫里森〈家〉看"呼唤与回应"模式的导入与演绎》，载《解放军外国语学院学报》2014 年第 4 期，第 143-150+160 页。

庞好农：《从〈父亲之家〉看盖恩斯笔下的印象主义心理叙事》，载《国外文学》2014 年第 4 期，第 74-80+155 页。

庞好农：《里德〈飞往加拿大〉戏说语境的悖论与反思》，载《外国语文》2014 年第 4 期，第 1-5 页。

庞好农：《命运反讽、荒诞梦幻与象征手法——评内洛尔〈布鲁斯特街的女人们〉之艺术特色》，载《烟台大学学报》（哲学社会科学版）2014 年第 2 期，第 80-86 页。

庞好农：《论萨伏伊〈异域〉的心象叙事》，载《外国语文》2015 年第 5 期，第 14-19 页。

庞好农：《从〈至爱〉探析莫里森笔下的魔幻现实主义叙事策略》，载《浙江师范大学学报》（社会科学版）2016 年第 1 期，第 21-27 页。

庞好农：《从〈大金梦〉探析海姆斯笔下的新哥特叙事》，载《烟台大学学报》（哲学社会科学版）2017 年第 2 期，第 55-62 页。

庞好农：《城市空间与生存张力：解析赖特〈局外人〉》，载《山东外语教学》2017 年第 5 期，第 73-79 页。

庞好农：《意识流·蒙太奇·悬念——解析〈最蓝的眼睛〉之叙事特色》，载《英语研究》2017 年第 2 期，第 11-20 页。

庞好农：《从〈芒博琼博〉探析里德笔下的戏仿》，载《国外文学》2017 年第 1 期，第 82-88+158-159 页。

庞好农：《从〈亲缘〉探析巴特勒笔下的仿真叙事与时空跨越》，载《中南大学学报》（社会科学版）2017 年第 1 期，第 154-160 页。

庞好农：《赖特叙事作品的恶之书写研究》，北京：中央编译出版社，2019 年版。

庞好农：《"赖特部落"之性恶书写》，北京：科学出版社，2020 年版。

庞好农：《从〈随意敲门〉探析心象叙事之跨时空建构》，载《英语研究》2020 年第 1 期，第 51-59 页。

庞好农、刘敏杰：《多重人格、幻听人格与后继人格——〈穿蓝裙子的魔鬼〉之心理学视阈研究》，载《当代外语研究》2012 年第 10 期，第 65-68+77 页。

庞好农、刘敏杰：《从〈长梦〉探析赖特笔下的都市空间与黑人生存危机》，载《广东外语外贸大学学报》2019 年第 4 期，第 69-78 页。

庞好农、薛璇子：《荒诞中的黑色幽默与黑色幽默中的荒诞——评海姆斯〈持枪的盲人〉》，载《西安外国语大学学报》2016 年第 4 期，第 88-91 页。

庞好农、薛璇子：《从〈街〉探析佩特里笔下的心理叙事》，载《外国文学研究》2019 年第 4 期，第 110-118 页。

彭青龙：《论〈"凯利帮"真史〉的界面张力》，载《外语与外语教学》2013 年第 1 期，第 83-86 页。

桑艳霞：《简析〈到灯塔去〉中的意识流叙事手法》，载《新西部》2009 年第 14 期，第 124-126 页。

尚京：《被称为"国家的光荣"传递家族间的亲情美国人也缝小花被》，《环球时报》（20040524 第 28 版）http://news.sina.com.cn/w/2004-05-26/10212631599s.shtml〔2010-6-8〕。

申丹：《叙述学与小说文体学研究》，北京：北京大学出版社，2004 年版。

史敏：《永不止步的身份追寻：〈柏油孩子〉的空间叙事解读》，载《译林》2011 年第 8 期，第 29-37 页。

孙书文：《文学张力：非常情境的营建》，载《内蒙古大学学报》（人文社会科学版）2002 年第 2 期，第 61-67 页。

孙晓青：《文学印象主义与薇拉·凯瑟的美学追求》，开封：河南大学出版社，2010 年版。

乔治·贝克：《戏剧技巧》，余上沅译，北京：中国戏剧出版社，1985 年版。

万梅：《〈最蓝的眼睛〉叙事结构和话语策略》，载《南京林业大学学报》（人文社会科学版）2005 年第 1 期，第 50-53 页。

王冠琪：《论〈年轻的古德曼布朗〉中的张力》，载《文学界》2010 年第 1 期，第 18-19 页。

王贵：《〈长梦〉：一部成长小说》，载《传奇·博记录文学选刊》2010 年第 3 期，第 48-49 页。

王家湘：《在理查德·赖特的阴影下——三四十年代的两位美国黑人女作家佐拉·尼尔·赫斯顿和安·佩特里》，载《外国文学》1989 年第 1 期，第 74-79 页。

王侃：《论余华小说的张力叙事》，载《文艺争鸣》2008 年第 8 期，第 127-131 页。

王烺烺：《欧美主流文学传统与黑人文化精华的整合——评莫里森〈宠儿〉的艺术手法》，载《当代外国文学》2002 年第 5 期，第 117-124 页。

王丽亚：《伊什梅尔·里德的历史叙述及其政治隐喻：评〈逃往加拿大〉》，载《外国文学评论》2010 年第 3 期，第 211-222 页。

王庆生：《文艺创作知识辞典》，武汉：长江文艺出版社，1987 年版。

王胜：《戏谑·调侃·戏仿——论新时期小说中的反常规叙事手法》，载《潍坊学院学报》2008 年第 5 期，第 48-50 页。

王思焱：《当代小说的张力叙事》，载《文学批评》2002 年第 2 期，第 41-45 页。

王素英：《〈在海湾〉中的叙述陌生化》，载《国外文学》2010 年第 1 期，第 128-130 页。

王彦兴：《〈奥瑟罗〉中的三股叙事张力》，载《福建外语》2002 年第 4 期，第 50-55 页。

魏锦蓉：《电影艺术中蒙太奇类别的分析研究》，载《电影文学》2012 年第 2 期，第 30-31 页。

翁乐虹：《以人物作为叙述策略——评莫里森的〈宠儿〉》，载《外国文学评论》1999

年第 2 期，第 65-72 页。

吴翔宇：《〈野草〉的张力叙事与意义生成》，载《浙江社会科学》2010 年第 8 期，第 102-106 页。

习传进：《魔幻现实主义与〈宠儿〉》，载《外国文学研究》1997 年第 3 期，第 106-108 页。

肖明翰：《英美文学中的哥特传统》，载《外国文学评论》2001 年第 2 期，第 90-101 页。

熊荣：《悬念与伏笔的妙用——谈〈林教头风雪山神庙〉的情节设置特点》，载《语文建设》2011 年第 9 期，第 52-54 页。

薛璇子、庞好农：《后现代叙述空间的本真还原：评维德曼〈法侬〉》，载《西安外国语大学学报》2012 年第 3 期，第 96-99 页。

杨敏：《精心打磨的一块美玉——评托妮·莫里森小说〈柏油孩子〉》，载《齐齐哈尔大学学报》（哲学社会科学版）2008 年第 3 期，第 92-95 页。

杨晓莲：《论魔幻现实主义的"魔幻"表现手法》，载《渝西学院学报》2002 年第 1 期，第 46-51 页。

杨义：《中国叙事学》，北京：人民出版社，1997 年版。

易朝辉：《〈最蓝的眼睛〉的"百衲被"叙事结构》，载《重庆工学院学报》（社会科学版）2007 年第 8 期，第 134-136 页。

尹均生：《中国写作学大辞典》（第二卷），北京：中国检察出版社，1998 年版。

应光耀：《试论小说创作的视点》，载《安徽师大学报》（人文社会科学版）1982 年第 4 期，第 81-87 页。

曾艳钰：《"兔子"回家了？——解读莫里森的〈柏油孩子〉》，载《外国文学》1999 年第 6 期，第 79-82 页。

翟应增：《艺术语言产生时思维的心象性和意象性》，载《云南师范大学学报》2004 年第 5 期，第 74-77 页。

张德林：《现代小说美学》，长沙：湖南文艺出版社，1987 年版。

张萌：《反语认知的心理学研究》，广州：暨南大学出版社，2010 年版。

张文雯：《论杰丝米妮·瓦德〈拾骨〉中的动物叙事》，载《当代外国文学》2020 年第 2 期，第 141-147 页。

章士嵘：《认知科学导论》，北京：人民出版社，1992 年版。

赵莉华：《空间政治：托尼·莫里森小说研究》，成都：四川大学出版社，2011 年版。

赵毅衡：《反讽：表意形式的演化与新生》，载《文艺研究》2011 年第 1 期，第 18-27 页。

赵毅衡：《反讽时代：形式论与文化批评》，上海：复旦大学出版社，2011 年版。

郑珍：《论反讽的几种形式》，http://www.doc88.com/p-8088235418.html［2013-6-11］。

郑昕：《情景反语修辞作用及其审美心理初探》，载《广东青年干部学院学报》2006 年第 3 期，第 89-92 页。

支宇：《"仿真叙事"：从"符号政治经济学批判"到"去现实化"——一个西方后现代主义文论关键词在中国的话语个案》，载《社会科学研究》2009 年第 6 期，第 162-166 页。

钟京伟：《詹姆斯·鲍德温小说的伦理研究》，上海外国语大学博士论文，2013 年。

钟晓华：《社会空间和社会变迁——转型期城市研究的"社会—空间"转向》，载《国外社会科学》2013 年第 2 期，第 14-21 页。

朱荟、郝亚明：《美国种族居住隔离理论的三种范式》，载《贵州民族研究》2016 年第 1 期，第 16-22 页。

朱小琳：《历史语境下的追问：托尼·莫里森的新作〈慈善〉》，载《外国文学动态》2009 年第 3 期，第 28-29 页。

朱小琳：《美国非裔文学研究的政治在线与审美困境》，载《山东外语教学》2013 年第 2 期，第 14-17 页。

Aaronovitch, D. *Voodoo Histories: The Role of the Conspiracy Theory in Shaping Modern History*. New York: Riverhead, 2010.

Abbott, M. *The Street Was Mine: White Masculinity in Hardboiled Fiction and Film Noir*. New York: Palgrave Macmillan, 2002.

Ahsen, A. "Eidetics: Neural Experiential Growth Potential for the Treatment of Accident Traumas, Debilitating Stress Conditions, and Chronic Emotional Blocking." *Journal of Mental Imagery* 143.2 (1978): 1-22.

Akseli, N. O. *Availability of Credit and Secured Transactions in a Time of Crisis*. Cambridge: Cambridge University Press, 2013.

Allen, G. N. *Oberlin Social & Sabbath School Hymn Book*. Oberlin: James N. Fitch, 1846.

Allen, G. "Florida's Dozier School for Boys: A True Horror Story." *NPR*, July 15, 2019.

Anastasova, M. *The Suspense of Horror and the Horror of Suspense*. Newcastle: Cambridge Scholars Publishing, 2019.

Anderson, M. R. *Spectrality in the Novels of Toni Morrison*. Knoxville: University of Tennessee Press, 2013.

Andrews, M., C. Squire and M. Tamboukou. *Doing Narrative Research*. New York: Sage, 2013.

---. *Narrative Imagination and Everyday Life*. Oxford: Oxford University Press, 2014.

Attaway, W. *Let Me Breathe Thunder*. Chatham: Chatham Bookseller, 1939.

Attebery, B. *Stories about Stories: Fantasy and the Remaking of Myth*. New York: Oxford University Press, 2014.

Avanessian, A. *Irony and the Logic of Modernity*. Boston: Mouton de Gruyter, 2015.

Baker, L. R. *Naturalism and the First-person Perspective*. New York: Oxford University Press, 2016.

Bal, M. *Narratology: Introduction to the Theory of Narrative*. Toronto: University of Toronto Press, 2017.

Baldwin, J. *Giovanni's Room,* London: Penguin, 2007.

---. *If Beale Street Could Talk*. New York: Dial, 1974.

Barasch, M. *Blindness: The History of a Mental Image in Western Thought*. New York: Routledge, 2001.

Barry, P. B. *Evil and Moral Psychology*. New York: Routledge, 2013.

Bateman, J. A. *Text and Image: A Critical Introduction to the Visual-Verbal Divide*. New York: Routledge, 2014.

Bates, G. *Alice Walker: A Critical Companion*. New York: Greenwood, 2005.

Baudrillard, J. *Simulacra and Simulation*. Trans. S. Glaser. East Lansing: University of Michigan Press, 1994.

BBC News. "100 'Most Inspiring' Novels Revealed by BBC Arts." November 5, 2019.

Beach, J. W. "The Dilemma of the Black Man in a White World." *New York Times Book*

Review, December 2, 1945.

Beaty, L. A. "Identity Development of Homosexual Youth and Parental and Familial Influences on the Coming Out Process." *Adolescence* 34.2 (1999): 480-599.

Beck, S. "Beside the Golden Door." *The New Criterion* 27.3 (2008): 31-33.

Bedore, P. "Slavery and Symbiosis in Octavia Butler's *Kindred*." *Foundation: The International Review of Science Fiction* 31.84 (Spring 2002): 73-81.

Bell, B. W. *The Afro-American Novel and Its Tradition*. Amherst: University of Massachusetts Press, 1987.

Bernstein, P. *Family Ties, Corporate Bonds*. Garden City, N.Y.: Doubleday, 1985.

Bjork, P. B. *The Novels of Toni Morrison: The Search for Self and Place within the Community*. New York: Peter Lang, 1992.

Bloom, B. J. *The Effects of the Use of Imagery in Learning in Relation to Race, Socio-Economic Status, and Age*. Ann Arbor, Mich.: UMI, 1972.

Bone, R. *The Negro Novel in America*. New Haven: Yale University Press, 1965.

Booker, K. and A.-M. Thomas. *The Time-Travel Narrative*. West Sussex: John Wiley & Sons, 2012.

Bosman, J. "National Book Awards Go to 'Salvage the Bones' and 'Swerve'." *The New York Times*, November 16, 2011.

Bowers, M. A. *Magic(al) Realism*. Abingdon, Oxon: Routledge, 2004.

Boyd, S. C. *Black Men Worship: Interesting Anxieties of Race, Gender and Christian Embodiment*. New York: Palgrave MacMillan, 2011.

Boyer, J. *Ishmael Reed*. Boise, Idaho: Boise State University Press, 1993.

Brady, O. E. and D. C. Maus. *Finding a Way Home: A Critical Assessment of Walter Mosley's Fiction*. Jackson: University Press of Mississippi, 2018.

Bromwich, D. *Moral Imagination*. Princeton: Princeton University Press, 2014.

Brown, J. "In 'Salvage the Bones,' Jesmyn Ward Tells Personal Story of Hurricane Katrina." *PBS NewsHour*, August 26, 2011.

Brown, R. "A Chorus of the Motherless." *The New Leader* 91.6 (November/December 2008): 30-34.

Bryant, J. H. "Ernest J. Gaines: Change, Growth, and History." *Southern Review* 10 (Fall 1974): 852-857.

---. *The Violent Man in African American Folklore and Fiction*. Bloomington, IN: Indiana University Press, 2003.

Buckner, T. R. *Fathers, Preachers, Rebels, Men: Black Masculinity in U.S. History and Literature, 1820-1945*. Jackson: University Press of Mississippi, 2010.

Butler, C. *Henri Lefebvre: Spatial Politics, Everyday Life and the Right to the City*. New York: Routledge-Cavendish, 2012.

Butler, O. E. *Kindred*. Boston: Beacon, 2003.

Byerman, K. E. *Fingering the Jagged Grain: Tradition and Form in Recent Black Fiction*. Athens, Ga.: University of Georgia Press, 1985.

---. *Remembering the Past in Contemporary African American Fiction*. Chapel Hill: University of North Carolina Press, 2005.

Calder, A. "Chester Himes and the Art of Fiction." *Journal of Eastern African Research and Development* 12.1(1981): 3-18.

Callahan, J. F. *In the Afro-American Grain: The Pursuit of Voice in Twentieth-century Black Fiction.* Urbana: University of Illinois Press, 1988.

Čalovski, T. *Building a Dream.* Skopje: St. Clement of Ohrid, 2011.

Cass, V. C. "Homosexual Identity Formation: Testing a Theoretical Model." *The Journal of Sex Research* 20.2 (1984):151-159.

Charles, R. "In Colson Whitehead's 'The Nickel Boys,' an Idealistic Black Teen Learns a Harsh Reality." *The Washington Post*, August 8, 2019.

Christiansë, Y. *Toni Morrison: An Ethical Poetics.* New York: Fordham University Press, 2013.

Clark, K. *Black Manhood in James Baldwin, Ernest J. Gaines and August Wilson.* Urbana: University of Illinois Press, 2002.

---. *Contemporary Black Men's Novel and Drama.* Chicago: University of Illinois Press, 2010.

Cleary, V. J. *The Function of Repetition and Foreshadowing in the Characterization of Aeneas.* Ann Arbor, Mich.: UMI, 2007.

Colinet, P., J. C. Legros and M. G. Velarde. *Nonlinear Dynamics of Surface-tension-driven Instabilities.* New York: Wiley-VCH, 2001.

Condon, G. "Ann Petry." *Hartford Courant Northeast*, November 8, 1992.

Confalonieri, E. *Reflective Thinking in Educational Settings: A Cultural Framework.* Cambridge: Cambridge University Press, 2014.

Cordle, D. *States of Suspense: The Nuclear Age, Postmodernism and United States Fiction and Prose.* New York: Manchester University Press, 2008.

Crooks, R. "From the Far Side of the Urban Frontier: The Detective Fiction of Chester Himes and Walter Mosley." *College Literature* 20.10 (1995): 68-90.

Dainton, B. *Stream of Consciousness: Unity and Continuity in Conscious Experience.* New York: Routledge, 2016.

de Jong, I. J. F. *Narratology and Classics: A Practical Guide.* Oxford: Oxford University Press, 2014.

de Kay, D. "The Color Line." *New York Times Book Review*, August 24, 1941.

Delaney, M. *Black Religion in America.* Indiana: Bloomington, 2013.

Delgado, J. M. R. *Physical Control of the Mind: Toward a Psychocivilized Society.* New York: Harper and Row, 2015.

Dershowitz, A. M. "Alice Walker's Bigotry." *Jerusalem Post*, June 21, 2012.

DeSilva, B. "Review: P. I. Leonid McGill Returns in 'Trouble Is What I Do'." https://abcnews.go. com/Entertainment/wireStory/review-pi-leonid-mcgill-returns-trouble-69234256［2020-2-27］.

Dewey, J. *Art as Experience.* Toms River, N.J.: Capricorn, 1934.

Dick, B. and A. Singh. *Conversations with Ishmael Reed.* Jackson: University Press of Mississippi, 1995.

Dick, B. A. *The Critical Response to Ishmael Reed.* Westport, Conn.: Greenwood, 1999.

Douglas, C. *A Genealogy of Literary Multiculturalism.* Ithaca: Cornell University Press,

2009.

Douglass, F. *The Three Great African-American Novels*. New York: Dover, 2008.

Drake, S. C. *Critical Appropriations: African American Women and the Construction of Transnational Identity*. Baton Rouge: Louisiana State University Press, 2014.

Dulaney, W. M. *Black Police in America*. Indiana: Bloomington, 1996.

Dynel, M. *Irony, Deception and Humor: Seeking the Truth about Overt and Covert Untruthfulness*. Berlin: Mouton de Gruyter, 2018.

Ebbeson, J. *Postmodernism and Its Others: The Fiction of Ishmael Reed, Kathy Acker and Don DeLillo*. London and New York: Routledge, 2006.

Ehrlich, S. *Point of View: A Linguistic Analysis of Literary Style*. London: Routledge, 2016.

Fabre, M. *From Harlem to Paris: Black American Writers in France, 1840-1980*. Urbana, IL: University of Illinois Press, 1991.

---. and R. E. Skinner. *Conversations with Chester Himes.* Jackson: University Press of Mississippi, 1995.

Farrison, E. W. *The World of Langston Hughes*. Madison, Wis.: University of Wisconsin Press, 2008.

Feinberg, T. E. and J. M. Mallatt. *The Ancient Origins of Consciousness: How the Brain Created Experience*. Cambridge, MA: MIT, 2016.

Feldman, R. S. *Development Across the Life Span*. Boca Raton, Florida: CRC, 2014.

Felgar, R. *Student Companion to Richard Wright.* Westport, Conn.: Greenwood, 2000.

---. "William Attaway's Unaccommodated Protagonists." *Studies in Black Literature*, 4.1 (Spring 1973): 2-10.

Felton, S. and M. C. Loris. *The Critical Response to Gloria Naylor*. Westport, Conn.: Greenwood, 1997.

Fernandez, J. W. and M. T. Huber. *Irony in Action*. Chicago: University of Chicago Press, 2001.

Ffytche, M. *The Foundation of the Unconscious: Schelling, Freud, and the Birth of the Modern Psyche*. New York: Cambridge University Press, 2012.

Fine, D. *Los Angeles in Fiction: A Collection of Essays from James M. Cain to Walter Mosley*. Albuquerque: University Press of New Mexico, 1995.

Finkenbine, R. E. *Sources of the African-American Past: Primary Sources of American History.* New York: Palgrave Macmillan, 2011.

Fitzgerald, B. F. *The Chicago Literary Hall of Fame: 2013 Nominees*. Chicago: Chicago Writers Association, 2013.

Fitzpatrick, S. *The Ethical Imagination: Exploring Fantasy and Desire in Analytical Psychology*. New York: Routledge, 2020.

Fleming, R. E. *Knock on Any Door*. New York: Northern Illinois University Press, 1947: i-iv.

Foner, F. *Gateway to Freedom. The Hidden History of America's Fugitive Slaves*. Oxford: Oxford University Press, 2015.

Ford, N. A. "Four Popular Negro Novelists." *Phylon: The Atlantic Review of Race and Culture* 35.1 (March-May, 1965): 31-38.

Forgaslight, J. P. and E. Harmon-Jones. *Motivation and Its Regulation: The Control Within.*

New York, NY: Psychology Press, 2014.

Forna, A. "The Nickel Boys by Colson Whitehead Review—Essential Follow-up to the Underground Railroad." *The Guardian*, August 8, 2019.

Fowler, D. *Drawing the Line: The Father Reimagined in Faulkner, Wright, O'Connor, and Morrison*. Charlottesville: University of Virginia Press, 2013.

Fowler, R. *Style and Structure in Literature*. Ithaca: Cornell University Press, 1975.

Fowler, V. C. *Gloria Naylor: In Search of Sanctuary*. New York: Twayne, 1996.

Freese, P. *The Ethnic Detective: Chester Himes, Harry Kemelman, Tony Hillerman*. Essen: Verlag Die Blaue Eule, 1992.

Friedman, M. J. *Stream of Consciousness: A Study in Literary Method*. New Haven: Yale University Press, 1955.

Friend, B. "Time Travel as a Feminist Didactic in Works by Phyllis Eisenstein, Marlys Millhiser, and Octavia Butler." *Extrapolation* 23 (Spring 1982): 51-55.

Frykholm, A. "A Mercy." *The Christian Century* 126. 4 (2009): 46-49.

Gaines, E. J. *In My Father's House*. New York: Vintage, 1978.

---. *A Lesson Before Dying*. New York: Vintage, 1993.

Garcia, J. *Psychology Comes to Harlem: Rethinking the Race Question in Twentieth-century America*. Baltimore: Johns Hopkins University Press, 2012.

Gass, H. W. *Fiction and the Figures of Life*. Mishawaka, IN: Vintage, 1973.

Gates, H. L., Jr. *Life upon These Shores: Looking at African American History, 1513-2008*. New York: Alfred A. Knopf, 2011.

---. *The Signifying Monkey: A Theory of Afro-American Literary Criticism*. Oxford and New York: Oxford University Press, 1988.

Gayle, A., Jr. *The Way of the New World: The Black Novel in America*. Garden City: Anchor, 1975.

Geis, D. R. *Suzan-Lori Parks*. Ann Arbor: University of Michigan Press, 2008.

Gelfant, B. H. *The American City Novel*. Norman: University of Oklahoma Press, 2012.

Ghosts, E. D. *Metaphor, and History in Toni Morrison's Beloved and Gabriel García Márquez's One Hundred Years of Solitude*. New York: Palgrave Macmillan, 2009.

Gibbons, M. L. *Identity as Literary Device*. Ann Arbor, Mich.: UMI, 2012.

Gibbs, R. W. and H. L. Colston. *Irony in Language and Thought: A Cognitive Science Reader*. New York: Lawrence Erlbaum Associates, 2007.

Gilroy, P. *Against Race: Imagining Political Culture Beyond the Color Line*. Cambridge: Harvard University Press, 2001.

---. *The Black Atlantic*. Cambridge: Harvard University Press, 1993.

Ginsberg, E. K. *Passing and the Fictions of Identity*. Durham: Duke University Press, 1996.

Girdano, D. A., D. E. Dusek and G. S. Everly, Jr. *Controlling Stress and Tension*. Boston: Pearson, 2013.

Goldberg, N. *Wild Mind: Living the Writers' Life*. New York: Bantam, 2005.

Goldstein, L. J. *Conceptual Tension: Essays on Kinship, Politics, and Individualism*. Lanham: Lexington, 2015.

Gosetti-Ferencei, J. *The Life of Imagination: Revealing and Making the World*. New York:

Columbia University Press, 2018.

Gounard, J.-F. *The Racial Problem in the Works of Richard Wright and James Baldwin.* Trans. Joseph J. Rodgers, Jr. Westport, Conn.: Greenwood, 2015.

Govan, S. Y. "Connections, Links, and Extended Networks: Patterns in Octavia Butler's Science Fiction." *Black American Literature Forum* 18 (Fall 1984): 82-89.

Green, T. T. "'When the Women Tell Stories': Healing in Edwige Danticat's *Breath, Eyes, Memory*," in D. A. Williams (Ed.), *Contemporary African American Fiction: New Critical Essays.* Columbus: Ohio State University Press, 2009: 352-358.

Greene, M. "Ann Petry Planned to Write." *Opportunity* 24 (April-June 1946): 78-79.

Griggs, S. E. *Imperium in Imperio: A Study of the Negro Race.* Sioux, SD: NuVision Publications, 2008.

Gummerman, K. and C. R. Gray. "Recall of Visually Presented Material: An Unwonted Case and a Bibliography for Eidetic Imagery." *Psychonomic Monograph Supplements* 4 (1972): 189-195.

Hailwood, S. *Alienation and Nature in Environmental Philosophy.* New York: Cambridge University Press, 2015.

Hakutani, Y. *Richard Wright and Racial Discourse.* Columbia: University of Missouri Press, 1996.

Harding, W. and J. Martin. *A World of Difference: An Inter-cultural Study of Toni Morrison's Novels.* Westport, Conn.: Greenwood, 1994.

Harris, G. A. "Ishmael Reed and the Postmodern Slave Narrative." *Comparative American Studies* 5.4 (2007): 459-464.

Hartnell, A. "When Cars Become Churches: Jesmyn Ward's Disenchanted America: An Interview." *Journal of American Studies*, 50.1 (February 2016): 205-218.

Haynes, E. T. "The Named and the Nameless: Morrison's 124 and Naylor's 'the Other Place' as Semiotic Chorae." *African American Review* 38.4 (2004): 669-681.

Heglar, C. J. and A. L. Refoe. "Aging and the African-American Community: The Case of Ernest J. Gaines." In *Aging and Identity: A Humanities Perspective.* Ed. S. M. Deats. Ann Arbor, Mich.: UMI, 1999: 143-154.

Heinert, J. *Narrative Conventions and Race in the Novels of Toni Morrison.* New York, NY: Routledge, 2009.

Heinze, D. *The Dilemma of "Double-Consciousness": Toni Morrison's Novels.* Athens: University of Georgia Press, 1993.

Henry, M. "An Interview with Kiley Reid on Her Debut." *The Times*, January 25, 2020.

Hernton, C. *The Sexual Mountain and Black Women Writers.* Garden City: Anchor, 1987.

Higgins, C. "People Are Talking about." *Jet* June 12, 1969.

Hill, E. G. and J. V. Hatch. *A History of African American Theatre.* New York: Cambridge University Press, 2003.

Hills, A. *The Beloved Self: Morality and the Challenge from Egoism.* New York: Oxford University Press, 2010.

Himes, C. *All Shot Up.* New York: Penguin, 1965.

---. *The Autobiography of Chester Himes Volume II: My Life of Absurdity.* New York:

Greenwood, 1977.

---. *The Big Gold Dream*. Edinburgh: Payback, 1997.

---. "Blind Man with a Pistol." In *The Harlem Cycle*. Vol.3. Edinburgh: Payback, 1997.

---. *The Harlem Cycle. Vol.1.* Edinburgh: Payback, 1997.

---. *The Harlem Cycle. Vol.3.* Edinburgh: Payback, 1959.

Hogan, P. C. *Affective Narratology: The Emotional Structure of Stories.* Lincoln: University of Nebraska Press, 2011.

Holladay, H. *Ann Petry.* New York: Twayne, 1996.

Holland, J. *Black Men Built the Capitol: Discovering African-American History in and around Washington, D.C.* New York: Globe Pequot Press, 2007.

Holmes, E. A., S. A. Hales, K. Young, et al. *Imagery-based Cognitive Therapy for Bipolar Disorder and Mood Instability.* New York: Guilford, 2019.

Honeycutt, J. M. *Promoting Mental Health Through Imagery and Imagined Interactions.* New York: Peter Lang, 2019.

Hughes, C. M. *The Negro Novelist: 1940-1950.* New York: Citadel, 1970.

Hughes, L. *Not Without Laughter.* New York: Alfred A. Knopf, 1947.

Humphrey, R. *Stream of Consciousness in the Modern Novel.* Berkeley: University of California Press, 1954.

Hunter, J. W. *Contemporary Literary Criticism: Criticism of the Works of Today's Novelists, Poets, Playwrights, Short Story Writers, Scriptwriters, and Other Creative Writers.* Detroit: Gale, 2000.

Hutchinson, G. *In Search of Nella Larsen: A Biography of the Color Line.* Cambridge: Harvard University Press, 2006.

Irwin-Zarecka, I. *Frames of Remembrance: The Dynamics of Collective Memory.* New Brunswick, NJ: Transaction Publishers, 2008.

James, T. *The Tusk That Did the Damage: A Novel.* New York: Alfred A. Knopf, 2015.

Jarrett, T. D. "Toward Unfettered Creativity: A Note on the Negro Novelist's Coming of Age." *Phylon* 65.11 (Winter 1950): 315-317.

Jesser, N. "Blood, Genes and Gender in Octavia Butler's *Kindred* and *Dawn*." *Extrapolation* 43 (Spring 2002): 50-58.

Jussila, H. and R. Majoral. *Sustainable Development and Geographical Space: Issues of Population, Environment, Globalization and Education in Marginal Regions.* London: Routledge, 2017.

Kakutani, M. "Bonds that Seem Cruel Can Be Kind." *The New York Times*, November 4, 2008.

Kellogg, R. T. *Fundamentals of Cognitive Psychology.* Thousand Oaks, Calif.: Sage, 2012.

Kim, J.-N. and J. E. Grunig. *Situational Theory of Problem Solving Communicative, Cognative and Perceptive Bases.* New York: Routledge, 2011.

Kim, W. *Young Adult Fantasy Fiction: Conventions, Originality, Reproducibility.* Cambridge: Cambridge University Press, 2019.

Kingsbury, P. "Take My Daughter." *America* 200.1 (2009): 32-38.

Knight, C. J. *Hints and Guesses: William Gaddis's Fiction of Longing.* Madison, Wis.:

University of Wisconsin Press, 2007.

Larsen, N. *Quicksand.* New York: Alfred A. Knopf, 2006.

Larson, G. "Rite of Passage." *School Library Journal* 40 (1994): 123-129.

Larson, K. A. "Surviving the Taint of Plagiarism: Nella Larsen's 'Sanctuary' and Sheila Kaye-Smith's 'Mrs. Adis'." *Journal of Modern Literature* 30.4 (2007): 82-98.

Lea, R. "Kiley Reid: Women Issues in *Such a Fun Age.*" *The Guardian*, February 18, 2020.

Lee, R. A. *Black Fiction: New Studies in the Afro-American Novel Since 1945.* New York: Barnes and Noble, 1980.

Leigh, D. J. *Apocalyptic Patterns in Twentieth-century Fiction.* Notre Dame, Ind.: University of Notre Dame Press, 2008.

Levine, C. *The Serious Pleasures of Suspense: Victorian Realism and Narrative Doubt.* Charlottesville: University of Virginia Press, 2003.

Levine, G. R. *The Techniques of Irony in the Major Early Works of Henry Fielding.* Ann Arbor, Mich.: UMI, 1962.

Lipsitz, G. *Rainbow at Midnight: Labor and culture in the 1940s.* Urbana: University of Illinois Press. 1994.

Liveley, G. *Narratology.* Oxford: Oxford University Press, 2019.

Long, L. "A Relative Pain: The Rape of History in Octavia Butler's Kindred and Phyllis Alesia Perry's Stigmata." *College English* 55 (February 1993): 130-139.

Lorcin, P. M. E. and D. Brewer. *France and Its Spaces of War: Experience, Memory, Image.* New York: Palgrave Macmillan, 2009.

Lucariello, J. "Situational Irony: A Concept of Events Gone Away." *Journal of Experimental Psychology* 123 (Spring 1994): 129-135.

Lukas, C. *Forbidden Fruit.* New York: Beacon, 1953.

MacIntyre, A. *The Unconscious: A Conceptual Analysis.* New York: Routledge, 2004.

Maguen, S., F. J. Floyd, R. Bakeman, et al. "Developmental Milestones and Disclosure of Sexual Orientation Among Gay, Lesbian, and Bisexual Youths." *Journal of Applied Developmental Psychology* 23.2 (2002): 219-221.

Margolies, E. *The Art of Richard Wright.* Carbondale: Southern Illinois University Press, 1969.

---. and M. Fabre. *The Several Lives of Chester Himes.* Jackson: University Press of Mississippi, 1997.

Martha, B. *Light, Image, Imagination.* Amsterdam: Amsterdam University Press, 2013.

Martin, R. *Ishmael Reed and the New Black Aesthetic Critics.* New York: St. Martin's, 1988.

Maslan, M. "The Faking of the Americans: Passing, Trauma, National Identity in Philip Roth's *The Human Stain.*" *Modern Language Quarterly* 66.3 (2005): 65-72.

Matravers, D. *Fiction and Narrative.* New York: Oxford University Press, 2014.

Maund, A. "The Negro Novelist and the Contemporary Scene." *Chicago Jewish Forum* 12 (1954): 28-34.

Mayberry, S. N. *Can't I Love What I Criticize?: The Masculine and Morrison.* Athens: University of Georgia Press, 2007.

McGee, P. *Ishmael Reed and the Ends of Race.* New York: St. Martin's, 1997.

McHenry, E. "Into Other Claws." *Women's Review of Book* 26.4 (July/August 2009): 16-18.

McIntir, J. N. *Visions of Paradise*. Ann Arbor, Mich.: UMI, 2000.

Medley, M. "The 50 Most Anticipated Books of 2015." http://www.theglobeandmail.com/arts/ books-and-media/the-50-most-Anticipated-books-of-2015-the-first-half-anyway/article2 2273982/［2015-4-4］.

Mellen, J. *Magic Realism*. Detroit, Mich.: Gale, 2000.

Miller, A. S. *Racial Discrimination and Private Education: A Legal Analysis*. Chapel Hill, NC: University of North Carolina Press, 2012.

Miller, L. *Masks of Fiction in Dream of the Red Chamber: Myth Mimesis, and Persona*. Tucson: University of Arizona Press, 1975.

Mobley, M. S. *Folk Roots and Mythic Wings in Sarah Orne Jewett and Toni Morrison*. Baton Rouge: Louisiana State University Press, 1991.

Monroe, L. *Nothing's Impossible: Leadership Lessons from Inside and Outside the Classroom*. New York: Public Affairs, 1997.

---. "The Haunted and the Holy." *Ms* 18.4 (Fall 2008): 73-74.

Morrison, T. *The Bluest Eye*. New York: Alfred A. Knopf, 1993.

---. *Tar Baby*. New York: Alfred A. Knopf, 1994.

---. *Beloved*. Beijing: Foreign Language Teaching and Research Press, 2002.

---. *A Mercy*. New York: Vintage, 2008.

---. *God Help the Child*. New York: Vintage, 2015.

Mosley, W. *Trouble Is What I Do*. New York: Little, Brown and Company, 2020.

Motley, W. *Knock on Any Door*. New York: Northern Illinois University Press, 1947.

Moya, P. M. L. *The Social Imperative: Race, Close Reading, and Contemporary Literary Criticism*. Stanford, California: Stanford University Press, 2016.

Mvuyekure, P.-D. *The "Dark Heathenism" of the American Novelist Ishmael Reed, African Voodoo As American Literary Hoodoo*. Lewiston, NY: Edwin Mellen, 2007.

Myers, P. C. *Frederick Douglass: Race and the Rebirth of American Liberalism*. Lawrence: University Press of Kansas, 2008.

Nagera, H. *Basic Psychoanalytic Concepts on Metapsychology, Conflicts, Anxiety and Other Subjects*. New York: Routledge, 2014.

Naylor, G. *The Women of Brewster Place*. New York: Penguin, 1983.

---. *Bailey's Café*. New York: Vintage, 1992.

Newmark, K. *Irony on Occasion from Schlegel and Kierkegaard to Derrida and de Man*. New York: Fordham University Press, 2012.

Nezu, C. M. *Specialty Competencies in Cognitive and Behavioral Psychology*. New York: Oxford University Press, 2014.

Nodde, C. *Evil by Design: Interaction Design to Lead Us into Temptation*. Indianapolis, IN: Wiley, 2013.

Northouse, C. *Ishmael Reed: An Interview*. Dallas, Texas: Contemporary Research Press, 1993.

Northup, S. *12 Years a Slave: A True Story*. London: William Collins, 2014.

Onega, S. and J. Landa. *Narratology*. London: Longman, 1996.

Otten, T. *The Crime of Innocence in the Fiction of Toni Morrison*. Columbia: University of

Missouri Press, 1989.

Ozar, M. *The Epistemology of Symbolism*. Ann Arbor, Mich: UMI, 1976.

Page, P. *Dangerous Freedom: Fusion and Fragmentation in Toni Morrison's Novels.* Jackson: University Press of Mississippi, 1995.

Page, Y. W. *Icons of African American Literature: The Black Literary World*. Santa Barbara, Calif.: Greenwood, 2011.

Painter, N. I. *Creating Black Americans: African-American History and Its Meanings, 1619 to the Present*. New York and Oxford: Oxford University Press, 2007.

Paivio, A. *Imagery and Verbal Processes*. Hillsdale, NJ: Erlbaum, 1979.

Paraskeva, J. M. *Towards a Just Curriculum Theory: The Epistemicide*. New York, NY: Routledge, 2018.

Parks, S.-L. *Getting Mother's Body*. New York: Random, 2003.

Patricia, M. E. *France and Its Spaces of War: Experience, Memory, Image*. New York: Palgrave Macmillan, 2009.

Peach, L. *Toni Morrison*. New York: St. Martin's, 2000.

Petrie, P. R. *Conscience and Purpose: Fiction and Social Consciousness in Howells, Jewett, Chesnutt, and Cather*. Tuscaloosa: University of Alabama Press, 2005.

Petry, A. *The Street*. New York: Houghton Mifflin, 1946.

---. *The Narrows*. New York: Houghton Mifflin, 1953.

Petry, E. *Can Anything Beat White? A Black Family's Letters*. Jackson: University Press of Mississippi, 2005.

Phillips, U. B. *Life and Labor in the Old South*. Columbia, SC: University of South Carolina Press, 1918.

Pickus, I. "Big Boy's Wavering Innocence in 'Big Boy Leaves Home'." http://ayjw.org/articles. php?id=593697［2014-2-10］.

Pochmara, A. *The Making of the New Negro: Black Authorship, Masculinity, and Sexuality in the Harlem Renaissance*. Amsterdam: Amsterdam University Press, 2011.

Pope, K. S. and J. L. Singer. *The Stream of Consciousness: Scientific Investigations into the Flow of Human Experience*. New York: Plenum, 1978.

Rampersad, A. "Afterword." In Richard Wright (Ed.), *Rite of Passage*. New York: HarperCollins, 1999: 117-120.

Rantala, V. *Aesthetic Tension: Cognitive Aspects of Interpretation*. Frankfurt: Peter Lang, 2011.

Rayson, A. L. "Prototypes for Nick Romano of *Knock on Any Door*." *Negro American Literature Forum* 33.3 (Fall 1974): 243-250.

Reed, I. "The Best of Himes, the Worst of Himes." In C. L. P. Silet (Ed.), *The Critical Response to Chester Himes*. Westport, Conn.: Greenwood, 1999: 43-45.

. *Mumbo Jumbo*. New York: Simon & Schuster, 1972.

---. *Flight to Canada*. New York: Macmillan, 1976.

Reid, K. *Such a Fun Age*. London: Bloomsbury Publishing, 2020.

Reilly, J. M. "Chester Himes' Harlem Tough Guys." *Journal of Popular Culture* 9.4 (Spring 1976): 935-947.

Rochman, H. "Rite of Passage." *Booklist* 90 (1994): 817.

Rotella, C. *October Cities: The Redevelopment of Urban Literature*. Berkeley, Calif.: University of California Press, 1998.

Rowell, C. H. "The Quarters: Ernest Gaines and the Sense of Place." *Southern Review* 21 (Summer 1985): 746-756.

Roynon, T. *Toni Morrison and the Classical Tradition: Transforming American Culture*. New York: Oxford University Press, 2014.

Salas, E. and A. S. Dietz. *Situational Awareness*. Farnham: Ashgate, 2011.

Sallis, J. *Chester Himes: A Life*. New York: Walker, 2001.

Savoy, W. *Alien Land*. Boston: Northeastern University Press, 1949.

Schatt, S. "You Must Go Home Again: Today's Afro-American Expatriate Writers." *Negro American Literature Forum* 7 (Fall 1973): 80-82.

Schmid, W. *Narratology: An Introduction*. Berlin: Walter de Gruyter, 2010.

Schmidt, T. T. *Desegregating Desire: Race and Sexuality in Cold War American Literature*. Jackson: University Press of Mississippi, 2013.

Schneider, T. E. *Lincoln's Defense of Politics: The Public Man and His Opponents in the Crisis over Slavery*. Columbia, MO: University of Missouri Press, 2006.

Schraufnagel, N. *From Apology to Protest: The Black American Novel*. DeLand, Fla.: Everett-Edwards, 1973.

Schreiber, E. J. *Race, Trauma, and Home in the Novels of Toni Morrison*. Baton Rouge: LSU, 2010.

Sehgal, P. "In 'The Nickel Boys,' Colson Whitehead Continues to Make a Classic American Genre His Own." *The New York Times*, July 11, 2019.

Sen, M. *Montage: Life, Politics, Cinema*. Kolkata: Seagull, 2002.

Shaw, C. *The Jack-Roller: A Delinquent Boy's Own Story*. Chicago: University of Chicago Press, 2013.

Shelton, F. W. "*In My Father's House*: Ernest Gaines after Jane Pittman." *Southern Review* 17 (Spring 1981): 340-347.

Shepard, R. N. "The Mental Image." *American Psychologist* 33.2 (1978): 125-137.

Shuger, D. *Don Quixote in the Archive: Madness and Literature in Early Modern Spain*. Edinburgh: Edinburgh University Press, 2012.

Silet, C. L. P. *The Critical Response to Chester Himes*. Westport, Conn.: Greenwood, 1999.

Singh, A. "Richard Wright's *The Outsider*: Existentialist Exemplar or Critique?" In R. J. Butler (Ed.), *The Critical Response to Richard Wright*. Westport, Conn.: Greenwood, 1995: 124-143.

Singh, A. *Fifty Black Writers: 1963-1993*. New York: Pennsylvania State University Press, 2014.

Sirmans, F. *NeoHooDoo, Art for a Forgotten Faith*. New Haven: Yale University Press, 2008.

Skinner, R. *Two Guns from Harlem: The Detective Fiction of Chester Himes*. New York: Popular, 1989.

Smethurst, J. E. *The Black Arts Movement: Literary Nationalism in the 1960s and 1970s*.

Chapel Hill: University of North Carolina Press, 2005.

Solso, R. L. *Cognitive Psychology.* Boston: Allyn and Bacon, 2001.

Spencer, D. P. *Narrative Truth and Historical Method.* New York: Norton, 1982.

Spooner, C. and E. McEvoy. *The Routledge Companion to Gothic.* New York: Routeldge, 2007.

Stephens, G. *On Racial Frontiers: The New Culture of Frederick Douglass, Ralph Ellison, and Bob Marley.* New York: Cambridge University Press, 1999.

Stepto, R. B. "Forewords." In Willard Savoy (Ed.), *Alien Land.* Boston: Northeastern University Press, 2006: i-vii.

Stewart, T. *Defensive Masquerading for Inclusion and Survival among Gifted Lesbian, Gay, Bisexual and Transgender (LGBT) Students.* New York: Routledge, 2006.

Stovall, T. *Paris Noir: African Americans in the City of Light.* New York: Miriner Books, 1998.

Sutton, R. "Rite of Passage." *Bulletin of the Center for Children's Books* 47 (1994): 205-208.

Sweeney, F. *Frederick Douglass and the Atlantic World.* Liverpool: Liverpool University Press, 2007.

Tally, J. *Toni Morrison's Beloved: Origins.* New York: Routledge, 2009.

Taylor-Guthrie, D. *Conversations with Toni Morrison.* Jackson: University Press of Mississippi, 1994.

Thomas, S. R. *Dark Matter: A Century of Speculative Fiction from the African Diasora.* New York: Warner, 2000.

Thomas, V. *Using Mental Imagery to Enhance Creative and Work-related Processes.* New York: Routledge, 2019.

Thornborrow, J. *Patterns in Language: Stylistics for Students of Language and Literature.* London: Routledge, 1998.

Tracy, S. C. *Writers of the Black Chicago Renaissance.* Urbana: University of Illinois Press, 2011.

Vandow, M. E. *Dramatic Irony in American Historical Plays.* Ann Arbor, Mich.: UMI, 2005.

van Peebles, M. "The Unconquered." In H. Chimes (Ed.), *The Harlem Cycle, Vol.1.* Edinburg: Payback, 1959: xiv-xviii.

Vorderer, P. *Suspense: Conceptualizations, Theoretical Analyses, and Empirical Explorations.* Mahwah, N.J.: L. Erlbaum Associates, 1996.

Walker, A. *Possessing the Secret of Joy.* New York: The New Press, 1992.

Wall, C. A. "Passing for What? Aspects of Identity in Nella Larsen's Novels." *Black American Literature Forum* 20.2 (1986): 98-108.

Walters, K. *American Slave Revolts and Conspiracies: A Reference Guide.* Santa Barbara, California: ABC-CLIO, 2015.

Walters, W. W. *At Home in Diaspora: Black International Writing.* New York: University of New York Press, 2005.

Ward, J. *Salvage the Bones.* New York: Bloomsbury, 2017.

Warf, B. "Review of the Production of Space." *Journal of Regional Science* 33.1 (1993): 111-112.

Whitehead, C. *The Nickel Boys*. New York: Doubleday, 2019.

Whitt, M. E. *Understanding Gloria Naylor*. Columbia: University of South Carolina Press, 1999.

Wideman, J. E. *Fanon*. Boston: Houghton Mifflin, 2008.

Willeford, C. "Chester Himes and His Novels of Absurdity." *American Visions* 3 (August 1988): 43-44.

Wilson, C. E., Jr. *Gloria Naylor: A Critical Companion*. Westport, Conn.: Greenwood, 2001.

Wilson, I. G. "On Native Ground: Transnationalism, Frederick Douglass, and 'The Heroic Slave'." *PMLA* 121.2 (2006): 453-458.

Winograd, E. and U. Neisser. *Affect and Accuracy in Recall: Studies of "Flashbulb" Memories*. New York: Cambridge University Press, 2006.

Wright, R. *The Long Dream*. Chatham, NJ: Chatham, 1969.

---. *Early Works: Lawd Today! Uncle Tom's Children Native Son*. New York: Literary Classics of the United States, 1991.

---. *Later Works: Black Boy (American Hunger), The Outsider*. New York: Literary Classics of the United States, 1991.

---. *Rite of Passage*. New York: HarperCollins, 1999.

---. "Big Black Good Man." In his *Eight Men*. New York: Harperperennial, 2008.

Young, I. *The Male Homosexual in Literature: A Bibliography*. Metuchen, NJ: Scarecrow, 1975.

Young, J. O. *Black Writers of the Thirties*. Baton Rouge: Louisiana State University Press, 2003.

Young, S. "Tough and Tender." *The New York Times Book Review* 25.2 (1939): 7-12.

Zauditu-Selassie, K. *African Spiritual Traditions in the Novels of Toni Morrison*. Gainesville: UPF, 2009.